Der Wind trägt dein Lächeln

Die Autorin

Lesley Pearse wurde in Rochester, Kent, geboren und lebt mit ihrer Familie in Bristol. Ihre Romane belegen in England regelmäßig die ersten Plätze der Bestsellerlisten. Neben dem Schreiben engagiert sie sich intensiv für die Bedürfnisse von Frauen und Kindern und ist Präsidentin für den Bereich Bath und West Wiltshire des Britischen Kinderschutzbundes.

Lesley Pearse

Der Wind trägt dein Lächeln

Roman

Ins Deutsche übertragen
von Michaela Link

Weltbild

Die englische Originalausgabe erschien unter dem Titel *Secrets*.

Besuchen Sie uns im Internet:
www.weltbild.de

Genehmigte Lizenzausgabe für Weltbild GmbH & Co. KG,
Werner-von-Siemens-Straße 1, 86159 Augsburg
Copyright der Originalausgabe © 2004 by Lesley Pearse
Published by Arrangement with Lesley Pearse
Dieses Werk wurde vermittelt durch die
Literarische Agentur Thomas Schlück GmbH, 30827 Garbsen
Copyright der deutschsprachigen Ausgabe © 2007 by Bastei Lübbe AG, Köln
Übersetzung: Michaela Link
Umschlaggestaltung: büro**süd**°, München
Umschlagmotiv: Trevillion Images, Brighton (© Chris Reeve) / www.buerosued.de
Satz: Datagroup int. SRL, Timisoara
Druck und Bindung: GGP Media GmbH, Pößneck
Printed in the EU
ISBN 978-3-95973-412-7

2020 2019 2018 2017
Die letzte Jahreszahl gibt die aktuelle Lizenzausgabe an.

Für meinen Vater, Geoffrey Arthur Sargent, der im Jahr 1980 gestorben ist – zu früh, um noch zu erleben, wie mein erstes Werk veröffentlicht wurde. Ihm zu Ehren habe ich seine geliebte Heimatstadt Rye als Ort der Handlung dieses Romans gewählt.

Und für meinen Onkel Bert Sargent, der bis zu seinem Tod im Jahre 2002 in Rye wohnte. Zu meinen besten Kindheitserinnerungen gehören die an die Ferien, die ich dort mit ihm, meiner Tante Dorothy und meinen Cousins verbracht habe.

Als Vorbereitung auf diesen Roman habe ich zu viele Bücher gelesen, um sie hier alle aufzuzählen. Die bemerkenswertesten davon waren *Fighter Boys* von Patrick Bishop; *The London Blitz, A Fireman's Tale* von Ceryl Demarne OBE; und *London At War* von Philip Ziegler. Besonders dankbar war ich Geoffrey Wellum DSO für sein anregendes Buch *First Light*, in dem er von seiner Zeit als Kampfpilot in der Luftschlacht um England erzählt. Und an William Third ein dickes Dankeschön dafür, dass er mir Informationen über Hastings und Winchelsea verschafft hat. Ein guter Freund ist er immer gewesen, und nun zeigt sich, dass er sich auch auf die Recherche versteht!

TEIL 1

1

Januar 1931

Als Adele die Euston Road erreichte, quälten sie vom Laufen heftige Seitenstiche. Sie sollte Pamela, ihre achtjährige Schwester, nach deren Klavierunterricht auf der anderen Seite der belebten Hauptstraße abholen und hatte sich verspätet. Es war dunkel, und wie gewöhnlich herrschte um sechs Uhr dichter Verkehr. Außerdem bildete der Schnee der vergangenen Tage inzwischen schwarze, eisige Klumpen in den Rinnsteinen, sodass die Straße noch schwerer zu überqueren war als sonst.

Adele Talbot war elfeinhalb – klein, dünn, blass – und wirkte in dem abgetragenen Tweedmantel für Erwachsene, der ihr viel zu groß war, ausgesprochen verloren. Die Wollsocken waren ihr bis auf die Knöchel heruntergerutscht, und eine Strickkapuze bedeckte ihr widerspenstiges braunes Haar. Aber trotz ihres zarten Alters stand ein sehr reifer Ausdruck der Sorge in ihren großen grünlich braunen Augen, während sie ungeduldig von einem Fuß auf den anderen sprang und auf eine Lücke im Verkehr wartete. Eigentlich hätte ihr Vater Pamela auf dem Heimweg von der Arbeit abholen sollen, aber er hatte es vergessen, und Adele befürchtete, dass ihre kleine Schwester es müde geworden war, auf ihn zu warten, und sich allein auf den Heimweg gemacht hatte.

Immer noch keuchend von der Anstrengung, entdeckte sie vom Straßenrand aus plötzlich zwischen den Autos ihre

Schwester. Sie war nicht zu übersehen – das Licht der Straßenlaternen fiel auf ihr langes blondes Haar und ihren leuchtend roten Mantel. Zu Adeles Entsetzen war Pamela bereits an den Rand des Gehsteigs getreten, als hätte sie die Absicht, die Straße allein zu überqueren.

»Bleib da!«, schrie Adele ihr wild gestikulierend zu. »Warte auf mich!«

Mehrere Busse fuhren dicht hintereinander vorbei und versperrten Adele die Sicht, bis plötzlich das Unheil verkündende Quietschen von Bremsen erklang.

Das Herz im Hals, rannte Adele zwischen einem Bus und einem Lastwagen hindurch. Als sie die Straßenmitte erreichte, fand sie ihre schlimmsten Ängste bestätigt: Zwischen einem Auto und einem Taxi lag ihre kleine Schwester reglos auf dem Boden.

Adele schrie. Der gesamte Verkehr war plötzlich zum Erliegen gekommen, und Dampf stieg wie Rauch über den Motorhauben der Autos auf. Fußgänger blieben erschrocken stehen, und alle betrachteten sie das kleine Bündel auf der Straße.

»Pamela!«, rief sie, während sie hinüberrannte, und Entsetzen, Ungläubigkeit und absolutes Grauen schienen sie zu verschlingen.

Der Taxifahrer, ein hoch gewachsener Mann mit dickem Bauch, war aus seinem Wagen gestiegen und starrte jetzt auf das Kind zwischen seinen Vorderreifen hinab. »Sie ist einfach losgerannt!«, versicherte er und sah sich, um Bestätigung heischend, mit wildem Blick um. »Ich konnte nichts mehr tun.«

Schon hatte sich eine Traube von Menschen gebildet, und Adele hatte alle Mühe, sich zwischen ihnen hindurchzudrängeln. »Du darfst sie nicht anfassen, Schätzchen«, meinte jemand warnend, als sie endlich in der Mitte des Kreises angekommen war und sich neben Pamela hockte.

»Sie ist meine kleine Schwester«, stieß Adele hervor, und die Tränen strömten ihr über die vom Wind gepeitschten Wangen. »Sie sollte warten, bis sie abgeholt wird. Wird sie wieder gesund?«

Doch noch während Adele die Frage stellte, spürte sie, dass Pamela bereits tot war. Ihre blauen Augen standen weit offen, ihre Miene zeigte Erschrecken, aber sie rührte sich nicht, sie gab keinen Laut von sich und verzog nicht einmal vor Schmerz das Gesicht.

»Der Krankenwagen ist bereits unterwegs«, hörte Adele jemanden sagen, und ein Mann trat vor, fühlte Pamelas Puls und zog dann seinen Mantel aus, um ihn über ihr auszubreiten. Aber währenddessen schüttelte er leicht den Kopf. Das und die erschütterten Mienen der Menschen um sie herum bestätigten Adeles Ängste.

Sie wollte schreien, wollte auf den verantwortlichen Taxifahrer einschlagen. Aber gleichzeitig konnte sie nicht glauben, dass Pamelas Leben vorbei sein sollte. Alle liebten sie, sie war so witzig, sprühte nur so vor Leben, und sie war zu jung, um zu sterben.

Über ihre Schwester gebeugt, strich Adele ihr das Haar aus dem Gesicht und schluchzte ihren Kummer und ihr Entsetzen hinaus.

Eine Frau mit Pelzmütze schlang ihr den Arm um die Taille und zog sie weg. »Wo wohnst du, Kleines?«, fragte sie, während sie sie dicht an ihre Brust gedrückt hielt und sie tröstend hin und her wiegte. »Sind deine Mum und dein Dad zu Hause?«

Adele wusste nicht, was sie antwortete, denn sie nahm in diesem Augenblick nur das Kratzen des Mantels, den die Frau trug, auf ihrer Wange wahr und das Gefühl, sich gleich übergeben zu müssen.

Aber sie musste die Frage der Frau wohl beantwortet haben, bevor sie sich losriss, um sich am Straßenrand zu erbrechen, denn später, nach der Ankunft des Krankenwagens und der Polizei, hörte sie dieselbe Frau den Männern erklären, dass die Schwester des überfahrenen Kindes Adele Talbot heiße und in der Charlton Street Nummer siebenundvierzig wohne.

Doch bis dahin nahm Adele weder die Gesichter der Menschen um sich herum wahr noch das, was sie zu ihr sagten, ja, sie spürte nicht einmal den schneidend kalten Wind. Sie war sich nur ihres eigenen Schmerzes bewusst, sah nichts als den goldenen Widerschein der Straßenlaternen auf Pamelas blondem Haar und dass der Wind über die schwarze, nasse Straße wehte, und sie hörte nur lautes, ungeduldiges Hupen.

Euston gehörte Pamela und ihr. Für andere mochte es vielleicht nur eine schmutzige, gefährliche Durchgangsstation sein, die die Menschen auf dem Weg zu anderen, sichereren und hübscheren Vierteln Londons notgedrungen passieren mussten, aber für Adele war Euston stets so harmlos wie ein Park gewesen. Die Charlton Street lag direkt in der Mitte zwischen Euston und St. Pancras; die beiden Bahnhöfe waren für sie ihre persönlichen Theaterbühnen und die Passanten die Figuren in einem Schauspiel gewesen. Sie hatte Pamela dorthin mitgenommen, vor allem wenn es kalt oder nass gewesen war, und dann hatte sie zu Pamelas Begeisterung Geschichten über die Menschen erfunden, die sie dort sahen:

Eine Frau in einem Pelzmantel, die neben einem Träger hertrippelte, der ihre großen Koffer schleppte, war eine Gräfin. Ein junges Paar, das sich leidenschaftlich küsste, war durchgebrannt. Manchmal sahen sie Kinder, die mit einem Namensschild am Mantel allein unterwegs waren, und Adele spann daraus eine fantastische Abenteuergeschichte, in der böse Stiefmütter, Burgen in Schottland und Schatztruhen voller Geld vorkamen.

Zu Hause herrschte immer eine bedrückende Atmosphäre. Ihre Mutter saß oft stundenlang in mürrischem Schweigen da und nahm die Anwesenheit ihrer Kinder oder ihres Mannes kaum zur Kenntnis. Sie war immer so gewesen, daher hatte Adele diesen Zustand einfach akzeptiert, aber sie hatte es auch gelernt, die Zeichen einer drohenden Gefahr zu deuten, die den Ausbrüchen wilder Wut vorangingen, und in solchen Fällen brachte sie Pamela und sich selbst so schnell wie möglich in Sicherheit. Diese Wutanfälle konnten furchtbar erschreckend sein, denn ihre Mutter warf dann mit allem um sich, was ihr in die Finger kam. Sie schrie Schimpfworte, und sehr häufig kam es vor, dass sie nach ihrer älteren Tochter schlug.

Adele versuchte, sich einzureden, dass die volle Wucht des mütterlichen Zorns sich nur deshalb stets auf sie richtete und nicht auf Pamela, weil sie die Ältere war. Aber tief im Innern wusste sie, dass sich ihre Mum deshalb so verhielt, weil sie sie aus irgendeinem Grund hasste.

Auch Pamela hatte das gespürt und stets versucht, sie dafür zu entschädigen. Wenn sie von ihrer Mutter Geld bekommen hatte, hatte sie es immer mit Adele geteilt. Als sie zu Weihnachten ihren neuen roten Mantel geschenkt bekommen hatte, hatte es ihr zu schaffen gemacht, dass Adele leer ausgegangen war. Auf ihre stille Weise hatte sie sich nach Kräften angestrengt, diese Dinge irgendwie auszugleichen. Mit ihrem sonnigen Lächeln, ihrer Großzügigkeit und ihrem Sinn für Humor hatte Pamela Adeles Leben erträglich gemacht.

Während sie nun hilflos weinend dastand und sich nach einem Erwachsenen sehnte, der sie in die Arme nahm und ihr versicherte, dass Pamela nicht tot sei, sondern lediglich bewusstlos, war Adele sich einer Tatsache nur allzu sicher: Wenn ihre Schwester wirklich für immer fortgegangen war, dann konnte sie selbst ebenso gut auch tot sein.

Während Pamela in einen Krankenwagen gehoben wurde, griff ein stämmiger junger Polizist nach Adeles Hand. Als die Männer das kleine Mädchen auf die Bahre legten, zogen sie ihr die Decke bis übers Gesicht – eine unausgesprochene Bestätigung der Tatsache, dass sie bereits tot war.

»Es tut mir sehr leid«, sagte der Polizist sanft, dann bückte er sich, sodass er auf gleicher Augenhöhe mit ihr war. »Ich bin Constable Mitchell«, fuhr er fort. »Der Sergeant und ich werden dich gleich nach Hause bringen. Wir müssen deiner Mum und deinem Dad von dem Unfall erzählen, und du wirst uns genau erzählen müssen, was passiert ist.«

Erst da bekam Adele Angst um sich selbst. Von dem Moment an, als sie das Quietschen der Autobremsen gehört hatte, hatten sich ihre Gedanken ausschließlich um Pamela gedreht. Alle Gefühle waren in diese eine Richtung gelaufen, und nichts anderes hatte für sie existiert als der kleine Körper ihrer Schwester auf dem Boden und die Erkenntnis dessen, was sie einander bedeutet hatten. Aber bei der Erwähnung ihrer Eltern ergriff Adele plötzlich eine schreckliche Furcht.

»Ich k-k-kann nicht nach Hause gehen«, platzte sie heraus und umklammerte erschrocken die Hand des Polizisten. »Sie werden sagen, es sei meine Schuld gewesen.«

»Natürlich werden sie nichts dergleichen sagen«, erwiderte Constable Mitchell ungläubig und rieb ihre kalten Finger zwischen seinen großen Händen. »Unfälle wie dieser können jeden Menschen treffen, und du bist selbst noch ein Kind.«

»Wenn ich bloß ein klein wenig schneller gewesen wäre!«, schluchzte sie. Sein freundliches, besorgtes Gesicht rief ihr nur umso deutlicher ins Gedächtnis, wie wenig sie ihren Eltern bedeutete. »Ich bin den ganzen Weg gerannt, aber als ich hier ankam, stand sie schon am Straßenrand.«

»Deine Mum und dein Dad werden das verstehen«, versicherte er und klopfte ihr tröstend auf die Schulter.

Dann fuhr der Krankenwagen davon, und die Menge begann, sich zu zerstreuen. Nur der Taxifahrer sprach noch mit den beiden Polizisten, während Adele wartete. Alles war so schnell in die Normalität zurückgekehrt, und die ersten Autos fuhren bereits genau über die Stelle, an der nur wenige Minuten zuvor Pamela gelegen hatte. Die Zuschauer zogen sich zurück, um in den Pub zu gehen, einen Bus abzuwarten oder die Abendzeitung zu kaufen. Für sie war das Ganze nur ein Zwischenfall, wenn auch vielleicht ein trauriger, aber sie würden es vergessen haben, noch bevor sie zu Hause ankamen.

Adele war von klein auf bewusst gewesen, dass Euston ein Ort ungeheurer Ungleichheit war. Der Bahnhof, dieses riesige, Ehrfurcht gebietende Gebäude, ragte über dem Viertel auf wie eine turmhohe Kathedrale, und Hunderte von Menschen arbeiteten dort. Wer wohlhabend genug war, um zu reisen, stützte sich auf die harte Arbeit der Armen, die dafür sorgten, dass die Reisenden eine bequeme und vergnügliche Fahrt hatten.

Die Eisenbahnarbeiter lebten in den schäbigen, schmutzigen Straßen rund um den Bahnhof. Ein Träger kannte die Abfahrtszeiten eines jeden Zuges und sämtliche Bahnhöfe und Haltepunkte auf der Strecke von London nach Edinburgh, und er machte jeden Tag den Rücken krumm, um schweres Gepäck zu schleppen. Dennoch würde er niemals einen der Orte besuchen, deren Namen ihm so mühelos über die Lippen gingen. Wenn es ihm irgendwann einmal gelang, mit seiner Frau und seinen Kindern für einen Tag an die Küste zu fahren, schätzte er sich schon glücklich. Gleichermaßen hatte das Zimmermädchen, das in den eleganten Hotels, in denen die Reisenden abstiegen, die Betten bezog, auf ihrem eigenen Bett wahrscheinlich keine Laken, geschweige denn ein Waschbecken oder ein richtiges Bad in ihrem Quartier.

Adele hatte so häufig beobachtet, wie Arm und Reich hier zusammentrafen. Eine elegante Dame in einem Fuchspelz kaufte einem heruntergekommenen alten Soldaten, dem ein Bein fehlte, Blumen ab. Ein Gentleman in einem funkelnden Auto bedeutete dem Liliputaner, der Zeitungen verkaufte, mit ungeduldiger Gebärde, ihm ein Exemplar herüberzubringen. Adele wusste, dass der Liliputaner in einem Brückenbogen unter der Eisenbahn lebte. Sie hatte den alten Soldaten seine Mütze lüften und seine Kunden anlächeln sehen, obwohl er bis auf die Knochen durchgefroren war und auf seinen Krücken schwankte. Wenn die Geschäftsleute ihre Büros verließen, um nach Hause in ihre grünen Vororte zurückzukehren, kamen die Armen hervor, um hinter ihnen sauber zu machen.

Und doch hatte Adele Pamela immer geschworen, dass das Schicksal für sie beide etwas Besseres bereithielt. Ihre Geschichten hatten sich darum gedreht, dass sie eines Tages in einem vornehmen Stadtteil Londons leben und all die Orte besuchen würden, die sie auf den Anzeigetafeln in den Bahnhöfen sahen. Aber während sie jetzt darauf wartete, nach Hause zu gehen, waren all diese Träume und Ziele zusammen mit ihrer Schwester für immer untergegangen.

Der Taxifahrer stieg in seinen Wagen, und einen Augenblick lang sah er Adele so an, als wollte er ihr etwas sagen. Aber vielleicht war er selbst zu erschüttert, um zu sprechen, und als die beiden Polizisten zu ihr zurückkamen, fuhr der Mann davon.

»Wir sollten jetzt aufbrechen«, meinte Constable Mitchell. Dann umfasste er mit festem Griff ihre Hand und führte sie zu dem Streifenwagen hinüber.

Adele hatte noch nie zuvor in einem Auto gesessen, aber auch das war nur eine weitere schmerzliche Erinnerung an Pamela. Sie hatten ein Lieblingsspiel gehabt: Sie stellten zwei Stühle hintereinander, die ein Auto darstellen sollten, und Pamela war immer die Fahrerin, während Adele die Beifahrerin war, die darüber entschied, wo sie hinfahren sollten.

Die Talbots bewohnten drei kleine Zimmer im oberen Stock eines Reihenhauses in der Charlton Street. Unter ihnen lebten die Mannings mit ihren vier Kindern und im Erdgeschoss die Pattersons mit drei Kindern.

Wie in den meisten Straßen in diesem Viertel führte die Eingangstür direkt auf den Gehsteig hinaus, aber anders als in den übrigen Häusern lebten dort nur drei Familien, und sie genossen den Luxus eines gemeinsamen Badezimmers im Innern des Hauses.

Wegen der Kälte war die Haustür verschlossen, und Adele schob die Hand durch den Briefkasten und zog den Schlüssel hervor. Bevor sie ihn benutzte, drehte sie sich noch einmal zu den Polizisten um. Der jüngere, der sich als Constable Mitchell vorgestellt und entschieden hatte, sie nach Hause zu bringen, blies sich auf die Finger, um sie zu wärmen. Der ältere Polizist, den Mitchell Sarge nannte, stand ein wenig abseits und blickte an der Mauer hinauf. Beide Männer wirkten ängstlich, und dieser Umstand verstärkte Adeles eigene Furcht noch.

Während sie die Treppen zum zweiten Obergeschoss hinaufstiegen, sah Adele das Haus, so wie die Polizisten es sehen mussten, und schämte sich. Es war so schmutzig und übel riechend, die Treppen waren aus rohem Holz, und die Tünche an den Wänden war so alt, dass man keinerlei Farbe mehr erkannte. Außerdem war es hier im Flur immer ziemlich laut; das Baby der Mannings schrie Zeter und Mordio, und die anderen Kinder versuchten, es zu übertönen.

Die Wohnungstür wurde aufgerissen, noch bevor sie sie erreichten, wahrscheinlich weil ihre Eltern die schweren Männerschritte auf der Treppe gehört hatten. Adeles Mutter, Rose, blickte auf sie herab, und ihr Gesicht verzerrte sich, als sie die uniformierten Männer und Adele sah. »Wo ist Pammy?«, platzte sie heraus. »Sagen Sie nicht, dass ihr etwas zugestoßen ist?«

Adele hatte ihre Mutter stets für schön gehalten, selbst wenn sie unglücklich und gemein gewesen war. Aber in diesem Augenblick, mit dem Licht aus dem Wohnzimmer hinter ihr, sah sie sie, wie sie wirklich war: keine goldhaarige Schönheit mit Wespentaille, sondern eine müde, verlebte Frau von dreißig Jahren mit erschlaffendem Körper, grauer Gesichtsfarbe und wild abstehendem Haar. Die Schürze, die sie über ihrem Rock und dem Pullover trug, war fleckig und zerrissen, und ihre braun karierten Pantoffeln hatten über den Zehen Löcher.

»Dürfen wir hereinkommen, Mrs. Talbot?«, fragte der Sergeant. »Es hat nämlich einen Unfall gegeben.«

Rose stieß einen furchtbaren, schrillen Schrei aus, der Adele vollkommen überraschte. Der Unterkiefer klappte ihr einfach herunter, und dann kam auch schon dieses Geräusch aus ihrem Mund, das so klang wie das Brausen eines Eisenbahnzuges.

Von einem Moment auf den anderen stand auch Dad in der Tür und verlangte zu wissen, was geschehen sei, und die ganze Zeit über standen Adele und die Polizisten auf der Treppe, und in den Stockwerken unter ihnen öffneten die Leute ihre Türen, um herauszufinden, was passiert war.

»Sie ist tot, nicht wahr?«, kreischte ihre Mutter und kniff die Augen zusammen, bis sie nur noch zwei Schlitze waren. »Wer hat das getan? Wie ist es passiert?«

Daraufhin drängten die Polizisten sich beinahe mit Gewalt in die Wohnung, und Constable Mitchell schob Adele vor sich her. Der Raum diente gleichzeitig als Küche und als

Wohnzimmer. Es roch nach Gebratenem, vor dem Feuer hing Wäsche zum Trocknen, und der Tisch war fürs Abendessen gedeckt. Der Sergeant drückte Rose in einen Sessel, dann begann er sanft zu erklären, was geschehen war.

»Aber wo war Adele? Sie sollte sie abholen«, unterbrach ihn Rose und warf ihrer älteren Tochter einen hasserfüllten Blick zu. »Warum hat sie Pammy erlaubt, über die Straße zu laufen?«

Adele hatte damit gerechnet, dass man ihr die Schuld geben würde, einzig deshalb, weil es immer so war, ganz gleich, was passierte. Trotzdem hatte ein kleiner Teil von ihr sich an die Hoffnung geklammert, dass ein so schrecklicher Schicksalsschlag wie dieser das gewohnte Muster durchbrechen würde.

»Ich bin den ganzen Weg gerannt, aber als ich die Euston Road erreicht hatte, versuchte Pamela bereits, die Straße zu überqueren«, erzählte Adele verzweifelt, während ihr die Tränen übers Gesicht strömten. »›Bleib stehen!‹, habe ich ihr zugerufen, aber ich glaube nicht, dass sie mich gehört oder gesehen hat.«

»Und sie ist von einem Auto überfahren worden?«, fragte Rose und blickte zu dem Sergeant auf, während ihre Augen darum flehten, dass man ihr das Gegenteil sagen würde. »Und sie ist gestorben? Meine schöne kleine Pammy ist tot?«

Der Sergeant nickte und sah Jim Talbot Hilfe suchend an. Doch Adeles Vater saß, die Hände vors Gesicht geschlagen, in sich zusammengesunken in seinem Sessel.

»Mr. Talbot.« Der Sergeant legte ihm eine Hand auf die Schulter. »Es tut uns sehr leid. Ein Krankenwagen war innerhalb weniger Minuten zur Stelle, aber es war zu spät.«

Adele beobachtete, wie ihr Dad die Hände sinken ließ. Er sah sie an, und für einen flüchtigen Augenblick dachte sie, er würde sie zu sich winken, um sie zu trösten. Aber stattdessen verzerrte er das Gesicht zu einer Grimasse des Zorns. »Zu spät«, brüllte er und deutete mit dem Finger auf sie. »Du bist zu spät gekommen, um Pammy abzuholen, und jetzt ist sie tot, weil du zu träge und zu faul warst, um dich zu beeilen.«

»Ich bitte Sie!«, erklärte der Sergeant tadelnd. »Es war nicht Adeles Schuld, sie konnte nicht wissen, dass Pamela versuchen würde, die Straße allein zu überqueren. Es war ein Unfall. Geben Sie ihr nicht die Schuld, sie ist selbst noch ein Kind, und sie steht unter Schock.«

Adele blieb an der Tür stehen, zu benommen und zu erschüttert, um sich auch nur einen Platz zu suchen. Sie spürte, dass sie hier nichts verloren hatte, wie eine Nachbarin, die gekommen war, um sich ein wenig Zucker auszuleihen, und dann nicht wieder gehen wollte.

Dieses Gefühl verstärkte sich noch, als die beiden Polizisten versuchten, ihre Eltern zu trösten und sie Rose und Jim nannten, als würden sie einander schon lange kennen. Constable Mitchell brühte eine Kanne Tee auf und füllte einige Tassen; der Sergeant nahm ein Foto von Pamela vom Kamin und bemerkte, was für ein hübsches Mädchen sie gewesen sei. Ihr Vater drückte ihre Mutter an sich, und beide Polizisten schnalzten mitfühlend mit der Zunge, während sie sich erzählen ließen, was für ein kluges Mädchen Pamela gewesen sei.

Aber niemand achtete mehr auf Adele, nicht nachdem der Sergeant ihr eine Tasse Tee gegeben hatte. Es war, als wäre sie plötzlich unsichtbar geworden.

Vielleicht hatte sie nur fünf oder zehn Minuten dort gestanden, aber ihr kam es vor wie eine Ewigkeit. Es fühlte sich so an, als verfolgte sie ein Theaterstück und wäre durch die Scheinwerfer vor den Blicken der Schauspieler verborgen. Sie konnte ihr Entsetzen und ihre Trauer sehen, hören und fühlen, aber die Schauspieler selbst nahmen nichts von ihrem eigenen Schmerz wahr.

Sie wünschte sich so sehr, dass jemand sie in die Arme nehmen und ihr sagen würde, es sei nicht ihre Schuld und man habe Pamela unzählige Male verboten, allein die Euston Road zu überqueren.

Nach einer Weile setzte Adele sich auf einen kleinen Hocker an der Tür und legte den Kopf auf die Knie. Die Erwachsenen saßen alle mit dem Rücken zu ihr, und obwohl sie wusste, dass das größtenteils an der Anordnung der Sessel lag, kam es ihr doch so vor, als geschähe es mit Absicht. Adele konnte zwar nur aus ganzem Herzen allem zustimmen, was ihre Eltern über ihre Schwester erzählten – ein jeder hatte sie gemocht, sie hatte zu den Besten in ihrer Klasse gehört und war ein unbeschwertes kleines Mädchen mit ganz besonderen Talenten gewesen –, aber ihr schien es, als wiesen ihre Eltern mit jedem Wort darauf hin, dass Pamelas ältere Schwester genau das Gegenteil von ihr war und dass sie es als ungerecht empfanden, dass ausgerechnet sie ihnen geblieben war.

Sie redeten und weinten immer weiter und weiter. Rose wurde bisweilen hysterisch, dann beruhigte sie sich wieder, um auf eine neuerliche Begebenheit zu sprechen zu kommen, bei der Pamela sich als etwas ganz Besonderes erwiesen hatte, worauf Jim dann seinerseits etwas aus Pamelas Leben beizusteuern wusste. Und zwischendurch erklangen immer wieder die ruhigen, beschwichtigenden Stimmen der beiden Polizisten. So jung und unerfahren Adele war, konnte sie spüren, dass die beiden Männer es geschickt verstanden, mit Trauer umzugehen, wobei sie gerade das richtige Maß an Interesse, Sorge und Mitgefühl an den Tag legten, während sie gleichzeitig allmählich versuchten, ihre Eltern zu dem Punkt zu führen, an dem sie den Tod ihrer Tochter akzeptieren konnten.

Obwohl es sie berührte, dass die Polizisten so viel Mitgefühl besaßen, wünschte sich ein kleiner Teil von ihr sehr, sie hätte es gewagt, ihnen zu erzählen, dass Jim Talbots Lieblingsworte gegenüber seinen beiden Töchtern stets »Halt den Mund, ja?« gewesen waren. Dass er derjenige war, der Pamela hatte abholen sollen und es vergessen hatte. Außerdem fragte sie sich, ob die Polizisten Rose gegenüber ebenso zartfühlend gewesen wären, hätten sie gewusst, dass diese Frau meistens zu übellaunig war, um morgens aus dem Bett zu kommen. Es war immer Adele gewesen, die Pamela das Frühstück zubereitet und sie zur Schule gebracht hatte.

»Sollen wir Sie jetzt zu Pamela fahren, damit Sie sie noch einmal sehen können?«, fragte der Sergeant einige Zeit später. Rose wurde noch immer von hilflosen Weinkrämpfen geschüttelt, aber nicht mehr auf die hysterische Art und Weise, mit der sie zuvor ihrer Trauer Ausdruck verliehen hatte. »Sie muss offiziell identifiziert werden, und es könnte Ihnen vielleicht helfen zu sehen, dass sie auf der Stelle tot war und dass der Unfall keine sichtbaren Verletzungen hinterlassen hat.«

Adele hatte die ganze Zeit über schweigend auf ihrem Hocker gesessen, verloren in ihrem Unglück, aber als sie diese

Worte hörte, richtete sie sich jäh auf. »Darf ich auch mitkommen?«, fragte sie spontan.

Alle vier Erwachsenen wandten ihr das Gesicht zu. Die beiden Polizisten wirkten lediglich überrascht, sie hatten offenkundig vergessen, dass Adele noch im Raum war. Doch ihre Eltern schienen die Bitte ihrer Ältesten als einen Affront zu verstehen.

»Nun, du kleines Ungeheuer«, explodierte ihre Mutter und erhob sich, als wollte sie sie schlagen. »Das ist keine Volksbelustigung, unser Baby ist tot – deinetwegen.«

»Nun, nun, Rose«, sagte der Sergeant und trat zwischen Mutter und Tochter. »Adele hat das nicht so gemeint, davon bin ich überzeugt. Das Ganze hat auch sie sehr mitgenommen.«

Sergeant Mike Cotton wäre in diesem Moment lieber überall gewesen, nur nicht in der Charlton Street Nummer siebenundvierzig. In den über zwanzig Jahren Polizeiarbeit hatte er unzählige Male Menschen besucht, um ihnen die Nachricht zu überbringen, dass ein naher Verwandter gestorben sei, und es war immer eine quälende Pflicht gewesen. Aber wenn es um den Tod eines Kindes ging, war es eine grauenhafte Aufgabe, denn es gab keine Worte, die den Schmerz lindern konnten, nichts konnte rechtfertigen, dass ein gesundes Kind ohne Vorwarnung aus dem Leben gerissen wurde. Doch dies war einer der schlimmsten Fälle, die ihm je begegnet waren, denn in dem Augenblick, als Rose Talbot die Tür geöffnet und Adele sich nicht in ihre Arme gestürzt hatte, hatte er gewusst, dass bei dieser Familie etwas ganz im Argen lag.

Während all der Zeit, in der er erklärt hatte, wie es zu dem

Unfall hatte kommen können, war er sich Adeles sehr bewusst gewesen, die noch immer in der Tür stand. Er hätte sie so gern zu sich gerufen, auf den Schoß genommen und sie getröstet, aber das wäre die Aufgabe des Vaters gewesen. Geradeso, wie es seine Aufgabe gewesen wäre, seine kleine Tochter an einem dunklen, kalten Januarabend abzuholen. Die Euston Road lag nicht in einem Viertel, in dem man irgendein kleines Mädchen allein lassen sollte. Abschaum jedweder Art trieb sich dort herum – Bettler, Prostituierte und ihre Zuhälter, Freier, Diebe, die Ausschau nach irgendjemandem hielten, den sie ausrauben konnten.

Mike musste zugeben, dass die Talbots eine kleine Spur über den meisten ihrer Nachbarn in dieser Straße standen. Er kannte Familien von acht oder zehn Personen, die sich in ein einziges Zimmer zwängten, wo das Überleben davon abhing, dass die Mutter listenreich und stark genug war, um ihrem Mann ein wenig Geld fürs Essen abzunehmen, bevor er seinen Lohn in den Pub trug. Er kannte andere Familien, die wie Tiere im Schmutz lebten, und wieder andere, in denen die Mütter ihre Kinder nachts auf die Straße schickten, während sie auf dem Rücken liegend das Geld verdienten, um sie ernähren zu können. Die Wohnung der Talbots mochte schäbig sein, aber sie war sauber und warm, und es waren Vorbereitungen für ein Abendessen getroffen worden. Jim Talbot hatte auch noch Arbeit, trotz der wirtschaftlichen Depression, die das Land langsam in ihren Würgegriff nahm.

Mike dachte, dass Rose Talbot mit an Sicherheit grenzender Wahrscheinlichkeit aus Mittelklasseverhältnissen stammte: Sie sprach korrektes Englisch, selbst wenn es durchsetzt war mit Londoner Slang, und sie hatte ein kultiviertes Benehmen. Ihm war aufgefallen, dass sie trotz seiner schockierenden Nachricht eilig ihre Schürze ausgezogen hatte und sich mit den Fingern durch ihr unordentliches Haar gefahren war, als schämte sie sich, so unvorbereitet mit Besuchern konfrontiert worden zu sein. Ihr Rock und der Pullover kamen eindeutig von einem Marktstand, doch der gedämpfte Blauton unterstrich ihre schönen Augen und verlieh ihr eine überraschende Eleganz.

Jim dagegen stammte offenkundig aus der untersten Gesellschaftsschicht. Obwohl er hoch gewachsen und schlank war, hatte er jene gebeugte, unbeholfene Haltung, die den Abkömmlingen der Londoner Slums stets anzuhaften schien. Er sprach mit einem nasalen, beinahe weinerlichen Londoner Akzent, und mit seinen schlechten Zähnen, dem schütteren, sandfarbenen Haar und den wässrig blauen Augen wirkte er trotz seiner zweiunddreißig Jahre vor der Zeit gealtert. Außerdem war er kein besonders heller Kopf, denn als Mike ihn gefragt hatte, wie sicher sein Job sei, hatte er die Frage zunächst nicht verstanden. Warum hatte eine attraktive, kultivierte Frau wie Rose einen Mann wie Jim geheiratet?

Aber wenn schon die Eltern schlecht zusammenpassten, bestand eine noch größere Ungleichheit in ihren Gefühlen, was ihre beiden Kinder betraf. Auf dem Sideboard standen mehrere Fotografien von Pamela, und an der Wand hing eine ihrer Zeichnungen, aber von Adele gab es nichts dergleichen. Mike war aufgefallen, dass Pamela einen guten, warmen Mantel und Fausthandschuhe getragen hatte, und sie war auf hübsche Weise rundlich gewesen. Adele dagegen war sehr dünn und blass, und ihr Mantel war ein altes, abgetragenes Stück, das offensichtlich früher einmal einer erwachsenen Frau gehört haben musste. Natürlich mochte es sich um den Mantel ihrer Mutter handeln, den sie sich rasch übergestreift hatte, um aus dem Haus zu laufen. Aber er glaubte es nicht, denn als er sich Adele jetzt unter einer hellen Lampe näher ansah, kam sie ihm unterernährt vor. Ihr ungebärdiges mausbraunes Haar war ohne jeden Glanz, und ihr marineblaues Sporthemd war, ebenso wie der Mantel, viel zu groß für sie.

Ihre äußere Erscheinung bedeutete wenig in einem Viertel, in dem Hunderte von Mädchen ihres Alters noch schäbiger gekleidet und noch schlechter ernährt waren. Dennoch war Mike sich ziemlich sicher, dass all die Mütter dieser Mädchen, selbst jene, die betrunkene Schlampen waren, es nicht fertiggebracht hätten, ein Kind zu ignorieren, das so offensichtlich ein wenig Trost und Zärtlichkeit brauchte.

Das Mädchen hatte soeben etwas mit angesehen, das selbst einem hartgesottenen Polizisten die Tränen in die Augen getrieben hätte, also konnte Rose, wie schwer dieser Schlag sie auch getroffen haben mochte, doch gewiss ihre eigenen Gefühle lange genug im Zaum halten, um sich ihrer älteren Tochter zuzuwenden?

Adele war erleichtert, als ihre Eltern endlich mit den Polizisten aufbrachen und ihr befahlen, zu Bett zu gehen. Aber sobald sie in das eiskalte Schlafzimmer trat und das Bett sah, das sie immer mit Pamela geteilt hatte, begann sie von Neuem zu weinen. Sie würde nie wieder den warmen kleinen Körper ihrer Schwester dicht an sich gekuschelt fühlen, die geflüsterten abendlichen Gespräche waren ihr für immer genommen, das Gekicher und all die kleinen Geständnisse. Mit Pamela war der einzige Mensch gestorben, dessen Zuneigung sie sich stets hatte gewiss sein können.

An die Zeit vor Pamelas Geburt hatte sie im Grunde keine Erinnerung. Das früheste Erlebnis, das ihr im Gedächtnis haften geblieben war, war ein Kinderwagen, der zu groß gewesen war, als dass sie ihn hätte vor sich herschieben können, und das Bettchen mit einem Baby darin, das ihr viel besser gefallen hatte als eine Puppe. Sie hatten damals anderswo gelebt, in einer Kellerwohnung, glaubte sie, aber sie konnte sich daran erinnern, wie sie in dieses Haus gezogen waren, denn Pamela hatte damals gerade das Laufen gelernt, und Adele hatte aufpassen müssen, dass ihre kleine Schwester nicht versuchte, die Treppe hinunterzukommen.

Während sie zitternd und weinend und mit eng an den Leib gezogenen Beinen dalag, fluteten die Erinnerungen zurück. Wie sie Pamela auf der Schaukel angestoßen hatte, wie sie ihr Bilder gemalt, ihr Geschichten erzählt und ihr beigebracht hatte, wie man auf der Straße Kästchen hüpfte.

Sie hatte immer gewusst, dass Mum und Dad Pamela lieber mochten als sie selbst. Sie lachten, wenn sie falsche Worte sagte, sie ließen sie in ihr Bett, sie bekam beim Essen größere Portionen. Pamela bekam kaum je einmal abgelegte Kleider und Schuhe, während Adele niemals neue bekommen hatte.

Pamelas Klavierstunden waren das Einzige, worum Adele sie je beneidet hatte. Alle anderen Ungerechtigkeiten hatte sie hingenommen, weil Pamela das Nesthäkchen der Familie war und weil sie sie ebenfalls liebte. Aber mit dem Klavier war das etwas anderes gewesen – Pamela hatte niemals auch nur das geringste Interesse daran gezeigt, ein Instrument zu erlernen. Sie wollte tanzen, reiten und schwimmen, aber Musik interessierte sie nicht. Adele liebte Musik, und obwohl sie es niemals gewagt hätte, direkt nach Unterrichtsstunden zu fragen, hatte sie doch ungezählte Male diesbezüglich kleine Bemerkungen fallen lassen.

Adele wusste nur allzu gut, dass England sich im Würgegriff einer Entwicklung befand, die man »Depression« nannte. Die Schlange von Männern, die nach Arbeit suchten, wurde von Woche zu Woche länger. Adele hatte die Eröffnung einer Suppenküche in King's Cross miterlebt und gesehen, wie Familien aus ihren Häusern geworfen wurden, weil sie die Miete nicht mehr bezahlen konnten. Ihr Vater mochte noch immer Arbeit haben, aber sie wusste, dass auch er seinen Job jederzeit verlieren konnte, daher hatte sie einen Luxus wie Klavierunterricht nicht wirklich erwartet.

Dann hatte ihre Mutter eines Tages aus heiterem Himmel erklärt, dass Pamela fortan jeden Dienstagnachmittag zu Mrs. Belling in Cartwright Gardens gehen werde, um Unterricht zu nehmen.

Adele wusste, dass ihre Mutter sich aus Gehässigkeit gegen sie dazu entschlossen hatte, denn welchen anderen Grund hätte es dafür geben sollen, wenn Pamela gar keinen Unterricht wollte? Erst vor zwei Wochen hatte Pamela Adele anvertraut, die Klavierstunden aus ganzem Herzen zu hassen. »Mrs. Belling hat gesagt, es sei sinnlos, mich zu unterrichten, wenn ich zu Hause kein Klavier habe, auf dem ich üben kann«, hatte Pammy hinzugefügt. Und jetzt war sie wegen dieser Unterrichtsstunden tot.

Einige Zeit später hörte Adele ihre Eltern zurückkommen. Sie konnte die Stimmen der beiden hören, auch wenn sie ihre Worte nicht verstand. Die Stimme ihrer Mutter schwankte zwischen einer Art schluchzendem Kummer und einem verbitterten Heulen. Die Stimme ihres Vaters war beständiger, ein wütendes, heiseres Schnarren, das hie und da durchsetzt war von einem dumpfen Aufprall, wenn er mit der Faust auf den Tisch schlug.

Vermutlich tranken die beiden, und das war noch Besorgnis erregender, denn der Alkohol führte im Allgemeinen dazu, dass sie miteinander stritten. Adele wollte aufstehen und zur Toilette gehen, aber sie wagte es nicht, denn dazu hätte sie durch das Wohnzimmer gehen müssen.

Sie fragte sich, ob man von ihr erwarten würde, dass sie am Morgen zur Schule ging. Die meisten Kinder, die sie kannten, wurden zu Hause gehalten, wenn es einen Todesfall in ihrer Familie gegeben hatte, doch andererseits war ihre Mutter nicht wie die Mütter anderer Mädchen.

Manchmal war Adele stolz auf diese Unterschiede, denn in vieler Hinsicht war Rose Talbot den übrigen Frauen überlegen. Sie legte Wert auf ihr Äußeres, und auf der Straße schrie und fluchte sie nicht wie so viele ihrer Nachbarinnen. Sie hielt die Wohnung sauber und ordentlich, und es gab jeden Abend ein warmes Essen, nicht Brot und Soße, wie so viele andere Kinder es in diesem Viertel vorgesetzt bekamen.

Aber Adele wäre Unordnung bei Weitem lieber gewesen, wenn ihre Mutter dadurch glücklich und liebevoll gewesen wäre, wie die meisten anderen Mütter es waren. Rose lachte nur selten, sie plauderte nicht einmal mit anderen, sie hatte niemals den Wunsch, irgendwohin zu gehen, nicht einmal im Sommer in den Regent's Park. Es war so, als zöge sie es vor, unglücklich zu sein, denn das war eine gute Methode, um allen anderen ebenfalls den Spaß zu verderben.

Irgendwann begriff Adele, dass sie zur Toilette gehen musste, oder sie würde ins Bett machen. Sehr leise öffnete sie die Tür und hoffte verzweifelt, sich einfach unbemerkt die Treppe hinunterschleichen zu können.

»Was willst du?«, fuhr Rose sie an.

Adele antwortete ihr und ging dann direkt zur Wohnungstür hinaus, bevor ein weiteres Wort sie zurückhalten konnte.

Da sie nur ihr Nachthemd trug und nackte Füße hatte, fror sie erbärmlich. In der Toilette stank es wieder, und der Geruch würgte sie in der Kehle. Mum stöhnte ständig darüber, dass Mrs. Manning sich niemals daran beteiligte, diesen Raum sauber zu halten – tatsächlich fand sie, dass die andere Frau doppelt so oft an die Reihe kommen sollte, da sie auch doppelt so viele Kinder hatte. Bei dem letzten Streit über dieses Thema hatte Mrs. Manning Mum Schläge angedroht. »Hochmütige Kuh«, hatte sie geschimpft. »Du glaubst wohl, deine eigene Scheiße stinkt nicht, was?«

Als Adele in die Wohnung zurückkehrte, zögerte sie. Ihre Eltern saßen in den Sesseln zu beiden Seiten des Feuers, beide mit einem Bierglas in Händen, und sie sahen so traurig aus, dass sie glaubte, etwas sagen zu müssen.

»Es tut mir schrecklich leid, dass ich nicht schneller dort sein konnte«, platzte sie heraus. »Ich bin wirklich den ganzen Weg gerannt.«

Ihr Vater blickte als Erster auf. »Es lässt sich nicht mehr ändern«, murmelte er unglücklich.

Einen flüchtigen Augenblick lang dachte Adele, sie hätten sich beide besonnen, aber das war ein böser Irrtum. Ohne jede Vorwarnung flog eine leere Bierflasche in ihre Richtung, traf sie an der Stirn und fiel dann zu Boden, wo sie auf dem Linoleum zersplitterte. »Geh mir aus den Augen, du kleines Miststück!«, kreischte ihre Mutter. »Ich habe dich nie gewollt, und jetzt hast du mein Baby getötet.«

2

»Ich will sie nicht bei der Beerdigung dabeihaben«, fuhr Rose Talbot ihren Mann an.

Jim, der sich gerade die Schuhe putzte, blickte erschrocken auf. Er hatte damit gerechnet, dass Rose ihn vielleicht anschreien würde, weil er die Schuhe auf dem Tisch putzte, daher hatte er eine Zeitung darunter gelegt. Aber nicht einen Moment lang hatte er erwartet, dass sie keine zwei Stunden vor der Beerdigung etwas anderes finden würde, um sich aufzuregen.

»Warum?«, fragte Jim nervös. »Weil sie zu jung ist?« Seit Pamelas Tod hatte Rose ihn zunehmend nervös gemacht. Ihre Trauer verstand er – an den meisten Tagen wünschte er sich, er könne ebenfalls sterben und auf diese Weise den schrecklichen Schmerz abschütteln. Die Tatsache, dass sie bis zur Beerdigung zwei Wochen lang auf den Bericht eines Leichenbeschauers hatten warten müssen, hatte alles nur noch schlimmer gemacht und das Elend in die Länge gezogen, doch er verstand nicht, warum Rose Adele gegenüber einen so grimmigen Zorn an den Tag legte.

»Wenn du den Leuten erzählen willst, dass sie nicht dabei ist, weil sie noch zu jung ist, dann tu das«, gab Rose zurück und stolzierte mit vorgerecktem Kinn durch das Wohnzimmer. »Aber das ist nicht der wirkliche Grund. Ich will sie einfach nicht dabeihaben.«

»Hör mal«, begann Jim, weil er dachte, dass er stark sein und das Ganze im Keim ersticken müsse, bevor es außer

Kontrolle geriet. »Pammy war ihre Schwester, deshalb sollte sie dort sein. Die Leute werden reden.«

Rose drehte sich um und bedachte ihn mit einem langen, kalten Blick. »Lass sie reden. Mir ist es egal«, erklärte sie trotzig.

Jim reagierte, wie er immer reagierte, wenn Rose schwierig war: Er ließ es dabei bewenden und putzte weiter seine Schuhe, bis sie glänzten wie Glas. Vielleicht sollte er stärker sein, aber er war sich nur allzu deutlich bewusst, dass Rose ihn nicht so liebte, wie er sie liebte, und er hatte Angst, ihr Missfallen zu erregen.

»Wenn es das ist, was du willst«, sagte er schwach, nachdem er eine Weile nachgedacht hatte.

Rose stürmte in ihr Schlafzimmer; wenn sie auch nur einen Augenblick länger in Jims Nähe blieb, fürchtete sie, auch mit ihren Gefühlen, was ihn betraf, herauszuplatzen. Sie riss sich wütend die Lockenwickler vom Kopf, und das, was sie sah, als sie nach ihrer Haarbürste griff und vor den Spiegel trat, fachte ihre Wut noch weiter an.

Alles an ihr war eingefallen, sowohl ihr Körper als auch ihr Gesicht. Vermutlich war sie in den Augen der meisten Menschen noch immer attraktiv, doch in ihren eigenen Augen war sie eine verwelkte Rose, die kurz davor stand, ihre Blütenblätter zu verlieren.

Sie legte die Hände auf beide Seiten ihres Gesichts und zog die Haut straff zurück. Sofort war ihr Kinn fester, die Linien um ihren Mund verschwanden, und Erinnerungen daran, wie sie früher einmal ausgesehen hatte, stiegen in ihr auf. Die Leute hatten sich den Kopf nach ihr verdreht, mit ihrer perfekten Figur, den vollen Lippen, dem schönen blonden Haar und der Porzellanhaut, und wenn sie eine gute Ehe mit einem wohlhabenden Mann eingegangen wäre, würde sie vielleicht noch immer so aussehen.

Aber das Schicksal hatte sich von Anfang an gegen sie verschworen. Alle geeigneten jungen Männer waren in den Krieg gezogen, als sie gerade einmal dreizehn Jahre alt gewesen war, und von den wenigen, die zurückgekommen waren, waren die meisten verlobt oder auf die gleiche Art und Weise beschädigt gewesen wie ihr Vater.

Dreißig war nicht allzu alt, doch es bestand jetzt keine Möglichkeit mehr, ihr Leben zu ändern, ebenso wenig wie sie ihre verblassende Schönheit festhalten konnte.

Sie hatte Jim aus Verzweiflung geheiratet, weil sie mit Adele schwanger gewesen war. Er war für sie eine vorübergehende Zuflucht gewesen, denn sie hatte geglaubt, nach der Geburt des Babys würde etwas Besseres auftauchen. Aber stattdessen war sie in einer Falle gelandet.

Es war bittere Ironie, dass sich ihre Einstellung zu ihrer Ehe für eine Weile geändert hatte, nachdem vier Jahre später Pamela gekommen war. Sie hatte sich nichts weniger gewünscht, als durch ein weiteres Kind belastet zu werden. Trotzdem hatte sie ihre kleine Tochter geliebt, seit sie sie das erste Mal im Arm gehalten hatte.

In einem dieser kitschigen Liebesromane, die sie als junges Mädchen mit solcher Begeisterung gelesen hatte, hätte sie in diesem Moment ihre wahre Liebe zu Jim entdecken müssen, aber das geschah im wirklichen Leben nicht. Sie schickte sich einfach darein, dass sie sich mit ihm abfinden musste. Doch solange sie Pamela gehabt hatte, die ihr so ähnlich war, hatte sie noch immer eine winzige Spur von

Optimismus verspürt, dass hinter der nächsten Ecke etwas Gutes auf sie warte.

Aber ohne Pamela war alles sinnlos. Sie war wieder genau dort, wo sie angefangen hatte, mit Adele, dem Grund für ihr verpfuschtes Leben, und Jim, einem Mann, den sie nicht lieben, ja nicht einmal respektieren konnte.

Als Rose ins Zimmer kam, saß Adele auf ihrem Bett und versuchte, ihr einziges halbwegs anständiges Paar Socken zu flicken.

Wie hübsch sie aussieht!, dachte sie beim Eintritt ihrer Mutter und wollte schon eine Bemerkung diesbezüglich machen. Aber sie sagte nichts dergleichen, schließlich war dies kein passendes Kompliment für jemanden, der sich für eine Beerdigung angezogen hatte. Allerdings stand ihrer Mutter Schwarz sehr gut, und die Art, wie sich ihr blondes Haar um den kleinen schwarzen Schleierhut schmiegte, hatte etwas ausgesprochen Liebreizendes.

»Müssen wir schon gehen?«, fragte Adele stattdessen. »Ich bin gerade mit dieser Socke fertig geworden. Ich brauche sie nur noch anzuziehen.«

»Die Mühe kannst du dir sparen, du wirst nicht mitgehen«, erwiderte ihre Mutter scharf. »Kinder haben bei einer Beerdigung nichts zu suchen.«

Eine Welle der Erleichterung schlug über Adele zusammen. In den zwei Wochen seit Pamelas Tod hatte sie mit absolutem Grauen an die Beerdigung gedacht. Pamela hatte sich immer vor Friedhöfen gefürchtet, und Adele wusste, dass es ein unheimliches Gefühl sein würde zuzusehen, wie ihr Sarg in die Erde gesenkt wurde.

»Soll ich irgendetwas tun, während du mit Daddy fort bist?«, erbot sie sich. Sie wusste, dass es anschließend kein Essen irgendeiner Art geben würde, da weder ihre Mutter noch ihr Vater Verwandte erwarteten. Aber Adele hielt es für möglich, dass sie vielleicht einige Nachbarn mit nach Hause brachten.

Die Ohrfeige verblüffte sie mehr, als dass sie ihr wehtat. »Was habe ich denn gesagt?«, murmelte sie verwirrt.

»Dir ist das alles absolut gleichgültig, nicht wahr?«, schrie Rose. »Du kleines Miststück!«

»Es ist mir nicht gleichgültig. Ich habe sie genauso geliebt wie du«, gab Adele entrüstet zurück und begann zu weinen.

»Niemand hat sie so geliebt wie ich.« Rose beugte sich vor, sodass ihr Gesicht unmittelbar vor dem ihrer Tochter war, und ihre Augen waren so eisig wie das Wetter draußen. »Niemand! Bei Gott, ich wünschte, du wärst an ihrer Stelle gestorben. Seit du auf der Welt bist, bist du ein Stachel in meinem Fleisch.«

Ihre Mum musste wahnsinnig geworden sein, dass sie so etwas Schreckliches sagte – anders konnte es für Adele nicht sein. Aber so sehr Roses Bemerkung sie erschreckt hatte, konnte sie ihre Worte nicht hinnehmen, ohne sich zur Wehr zu setzen. »Warum hast du mich dann überhaupt bekommen?«, gab sie zurück.

»Gott weiß, dass ich mir alle Mühe gegeben habe, dich loszuwerden«, fauchte ihre Mutter, und ihre Augen glitzerten hasserfüllt. »Ich hätte dich irgendeinem wildfremden Menschen auf die Schwelle legen sollen.«

In diesem Moment wurde die Tür aufgerissen, und Jim kam herein. »Was ist hier los?«, wollte er wissen.

»Nur ein paar Wahrheiten, die längst fällig waren«, erwiderte Rose, während sie aus dem Raum stolzierte. Jim folgte ihr.

Adele saß lange Zeit wie betäubt auf ihrem Bett. Sie wollte glauben, dass ihre Mutter nach dem Verlust Pamelas lediglich an irgendeiner Art von Krankheit litt und ihre Worte nicht wirklich ernst gemeint hatte. Trotzdem sagten die Menschen solche Dinge nicht, nicht einmal im größten Schmerz, es sei denn, sie entsprachen der Wahrheit.

Adele saß noch immer so reglos wie eine Statue da, als sie hörte, dass ihre Eltern zu der Beerdigung aufbrachen. Sie verabschiedeten sich nicht von ihr, sondern gingen wortlos fort, als wäre sie ein Nichts. Adeles Zimmer lag im hinteren Teil des Hauses, sodass sie von dort aus keinen Blick auf die Straße hatte. Sie wartete, bis Jim und Rose den untersten Treppenabsatz erreicht hatten, ging ins Schlafzimmer ihrer Eltern, zog die geschlossenen Vorhänge einen Spaltbreit zurück und sah den Leichenwagen, der unten wartete.

Niemand in der Charlton Street besaß ein Auto, sodass es ein echtes Ereignis war, wenn eins in der Straße hielt, und alle Jungen kamen herbeigeeilt, um es zu betrachten, während die Erwachsenen darüber diskutierten, wem der Wagen gehören mochte und aus welchem Grund er in ihrem Viertel aufgetaucht war.

Leichenwagen riefen jedoch eine andere Art von Reaktion hervor, und das Verhalten der Menschen an diesem Tag war charakteristisch. Die Nachbarn, die an der Beerdigung teilnehmen würden, hatten sich zu einer kleinen Gruppe zusammengefunden und waren in ihren ordentlichen schwarzen Kleidern kaum zu erkennen.

Weiter unten in der Straße verfolgten die Frauen von ihren Haustüren aus das Geschehen. Die Männer, die vorbeikamen, nahmen ihre Hüte ab. Alle Kinder, die nicht in der Schule waren, hatte man entweder ins Haus gebracht oder veranlasst, in ehrfürchtigem Schweigen stillzustehen.

Während es tröstlich für Adele war zu denken, dass man ihrer Schwester den gleichen Respekt zollte wie einem Erwachsenen, war ihr die Vorstellung, dass Pamela in dem glänzenden Sarg lag, unerträglich. Pammy war stets so aus sich herausgegangen, war lebhaft und so redselig gewesen! Es gab kaum ein Haus in der Straße, das sie nicht irgendwann einmal betreten hatte – sie war neugierig gewesen, witzig und so liebenswert, dass selbst die verknöchertsten alten Leute ihrem Charme erlegen waren.

Trotzdem gab es nicht allzu viele Blumen. Die Nachbarn hatten zusammengelegt, um einen Kranz zu kaufen; Adele hatte ihn gesehen, als er am Morgen gebracht worden war. Es war nur ein kleiner Kranz, weil niemand viel Geld erübrigen konnte, und da Blumen im Januar rar waren, hatte der Kranz überwiegend aus immergrünen Pflanzen bestanden. Das Gesteck der Lehrer von Pamelas Schule war größer, wie ein gelbes Kissen, und Mrs. Belling, die Klavierlehrerin, hatte einen sehr hübschen Strauß geschickt.

Auch der Kranz von Mum und Dad war klein, doch zumindest hatten darin einige rosafarbene Rosen gesteckt. Er war sehr schön, und Adele hatte das Gefühl, dass er Pamela gefallen hätte.

Kurze Zeit später sah sie ihre Eltern, die jetzt hinter den Leichenwagen traten, und Mr. und Mrs. Patterson aus dem Erdgeschoss bedeuteten den anderen Nachbarn, sich ihnen anzuschließen.

Dann setzte der Leichenwagen sich langsam in Bewegung und kroch förmlich die Straße hinauf zur Kirche, während die Menschen, die ihm folgten, die Köpfe gesenkt hielten.

Dann gab es nichts mehr zu sehen, und Adele blieb nichts anderes übrig, als abermals über die schrecklichen Worte nachzudenken, die kurz zuvor gefallen waren, und sie begann von Neuem zu weinen. Hatte ihre Mutter wirklich in Betracht gezogen, sie auf einer Türschwelle auszusetzen? Aber gewiss liebten doch alle Mütter ihre Kinder?

Zwei Monate später, im März, trottete Adele müde von der Schule nach Hause. Jeder einzelne Tag seit Pamelas Tod war die pure Qual gewesen, aber als sie heute Netzball gespielt hatten, hatte Miss Swift, ihre Lehrerin, sie vor der ganzen Klasse gefragt, wie sie zu den Striemen auf ihren Beinen gekommen sei.

Adele hatte das Erste gesagt, was ihr eingefallen war: »Ich weiß es nicht.«

»Das ist ja lächerlich«, hatte Miss Swift erwidert, aber ihr wissender Blick hatte verraten, dass sie eine sehr genaue Vorstellung davon hatte, woher diese Striemen stammten.

In Wahrheit hatte Rose sie am Morgen des vergangenen Samstags mit dem Schüreisen geschlagen. Sie hatte danach gegriffen, als Adele vor dem Kamin gehockt hatte, um ein Feuer zu entfachen, und auf sie eingeschlagen, weil ihr Asche auf den Teppich gefallen war. An diesem Tag war Adele kaum in der Lage gewesen zu gehen. Aber am Montagmorgen war der Schmerz einigermaßen erträglich gewesen, und glücklicherweise war ihr Turnkleid lang genug, um die Striemen zu verbergen. Allerdings hatte sie nicht daran gedacht, dass man es zum Netzball auszog und in kurzen Hosen spielte.

Wenn Adele allein gewesen wäre, als Miss Swift sie nach ihren Verletzungen gefragt hatte, hätte sie der Lehrerin vielleicht die Wahrheit anvertrauen können, doch in Gegenwart all der anderen Mädchen war ihr das unmöglich gewesen. Viele von ihnen wohnten ebenfalls in der Charlton Street, und Adele wollte nicht, dass sie alle nach Hause liefen und ihren Müttern erzählten, Rose Talbot sei verrückt geworden.

Das war keine Übertreibung, das wusste Adele, weil ihr Vater genau das in letzter Zeit unzählige Male gesagt hatte. Rose hatte nicht nur sie geschlagen, sie schlug auch Jim, wenn sie betrunken war. Sie trank inzwischen ständig, und alles um sie herum brach auseinander. Sie kochte nicht mehr, kaufte keine Lebensmittel ein, hielt die Wohnung nicht mehr sauber und besorgte auch keine Wäsche mehr. Sie war nie da, wenn Adele zum Abendessen nach Hause kam, und wenn das Kind nachmittags von der Schule heimkehrte, schlief sie meist ihren Rausch aus.

Adele übernahm das Putzen, und ihr Vater schickte sie, wenn er von der Arbeit kam, für gewöhnlich aus dem Haus, um Fish and Chips zu kaufen. Wenn er sich darüber beklagte, dass es nichts zu essen gab, begann ihre Mutter entweder zu weinen, oder sie wurde bösartig, und häufig lief sie dann aus der Wohnung und ging in den Pub, und Jim folgte ihr, um sie wieder nach Hause zu holen.

Es war alles so schrecklich. Adele war mit den düsteren, wortlosen Launen ihrer Mutter aufgewachsen – sie waren ebenso sehr ein Teil ihres Lebens wie die Schule oder ihre

Ausflüge in die öffentlichen Bäder, wo sie im Waschsalon die Wäsche wusch. Aber Rose war nicht länger schweigsam, sie schrie und fluchte, und häufig warf sie mit irgendwelchen Dingen um sich, und Jim war bald genauso schlimm.

Er war immer ein so stiller Mann gewesen, und wenn Rose ihn hatte beleidigen wollen, hatte sie ihn gern als Schwächling bezeichnet. Aber jetzt reizte Rose ihn bis aufs Blut und schalt ihn dumm und gewöhnlich, woraufhin er beinahe genauso boshaft wurde wie sie. Erst vor einigen Tagen hatte er mit einem Plätteisen nach ihr geschlagen.

Adele wusste sehr gut, dass ihr Vater ein wenig langsam war, er konnte nur die einfachsten Worte lesen, und man musste ihm alles sehr genau erklären, bevor er es verstand. Aber er konnte recht ordentlich rechnen, und er wurde zunehmend wütend über die Menge an Geld, die Rose für Alkohol ausgab. Adele hatte gehört, wie er ihrer Mutter erklärt hatte, dass sein Lohn gekürzt worden sei, weil sein Boss nicht mehr genug Aufträge hatte. »Ich werde meine Arbeit vielleicht ganz verlieren«, sagte er immer wieder, aber nicht einmal diese Drohung drang zu Rose durch.

Als Adele das Haus betrat, öffnete Mrs. Patterson ihre Tür, und ihr finsterer Blick und die Art, wie sie die Hände in die Hüften stemmte, ließen keinen Zweifel daran, dass sie wütend war.

»Deine Mum hat sich wieder mal danebenbenommen«, platzte sie heraus. »Ich kann das nicht mehr lange ertragen, ganz gleich, wie leid mir die Sache mit deiner Schwester tut.«

Mrs. Patterson war eine nette Frau. Sie hatte drei eigene Kinder, aber sie war stets ausgesprochen freundlich sowohl zu Adele als auch zu Pamela gewesen, und in der Vergangenheit hatte sie sie häufig zum Tee eingeladen, wenn ihre Mutter anderweitig Besorgungen hatte erledigen müssen. Sie war eine kleine, drahtige Frau mit pechschwarzem Haar, das sie sich wie eine Krone um den Kopf flocht. Adele und Pamela hatten sich oft gefragt, wie lang ihr Haar wohl sein mochte, wenn sie es offen ließ. Pamela war davon überzeugt gewesen, dass es ihr bis zu den Füßen reichen musste.

»Was hat sie getan?«

»Sie hat durchs Treppenhaus Ida Manning angeschrien.« Mrs. Patterson verdrehte die Augen und blickte zu der Wohnung über ihnen hinauf. »Angeblich hat Ida eine Tüte mit Lebensmitteln gestohlen, die sie im Flur hat stehen lassen. Deine Mum ist niemals auch nur in die Nähe eines Lebensmittelladens gekommen; der einzige Laden, in dem sie einkauft, ist der Schnapsladen.«

»Das tut mir leid«, antwortete Adele schwach. Sie wusste, dass Mrs. Patterson mit ihrer Weisheit am Ende sein musste, wenn sie sich bei ihr beschwerte. Normalerweise war sie immer so freundlich. Aber Adele wagte es nicht, länger stehen zu bleiben und mit ihr zu reden, denn ihre Mutter würde ihr bei lebendigem Leib die Haut abziehen, wenn sie sie dabei erwischte, wie sie mit den Nachbarn über sie sprach.

»›Tut mir leid‹ reicht nicht mehr. Das ist auch alles, was ich von deinem Dad noch zu hören bekomme«, entgegnete Mrs. Patterson und hob drohend den Zeigefinger. »Dieses Haus ist voller Kinder. Wir wollen keine Trunkenbolde hier haben, die Tag und Nacht herumschreien. Wir haben nach Pamelas Tod alle versucht, ihr zu helfen, doch bisher hat deine Mutter nur jeden vor den Kopf gestoßen, der ihr die Hand reichen wollte.«

»Ich kann nichts tun«, murmelte Adele und begann zu weinen. Sie glaubte, es nicht länger ertragen zu können. Ihr graute es davor, nach Hause zu gehen.

»Ach, Kind, weine nicht«, seufzte Mrs. Patterson, und die Härte, die zuvor in ihrer Stimme gelegen hatte, verschwand. Sie ging auf Adele zu und tätschelte ihr die Schulter. »Du bist ein braves Mädchen, du hast all das nicht verdient. Aber du musst mit deinem Dad reden. Wenn er nicht bald dafür sorgt, dass das aufhört, wird man euch alle aus dem Haus werfen.«

Adele war allein im Wohnzimmer, als ihr Vater später am Abend von der Arbeit zurückkam. »Wo ist sie?«, wollte er wissen.

»Sie ist vor ungefähr einer halben Stunde weggegangen«, berichtete Adele und begann abermals zu weinen. Als sie von der Schule nach Hause gekommen war, hatte ihre Mutter im Bett gelegen, und sie hatte sie für eine Weile in Ruhe gelassen. Später hatte sie ihr dann eine Tasse Tee ins Schlafzimmer gebracht und einen Schlag ins Gesicht bekommen, als sie sich erkundigt hatte, was es zum Essen gebe. »Es gibt nichts zu essen, aber vielleicht ist sie ja weggegangen, um etwas einzukaufen«, fügte sie hinzu.

Jim stieß einen tiefen Seufzer aus und ließ sich, ohne den Mantel auszuziehen, in einen Sessel sinken. »Ich weiß nicht mehr, was ich tun soll«, bekannte er hilflos. »Du machst die Sache auch nicht besser, du regst sie nur auf.«

»Ich tue nichts, und ich spreche nicht einmal mit ihr«, gab Adele entrüstet zurück. »Es ist allein ihre Schuld.«

Sie hatte solchen Hunger, dass ihr übel war, und im Schrank lag nicht einmal ein Stück Brot. Obwohl sie sich inzwischen daran gewöhnt hatte, dass ihr Vater ihr die Schuld an allem gab, war sie diesmal nicht bereit, es zu akzeptieren.

Wütend erzählte sie ihm von dem Gespräch mit Mrs. Patterson. »Kannst du denn gar nichts tun, Dad?«, fragte sie flehentlich.

Sie hatte eine Ohrfeige erwartet, doch zu ihrer Überraschung blickte Jim lediglich bekümmert drein. »Sie hört nicht auf mich, egal, was ich auch sage«, gestand er und schüttelte langsam den Kopf. »Sie benimmt sich, als wäre ich der Grund für ihre Probleme.«

Das Ausmaß des Schmerzes und des Kummers in seiner Stimme erschütterte Adele. Er war nie wie die Väter in ihren Büchern gewesen, er benahm sich nicht wie das Familienoberhaupt, und meistens schlich er durch die Wohnung, als wäre er bloß ein Untermieter. Er redete nicht viel, zeigte nur selten seine Gefühle, und Adele wusste herzlich wenig über ihn, da er sie die meiste Zeit nicht einmal beachtete. Aber nach dem, was sie von anderen Männern wusste, war Jim Talbot kein schlechter Vater. Er mochte ungeschliffen sein und ein wenig langsam im Kopf, doch er gab nicht viel Geld für Schnaps oder Glücksspiele aus, und er ging jeden Tag zur Arbeit.

Aber Pamelas Tod und das riesige Loch, das sie in der Familie hinterlassen hatte, hatte Adeles Aufmerksamkeit mehr als je zuvor auf ihren Vater gelenkt. Die boshaften Bemerkungen, die ihre Mutter über ihn fallen ließ, wollte sie nicht wahrhaben, auch wenn die meisten dieser Dinge zutrafen. Es war schließlich nicht seine Schuld, dass er nicht einmal die einfachsten Probleme lösen konnte. Tatsächlich war er wie ein großes, starkes Kind, und daher verband sie ein gewisses Mitgefühl mit ihm, denn sie wusste, wie es war, ständig verspottet zu werden.

»Wie kannst du der Grund für ihre Probleme sein?«, protestierte sie.

»Keine Ahnung«, erwiderte er schulterzuckend. »Ich habe immer alles getan, was sie wollte. Aber sie ist tiefgründiger als die Themse. Ich weiß nicht, was in ihrem Kopf vorgeht.«

Als Rose gegen neun Uhr endlich nach Hause kam, lag Adele bereits im Bett. Sie und ihr Vater hatten sich zum Abendessen lediglich eine Tüte Pommes frites geteilt, da Jim kein Geld mehr übrig hatte. Adele hatte noch immer großen Hunger, und sie wusste, dass es ihrem Vater nicht besser gehen konnte. Das Bett war eine Möglichkeit, ihren Hunger zu vergessen und gleichzeitig dem Streit aus dem Weg zu gehen, den ihre Mutter unweigerlich vom Zaun brechen würde.

Wie erwartet begann die Auseinandersetzung, sobald Rose durch die Tür getreten war. Jim sagte etwas darüber, dass eine Tüte Pommes nicht genug für einen Mann sei, der zehn Stunden am Tag arbeitete. Und schon lagen sie sich wieder in den Haaren, dass die Fetzen flogen – Dad fluchend und kopflos, Mum höhnisch, weil er seine Zuflucht zu solchen Mitteln nehmen musste.

Eine Zeit lang nahm Adele kaum wahr, was gesprochen wurde; die meisten Dinge hatte sie schon unzählige Male gehört. Rose behauptete, für etwas Besseres bestimmt zu sein als ein Leben in Euston, und Jim antwortete hitzig, sein Möglichstes für sie zu tun.

Dann hörte Adele Jim plötzlich etwas sagen, bei dem sie

unweigerlich die Ohren spitzte. »Ohne mich wärst du in dem verdammten Arbeitshaus gelandet.«

Mit einer Mischung aus Erschrecken und Überraschung richtete sich Adele plötzlich auf.

»Warum sonst hätte ich dich heiraten sollen?«, fuhr Rose ihn an. »Glaubst du, ich hätte jemanden wie dich auch nur in meine Nähe gelassen, wenn ich nicht verzweifelt gewesen wäre?«

Die Grausamkeit ihrer Mutter verschlug Adele den Atem.

»Aber ich habe dich geliebt«, erwiderte Jim, und seine Stimme brach beinahe, so verletzt war er.

»Wie kannst du jemanden lieben, den du gar nicht kennst?«, gab Rose zurück. »Du hast mir nie erlaubt, dir zu erzählen, wie es war, du wolltest mich einfach nur besitzen.«

»Ich habe damals nur getan, was recht und gut war«, sagte Jim entrüstet, und jetzt klang es so, als weinte er. »Du brauchtest einen Mann an deiner Seite, als das Baby unterwegs war.«

»Du nennst dich einen Mann?« Rose schnaubte verächtlich. »Ich hätte dich keines zweiten Blickes gewürdigt, wenn ich damals nicht schwanger gewesen wäre, und das hast du immer gewusst. Erzähl mir nicht, dir sei es um das Kind gegangen, du wolltest mich lediglich in dein Bett bekommen.«

Es folgte ein scharfes, klatschendes Geräusch, und Adele wusste, er hatte Rose geschlagen.

»Du verdammtes Miststück«, fuhr er sie an. »Wenn ich dir nicht geholfen hätte, wäre Adele ein Bastard gewesen und in irgendeinem Findlingsheim gelandet.«

Adele war so entsetzt, dass sie sich das Kissen über den Kopf zog, damit sie nichts mehr hören musste.

Babys wuchsen im Bauch einer Frau, ihre Ehemänner hatten sie dort hingelegt, das wusste Adele. Aber wenn sie nicht von Jim in Roses Bauch gelegt worden war, ließ das nur den Schluss zu, dass ihre Mutter eine Prostituierte gewesen war!

Adele war mit dem Wort »Prostituierte« oder seiner gebräuchlicheren Version »Prossie« aufgewachsen, weil es in King's Cross und Euston so viele davon gab. Trotzdem war sie bereits zehn Jahre alt gewesen, als sie herausgefunden hatte, was genau diese Frauen taten. Ein älteres Mädchen in der Schule hatte ihr erklärt, dass sie Geld dafür bekamen, Männer etwas zu gewähren, das Babys entstehen ließ. Das Mädchen hatte gesagt, Männer seien ganz verrückt darauf, Babys zu machen, aber da ihre Frauen keine Unmengen von Kindern wollten, gingen sie stattdessen zu Prostituierten.

Adele hatte sich immer gefragt, wo all die Babys blieben, da sie niemals eine dieser Frauen mit einem Kinderwagen sah. Jetzt konnte sie den Worten ihres Dads nur entnehmen, dass sie alle ins Findlingsheim kamen. Und er hatte Mum geheiratet, damit ihr, Adele, dieses Schicksal erspart blieb.

Sie war sich nicht sicher, ob sie sich glücklich schätzen sollte, diesem Schicksal entronnen zu sein, oder nicht. Da ihre Mutter behauptete, sie, Adele, habe ihr Leben zerstört, bedeutete das vielleicht, dass es ihr gefallen hatte, eine Prostituierte zu sein?

Jetzt waren ihre Eltern anscheinend ins Schlafzimmer gegangen, denn obwohl sie einander immer noch anschrien, konnte Adele nicht mehr verstehen, was sie sagten. Aber sie konnte die Mannings im Stockwerk unter ihnen mit einem Besenstiel an die Decke klopfen hören, weil die beiden so lärmten.

Dann kam plötzlich ein gewaltiger Knall aus der Küche. Es klang, als hätte einer der beiden sämtliche Töpfe gleichzeitig aus dem Regal geschleudert. Und über dem ganzen Getöse schrie Mum sich die Seele aus dem Leib.

Adele sprang instinktiv aus dem Bett und rannte ins Wohnzimmer. Aber statt mit ansehen zu müssen, dass Jim Rose schlug, wie sie erwartet hatte, kauerte ihr Vater in der Tür des Schlafzimmers, und Blut strömte ihm übers Gesicht. Die Töpfe waren offenkundig Roses Werk – sie lagen allesamt zusammen mit einigen Tellern auf dem Boden verteilt, und Rose hatte ein Tranchiermesser in der Hand.

Dies war etwas ganz anderes als die üblichen Streitereien, das wusste Adele sofort. Sie konnte Jims Angst sehen und echte Gefahr in der Luft spüren. Rose schrie noch immer wie eine Wahnsinnige, bebte vor Zorn und hatte bereits ausgeholt, um abermals auf Jim einzustechen.

»Hör auf!«, rief Adele.

Beim Klang ihrer Stimme fuhr Rose herum, und ihr Gesichtsausdruck war absolut beängstigend. Die Augen glänzten unnatürlich wie im Fieber, ihre Lippen waren erschlafft, und ihre Wangen hatten eine seltsam purpurne Färbung angenommen.

»Ich soll aufhören?«, schrie sie zurück und hob das Messer, als wollte sie auf jeden einstechen, der ihr in die Nähe kam. »Ich habe noch nicht einmal angefangen.«

»Irgendjemand wird die Polizei rufen«, flehte Adele angstvoll. »Man wird uns hinauswerfen.« Sie fragte sich, ob sie es wagen konnte, zur Tür zu rennen und die Wohnung zu verlassen.

»Glaubst du, das kümmert mich?«, fauchte Rose sie mit

bebenden Nasenflügeln an. »Ich hasse diese Wohnung, ich hasse London, und ich hasse euch beide.«

Adele hatte ihre Mutter ungezählte Male wütend gesehen, und im Allgemeinen endeten solche Anfälle damit, dass sie sich plötzlich auf einen Stuhl warf und jämmerlich zu schluchzen begann. Aber diesmal war es anders; sie wirkte wild und grimmig entschlossen, beinahe so, als wäre sie von einem bösen Geist besessen. Adele war starr vor Entsetzen, denn ihr Instinkt sagte ihr, dass ihre Mutter wirklich gefährlich war.

»Du hast meine Pammy getötet«, schrie Rose mit zur Grimasse verzerrtem Gesicht ihren Zorn heraus. Die Schultern seltsam vorgebeugt, machte sie einen Satz auf Adele zu, das Tranchiermesser zum Angriff erhoben. »Sie war das Einzige, was ich geliebt habe, und du hast sie getötet.«

Adele war starr vor Angst. Sie wusste, sie musste weglaufen, wenn nicht nach unten, so doch zumindest zurück in ihr eigenes Zimmer, aber sie konnte nur das Glitzern des Messers sehen und die wie im Wahnsinn glänzenden Augen ihrer Mutter, und sie weinte, machte sich vor Schreck in die Hose.

»Du schmutziges kleines Miststück!«, kreischte Rose, packte mit einer Hand Adeles Haar und hob mit der anderen das Messer, um es ihr in den Leib zu rammen.

»Nein, Rose«, rief Jim und umklammerte von hinten ihr Handgelenk.

»Lass mich los«, befahl Rose, aber Jim schüttelte ihr Handgelenk so heftig, dass das Messer in ihren Fingern, das nur wenige Zentimeter von Adeles Wange entfernt war, zu zittern begann, obwohl Rose das Haar des Kindes noch immer mit festem Griff umfangen hielt.

Adele war davon überzeugt, dem Tod nahe zu sein. Sie konnte nicht fliehen, der Atem ihrer Mutter war heiß und übel riechend, und ihre Augen waren wild und irr. Sie schrie auf und versuchte gleichzeitig, Rose von sich zu stoßen. Im nächsten Moment spürte sie das Messer auf ihrer Wange, bevor es klirrend zu Boden fiel.

Jim rang mit Rose und versuchte verzweifelt, sie von Adele wegzuzerren, und als es ihm endlich gelang, riss Rose Adele mit letzter Kraft ein Büschel Haare aus.

»Verdammt noch mal, mach, dass du wegkommst«, brüllte Jim, der Rose die Arme hinter dem Rücken festhielt.

Adele versuchte, sich zu bewegen, aber sie stand mit dem Rücken zur Wand, und dann stieß ihre Mutter ihr plötzlich ein Knie in den Bauch. Als es Jim endlich gelang, Rose zu bändigen, fiel Adele zu Boden und krümmte sich vor Schmerz.

»Du hast mein Leben verpfuscht«, hörte sie ihre Mutter wie aus weiter Ferne schreien. »Wenn du nicht wärst, hätte ich ein gutes Leben haben können. Dein Vater war ein verlogener Bastard, und ich musste über elf Jahre mit deinem hässlichen Gesicht vor Augen leben, das mich jeden Tag aufs Neue an ihn erinnert hat.«

Jim versuchte noch immer, Rose von Adele wegzuzerren, als die Wohnungstür aufgerissen wurde und Stan Manning und Alf Patterson hereinkamen, seine beiden Nachbarn.

»Sie ist vollkommen wahnsinnig geworden«, rief Jim und versuchte, Rose festzuhalten, die sich spuckend und kratzend gegen ihn wehrte und wüste Beschimpfungen ausstieß. »Sie wollte das Kind umbringen. Helft mir, und dann muss einer von euch einen Arzt rufen.«

3

Alf Patterson blieb nur gerade lange genug, um Jim und Stan zu helfen, Rose zu bändigen. Sie zwangen sie auf einen Stuhl, banden ihr die Hände hinter dem Rücken mit einem Schal zusammen und fesselten sie mit einem Lederriemen auf dem Stuhl. Dann lief Alf die Straße hinauf zum Haus des Arztes.

Alf war klein und untersetzt, und er hatte trotz seiner dreiunddreißig Jahre einen Bierbauch und eine beginnende Glatze, aber er war ein glücklicher Mensch. Er liebte seinen Job bei der Eisenbahn, er hatte ein anständiges Zuhause und die beste Frau und die besten Kinder, die ein Mann sich wünschen konnte.

Annie und er waren als frischgebackene Eheleute vor etwa acht Jahren in die Charlton Street Nummer siebenundvierzig eingezogen, und kurz darauf hatten die Talbots die Oberwohnung gemietet. Die beiden Paare waren nie das gewesen, was Alf Freunde genannt hätte. Jim und er luden einander auf einen Drink ein, wenn sie sich im Pub trafen, und Rose trank gelegentlich mit Annie eine Tasse Tee, aber das war alles – das Einzige, was sie gemeinsam hatten, waren ihre Kinder. Alfs Ältester, Tommy, war nur ein Jahr jünger als Pamela, und Adele hatte beide Kinder morgens zur Schule gebracht. Das war ihre Aufgabe gewesen, seit die beiden in den Kindergarten gingen und sie selbst noch die Grundschule nebenan besuchte.

Annie hatte Rose immer ziemlich eigenartig gefunden. Sie konnte an einem Tag herablassend oder boshaft sein und war am nächsten die Liebenswürdigkeit in Person, vor allem wenn sie etwas wollte. Wäre Adele nicht gewesen, für die Annie eine Schwäche hatte, hätte sie sich mit ihrer Mutter niemals abgegeben. Aber als Pamela ums Leben gekommen war, trafen Annies Bemühungen, zu trösten und zu helfen, nur auf eisige Abwehr. Sie machte sich Sorgen, weil Rose ständig betrunken war; sie hatte auch die Vermutung geäußert, dass Adele misshandelt würde, und Alf inständig gebeten, ein Wort mit Jim zu reden.

Annie sieht Gespenster, hatte Alf gedacht, schon bald wird Gras über die ganze Angelegenheit gewachsen sein. Aber im Lichte dessen, was er soeben mit angesehen hatte, waren Annies Sorgen offenkundig begründet. Rose Talbot war verrückt und gefährlich.

Als er die Ecke der Straße erreichte, in der Dr. Biggs lebte, hämmerte Alf laut an die Tür. Wenige Sekunden später stand der Arzt vor ihm, der bereits seinen Schlafanzug und einen roten Morgenmantel trug.

Er war ein kleiner, fast kahlköpfiger Mann, der für sein freundliches Wesen ebenso bekannt war wie für seine medizinischen Fähigkeiten. »Tut mir leid, Sie zu stören, Doc«, stieß Alf keuchend hervor. »Es geht um Rose Talbot aus der Wohnung über uns. Sie ist verrückt geworden. Sie hat Jim angegriffen und ist dann mit einem Messer auf ihr Kind losgegangen. Ich und Jim mussten sie fesseln, so außer sich war sie.«

Dr. Biggs brauchte ein oder zwei Sekunden, um zu begreifen, von wem Alf Patterson sprach. Dann fiel ihm wieder ein, dass die Talbots die Eltern waren, deren Kind vor einer Weile überfahren worden war. »Einen Moment, ich komme sofort mit Ihnen«, sagte er. »Geben Sie mir nur Zeit, mir etwas anzuziehen und meine Tasche zu holen.«

»Haben Sie irgendeine Ahnung, was Mrs. Talbots Verhalten ausgelöst haben könnte?«, fragte der Arzt, als sie wenige Minuten später gemeinsam in Richtung der Charlton Street eilten. Er kannte Alf und Annie Patterson gut, da er bei der Entbindung sämtlicher drei Kinder geholfen hatte. Außerdem hatte Annie ihm, bevor die beiden Jüngeren gekommen waren, die Praxis sauber gehalten.

»Keinen blassen Schimmer«, antwortete Alf. »Natürlich ist sie nicht mehr ganz bei Sinnen gewesen, seit ihre jüngere Tochter totgefahren worden ist. Wir haben viele Streitereien von oben mitbekommen. Aber Jim hat gesagt, sonst sei nichts passiert.«

Dr. Biggs kannte die Talbots kaum, doch er hatte Rose gleich nach der Beerdigung aufgesucht, um festzustellen, wie sie mit der Tragödie fertig wurde. Rose hatte ihn an der Tür abgefertigt und erklärt, es gehe ihr gut. Sie hatte allerdings nicht gut ausgesehen, sondern eher zu Tode erschöpft mit dunklen Schatten unter den Augen. Deshalb hatte er ihr nahegelegt, ihn in der Praxis aufzusuchen, aber sie war nicht gekommen. Er hatte sich den Talbots kaum aufdrängen können, indem er ihnen unaufgefordert einen weiteren Besuch abstattete.

Inzwischen hatte sich vor dem Haus Nummer siebenundvierzig eine ganze Gruppe von Menschen versammelt, die allesamt zu dem Licht im Fenster des obersten Geschosses aufblickten und auf die schrillen Schreie lauschten, die aus dem Raum kamen.

»Geht nach Hause, ihr alle«, forderte Dr. Biggs energisch. »Es gibt nichts zu sehen.«

»Was uns Sorgen macht, ist das, was wir *hören*, Doc«, gab einer der Männer zurück. »Es klingt so, als müsste sie eingesperrt werden.«

Dr. Biggs antwortete nicht, sondern ging ins Haus, wo er Annie Patterson kurz zunickte, die zusammen mit einer anderen Frau ängstlich am unteren Ende der Treppe stand. Der Lärm von oben war im Haus selbst viel lauter als draußen, und außer den Schreien konnte man noch hören, dass etwas Schweres über den Boden geschleift wurde.

»Sie bleiben hier bei Ihrer Frau«, wandte sich Biggs an Alf. »Ich werde Sie rufen, falls ich weitere Hilfe benötigen sollte.«

Die Szene, die Dr. Biggs beim Betreten der Wohnung vorfand, war zutiefst beängstigend. Rose war mit einem Lederriemen an einen Stuhl gefesselt worden, und die Augen traten ihr beinahe aus den Höhlen. Sie wiegte sich hin und her und bewegte den Stuhl scharrend über den Fußboden, während sie ihrem Mann Schmähungen entgegenschleuderte und sich verzweifelt bemühte, sich zu befreien. Jim Talbot versuchte vergeblich, sie zu besänftigen, und sein Gesicht war blutverschmiert.

Ein anderer Mann, den der Arzt nicht kannte, bei dem es sich aber offenkundig um einen weiteren Nachbarn handelte, kniete neben der Tochter und wischte ihr Blut vom Gesicht. Das Mädchen trug ein Nachthemd, und der Arzt konnte auf den ersten Blick sehen, dass es feucht von Urin und voller Blutspritzer war. Der gesamte Fußboden des Wohnzimmers war übersät von Töpfen, Pfannen und zerbrochenem Porzellan.

Dr. Biggs begriff sofort, dass dies kein gewöhnlicher häuslicher Zwischenfall war. Rose würde sich nicht bei einer Tasse Tee und einem freundlichen Gespräch beruhigen lassen. Tatsächlich vermutete er, dass sowohl ihr Mann als auch ihre Tochter in Gefahr waren, wenn sie hierblieb. Er hatte nur die eine Möglichkeit, die Frau sofort ruhigzustellen und in eine Nervenklinik einweisen zu lassen, bevor sie anderen oder sich selbst weiteren Schaden zufügen konnte.

»Nun, worum geht es hier, Mrs. Talbot?«, fragte er besänftigend, als er auf sie zutrat.

»Zum Teufel mit Ihnen«, schrie sie ihn an, und ihre Augen glänzten noch immer wie im Wahn. Trotz der Bemühungen ihres Mannes, sie festzuhalten, schaukelte sie immer heftiger mit dem Stuhl. »Verschwindet aus meiner Wohnung, ihr alle!«

Es folgte eine Reihe von Obszönitäten, und ihre Stimme klang so schrill und wahnsinnig, dass der Arzt zusammenzuckte.

»Warum ist sie bloß so geworden?«, fragte Jim jämmerlich. »Ich hab ihr nie was getan.«

»Der Tod Ihrer Tochter scheint zu einem Nervenzusammenbruch geführt zu haben«, erklärte Dr. Biggs energisch, dann öffnete er seine Tasche und holte eine Phiole mit einem Betäubungsmittel und eine Spritze hervor. »Hat sie sich schon früher eigenartig benommen?«, fragte er, während er die Spritze aufzog.

Jim nickte. »Sie ist schon seit Wochen seltsam. Nichts, was ich gesagt habe, war ihr recht. Sie hat getrunken und randaliert.«

Falls Jim die Absicht gehabt hatte, dem noch etwas hinzuzufügen, machte Rose seinen Erklärungsversuchen ein jähes Ende.

»Du verfluchter Bastard, du schleimiger, nichtsnutziger Wurm«, schrie sie aus Leibeskräften. »Ohne dich wäre ich nicht in diesem Zustand.«

»Ich bitte Sie, Mrs. Talbot«, meinte Dr. Biggs ruhig, die aufgezogene Spritze in der Hand. »Sie sind einfach überreizt, und ich werde Ihnen jetzt etwas geben, um Sie zu beruhigen.« Er drehte sich zu dem Nachbarn um, der sich um das Mädchen gekümmert hatte und der jetzt mit erschrockener Miene dastand. »Wenn Sie Jim bitte helfen würden, sie festzuhalten.«

Rose wand und krümmte sich mit ungeheurer Kraft auf ihrem Stuhl, aber Jim und Stan gelang es, sie so lange festzuhalten, bis der Arzt ihr die Spritze verabreicht hatte.

»Es wird nur ein paar Sekunden dauern, bevor das Medikament wirkt«, erklärte der Arzt, als er die Nadel aus ihrem Arm zog. »Ich werde gleich hinausgehen und schnell mit dem Hospital telefonieren, damit sie dort alles Notwendige vorbereiten, aber zuerst werde ich mich um das Kind kümmern.«

»Bastard!«, zischte Rose. »Wagen Sie es nicht, mich ins Irrenhaus zu schicken! Sie ist es! Sie trägt die Schuld an meinem Zustand!«

Es dauerte nicht einmal eine Minute, bis Rose aufhörte, sich zu wehren und ihr Kreischen zu einem bloßen Krächzen wurde, während der Arzt sich vor das Mädchen hinkniete, um es zu untersuchen. Adele war bei Bewusstsein und schien lediglich zu benommen zu sein, um sprechen zu können, und sie hatte eine Schnittwunde im Gesicht, die wahrscheinlich von demselben Messer stammte, mit dem Rose auf ihren Mann losgegangen war. Aber es war keine tiefe Wunde, kaum mehr als ein böser Kratzer. Als er sie fragte, ob sie noch weitere Verletzungen habe, legte sie eine Hand auf ihren Bauch.

»Helfen Sie mir, sie in ihr Zimmer zu tragen«, sagte er zu Jim, der wachsam beobachtete, wie der Kopf seiner Frau ihr auf die Brust sackte.

»Die Mühe können Sie sich sparen«, gab er zurück. »Sie kann nicht hierbleiben, wenn ihre Mutter ins Hospital kommt.«

»Ich muss sie untersuchen«, erwiderte Dr. Biggs kurz angebunden. Vermutlich dachte Jim, dass ein Kind ihres Alters nicht allein in der Wohnung bleiben könne, während er mit seiner Frau ins Krankenhaus ging. »Und es ist nicht nötig, dass Sie Ihre Frau begleiten. Sofern die Verletzungen Ihrer Tochter keiner Behandlung bedürfen, kann sie hier bei Ihnen bleiben.«

»Sie ist nicht meine Tochter«, erklärte Jim, und seine Stimme war so kalt, als redete er über einen streunenden Hund. »Und ob sie verletzt ist oder nicht – ich will, dass sie noch heute Abend hier wegkommt.«

Dr. Biggs rühmte sich für gewöhnlich, dass nichts ihn schockieren konnte, aber diese Bemerkung machte ihn sprachlos. »Wir werden später darüber reden«, erklärte er barsch. »Doch in der Zwischenzeit habe ich nicht die Absicht, ein Kind auf einem kalten, harten Boden zu untersuchen. Also wäre ich Ihnen dankbar, wenn Sie mir mit ihr helfen würden. Sobald ich sie in ihr Zimmer gebracht habe, kann ich um Hilfe für Ihre Frau telefonieren.«

Als er Adele in ihr Zimmer getragen hatte, nannte sie ihm ihren Namen und berichtete, dass ihre Mutter mit einem Messer auf sie losgegangen sei und ihr in den Magen getreten habe.

Der Arzt hob ihr Nachthemd an und sah eine rote Schwiele, die ihre Aussage bekräftigte; außerdem fielen ihm mehrere alte Prellungen an ihrem Körper und ihren Beinen auf, die darauf schließen ließen, dass sie schon zuvor geschlagen worden war. Sie stand zwar unter Schock, doch es waren keine Knochen gebrochen, und der Kratzer im Gesicht brauchte nicht genäht zu werden, sodass man sie nicht ins Krankenhaus bringen musste.

»Ich muss jetzt gehen und wegen deiner Mutter telefonieren«, erklärte er, während er ihr aus ihrem nassen Nachthemd half und sie mit einer Decke zudeckte. »Du bleibst einfach hier liegen, und ich komme bald noch einmal zu dir herein, um nach dir zu sehen.«

Rose Talbot war so stark betäubt, dass sie keinerlei Widerstand leistete, als die beiden Sanitäter sie auf einer Trage zum Krankenwagen hinuntertrugen. Dr. Biggs war bei ihrer Ankunft gerade erst von seinem Telefongespräch zurückgekehrt, daher hatte er noch keine Zeit gehabt, sich um Jim Talbots Gesichtsverletzung zu kümmern oder noch einmal mit ihm und Adele zu sprechen. Gleich nachdem der Krankenwagen abgefahren war, ging der Arzt zurück ins Haus und sah, dass Annie Patterson ihn mit ängstlicher Miene im Treppenhaus erwartete.

»Wird sie wieder gesund?«, fragte sie. »Kann ich irgendetwas tun, um Jim oder Adele zu helfen?«

»Mrs. Talbot wird wahrscheinlich ein Weilchen im Krankenhaus bleiben«, antwortete der Arzt vorsichtig. Er wusste, dass Annie Patterson eine gute Frau war, die nicht zu Klatsch und Tratsch neigte, trotzdem konnte er sich nicht dazu überwinden, ihr zu erzählen, dass er Rose Talbot in die Nervenklinik eingewiesen hatte. »Es scheint jedoch dort oben ein weiteres Problem zu geben, und es ist möglich, dass Adele dort nicht wird bleiben können. Wären Sie bereit, das Mädchen, wenn nötig, heute Nacht bei sich unterzubringen?«

»Selbstverständlich«, versicherte Annie, ohne zu zögern. »Das arme Ding, ein junges Mädchen wie sie sollte solche Dinge nicht sehen und hören müssen. Bringen Sie sie herunter, wenn es nötig ist. Sie wird leider mit der Couch vorliebnehmen müssen, und sie sollte besser auch einige Decken mitbringen. Aber sie ist uns mehr als willkommen.«

»Sie sind eine gute Frau«, erwiderte Dr. Biggs mit einem Lächeln. »Die Kleine hat es bitter nötig, ein wenig bemuttert zu werden, denn ich vermute, dass sie in letzter Zeit nicht allzu viel Mutterliebe erfahren hat.«

Inzwischen saß Jim allein am Küchentisch, starrte ins Leere und schien die Töpfe und das Geschirr auf dem Boden gar nicht wahrzunehmen. Als Dr. Biggs eintrat, blickte er nicht einmal auf.

»Also schön, lassen Sie mal Ihre Verletzungen sehen, Jim«, meinte der Arzt, der mit Bedacht einen freundlichen Tonfall angeschlagen hatte. Er goss etwas heißes Wasser aus dem Kessel in ein Becken, nahm einige Schwämme aus seiner Tasche und säuberte die Wange des Mannes. »Es ist glücklicherweise nur eine Fleischwunde, die nicht genäht zu werden braucht«, erklärte er kurz darauf. Er legte einen Tupfer auf die Wunde und befestigte ihn mit Klebepflaster, dann setzte er sich an den Tisch und sah Jim streng an.

»Und wenn Sie mir nun bitte erklären würden, was hier vorgeht?«

»Da gibt es nicht viel zu erzählen«, antwortete Jim verdrossen. »Rose ist seit dem Tod unserer Pammy nicht mehr sie selbst. Es ist jeden Tag schlimmer geworden mit ihrer Trinkerei und allem. Sie haben ja gesehen, wie sie ist, vollkommen übergeschnappt.«

»Der Tod eines Kindes ist genug, um jede Mutter aus der Bahn zu werfen«, entgegnete Dr. Biggs tadelnd. »Sie hätten mich rufen sollen, lange bevor es so weit kommen konnte.«

»Ich kann mir keine Ärzte leisten«, erwiderte Jim. »Man hat mir den Lohn gekürzt. Außerdem hätte Rose Sie nicht in ihre Nähe gelassen.«

»Warum gibt sie Adele die Schuld an dem Unglück?«, fragte der Arzt.

»Weil sie auch die Schuld daran trägt. Wenn sie sich etwas beeilt hätte, um unsere Pammy abzuholen, wäre sie nicht überfahren worden.«

»Sie können die Schuld an einem Autounfall doch keinem anderen Kind geben«, rief Dr. Biggs entsetzt. »Adele wird sich wahrscheinlich ohnehin immer schuldig fühlen, so etwas ist ganz normal nach einem Unfall, aber die Schuldzuweisung sollte nicht von ihrer Mutter und ihrem Vater kommen.«

»Ich hab Ihnen doch gesagt, sie ist nicht mein Kind«, versetzte Jim gereizt. »Und jetzt ist mein kleines Mädchen ihretwegen tot. Und Rose hat den Verstand verloren. Sie hätten mal hören sollen, was sie mir alles vorgeworfen hat! Ich halte das einfach nicht mehr aus. All die Jahre hab ich mein Bestes gegeben für Rose und das Kind, und das ist jetzt der Dank dafür. Deshalb will ich mit allen beiden nichts mehr zu tun haben. Sie können dieses Mädchen gleich wegbringen.«

Die Einstellung des Mannes Adele gegenüber entsetzte Biggs, obwohl er gleichzeitig vermutete, dass Rose Jim bis aufs Blut gepeinigt hatte, vielleicht seit dem Tag, an dem sein eigenes Kind gestorben war. Der Mann stand unter Schock, und morgen würde er die Dinge vielleicht anders sehen. Außerdem war Adele im Zimmer nebenan und hörte wahrscheinlich alles mit, was gesprochen wurde, daher hielt der Arzt es für die beste Lösung, Annie Pattersons Angebot für die kommende Nacht anzunehmen.

»Ich werde Adele fürs Erste fortbringen«, erklärte Dr. Biggs scharf. »Nicht um Ihre Gefühle zu schonen, Mr. Talbot, sondern weil das Mädchen ebenfalls einen Schock erlitten hat und ein wenig liebevolle Fürsorge braucht. Ich werde morgen noch einmal herkommen, um mit Ihnen zu reden. Ich hoffe, dass Sie sich bis dahin beruhigt und sich daran erinnert haben werden, dass Sie durch Ihre Heirat mit Rose die gesetzliche und moralische Verantwortung für ihr Kind übernommen haben.«

»Morgen muss ich wieder zur Arbeit«, wandte Jim ein.

»Dann werde ich um sieben Uhr abends kommen«, erwiderte Dr. Biggs energisch. »Ich schlage vor, dass Sie bis dahin ein wenig Zeit darauf verwenden, über die Bedürfnisse des Kindes nachzudenken statt über Ihre eigenen.«

Als der Arzt das Mädchen nach unten brachte, ließ Annie Patterson Adele all die Fürsorge angedeihen, zu der Jim Talbot nicht fähig war. »Du armer Schatz«, sagte sie und zog das Kind fest an sich. »Es tut mir leid, dass ich kein richtiges Gästebett habe, aber ein kleines Ding wie du sollte auf der Couch eigentlich zurechtkommen.«

Das einzige saubere Nachthemd, das Dr. Biggs hatte finden können, hatte offenkundig der verstorbenen Schwester gehört. Es reichte Adele kaum bis zu den Knien, und mit der Decke um die Schultern und dem Pflaster im Gesicht sah sie zum Gotterbarmen aus.

»Das ist sehr nett von Ihnen, Annie«, sagte er, während er eine Decke und ein Kissen auf das Sofa legte. »Es ist nur eine vorübergehende Maßnahme. Morgen Abend werde ich noch einmal mit Mr. Talbot reden, wenn er ein wenig ruhiger geworden ist.«

Adele hatte kein Wort gesprochen, nicht einmal um Fragen nach ihrer Mutter oder ihrem eigenen zukünftigen Schicksal zu stellen. Vielleicht lag es daran, dass das Kind nicht wirklich wahrgenommen hatte, was dort oben geschehen war, zumindest hoffte Biggs das.

Aber kurz bevor er aufbrechen wollte, zerplatzte diese Hoffnung, denn Adele geriet plötzlich in Aufruhr. »Ich kann nicht bei Dad bleiben, nie mehr«, platzte sie heraus. »Er mag mich nicht. Genauso wenig wie meine Mum.«

»Das ist Unsinn«, erklärte Annie Patterson energisch. »Deine Mum ist krank, und dein Dad weiß nicht, wo ihm der Kopf steht.«

Adele blickte hilflos zwischen der Nachbarin und dem Arzt hin und her. Sie konnte einfach nicht glauben, dass ihre Mutter versucht hatte, sie zu töten. Oder dass sie all diese schrecklichen Dinge wirklich gesagt hatte.

Doch so jung sie war, wusste sie eins: Ihre Mutter hatte heute Abend ihre wahren Gefühle für sie offenbart. Es war so, als hätte man eine Flasche Milch vergossen: Man konnte die Milch aufwischen, aber man bekam sie nicht wieder zurück in die Flasche.

Sie wusste jetzt mit absoluter Sicherheit, dass die vielen Ohrfeigen, die Bosheit und die grausamen Worte in der Vergangenheit allesamt Zeichen für den Hass waren, den ihre Mutter gegen sie gefasst hatte und der die Frau beherrschte. Heute Abend war dieser Hass einfach nur übergekocht.

Sie verstand nicht, wie sie allein durch ihre Geburt das Leben ihrer Mutter ruiniert haben konnte, aber sie bezweifelte, irgendetwas tun oder sagen zu können, das die Gefühle ihrer Mutter für sie ändern würde. Gleichermaßen spürte sie, dass weder der Arzt noch Mrs. Patterson heute Abend in der Stimmung für weitere Gespräche waren. Also blieb ihr nichts anderes übrig, als zu tun, was die beiden wollten, sich auf die Couch zu legen und zu schlafen. Wenn sie sich geweigert oder um etwas anderes gebeten hätte, hätte sie damit auch noch die Nachbarin und den Arzt gegen sich aufgebracht.

»Es tut mir leid, dass ich Ihnen zur Last falle«, murmelte sie schwach, während sie von einem Erwachsenen zum anderen blickte. »Ich werde alles tun, was Sie sagen.«

»Braves Mädchen.« Mrs. Patterson lächelte und strich ihr liebevoll über die Wange. »Am Morgen wird alles anders aussehen, warte nur ab. Und da morgen Samstag ist, kannst du sogar ausschlafen.«

Eine Stunde später war Adele immer noch wach, trotz der heißen Schokolade, die Mrs. Patterson ihr zubereitet hatte, und der Wärmflasche auf ihrem schmerzenden Bauch. Mondlicht fiel durch das Fenster über dem Spülbecken und zeichnete die Umrisse der Stühle am Tisch nach. Die Couch, auf der sie lag, war im Grunde mehr eine gepolsterte Bank, die mit braunem, rissigem Kunstleder bezogen und sehr hart war. Sie stand hinter dem Tisch und wurde als zusätzliche Sitzgelegenheit benutzt.

Die Wohnung der Pattersons war die größte im Haus, wenn auch ein wenig dunkel. Zwischen der Küche und dem vorderen Schlafzimmer, in dem Mr. und Mrs. Patterson mit der einjährigen Lily schliefen, waren große Doppeltüren angebracht. Von der Küche aus führte ein Flur in das Zimmer, das sich der vierjährige Michael und sein drei Jahre älterer Bruder Tommy teilten, und durch eine weitere Tür gelangte man in den Hinterhof.

Was sollte jetzt aus ihr werden? Sie hatte gehört, was ihr Vater zu dem Arzt gesagt hatte, und sie war sich ziemlich sicher, dass er es ernst meinte. Soweit sie wusste, waren Waisenhäuser für kleine Kinder und Babys bestimmt; sie hatte noch nie gehört, dass ein Kind von fast zwölf Jahren dort untergebracht wurde. Aber bevor sie vierzehn war, konnte sie sich keine Arbeit suchen, um sich selbst zu ernähren.

Sie musste schließlich doch eingeschlafen sein, denn sie schreckte abrupt auf, als sie Mrs. Patterson den Kessel aufsetzen hörte.

»Tut mir leid, dass ich dich geweckt habe, Schätzchen«, meinte sie gut gelaunt. »Hast du gut geschlafen?« Sie trat vor die Couch und strich Adele das Haar aus der Stirn.

Mrs. Patterson trug ihr schwarzes Haar jetzt offen, und es war so lang, dass es ihr bis zur Taille reichte. Sie hatte einen Morgenmantel übergestreift, der so fadenscheinig war, dass es so aussah, als würde er im nächsten Moment auseinanderfallen.

»Ja, vielen Dank«, antwortete Adele. Ihr Bauch tat noch immer ein wenig weh, und ihr Gesicht fühlte sich wund an, aber davon abgesehen war alles in Ordnung mit ihr.

»Mein Alf geht jetzt zur Arbeit«, erklärte Mrs. Patterson. »Du kuschelst dich noch ein Weilchen zusammen, und wenn ich Lily ihre Flasche gegeben habe, brühe ich dir eine Tasse Tee auf. Dann können wir auch ein wenig miteinander plaudern.«

Adele blieb sehr lange, wo sie war, und gab vor zu schlafen, während sie in Wahrheit die Pattersons beobachtete. Sie sah, wie Mrs. Patterson ihren Mann zum Abschied küsste und ihm seine Sandwiches gab. Wie sie ihre kleine Tochter fütterte und sie dann in der Küchenspüle badete. Lilys nasse Windel stank, aber es war schön zu hören, wie sie im Wasser planschte. Dann standen Michael und Tommy auf, und ihre Mutter bereitete ihnen Tee und Toast zu.

Die alltäglichen Abläufe der Familie verströmten eine Behaglichkeit, wie Adele selbst sie niemals kennengelernt hatte. Mrs. Patterson tätschelte ihren Kindern liebevoll die Köpfe, sie küsste sie sogar ohne jeden Anlass auf die Wange, und sie beantwortete die Fragen der Jungen auf eine ruhige, gelassene Art. Adele hingegen war es gewohnt, dass ihre Mutter sie anfauchte.

»Wie wäre es jetzt mit einer Tasse Tee?«, fragte Mrs. Patterson, als die Jungen in ihre Zimmer verschwunden waren, um sich anzuziehen. Klein-Lily wurde auf den Boden gesetzt, um mit einigen Holzklötzen zu spielen, und sie krabbelte vergnügt durch den Raum.

Adele stand vorsichtig auf, wobei ihr deutlich bewusst war, dass Pamelas Nachthemd viel zu kurz für sie war; außerdem hatte sie vergessen, Kleider zum Wechseln mitzunehmen.

Mrs. Patterson musste ihre Gedanken gelesen haben. »Wir werden später nach oben gehen und einige deiner Sachen holen. Ich habe gehört, dass dein Dad vor einer Weile das Haus verlassen hat. Das ist ein gutes Zeichen, zumindest sitzt er nicht da und grübelt.«

»Ich glaube nicht, dass er seine Meinung ändern wird, was mich betrifft«, meinte Adele. »Es ist nämlich so, er ist gar nicht mein Dad. Das hat Mum gestern Abend gesagt.«

Mrs. Patterson stemmte die Hände in die Hüften und machte ein strenges Gesicht. »Nach allem, was ich gehört habe, hat sie eine Menge Dummheiten von sich gegeben, aber sie konnte einfach nicht anders, Kleines. Sie war außer sich.«

»Es muss wahr sein, denn Dad hat dem Arzt das Gleiche erzählt«, antwortete Adele kleinlaut und ließ beschämt den Kopf hängen. »Mum hat in letzter Zeit viele gemeine Dinge gesagt. Sie hat auch gesagt, sie habe versucht, mich loszuwerden, und ich sei der einzige Grund, warum sie Dad geheiratet hat. Gestern Abend wollte sie mich sogar töten.«

Mrs. Patterson verfiel in Schweigen, und Adele wusste, dass ihr darauf einfach nichts mehr einfiel.

»Jetzt komme ich wahrscheinlich in ein Waisenhaus, nicht wahr?«, fragte Adele, nachdem sie einige Minuten lang beobachtet hatte, wie die Frau sich damit beschäftigte, Tee zu kochen. »Eine andere Möglichkeit gibt es nicht.«

Im nächsten Moment fand sie sich in einer innigen Umarmung wieder. »Du armer Schatz«, rief Mrs. Patterson und drückte sie an ihre füllige Brust, die nach Baby und Toast roch. »Das ist eine schreckliche Angelegenheit, aber wenn deine Mum im Krankenhaus ein wenig Ruhe hatte, wird bestimmt alles besser werden.«

Adele gefiel die Umarmung, sie gab ihr das Gefühl, geborgen und erwünscht zu sein, etwas, das sie im Grunde nie gekannt hatte. Trotzdem meinte sie, dieser freundlichen Frau erklären zu müssen, wie genau Rose Talbot zu ihrer älteren Tochter stand.

»Ich glaube nicht, dass sie mich haben will, nicht einmal wenn es ihr wieder besser geht«, begann sie. Sie brauchte einige Zeit, um zu erklären, wie furchtbar das Leben seit Pamelas Tod wirklich gewesen war und dass ihre Mutter ihr gegenüber schon zuvor nur Gleichgültigkeit gekannt hatte. »Sie verstehen also«, beendete sie ihre Darstellung, »ich sollte gar nicht erst hoffen, dass alles wieder gut wird, wenn es meiner Mum besser geht.«

Der Tag kam Adele unendlich lang vor. Mrs. Patterson fand, dass es doch keine so gute Idee sei, in die Wohnung hinaufzugehen und einige Kleider zu holen, daher gab sie Adele eine Art Kittelkleid von sich selbst. Es war rot-weiß kariert und beinahe so breit wie lang, aber wenn man es mit einem Gürtel zusammenhielt, sah es nicht viel anders aus als ein Morgenrock. Adele versuchte, sich von den Gedanken an ihre Zukunft abzulenken, indem sie sich in der Wohnung nützlich machte, aber ihr schmerzender Leib erinnerte sie immer wieder an die schrecklichen Ereignisse des Vortages. Als sie in Mrs. Pattersons Schlafzimmerspiegel einen flüchtigen Blick auf sich selbst erhaschte, begann sie von Neuem zu weinen, denn ihr Auge verfärbte sich allmählich schwarz, und die Wunde auf ihrer Wange sah grauenhaft aus.

Schließlich war es sieben Uhr, und Dr. Biggs erschien, doch Jim war noch immer nicht nach Hause gekommen.

»Er ist sicher in den Pub gegangen«, gestand Adele.

Dr. Biggs seufzte und sah Mrs. Patterson an, in deren Gesicht die Art von Ausdruck stand, die besagte: Damit habe ich gerechnet. Sie bedeutete dem Arzt, sie in das vordere Schlafzimmer zu begleiten, bevor sie energisch die Tür hinter ihnen schloss.

»Unser Dad geht auch in den Pub«, meinte Tommy und blickte von den Schnurrbärten auf, die er Menschen in alten Zeitschriften ins Gesicht zeichnete.

Adele kannte die Patterson-Jungen von Geburt an und mochte sie sehr, obwohl sie eigenartig aussahen mit ihren bleichen Gesichtern, dem zu Berge stehenden schwarzen Haar und den stets verschorften Knien. Da sie Tommy immer zusammen mit Pamela in die Schule gebracht hatte, kannte sie ihn am besten – er war frech, laut und manchmal ein wenig grob, aber auch sehr liebenswert. Er hatte heute sein Möglichstes getan, um sie zum Lachen zu bringen; selbst seine Bemerkung, dass sein Dad ebenfalls in den Pub gehe, war darauf berechnet, ihr Unbehagen zu zerstreuen. Aber Adele konnte nicht darauf eingehen, denn sie spitzte die Ohren, um zu hören, worüber Mrs. Patterson und der Arzt sprachen.

In der Zwischenzeit bemühten sich beide Erwachsene, ihre Stimmen zu senken.

»Ich werde den Behörden Bericht erstatten müssen«, sagte der Arzt bekümmert. »Ich vermute, dass Jim nicht die Absicht hat, sich um Adele zu kümmern, und wir können die Angelegenheit nicht ewig hinauszögern. Hat sie irgendwelche anderen Verwandten? Großeltern, Tanten oder Onkel?«

»Jim hat irgendwo oben im Norden eine Schwester«, antwortete Annie. »Aber er sieht sie nie. Und wenn Rose noch Verwandte hat, dann haben sie sich jedenfalls niemals hier blicken lassen.«

»Keine Eltern?«, hakte der Arzt nach.

»Ich glaube nicht«, erwiderte Mrs. Patterson. »Rose ist in Sussex groß geworden, direkt am Meer, das ist alles, was ich weiß.«

»Ich werde Jim danach fragen, wenn ich ihn zu fassen bekomme«, murmelte der Arzt. »Falls ihre Eltern noch leben, werden sie vielleicht aushelfen.«

»Ich hoffe es. Es ist mir schrecklich zu denken, dass dieses liebe Mädchen in ein Waisenhaus geschickt werden soll«, meinte Annie Patterson, und ihre Stimme klang brüchig, als weinte sie.

»Ich werde Jim einige Zeilen schreiben, und Adele kann den Brief oben irgendwohin legen, während sie sich etwas zum Anziehen holt.«

»Ich bezweifle, dass er überhaupt lesen kann«, wandte Annie verächtlich ein. »Er ist nicht besonders helle, Sie verstehen.«

»Ich weiß«, pflichtete Dr. Biggs ihr bei. Seine Frau hatte ihn am vergangenen Abend darüber in Kenntnis gesetzt. Sie hörte immer, was in ihrem Viertel geredet wurde. Nach dem, was man ihr erzählt hatte, waren die Talbots zu Anfang des zwanzigsten Jahrhunderts in Somers Town eine ausgesprochen berüchtigte Familie gewesen; die Jungen waren allesamt

Schurken und Schläger, die Mädchen Flittchen und die Eltern noch schlimmer. Jim war das jüngste von acht Kindern und weithin bekannt dafür, zurückgeblieben zu sein. 1917, als er achtzehn Jahre alt gewesen war, war er der Armee beigetreten, und da er nicht zurückkam, hatte man vermutet, dass er in Frankreich ums Leben gekommen sein müsse wie mindestens drei seiner Brüder auch. Seine Eltern und die beiden jüngeren Schwestern, die noch zu Hause lebten, starben 1919 während der Grippeepidemie.

Als Jim Talbot vier Jahre später wieder in Somers Town auftauchte, waren die Leute allgemein überrascht. Nicht nur deshalb, weil er den Krieg überlebt hatte, dem so viele junge Männer zum Opfer gefallen waren, sondern weil er überdies mit einer hübschen, kultivierten Ehefrau und einer vier Jahre alten Tochter heimkehrte. Noch mehr staunten die Leute, als es ihm gelang, eine Arbeit auf einem Holzplatz auf Dauer zu halten, und sie herausfanden, dass seine Frau im Gegensatz zu seiner Mutter und seinen Schwestern kultiviert war.

Im Lichte dessen, was Dr. Biggs am vergangenen Abend erfahren hatte, erschien es wahrscheinlich, dass Rose Talbot Jim nur als letzte Zuflucht geheiratet hatte, weil sie mit dem Kind eines anderen Mannes schwanger gewesen war. Wahrscheinlich hatten die Jahre des Zusammenlebens mit einem Mann, den sie nicht liebte, und in beträchtlich ärmlicheren Verhältnissen, als sie es gewohnt gewesen war, den ungeheuren Groll verursacht, den sie gegen Adele empfand.

Dr. Biggs konnte nicht viel Mitgefühl mit Rose aufbringen, die kein Recht hatte, einem unschuldigen Kind die Verantwortung für ihre Fehler und ihr Unglück zu geben. Jim jedoch tat ihm durchaus ein wenig leid, wegen all der Dinge, die ihm von Geburt an widerfahren waren. Zweifellos hatte er sich heute mit seinen Arbeitskollegen beraten, und sie hatten ihn alle ermutigt, Adele zu verstoßen. Vielleicht glaubte er auch, dies sei eine Möglichkeit, Rose zu zeigen, dass er es müde war, ihr Versorger und Fußabtreter zu sein.

»Ich werde auf jeden Fall einen kurzen Brief schreiben«, erklärte er. »Und morgen früh komme ich wieder und versuche, Jim persönlich zu erwischen.«

Adele ging mit äußerstem Widerstreben die Treppe hinauf, den Brief von Dr. Biggs in der Hand. Sie hatte Angst davor, die Wohnung zu betreten, denn das würde sie nur wieder an ihre Mutter und das Messer erinnern. Da ihr Dad nicht zurückgekommen war, um mit Dr. Biggs zu sprechen, bestand kein Zweifel mehr daran, dass ihr weiteres Schicksal ihm gleichgültig war. Sie wünschte, sie sei gestorben und nicht Pamela.

Als sie die Wohnungstür öffnete und das Licht anknipste, wurde Adele übel. Die Töpfe und die zerbrochenen Teller lagen noch immer auf dem Boden, und neben dem Messer hatte sich ein Blutfleck auf dem Tischtuch ausgebreitet. Außerdem roch es abscheulich nach Alkohol, Zigaretten und dem Schweiß und den Socken ihres Dads. Am liebsten wäre sie gleich fortgerannt, um nie wieder hierher zurückzukehren, aber sie nahm allen Mut zusammen, ging in ihr Zimmer und holte ihre Sachen.

Sie brauchte nicht viel mitzunehmen, nur ihren besten Sonntagsrock und den dazugehörigen Pullover, eine saubere Strickjacke, eine Schulbluse, einen Schlüpfer und ein Paar Socken, ihre Schuhe und das Turnkleid. Sie wollte ihre Sachen gerade in ihren Ranzen packen, als ihr einfiel, dass auf dem Schrank im Schlafzimmer ihrer Eltern ein kleiner Koffer lag.

Das Zimmer der beiden stank noch schlimmer als das Wohnzimmer, und das Bett war nicht gemacht. Auf den Kissen fanden sich weitere Blutflecken, vermutlich von der Schnittwunde auf der Wange ihres Dads. Einen Moment lang blieb sie vor dem Ankleidetisch stehen und betrachtete sich im Spiegel.

Sie sah schrecklich aus, fand sie, und es war kein Wunder, dass niemand sie haben wollte. Noch bevor sie sich das blaue Auge und die Wunde auf der Wange eingefangen hatte, war sie nicht hübsch gewesen. Sie hatte glanzloses, widerspenstiges hellbraunes Haar und blasse gelbliche Haut, und nicht einmal ihre Augen hatten eine richtige Farbe wie Braun oder Blau, sondern waren grünlich – wie Kanalwasser, hatte Mum einmal gesagt.

Es war kein Wunder, dass ihre Mum wütend darüber war, dass ihre hübsche Tochter hatte sterben müssen und ihre reizlose noch lebte.

Schließlich zog Adele den Schlafzimmerstuhl vor den Schrank und kletterte hinauf, um an den Koffer heranzukommen, und als sie ihn herunternahm, sah sie, dass er mit einer dicken Staubschicht bedeckt war. Sie legte ihn auf das Bett und wischte ihn mit dem Saum der Tagesdecke ab.

In dem Koffer befand sich nichts als einige alte Briefe, aber als sie sie zusammenschob, um sie in die Schublade der Ankleidekommode zu legen, fiel ihr plötzlich wieder ein, dass der Arzt gefragt hatte, ob sie irgendwelche Verwandten habe.

Sie blätterte die Briefe durch, aber sie stammten anscheinend alle von derselben Person und waren an ihren Vater adressiert. Sie öffnete einen der Umschläge und sah, dass das Schreiben von seiner Schwester in Manchester kam. Enttäuscht legte sie sie zusammen, doch als einige der Umschläge zu Boden fielen und sie sich bückte, um sie aufzuheben, bemerkte sie, dass einer eine vollkommen andere Handschrift trug und an Miss Rose Harris adressiert war, wie ihre Mutter vor ihrer Hochzeit geheißen hatte.

Der Umschlag war vom Alter vergilbt, und er war nicht einmal an diese Adresse geschickt worden. Aber als sie ihn ansah, erinnerte sie sich mit einem Mal an Mrs. Pattersons Worte kurz zuvor: »*Ich glaube, sie ist in Sussex aufgewachsen, direkt am Meer.*«

Dieser Brief war an das Curlew Cottage in Winchelsea Beach nahe Rye, Sussex adressiert.

Da ihre Mutter ihre Eltern niemals erwähnt hatte, vermutete Adele, dass sie tot sein mussten, aber sie war trotzdem neugierig zu erfahren, von wem dieser Brief stammte, und nahm ihn aus dem Umschlag. Er kam von jemandem in Tunbridge Wells in Kent und trug das Datum vom achten Juli 1915.

Liebe Rose,

ich habe mich so darüber gefreut, nach all dieser Zeit wieder von dir zu hören. Ich habe dich schrecklich vermisst, nachdem du fortgegangen warst, und alle Mädchen fragen mich immer wieder, ob ich irgendetwas von dir gehört hätte. Ich nehme an, es ist ein wenig langweilig, auf dem Land zu leben, aber andererseits ist es jetzt, da die Leute nur über den Krieg reden können, überall langweilig. Viele Mädchen in der Schule haben ihre Väter und Brüder verloren, und ich bin so dankbar dafür, dass mein Vater nicht fortmusste und dass ich keine Brüder habe, die alt genug für den Krieg sind. Ich hoffe, deinem Vater wird nichts Schlimmes zustoßen.

Zwingt deine Mutter dich auch, Socken und Schals zu stricken? Meine tut es. Ich kann keine graue Wolle mehr sehen. Heute Nachmittag haben wir Tennis gespielt, und Muriel Stepford meinte, sie wolle versuchen, Krankenschwester zu werden. Angeblich tun ihr all diese verwundeten Soldaten so leid, aber wir anderen glauben, dass sie Angst hat, sitzen zu bleiben, weil es hier nur noch so wenige Männer ihres Alters gibt.

Schreib mir bald, und erzähl mir, was du den ganzen Tag über so treibst. Haltet ihr wirklich Hühner und baut Gemüse an, oder war das ein Scherz? Ich kann mir nicht vorstellen, dass du dir die Hände schmutzig machst.

Herzliche Grüße,
Alice

Adele las den Brief drei Mal. Er faszinierte sie, weil er ihr einen winzigen Blick auf die Vergangenheit ihrer Mutter gestattete, von der sie überhaupt nichts wusste. War diese Alice eine gute Freundin gewesen? Waren ihre Mutter und ihre Eltern wegen des Krieges aus Tunbrigde Wells fortgezogen? War es möglich, dass ihre Großeltern immer noch in Curlew Cottage lebten?

Der Brief war vor sechzehn Jahren geschrieben worden, vier Jahre vor ihrer Geburt, aber da sie nicht genau wusste, wie alt ihre Mutter war, konnte sie das Alter ihrer Großeltern nicht einmal erahnen.

Aber sie hatte den Arzt sagen hören, dass er Jim nach etwaigen Verwandten fragen wolle, daher legte sie den Brief zu den übrigen und packte ihre Sachen in den Koffer. Dann verließ sie die Wohnung und zog die Tür hinter sich zu.

Als am nächsten Morgen die Kirchenglocken zum Gottesdienst riefen, kam Dr. Biggs zurück. Er blieb für kurze Zeit bei den Pattersons, fragte Adele nach ihrem Befinden und meinte, er habe sich mit dem Krankenhaus in Verbindung gesetzt, in das man ihre Mutter gebracht hatte, und sie sei bereits deutlich ruhiger geworden.

»Was glauben Sie, wie lange man sie dort behalten wird?«, fragte Mrs. Patterson.

»Das kann ich zu diesem Zeitpunkt noch nicht sagen«, erwiderte Dr. Biggs vorsichtig. »Und jetzt werde ich nach oben gehen und mit Mr. Talbot reden.«

Der Arzt blieb nicht allzu lange bei ihrem Vater, und als er wieder herunterkam, wirkte er verärgert und erregt.

»Geh mit den Jungen hinaus in den Hof«, bat Mrs. Patterson und schob Adele in Richtung Tür.

Adele verließ den Raum, ging jedoch nicht sofort hinaus. Sie zog lediglich die Tür zum Wohnzimmer hinter sich zu und blieb davor stehen. Sie wollte wissen, was ihr Vater gesagt hatte, das den Arzt so aufgebracht hatte.

Sie brauchte nicht lange zu warten. Der Arzt explodierte förmlich. »Dieser Mann ist so vernagelt, ich hätte ebenso gut gegen die Wand sprechen können«, schimpfte er. »Er beharrt darauf, dass Adele nicht sein Kind sei. Er hat erzählt, dass er ihre Mutter kennengelernt habe, als sie schwanger war, und das könne er auch beweisen, da er sich bis zu diesem Zeitpunkt in Frankreich aufgehalten habe.«

»Aber er hat Rose geheiratet, und deshalb muss er auch für Adele verantwortlich sein, wer immer ihr richtiger Vater war, oder?«, fragte Mrs. Patterson.

»Theoretisch ja. Aber Sie kennen den Ausdruck: ›Man kann ein Pferd zum Wasser führen, aber man kann es nicht dazu zwingen zu trinken‹«, antwortete Dr. Biggs. »Wie kann ich ein so junges Mädchen in den Händen eines Mannes belassen, der so voller Zorn und Bosheit ist? Wer weiß, was da alles passieren könnte.«

»Was sollen wir dann jetzt unternehmen?«, hakte Mrs. Patterson nach.

»Ich werde die Fürsorge verständigen müssen. Eine andere Lösung gibt es nicht, Annie. Rose ist psychisch krank, und ich kann nicht einmal sagen, ob sie je wieder gesund werden wird. Außerdem ist es langfristig vielleicht sogar das Beste – ich vermute, dass das Kind seit vielen Jahren sehr schlecht behandelt worden ist. Wenn ich Adele jetzt von hier forthole, wird sie wahrscheinlich besser dran sein.«

»Haben Sie Jim gefragt, ob es noch Großeltern gibt?«

»Ja, aber er konnte nichts über sie berichten. Soviel er weiß, hat Rose sich mit ihrer Mutter überworfen, lange bevor er sie kennenlernte, und sie hat seither keinen Kontakt mehr zu ihr gehabt.«

An dieser Stelle begann Lily laut zu weinen und übertönte die weitere Unterhaltung der Erwachsenen. Adele wartete ängstlich darauf, dass Lily sich wieder beruhigte, aber das kleine Mädchen schrie nur immer lauter, und sie konnte kein Wort mehr verstehen.

Kurze Zeit später ging Adele zurück ins Wohnzimmer. Dr. Biggs lächelte sie an. »Ich habe gerade Mrs. Patterson erzählt, dass es meiner Meinung nach das Beste wäre, wenn du für ein paar Tage nicht zur Schule gehst, bis dein Auge wieder besser ist«, erklärte er. »Du möchtest doch sicher nicht, dass man dir deswegen Fragen stellt, nicht wahr?«

Adele blickte zwischen ihm und Mrs. Patterson hin und her und spürte, dass die beiden irgendetwas ausgeheckt hatten. Sie fragte sich, warum Erwachsene Kindern Unehrlichkeit vorwarfen, während sie selbst doch ständig logen.

4

Während Adele am nächsten Morgen ihren Porridge aß, band Mrs. Patterson Tommy die Krawatte.

»Es wird höchste Zeit, dass ein großer Junge wie du lernt, das selbst zu machen«, meinte sie und versetzte ihm einen spielerischen Knuff.

»Ich hab's gern, wenn du mir die Krawatte bindest«, gab Tommy zurück und streckte die Hand aus, um seine Mutter unter dem Kinn zu kitzeln, was sie zum Lachen brachte.

Der liebevolle Austausch schnürte Adele die Kehle zu. Während der letzten beiden Tage hatte sie viele Zärtlichkeiten dieser Art zwischen den Mitgliedern der Familie Patterson gesehen, und eine jede hatte sie schmerzlich daran erinnert, selbst niemals solche Zärtlichkeiten erfahren zu haben, weder von ihrem Vater noch von ihrer Mutter. Sie war zu dem Schluss gekommen, dass die Schuld bei ihr zu suchen sein müsse, denn die beiden hatten es schließlich geschafft, Pamela liebevoll zu behandeln.

»Bringt Adele mich zur Schule?«, fragte Tommy, sobald seine Krawatte gebunden war.

»Natürlich nicht«, erwiderte Mrs. Patterson und blickte zu Adele hinüber, die immer noch am Tisch saß. Adele hatte nach Pamelas Tod aufgehört, morgens mit Tommy zur Schule zu gehen. »Warum sollte sie dich noch begleiten? Du bist jetzt ein großer Junge.«

Tommy sah Adele flehentlich an. »Bitte!«

»Adele geht es noch nicht wieder richtig gut«, sagte seine Mutter energisch. »Sie braucht Ruhe.«

»Nein, brauche ich nicht«, erklärte Adele und stand auf. Es rührte sie, dass Tommy sie bei sich haben wollte. »Ich bringe ihn gern hin.«

Mrs. Patterson zögerte.

»Bitte! Ich würde gern ein wenig aus dem Haus gehen«, bat Adele.

»Also schön«, stimmte Mrs. Patterson schließlich zu. »Aber komm anschließend gleich wieder zurück; du brauchst Ruhe, hat der Arzt gesagt.«

Adele hatte nicht bedacht, dass der Schulweg mit Tommy so lebhafte Erinnerungen an Pamela in ihr aufsteigen lassen würde. Tommy benahm sich genau wie immer, in der einen Sekunde hüpfte er auf einem Fuß den Rinnstein hinunter, in der nächsten sprang er auf das Pflaster, um dann mit ausgestreckten Armen neben ihr herzulaufen und so zu tun, als wäre er ein Flugzeug. Pamela hatte dann stets Adeles Hand gehalten und sich darüber beschwert, dass Tommy sie alle blamierte. Adele vermisste diese kleine Hand in ihrer, ebenso wie den verärgerten Ausdruck auf dem Gesicht ihrer Schwester und die Art, wie sie in Gekicher ausbrach, wenn Tommy ihr Grimassen schnitt.

Die Grundschule war ein großes, altes, rußgeschwärztes Gebäude mit drei Geschossen. Die Räume des Kindergartens lagen auf der einen Seite, die Klassen für die jüngeren Schüler auf der anderen, und es gab getrennte Eingänge und Spielplätze.

»Ich seh dich dann zum Abendessen«, sagte Tommy, bevor er durch die Tore lief.

Adele blieb einen Moment lang stehen und beobachtete

ihn durch das Geländer, während er in einem Gedränge kleiner Jungen verschwand. Die Mädchen hatten sich auf der anderen Seite des Spielplatzes versammelt, und für einen flüchtigen Augenblick hielt sie automatisch Ausschau nach Pamela.

Aus Angst vor derartigen Erinnerungen an ihre Schwester hatte sie Tommy nach Pamelas Tod nicht mehr zur Schule gebracht. Obwohl es sich sehr eigenartig anfühlte, wieder hier zu sein und den gleichen ohrenbetäubenden Lärm von zweihundert oder mehr Kindern zu hören, die alle durcheinanderschrien, hatte es auch etwas seltsam Tröstliches. Während sie die Jungen bei ihren spielerischen Raufereien beobachtete und die Mädchen, wie sie Händchen haltend umherhüpften, gewann Adele plötzlich eine Ahnung davon, dass das Leben trotz Pamelas Tod irgendwie weiterging.

Sie erinnerte sich noch gut an den ersten Schultag ihrer kleinen Schwester. Pamela hatte große Angst gehabt.

»Ist es wahr, dass die größeren Kinder die Neuen mit dem Gesicht in die Toilettenschüsseln drücken?«, hatte sie bang gefragt.

Adele hatte ihr felsenfest versichert, das sei lediglich eine dumme Geschichte, um neuen Kindern Angst einzujagen. »Außerdem bin ich ja in einer höheren Klasse und werde dafür sorgen, dass dir niemand etwas Böses tut.«.

Adele war stolz darauf gewesen, eine so hübsche Schwester zu haben. Selbst als Pamela ihre beiden Schneidezähne verloren hatte, war sie immer noch niedlicher gewesen als jedes andere Mädchen in ihrer Klasse. Sie konnte sie jetzt direkt vor sich sehen, wie sie auf dem Spielplatz Kästchen hüpfte und ihre adretten blonden Zöpfe bei jedem Sprung auf- und abwippten. Einige der Mädchen in Adeles Klasse wollten nichts von ihren jüngeren Geschwistern wissen, aber nicht so Adele – sie hatte sich förmlich überschlagen, um mit Pamela anzugeben.

Als Adele im vergangenen September auf die weiterführende Schule gekommen war, hatte Pamela ihr tröstend gesagt, als sie zusammen die Straße hinuntergegangen waren: »Wenn du willst, komme ich mit dir. Du brauchst keine Angst zu haben. Ich werde all den großen Mädchen erzählen, dass sie nett zu dir sein müssen, genau wie du es für mich getan hast.«

Adele hatte gelacht, denn es war komisch, dass eine kleine Achtjährige glaubte, sie könne große Mädchen herumkommandieren. Aber Pamelas Sorge um sie hatte ihr ein wenig von ihrer Angst vor der neuen Schule genommen.

Jetzt blieb sie noch ein Weilchen stehen, beobachtete die Kinder beim Spielen und fragte sich, ob heute wohl jemand kommen mochte, der sie fortholte. Obwohl sie einerseits wünschte, es möge endlich passieren, weil das das Ende der Furcht und einen neuen Anfang bedeutete, hatte sie andererseits furchtbare Angst. Am ehesten glichen ihre Gefühle denen, die sie an dem Tag empfunden hatte, als sie zum ersten Mal auf die weiterführende Schule gegangen war. Aber damals hatte sie zumindest andere Kinder aus der Grundschule gekannt. Viele von ihnen lebten nur wenige Häuser entfernt. Doch wo immer man sie jetzt hinbringen mochte, würden alle Menschen Fremde für sie sein.

»Werden sie mich heute holen kommen?«, platzte Adele plötzlich heraus, während sie Mrs. Patterson half, einige Kleider auf die Wäscheleine im Hof zu hängen. Nachdem sie

Tommy zur Schule gebracht hatte, hatten sie zusammen eine Tasse Tee getrunken, und ihr war aufgefallen, dass Annie einfach nicht stillsitzen konnte und alle paar Minuten von ihrem Stuhl aufsprang, um irgendetwas aufzuräumen. Dieses Verhalten hatte in Adele die Ahnung geweckt, dass irgendetwas im Gange sein musste.

Einen Moment lang huschte ein verräterischer Ausdruck über das Gesicht der Frau, und Adele wusste, dass sie im Begriff stand, sie anzulügen.

»Ich weiß, dass jemand kommen wird«, sagte sie und sah Adele durchdringend an. »Ich weiß nur nicht, ob es heute passieren wird.«

Annie Patterson hatte Adele immer gemocht, gleich vom ersten Tag an, als die Talbots ins Haus eingezogen waren. Es hatte damals heftig geregnet, und Jim und Rose hatten ihre liebe Not gehabt, ihre Sachen nach oben zu bringen. Pamela – damals ein neugeborenes Baby – hatte sich die Seele aus dem Leib geschrien. Annie hatte sich erboten, auf beide Kinder aufzupassen, während die Talbots sich einrichteten. Sie hatte erst kurz zuvor entdeckt, dass sie selbst schwanger war, daher interessierte sie sich sehr für kleine Kinder.

Selbst mit ihren vier Jahren war Adele schon ein komisches kleines Ding gewesen und hatte ein verdächtig gutes Betragen an den Tag gelegt, das auf unheimliche Weise beinahe erwachsen wirkte. »Mummy wird immer sehr müde«, erzählte sie, kurz nachdem Annie das Baby aus dem Kinderwagen genommen hatte, um es zu beruhigen. »Ich schaukle ganz oft den Kinderwagen für sie, aber das gefällt der kleinen Pammy nicht besonders gut, sie möchte, dass Mummy mit ihr kuschelt.«

»Und was hältst du von deiner neuen kleinen Schwester?«, hatte Annie gefragt.

»Sie ist nett, wenn sie nicht weint«, hatte Adele nachdenklich erwidert. »Wenn sie laufen lernt, werde ich die ganze Zeit mit ihr rausgehen, und Mummy kann sich ein wenig ausruhen.«

Und genauso war es dann auch gekommen. Mit sechs Jahren hatte Adele ihre kleine Schwester bereits in einem Kinderwagen die Straße hinuntergeschoben. Annie hatte sie damals häufig durchs Fenster beobachtet und sich gefragt, wie eine Mutter einem so kleinen Kind ein Baby anvertrauen konnte. Obwohl die meisten anderen Familien in der Straße tatsächlich ihre älteren Kinder als Kindermädchen für die jüngeren benutzten, war Rose Annie zu wohlerzogen erschienen, um so unvorsichtig zu sein.

Aber Annie begriff schon bald, dass Adele etwas an sich hatte, das Vertrauen weckte. Als Annie mit Michael schwanger gewesen war, hatte sie Tommy nur allzu gern mit Adele und Pamela in den Park geschickt, sodass sie die Füße hatte hochlegen können. Sie hatte sich immer gefreut, wenn das Mädchen gekommen war, um Tommy zu besuchen, da sie ihm vorlas, mit ihm spielte und ihn ganz allgemein unterhielt. Sie war eine richtige kleine Mutti gewesen und sehr intelligent.

Im Laufe der Jahre hatte Annie Adele viele Male mit blauen Flecken gesehen, aber da sie so ein braves Kind war, war ihr nie der Gedanke gekommen, dass ihre Mutter sie schlagen könnte. Erst vor zwei oder drei Jahren hatte Annie Verdacht geschöpft. Ihr fiel auf, dass Pamelas Kleider immer viel hübscher waren als die ihrer älteren Schwester. Pammy wirkte zudem wohlgenährt und gesund, ganz anders die spindeldürre Adele, die zudem beinahe ständig erkältet war. Sie hatte auch beobachtet, dass Rose Pamelas Hand hielt, wenn sie die Straße hinuntergingen – mit Adele hingegen ging Rose niemals irgendwohin. Nicht ein einziges Mal in acht Jahren hatte sie gesehen, dass Rose ihre ältere Tochter geküsst, an sich gedrückt oder ihr auch nur liebevoll den Kopf getätschelt hätte. Pamela hingegen hatte all diese Zärtlichkeiten von ihrer Mum erfahren.

Jetzt schämte Annie sich ihrer selbst. Sie hatte Adele nicht nur im Stich gelassen, indem sie sich vor langer Zeit nicht von ihren Instinkten hatte leiten lassen; sie ließ sie auch jetzt wieder im Stich, indem sie zusammen mit Dr. Biggs geplant hatte, das Mädchen von der Fürsorge fortholen zu lassen.

Als sie nun in die seltsamen Augen des Kindes blickte, wusste sie, dass sie es nicht belügen konnte. »Ja, mein Liebes«, antwortete sie schließlich mit einem Seufzer. »Es wird heute jemand kommen.«

»Wird man mich in ein Waisenhaus bringen?«, fragte Adele.

»Nicht wenn Dr. Biggs es verhindern kann«, erklärte Annie wahrheitsgemäß. »Er glaubt, dass du in einem Privathaus glücklicher wärst. Vielleicht bei netten Leuten, die selbst kleine Kinder haben, bei denen du ihnen helfen kannst. Das klingt doch gut, nicht wahr?«

Adele war sich ziemlich sicher, dass Mrs. Patterson von

ihren eigenen Worten nicht überzeugt war, sonst hätte sie schon früher etwas gesagt. Aber sie nickte nur und versuchte zu lächeln, als freute sie sich darüber. Sie hatte ja ohnehin keine andere Wahl, das wusste sie, und sie wollte nicht, dass die nette Mrs. Patterson sich deswegen grämte.

Kurz vor zwölf erschien eine Frau, die aussah wie eine Lehrerin und einen braunen Hut und ein Tweedkostüm trug.
»Ich bin Miss Sutch«, sagte sie, während sie Mrs. Patterson die Hand gab und Adele zulächelte. »Wir werden mit dem Zug aufs Land hinausfahren, Adele«, fuhr sie fort. »Wir haben einen sehr hübschen Platz für dich gefunden, wo du bleiben kannst, bis es deiner Mutter wieder besser geht.«
Sie nahm die kleine Lily auf den Arm. »Was für ein hübsches Baby sie ist!«, bemerkte sie, dann fragte sie Michael, wie alt er sei und wann er mit der Schule begonnen habe. Anschließend setzte sie sich an den Tisch, als wäre sie eine alte Freundin der Familie.
Während sie zusammen eine Tasse Tee tranken, musterte Adele die Frau eingehend. Sie war um die vierzig, nicht direkt alt, aber auch nicht mehr jung, hochgewachsen und mager, mit Sommersprossen auf dem ganzen Gesicht, und als sie ihren Hut abnahm, stellte Adele fest, dass ihr Haar sehr hübsch war, kurz und lockig und von einem rötlichen Goldton. Als Mrs. Patterson eine bewundernde Bemerkung darüber machte, fuhr Miss Sutch sich mit den Fingern durchs Haar.
»Sie würden es nicht haben wollen«, lachte sie. »Wenn ich es wachsen lasse, kann ich absolut nichts damit anfangen. Als ich noch ein Kind war und meine Kinderschwester es mit

Gewalt durchgekämmt und mich zum Weinen gebracht hat, dachte ich immer, gelocktes Haar sei ein Fluch.«

Adele fand, dass sie eine nette Frau war, da sie weder streng noch herablassend wirkte. Ihr gefiel ihr fröhliches Lachen, ebenso wie die Tatsache, dass sie sie nicht so ansah, als läge ein übler Geruch über dem Raum. Sie nahm sogar Lily auf den Schoß und putzte der Kleinen mit ihrem eigenen Taschentuch die Nase, als wäre sie eine Verwandte. Aber vor allem schien sie ehrlich besorgt um Adeles Wohlergehen zu sein und wollte ihr wirklich helfen.

»Wir haben für dich einen Platz in The Firs gefunden«, sagte sie und sah Adele dabei direkt in die Augen. »Das ist ein Privathaus in Kent. Mr. und Mrs. Makepeace nehmen seit einigen Jahren Kinder bei sich auf, vor allem solche wie dich, die vorübergehend ein Heim brauchen, und du wirst dort die Älteste sein.«

Sie hielt inne und lächelte ermutigend. »Du hast wirklich Glück, dass sie gerade Platz für dich haben. Es gibt eine Schaukel im Garten und jede Menge Bücher und Spiele. Mrs. Makepeace geht oft mit allen Kindern zum Picknick, und im Sommer fahren sie sogar ans Meer. Es wird dir dort gefallen.«

»Wo werde ich in die Schule gehen?«, erkundigte Adele sich ängstlich.

»Mr. Makepeace ist Lehrer, daher wirst du zumindest für den Augenblick bei ihm Unterricht haben«, antwortete Miss Sutch. »Also, wie klingt das?«

»Schön«, erwiderte Adele wahrheitsgemäß.

»Also gut, wir machen uns dann besser auf den Weg«, meinte Miss Sutch. »Hast du deine Sachen zusammengepackt?«

»Sie hat nicht viel«, erklärte Mrs. Patterson und stand auf, um Adeles kleinen Koffer unter dem Sofa hervorzuziehen. »Sie wird ein Paar neue Schuhe brauchen, weil ihre Löcher haben.«

»Darum wird sich Mrs. Makepeace kümmern«, versicherte Miss Sutch munter. »Und jetzt sollten wir uns von Mrs. Patterson verabschieden und uns auf den Weg machen.«

Annie zog Adele fest an sich. »Sei ein braves Mädchen«, sagte sie und küsste sie auf die Stirn. »Und schreib mir, wie es dir geht. Es wird schon alles gut werden, du wirst sehen.«

»Werden Mum und Dad wissen, wo ich bin?«, flüsterte Adele, deren Angst plötzlich zurückgekehrt war.

»Natürlich werden sie es wissen«, antwortete Mrs. Patterson. »Dr. Biggs hat das alles veranlasst, Schätzchen, also wird er sowohl mit dir als auch mit deinen Eltern in Verbindung bleiben.«

Adele küsste die kleine Lily und tätschelte Michael den Kopf, da er ihr niemals erlaubte, ihn zu küssen. »Vielen Dank, dass Sie mich aufgenommen haben«, sagte sie zu Mrs. Patterson. »Und grüßen Sie Tommy von mir.«

Sie fühlte sich ein wenig seltsam, als sie mit Miss Sutch die Straße hinunter zur U-Bahn-Station ging. Sie hatte hier gelebt, seit sie sich erinnern konnte, und abgesehen von einem Tagesausflug nach Southend mit der Sonntagsschule war sie nie aus London fortgekommen. Auch wenn ihr Leben daheim meistens unglücklich gewesen war, waren all die schönen Erinnerungen an Pamela hier, und sie war sich nicht sicher, ob sie sie hinter sich lassen wollte.

»Du kannst jederzeit zurückkommen, das weißt du«, meinte Miss Sutch plötzlich, als hätte sie Adeles Gedanken gelesen. »Ich fahre auch manchmal wieder in das Dorf, in dem ich als Kind gelebt habe. Ich spaziere umher, sehe mich um und erinnere mich an all die netten Leute und auch an die, die gemein zu mir waren. Dann stelle ich mit einem Mal fest, wie froh ich bin, dass ich nicht länger dort lebe. Verstehst du, man verändert sich mit verschiedenen Erfahrungen. Was dir einmal gefallen hat, wird dir nicht für immer gefallen.«

Zu Adeles Überraschung brachte der Zug sie nach Tunbridge Wells, eben dem Ort, aus dem der alte Brief an ihre Mutter gekommen war. Sie hätte Miss Sutch davon erzählt, aber die Frau wirkte nach ihrer Ankunft dort mit einem Mal hektisch, blickte immer wieder auf ihre Armbanduhr und sagte: »Wir müssen mit einem Taxi nach The Firs fahren, weil ich um halb sieben wieder in London sein muss.«

Nach dem, was Adele aus dem Zug von der Stadt gesehen hatte, schien es ein interessanter Ort zu sein. Die Häuser waren alt, aber nicht baufällig wie die an den Bahnhöfen in London. Als sie zu einem Taxi eilten, erzählte Miss Sutch, dass die Menschen im neunzehnten Jahrhundert nach Tunbridge Wells gekommen seien, um das dortige Quellwasser zu trinken. Adele vermutete daher, dass es in der Stadt einen Brunnen gab, dessen Wasser wie Medizin wirkte. Sie hätte gern mehr darüber erfahren, aber Miss Sutch unterhielt sich mit dem Taxifahrer und bat ihn, auf sie zu warten, um sie zum Bahnhof zurückzubringen.

Sobald sie London hinter sich gelassen hatten, hatte die ganze Zugfahrt durch eine offene Landschaft geführt, und Adele war entzückt gewesen von dem Anblick kleiner Lämmer, die auf den Wiesen herumtollten, und hübscher Cottages, die so aussahen wie auf den Bildern zu alten Geschichten. Aber sobald das Taxi Tunbridge Wells verlassen hatte und in die schmalen, gewundenen Wege einbog, an denen keine Häuser mehr standen, stieg ein wenig Furcht in ihr auf.

Außerdem begann es jetzt heftig zu regnen, und der Himmel verfärbte sich so schwarz, dass die kahlen Zweige der Bäume plötzlich bedrohlich wirkten.

»Es ist weit weg von den Geschäften«, murmelte sie schließlich.

»Wozu solltest du Geschäfte brauchen?«, fragte Miss Sutch scharf. »Mr. Makepeace und Mrs. Makepeace werden dafür sorgen, dass du alles hast, was du brauchst.«

Adele war außerstande zuzugeben, dass es ihr Angst machte, nicht genau zu wissen, wo sie war. Eine solche Bemerkung hätte verdächtig und undankbar geklungen, aber sie setzte sich jetzt sehr aufrecht hin und versuchte, sich die Landschaft genau einzuprägen, damit sie sich nicht gar so verloren fühlte.

Das Taxi bog von dem Weg ab auf einen schlammigen, holprigen Trampelpfad, und Adele und Miss Sutch wurden auf der glatten Sitzbank hin und her geworfen, während der Fahrer leise vor sich hin fluchte.

»Wenn es so weiterregnet, werden diese Wege bald unbefahrbar sein«, brummte er und drehte den Kopf, um Miss Sutch einen warnenden Blick zuzuwerfen. »Also, lassen Sie mich nicht zu lange warten!«

»Ich bringe sie nur schnell hinein, dann bin ich auch gleich wieder draußen«, versicherte Miss Sutch ihm und tätschelte Adeles Knie. »Es tut mir leid, Kleines. Eigentlich wollte ich zum Tee bleiben und dir helfen, dich ein wenig einzuleben, aber du siehst ja selbst, wie die Dinge stehen. Trotzdem, ich bin davon überzeugt, dass du keine Probleme haben wirst. Mrs. Makepeace ist sehr freundlich.«

Plötzlich sah Adele ihren Bestimmungsort direkt vor sich. Es war ein schlichtes rotes Backsteinhaus mit hohen Schornsteinen, teilweise bedeckt von Efeu und umringt von den hohen Fichten, denen es seinen Namen verdankte. Und selbst bis zum nächsten Nachbarn war es ein sehr langer Weg.

»Was für ein zauberhaftes Haus!«, bemerkte Miss Sutch mit einem zufriedenen Seufzen. »Es ist natürlich schade, dass du es nicht zum ersten Mal bei Sonnenschein siehst, aber du hast ja noch den ganzen Sommer vor dir. Fahrer, bitte warten Sie hier, ich werde nicht lange brauchen.«

Miss Sutch brauchte tatsächlich nicht lange; genau genommen setzte sie Adele nur vor der Haustür ab und drückte auf die Klingel, und sobald eine untersetzte Frau mit grauem Haar erschien, die ein geblümtes Kittelkleid trug, brachte sie nur hastig vor, was sie zu sagen hatte.

»Das ist Adele Talbot, ich glaube, Sie erwarten Sie? Ich muss leider sofort wieder fahren, da das Taxi wartet und der Fahrer von Minute zu Minute verdrießlicher wird, weil er Angst hat, im Schlamm stecken zu bleiben.«

»Ich bin Mrs. Makepeace, Schätzchen«, meinte die Frau mit einem Lächeln, dann nahm sie Miss Sutch Adeles kleinen Koffer ab. »Komm herein, damit du die anderen kennenlernen kannst. Es ist fast Teezeit.«

Adele fühlte sich von Miss Sutch im Stich gelassen, weil sie so hastig wieder aufbrechen wollte. Dieser Umstand schien zu beweisen, dass ihr vorheriges Interesse vielleicht doch nur geheuchelt gewesen war. Aber Mrs. Makepeace sah wirklich nett aus, und selbst wenn dieses Haus recht abgelegen war, würde sie doch die Gesellschaft anderer Kinder haben.

»Auf Wiedersehen, Miss Sutch«, sagte sie. »Und vielen Dank, dass Sie mich hergebracht haben.«

»Was für ein wohl erzogenes Mädchen!«, säuselte Miss Sutch, die bereits wieder in Richtung Taxi gegangen war. »Mit diesem Kind werden Sie keine Probleme haben, Mrs. Makepeace. Und jetzt muss ich wirklich los.«

»Dieser jungen Dame könnte es nicht schaden, wenn sie sich selbst ein wenig Manieren angewöhnen würde«, bemerkte Mrs. Makepeace, während sie Adele in die Diele zog und die Tür hinter sich schloss. »Sie benimmt sich immer so, stürzt davon wie der Märzhase. Ich frage mich oft, ob ihr Arbeitgeber wohl weiß, wie achtlos sie in Wirklichkeit ist. Aber andererseits hat sie keine Ahnung, wie es ist, ohne ein Heim oder eine Familie aufzuwachsen – die da ist mit allem erdenklichen Luxus groß geworden! So, jetzt lass uns in die Küche gehen, und ich werde dich den anderen vorstellen. Wir sind hier eine einzige große Familie, sodass du vor nichts Angst zu haben brauchst.«

Die große Diele war sehr kahl mit dem polierten Holzboden und nur einem einzigen alten Sideboard, aber darauf stand eine hohe Vase mit Narzissen, und es roch nach Lavendelpolitur.

Adeles erster Eindruck von der Küche und ihrer »neuen Familie« war eine Überraschung, denn sie hatte nicht erwartet, dass beides so groß sein würde. Als Mrs. Makepeace die

Tür öffnete, sah sie einen riesigen Tisch, an dem ungefähr ein Dutzend Kinder saßen, die sie allesamt anstarrten.

»Das ist eure neue Freundin, Adele«, erklärte Mrs. Makepeace, während sie Adele hineinführte und ihren Koffer neben eine Kommode stellte. »Also, ich fange einfach bei den Jüngsten an. Mary, Susan, John, Willy, Frank«, sagte sie und zeigte nacheinander auf jedes der Kinder am Tisch. »Lissie, Bertie, Colin, Janice, Freda, Jack und Beryl. Also, was sagen wir zu neuen Freunden, Kinder?«

»Herzlich willkommen«, riefen sie im Chor.

»Das ist richtig, du bist uns herzlich willkommen.« Mrs. Makepeace schenkte Adele ein breites Lächeln. »So, neben Beryl wartet ein freier Stuhl auf dich. Ich brühe nur noch schnell den Tee auf, dann können wir anfangen.«

Adele war davon überzeugt, dass sie sich niemals die Namen aller Kinder würde einprägen können. Sie hatte nur zwei Namen behalten: den von Mary, die höchstens anderthalb Jahre alt war, in einem Hochstuhl saß und an einer Brotkruste kaute, und von Beryl, die mit etwa elf Jahren das älteste der Kinder war. Die anderen waren zwischen drei und zehn Jahren alt, und sie alle waren recht unauffällig und ebenso schäbig gekleidet und dünn wie Adele selbst.

»Und jetzt das Gebet, bitte«, meinte Mrs. Makepeace, nachdem sie eine riesengroße Teekanne auf den Tisch gestellt hatte.

Alle Kinder bis auf die kleine Mary sprangen auf, traten hinter ihre Stühle und senkten die Köpfe über gefalteten Händen.

»Wir danken Gott, der dieses Essen auf unseren Tisch gebracht hat«, sagte Mrs. Makepeace. »Mögen wir niemals vergessen, dass wir ohne seine liebende Güte vielleicht Hunger und Vernachlässigung leiden müssten. Amen.«

Die Kinder antworteten im Chor mit einem weiteren »Amen«, dann folgte ein neuerliches Scharren von Stuhlbeinen, als sie wieder Platz nahmen. »Reich das Brot herum, Beryl«, befahl Mrs. Makepeace.

Der Berg aus Broten, die dünn mit Margarine bestrichen waren, verschwand mit Lichtgeschwindigkeit. Adele erfuhr, dass die ersten beiden Schnitten ohne Aufstrich gegessen werden mussten, während sie die dritte Scheibe mit Marmelade bestreichen durften. Eine vierte Scheibe gab es nicht, da zu diesem Zeitpunkt alles aufgegessen war. Der Tee war wässrig und ohne Zucker, und zum Nachtisch gab es ein kleines Stück von einem Kuchen, der ein wenig so aussah wie Brotpudding, aber keinen richtigen Geschmack hatte und nur sehr wenige Rosinen aufwies.

Für Adele war es genug, da Miss Sutch ihr während der Zugfahrt einen Apfel und einen Schokoladenkeks gegeben hatte. Aber sie vermutete, dass die anderen Kinder immer noch Hunger hatten, da sie ihr Stück Kuchen aufgegessen hatten, noch bevor sie mit dem ihren beginnen konnte; außerdem beäugten die anderen Kinder Adeles Kuchen, als hofften sie, sie würde ihn auf dem Teller liegen lassen.

Sie waren alle sehr still. Ab und zu stellte Mrs. Makepeace einem der Kinder eine Frage, die daraufhin beantwortet wurde, doch davon abgesehen gab es keinerlei Gespräch.

Die Küche, die von dem Kochherd beheizt wurde, hatte trotz ihrer Größe etwas Heimeliges. Ein riesiger Schrank, voll gestopft mit Porzellan, Zierstücken und Blechdosen, beanspruchte eine ganze Wand. Von der Decke hing ein hölzernes

Gestell herab, an dem Wäsche trocknete. An den übrigen hellgrünen Wänden hingen Bilder von der Königsfamilie und von Pflanzen und Blumen, die aus Zeitschriften ausgeschnitten worden waren; auf dem Fenstersims standen Pflanzen, und auf einem Sessel vor dem Herd schlief eine fette getigerte Katze.

Nach dem Abendessen wurde abermals ein Tischgebet gesprochen, dann bekamen Freda, Jack und Beryl, die ältesten Kinder, den Auftrag, zurückzubleiben, um den Abwasch zu erledigen, während Mrs. Makepeace Janice aufforderte, Adele und die anderen in das Spielzimmer zu bringen.

»Du wirst deine Pflichten erst morgen aufnehmen«, sagte Mrs. Makepeace zu Adele. »Beryl wird dir nachher alles erklären, wenn sie dir dein Bett zeigt. Und jetzt lauf, und mach dich mit den Kleinen bekannt.«

Janice, die Adele später erzählte, dass sie acht Jahre alt war, wischte der kleinen Mary mit einem Spüllappen Gesicht und Hände ab, dann setzte sie sie sich auf die Hüfte und ging voran ins Spielzimmer, während die anderen ihr im Gänsemarsch folgten. Eine kleine Hand griff nach der Adeles, und als sie hinabblickte, sah sie, dass es Susan war, das zweitjüngste der Kinder und etwa drei Jahre alt. Sie schielte und hatte widerspenstiges, dünnes blondes Haar, und ihre kleine Hand fühlte sich sehr rau an; als Adele sie sich später genauer besah, stellte sie fest, dass die Haut wund und schorfig war.

Auch im Spielzimmer war es warm. Hinter einem großen Kamingitter brannte ein Kohlenfeuer, und genau wie die Küche schien auch dieser Raum reichlich benutzt zu werden. Vor dem Feuer stand ein gewaltiges, durchgesessenes Sofa, und um das Sofa herum gruppierten sich mehrere gleichermaßen schäbige Sessel. Davor stand ein großer Tisch mit einem halb fertigen Puzzle darauf, und auf dem Boden entdeckte Adele mehrere Kartons mit Comics, Büchern und Spielsachen.

Es war schöner, als sie erwartet hatte, und hinter den hohen Balkontüren lag der Garten, in dem auch eine Schaukel nicht fehlte. Der Regen gab dem Ganzen ein trostloses Aussehen, aber für Adele, die nie einen Garten zur Verfügung gehabt hatte, war das Grundstück einfach zauberhaft. Außerdem freute sie sich, dass die meisten der anderen Kinder noch klein waren. Susan klammerte sich noch immer an ihre Hand, und diese kleine Geste gab ihr das Gefühl, wirklich willkommen zu sein.

»Woher kommst du?«, erkundigte sich Janice, die sich mit Mary auf dem Schoß vors Feuer gesetzt hatte.

»Aus London«, antwortete Adele, nahm neben ihr Platz und zog Susan fester an sich. »Ist es in Ordnung hier?«

»Frank! Fass dieses Puzzle nicht an, oder Jack wird dir die Haut abziehen«, rief Janice einem der kleineren Jungen zu. Dann sah sie Adele an und grinste. »Jack liebt Puzzles, und er kann es nicht ertragen, wenn jemand sie auseinandernimmt, bevor er fertig ist. Ja, es ist okay hier. Aber ich wünschte, ich könnte nach Hause zu Mum gehen.«

Janice erinnerte Adele ein wenig an Pamela. Sie war nicht so hübsch wie ihre Schwester – ihr Haar war mausbraun, und ihre Zähne wurden bereits schwarz –, aber sie war im selben Alter, und sie verströmte die gleiche Art von Selbstbewusstsein, die Pamela besessen hatte.

»Dann hast du also eine Mum?«, fragte Adele.

Janice nickte. »Die meisten von uns haben Mütter. Meine ist krank, meine Tante konnte nur das Baby nehmen, deshalb sind Willy und ich hierhergekommen. Das ist mein Bruder Willy«, sagte sie und zeigte auf einen kleinen Jungen mit rotem Haar. »Er ist jetzt vier. Doch wenn es Mum nicht bald besser geht, schätze ich, dass man uns woanders unterbringen wird.«

»Warum?«, wunderte sich Adele.

Janice zuckte die Schultern. »Hier werden Kinder nur für kurze Zeit aufgenommen. Mr. Makepeace schreibt dann etwas über uns, das er Beurteilungen nennt.«

»Wo ist er eigentlich?« Adele hatte bis zu diesem Moment vergessen, dass es auch einen Mr. Makepeace gab.

»Keine Ahnung, er fährt oft weg«, erklärte Janice. »Manchmal sehen wir ihn tagelang nicht.«

Diese Bemerkung veranlasste Adele, sich nach ihren Unterrichtsstunden zu erkundigen, und Janice sagte, dass sie nicht viele davon hätten.

»Kinder wie wir, die bereits lesen und schreiben können, bekommen die Aufgabe, ein Kapitel in einem Buch zu lesen und dann in unseren eigenen Worten aufzuschreiben, wovon es handelt. Ein Mal die Woche schreibt Mr. Makepeace eine Unmenge von Rechenaufgaben auf die Tafel im Schulzimmer«, fuhr Janice fort. »Wir müssen dann dableiben, bis wir alles richtig gerechnet haben. Aber das ist einfach, denn er gibt uns nie wirklich schwere Aufgaben. Außerdem lässt Mrs. Makepeace uns Diktate schreiben. Die Wörter, in denen wir einen Fehler haben, müssen wir dann so oft abschreiben, bis wir sie uns merken können.«

Adele fragte sich, ob Mr. Makepeace älteren Kindern wie

ihr andere Aufgaben gab. Sie war bereits ziemlich gut in Mathematik und Rechtschreibung, aber sie wollte noch besser werden.

»Und was unternehmt ihr in der übrigen Zeit?«, wollte sie wissen.

»Wir bekommen Arbeiten zugewiesen«, antwortete Janice und warf Adele einen eigenartigen Blick zu, als überraschte es sie, dass sie das nicht gewusst hatte. »Anschließend gehen wir zum Spielen nach draußen, wenn das Wetter gut genug ist. Das Leben ist hier eigentlich nicht besonders hart. Den Stock bekommt man nur zu spüren, wenn man etwas wirklich Schlimmes angestellt hat. Aber ich wünschte trotzdem, ich könnte nach Hause.«

Es war bereits dunkel draußen, als Beryl aus der Küche kam und Adele nach oben brachte, um ihr die Schlafzimmer zu zeigen. Sie war nur ein Jahr jünger als Adele, ein zartes, dunkelhaariges Mädchen, das anscheinend vor allem große Angst hatte.

Adele sollte sich ein Zimmer mit ihr und Freda teilen, die zehn war. Es war ein kühler Raum, der nur mit Eisenbetten, einem kleinen Schrank für jede von ihnen und einem Waschbecken ausgestattet war. Daneben lag das Zimmer der jüngsten Kinder, in dem Mary, Susan und John schliefen, die beiden Dreijährigen. Anscheinend erwartete man von den älteren Mädchen, dass sie sich während der Nacht um die Kleineren kümmerten.

»Mrs. Makepeace wird furchtbar wütend, wenn die Kleinen sie aufwecken«, sagte Beryl, und ihre dunklen Augen irrten durch das Schlafzimmer, als wäre sie davon überzeugt, dass jemand sie belauschte. »Freda wacht niemals auf, also bin immer ich diejenige, die sich um die drei kümmert. Du wirst mir doch helfen, oder?«

Adele versprach es ihr, dann zeigte Beryl ihr die anderen Zimmer. Lissy und Janice hatten ein eigenes Zimmer mit zwei Einzelbetten darin. Die übrigen fünf Jungen einschließlich Janice' vierjährigem Bruder teilten sich ein Zimmer, in dem der zehn Jahre alte Jack die Aufsicht führte.

»Bertie und Colin sind schreckliche Lausebengel«, fuhr Beryl mit einem Seufzen fort. »Sie führen ständig etwas im Schilde, versuchen, sich die Treppe hinunterzuschleichen, um sich etwas zu essen zu ergattern, oder sie machen Kissenschlachten. Jack schafft es nicht, sie im Zaum zu halten; er ist nämlich etwas zurückgeblieben, also müssen wir uns um die beiden kümmern, wenn sie einfach keine Ruhe geben wollen.«

Als Adele schließlich zu Bett ging, hatte sie herausgefunden, weshalb Beryl so ängstlich war. Anscheinend überließ Mrs. Makepeace alle Arbeiten im Haushalt den Kindern, und da Beryl bis zu Adeles Ankunft die Älteste gewesen war, wurde sie dafür verantwortlich gemacht, wenn irgendetwas nicht so lief, wie es sollte. Beryl hatte keine näheren Erklärungen abgegeben, aber das war auch nicht notwendig. Adele sah die Trostlosigkeit in ihren Augen, hörte die Resignation in ihrer Stimme und erkannte eine gewisse Parallele zu ihrer eigenen Situation zu Hause.

»Es ist nicht so schlimm wie das Heim, in dem ich vorher war«, antwortete sie, als Adele sie rundheraus danach fragte, ob sie oder die anderen Kinder schlecht behandelt würden. »Dort haben sie uns ständig geschlagen, und wir haben kaum etwas zu essen bekommen. Nimm dich einfach in Acht vor Mrs. M., und gehorche ihr, oder du wirst es bereuen.«

Während der ganzen ersten Woche, die Adele in The Firs verbrachte, war Mr. Makepeace außer Haus, und während der ersten beiden Tage dachte Adele, sie müsse Beryl wohl missverstanden haben, denn Mrs. Makepeace wirkte so warmherzig, fürsorglich und fröhlich. Als Adele sie nach Unterrichtsstunden fragte, lachte sie.

»Zerbrich dir darüber mal nicht deinen kleinen Kopf«, sagte sie, während sie in einem Kleiderschrank stöberte und schließlich einen blau karierten Rock und einen hellblauen Pullover für Adele herausnahm. »Du hast einen bösen Schock erlitten, und ich werde dich ein wenig herausputzen, damit du dich besser fühlst.«

Sie wusch Adele das Haar, kämmte es zu zwei Zöpfen und flocht in jeden davon blaue Bänder. »So ist es schon besser«, meinte sie und tätschelte Adele liebevoll die Wange. »Sobald diese schlimme Narbe verheilt ist und du ein bisschen Farbe auf die Wangen bekommen hast, wirst du ganz anders aussehen.«

Es war schön, umsorgt zu werden und der Frau all die schrecklichen Dinge anvertrauen zu können, die ihre Mutter ihr entgegengeschleudert hatte. Adele begriff schnell, dass Mrs. Makepeace den Kindern tatsächlich viel Arbeit im Haus aufbürdete, aber das machte ihr nichts aus, denn sie war an dergleichen Arbeiten gewöhnt, und Mrs. Makepeace wusste ihren Fleiß zumindest zu schätzen.

Aber an ihrem dritten Morgen in The Firs entdeckte Adele, dass Mrs. Makepeace auch eine grausame, boshafte Seite hatte.

Colin, ein flachsköpfiger Achtjähriger, war hinausgeschickt worden, um die Eier von den Hühnern einzusammeln. Es regnete immer noch heftig, und er war mit den Eiern zurückgerannt, aber auf dem nassen Gras ausgerutscht, sodass zwei Eier zu Bruch gegangen waren.

Er weinte, als er hereinkam, denn er hatte sich das Knie aufgeschlagen, doch Mrs. Makepeace vergrößerte sein Elend nur noch.

»Du nutzloser Kerl«, schimpfte sie wutentbrannt. »Es ist schwer genug, euch alle durchzufüttern, auch ohne dass du gutes Essen verschwendest. Bertie und Lissie werden auf ihr Frühstücksei verzichten müssen, weil du so dumm bist. Ich hoffe, die beiden werden dich dafür leiden lassen.«

Adele war zutiefst erstaunt, als Mrs. Makepeace Colin zwang, vor den beiden anderen Kindern, die leer ausgegangen waren, ein Ei zu essen. An seiner gequälten Miene konnte sie ablesen, dass er viel lieber zwei oder sogar mehr Tage auf sein Frühstücksei verzichtet hätte, als den Ärger seiner Freunde zu riskieren. Und Mrs. Makepeace stachelte Bertie und Lissie so lange auf, bis sie wirklich wütend auf Colin wurden.

»Na, ihr zwei, wie schmeckt euch das Brot mit Margarine ohne ein gekochtes Ei?«, fragte sie die beiden immer wieder. »An eurer Stelle würde ich Colin den ganzen Tag lang mit Missachtung strafen.«

Es war die Art finsterer, bösartiger Grausamkeit, die Adele von ihrer Mutter kannte. Sie konnte sich gut daran erinnern, dass Pamela oft eine zweite Portion Nachtisch bekommen hatte, während sie selbst leer ausgegangen war. Oder Rose hatte Pamela gezwungen, in einem neuen Rock oder einer neuen Strickjacke auf und ab zu stolzieren, obwohl Adele viel dringender etwas zum Anziehen gebraucht hätte. Sie hatte

Pamela nur aus dem einen Grund nicht dafür büßen lassen, weil sie immer gewusst hatte, dass das genau das war, was ihre Mutter wollte.

Traurigerweise reagierten Bertie und Lissie tatsächlich so, wie Mrs. Makepeace es sich wünschte. Sie waren den ganzen Tag über ausgesprochen gemein zu Colin. Als es Zeit zum Schlafen wurde, hatte der Junge sich vollkommen in sich selbst zurückgezogen, und Adele wusste, dass er sich nun erbärmlicher als ein Wurm fühlte, denn genauso hatte sie selbst immer empfunden.

Von da an beobachtete Adele Mrs. Makepeace genauer, wenn sie ihre übertriebene Zuneigung zur Schau stellte, Schultern tätschelte und einzelne Kinder »ihren kleinen Schatz« nannte. Die Empfänger dieser Aufmerksamkeiten strahlten vor Glück und überschlugen sich förmlich, alles daranzusetzen, um sich das Wohlwollen der Frau zu erhalten, was meistens darauf hinauslief, dass sie zusätzliche Arbeiten für sie übernahmen. Aber ihre Unterwürfigkeit wurzelte ebenso in Furcht wie in Bewunderung, das wurde schon bald offenbar. Beim leisesten Fehlverhalten pflegte Mrs. Makepeace das liebeshungrige Kind mit Spott niederzumachen. Sie war eine Meisterin darin, jemanden zu demütigen und gnadenlos seine Schwäche und Unsicherheit offenzulegen.

Adele kam auf den Gedanken, dass alle Kinder über fünf Jahre mit Bedacht ausgewählt worden waren, denn sie entsprachen einem bestimmten Typ. Es fand sich nicht ein einziges unabhängiges, rebellisches Straßenkind in The Firs – jedes einzelne von ihnen war auf irgendeine Weise besonders bedürftig. Sie alle hatten jüngere Brüder und Schwestern, von denen sie getrennt worden waren und die sie vermissten, was sie zu idealen Kindermädchen für die jüngeren machte. Adele konnte in jedem einzelnen von ihnen sich selbst und ihre Vorgeschichte wiedererkennen.

Im Laufe der Tage hörte sie immer wieder, dass Mrs. Makepeace die Kinder mit zuckersüßen Worten daran erinnerte, dass die Kleider, die sie trugen, das Essen, das sie aßen, und die Spielsachen, mit denen sie sich die Zeit vertrieben, alle von ihr und ihrem Mann kamen. Auch das entsprach nicht der Wahrheit, denn Adele fand bald heraus, dass The Firs eine Fürsorgeeinrichtung und die Makepeaces lediglich Aufseher waren.

Dies hatte sie entdeckt, als sie in Mr. Makepeace' Arbeitszimmer Staub gewischt hatte. Auf dem Schreibtisch lag eine Broschüre mit einem Foto von The Firs, und sie konnte der Versuchung nicht widerstehen, sie zu lesen. Auf diese Weise erfuhr sie, dass The Firs ein Fürsorgeheim für »Kinder in Not« war, eine Zuflucht, wo sie bleiben konnten, bis ihre familiären Umstände sich verbesserten oder eine langfristige Fürsorge für sie gefunden werden konnte. In der Broschüre wurde um Spenden gebeten, da Mr. und Mrs. Makepeace, die Aufseher, bezahlt werden müssten, genauso wie der Unterhalt der Kinder. Außerdem wurde der Hoffnung Ausdruck verliehen, dass man genug Geld würde zusammenbringen können, um weitere Kinder aufnehmen und ihnen bessere Einrichtungen für den Unterricht und zum Spielen zur Verfügung stellen zu können.

Aber was auch immer Adele von Mrs. Makepeace halten mochte, es gefiel ihr recht gut in The Firs. Sie bekam drei Mahlzeiten am Tag und hatte andere Kinder zur Gesellschaft, und sie war sehr dankbar dafür, jeden Morgen in dem Wissen zu erwachen, dass sie nicht geohrfeigt oder beschimpft werden würde, nur weil sie ihre Mutter ansah.

Dann kam Mr. Makepeace nach Hause, und endlich legte sich Adeles Furcht. Allein die Tatsache, dass alle Kinder voller Eifer auf ihn zuliefen, um umarmt oder in die Luft geworfen zu werden, bewies, dass er die Kinder in seiner Obhut wirklich liebte.

Er war groß, vielleicht einen Meter achtzig, mit dickem dunklem Haar, einem Schnurrbart und den schönsten, sanftesten braunen Augen, die Adele je gesehen hatte. Vermutlich hatte er falsche Zähne, weil sie so weiß und ebenmäßig waren, aber wenn er lachte, was er sehr gern zu tun schien, gab es in seinem Mund keine verräterischen Hinweise auf ein falsches Gebiss. Er war ein wenig füllig, doch er kleidete sich so geschmackvoll und trug stets eine Weste unter seiner Anzugjacke, dass es kaum auffiel.

»Adele ist so ein hübscher Name«, bemerkte er, als seine Frau sie miteinander bekannt machte. »Aber schließlich bist du auch ein sehr hübsches Mädchen. Und wie hast du dich hier eingelebt?«

»Sehr gut, vielen Dank, Sir«, erwiderte sie und senkte den Blick, weil es ihr peinlich war, dass jemand behauptete, sie sei hübsch, obwohl das so offensichtlich nicht der Wahrheit entsprach.

»Von Mrs. Makepeace höre ich, dass du nicht nur hübsch, sondern auch klug bist«, fuhr er fort, legte die Hand unter ihr Kinn und hob ihr Gesicht. »Du kannst gut lesen, bist sehr lieb zu den Kleinen, und du bist eine erstklassige Kartoffelschälerin. So viele Talente! Aber ich denke, du glaubst nicht, dass du obendrein auch hübsch bist.«

»Ja, Sir«, flüsterte sie.

»Nun, da irrst du dich«, erklärte er und sah ihr direkt in die Augen. »Schönheit kommt von innen, und genau das kann ich in dir sehen. Noch zwei oder drei Jahre und ein wenig mehr Fleisch auf den Knochen, und du wirst einfach zauberhaft sein.«

Seine Stimme war so weich und tief, dass Adele nicht anders konnte, als ihn anzulächeln.

»Na bitte«, kicherte er. »Ein Lächeln, das jedes Herz zum Schmelzen bringen würde. Begleite mich für einen Moment in mein Arbeitszimmer, damit wir uns über deine Unterrichtsstunden unterhalten können.«

Er setzte sich an seinen Schreibtisch und bedeutete Adele, neben ihm Platz zu nehmen. Dann nahm er ein Buch aus dem Regal und ließ sie einen Absatz daraus vorlesen. Es war *Die Mühle am Floss,* ein Buch, das Adele kurz vor Pamelas Tod gelesen hatte. Sie war vollkommen aufgegangen in der Geschichte, und vielleicht war das der Grund, warum sie ihre Nervosität überwand und sie gut vorlas.

»Hervorragend«, lobte er. »Wir bekommen nicht viele Kinder ins Haus, die so tüchtig sind wie du. Und jetzt erzähl mir, was du in der Schule gelernt hast, bevor du hierhergekommen bist.«

Es fiel ihr so leicht, mit ihm zu reden, dass sie am Ende weit mehr erzählte, als seine Fragen erforderlich machten. Sie sprach davon, wie gern sie las, dass sie in Mathematik zu den Besten ihrer Klasse gehört hatte, dass sie Geschichte jedoch langweilig finde und Geografie ihrer Meinung nach für sie völlig überflüssig sei.

»Aber vielleicht wirst du ja eines Tages reisen«, antwortete er mit einem Lächeln. »Woher sollst du wissen, welches Land du sehen willst, wenn du nichts über die verschiedenen Länder gelernt hast?«

Unter diesem Aspekt hatte Adele das Fach noch nie betrachtet, doch andererseits hatte sie auch noch niemals mit einem Mann gesprochen, der so viel wusste wie Mr. Makepeace. Er schien sogar über die Ereignisse Bescheid zu wissen, die dazu geführt hatten, dass sie ein neues Heim brauchte. »Wie gefällt es dir in The Firs?«, wollte er schließlich wissen.

»Es ist schön hier«, erwiderte sie schüchtern. »Aber ich mache mir ein wenig Sorgen, dass ich mit der Schule hinterherhinke.«

»Mrs. Makepeace ist keine Lehrerin«, sagte er mit leicht tadelndem Tonfall. »Und traurigerweise sind viele der Kinder hier nicht in der Lage, so mühelos zu lernen wie du, Adele. Viele bleiben auch nicht allzu lange hier. Wir müssen immer die grundlegenden Dinge unterrichten, wie Lesen, Schreiben, Rechnen und Buchstabieren, denn das ist alles, was die meisten unserer Kinder benötigen. Aber wenn wir ein Kind hier haben, das mehr lernen kann, bin ich nur allzu gern bereit, ihm zu helfen.«

In den Tagen nach Mr. Makepeace' Rückkehr hatte Adele das Gefühl, auf Wolken zu schweben. Sie verlor das Interesse daran, seine Frau zu beobachten, und hörte auch nicht mehr auf Beryls viele Klagen darüber, wie sehr man sie hier ausnutzte. Zum ersten Mal in ihrem Leben hatte sie das Gefühl, etwas Besonderes zu sein, und das verdankte sie Mr. Makepeace.

An seinem zweiten Tag zu Hause hatte er sie aus dem Garten, wo sie beim Unkrautjäten geholfen hatte, hereingerufen und sie einer Prüfung in Mathematik unterzogen. Als sie damit fertig gewesen war, hatte er den Test zensiert und sie gelobt, weil sie alle Aufgaben richtig gelöst hatte. Dann gab er ihr ein Buch – *Eine Geschichte aus zwei Städten* von Charles Dickens –, das sie übers Wochenende lesen sollte, Mrs. Makepeace enthob sie fast all ihrer Pflichten, und während die übrigen Kinder arbeiteten oder, im Falle der jüngeren, im Garten spielten, kuschelte Adele sich auf das Sofa im Spielzimmer und verlor sich im Drama der französischen Revolution.

Am späten Sonntagabend war sie mit dem Buch fertig, und als sie nach oben ins Bett ging, stellte sie fest, dass Beryl noch wach und steif vor Missbilligung war.

»Du bist nicht das erste Mädchen, um das er so ein Theater macht«, erklärte sie spitz. »Das geht für eine Weile gut, und wenn er ihrer dann überdrüssig wird, schickt er sie weg.«

Adele war nicht in der Stimmung, mit Beryl zu diskutieren. Sie hatte immer irgendetwas zu jammern. Bestimmt war sie nur zerfressen von Eifersucht. »Mich wird er nicht wegschicken«, gab sie zuversichtlich zurück. »Er mag mich.«

5

Mr. Makepeace nahm die Pfeife, die er soeben angezündet hatte, aus dem Mund. »Wie lange bist du jetzt bei uns, Adele?«, fragte er.

Sie waren bei einer privaten Geografiestunde im Schulzimmer. Der Raum hatte wenig Ähnlichkeit mit dem Klassenzimmer, an das Adele gewöhnt war; er war sehr klein und lediglich mit einem alten, großen Tisch, einigen Stühlen und einer Handvoll eselsohriger Bücher auf dem Fenstersims ausgestattet. Der einzige greifbare Hinweis auf den Bestimmungszweck des Zimmers war die Tafel, auf der gegenwärtig eine große Weltkarte befestigt war. Mr. Makepeace zeigte auf verschiedene Länder darauf, und Adele musste ihre Namen und die dazugehörigen Hauptstädte aufschreiben.

Jeder, der einen Blick in den Raum geworfen hätte, wäre vielleicht auf die Idee gekommen, es handele sich um eine Art Bestrafung für sie, da es ein sonniger Frühlingsnachmittag war und alle anderen Kinder draußen im Garten spielten. Aber obwohl ihre Stimmen durch die offenen Fenster hereinwehten, verspürte Adele nicht das geringste Verlangen, draußen bei ihnen zu sein. Sie war mehr als zufrieden, eine zusätzliche Unterrichtsstunde von ihrem Lehrer zu bekommen.

»Über einen Monat, Sir«, antwortete sie.

»Und bist du glücklich hier?«

Eine derartige Frage verblüffte sie. Erwachsene wollten solche Dinge normalerweise nie von ihr wissen. »Ja, Sir«, erklärte sie fröhlich.

Er lehnte sich an das Fenstersims, und der Geruch seines Pfeifentabaks überlagerte den Duft des frisch gemähten Grases, das zuvor in den Raum gedrungen war. Er trug heute ein am Kragen offenes weißes Hemd und graue Flanellhosen, und obwohl er in dieser Aufmachung nicht so beeindruckend aussah wie in einem dunklen Anzug, erschien er ihr dadurch weitaus zugänglicher und väterlicher.

»Nur ›ja‹? Keine Erklärungen, warum du hier glücklich bist, und nicht einmal ein ›Aber‹?«, fragte er spöttisch.

Adele runzelte verwirrt die Stirn, was ihn zum Lachen brachte.

»Nun, du hättest sagen können: ›Ja, ich bin glücklich hier, aber Geografie hasse ich immer noch‹«, erwiderte er und drohte ihr spielerisch mit seiner Pfeife.

»Aber ich hasse das Fach gar nicht mehr«, versicherte sie hastig. »Nicht mehr, seit Sie mich unterrichten.«

»Heißt das, dass du hier meinetwegen glücklich bist?«

Adele wusste, dass das der Fall war; sie bewunderte ihn und lebte nur für diese Privatstunden. Doch es widerstrebte ihr, das zuzugeben, denn sie hatte schon in frühester Kindheit gelernt, dass es sicherer war, ihre wahren Gefühle nicht zu offenbaren, ganz gleich, um wen oder was es dabei ging.

»Wegen allem«, entgegnete sie ausweichend. »Ich mag das Haus, die anderen Kinder, den Garten ...«

»Und mich?«, unterbrach er sie.

»Ja«, sagte sie ein wenig töricht. »Und Sie.«

»Das ist gut«, erklärte er, erhob sich von seinem Stuhl und kam auf sie zu. »Denn du wächst mir von Tag zu Tag mehr ans Herz«, fügte er leise hinzu, dann beugte er sich vor, um sie auf den Kopf zu küssen.

Eine Welle puren Glücks durchlief Adele. Sie hatte Mr. Makepeace praktisch seit ihrer ersten Begegnung gemocht, hatte jedes seiner Worte aufgesogen und war traurig gewesen an den Tagen, an denen er nicht zu Hause war. Aber sie hatte niemals erwartet, dass er etwas Derartiges für sie empfinden könnte. Sie war reizlos und langweilig, ein Mädchen, dem es bestimmt war, übersehen zu werden.

»Gefällt es dir, dass du für mich etwas Besonderes bist?«, fragte er, kniete neben ihren Stuhl nieder und legte den Arm um sie.

Seine Stimme war tief und zärtlich. Der Lavendelgeruch seines Haaröls, der Tabak in seiner Pfeife und die Art, wie seine Finger sanft ihre Taille liebkosten, machten sie ganz schwach. »Ja«, flüsterte sie. »Denn Sie sind auch für mich etwas Besonderes.«

Er sah sie auf eine so durchdringende Weise an, dass sie den Blick senken musste. »Küss mich, Adele«, bat er leise.

Ein wenig verlegen gab sie ihm einen schnellen Kuss auf die Wange. Aber er legte die Hand auf ihre Wange und zog sie dicht an sich. »Auf die Lippen«, raunte er ihr zu. »Das ist es, was Menschen tun, die einander lieben.«

Adele war so überwältigt von dieser Bemerkung, dass sie ihm die Arme um den Hals schlang und ihn bereitwillig küsste, doch sein Schnurrbart kitzelte auf ihren Lippen, sodass sie sich kichernd von ihm löste.

»Du findest mich komisch?«, wollte er wissen. Der Blick seiner dunklen Augen bohrte sich förmlich in sie hinein, und sein Gesichtsausdruck war streng.

»Nein, es ist nur Ihr Schnurrbart. Er kitzelt«, erklärte sie hastig.

Er erhob sich von den Knien, und sie hatte Angst, dass sie ihn womöglich gekränkt hatte, aber zu ihrer Überraschung zog er sie auf die Füße, dann setzte er sich wieder hin und nahm sie auf den Schoß. »Wenn ich mich rasiere, würdest du es also noch einmal versuchen?«, hakte er nach.

Ein kleiner Stich der Furcht durchzuckte sie. Sie wollte liebkost werden, doch er machte es irgendwie nicht ganz richtig. Er hielt sie mit einem Arm fest an sich gedrückt, aber sein anderer Arm lag um ihre Taille.

»Ich sollte jetzt gehen, es wird Zeit, dass ich bei den Vorbereitungen fürs Abendessen helfe«, meinte sie und versuchte, sich seinem Griff zu entwinden.

»Nein, das ist nicht nötig«, widersprach er und zog sie wieder an sich. »Mrs. Makepeace ist in die Stadt gefahren, wie sie es freitagnachmittags immer tut. Du weißt, dass wir mit dem Abendessen nicht anfangen, bevor sie zurückkommt. Wir haben noch reichlich Zeit. Möchtest du mein besonderes kleines Mädchen sein und ein wenig kuscheln?«

Er wirkte gekränkt, und seine großen braunen Augen blickten so bekümmert drein, dass Adele sich verpflichtet fühlte, die Arme um seinen Hals zu legen und ihn fest an sich zu ziehen.

»So ist es schon besser«, murmelte er dicht an ihrem Hals. »Für mich bist du mein kleines Mädchen. Ich habe einfach das Bedürfnis, dich im Arm zu halten.«

Später am Tag saß Adele auf dem Hocker im Badezimmer und trocknete die kleine Mary ab, während Beryl Susan und John in Marys Badewasser wusch. Diesen Teil des Tages hatte Adele immer besonders genossen. Mary war ein rundliches, friedliches Kind, das mit großem Vergnügen darauf reagierte, wenn man es kitzelte und mit ihm spielte. Auch Susan und John waren sonnige kleine Geschöpfe und vollauf zufrieden, einfach nur in der Wanne zu sitzen, zu lachen und einander mit Wasser zu bespritzen. Beryl wirkte hier immer weniger gereizt und angespannt als sonst, was wahrscheinlich daran lag, dass Mrs. Makepeace niemals herkam, um ihnen beim Baden der kleinen Kindern zuzusehen.

Adele wünschte, sie und Beryl könnten echte Freundinnen werden. Es hätte möglich sein müssen, da der Altersunterschied zwischen ihnen nur gering war und sie so viel Zeit zusammen verbrachten. Aber Beryl ermutigte sie niemals zu einem Gespräch, sie lachte kaum je einmal und schien in ihrer eigenen Welt verloren zu sein. Es machte die Dinge auch nicht besser, dass Mrs. Makepeace ständig etwas an ihr auszusetzen fand.

»Du hast Sonnenbrand im Nacken«, bemerkte Adele, der die heftige Rötung auf Beryls Hals aufgefallen war, als diese sich über die Badewanne gebeugt hatte. »Tut es weh?«

»Ja, sehr.« Beryl schnitt eine Grimasse und strich mit der Hand vorsichtig über die wunde Stelle. »Ich habe es Mrs. Makepeace erzählt, aber sie meinte nur, ich solle aufhören zu jammern.«

»Man müsste ein Bein verlieren, bevor sie auch nur das geringste Interesse zeigt«, bemerkte Adele mitfühlend. »Doch ich habe neulich gesehen, dass im Schrank eine Tube mit Zinksalbe liegt. Das wird die Haut ein bisschen beruhigen. Ich werde dir ein wenig davon auf den Nacken tupfen, sobald wir diese drei hier ins Bett gebracht haben.«

Auf Beryls magerem Gesicht zeichnete sich ein breites, dankbares Lächeln ab. »Das ist nett von dir. Das ist es, was ich am meisten vermisse, wenn ich an zu Hause denke. Unsere Mum hat Dinge wie Sonnenbrand oder aufgeschürfte Knie immer bemerkt. Deine auch?«

Adele schüttelte den Kopf.

»Nein?« Beryl wirkte schockiert. »Und was ist mit deinem Dad?«

»Der hätte es nicht einmal bemerkt, wenn ich Feuer gefangen hätte«, brummte Adele. »Als meine Mum ins Krankenhaus kam, wollte er mich nicht einmal bei sich behalten.« Noch vor einem Monat hätten ihr keine zehn Pferde diese Information entlocken können, aber Adele war dieses Gespräch wichtiger als die Loyalität einem Mann gegenüber, der sie nicht um sich haben wollte. »Wie war denn dein Dad so?«

»Sehr nett, wenn er nicht gerade getrunken hat«, gestand Beryl sehnsüchtig. »Deshalb hat man uns Kinder auch weggeholt, als Mum krank wurde. Er ist damals gleich auf Sauftour gegangen.«

»Was ist das?«, wollte Adele wissen.

Beryl zuckte die Schultern. »Es bedeutet, dass jemand pausenlos trinkt und nicht nach Hause kommt.«

Adele hätte sich gern genauer nach Beryls Dad erkundigt, wusste aber nicht recht, wie sie das anfangen sollte. »War dein Dad ...« Sie zögerte kurz. »Nun ja, war er zärtlich zu dir?«

Beryl runzelte die Stirn. »Wie meinst du das? Ob er mich umarmt hat und solche Sachen?«

Adele nickte.

»Ja, andauernd. Und erst recht, wenn er getrunken hatte.«

Das Gespräch fand ein jähes Ende, als Susan Seife ins Auge bekam und zu weinen begann. Als die beiden älteren Mädchen die Seife ausgewaschen und Susan abgetrocknet und in ihr Nachthemd gesteckt hatten, fand Adele keine Möglichkeit, wie sie das Gespräch von Neuem auf dieses Thema lenken konnte.

Im Grunde wollte sie vor allem eines wissen: Hatte Beryls Dad sie jemals auf die Lippen geküsst? Mr. Makepeace hatte es nämlich noch einmal getan, nachdem er ziemlich lange mit ihr gekuschelt hatte. Adele war das Ganze sehr unheimlich, und es verwirrte sie. Es war beinahe eine Erleichterung gewesen, als der Unterricht geendet hatte, trotzdem hatte sie auch Angst, er würde aufhören, sie zu lieben, wenn sie ihn nicht noch einmal küssen wollte.

Wenn ich nur wüsste, wie richtige Väter sich ihren Töchtern gegenüber benehmen!, dachte sie. Dann würde ich mich nicht mehr so komisch fühlen, was Mr. Makepeace betrifft. Es hatte keinen Sinn, über Jim Talbot nachzudenken; sie konnte sich nicht daran erinnern, jemals von ihm geküsst oder umarmt worden zu sein, nicht einmal, als sie noch klein gewesen war, obwohl ihr durchaus im Gedächtnis haften geblieben war, dass er Pamela in die Luft geworfen hatte, um sie zum Lachen zu bringen.

Wie konnte sie mehr über gewöhnliche Väter herausfinden? Niemand in diesem Haus kam aus einer Familie, die sie als normal bezeichnet hätte, zumindest nicht die Art von Familie, von der sie in Büchern las. Und selbst Bücher drückten sich in diesem Punkt nicht allzu klar aus. Die Töchter in den Büchern liefen immer zu ihren Vätern, sie erzählten, dass sie umarmt und geküsst wurden, und Adele hatte stets vermutet, dass damit das Verhalten beschrieben wurde, mit dem Mr. Patterson seine Kinder zu begrüßen pflegte. Aber es war trotzdem nutzlos, Mr. Patterson mit Mr. Makepeace zu vergleichen. Mr. Patterson arbeitete bei der Eisenbahn; er war ein ungeschliffener, recht grober Mann und ganz anders als ein Lehrer.

Zwei Wochen später erschien ein Mädchen namens Ruby Johnson in The Firs. Sie war zehn, genauso alt wie Freda. Sie sah krank aus, war dünn und blass, ihre Kleider waren viel zu groß für sie, und irgendjemand hatte ihr braunes Haar abgeschnitten, sodass es am ganzen Kopf nicht länger als zwei Zentimeter war. Sie wirkte vollkommen verängstigt, als Mrs. Makepeace sie in die Küche brachte und sie all die Kinder am Tisch sitzen sah. Adele hatte großes Mitleid mit ihr, denn sie erinnerte sich noch gut daran, wie sie sich an ihrem ersten Tag gefühlt hatte.

»Adele, du wirst in das Zimmer auf dem Dachboden ziehen, um Platz für Ruby zu machen«, erklärte Mrs. Makepeace, nachdem sie alle Kinder vorgestellt hatte.

Adele blickte zu Beryl hinüber und sah, dass das andere Mädchen nicht allzu glücklich über diese Neuigkeit war. Vermutlich fürchtete Beryl, jetzt die alleinige Verantwortung für Mary zu tragen, wenn die Kleine in der Nacht aufwachte. Auch Adele war die Veränderung ganz und gar nicht willkommen. Sie wollte nicht allein in einem Zimmer ganz oben im Haus schlafen.

Es war ein abscheulicher, winziger Raum, der seit Jahren nicht mehr benutzt worden war. Wegen der Lücken in den Dachtraufen kamen häufig Vögel dort hinein. Die Wände waren fleckig und feucht, der Boden bestand aus nackten Brettern, und es gab auch keine Elektrizität dort oben.

Beryl und Freda waren beide nicht die Art Mädchen, auf

die Adele früher in der Schule geflogen wäre, sie waren langweilig und nicht besonders intelligent, und sie hatten Angst vor ihrem eigenen Schatten, doch sie hatte sich daran gewöhnt, mit den beiden zusammen zu sein. Wenn sie nachts aufwachte, war es tröstlich, die zwei in ihrer Nähe zu wissen. Aber davon abgesehen befürchtete Adele, ein eigenes Zimmer würde die Kluft zwischen ihr und allen anderen Kindern noch vergrößern.

Allein die Tatsache, dass sie die Älteste war, trug ihr eine gewisse Sonderstellung ein, und dazu kamen noch die privaten Unterrichtsstunden. Niemand hatte bisher viel davon gesprochen, doch vielleicht lag das daran, dass die anderen Kinder diese Stunden eher als eine Art Strafe betrachteten, statt darin ein Privileg zu sehen. Dennoch gaben diese Stunden Adele das Gefühl, abseits von den anderen Kindern zu stehen.

Mr. Makepeace wollte sie jetzt in jeder Stunde küssen und liebkosen, und manchmal brachte er ihr überhaupt nichts bei.

Es war seltsam: Früher hatte sie immer gedacht, es müsse der Himmel auf Erden sein, wenn dieser Mann sie in die Arme nähme, und jetzt, da sich der Wunsch erfüllt hatte, wollte sie es eigentlich gar nicht.

Das unheimliche Gefühl, das sie beim ersten Mal beschlichen hatte, war zu ihrem ständigen Begleiter geworden. Wenn Mr. Makepeace ihre Arme und Beine streichelte, ihr mit den Fingern durchs Haar fuhr und sie auf seinem Schoß so festhielt, war ihr einziger Gedanke: Das ist nicht richtig! Aber sie wusste nicht, warum es sich nicht richtig anfühlte oder wie sie dem ein Ende bereiten sollte.

»Ich habe einfach das Bedürfnis, dich zu berühren, Adele, denn ich liebe dich«, sagte er immer wieder. »Du bist mein besonderes Mädchen. Noch nie habe ich für eins der Kinder so empfunden, die nach The Firs gekommen sind.«

Wenn sie ihn also bat, diese Zärtlichkeiten zu unterlassen, musste er doch daraus schließen, dass sie ihn nicht mochte, oder?

»Adele!«

Beim Klang von Mrs. Makepeace' Stimme zuckte Adele zusammen. Sie war vollkommen versunken in ihre eigenen Sorgen gewesen und hatte weder bemerkt, dass die anderen mit ihrem Tee fertig waren, noch dass jemand sie angesprochen hatte.

»Entschuldigung, haben Sie etwas gesagt?«, fragte sie schuldbewusst.

»Das habe ich allerdings, und zwar mehrmals«, blaffte die Frau sie an. »Du kannst Ruby nach oben bringen, ihr zeigen, wo sie schlafen wird, und ihr ein Bad einlassen«, fuhr sie fort. »Such ihr ein Nachthemd und saubere Kleider heraus, die ihr passen. Danach solltest du zusehen, dass du dein Bett auf dem Dachboden beziehst. Freda kann Beryl heute Abend helfen, die Kleinen ins Bett zu bringen.«

Als sie die Küche verließen, war Rubys Angst noch schlimmer als zuvor, das konnte Adele deutlich spüren, und sie schämte sich dafür, dass sie dem anderen Mädchen nicht mit größerer Herzlichkeit begegnet war.

»Woher kommst du?«, fragte sie, um ihre Gleichgültigkeit wiedergutzumachen. »Hast du in London gewohnt, wie ich?«

»Ich komme aus Deptford«, erwiderte Ruby mit gepresster Stimme.

Adele nickte. Deptford lag in Südlondon, das wusste Adele, sie hatte aber keine Ahnung, wie es dort aussah. »Ist deine Mum krank?«

»Sie ist tot«, antwortete Ruby mit ausdrucksloser Stimme.

Adele überlegte krampfhaft, was sie darauf erwidern sollte, doch ihr fiel nichts ein. Erwachsene sagten in solchen Situationen immer, es tue ihnen leid, aber etwas in Rubys Tonfall machte ihr deutlich, dass das unpassend gewesen wäre. »Hm, du wirst hier gut zurechtkommen«, erklärte sie schließlich, nachdem ihr wieder eingefallen war, dass Beryl an ihrem ersten Abend in The Firs etwas Ähnliches zu ihr gesagt hatte. »Mrs. Makepeace schlägt uns nicht, und die anderen Kinder sind nett.«

Sie ließ dem Mädchen ein Bad ein, und während das Wasser lief, wies sie Ruby an, ihre Kleider auszuziehen und in den Wäschekorb zu legen.

Ruby kam der Aufforderung beinahe zu schnell nach, als hielte sie es für eine Strafe. Als Adele sah, dass sie am ganzen Körper Prellungen und Wunden hatte, von denen einige alt und andere noch frisch waren, stieg tiefes Mitgefühl mit dem anderen Mädchen in ihr auf.

»Wenn du willst, kannst du mir nach dem Bad helfen, neue Kleider für dich auszusuchen«, bemerkte sie, weil sie es nicht wagte, nach Rubys Verletzungen zu fragen. »Wir haben viele hübsche Sachen im Schrank.«

Rubys Lippen bewegten sich kaum merklich, als wollte sie lächeln, hätte jedoch vergessen, wie man das machte. Obwohl sie so dünn und blass war, hatte sie schöne graue Augen und sehr lange Wimpern – wenn ihr Haar nachwuchs, würde sie wahrscheinlich sehr hübsch sein. »Bist du die Älteste hier?«, erkundigte sie sich.

»Ja, aber nur um ein Jahr«, erwiderte Adele, dankbar dafür, dass Ruby jetzt weniger verängstigt wirkte. »Doch du wirst feststellen, dass Beryl glaubt, hier das Kommando zu führen, weil sie vor meiner Ankunft hier lange Zeit die Älteste in The Firs war.«

»Sie hat mich so komisch angesehen«, bemerkte Ruby und runzelte die Stirn. »Wird sie gemein zu mir sein?«

»Wer, Beryl?« Adele kicherte. »Sie könnte zu niemandem gemein sein, dafür ist sie ein viel zu großer Angsthase. Niemand wird hier gemein zu dir sein, Ruby. Und wenn es doch passiert, dann komm zu mir.«

Ruby stieg vorsichtig in die Wanne, und als Adele neuerliche Furcht in ihren Augen sah, vermutete sie, dass das Mädchen nicht an richtige Bäder gewöhnt war. Nackt war sie so dünn, dass Adele all ihre Knochen zählen konnte, und sie fragte sich, ob Mrs. Makepeace ihr vielleicht Extraportionen geben würde, um sie aufzupäppeln.

Während Ruby badete, plauderte Adele ein wenig mit ihr. Sie erzählte ihr von den anderen Kindern und sprach auch von den Pflichten, die ein jeder von ihnen hatte. Als sie schließlich spürte, dass Ruby ein wenig von ihrer Befangenheit verlor, fragte sie sie, wer ihr das Haar so kurz geschnitten habe.

»Tante Anne«, meinte Ruby mit einem tiefen Seufzer. »Sie ist keine richtige Tante, sondern nur die Frau, mit der Dad es getrieben hat. Sie meinte, das sei die einzige Möglichkeit, mit den Läusen fertig zu werden, die ich hatte. Aber das war nicht der wahre Grund. Sie hat mich einfach gehasst.«

Adele setzte sich abrupt auf den Hocker, schockiert darüber, dass eine Zehnjährige davon sprach, dass ihr Dad es mit einer Frau »treibe«. Adele hatte ältere Mädchen bisweilen diesen Ausdruck benutzen hören, und sie wusste in groben Zügen, was das bedeutete. Es war das, weshalb Männer zu Prostituierten gingen.

»Es wird bald wieder wachsen«, tröstete sie das andere Mädchen. »Und die blauen Flecken werden verschwinden. Ich fühlte mich besser, nachdem ich hierhergekommen war, und dir wird es in ein oder zwei Tagen auch besser gehen.«

»Hast du geglaubt, dass niemand auf der ganzen Welt dich lieb hat?«, flüsterte Ruby, und ihre grauen Augen waren voller Schmerz.

Adele nickte. Sie hatte plötzlich einen Kloß in der Kehle, weil das Mädchen ihr so leid tat. »Aber hier haben wir einander«, sagte sie. »Wir sind hier in Sicherheit, und niemand tut uns weh.«

Als Adele später am Abend in ihrem Bett auf dem Dachboden lag, dachte sie über Ruby nach. Im Angesicht dessen, was das neue Mädchen ihr nach ihrem Gespräch im Badezimmer erzählt hatte, glaubte sie nicht, selbst auch nur den geringsten Grund zu haben, sich zu grämen, weil sie allein hier oben war. Das alte Eisenbett knarrte ein wenig, und die Matratze war klumpig, aber sie lag zwischen sauberen Laken, aus dem Treppenhaus fiel Licht in den Raum, sie hatte keinen Hunger, und ihr hatte auch niemand wehgetan.

Rubys Vater hatte sie mit Tante Anne und deren vier Kindern in ihrer Kellerwohnung allein gelassen und war fortgegangen, um Arbeit zu suchen. Ruby wusste nicht genau, warum Tante Anne plötzlich so böse gegen sie geworden war, aber vermutlich lag es daran, dass ihr Dad kein Geld geschickt hatte. Doch was auch immer der Grund dafür gewesen sein mochte, die Frau hatte Ruby in den Kohlenkeller gesperrt, der außerhalb des Hauses lag und bis unter die Straßenpflasterung reichte. Dort war es bitterkalt und obendrein dunkel gewesen, und nachts hatte Ruby nur einige Säcke als Lager gehabt und einen alten Mantel, um sich damit zuzudecken. Jeden Morgen hatte Tante Anne sie dann hinausgezerrt, um auf den Postboten zu warten. Wenn kein Brief von ihrem Vater dabei gewesen war, hatte sie Ruby geschlagen und sie dann lediglich mit einigen Scheiben Brot und einem Becher Wasser wieder im Keller eingeschlossen.

Ruby wusste nicht genau, wie lange sie dort drin gewesen war, doch sie meinte, ihr Vater sei Anfang Februar fortgegangen und Tante Anne habe sie ungefähr drei Wochen danach eingeschlossen. Als sie nicht wieder aufgetaucht war, hatten ihre Lehrerin in der Schule und die Nachbarn anscheinend geglaubt, ihr Vater habe sie abgeholt. Sie war nur deshalb gefunden und freigelassen worden, weil ein Gasmann in das Kellergeschoss gegangen war, um den Münzgaszähler zu leeren, und sie hatte weinen hören. Er hatte die Polizei gerufen.

Adele war übel geworden, als Ruby ihr all das erzählt hatte. Einige der Wunden an ihrem Körper stammten von brennenden Zigaretten: Anne hatte aus Ruby herauspressen wollen, wo ihr Vater war, und war dabei nicht einmal davor zurückgeschreckt, sie zu verbrennen.

»Aber ich wusste nichts von seinem Aufenthaltsort, und ich habe geglaubt, ich würde in diesem Keller sterben«, erzählte Ruby, während ihr die Tränen über die Wangen strömten. »Ich habe gebetet, dass Dad mich holen würde, doch Tante Anne hat einmal gesagt, dass Männer sich keinen Deut um ihre Kinder scheren würden; sie hätten nur das eine Interesse, ihren Schwanz in irgendeine Möse zu bekommen, und sobald die Frau in anderen Umständen wäre, würden sie verschwinden. Ich nehme an, sie hat recht.«

Adele musste ihr Erschrecken angesichts der groben Worte verbergen, die Ruby benutzte. Es verwirrte sie, dass eine Zehnjährige so viel mehr über das zu wissen schien, was zwischen Männern und Frauen vorging, als sie selbst. Adele wusste allerdings, dass das rüde Wort »ficken« irgendwie mit dem Heiraten und dem Kinderkriegen zusammenhing, aber die plastischen Worte, mit denen Ruby diesen Vorgang beschrieb, ließen das Ganze so hässlich klingen.

Trotzdem vermittelte Rubys schreckliche Geschichte Adele das Gefühl, sich glücklich schätzen zu können. Sie hatte, seit ihre Mutter fortgeholt worden war, keine einzige Nacht Hunger gelitten oder gefroren. Der Arzt hatte genug Mitgefühl mit ihr gehabt, um dafür zu sorgen, dass sie ein anständiges Zuhause bekam, und sie hatte Mr. Makepeace, der sie liebte. Sie kam zu dem Schluss, mit ihrem Leben zufrieden sein zu können; ebenso gut hätte sie bei einem Menschen wie Rubys Tante Anne landen können.

Wenige Tage nach Rubys Ankunft brach Mr. Makepeace zu einer neuerlichen Geschäftsreise auf. Da er seine Mahlzeiten stets im Wohnzimmer einnahm und morgens häufig mit seinem schwarzen Wagen fortfuhr, dachte Adele nicht einmal an ihn, bis es Nachmittag und damit Zeit für ihre Unterrichtsstunde wurde.

»Wird der Herr rechtzeitig zum Unterricht zurück sein?«, fragte sie Mrs. Makepeace.

»Nein, wird er nicht«, fuhr die Frau sie an. »Er wird eine Weile fort sein. Aber du kannst den Jüngeren beim Lesen und Schreiben helfen.«

»Heute?«, wollte Adele wissen.

»Heute und an jedem Tag, bis ich dir etwas anderes sage«, kam die schroffe Antwort. »Also steh nicht hier rum und halte Maulaffen feil. Wenn du wirklich so klug bist, wie mein Mann behauptet, solltest du dieser Aufgabe absolut gewachsen sein. Nimm zuerst die mittlere Gruppe mit, während die Älteren einige Dinge für mich erledigen können.«

Die mittlere Gruppe waren die Sechs- bis Achtjährigen, Frank, Lissie, Bertie, Colin und Janice. Obwohl sie sich alle gern Geschichten vorlesen ließen, konnte keiner von ihnen selbst allzu gut lesen. Tatsächlich kannte der sechsjährige Frank kaum die Buchstaben des Alphabets, und als Adele in der Vergangenheit verschiedentlich versucht hatte, ihm etwas beizubringen, hatte er sich rundheraus geweigert, es auch nur zu versuchen.

Adele wollte gerade auf die Schwierigkeit hinweisen, Frank zusammen mit den anderen zu unterrichten, als sie spürte, dass Mrs. Makepeace nur auf Protest wartete. Sie hatte diesen leicht höhnischen Ausdruck auf dem Gesicht, den man immer bei ihr sehen konnte, wenn sie Streit suchte. Wenn sie in dieser Verfassung war, genügte ein Wort, um sich eine Ohrfeige einzufangen. Also schwieg Adele und ging hinaus in den Garten, um die fünf Kinder hereinzuholen.

Die Unterrichtsstunde lief viel besser, als sie erwartet hatte, doch andererseits hatte sie die Kinder mit dem Versprechen bestochen, ihnen später eine Geschichte vorzulesen, wenn jeder von ihnen einen Absatz aus einem Buch las und dann in seiner schönsten Handschrift sechs Zeilen abschrieb, während sie selbst Frank half.

Gerade als die Kinder mit dem Schreiben beschäftigt waren, kam Mrs. Makepeace ins Klassenzimmer. Einen Moment lang beobachtete sie das Geschehen, und Adele fuhr fort, Frank dabei zu helfen, einfache, nur aus drei Buchstaben bestehende Worte zu schreiben. Vielleicht hatte es die Frau beeindruckt, dass alle Kinder arbeiteten, denn sie machte schon bald auf dem Absatz kehrt und verließ wortlos den Raum.

Die ältere Gruppe stellte später überhaupt kein Problem dar; die Kinder langweilten sich, wenn sie zu lange im Garten bleiben mussten, und sie waren dankbar für jede neue Beschäftigung. Selbst Jack, der ein wenig zurückgeblieben war und nicht viel besser lesen konnte als ein durchschnittlicher Siebenjähriger, wollte es versuchen. Als sie mit dem Lesen fertig waren, schrieb Adele mit Kreide Sätze auf die Tafel, ließ jeweils ein Adjektiv aus und forderte die Kinder auf, selbst ein Wort dafür zu finden.

Als sie einen von Jacks Versuchen las, musste sie ein Kichern unterdrücken. Er war ein großer, unbeholfener Junge mit weichen Lippen, abstehenden Ohren und so dumm, dass sie sich normalerweise nicht viel mit ihm abgab. Aber dies erheiterte sie wirklich.

Der Satz, den sie den Kindern aufgegeben hatte, lautete: »Es war ein (...) Tag, deshalb hängte Mrs. Jones die Wäsche im Garten auf.«

Die anderen hatten Adjektive wie »schön«, »sonnig« oder »windig« eingesetzt, aber Jack hatte das Adjektiv »verdammt« ausgewählt.

»Warum verdammt, Jack?«, fragte Adele, die alle Mühe hatte, einen ernsten Gesichtsausdruck beizubehalten.

»Mum hat jeden Montag gesagt: ›Heute ist der verdammte Waschtag‹«, antwortete er.

Anschließend las sie ihnen das erste Kapitel aus der *Schatzinsel* vor, und als die Glocke zum Abendessen rief, war Adele sehr zufrieden mit sich, dass beide Unterrichtsstunden so gut gelaufen waren.

Der erste Tag war der einzige, an dem es Adele gelang, die Aufmerksamkeit der Kinder zu halten. Mit jedem weiteren Tag, der verging, wurde ihr Benehmen allmählich schlechter. Am Ende der Woche alberten sie nur noch herum, und Mrs. Makepeace gab Adele die Schuld daran, dass sie so viel Lärm machten.

Plötzlich stand Adele ohne Freunde da, weil die anderen Kinder sie als Mrs. Makepeace' Spionin betrachteten und sie deshalb aus ihren Spielen und Gesprächen ausschlossen. Selbst die jüngeren Kinder hielten sich von ihr fern. Wenn sie abends in ihrem Bett auf dem Dachboden lag, konnte sie die anderen Mädchen unten miteinander plaudern und lachen hören, und sie hatte stets das Gefühl, dass sie über sie lachten. Hinzu kam, dass Mrs. Makepeace ihr mit wachsendem Sarkasmus begegnete; auf all ihre Fragen bekam sie immer nur dieselbe Antwort: »Du bist doch angeblich so klug, also finde es selbst heraus.«

Vier ganze Wochen krochen dahin, und mit jeder Woche fühlte Adele sich einsamer und unglücklicher. Manchmal hatte sie Angst, Mr. Makepeace könnte für immer fortgegangen sein, weil seine Frau so wütend wirkte; Adele war fest davon überzeugt, einfach zu verwelken und zu sterben, wenn er tatsächlich nicht zurückkehrte.

Eines Morgens dann, während sie die Kartoffeln fürs Abendessen schälte, hörte sie seinen Wagen draußen vorfahren. Sie wagte es natürlich nicht, zu ihm zu laufen, aber ihr Herz begann zu hämmern, und sie eilte zum Fenster, um ihn zu betrachten.

Sie fand, dass er mit seinem dunkelgrauen Anzug und dem weichen Filzhut so attraktiv wie ein Filmstar aussah. Sein Gesicht war sonnengebräunt, und als er sie am Fenster entdeckte und lächelte, blitzten seine schneeweißen Zähne.

Mrs. Makepeace tischte den Kindern das Essen auf, schärfte ihnen ein, sich in ihrer Abwesenheit gut zu benehmen, und brachte dann das Essen für sich und ihren Mann in ihr Wohnzimmer. Mehr als eine Stunde später kam sie zurück, gerade als Adele den Abwasch erledigte. Die anderen Kinder hatten sich zum Spielen nach draußen geschlichen, und Beryl schob Mary in ihrem Kinderwagen herum, damit sie einschlief.

»Mein Mann möchte dich im Schulzimmer sehen, sobald du mit diesen Sachen fertig bist«, sagte Mrs. Makepeace kurz angebunden und knallte ein Tablett mit schmutzigen Tellern und Gläsern auf den Tisch.

Adele nickte nur. Der grimmige Ausdruck auf dem Gesicht der Frau genügte ihr, um zu wissen, dass sie irgendetwas aus dem Gleichgewicht gebracht hatte.

Als Adele endlich in das Schulzimmer kam, saß Mr. Makepeace auf dem Fenstersims und rauchte seine Pfeife. Sie lief zu ihm hinüber und schlang die Arme um ihn.

»Sie waren so lange fort, und es war schrecklich ohne Sie!«, platzte sie heraus.

Er lachte leise. »Ich werde öfter wegfahren müssen, wenn mir bei meiner Rückkehr ein solches Willkommen zuteil wird«, erwiderte er.

»Ich habe Sie so sehr vermisst«, sagte sie und begann zu weinen. Dann sprudelte sie hervor, dass sie den jüngeren Kindern nichts hatte beibringen können und dass sie im ganzen Haus keinen einzigen Freund mehr habe.

Er ging zu einem Sessel hinüber und zog sie auf seinen Schoß. »So schlimm war es doch sicher nicht«, widersprach er und trocknete ihr mit seinem Taschentuch die Augen.

»Oh doch, das war es«, beharrte sie. »Ich konnte es kaum ertragen.«

Er drückte sie an sich und wiegte sie in den Armen. »Ich habe dich ebenfalls vermisst«, bekannte er. »Aber ich muss ab und zu fortgehen, um mich um einige Geschäfte zu kümmern.«

Als er begann, sie zu küssen und zu streicheln, war Adele so glücklich darüber, wieder mit ihm zusammen zu sein, dass ihr seine Liebkosungen nicht mehr so viel ausmachten wie früher.

»Ich wünschte, ich könnte dich mitnehmen«, flüsterte er, »wenn du ein wenig älter bist, werde ich es vielleicht auch tun.« Als Adele eine Stunde später aus dem Schulzimmer kam, lungerte Beryl im Flur herum.

»Lehrerliebchen!«, zischte sie gehässig.

»Du bist ja nur eifersüchtig«, gab Adele zurück. »Ich kann nichts dafür, wenn er mich mag, weil ich die Einzige von uns bin, die etwas lernen möchte.«

»Das ist nicht der Grund, warum er dich mag«, fuhr Beryl sie an, und ihr kleines Gesicht war voller Bosheit. »Er mag jede von uns, die ihm erlaubt, die Hand in ihren Schlüpfer zu schieben.«

Adele blieb wie angewurzelt stehen, erstaunt über die Worte des jüngeren Mädchens. »Wie abscheulich, so etwas zu sagen!«, stieß sie hervor.

»*Er* ist es, der abscheulich ist.« Beryl zuckte die Schultern. »Er versucht es bei allen größeren Mädchen. Deshalb ist Julie auch weggelaufen.«

Adele ging hocherhobenen Hauptes an ihr vorbei. Sie glaubte Beryl nicht, und sie würde ihr nicht die Befriedigung gönnen zu denken, dass sie ihr Angst eingejagt hatte.

Aber während sie Mrs. Makepeace half, alles für den Tee herzurichten, die Brote mit Margarine zu bestreichen und Teller und Tassen auf den Tisch zu stellen, grübelte sie noch immer über Beryls Bemerkung nach.

Adele erinnerte sich daran, dass Mrs. Makepeace kurz nach ihrer Ankunft in The Firs mit einigen Kindern geschimpft hatte, weil sie behauptet hatten, ein Mädchen namens Julie sei davongelaufen. »Ihr redet Unsinn«, hatte Mrs. Makepeace zornig erklärt. »Julie ist überhaupt nicht weggelaufen, sondern hat das Haus verlassen, weil sie vierzehn Jahre alt ist und damit alt genug, um zu arbeiten.«

Adele war sich ziemlich sicher, dass Beryl ihre boshafte Version von Julies Geschichte mit Rubys Hilfe ausgeheckt hatte. Das neue Mädchen hatte eine schmutzige Fantasie; Ruby sagte immer abstoßende Dinge, und Beryl hing förmlich an ihren Lippen.

»Was um alles in der Welt ist los mit dir?«

Adele zuckte beim Klang von Mrs. Makepeace' wütender Stimme zusammen. »Was meinen Sie?«, fragte sie.

»Sieh dir doch an, wie viel Margarine du auf diese Brotscheibe geschmiert hast«, schimpfte sie und schwang drohend einen Teelöffel vor Adeles Gesicht.

Adele senkte den Blick und sah, dass sie Margarine für mehrere Scheiben auf das Brot gestrichen hatte. »Entschuldigung«, murmelte sie. »Ich habe über etwas nachgedacht.«

»Nun, dann hör damit auf«, fuhr die Frau sie an. »Denken ist nichts für Mädchen in deiner Position. Du musst lernen zu arbeiten, *schnell* zu arbeiten, das ist alles.«

In derselben Nacht schreckte Adele plötzlich aus dem Schlaf auf und hörte die Treppenstufen knarren, die zum Dachboden hinaufführten. Sie richtete sich im Bett auf und blickte zur Tür hinüber, aber sie konnte nichts sehen, da das Licht im Treppenhaus ausgeschaltet worden war.

Wieder knarrte eine Stufe, und plötzlich sah Adele eine große dunkle Gestalt in ihrer Tür stehen. Sie wollte gerade schreien, als sie nach Lavendel duftendes Haaröl roch. »Sind Sie das, Sir?«, flüsterte sie.

»Ja, mein Liebes«, gab er leise zurück. »Keinen Laut, bitte, wir wollen doch niemanden aufwecken.«

»Ist irgendetwas passiert?«, fragte sie, als er die Tür hinter sich zugezogen hatte.

»Nein. Ich wollte nur mit dir zusammen sein«, antwortete er.

Als ihre Augen sich an die Dunkelheit gewöhnt hatten, konnte sie erkennen, dass er seinen Schlafanzug trug, und er setzte sich neben sie auf das Bett, sodass es knarrte.

»Du hast mein Herz gestohlen, Adele«, sagte er, griff nach

einer ihrer Hände und rieb ihre Finger. »Ich kann an nichts anderes denken als an dich.«

Adele wusste nicht, was sie entgegnen sollte. Er hatte ebenfalls ihr Herz gestohlen, aber es war ihr nicht recht, dass er in der Dunkelheit umherschlich, um solche Dinge zu sagen.

»Darf ich mich neben dich legen?«, bat er. »Ich möchte dich einfach nur im Arm halten.«

Adele rutschte zur Seite, doch das Bett war sehr schmal, und es war einfach nicht genug Platz für sie beide. »Sie sollten nicht hier sein«, bemerkte sie nervös und musste plötzlich wieder an Beryls Worte denken.

»Warum nicht, mein Liebling?«, erwiderte er und zog sie fest an sich. »Bist du nie mit deinem Vater ins Bett gegangen, um ein wenig zu schmusen?«

»Nein«, antwortete sie. »Das haben meine Eltern mir nie erlaubt.«

»Aber du hättest es gern getan?«

Adele dachte daran, dass Pamela oft zu ihren Eltern ins Bett gegangen war, vor allem wenn sie sich nicht wohlgefühlt hatte. Adele hatte sie immer beneidet. Als sie fünf oder sechs gewesen war, hatte sie es einige Male selbst versucht, doch ihre Mutter hatte sie immer wieder zurück in ihr eigenes Bett geschickt. »Ja, das wäre schön gewesen«, gab sie zu. »Aber mit Ihnen ist es etwas anderes.«

»Warum denn das?«, hakte er nach und küsste sie auf die Stirn. »Ich liebe dich, als wärst du meine eigene Tochter.«

In diesem Licht betrachtet, schien es richtig zu sein, was sie taten, und Adele lehnte sich entspannt an ihn, und während er sie fest umschlungen hielt, machten die Wärme und der Trost seiner Umarmung sie wieder schläfrig.

Als sie später erwachte, lag sie allein in ihrem Bett, und die ersten Sonnenstrahlen fielen soeben durch das Fenster. Einen Moment lang glaubte sie, sie habe Mr. Makepeace' Anwesenheit nur geträumt, aber als sie das Gesicht ins Kissen drückte, roch sie sein Haaröl und wusste, dass es kein Traum gewesen war.

Am Vormittag hatte sie zusammen mit den anderen älteren Kindern eine Unterrichtsstunde bei ihm, und er schenkte ihr ein verschwörerisches Lächeln. Als die Stunde vorüber war, bat er sie, einen Moment länger im Klassenzimmer zu bleiben.

Sobald die anderen fort waren, kam er zu ihr herüber und strich ihr sachte übers Haar. »Du bist eingeschlafen, bevor ich dir erklären konnte, warum ich gekommen bin«, meinte er. »Verstehst du, ich kann unsere Privatstunden nicht fortsetzen.«

»Warum nicht?«, fragte sie.

Er zuckte die Schultern. »Ich muss mehr Zeit mit den anderen Kindern verbringen.«

Ein kalter Schauder überlief Adele. Sie wollte fragen, ob das bedeutete, dass sie nicht länger etwas Besonderes für ihn sei, wagte es jedoch nicht.

»Sieh mich nicht so an«, bat er. »Ich kann es nicht ändern. Die anderen brauchen meine Hilfe dringender als du.«

Ihre Augen füllten sich mit Tränen, und er streckte die Hand aus und wischte ihr eine Träne mit dem Daumen fort. »Das bedeutet nicht, dass ich dich nicht länger lieb habe. Wir müssen lediglich andere Möglichkeiten finden, um manchmal zusammen zu sein.«

Ihr Herz tat einen Satz, und sie strich sich mit dem Ärmel über ihre feuchten Augen und lächelte.

»So ist es schon besser.« Er lachte leise. »Es wird unser kleines Geheimnis sein. Aber du darfst niemandem davon erzählen! Versprichst du mir das?«

Adele nickte, und ihr Glück war wiederhergestellt.

»Braves Mädchen«, lobte er. »Jetzt geh zu den anderen. Ich seh dich später.«

In den folgenden Tagen verwirrte es Adele zunehmend, dass nichts in The Firs mehr so war wie früher. Bevor Mr. Makepeace weggefahren war, hatte es keinen Stundenplan gegeben, keinen strengen Tagesablauf. Mrs. Makepeace hatte den Kindern beim Frühstück immer gesagt, welche Arbeiten sie im Laufe des Tages erledigen sollten. Die Zeiteinteilung hatte vom Wetter abgehangen, von ihrer Stimmung und von der Frage, ob irgendjemand bestraft werden musste. Normalerweise blieb Mrs. Makepeace am Frühstückstisch sitzen und las die Zeitung, während Mary im Hochstuhl hockte und die ältesten Kinder davongingen, um die ihnen zugewiesenen Arbeiten zu erledigen – die Wäsche musste besorgt, das Badezimmer geputzt oder die Böden im Schlafzimmer gefegt werden.

Jetzt hing ein Stundenplan an der Küchenwand, und jedes Kind, das älter als fünf Jahre war, hatte an jedem Tag Unterricht.

»Ihr seid alle faule Nichtsnutze«, erklärte Mrs. Makepeace boshaft, »es wird höchste Zeit, euch klarzumachen, dass ihr in The Firs nicht eure Ferien verbringt!«

Wenn irgendjemand sich im Klassenzimmer schlecht benahm oder seine Arbeit nicht richtig erledigte, durfte der Betreffende später am Tag nicht zum Spielen nach draußen gehen.

Die mittlere Gruppe musste unmittelbar nach dem Frühstück ins Klassenzimmer aufbrechen, während die älteste Gruppe, zu der Adele gehörte, zu putzen und die Wäsche zu besorgen hatte. Mrs. Makepeace saß nicht länger mit ihrer Zeitung am Tisch, sondern schwirrte umher wie eine wütende Hornisse und fiel über jeden her, von dem sie dachte, er vernachlässige seine Pflichten.

Wenn ihr die kleine Mary oder Susan oder John, die beiden Dreijährigen, in den Weg kamen oder Schmutz oder Lärm machten, wurde sie wütend und erschreckte die Kinder häufig, indem sie sie anschrie.

Das Mittagessen musste um Punkt zwölf auf dem Tisch stehen und schweigend verzehrt werden. Am Nachmittag hatte die älteste Gruppe ihren Unterricht, und Mr. Makepeace war dann genauso reizbar wie seine Frau. Adele konnte kaum glauben, wie hart er gegen Jack und Freda war. »Wie dumm ihr seid!«, erklärte er immer wieder, und oft versetzte er ihnen Ohrfeigen, nur weil sie eine Rechenaufgabe falsch gelöst hatten. Wenn Beryl und Ruby laut vorlesen mussten und über schwierige Worte stolperten, machte er sie unbarmherzig nieder.

Adele erschienen die Nachmittage jetzt endlos, denn die Unterrichtsstunden richteten sich nach den Schwächsten in ihrer Gruppe und behandelten lauter Dinge, die sie selbst schon vor einigen Jahren gelernt hatte. Manchmal gab Mr. Makepeace ihr ein Buch zu lesen oder stellte ihr eigene Rechenaufgaben, doch meistens nahm er ihre Anwesenheit im Raum nicht einmal zur Kenntnis.

Sie blickte aus dem Fenster, beobachtete das Flattern der Blätter im Wind und fragte sich, was so schrecklich schiefgegangen sein mochte. Adele hatte das Gefühl, als wäre alles ihre Schuld, obwohl sie keinen Grund dafür erkennen konnte.

Nach dem Tee durften die anderen bis zur Schlafenszeit hinausgehen, aber Mrs. Makepeace behielt Adele im Haus und teilte ihr einige Näharbeiten zu. Ein Stapel Socken musste geflickt werden, und die Haufen mit Blusen oder Hemden, an denen Knöpfe fehlten, schienen niemals kleiner zu werden. Adele überlegte, ob Mrs. Makepeace vielleicht alte Kleider aus den Schränken ausgrub, nur um zu verhindern, dass sie zu viel freie Zeit hatte.

Das alles erinnerte sie sehr stark an zu Hause, wo immer nur sie bestraft worden war, niemals Pamela. Mrs. Makepeace richtete grundsätzlich nicht direkt das Wort an sie, sondern warf ihr lediglich irgendwelche Dinge hin oder blaffte ihr einen Befehl zu. Also reagierte Adele genauso, wie sie zu Hause reagiert hatte: Sie gehorchte, gab niemals Widerworte und hielt ihre Tränen im Zaum, bis sie allein im Raum war.

Als sie eines Nachts noch spät wachlag und weinte, stahl sich Mr. Makepeace wiederum in ihr Zimmer. Sie bemerkte seine Anwesenheit erst, als er sich neben sie setzte.

»Was ist denn los, mein Liebling?«, fragte er.

»Es ist alles so schrecklich«, schluchzte sie. »Ich kann es nicht ertragen.«

Auch in dieser Nacht stieg er zu ihr ins Bett und wiegte sie in den Armen.

»Es ist alles meine Schuld«, flüsterte er. »Meine Frau ist eifersüchtig, weil sie erraten hat, wie viel du mir bedeutest. Ich muss so tun, als empfände ich für dich nicht mehr als für die anderen Kinder. Es tut mir so leid!«

Später schlief sie ein, und wie zuvor war er, als sie erwachte, nicht mehr da. Aber an diesem Tag fühlte sie sich besser, weil er gesagt hatte, dass er sie schon bald von The Firs wegbringen und als seine eigene Tochter großziehen werde.

Am Samstag derselben Woche kam am Morgen ein großer schwarzer Wagen vorgefahren, um die mittlere Gruppe der Kinder zu einem Tag am Meer abzuholen. Es war ein wunderschöner Morgen, und in der Luft hing noch ein letzter Rest von Nebel, der für später große Hitze versprach. Während Adele zusah, wie die Kinder aufgeregt auf die Rückbank des Wagens stiegen, hätte sie alles darum gegeben, sie begleiten zu dürfen.

»Die haben wirklich Glück«, sagte Ruby neben ihr. »Wer ist diese Frau, die sie mitnimmt?«

»Jemand von der Kirche«, antwortete Adele und betrachtete die rundliche Frau in dem rosafarbenen Kleid, die sich über den Rücksitz beugte und dafür sorgte, dass alle Kinder richtig saßen. »Ich hoffe nur, dass sich keiner von ihnen während der Fahrt übergeben muss, sonst wird sie nie wieder einen von uns mitnehmen.«

»Uns große Mädchen will ohnehin niemand haben«, erwiderte Ruby düster. »Wir werden hier festsitzen, bis wir vierzehn sind, und dann werden sie uns fortschicken, damit wir in einer Fabrik arbeiten.«

Nachdem Adele den ganzen Tag über an kaum etwas anderes als Mr. Makepeace gedacht hatte und vor lauter Hitze nicht einschlafen konnte, war sie überglücklich, als sie ihn in jener Nacht die Treppe heraufschleichen hörte. Aber er hatte sich kaum neben sie gelegt, als sie spürte, dass irgendetwas anders war als sonst. Er roch mehr nach Alkohol als nach seinem gewohnten Haaröl, und als sie etwas über den Ausflug der jüngeren Kinder ans Meer sagte, legte er ihr die Hand auf den Mund.

Er wollte anscheinend auch nicht mit ihr sprechen und küsste sie immer wieder mit nassen, schlaffen Lippen auf den Mund. Dann schob er plötzlich ihr Nachthemd hoch und versuchte, sie zu berühren.

»Nicht«, bat sie und schob seine Hände weg. »Das ist nicht schön.«

»Aber natürlich ist es das, meine Süße«, flüsterte er, und seine Hände wanderten zu derselben Stelle zurück. »Das ist es, was Menschen, die einander lieben, tun.«

Sie schob ihn immer wieder weg, doch als er nicht lockerließ, bekam sie große Angst. Beryls Behauptungen und Rubys abscheuliche Worte nahmen mit einem Mal eine neue Bedeutung an, und sie begann zu weinen.

»Sei nicht dumm«, meinte er, griff nach ihrer Hand und zog sie zu sich heran.

Adele versteifte sich, als er ihre Finger auf etwas Warmes und Hartes legte, das ungefähr so dick war wie ihr Handgelenk, aber es dauerte einige Sekunden, bis sie begriff, was es war. Sie hatte bisher in ihrem ganzen Leben nur die Penisse kleiner Jungen gesehen, weiche, wabbelige Dinger, die nicht größer waren als ihr Daumen.

»Nein«, rief sie angewidert und versuchte, von ihm fortzukommen.

Aber sie konnte nicht fliehen, sie war zwischen ihm und der Wand gefangen, und er drückte ihre Finger mit Gewalt um dieses große, schreckliche Ding.

»Halt es schön fest«, raunte er, und seine Stimme klang schroff und beharrlich. »Sieh nur, wie hart und groß es ist. Es gefällt ihm, festgehalten zu werden.«

Er presste seine Hand über ihre und zwang sie, das Ding zu halten und zu reiben.

»Scht«, flüsterte er und legte ihr, als sie aufzuschreien versuchte, seine freie Hand auf den Mund. »Mrs. Makepeace wird sehr wütend sein, wenn du sie weckst, und dies ist unser besonderes Geheimnis.«

Adele wehrte sich aus Leibeskräften gegen ihn, doch er hielt sie mit dem Gewicht seines Körpers fest. Sein Keuchen wurde immer lauter, während er sie zwang, ihn fester zu reiben, und das Schlimmste von allem war, dass er versuchte, sich auf sie zu legen und ihre Beine auseinanderzudrücken. Der Instinkt sagte ihr, was er vorhatte, und sie setzte sich noch heftiger zur Wehr.

»Ich werde dir nicht wehtun, Liebling«, stieß er heiser hervor. »Ich möchte dich nur lieben. Bitte, lass mich das tun.«

Adele war inzwischen vollkommen außer sich vor Angst. Der Alkohol in seinem Atem verursachte ihr Übelkeit, er war nass von Schweiß, und jedes Mal, wenn er gegen sie stieß, schlug er ihr Rückgrat auf die harte Matratze. Sie wollte aufschreien, doch sie wusste, dass Mrs. Makepeace sie allein für das Geschehene verantwortlich machen würde, und so konnte sie sich unter dem Körper des Mannes nur krümmen und winden, sodass es ihm unmöglich war, dieses große Ding dorthin zu schieben, wo er es haben wollte.

Gerade als ihre Erschöpfung einen Punkt erreicht hatte, an dem sie nicht länger gegen ihn kämpfen konnte, stieß er eine Art tiefes, kehliges Stöhnen aus, und dann spürte sie plötzlich etwas grässlich Warmes und Klebriges auf ihrer Hand und ihrem Bauch.

»Gehen Sie runter von mir«, brachte sie stammelnd hervor, als er endlich die Hand von ihrem Mund nahm. »Ich muss mich übergeben.«

Sie begann zu würgen, und er rückte hastig von ihr ab und sprang aus dem Bett, als stünde er in Flammen. »Schnell, lauf ins Badezimmer«, befahl er. »Falls jemand kommt, werde ich sagen, ich hätte dich rufen hören.«

Adele floh die Treppe hinunter ins Badezimmer und erreichte gerade rechtzeitig die Toilette, als sie von Neuem zu würgen begann, und diesmal erbrach sie alles, was sie am Tag gegessen hatte.

Sie wusste nicht, wie lange sie im Badezimmer auf den Knien gelegen und sich an die Toilettenschüssel geklammert hatte, aber es kam ihr so vor, als wären es Stunden gewesen. Sie hörte Mr. Makepeace auf der anderen Seite der Tür etwas flüstern.

»Bitte, gehen Sie weg«, gab sie verzweifelt zurück. Sie konnte ihn auf ihrer Haut riechen, die klebrige Flüssigkeit trocknete wie Leim auf ihrem Hemd und ihrem Bauch, und dieses Gefühl war so schrecklich, dass sie wieder und wieder würgen musste.

Später saß sie dann auf dem Boden und lehnte sich gegen die kühlen Fliesen, zu verzweifelt, um auch nur zu weinen. Ihre Augen hatten sich inzwischen an die Dunkelheit gewöhnt, die ihr wie ein Spiegel ihrer Gefühle erschien.

Vom Flur kam kein Geräusch mehr, vermutlich war Mr. Makepeace in sein eigenes Bett zurückgekehrt. Sie stellte sich vor, wie er neben seiner Frau unter die Decke kroch, und sie hasste ihn so sehr, dass sie glaubte, ihn mit bloßen Händen töten zu können.

Später wusch sie sich am ganzen Leib und ging dann in ihr Zimmer zurück. Doch es war ihr unmöglich, sich wieder in ihr Bett zu legen. Der Geruch des Mannes hing im Raum, und Adele bezweifelte, dass er sich jemals wieder zerstreuen würde. Mr. Makepeace befand sich direkt im Stockwerk unter ihr, und er würde es wieder tun, sobald er die Gelegenheit dazu fand, das wusste sie. Sie musste aus diesem Haus fliehen, und zwar jetzt, solange sie noch die Chance dazu hatte.

Adele zog ihre Kleider an und blickte für einen Moment aus dem Fenster. Der Gedanke, in der Dunkelheit fortzugehen, bereitete ihr Angst, aber noch mehr fürchtete sie sich davor zu bleiben. Sie hatte kein Geld, keinen Ort, an den sie sich wenden konnte; sie war sich nicht einmal sicher, ob sie den Weg nach Tunbridge Wells finden würde. Doch selbst allein dort draußen umherzuirren erschien ihr immer noch sicherer, als zu bleiben, wo sie war.

6

Adele knöpfte sich zitternd ihre Strickjacke zu und eilte die Einfahrt zum Tor hinauf. Die Küchenuhr hatte zwanzig nach zwei gezeigt, als sie sich die Reste eines Brotlaibs, ein Stück Käse und zwei Äpfel genommen und in eine Papiertüte gepackt hatte. Die Hintertür hatte beim Öffnen in den Angeln gequietscht, und sie war voller Angst gewesen, womöglich jemanden aufzuwecken. Aber als sie sich jetzt nach The Firs umdrehte, herrschte dort noch immer vollkommene Dunkelheit, bis auf das schwache Leuchten des Nachtlichts im Treppenhaus.

Es war nicht kalt, tatsächlich erschien ihr die Nachtluft so mild wie an einem Sommertag, und sie vermutete, dass es der Schock und die Angst waren, die sie zittern ließen. Während sie den dunklen Weg hinaufeilte, begann sie von Neuem zu weinen.

Wie konnte ein Mann, der behauptete, sie zu lieben, ihr etwas Derartiges antun? Sie glaubte nicht, sich jemals wieder sauber fühlen oder irgendjemandem vertrauen zu können. Aber schlimmer als alles andere war das Gefühl, das Ganze selbst verschuldet zu haben. Gewiss hätte sie bei jenem ersten Mal, als er sie zu küssen versucht hatte, Warnglocken läuten hören müssen?

Eine neuerliche Woge der Übelkeit schlug über ihr zusammen, und sie musste einen Moment stehen bleiben und tief Luft holen. Im Lichte der abscheulichen jüngsten Ereignisse begriff sie jetzt, dass all die Schmeicheleien, die Liebkosungen und die Küsse zu ebendiesem Punkt hatten führen müssen. Hätte sie sich nicht so verzweifelt nach ein wenig Aufmerksamkeit gesehnt, hätte sie sich vielleicht gefragt, warum ein Mann wie er ein reizloses Mädchen wie sie auf solche Weise auszeichnen sollte.

So beängstigend es war, die schmalen, mit Bäumen überhangenen Wege entlangzugehen, stellte sie fest, dass sie doch recht gut sah, sobald ihre Augen sich erst einmal an die Dunkelheit gewöhnt hatten. Massige Baumstämme erschienen ihr in der Finsternis wie unheimliche Fratzen, und immer wieder nahm sie ein seltsames Rascheln in den Blättern wahr. Als sie ein tiefes, grollendes Geräusch hörte, rannte sie wie der Wind, nur um später zu begreifen, dass es lediglich eine Kuh gewesen war. Dennoch schärften Abscheu, Zorn und Furcht ihre Gedanken. Es kam nicht infrage, nach London zurückzukehren; wenn sie zu Mrs. Patterson lief, würde sie lediglich in einem anderen Kinderheim enden, das vielleicht noch schlimmer war als The Firs. Es gab nur einen Ort, an den sie sich wenden konnte. Sie musste nach Rye gehen und nach ihren Großeltern suchen.

Ihre Adresse, Curlew Cottage, Winchelsea Beach bei Rye, hatte sich in Adeles Gedächtnis eingeprägt, seit sie diesen alten Brief an ihre Mutter gelesen hatte. Kurz nach ihrer Ankunft in The Firs hatte sie auf einer Karte im Schulzimmer Tunbridge Wells gesucht: Wenn sie eine Linie zwischen London und Rye zog, lag die kleine Stadt genau in der Mitte. Sie hatte sich sogar die Namen von zwei Städten auf dieser Strecke eingeprägt, Lamberhurst und Hawkhurst. Wenn sie nur den Weg zu der ersten dieser beiden Städte finden konnte, war sie auf der richtigen Straße angelangt.

Es gab natürlich keine Garantie dafür, dass ihre Großeltern nach wie vor dort wohnten oder dass sie überhaupt noch lebten. Und wenn sie sie in Tunbridge Wells antraf, würden sie ihr vielleicht nicht helfen wollen. Das alles war Adele vollauf bewusst, aber es war dennoch einen Versuch wert. Wenn dieser Versuch scheiterte, würde sie das Risiko eingehen und sich an die Polizei wenden müssen.

Kurz nachdem die ersten Strahlen des Morgenlichts am Himmel erschienen, kam Adele zu einem Wegweiser, der ihr sagte, dass sie nur noch sechs Meilen von Lamberhurst entfernt war, und um ein Haar hätte sie vor Erleichterung erneut zu weinen begonnen.

Sie war in der Nacht zu einer Kreuzung gekommen, und der Wegweiser hatte sie vollkommen verwirrt, denn er war nicht eindeutig gewesen. Sie hatte einige Zeit vor diesem Wegweiser gestanden und darüber nachgegrübelt, welche Richtung die richtige sei. Am Ende hatte sie sich für die rechte Abzweigung entschieden und auf das Beste gehofft. Es war eine zauberhafte, gewundene Straße, auf der jedoch keinerlei Häuser standen, sodass sie schließlich davon überzeugt gewesen war, im Kreis zu gehen.

Bisher war kein Wagen an ihr vorbeigekommen, aber vermutlich lag das daran, dass heute Sonntag war. Falls sie ein Auto kommen hörte, wollte sie sich verstecken, weil sie befürchtete, dass jeder Erwachsene, der sie in der Dunkelheit umhergehen sah, anhalten und sie nach ihrem Ziel fragen würde. Sie konnte jetzt keinem Erwachsenen mehr trauen. Jeder Einzelne von ihnen konnte genauso schlimm sein wie Mr. Makepeace, und selbst wenn er es nicht war, würde er vielleicht darauf bestehen, sie nach The Firs zurückzubringen.

Das Tageslicht und die Überzeugung, sich tatsächlich auf der richtigen Straße zu befinden, munterten Adele beträchtlich auf, obwohl sie langsam sehr müde wurde. Während sie ihren Weg fortsetzte, beschloss sie, bis zum Mittag weiterzugehen und sich dann eine schöne Stelle auf einem Feld zu suchen, um sich ein wenig auszuruhen. Sie war davon überzeugt, Rye bis zum Abend erreichen zu können.

Als später am Morgen Kirchenglocken läuteten, wusste Adele, dass es elf Uhr sein musste, doch sie war so müde, und ihre Füße schmerzten so sehr, dass sie kaum noch einen Fuß vor den anderen setzen konnte. Außerdem war es ein sehr heißer Tag, ohne eine einzige Wolke am Himmel, und die ländliche Umgebung war für ihren Geschmack viel zu weit, zu wild und zu einsam.

Sie hatte erwartet, dass es in Kent ähnlich wie auf Hampstead Heath sein würde, jener Heidelandschaft, die sie zwei Mal mit der Sonntagsschule besucht hatte – friedlich und voller süßer Düfte, aber dicht genug besiedelt, um sich sicher zu fühlen. Doch statt einzelner Bäume gab es hier draußen Wälder mit dichtem Unterholz, das Adele an böse Männer denken ließ, die dort auf der Lauer lagen und jederzeit hervorspringen konnten, um sie anzugreifen. Die Wiesen mochten aus der Ferne liebreizend aussehen, aber in Wirklichkeit waren sie voller Kuhhaufen, Schlamm, Fliegen und Brennnesseln. Auf einem Kuhfladen war Adele in einem unachtsamen Moment ausgerutscht und stank jetzt fürchterlich.

Sie bezweifelte, dass sie seit Tagesanbruch mehr als sechs Menschen gesehen hatte, und auch die nur von ferne. Außerdem gab es in dieser Gegend kaum Häuser, und obwohl ihr die Vorstellung, sich auf einer üppigen grünen Wiese auszuruhen, zuvor so verlockend erschienen war, glaubte sie nicht, jemals ein sicheres und sauberes Plätzchen zu finden.

Vor einigen Stunden war die Papiertüte mit dem Essen in ihren schweißnassen Händen zerrissen, sodass sie das Brot, den Käse und einen der Äpfel hatte verzehren müssen, obwohl sie keinen Hunger verspürt hatte. Aber kaum hatte sie gegessen, hatte sie sich wieder übergeben müssen. Auch jetzt fühlte sie sich noch immer sehr schlecht: Ihr Bauch tat weh, und sie hatte Kopfschmerzen.

Es war nur pure Entschlossenheit, die sie davon abhielt, sich an den Straßenrand zu setzen und sich die Seele aus dem Leib zu schluchzen. Sie musste noch ein Weilchen gehen, das wusste sie. Schließlich begann sie, ihre Schritte zu zählen. »Wenn ich bei fünftausend angelangt bin, kann ich haltmachen«, tröstete sie sich immer wieder.

Nachdem sie dreitausend Schritte gezählt hatte, konnte sie nicht mehr weitergehen, und als sie ein Tor zu einer Weide entdeckte, auf der keine Kuhfladen zu sehen waren und das Gras weich zu sein schien, kletterte sie darüber. Sie setzte sich hin und zog sie Schuhe aus, nur um festzustellen, dass ein Dorn in der Ferse ihrer Socke ihr eine Blase beschert hatte, und das war Grund genug für sie, um abermals in Tränen auszubrechen. Schließlich faltete sie ihre Strickjacke zusammen, schob sie sich wie ein Kissen unter den Kopf und legte sich hin.

Später weckte die Kälte sie, und zu ihrem Erschrecken stand die Sonne bereits ziemlich tief. Offenbar hatte sie stundenlang geschlafen! Als sie aufzustehen versuchte, sah sie, dass die Sonne ihr die Beine und die Füße verbrannt hatte, ebenso wie das Gesicht und die Unterarme, und sie war so steif, dass sie sich kaum mehr rühren konnte.

Allerdings konnte sie auch nicht bleiben, wo sie war, denn es war zu kalt, und sie brauchte etwas zu trinken, also zog sie ihre Socken und ihre Schuhe wieder an und humpelte unter Schmerzen zu dem Tor und der dahinter liegenden Straße.

An jedem Cottage, an dem sie vorbeikam, versuchte sie, den Mut aufzubringen, an der Tür zu klopfen und um ein Glas Wasser zu bitten, aber sie fürchtete sich vor den Fragen, die die Leute vielleicht stellen würden. Schließlich entdeckte sie eine Pferdetränke mit einem Wasserhahn an einem Ende, sodass sie ihren Durst stillen konnte, bevor die Sonne endgültig hinter einem Hügel verschwand. Als sie eine Scheune mit weit offenem Tor entdeckte, schlüpfte sie hinein, denn sie konnte in der Dunkelheit nicht weitergehen.

Die Nacht erschien Adele endlos. In der Scheune gab es Stroh, auf das sie sich legen konnte, doch die Halme kratzten auf ihrer verbrannten Haut, und das vernehmliche Rascheln, das von Mäusen und vielleicht sogar von Ratten stammen konnte, jagte ihr Angst ein. Da sie nur ihre Strickjacke als Decke hatte, zitterte sie, obwohl ihr Gesicht brannte und ihre Arme und Beine unerträglich heiß waren. Adele empfand es als eine große Erleichterung, als sie endlich das erste Morgenlicht sah. Da schlüpfte sie wieder in ihre Schuhe und humpelte zurück auf die Straße.

An diesem Tag, einem Montag, waren auf der Straße mehr Autos und Lastwagen zu sehen, aber obwohl Adele jedem Wagen, der vorbeifuhr, hoffnungsvoll entgegenblickte, hielt niemand an, um sie mitzunehmen. Manchmal fragte sie sich, ob sie sich noch auf der richtigen Straße befand, doch schließlich entdeckte sie einen Wegweiser, auf dem *Hawkhurst 4 Meilen* stand. Schon bald war sie nicht mehr allein auf der Straße. Sie sah Männer in Arbeitskleidung auf Fahrrädern und mehrere Frauen, die mit Körben vorübereilten. Später erschienen auch Kinder draußen, die sich lachend und plappernd auf den Schulweg machten. Als Adele sich Hawkhurst näherte, kam ein Bus an ihr vorbei, in dem jeder Platz besetzt war.

Die Läden in der kleinen Stadt öffneten gerade erst, und der Anblick und der Duft von frisch gebackenem Brot in einer Bäckerei weckte ein schmerzhaftes Hungergefühl in Adele. Einige Sekunden blieb sie an der offenen Tür stehen; die Versuchung war groß, hineinzustürzen, sich etwas zu essen zu greifen und wegzulaufen. Aber sie wusste, dass sie nirgendwohin laufen konnte, nicht mit so wunden Füßen, und der Mann in der Bäckerei beobachtete sie, als ahnte er, was sie vorhatte. Also humpelte sie weiter, vorbei an einigen Landstreichern, die auf einer niedrigen Mauer hockten. *Die Männer wirken genauso hungrig und mutlos wie ich,* dachte sie bekümmert.

Wenn sie nicht müde und hungrig gewesen wäre und ohne ein Dach über dem Kopf, hätte sie vielleicht gute Lust gehabt, Hawkhurst näher zu erkunden. Der Ort war sehr alt und hübsch, die Gärten der Cottages waren voller Blumen, und viele der Lädchen wiesen Erkerfenster auf, wie Adele sie in Kalendern und auf Pralinenschachteln gesehen hatte.

Seit ihrer Ankunft in The Firs war sie nicht ein einziges Mal von dort fortgekommen, und sie hatte das geschäftige Treiben von Euston und King's Cross vermisst, die Lädchen, die Kinos und die vielen hundert Menschen. Hawkhurst war bei Weitem nicht so überfüllt, aber sie hatte jetzt genug Menschen um sich herum, um sich weniger allein zu fühlen und die Angst zu vergessen. Sie blieb einen Moment lang stehen, um das Schaufenster eines Spielzeugladens zu betrachten und die Porzellanpuppen zu bewundern, die Miniaturteetassen, die Spielzeugeisenbahnen und die Bleisoldaten. Bekümmert dachte sie daran, dass Pamela es niemals müde geworden war, sich dergleichen Dinge anzusehen, und dass sie sich gern vorgestellt hatten, einen großen Sack Geld bei sich zu haben und sich alles kaufen zu können, was ihnen gefiel. Wenn Adele jetzt einen Beutel mit Geld gehabt hätte, wäre sie in das Café auf der anderen Straßenseite gegangen und hätte sich Eier und Schinken bestellt und dazu einen Stapel heißer, gebutterter Toastscheiben und eine Tasse Tee. Anschließend hätte sie jemanden gefragt, ob es einen Bus nach Rye gäbe, sodass sie keinen einzigen Schritt mehr hätte laufen müssen.

Gleich hinter Hawkhurst stieß sie auf einen Wegweiser, der ihr verriet, dass es noch achtzehn Meilen bis nach Rye waren, und an diesem Punkt konnte Adele ihre Tränen nicht länger im Zaum halten, da sie das Ziel schon viel näher gewähnt hatte. Es war unmöglich, so weit zu Fuß zu gehen!, erkannte sie.

Parallel zur Straße verlief ein kleiner Bach, daher setzte sie sich ans Ufer, zog sich Schuhe und Socken aus und hielt die Füße in das kühle Wasser. Was sollte sie nun unternehmen? Ihre Füße sahen genauso schlimm aus, wie sie sich anfühlten: Sie waren so geschwollen, dass Adele sich nicht sicher war, ob sie später ihre Schuhe würde wieder anziehen können. Sie hatte Blasen an jedem Zeh und an beiden Fersen und Fußballen. Außerdem war ihr Gesicht wund von Sonnenbrand, und jetzt, da die Sonne wieder heiß wurde, wusste sie, dass sie schon bald Qualen würde leiden müssen.

»Du bist so weit gekommen, jetzt musst du den Rest einfach auch noch schaffen«, sagte sie sich. »Wenn du zur Polizei gehst, werden sie dich nur wieder zurückbringen.«

Der bloße Gedanke an Mr. Makepeace' Gesicht genügte, um einen Funken der Entschlossenheit zurückzubringen, die sie am vergangenen Tag verspürt hatte. Als ihre Füße im kalten Wasser taub geworden waren, tauchte sie ihre Socken in den Bach und streifte sie über, bevor sie wieder in ihre Schuhe schlüpfte. Schließlich stand sie auf und fühlte sich nicht mehr ganz so mutlos wie zuvor.

Es war ihr gelungen, noch einmal drei Meilen zu gehen, als sie sich plötzlich ausgesprochen krank fühlte. Ihr Kopf pulsierte, sie konnte nicht mehr richtig sehen, und jeder Teil ihres Körpers schmerzte. Auf einem Wegweiser stand zu lesen, dass sie noch weitere fünfzehn Meilen vor sich hatte, und sie lehnte sich dagegen, davon überzeugt, zu Boden zu stürzen, falls sie sich nicht irgendwo abstützte.

Vor ihr lag ein steiler Hügel, die Straße flirrte in der Hitze, und Adele wusste, dass sie nicht die Kraft hatte, um in der brennenden Sonne dort hinaufzugehen. Es war so verführerisch, sich einfach unter den nächsten Baum sinken zu lassen, aber wenn sie dieser Versuchung nachgab, so glaubte sie, würde sie vielleicht nie wieder aufstehen können.

Als sie das Geräusch eines Motors hörte, sah sie sich um. Ein alter Lastwagen kam auf sie zu, und ihr wurde klar, dass sie wirklich keine Chance mehr hatte, aus eigener Kraft weiterzukommen. Also hob sie schwach den Arm, um zu winken.

Der Lastwagen kam klappernd neben ihr zum Stehen, und sie sah, dass der Fahrer ein alter Mann war, auf dessen Kopf eine speckige Mütze saß. »Soll ich dich irgendwohin mitnehmen?«, rief er.

»Ja, bitte«, antwortete sie und zwang sich, den Wegweiser loszulassen und auf den Mann zuzustolpern. »Fahren Sie nach Rye?«

»Ja«, meinte er. »Steig ein.«

Adele war zu krank, um auch nur darüber nachzudenken, dass sie in diesem Fall endlich einmal ein wenig Glück gehabt hatte. Sie machte sich auf Fragen von dem alten Mann gefasst, doch er stellte keine, obwohl er vielleicht nur aus dem einfachen Grunde schwieg, weil er wusste, dass er den Lärm des Lastwagens nicht übertönen konnte.

Sie musste wohl eingedöst sein, denn das Nächste, was Adele bewusst wahrnahm, war eine kleine Stadt, die älter wirkte als alles, was sie je zuvor gesehen hatte. Der Stand der Sonne verriet ihr zudem, dass es gegen fünf oder sechs Uhr sein musste.

»Wo willst du denn hin?«, rief der alte Mann ihr zu.

»Nach Winchelsea Beach«, brachte sie mit Mühe hervor, erstaunt darüber, dass sie sich in ihrer Verfassung überhaupt noch an die Adresse erinnern konnte.

»Hm, dann solltest du besser hier aussteigen«, meinte er und hielt an einer Kreuzung an. Er zeigte mit einem dicken, kurzen Finger nach vorn. »Es sind nur noch ein paar Meilen in diese Richtung.«

Adele bedankte sich bei ihm, stieg aus und wartete, bis er

um die nächste Ecke gebogen war, bevor sie müde die Straße überquerte.

Alles sah so klein aus, winzige Reihenhäuser, deren Türen auf die Straße hinausgingen, standen dicht aneinandergedrängt. Von der Hauptstraße zweigten sehr schmale Wege ab, die sich hügelaufwärts zu einer Kirche schlängelten und an deren Seiten noch ältere Häuser standen.

Das Ganze sah nicht sehr einladend aus. Die Häuserreihe, an der Adele vorbeikam, wirkte geradeso baufällig wie die schlimmsten Gebiete um King's Cross herum. Auf Hockern vor den Haustüren saßen einige sehr alte, ganz in Schwarz gekleidete Damen, die sie neugierig musterten, als sie an ihnen vorbeihumpelte.

Die Straße, in der es fast so viele Pubs wie Häuser zu geben schien, schlängelte sich um eine Hafenmauer herum. Dort blieb Adele kurz stehen, denn so krank und erschöpft sie auch war, tat ihr der Ausblick gut. Viele Boote waren dort vertäut, in der Mehrzahl kleine Fischerboote mit eingerollten Segeln, aber auch einige größere Schiffe, die beladen oder entladen wurden. Das Meer selbst konnte Adele nicht sehen, doch es musste ganz in der Nähe sein, denn sie konnte es riechen und den Geschmack von Salz auf ihren Lippen schmecken. Etwa ein Dutzend Fischer saßen auf Holzkisten und flickten Netze, während andere Männer mit Stoffmützen auf dem Kopf herumstanden und rauchten. Vermutlich waren sie arbeitslos, denn sie hatten die gleiche trostlose Ausstrahlung, wie Adele sie während ihres letzten Jahres in London so oft bemerkt hatte.

Die Straße führte zu einer Brücke über den Fluss, und Adele bemerkte eine Windmühle auf der rechten Seite. Kurz nachdem sie die Brücke überquert hatte, traf sie auf einen Wegweiser, dem sie entnahm, dass sie weiter geradeaus gehen musste, um nach Winchelsea zu gelangen, während der Hafen von Rye links von ihr lag. Von dort an gab es keine weiteren Häuser mehr, sondern nur flaches Marschland und einen weiteren Fluss, der dicht an der Straße verlief.

Wie hübsch Rye doch aussieht, dachte Adele, als sie sich noch einmal umdrehte. Es war auf dem einzigen Hügel weit und breit erbaut, der aus flachem Marschland aufragte. Die Häuser standen alle dicht beieinander, in so vielen verschiedenen Formen, Farben und Größen, und die Kirche auf dem Gipfel überragte die Stadt wie eine altertümliche Burg.

Als sie ihren Weg fortsetzte, tauchte in der Ferne eine weitere kleinere Stadt auf, die ihr wie ein Zwilling von Rye erschien, da sie ebenfalls auf einem Hügel hockte. Doch abgesehen von einer Burgruine zu ihrer Linken, gab es zwischen den beiden Städten, so weit Adele sehen konnte, nichts als Wiesen mit grasenden Schafen und einigen vom Wind verbogenen Bäumen.

Adele fühlte sich mit jedem weiteren Schritt schlechter. Ihr Kopf schmerzte, ihr war abwechselnd heiß und kalt, und ihre Füße taten so weh, dass sie glaubte, jeden Augenblick zusammenzubrechen. Sie gab sich alle Mühe, nicht daran zu denken, was aus ihr werden würde, wenn ihre Großeltern nicht mehr in Winchelsea lebten. Stattdessen konzentrierte sie sich einfach darauf, sich weiter auf ihr Ziel zuzuschleppen.

Sie hatte das Gefühl, meilenweit gegangen zu sein, als die Straße einen Bogen nach rechts beschrieb und hinauf in die kleine Stadt auf dem Hügel führte, die so lange Zeit vor ihr gelegen hatte. Aber außerdem führte eine unbefestigte Straße nach links zum Meer hinunter. Vielleicht ist das der Weg nach Winchelsea Beach, überlegte Adele.

Sie zögerte einige Minuten lang, weil sie Angst hatte, sich für eine falsche Route zu entscheiden. Dann entdeckte sie in einiger Entfernung einen Mann auf einem Fahrrad, der von den Häusern auf dem Hügel herunterkam.

Er war alt und trug eigenartige karierte Knickerbocker und einen zerbeulten Hut, den er unterm Kinn mit einer Schnur befestigt hatte. Als er näher gekommen war, winkte sie ihm zu, und er drosselte das Tempo.

»Willst du irgendetwas, Kleine?«, fragte er und brachte das Fahrrad zum Stehen, indem er die Füße auf den Boden stellte, statt seine Bremsen zu benutzen.

»Kennen Sie Curlew Cottage in Winchelsea Beach?«, erkundigte sie sich.

»Weshalb suchst du danach?«, gab er zurück, und der Blick seiner leuchtend blauen Augen bohrte sich förmlich in sie hinein.

Adele war verwirrt von dieser Frage. »Weil ich Mr. und Mrs. Harris sehen will, die dort leben«, erwiderte sie.

»Mr. Harris wirst du nicht sehen, er ist seit zehn Jahren oder länger tot«, antwortete der Mann mit einem Grinsen. Er hatte eine sehr seltsame Art zu sprechen, ganz anders als die Leute in London sprachen.

»Was ist mit Mrs. Harris?«, fragte sie bang.

»Sie ist noch dort. Doch sie mag keine Besucher.«

Adele rutschte das Herz in die Hose. »Aber ich bin den ganzen Weg von London gelaufen«, behauptete sie.

Er stieß eine seltsame Art von Gackern aus. Adele wusste nicht, ob es ein Lachen war oder nicht. »Dann gehst du am besten sofort dahin zurück«, meinte er. »Die Kinder hier in der Gegend halten sie für eine Hexe.«

Adele sank der Mut noch weiter, und sie taumelte vor Erschöpfung und Enttäuschung. »Erklären Sie mir einfach nur, in welche Richtung ich gehen muss«, sagte sie mit einer Stimme, die kaum mehr als ein Flüstern war. »Ich kann nicht zurückkehren, bevor ich sie gesehen habe.«

»Curlew Cottage liegt am Ende dieses Weges«, entgegnete er, und mit diesen Worten schwang er sein Bein über die Stange seines Fahrrads und fuhr davon.

Ganz plötzlich stieg furchtbare Angst in Adele auf. Dieser Ort war öde und verlassen, und meilenweit gab es nichts als kümmerliches Gras und Schafe. Rye lag am Horizont, und selbst das andere Dorf oben auf dem Hügel musste noch mindestens eine halbe Meile entfernt sein. Ein scharfer Wind wehte, drang durch ihr Kleid, zerzauste ihr Haar und schmerzte sie in den Augen und auf ihrer sonnenverbrannten Haut. Sie hatte das Meer vor sich, das wusste Adele, doch sie konnte es nicht wirklich sehen, ebenso wenig wie sie die Vögel sehen konnte, die ein schauriges Kreischen von sich gaben.

Diese Landschaft hatte nichts von der weichen Schönheit, die ihr früher am Tag begegnet war. Selbst die Schafe, die hier grasten, sahen nicht so aus wie andere Schafe, die sie beobachtet hatte; sie waren dürr und klein und hatten schwarze Gesichter. Es war eine harte, karge Landschaft, so flach wie ein Pfannkuchen. Bestimmt ist sie so unfruchtbar wie eine Wüste, dachte Adele. Wer aus freien Stücken hier lebte, musste genauso sein, und sie verlor auch noch den letzten Mut. Sie wusste jetzt, dass sie keine Bilderbuchgroßmutter vorfinden würde, die sie mit offenen Armen willkommen hieß.

Aber sie konnte jetzt nicht mehr umkehren, daher stolperte sie an zwei baufälligen Cottages vorbei, die kaum mehr als Hütten waren. Dann sah sie Curlew Cottage.

Es war eingeschossig und gedeckt mit schwarzen, geteerten Schindeln wie die Gebäude, die ihr unten am Hafen von Rye aufgefallen waren. Die Fenster waren klein, um die Tür verlief eine Holzveranda, und der Boden davor war übersät mit Kieselsteinen. Aber obwohl das Haus adrett und gepflegt wirkte und aus dem Schornstein Rauch aufstieg, sah es keineswegs einladend aus.

Sie konnte verstehen, warum die Kinder auf den Gedanken kamen, eine Hexe lebe dort. Das Cottage hatte etwas trotzig Abweisendes, als forderte es den Wind heraus, es einzureißen, oder die Fluten, es fortzuschwemmen. Gewiss würde doch kein normaler Mensch freiwillig an einem so trostlosen, abgeschiedenen Ort leben? Das schreckliche Bild ihrer wahnsinnigen, an einen Stuhl gefesselten Mutter war noch frisch in Adeles Gedächtnis, und sie hielt es für wahrscheinlich, dass jeden Augenblick die Tür geöffnet werden und ein abscheuliches altes Weib erscheinen würde.

Es gab weder einen Zaun noch ein Tor, und der Weg zur Tür bestand lediglich aus alten Holzstücken. Einen Moment lang hielt sie inne und fragte sich, ob sie tapfer genug war, um weiterzugehen.

Aber sie hatte keine andere Wahl. Also nahm sie all ihren Mut zusammen, ging zur Tür und klopfte an.

»Wer ist da?«

Die scharfe, verärgerte Antwort aus dem Haus ließ Adele einen Schritt zurückweichen.

»Ich bin Ihre Enkelin«, rief sie.

Adele erwartete, dass die Tür sich einen Spaltbreit öffnen und eine spitze Nase sichtbar werden würde, bevor sich eine knochige Hand nach ihr ausstreckte, um sie hineinzuziehen. Aber so war es nicht.

Die Tür wurde weit geöffnet, und die Frau, die dort stand, war höchst seltsam gekleidet: Sie trug graue Männerhosen, eine ausgebeulte Bluse und schwere Stiefel. Ihr Gesicht erinnerte Adele an eine Kastanie, die zu lange an einem warmen Ort gelegen hatte, wo sie dunkelbraun und ein wenig schrumpelig geworden war. Die Frau trug das stahlgraue Haar straff aus dem Gesicht gekämmt, aber ihre Augen waren lebendig und von einem wunderschönen Blauton, genau wie Roses Augen.

»Was hast du gesagt, wer du bist?«, erkundigte sie sich, die dünnen, blassen Lippen zusammengepresst.

»Ich bin Adele Talbot, Ihre Enkelin«, wiederholte sie. »Rose, meine Mum, ist krank, und ich habe mich auf die Suche nach Ihnen gemacht.«

Adele meinte, eine Ewigkeit vor dieser Frau zu stehen, die sie anstarrte, als hätte sie drei Köpfe. Aber ihr Blick trübte sich immer mehr, sie hatte ein pfeifendes Geräusch in den Ohren, und plötzlich drehte sich alles um sie herum.

Ein Schwall kalten Wassers holte Adele ins Bewusstsein zurück, und als sie die Augen aufschlug, stellte sie fest, dass sie auf dem Rücken lag und die Frau sich mit einem Becher in der Hand über sie beugte.

»Trink das«, befahl sie.

Adele hob den Kopf und streckte schwach die Hand nach dem Becher aus, aber ihre Finger zitterten zu sehr, um ihn festzuhalten, und die Frau führte ihn ihr an die Lippen.

»Du bist ohnmächtig geworden«, erklärte sie barsch. »Also, was hast du gesagt, wer du bist?«

Adele wiederholte ihren Namen. »Meine Mutter ist Rose«, fügte sie hinzu. »Rose Talbot heißt sie jetzt, doch ihr Mädchenname war Rose Harris.«

Die Lippen der Frau bebten, aber ob das eine Folge heftiger Gefühle oder nur eine Folge des Alters war, konnte Adele nicht erkennen. »Nachdem man sie ins Krankenhaus gebracht hatte, habe ich in ihren Sachen einen Brief gefunden, auf dem diese Adresse stand. Sind Sie meine Großmutter?«

»Wie alt bist du?«, fragte die Frau und schob ihr nussbraunes Gesicht direkt vor das von Adele.

»Fast zwölf«, antwortete Adele. »Im Juli werde ich zwölf.«

Die Frau legte eine Hand an die Stirn und grub die Nägel in ihre Haut, eine Geste, die Adele unzählige Male bei ihrer Mutter gesehen hatte. Manchmal bedeutete sie: »Das ist einfach zu viel für mich«, und manchmal: »Geh mir aus den Augen, wenn du weißt, was gut für dich ist.« Es war kein gutes Omen, doch Adele wusste, dass sie nicht in der Lage war, den Rückzug anzutreten.

»Sie haben mich in ein Heim gegeben«, platzte sie heraus. »Aber dort sind schlimme Dinge passiert, deshalb bin ich weggelaufen. Ich wusste nicht, wo ich sonst hingehen konnte.«

Die Frau starrte weiter auf Adele hinab, die dichten Brauen zusammengezogen.

»Was für schlimme Dinge? Wo ist dein Vater?«

Ihr Tonfall war kalt und argwöhnisch, und plötzlich war die Anstrengung, sich wie eine Erwachsene benehmen zu müssen, einfach zu viel für Adele, und sie begann zu weinen. »Er will mich nicht haben, er hat gesagt, ich sei nicht sein Kind«, schluchzte sie. »Und Mr. Makepeace hat versucht, schmutzige Dinge mit mir zu tun.«

»Um Himmels willen, hör auf zu flennen«, sagte die Frau scharf. »Damit werde ich nicht fertig. Steh auf und komm ins Haus.«

Adele konnte nur einen flüchtigen Eindruck der Inneneinrichtung von Curlew Cottage gewinnen, bevor sie abermals das Bewusstsein verlor. Es war, als käme man in den Trödelladen am Bahnhof von King's Cross; ein modriger Geruch nach alten Büchern umfing sie in einem düsteren Raum, der vollgestopft war mit Relikten aus der Vergangenheit.

Honour Harris starrte auf das Kind auf dem Boden hinab. Für einen Augenblick war sie so entsetzt, dass sie nicht wusste, was sie tun sollte. Ihr Herz hämmerte gefährlich, und lange vergrabene Gefühle drohten, aufzuwallen und über ihr zusammenzuschlagen. Sie blickte einen Moment lang zur Tür hinüber und überlegte, ob sie Hilfe holen sollte, doch es war nicht ihre Art, sich bei irgendetwas helfen zu lassen, daher straffte sie sich, bückte sich und hob das Kind hoch, um es auf das Sofa zu legen.

Dieser simple Vorgang weckte Honours natürlichen Instinkt, jedes verletzte Lebewesen zu beschützen. Die Haut des Kindes war von der Sonne übel verbrannt, es war schmutzig, sein Haar verfilzt, und als Honour ihm Schuhe und Socken auszog, entfuhr ihr ein unwillkürliches Keuchen. Die Füße des Kindes sahen aus wie Klumpen rohen, blutigen Fleisches, und es war klar, dass es einen sehr weiten Weg gegangen sein musste, um hierherzukommen.

Aber nach einer oberflächlichen Untersuchung gewann Honour den Eindruck, dass es eher Erschöpfung und Hunger waren als Krankheit, die den Zusammenbruch des Mädchens herbeigeführt hatten. Das war eine gewisse Erleichterung, denn sie konnte sich keinen Arzt leisten und wollte auch keinen in ihrem Haus haben.

Der Kessel stand bereits auf dem Herd, das Wasser war heiß genug, um damit zu spülen. Also holte sie eine Schüssel, einen Waschlappen und ein Handtuch. Sie streifte dem Mädchen das schmutzige Kleid vom Körper, und als es nur noch Unterhemd und Schlüpfer trug, machte sie sich daran, es zu waschen.

Honour war zweiundfünfzig, und die Jahre der Entbehrung, während sie allein draußen in der Marsch gelebt hatte, hatten sie gelehrt, sich stets nur auf die Belange der Gegenwart zu konzentrieren. Sie wusste, dass dieses Mädchen sie dazu zwingen würde, auf einen Teil ihres Lebens zurückzublicken, den sie lieber vergessen wollte. Aber für den Augenblick war das nicht wichtig.

Nachdem sie Adele gewaschen hatte, so gut sie konnte, holte sie aus ihrem Schlafzimmer einen Tiegel mit Salbe, die gut geeignet war, Brandwunden zu lindern und zu heilen. Sie strich die Salbe großzügig auf die Arme, die Beine, das Gesicht und den Nacken des Kindes, entschied sich aber dagegen, auch die aufgerissene Haut seiner Füße damit zu behandeln.

»Schlaf jetzt erst einmal«, murmelte sie und hüllte Adele in eine weiche Decke. »Wenn du aufwachst, werde ich etwas zu essen für dich haben.«

Honour fand die Anwesenheit des Kindes in ihrem Wohnzimmer zutiefst verstörend. Immer neue Fragen stiegen in ihr auf, und sie fühlte sich beständig gezwungen, zu Adele hinüberzugehen, um nach ihr zu sehen. Obwohl sie zu ihrer Erleichterung feststellte, dass das Kind friedlich schlief, fand Honour selbst keine Ruhe, und ihre Mahlzeit aus Brot und Käse blieb unangetastet auf dem Tisch stehen, denn sie hatte jetzt keinen Appetit darauf.

Seit Jahren war kein Besucher mehr nach Curlew Cottage gekommen, und Honour fand es seltsam, dass ein einziges kleines Persönchen ihr plötzlich bewusst machte, wie viel Kram sich im Laufe der Jahre in ihrem Wohnzimmer angesammelt hatte. Sie betrachtete die Ersatzmatratze, die an den Bücherregalen lehnte, die Bücherstapel auf dem Boden, die Kartons mit Porzellan, Zierstücken, Wäsche und Erinnerungsstücken, die jeden verfügbaren freien Platz im Raum beanspruchten, und ihr Unbehagen wuchs. Zu Franks Lebzeiten war es ein so behaglicher, wohlgeordneter Raum gewesen. Aber nach seinem Tod hatte sie es nicht mehr interessiert, wie es um sie herum aussah. Als die Dachrinnen über Roses altem Zimmer undicht geworden waren, hatte sie die Sachen daraus hierher geschafft, doch selbst nachdem sie die Dachrinne repariert hatte, hatte sie sich nicht dazu aufraffen können, die Sachen wieder zurückzustellen. Sie hätte sich längst all dieser Dinge entledigen sollen.

Aber da sie auch kostbare Erinnerungen an glückliche Tage als junge Ehefrau bargen, hatte sie sich nicht dazu überwinden können.

Es war seltsam, dass der überfüllte Raum ihr plötzlich Unbehagen bereitete, seit dieses Kind durch ihre Tür getreten war. Aber andererseits hatten Erinnerungen an Rose stets eine schlimme Wirkung auf sie.

Honour erhob sich wieder von ihrem Stuhl, diesmal, um aus dem Suppenfond, der in einem Topf auf dem Herd köchelte, eine Suppe zuzubereiten. Sie holte ein Stück Huhn aus dem Fleischvorrat in der Spülküche, schnitt es in kleine Stücke und gab es zusammen mit einer gewürfelten Karotte und einer Zwiebel in die Suppe. Irgendwann wurde ihr bewusst, dass die Dunkelheit hereinbrach, und sie zündete die Öllampe neben dem Sofa an.

Als sie sich später ein wenig umsah, stach ihr plötzlich die Ähnlichkeit des Kindes mit Rose im selben Alter ins Auge.

Mit sechzehn Jahren hatte Rose sich mit einem Mal in eine Schönheit verwandelt. Honour konnte sich daran erinnern, dass sie oft ihren wohlgeformten Körper, das hübsche Gesicht mit den großen blauen Augen, die vollen Lippen und das seidige blonde Haar betrachtet und über die Verwandlung gestaunt hatte. Mit zwölf Jahren war Rose dagegen ebenso mager und reizlos gewesen, wie es ihre Tochter jetzt war. Frank hatte stets lachend bemerkt, sie sähe aus wie eine Heuschrecke mit Riesenaugen.

Sie hatte nicht bemerkt, ob die Augen des Mädchens blau waren wie Roses, und sein Haar war von einem stumpfen Hellbraun, aber die Kleine hatte Roses trotziges, spitzes Kinn und die gleiche schlanke Nase und die vollen Lippen.

Honour hoffte nur, dass sie nicht auch die Grausamkeit ihrer Mutter geerbt hatte.

Zur zwölften Stunde döste Honour in ihrem Sessel; sie wäre gern zu Bett gegangen, hatte jedoch Angst, das Mädchen könne während der Nacht aufwachen und nicht wissen, wo es war.

Irgendwann schreckte ein Rascheln sie aus dem Schlaf auf, und sie schlug die Augen auf. Das Kind saß mit verängstigter Miene auf dem Sofa.

»Dann bist du also endlich aufgewacht?«, brummte Honour. »Weißt du, wo du bist?«

Adele sah sich um, dann blickte sie an sich hinab und stellte fest, dass ihr Kleid fort war. Sie berührte ihre Wange, als wollte sie herausfinden, ob sie noch wehtat. »Ja, Sie sind Mrs. Harris«, antwortete sie schließlich. »Es tut mir leid, dass ich Ihnen zur Last gefallen bin.«

Honour schnaubte. Tatsächlich rührte es sie ein wenig, dass die ersten Gedanken des Kindes einem anderen galten. Aber sie war nicht der Mensch, der so etwas ausspracht, ebenso wenig wie sie irgendwelche anderen herzlichen Worte finden konnte. Außerdem erleichterte es sie, dass das Mädchen sie nicht Großmutter nannte. Sie konnte noch nicht akzeptieren, plötzlich eine Enkelin zu haben. »Ich vermute, du willst zur Toilette gehen. Aber du kannst jetzt nicht hinaus in die Dunkelheit, deshalb habe ich einen Nachttopf in die Spülküche gestellt«, fügte sie schroff hinzu und zeigte mit dem Finger auf die Tür, durch die Adele gehen musste.

Sie sah, wie das Mädchen zusammenzuckte, als es die Füße auf den Boden stellte. Aber es beklagte sich nicht, sondern humpelte aus dem Raum.

Als Adele zurückkam, wies Honour sie an, sich an den

Tisch zu setzen, und stellte schweigend eine Suppenschale und ein Glas Wasser vor sie hin.

Das Kind leerte das Glas beinahe mit einem einzigen Zug, und Honour fragte sich, wie lange es her sein mochte, dass es zum letzten Mal etwas gegessen oder getrunken hatte. Sie wartete, bis die Suppenschale bis über die Hälfte geleert war, dann holte sie ein weiteres Glas Wasser.

»Wasser ist gut bei Sonnenbrand«, erklärte sie, als sie das Glas auf den Tisch stellte. »Also, wirst du mir erzählen, was dich zu mir geführt hat?«

Adele war verwirrt. Sie wusste, sie hatte an die Tür geklopft, und diese Frau hatte ihr geöffnet. Sie konnte sich auch vage daran erinnern, ihr erzählt zu haben, wer sie war, aber diese Erinnerung hatte etwas von einem Traum, daher war sie sich nicht sicher, wie viel sie ihr bereits erzählt hatte.

»Fang am Anfang an«, forderte die Frau schroff. »Mit deinem vollen Namen, der Antwort auf die Frage, wie du auf meine Adresse gestoßen bist und woher du gekommen bist.«

Das verwirrte Adele nur noch mehr, denn es klang so, als wäre diese Frau doch nicht ihre Großmutter. Sie war so barsch und so eigenartig. Wäre Adele, als sie auf dem Nachttopf saß, nicht aufgefallen, dass sie gewaschen und mit irgendeiner Creme gegen ihren Sonnenbrand eingerieben worden war, hätte sie gefürchtet, jeden Augenblick vor die Tür gesetzt zu werden, wenn sie die Geschichte nicht in allen Punkten korrekt erzählte.

Adele begann, müde zu erklären, wer sie war, vom Tod ihrer Schwester und dass ihre Mutter kurz darauf den Verstand verloren hatte und ins Krankenhaus eingeliefert worden war. Sie erzählte, dass Jim Talbot sie nicht haben wollte, und kam auch auf den Brief zu sprechen, auf dem sie diese Adresse gesehen hatte. Schließlich beendete sie ihren Bericht mit ihrer Zeit in The Firs.

»In Tunbridge Wells?«, rief Mrs. Harris. »Wo genau dort?«

»Die volle Adresse kenne ich nicht, aber ich glaube, der Ort liegt näher an Lamberhurst, als ich vermutet hatte«, antwortete Adele.

»Warum bist du von dort weggelaufen?«

»Wegen Mr. Makepeace«, flüsterte Adele und begann, überwältigt von neuerlicher Scham über das, was er getan hatte, zu weinen.

»Fang nicht wieder an zu heulen«, befahl Mrs. Harris ungeduldig. »Diesen Teil der Geschichte kannst du dir für später aufsparen. Und jetzt erzähl mir, womit verdient Jim Talbot sich seinen Lebensunterhalt?«

Adele fand diese Frage sehr merkwürdig, sie schien der unwichtigste Bestandteil ihrer ganzen Geschichte zu sein. »Er arbeitet bei einem Bauunternehmer«, erwiderte sie, denn sie hielt es für besser, Mrs. Harris eine genaue Antwort auf ihre Fragen zu geben. »Ich dachte immer, er sei mein richtiger Dad, bis zu dem Abend, an dem Mum verrückt wurde und uns beide angegriffen hat. Sie hat mir die Schuld an Pamelas Tod gegeben und alle möglichen gemeinen Dinge gesagt, aber ich hörte später, wie Dad dem Arzt erzählte, ich sei nicht sein Kind und er wolle nichts mehr mit Mum oder mir zu tun haben.«

Adele erschrak, als die Frau plötzlich aufstand und im Raum umherging und sich an allerlei Dingen zu schaffen machte, als wäre sie nervös, aber sie sprach dabei kein Wort. Selbst Mrs. Makepeace hatte sich recht mitfühlend gezeigt, als Adele ihr diese Geschichte erzählt hatte, und dabei war sie keine Verwandte. Adele ermarterte sich das Hirn nach irgendetwas, das sie noch hinzufügen konnte, um diese Frau dazu zu bringen, sich ihr wieder zuzuwenden. Doch ihr fiel nichts ein.

»Rose verschwand, als sie siebzehn war«, stieß Mrs. Harris plötzlich hervor, drehte sich zu Adele um und schlug mit der Faust auf den Tisch. »Nicht ein Wort an mich, nicht ein einziges Wort, das herzlose Geschöpf! Ihr Vater war als kranker Mann aus dem Krieg zurückgekommen, und sie verschwand gerade zu der Zeit, als ich ihre Hilfe gebraucht hätte. Also, erzähl mir, warum ich mich für das Kind interessieren sollte, von dessen Geburt sie mich nicht einmal in Kenntnis gesetzt hat!«

In diesem Moment bekam Adele echte Angst. Diese Frau hatte die gleichen Augen wie ihre Mutter, und vielleicht war sie ebenfalls wahnsinnig. »Es tut mir leid«, wisperte sie. »Sie interessiert sich auch für mich nicht.«

»In all diesen Jahren wusste ich nicht einmal, ob sie lebte oder tot war«, fuhr die Frau fort, und ihre Stimme schwoll beinahe zu einem Kreischen an. »Als ihr Vater im Sterben lag, hat er so viele Male nach ihr gefragt und mich manchmal sogar beschuldigt, ich hätte sie hinausgeworfen. Er wollte einfach nicht glauben, was für ein Luder sie geworden war, nachdem er in den Krieg gezogen war. Sie war sein kleines Mädchen. Sein kostbarer Schatz, wie er sie zu nennen pflegte. Er starb in dem Glauben, dass es meine Schuld sei, dass sie nicht nach Hause gekommen war, um ihn zu sehen. Weißt du, was das für ein Gefühl ist?«

Adele brach erneut in Tränen aus. Sie wusste nur allzu gut,

was für ein Gefühl es war, für alles verantwortlich gemacht zu werden. Und jetzt schien es, als wollte man sie auch für das Verhalten ihrer Mutter verantwortlich machen.

»Oh, hör auf mit dieser Heulerei«, fuhr ihre Großmutter sie an. »Du bist diejenige, die ungebeten hier aufgetaucht ist, mir erzählt hat, meine Tochter sei wahnsinnig, und mich gebeten hat, sie aufzunehmen. Ich bin diejenige, die weinen sollte.«

Aus irgendwelchen Tiefen ihres Wesens spürte Adele Wut aufsteigen. Binnen weniger Augenblicke blitzten Bilder von all den Ungerechtigkeiten auf, die ihr zugefügt worden waren – die Grausamkeit ihrer Mutter, die Tatsache, dass man sie für Pamelas Tod verantwortlich gemacht und in ein Heim geschickt hatte, in dem der Mann, dem sie vertraute, sie missbraucht hatte. Und jetzt war auch diese erwachsene Frau ungerecht zu ihr. Nun, sie hatte endgültig genug davon. Sie musste einfach sprechen.

»Dann holen Sie doch die Polizei und lassen mich wegbringen«, schrie sie zurück. »Ich habe Ihnen nichts Böses zugefügt, ich habe lediglich gehofft, Sie würden sich für Ihre Enkelin interessieren. Ich verstehe jetzt, woher Mum ihre Gemeinheit hat. Sie hat sie von Ihnen!«

Adele erwartete einen Schlag. Als die Frau auf sie zukam, hielt sie hastig schützend die Arme vor ihren Kopf. Aber überraschenderweise kam kein Schlag; sie spürte nur eine Hand auf ihrer Schulter. »Du legst dich besser wieder auf dieses Sofa und schläfst weiter«, sagte sie mürrisch. »Du warst zu lange draußen in der Sonne, und wir sind beide übermüdet.«

7

»Wie um alles in der Welt soll ich nur mit dieser Situation umgehen?«, murmelte Honour vor sich hin, als sie später in ihr Bett stieg.

Die Kerze flackerte im Luftzug von dem Fenster, sodass sich die Schatten ihrer Bettpfosten auf beunruhigend schaurige Weise über die Wand bewegten, und sie zitterte.

Es war ein ungeheurer Schock gewesen, die Tür zu öffnen und dieses magere Kind auf ihrer Schwelle vorzufinden. In den letzten zehn Jahren hatte sie sich nach Kräften bemüht, Rose aus ihrem Gedächtnis zu tilgen. Ihr war nichts anderes übrig geblieben, denn die Bitterkeit und der Zorn, die sie für ihre Tochter empfand, hätten sie beinahe vernichtet. Doch in den seltenen Momenten, in denen Rose sich in ihre Gedanken zurückstahl, hatte Honour sich immer vorgestellt, dass sie in Luxus lebte, als die verwöhnte und verhätschelte Frau eines wohlhabenden Mannes. Niemals hatte sie auch nur in Erwägung gezogen, ihre Tochter könnte Kinder haben.

Wenn die Nachricht von Roses gegenwärtiger Notlage aus irgendeiner anderen Quelle gekommen wäre, hätte Honour zweifellos eine Art grimmiger Befriedigung empfunden. Aber ein Kind diese Geschichte hervorsprudeln zu hören, hatte etwas zutiefst Erschreckendes.

Honour nahm die gerahmte Fotografie von Frank von ihrem Nachttisch. Das Bild war aufgenommen worden, kurz bevor man ihn im Frühling des Jahres 1915 nach Frankreich geschickt hatte. Er sah so glücklich aus, so umwerfend attraktiv in seiner Uniform, doch nur zwei Jahre später war er als körperliches und geistiges Wrack nach England zurückgebracht worden. Er hatte Schreckliches erlebt, und nur nach und nach hatte er Honour von den Gräueln erzählen können.

»Was soll ich nur tun, Frank?«, flüsterte sie, an sein Bild gewandt. »Ich möchte sie nicht hier haben, nicht nach dem, was ihre Mutter uns angetan hat.«

Honour hatte Frank Harris ihr Leben lang gekannt. Ihr Vater, Ernest Cauldwell, war der Rektor der Schule von Tunbridge Wells gewesen, und Franks Vater, Cedric, hatte Harris's gehört, der renommierteste Lebensmittelladen in der Stadt.

Harris's war ein wunderbares Geschäft gewesen, eingerichtet mit glänzendem Walnussholz und weißem Marmor, und vom Boden bis zur Decke hatten sich alle erdenklichen Delikatessen gestapelt. Honour erinnerte sich daran, dass sie als kleines Kind auf geradezu morbide Weise fasziniert gewesen war von den kunstvoll auf einem Bett aus grünem Gemüse drapierten toten Fasanen, Kaninchen und Hasen. Ihre Mutter hatte sie fest an der Hand halten müssen, um sie davon abzuhalten, die toten Tiere zu berühren.

Frank und sein jüngerer Bruder Charles besuchten die örtliche Schule, wo sie häufig mit Honour spielten, bis man sie in ihrem achten Lebensjahr auf ein Internat schickte. Aber sie blieben Freunde, und in den Ferien fanden sie sich häufig bei Honour ein. Als sie älter wurden, halfen beide Jungen im Geschäft ihres Vaters, und Frank lieferte oft auf einem Fahrrad mit einem großen Korb vor dem Lenker Lebensmittel aus. Wann immer er am Schulhaus vorbeikam, blieb er bei Honour stehen, um mit ihr zu plaudern, und häufig nahm er sie auf dem Fahrrad mit.

Als er mit siebzehn Jahren die Schule verließ und nach Hause kam, um für seinen Vater zu arbeiten, hatte Honour nur Augen für den hochgewachsenen, schlanken jungen Mann mit den leuchtend blauen, zwinkernden Augen und dem ungebärdigen blonden Haar. Frank war nicht besonders gut aussehend, aber er hatte eine fröhliche Art, war liebenswert und witzig und interessierte sich für die Natur, für Musik, Kunst und Bücher. Mit ihm als Freund brauchte Honour niemand anderen.

Sie war siebzehn, als sie offiziell begann, mit Frank zu »gehen«, und beide Familien waren entzückt über diese Entwicklung. Die Cauldwells mochten nicht wohlhabend sein wie die Harris', aber sie genossen hohes Ansehen. Frank witzelte Honour gegenüber häufig, dass sein Vater ihn anflehte, sie zu heiraten, weil sie Verstand habe, was dem Familiengeschäft nur zugute kommen könne.

Sie heirateten 1899, als Honour zwanzig war und Frank zweiundzwanzig. Nach der Hochzeit zogen sie in die Wohnung über dem Laden, die einige Jahre leer gestanden hatte, seit die Harris' ein Haus am Stadtrand von Tunbridge Wells gekauft hatten. Honour erinnerte sich an ihr übersprudelndes Glück, ein so schönes Heim zu haben. Die Harris' waren zu großzügig, sie überschütteten sie mit Möbeln, Leinenwäsche und Gläsern – sie hatte sogar ein Hausmädchen für die groben Arbeiten. Und da Frank der stellvertretende Leiter des

Ladens war, kam er tagsüber immer wieder auf einen Sprung vorbei, sodass sie sich nicht einsam fühlte.

Frank konnte keine echte Leidenschaft für den Lebensmittelhandel aufbringen, darüber war sich Honour immer im Klaren gewesen. Er war ein sensibler, künstlerisch veranlagter Mann, der viel lieber Gärtner oder Wildhüter geworden wäre, als Zucker abzuwiegen und Fleisch und Käse aufzuschneiden. Aber es war der Traum seines Vaters gewesen, dass sein ältester Sohn irgendwann das Geschäft übernahm, und Frank fühlte sich ihm gegenüber verpflichtet. In Augenblicken der Verärgerung tröstete er sich mit der Feststellung, dass der Laden sich von allein führe, da sein Vater die Verkäufer so gut ausgebildet habe. In ruhigen Phasen fand er Zeit für seine Zeichnungen und Spaziergänge auf dem Land. »Ich bin der glücklichste Mann auf Erden«, sagte er oft zu Honour.

Zwei Jahre später, 1901, wurde Rose geboren, ein rundliches, entzückendes Baby mit weißblondem Haar, das das Glück seiner Eltern vollkommen machte. Aber nur wenige Wochen nach ihrer Geburt erlitt Cedric Harris einen schweren Schlaganfall. An einen Sessel gefesselt und in dem Wissen, sich niemals wieder zu erholen, überschrieb er den Laden endgültig Frank.

Bevor das Geschäft in seine alleinige Verantwortung gefallen war, hatte Frank nie begriffen, wie viel Arbeit in der Führung des Ladens steckte. Mit einem Mal mussten Bücher geführt und Bestellungen überprüft werden, und plötzlich war keine Zeit mehr da, um zu zeichnen, spazieren zu gehen oder auch nur mit seiner kleinen Tochter zu spielen.

Honour hatte sich in jener Zeit ständig darüber beklagt, den ganzen Tag über allein mit Rose zu sein und sich zu langweilen. Heute wusste sie, dass sie ihm damit nicht geholfen hatte, mit der zusätzlichen Arbeit fertig zu werden Aber sie war jung und gedankenlos, und sie vermisste die sorglosen Zeiten, die sie bis dahin erlebt hatten.

Im folgenden Jahr versuchte Frank, sie dafür zu entschädigen, und arrangierte für seine kleine Familie einen Urlaub in Hastings, in demselben Hotel, in dem sie ihre Flitterwochen verbracht hatten. Aber zu ihrer Enttäuschung war das Haus vollkommen ausgebucht. Sie waren nicht glücklich darüber, mit einem Baby in ein fremdes Hotel gehen zu müssen, und als ihnen einer ihrer wohlhabenderen Kunden anbot, ein kleines Cottage in Rye zu benutzen, nahmen sie sein Angebot nur allzu gern an, zumal er behauptete, Rye sei viel hübscher als Hastings.

Fast vom ersten Augenblick an, als sie aus dem Zug stiegen, verliebten sie sich in Rye. Sie waren bezaubert von den malerischen alten Häusern, den schmalen gepflasterten Straßen und der langen, faszinierenden Geschichte einer Stadt, die früher einmal ein wichtiger Hafen gewesen war. Frank wollte alles zeichnen, was er sah, angefangen von den alten Fischern, die mit ihren Pfeifen vor den Segelschuppen saßen, bis hin zu altertümlichen Gebäuden und den Tieren und Pflanzen in den Marschen. Honour genoss es, am Morgen vom Geruch des Meeres geweckt zu werden statt von dem des Käses und Schinkens. Es war herrlich, Franks ungeteilte Aufmerksamkeit zu haben, und zum ersten Mal in ihrem Leben fühlte sie sich frei.

Rye hatte nichts von der vornehmen Raffinesse von Tunbridge Wells oder den berauschenden Freuden von Hastings mit seinem Pier und seinen Konzerten. Die meisten Bewohner der Stadt hatten sich niemals mehr als zehn Meilen von ihrem Zuhause entfernt; sie bestellten das Land, sie fischten oder bauten Boote. Es waren freundliche, schlichte Menschen, die zu hart für ihren Unterhalt und dem ihrer vielen Kinder arbeiteten, um sich mit Mode, den Nachrichten aus aller Welt oder auch nur mit Politik zu befassen.

Honour stellte fest, dass in Rye keine der gesellschaftlichen Beschränkungen galten, die man ihr von klein auf angehämmert hatte. Wenn ihr der Sinn danach stand, konnte sie mit Rose in ihrem Kinderwagen durch die Straßen laufen und ihren Hut und ihre Handschuhe zu Hause lassen, ohne dass irgendjemand auch nur die Stirn runzelte. Die Fremden, die sich dort niedergelassen hatten, waren Menschen wie sie selbst und Frank; die Schönheit und Heiterkeit der Stadt und der umliegenden Marschen hatten sie hergezogen. Viele von ihnen waren Schriftsteller, Musiker oder Maler. Frank machte sie häufig auf die Maler aufmerksam, die an ihren Staffeleien im Sonnenschein saßen und zeichneten, und er war geradezu besessen von der Idee, hier ein Feriencottage zu erwerben.

Von Curlew Cottage erfuhren sie an ihrem vorletzten Urlaubstag, und Frank wollte es haben, bevor sie es überhaupt gesehen hatten. Honour versuchte, es ihm auszureden. Es war schließlich ein langer Fußweg von Rye bis zu den Cottages, das Wasser kam aus einer Pumpe im Garten, und das Cottage war beinahe verfallen. Aber Frank wollte nichts davon hören: Die Miete war niedrig, er liebte das Cottage, und er war fest entschlossen, es zu bekommen.

»Wir brauchen eine eigene kleine Welt«, sagte er, und seine blauen Augen leuchteten vor Erregung. »Alles in Tunbridge

Wells gehört Vater. Es ist sein Laden, seine Wohnung, seine Kunden. Wir leben ein Leben aus zweiter Hand. Aber damit würde ich fertig werden, wenn ich wüsste, dass wir ab und zu all dem entfliehen können.«

So ausgedrückt, konnte Honour ihm nur recht geben. Es würde Spaß machen, Ferien in einer derart wilden Landschaft zu verbringen, dachte sie – sie konnten sich Fahrräder beschaffen und die Gegend erkunden, konnten Ausflüge ans Meer unternehmen und meilenweit durch die Marschen wandern. Es wäre auch schön für Rose, wenn sie älter wurde, denn zu dem Laden gehörte kein Garten, in dem sie hätte spielen können. Außerdem war Honour begeistert von dem Gedanken, das baufällige Cottage in ein echtes kleines Zuhause zu verwandeln.

Die Erinnerung an jenen ersten Urlaub, den sie in dem Cottage verbrachten, entlockte Honour noch immer ein Lächeln, trotz all der Schwierigkeiten und Härten, die später zu erdulden waren. Sie waren wie zwei Kinder, die Vater-Mutter-Kind spielten, während Frank die Mauern tünchte und sie billigen Baumwollstoff in die Fenster hängte. Jeden Nachmittag gingen sie mit Rose spazieren und füllten Beutel mit Holz für das Feuer am Abend. Sie hatten damals praktisch keine Möbel, nur ein billiges Bett, das sie in Rye gekauft hatten, einen Tisch und zwei Stühle, und sie hängten ihre Kleider an Nägeln an die Wand. Spätabends lagen sie dann bei weit geöffneten Fenstern im Bett und lauschten auf die Geräusche der Wattvögel, die an den vielen Gräben und in den Feuchtwiesen brüteten. Sie konnten das Meer über den Kies spülen hören und den Wind in den Ginsterbüschen.

Es war eine glückliche Zeit, erfüllt von Freude und Gelächter, während sie lernten, auf einem offenen Feuer zu kochen und die Schindeln an den Mauern des Cottages zu flicken, oder versuchten, auf einem unfruchtbaren, kiesigen Boden einen Garten anzulegen. An heißen Tagen zogen sie Rose aus und ließen sie in einer Wanne mit Wasser spielen, während Frank malte und Honour mit einem Buch in der Sonne saß. Im folgenden Sommer kauften sie zwei Fahrräder, und Frank baute für Rose einen kleinen Sattel, der auf seine Querstange passte. Sie fuhren dann zusammen durch Rye und weiter nach Camber Sands, manchmal sogar bis nach Lydd, wo sie vor der Rückkehr nach Hause Eiscreme kauften.

Später, nach dem Zusammenbruch des Geschäfts, quälte Honour sich oft mit Selbstvorwürfen. Wenn sie eingesprungen wäre und Frank im Laden geholfen hätte, statt ihn darin zu ermutigen, nach Rye zu fahren, wann immer ihm daheim alles zu viel wurde, wäre es vielleicht nie so weit gekommen. Dennoch hatte Frank darauf beharrt, dass die Schuld allein ihn träfe.

»Unter den Händen meines Vaters ist der Laden nur deshalb gediehen, weil Cedric ihn geliebt hat«, betonte Frank stets. »Er hat den nötigen Geschäftssinn besessen und das richtige Maß an Unterwürfigkeit, um den vornehmen Leuten in Tunbridge Wells zu schmeicheln und sich auf diese Weise seine Kundschaft zu erhalten.«

Frank war von Natur aus ganz anders, er konnte nicht um Menschen herumscharwenzeln, nur damit sie ihm den Auftrag zu einer wöchentlichen Lieferung gaben. Es erfüllte ihn nicht mit Stolz, zwanzig verschiedene Sorten Kekse vorrätig zu haben oder zehn Arten von Tee. Außerdem missfiel es ihm ungemein, dass die Kunden glaubten, er stehe in ihrer Schuld.

Kurz vor seinem Tod gestand Frank, dass er die Dinge womöglich mit Absicht hatten schleifen lassen, weil ihm davor gegraut hatte, wie seine Eltern zu enden, nüchterne, engstirnige Menschen, die jeden Sonntag zur Kirche gingen und der strikten Etikette ihrer Gesellschaftsschicht folgten. »Ich habe stets Leidenschaft gewollt, Gefahr, um zu wissen, dass ich wirklich lebendig bin«, sagte er.

Honour hatte den Begriff »Leidenschaft« belächelt – das war das Einzige gewesen, das nicht einmal schwere Zeiten hatten ersticken können. Aber hätte sie damals gewusst, wie die Dinge sich entwickeln würden, wäre sie nicht so erpicht darauf gewesen, Franks Beispiel zu folgen.

Cedric Harris war 1904 plötzlich gestorben, und zum Erschrecken seiner Witwe und seiner beiden Söhne hatte er kein Vermögen angesammelt, wie sie es vermutet hatten. Nachdem die Schulden beglichen waren, blieben nur einige hundert Pfund und das Haus der Familie übrig. Beides musste Frank Charles, dem jüngeren Bruder, überlassen, der für ihre Mutter sorgen sollte und der Frank bereits den Laden überlassen hatte.

Die Feindseligkeiten zwischen den beiden Brüdern traten beinahe unverzüglich zutage. Charles sorgte sich, Frank würde das Geschäft ihres Vaters vor die Hunde gehen lassen. Franks Art, mit unangenehmen Dingen umzugehen, bestand darin, ihnen auszuweichen. Es war für ihn schwer erträglich, sich dem Ärger seines jüngeren Bruders auszusetzen, daher fuhr er nur umso häufiger mit Honour und Rose nach Winchelsea Beach. Während jener Zeit bot der ältliche Besitzer des Cottages ihnen an, es für eine nominelle Summe zu kaufen, ein Angebot, das Frank nur allzu gern annahm und das dazu führte, dass sie noch häufiger hinfuhren.

Je länger er fortblieb, desto tiefer ging es mit dem Geschäft bergab. Nach und nach blieben die wohlhabendsten Leute der Stadt dem Laden fern, und ohne den schnellen Verkauf verderblicher Waren mussten sie viele Dinge wegwerfen. Aber Frank und Honour begriffen das alles im Grunde erst, als es zu spät war. Sie waren vollauf beschäftigt gewesen mit ihrem sorglosen Leben unten in der Marsch.

Beim endgültigen Zusammenbruch des Ladens war Rose elf Jahre alt. Als Frank eines Morgens hinunterging, fand er einige wütende Lieferanten vor, die dort auf ihn gewartet hatten. Sie waren seit Monaten nicht mehr bezahlt worden, und sie wollten auf der Stelle ihr Geld. Frank bezahlte sie, aber er konnte sie nicht dazu überreden, ihm weitere Waren auf Kredit zu überlassen.

Der Laden hatte acht Jahre der Vernachlässigung durch Frank überlebt, doch sobald sich herumgesprochen hatte, in welchen Schwierigkeiten das Geschäft steckte, dauerte es nur noch wenige Wochen, bis sie die Türen für immer schließen mussten.

Selbst heute, neunzehn Jahre später, wusste Honour noch genau, wie Frank ausgesehen hatte, als er an jenem Tag zu ihr nach oben gekommen war. Er war fünfunddreißig Jahre alt, aber noch immer so schlank und jungenhaft wie bei ihrer Hochzeit. »Es spielt keine Rolle«, sagte er, und ein breites Grinsen trat auf sein Gesicht. »Wir werden das Gebäude verkaufen und für immer in Curlew Cottage leben.«

Er redete ihr ein, es würde das Paradies sein, die Zinsen aus dem Kapital vom Verkauf des Ladens würden ausreichen, um davon leben zu können. Er wollte seine Gemälde verkaufen, und sie würden Hühner halten und ihr eigenes Gemüse anbauen. Alles würde gut werden.

Honour seufzte tief. Damals war sie genauso naiv gewesen wie Frank. Sie hatte sich keinen Moment lang gefragt, wie das Marschlandleben im Winter aussehen würde, ebenso wenig wie sie daran gedacht hatte, dass Rose es ihnen verübeln würde, wenn sie ihre alte Schule und ihre Freunde zurücklassen musste. Es kam ihr nicht einmal in den Sinn, dass ihre eigenen Eltern den plötzlichen Umzug ihres einzigen Kindes als Verrat ansehen könnten. Sie wusste zu der Zeit auch nicht, was echte Armut bedeutete; das begriff sie erst, als ihr Kapital erschöpft war.

Genauso wenig konnte sie damals ahnen, dass England zwei Jahre später gegen Deutschland Krieg führen und Frank Soldat werden würde. Wenn irgendjemand ihr an dem Tag, an dem der Laden zum letzten Mal geschlossen worden war, gesagt hätte, dass sie binnen sechs Jahren den Wunsch haben würde, der Tod möge sie von ihrem alltäglichen Überlebenskampf erlösen, hätte sie nur darüber gelacht.

Während Honour noch einmal die Vergangenheit durchlebt hatte, war die Kerze bis auf einen bloßen Stummel heruntergebrannt. Es tat weh, sich all diesen Erinnerungen zu stellen und sich auszumalen, welch ein gutes Leben sie hätten haben können, wären sie nur nicht ihren Träumen nachgejagt. Wenn Frank den Laden hätte halten können, wäre er vielleicht nicht eingezogen worden, und möglicherweise würde er dann heute noch leben. Wenn sie in Tunbridge

Wells geblieben wären, hätte auch Rose sich vielleicht ganz anders entwickelt.

Aber vorbei war vorbei, und es hatte keinen Sinn, sich zu wünschen, in der Vergangenheit anders entschieden zu haben. Jetzt war es die Gegenwart, die für Honour zählte, und bis zu diesem Abend war ihr Leben zwar häufig hart gewesen, aber doch friedlich und meistenteils angenehm. Sie verdiente mit dem Verkauf ihrer Eier, ihrer Konserven und Kaninchen gerade genug, um davon leben zu können, und sie liebte die Marsch und ihr kleines Haus. Sie wollte keine Veränderung, kein Herzeleid und keine zusätzlichen Verpflichtungen.

Vor allem wollte sie kein Kind, für das sie sorgen musste. Die Kleine würde sie ständig an Rose erinnern und an all den Kummer, den ihre Tochter verursacht hatte. Sie konnte und wollte das Mädchen nicht bei sich behalten.

Das Krähen eines Hahns weckte Adele, und ein oder zwei Sekunden lang glaubte sie, sie sei noch in The Firs und habe den langen Fußmarsch nach Rye nur geträumt.

Aber ihre Füße pulsierten, ihr Gesicht fühlte sich an, als stünde es in Flammen, und wenn sie versuchte, sich hinzusetzen, wurde sie von einem scharfen Schmerz in ihrem Rücken daran gehindert, und sie begriff, dass dies kein Traum war.

Es war noch sehr früh am Tag, denn das Licht, das durch die Baumwollvorhänge fiel, war noch grau, und in das Vogelgezwitscher mischte sich das Schnarchen ihrer Großmutter aus dem Nebenzimmer.

Das Sofa, auf dem sie lag, stand vor dem Herd, einem dieser altmodischen Geräte mit einem Feuer darin. Die Flammen waren inzwischen erloschen, vermutlich musste ihre Großmutter das Feuer jeden Morgen neu entfachen. Von ihrer Position auf dem Sofa aus lag die Haustür vor ihr, die Spülküche hinter ihr und das Schlafzimmer ihrer Großmutter zu ihrer Rechten neben dem Herd. Links von ihr, hinter dem Sofa, standen ein Tisch und Stühle und all die Dinge, mit denen ihre Großmutter das Wohnzimmer vollgestellt hatte. Das Durcheinander sperrte sogar das Licht aus, das durch das Fenster im hinteren Teil des Raums fiel.

Sie hatte noch nie etwas Derartiges gesehen: Stapel mit Pappkartons, Kommoden, die auf einem alten Sideboard ruhten. In einer Glasvitrine fanden sich ein ausgestopfter rötlicher Vogel und ein großer geschnitzter Holzbär, der so aussah, als könnte er ein Mantelständer sein, und an der Wand lehnte eine Matratze. Adele fragte sich, was in all den Kartons sein mochte. Hatte ihre Großmutter vielleicht vor umzuziehen?

Der Vogel, der Bär, der Tisch und die Stühle sahen alle so aus, als stammten sie aus dem Haus eines reichen Menschen; selbst das Sofa, auf dem sie lag, war mit dunkelrotem Samt bespannt. All das schien nicht zu einer Frau zu passen, die Männerkleider trug und ohne Elektrizität auskam.

Adele wäre gern zur Toilette gegangen, aber als sie abermals versuchte, sich aufzurichten, musste sie feststellen, dass sie dazu noch immer nicht in der Lage war. Außerdem fühlte sie sich elend und sehr verletzt, wenn sie daran dachte, wie abscheulich ihre Großmutter sich am vergangenen Abend ihr gegenüber verhalten hatte. Sie wagte es nicht zu rufen, daher schloss sie die Augen und versuchte, wieder einzuschlafen.

Sie musste tatsächlich eingenickt sein, denn irgendwann

später ließ sie das Knarren einer Tür aufschrecken. Strahlender Sonnenschein fiel jetzt durch die Fenster, und sie hörte ihre Großmutter aus ihrem Schlafzimmer kommen. Sie hatte sich einen Schal über ihr Flanellnachthemd gelegt.

»Ich müsste zur Toilette gehen«, sagte Adele zögernd. »Ich habe versucht aufzustehen, aber ich konnte es nicht.«

»Warum nicht?«, fragte Honour und blickte argwöhnisch auf sie hinab.

»Mir tut alles weh«, antwortete Adele.

»Du bist lediglich ein wenig steif, vermute ich. Ich werde dir helfen.«

Ihre Hilfe bestand nur darin, dass sie das Mädchen an beiden Armen packte und vom Sofa hochriss. Adele unterdrückte einen Schmerzensschrei und schwankte auf ihren wunden Füßen.

Ihre Großmutter stützte sie, und schließlich schob Adele sich mühsam auf die Spülküche zu, wobei sie bei jedem Schritt zusammenzuckte.

»Steck deine Füße dorthinein«, befahl Honour und schob Adele mit dem Fuß ein Paar alter Pantoffeln hin. »Es ist nicht weit bis zur Toilette.«

Als die Hintertür sich öffnete, war das Bild, das sich ihr hinter dem Zaun des großen Gartens bot, so schön und unerwartet, dass Adele für einen Moment ihre Schmerzen vergaß.

Das Gras, das sich sanft im Wind wiegte, war übersät von wilden Blumen und erstreckte sich bis nach Rye hinüber. Zu ihrer Rechten stand die Burgruine, die sie auf dem Weg hierher gesehen hatte, und ein Fluss schlängelte sich wie ein silbernes Band durch das üppige Gras.

Ein seltsames Schnarren ließ sie aufblicken. Ein Schwarm großer Vögel mit langen Hälsen flog über das Cottage, und Adele beobachtete, wie die Tiere auf den Fluss niedergingen, so anmutig, dass sie nicht einmal ein Kräuseln des Wassers verursachten.

»Wildgänse«, erklärte ihre Großmutter. »Wir haben dutzende verschiedener Arten hier.«

Plötzlich wurde sich Adele ihrer Schmerzen von neuem bewusst, und sie humpelte zu dem Toilettenhäuschen, auf das ihre Großmutter gezeigt hatte und das beinahe zur Gänze hinter einem Busch mit großen purpurfarbenen Blüten verborgen lag. Als sie einige Minuten später wieder herauskam, sah sie, dass ihre Großmutter einen Kaninchenstall öffnete, um seine Bewohner in ihr Geläuf hinauszulassen.

»Ich mag Kaninchen«, sagte Adele, als zwei sehr große braunweiße Tiere herauskamen und erwartungsvoll schnupperten.

»Sie sind keine Schoßtiere«, erwiderte ihre Großmutter kalt. »Ich halte sie ihres Fells und Fleisches wegen.«

Am Nachmittag hatte Adele einen Zustand der Verzweiflung erreicht und war zu dem Schluss gekommen, dass ihre Großmutter tatsächlich eine Hexe sein müsse, denn sie war gewiss der gemeinste Mensch, dem sie je begegnet war. Sie hatte nur den einen Wunsch, sich niederzulegen, die Augen zu schließen und weiterzuschlafen, aber ihre Großmutter erklärte, sie müsse im Sessel sitzen.

Sie hatte ihr ein altes Kleid von sich selbst zum Anziehen gegeben, während sie Adeles Sachen wusch, und sie bombardierte sie immer wieder mit Fragen, für deren Beantwortung

Adele einfach zu krank war. Im einen Augenblick war ihr kalt, im nächsten dann so heiß, dass ihr der Schweiß ausbrach, aber ihre Großmutter schien nichts davon zu bemerken, denn sie ging immer wieder nach draußen, um irgendwelche Arbeiten zu erledigen.

Außerdem war sie wütend, als Adele mittags nur einige wenige Löffel Suppe aß, und anschließend knallte sie ein Puzzle auf einem Tablett vor sie hin und befahl ihr, sich damit zu beschäftigen, statt ins Leere zu starren.

Adele hatte Puzzles immer geliebt, doch als sie nun die Teile betrachtete, drehte sich alles in ihrem Kopf. Sie hätte gern geweint und erzählt, wie krank sie sich fühlte, doch sie war davon überzeugt, dass die Frau sich dann nur umso gemeiner gezeigt hätte.

Sie wünschte inzwischen, sie wäre nicht hierhergekommen. Es wäre besser gewesen, ihr Glück bei Mrs. Patterson zu versuchen.

»Trink das aus!«

Adele zuckte erschrocken zusammen, als sie so dicht an ihrem Ohr die Stimme ihrer Großmutter vernahm. Sie hielt einen Becher Tee in der einen Hand und einen Teller mit einer Scheibe Früchtekuchen in der anderen. »Komm, setz dich gerade hin, und achte nicht weiter auf die Sahnebröckchen auf dem Tee, sie werden dir nicht schaden. Aber ich sollte jetzt besser gehen und frische Milch kaufen; sie wird in dieser Wärme so schnell schlecht.«

Früchtekuchen war eins der Dinge, die Adele am liebsten aß, und daheim war ein solcher Kuchen eine seltene Delikatesse gewesen. »Haben Sie ihn selbst gebacken?«, fragte sie.

»Nein, meine Köchin hat ihn gebacken«, gab ihre Großmutter zurück. Obwohl Adeles Gedanken noch immer sehr durcheinander waren, erkannte sie die Ironie in diesen Worten. »Benimm dich, während ich fort bin. Und untersteh dich, irgendwo herumzuschnüffeln.«

Adele konnte die Frau nur verständnislos anstarren, da sie nicht verstand, was sie meinte.

Honour fuhr mit ihrem Fahrrad in den Laden in Winchelsea, dankbar dafür, für eine Weile von dem Cottage und dem Mädchen fortzukommen. Es wirkte so begriffsstutzig und schien kaum in der Lage zu sein, die einfachsten Fragen zu beantworten. Auf halbem Wege den Hügel nach Winchelsea hinauf musste sie absteigen und zu Fuß weitergehen, weil der Weg so steil war, und als sie den Gipfel erreicht hatte, schwitzte sie heftig in der heißen Sonne.

Erst da kam ihr der Gedanke, dass das Mädchen an einem Sonnenstich leiden könnte. Sie erinnerte sich daran, selbst einmal daran gelitten zu haben, nach einem Tag, den sie mit Frank und Rose am Strand von Camber Sands verbracht hatte. Tatsächlich war sie damals etliche Tage lang erbärmlich dran gewesen. Plötzlich schämte sie sich dafür, nicht früher auf diesen Gedanken gekommen zu sein – schließlich hatte das Mädchen zwei volle Tage draußen in der Sonne verbracht. Wenn das der Fall war, war es kein Wunder, dass sie ihre Suppe nicht hatte essen können!

Honour überlegte, ob sie den Apotheker um Rat fragen sollte, wie man Sonnenbrand behandelte, aber als sie in den Laden blickte, standen dort mehrere Frauen Schlange. Nein, sie sollten nicht hören, was sie zu sagen hatte, entschied Honour. Also kaufte sie einen Liter Milch, stellte ihn in den Korb an ihrem Lenker und fuhr so schnell wie möglich wieder nach Hause.

Sie hatte die Tür offen stehen lassen, damit ein wenig frische Luft hereinkam, und das Erste, was sie sah, als sie ins Wohnzimmer trat, waren die Beine des Mädchens, die hinter dem Sofa hervorragten.

Honour stürzte zu Adele hinüber und stellte fest, dass sie mit dem Gesicht nach unten in einer Lache von Erbrochenem lag. Sie hob das Mädchen hoch, drehte es auf die Seite und überzeugte sich hastig davon, dass seine Atemwege freilagen. Adele war bewusstlos und hatte einen schwachen Puls, und als Honour ihr die Hand auf die Stirn legte, war sie glühend heiß.

Honour sah sich besorgt im Raum um. Sie erblickte die leere Teetasse und das halb gegessene Stück Kuchen auf dem kleinen Tisch neben dem Sessel. Vermutlich war dem Mädchen davon schlecht geworden, und es hatte versucht, zur Toilette zu gehen. Zum ersten Mal seit vielen Jahren bekam Honour es mit der Angst zu tun. Adele hatte gleich als Erstes am Morgen erwähnt, Schmerzen zu haben, aber sie, Honour, hatte sich nicht darum gekümmert. Sie hatte sie nicht einmal ins Bett geschickt. Jetzt war die Kleine offensichtlich ernsthaft krank. Jetzt wurde ein Arzt benötigt, aber war es nicht unmöglich, jemanden zu holen und das Kind derweil allein zu lassen?

Es war schrecklich heiß im Wohnzimmer, daher nahm sie das Kind auf die Arme, trug es in ihr eigenes Schlafzimmer und legte es dorthin. »Adele!«, rief sie und klopfte scharf auf die Wange des Kindes. »Kannst du mich hören?«

Es kam keine Antwort. Adele war so schlaff wie eine Stoffpuppe, und sie brannte vor Fieber. Honour war nun selbst übel, weil sie fürchtete, dass das Mädchen sterben könnte. Wie sollte sie das erklären? Die Leute sprachen schon jetzt über sie; sie wussten, dass Roses plötzliches Verschwinden damals sie mit Argwohn erfüllt hatte. Was, wenn sie nun dachten, sie habe dieses Kind getötet oder einfach sterben lassen?

»Kaltes Wasser!«, sagte sie laut und versuchte, sich zu beruhigen. »Du musst dafür sorgen, dass das Fieber heruntergeht und sie ein wenig Flüssigkeit zu sich nimmt.«

Als sie Adele nackt auszog und auf eins ihrer Handtücher legte, sah Honour die verräterischen, purpurfarbenen Abdrücke von Fingern auf ihren mageren Schenkeln. Da begann sie zu weinen, entsetzt darüber, dass sie so besessen davon gewesen war, von Adele Informationen über Rose zu bekommen, dass sie ihre gequälte Erklärung, warum sie aus dem Kinderheim weggelaufen war, einfach ignoriert hatte.

»Er hat versucht, schmutzige Dinge mit mir zu tun.« Bei dieser Bemerkung hätte sie nachhaken sollen. Aber sie war kaum zu ihr durchgedrungen, weil sie nur an sich selbst gedacht und versucht hatte, ihr friedliches, abgeschiedenes Leben zu schützen.

Adeles Lider begannen zu flattern, als Honour sie mit dem kalten Wasser wusch, und sie hielt inne, um ihren Kopf anzuheben und sie dazu zu bewegen, etwas Wasser zu trinken. »Du musst trinken«, drängte sie flehentlich. »Einige Schlucke reichen für den Moment.«

Honour war stets stolz gewesen auf ihre Tüchtigkeit. Sie hatte Rose während ihrer Scharlacherkrankung gepflegt und Frank während seines seelischen Traumas und der Lungenentzündung, die ihn am Ende getötet hatte. Sie konnte den gebrochenen Flügel eines Vogels richten, einem Huhn den Hals umdrehen und ein Kaninchen häuten. Wenn eine Dachpfanne herunterfiel, stieg sie aufs Dach und befestigte sie dort wieder. Trotzdem fühlte sie sich schwach und hilflos, als sie Adele wusch, ihr Wasser einflößte und dann die Schale hielt, wenn sie sich von Neuem erbrach.

Es nahm kein Ende. Sie schaffte es, das Mädchen so weit abzukühlen, dass es zitterte, dann deckte sie Adele wieder zu, aber binnen Minute schnellte ihre Temperatur erneut in die Höhe, und Honour war wieder genau da, wo sie angefangen hatte.

Es wurde dunkel, und sie zündete eine Lampe an. Sie redete beruhigend auf Adele ein, wenn sie in Fieberwahn verfiel und nach ihrer kleinen Schwester und jemandem namens Mrs. Patterson rief. In der einen Minute war sie heiß, in der nächsten kalt, und sie erbrach sich, bis sie nichts mehr in sich hatte als Galle. Und die ganze Zeit über sah Honour diese purpurnen Fingerabdrücke auf ihren Schenkeln und empfand heiße Wut darüber, dass ein Mann einem Kind etwas Derartiges antun konnte.

Die Mitternachtsstunde kam und verstrich, und Honour hatte bereits zwei Mal die Bettlaken gewechselt, weil sie durchnässt waren von Schweiß. Sie wollte das Fenster öffnen, um frische Luft einzulassen, aber sofort kamen die Motten hereingeflogen, und das Geräusch ihrer flatternden Flügel auf dem Lampenschirm war eine zu große Ablenkung. Zu guter Letzt legte sie sich neben das Kind, doch obwohl sie vollkommen erschöpft war, wagte sie es nicht, auch nur für eine Minute die Augen zu schließen. Wann immer sie das Gesicht des Mädchens betrachtete, angeschwollen und rot vom Sonnenbrand, loderte Zorn in ihr auf, Zorn darüber, dass sowohl Rose als auch dieser Mann, Makepeace, sie so schlecht behandelt hatten.

Es war vier Uhr morgens, als Adele nach Wasser rief. Honour schreckte jäh hoch und schämte sich, weil sie für kurze Zeit eingeschlafen war.

Sie war im Nu aus dem Bett und eilte auf die andere Seite, um den Kopf des Mädchens anzuheben und ihm einen Becher mit Wasser an die Lippen zu halten. Diesmal leerte Adele das halbe Glas, bevor sie wieder auf das Kissen sank. Honour saß mit der Schüssel am Bett. Sie erwartete, dass sie sich abermals erbrechen würde, aber die Minuten krochen dahin, und diesmal konnte sie das Wasser bei sich behalten. Honour fühlte ihr die Stirn. Sie war noch immer extrem heiß, und sie legte ein feuchtes Tuch darauf, um sie abzukühlen. Doch der Instinkt sagte ihr, dass die schlimmste Gefahr gebannt war.

Beim ersten Licht der Dämmerung blies Honour die Lampe aus. Dann ging sie zu dem hinteren Fenster hinüber und öffnete es, um ein wenig frische Luft hereinzulassen. Der Himmel war von einem rötlichen Grau, was für später Regen verkündete, und das freute sie, nicht nur weil ihr Gemüse Regen brauchte, sondern weil er die Luft abkühlen und dem Kind helfen würde, sich zu erholen.

»Ihr Name ist Adele«, murmelte sie tadelnd vor sich hin.

Honour stützte die Ellbogen auf das Fenstersims, blickte aufs Marschland hinaus und fragte sich, warum Rose ihr Kind so genannt hatte. Konnte es sein, dass ihr Vater Franzose gewesen war?

»Spielt das eine Rolle?«, fragte sie sich. »Schließlich wirst du sie ohnehin wegschicken, sobald es ihr besser geht.«

8

»Du wirst dir die Augen verderben, wenn du versuchst, bei diesem Licht zu lesen«, erklärte Honour scharf. Es war noch früh am Abend, aber draußen regnete es heftig, was den Raum verdunkelte.

Adele legte ihr Buch *Betty und ihre Schwestern* widerstrebend beiseite und wünschte, sie hätte den Mut, darum zu bitten, die Öllampe anzünden zu dürfen. Aber sie wusste, dass ihre Großmutter sie nie benutzte, bevor es dämmerte, und bis dahin waren es noch zwei Stunden.

»Deine Ankunft in Curlew Cottage liegt jetzt zwei Wochen zurück«, hatte Honour früher am Tag festgestellt. Adele kam es nicht so lange vor, doch andererseits war sie auch zu krank gewesen, um das Verstreichen der Tage zu bemerken.

Es war sehr eigenartig gewesen, aufzuwachen und sich im Bett ihrer Großmutter wiederzufinden, die neben ihr lag, und dann zu entdecken, dass drei volle Tage vergangen waren, ohne dass sie irgendetwas wahrgenommen hätte. Das Letzte, woran sie sich deutlich erinnern konnte, war ein Stück Kuchen und eine Tasse Tee, die ihre Großmutter ihr gegeben hatte, bevor sie das Haus verlassen hatte. Der Tee hatte künstlich geschmeckt, und der Kuchen war irgendwie ganz trocken und zäh gewesen; danach hatte sie sich plötzlich furchtbar schlecht gefühlt und versucht, nach draußen zur Toilette zu kommen. Das war alles; was danach geschehen war, wusste Adele einfach nicht mehr.

An der Art, wie ihre Großmutter sich ihr gegenüber benahm, erkannte sie, dass sie sehr krank gewesen sein musste. Sie musste sie auf einen Nachttopf heben, sie waschen und ihr das Haar kämmen, und sie fütterte sie wie ein Baby mit einem Löffel.

Sobald Adele nicht mehr das Bedürfnis verspürte, die ganze Zeit zu schlafen, stützte ihre Großmutter sie mit Kissen und ließ sie lesen. Das war eine echte Überraschung für Adele, denn ihre Mutter war immer ausgesprochen unfreundlich gewesen, wenn sie zu krank gewesen war, um in die Schule zu gehen. Ihre Mutter hatte auch nie besondere, leicht verdauliche Speisen für sie zubereitet. Großmutter bereitete etwas für sie zu, das sich Dickmilch nannte. Es erinnerte ein wenig an Wackelpudding, und es schmeckte recht gut, sobald man sich an den säuerlichen Geschmack gewöhnt hatte. Außerdem gab es weich gekochte Eier, Reispudding und jede Menge Hühnersuppe.

Aber es waren die Bücher, die Adele am meisten zu schätzen wusste. Während sie *Rebekka vom Sonnenbachhof* und *Wenn morgen heute ist* las, vergaß sie, wie schlecht sie sich fühlte. Dann dachte sie nicht einmal an ihre Mutter, an Pamelas Tod oder an die abscheulichen Geschehnisse in The Firs. Eigentlich wollte sie gar nicht gesund werden; es war so schön, einfach in das Leben und die Abenteuer anderer Menschen einzutauchen! Sie wollte nicht darüber nachdenken, was mit ihr geschehen würde, wenn es ihr wieder gut ging.

Jetzt, da sie auf dem Wege der Genesung war und in einem Sessel sitzen durfte, sah Adele langsam, wie ihre Großmutter lebte. Die Hühner und Kaninchen draußen im Garten, an die sie sich vage erinnerte, waren ihre Einkommensquelle. Sie verkaufte Hühnereier und schlachtete Kaninchen, um ihr

Fleisch und ihr Fell zu verkaufen. Außerdem stellte sie alle möglichen Konserven her, und sie baute Obst und Gemüse an.

Sie musste sehr hart arbeiten, vom frühen Morgen bis in den Abend, wenn das Licht verblasste, und Adele hatte das Gefühl, dass ihre Großmutter sehr froh sein würde, wenn sie sie in die Obhut eines anderen geben konnte, da sie auch ohne unerwünschte Besucher genug Arbeit hatte.

Sich zu fragen, ob sie gern für immer hierbleiben wollte oder nicht, war sinnlos – Adele wusste, dass Erwachsene sich nicht um die Wünsche der Kinder kümmerten. Doch ihre Großmutter war der seltsamste und verwirrendste Mensch, dem sie je begegnet war, fand Adele.

Da sie sich während ihrer Krankheit um Adele gekümmert hatte, musste sie auch eine sanfte und gütige Seite haben. Aber jetzt war sie wieder so abweisend wie zuvor, und ihre vornehme Ausdrucksweise passte so gar nicht zu ihren Männerkleidern und der Art, wie sie lebte.

Honour war nicht besonders redselig, und wenn sie doch einmal sprach, bombardierte sie sie mit Fragen. Die meisten Antworten schienen sie obendrein auf die Palme zu bringen. Adele hätte gern irgendetwas gesagt, das ihr ein Lächeln oder sogar ein Lachen entlockte.

Und wenn ihre Großmutter sich tatsächlich einmal wirklich nett und freundlich zeigte, versuchte sie anschließend sofort wieder, besonders bärbeißig zu sein.

Die Sache mit dem zweiten Schlafzimmer war eine dieser netten Gesten. »Du kannst in Zukunft im hinteren Raum schlafen. Ich habe die Matratze dort hineingeschafft«, hatte Honour irgendwann gebrummt. Bis zu diesem Zeitpunkt hatte Adele nicht gewusst, dass es noch einen anderen Raum im Cottage gab.

Während der ganzen Zeit, die sie im Bett ihrer Großmutter gelegen hatte, hatte sie sich vorgestellt, wie das Wohnzimmer hinter der Schlafzimmertür bei ihrer Ankunft ausgesehen hatte. Sie erinnerte sich deutlich daran, wie vollgestopft der Raum gewesen war. Daher erlitt sie einen beträchtlichen Schock, als ihre Großmutter sie zum ersten Mal seit ihrer Erkrankung wieder dort hineinführte und sie feststellte, wie sehr sich alles verändert hatte.

Keine Kisten stapelten sich mehr übereinander, es war ein ganz gewöhnlicher Raum. Tatsächlich war das Wort »gewöhnlich« nicht der richtige Ausdruck dafür, da Adele noch nie zuvor so ungewöhnliche Dinge gesehen hatte, wie ihre Großmutter sie besaß, aber zumindest waren sie jetzt wohlgeordnet. Der Vogel aus der Glasvitrine hockte auf dem Sideboard. Der Mantelständer in Gestalt eines Bären stand neben der Eingangstür, und der Tisch und die Stühle waren in der Mitte des Raumes angeordnet, mit einer Vase voller Wildblumen auf dem Tisch. Die Wände waren bedeckt mit sehr lebendigen Bildern, es gab Regale voller Bücher und Zierstücken und sogar einen hübschen Teppich auf dem Boden; es war einer von der Art, wie reiche Leute sie in ihren Häusern hatten.

Die Matratze musste die Tür zum zweiten Schlafzimmer verdeckt haben. Adele rechnete fest damit, dass der Raum ebenso kahl und schäbig sein würde, wie es ihr Zimmer in The Firs gewesen war – warum hätte man sonst die Tür verdecken sollen? Aber zu ihrem maßlosen Erstaunen war es ein wirklich hübsches Zimmer, mit freundlicher grün-weißer Tapete, Gardinen und einem hölzernen Bett mit einem geschnitzten Kopfbrett. Es gab sogar einen Ankleidetisch und einen Bücherschrank voller Bücher.

Das Ganze war äußerst verwirrend. Hatte ihr Gedächtnis ihr einen Streich gespielt?

Sie konnte nicht danach fragen. Ihre Großmutter gab nur ungern Erklärungen ab, wie viel sie auch selbst wissen wollte. Also sagte Adele nur: »Oh, dieses Zimmer ist wunderhübsch!«

Erst als Adele den Postboten mit ihrer Großmutter reden hörte, wurde dieses Rätsel gelöst. Er fragte, ob sie mit dem Kleben der Tapete zurechtgekommen sei und ob sie Hilfe beim Möbelrücken brauche. Plötzlich verstand Adele. Dieser Raum war seit Jahren nicht mehr benutzt worden, vielleicht nicht mehr, seit ihre eigene Mutter ausgezogen war. All die Sachen darin waren aus irgendeinem Grund ins Wohnzimmer gebracht worden. Aber ihre Großmutter hatte während Adeles Erkrankung alles wieder an seinen ursprünglichen Platz gestellt.

Warum sie kein Wort darüber verloren hatte, war ein weiteres ungelöstes Rätsel.

Im Moment schneiderte Honour ein Nachthemd für Adele. Sie hatte irgendwo etwas Baumwollstoff ausgegraben und nähte ihn jetzt auf ihrer Nähmaschine. Selbst als sie zugab, was sie da anfertigte, klang sie unfreundlich. Sie blaffte: »Hm, du wirst eines Tages noch über mein Nachthemd stolpern, es ist viel zu groß für dich.«

Sowohl das Zimmer als auch das Nachthemd hätten Adele auf die Idee bringen können, dass ihre Großmutter beabsichtigte, sie bei sich zu behalten, aber Adele hatte sich eine andere Erklärung zurechtgelegt: Bestimmt wollte Honour sie nur nicht ohne ein eigenes Nachthemd in ein anderes Kinderheim schicken. Sie wünschte, sie hätte die Frage gewagt, wann das geschehen würde. Doch sie fand nicht den Mut dazu.

Ebenfalls äußerst merkwürdig war die Art, wie ihre Großmutter auf alles reagierte, was Adele von Rose erzählte. Sie stand dann plötzlich mitten im Gespräch auf und ging in den Garten, bevor Adele mit ihrem Bericht auch nur zu Ende gekommen war. Sie hatte sich nur ein einziges Mal alles angehört, damals, als Adele ihr die ganze Geschichte von Pamelas Tod erzählt hatte.

Adele zappelte auf ihrem Stuhl. Es war langweilig, einfach untätig dazusitzen. Sie wünschte, ihre Großmutter hätte einen Radioapparat gehabt, dann wäre es nicht ganz so schlimm gewesen. Während der letzten zwei Tage hatte sie nachmittags immer einige Stunden draußen im Garten sitzen dürfen. Das war wirklich schön, aber wenn sie diese alte Burg sah, den Fluss und die vielen hundert Vögel, verspürte sie das übermächtige Verlangen, ihre Umgebung zu erkunden. Außerdem brannte sie auch darauf, das Meer zu sehen.

»Soll ich uns eine Tasse Tee aufgießen? Oder ist es schon Zeit, dass ich ins Bett gehe?«, platzte sie heraus. Zumindest konnte sie von ihrem Schlafzimmerfenster aus den Sonnenuntergang beobachten.

Honour blickte zu dem Kind hinüber. Wie viel besser das Mädchen jetzt aussieht!, dachte sie. Während der schlimmsten Phase ihrer Krankheit hatte Adele furchtbar ausgesehen; die Haut auf ihrem Gesicht hatte sich in großen Fetzen abgeschält, ihr Haar war wie schmutziges Stroh gewesen, und ihre seltsamen braun-grünen Augen schienen viel zu groß für ein so mageres Gesicht zu sein. Aber gutes Essen, Ruhe, einige Nachmittage draußen in der Sonne und eine ordentliche Haarwäsche hatten Wunder gewirkt. Jetzt tanzten goldene Lichter in ihrem Haar, ihre Wangen waren zart gerötet, und ihre Augen waren bei näherer Betrachtung ausgesprochen schön. Honour wusste, dass Adele sich langweilte, und das war ein weiterer Hinweis darauf, dass sie auf dem Wege der Genesung war. »Ich werde uns bald eine Tasse Kakao zubereiten«, sagte sie, während sie einige Nadeln aus dem Ärmel des Nachthemds entfernte.

Vor einigen Tagen hatte sie Adele dazu gebracht, von ihrem Leben in London zu sprechen, und die Ausdrucksfähigkeit des Kindes war recht bemerkenswert gewesen. Scheinbar ohne Mühe skizzierte es sein Zuhause, seine Familie und die Nachbarn so deutlich, dass Honour das Gefühl hatte, als wäre sie selbst schon einmal dort gewesen. Nicht dass sie das Bild so deutlich hätte sehen wollen. Es schmerzte zu hören, dass Rose eine stets betrunkene Furie war und als Ehefrau eines grobschlächtigen, ungebildeten Mannes in einer Umgebung lebte, die stark nach Elendsviertel klang. Eines konnte Honour nicht verstehen: Adele war offenkundig ausgesprochen intelligent, aber sie zeigte weder echten Zorn noch Verbitterung darüber, dass ihre Mutter sie mit solcher Verachtung behandelt hatte.

Aber vielleicht hatte ein Kind, das ohne jedwede Liebe aufgewachsen war, keine Vorstellung davon, was Liebe eigentlich bedeutete?

Nachdem sie all die einzelnen Informationen über Rose zusammengefügt hatte, hielt Honour es für sehr wahrscheinlich, dass Adeles Vater irgendein verheirateter Mann war, den

Rose bei ihrer Arbeit im »The George« in Rye kennengelernt hatte.

Rose hatte es sehr übel genommen, dass sie Tunbridge Wells und all ihre Freunde dort hatte verlassen müssen. Für einige Zeit war sie mürrisch und schwierig gewesen, aber irgendwann schien sie sich an ihre neue Umgebung angepasst zu haben. Erst vier Jahre später, als sie fünfzehn war und die Arbeit in dem Hotel bekam, ließ sie sich zum ersten Mal anmerken, dass sie sich für die Lebensumstände schämte, unter denen sie leben musste.

Das Hotel »The George« beherbergte wohlhabende Gäste, und Rose konnte plötzlich von nichts anderem mehr reden als davon, was die Gäste trugen, was sie aßen und wie sie aussahen. Als Frank aus Frankreich zurückkehrte, blieb Rose oft über Nacht im Hotel, wenn dort ein besonderes Dinner oder ein Fest gegeben wurden. Honour fragte nicht einmal danach, ob sie die Überstunden bezahlt bekam, denn sie war meistens so erschöpft von Franks Pflege, dass sie an nichts anderes denken konnte. Trotzdem erinnerte sie sich, sich ab und zu gefragt zu haben, ob es wohl einen Mann in Roses Leben gab, denn sie wirkte geistesabwesend, reizbar und übertrieben bemüht, was ihr Aussehen betraf.

Wäre dieser Mann ledig und ein Mitglied ihrer eigenen Gesellschaftsschicht gewesen, hätte sie gewiss davon erzählt oder sogar gebeten, ihn mit nach Hause bringen zu dürfen.

Honour bezweifelte, jemals die Wahrheit darüber zu erfahren, warum Rose damals fortgelaufen war. Vielleicht war es besser, nicht zu erfahren, warum sie in einem Elendsviertel gelandet war, mit einem Mann, mit dem sie nichts gemein hatte. Aber welche Gründe auch zu dieser Entwicklung geführt haben mochten – Honour konnte nicht verstehen, warum irgendetwas ihre Tochter daran hätte hindern sollen, ihr Kind zu lieben. Frauen heirateten in diesen Tagen ständig Männer, die sie nicht liebten – wegen des Geldes, des Ansehens und aus vielen anderen Gründen –, und doch liebten sie ihre Kinder leidenschaftlich. Und nach allem, was Honour gehört hatte, hatte Rose Pamela, Jims Kind, von Herzen geliebt.

Seit Adele ihr so verzweifelt von den Ereignissen berichtet hatte, die dazu geführt hatten, dass man ihre Mutter fortgebracht hatte, fand Honour alles, was Rose ihr und Frank angetan hatte, völlig nebensächlich. All das verblasste zur Bedeutungslosigkeit neben dem, was sie Adele angetan hatte. Rose hatte als Mutter in jeder Hinsicht versagt: Sie hatte Adele nicht geliebt, hatte nicht für sie gesorgt und sie nicht beschützt. Doch darüber hinaus hatte sie etwas geradezu Ungeheuerliches getan: Sie hatte die gewaltige Last der Schuld für Pamelas Tod auf Adeles junge Schultern gelegt.

Honour wusste, dass sie Adele diese Last abnehmen musste, aber wie sollte sie vorgehen? Honour war nie sehr beredt gewesen; sie konnte in ihrem Kopf Klarheit schaffen und wissen, was gesagt werden musste, aber irgendwie klangen die Worte, die sie dann sprach, niemals richtig. Selbst in jungen Jahren hatte man ihr häufig vorgeworfen, sie sei schroff, gefühllos und sogar grausam. All das war sie nicht, sie brachte es einfach nur nicht fertig, ihre wahren Gefühle zu zeigen. Je älter sie wurde und je mehr Zeit sie allein verbrachte, desto schlimmer waren diese Eigenschaften geworden. Und sie wünschte, es sei anders.

Frank war der einzige Mensch gewesen, der wusste, dass sie ihren weichen Kern hinter einer undurchdringlichen Schale verbarg, um sich selbst zu schützen. Aber sie hatten einander so nahe gestanden, dass sie beinahe in der Lage gewesen waren, die Gedanken des anderen zu lesen; ein einziges Wort hatte häufig ausgereicht, wo andere Menschen dutzende gebraucht hätten. Wenn Frank jetzt hier gewesen wäre, hätte er genau gewusst, wie Adele zu helfen war. Er hatte die Geduld gehabt, auf den richtigen Moment zu warten, und die Fähigkeit, in die Seelen anderer Menschen zu blicken. Außerdem hatte er die große Gabe besessen, das Vertrauen seiner Mitmenschen zu gewinnen.

Aber Frank war nicht hier, und Adele wusste, dass sie dieses Problem selbst lösen musste. Auch wenn der Gedanke sehr verlockend war zu verfahren, wie sie immer verfuhr, wenn irgendetwas sie bekümmerte oder ihr in die Quere kam – nämlich, es schnellstmöglich aus dem Weg zu räumen –, konnte sie diesmal nicht so verfahren.

Das Wichtigste war, dass sie erst einmal herausfand, was genau Adele in The Firs zugestoßen war. Wenn ein Mann, dem die Sorge für Kinder übertragen worden war, diese Kinder belästigte, dann musste er aufgehalten werden.

»Ich könnte den Kakao zubereiten«, sagte Adele plötzlich in Honours Überlegungen hinein. »Sie waren den ganzen Tag auf den Beinen und sind bestimmt müde.«

Honour schluckte, denn Adeles Scharfblick war ein weiterer Beweis dafür, dass sie während ihrer gesamten Kindheit versucht hatte, Menschen zu beschwichtigen. Mit zwölf Jahren hätte Honour es selbst nicht einmal in Erwägung gezogen, dass eine erwachsene Frau müde sein könnte.

»Nicht jetzt, wir werden uns später darum kümmern. Ich möchte, dass du mir erzählst, warum du aus The Firs weggelaufen bist«, entgegnete sie schroff.

»Es hat mir dort nicht gefallen«, antwortete Adele und wirkte plötzlich ausweichend.

»Da steckt mehr dahinter, und du weißt es«, versetzte Honour. »Also, erzähl es mir einfach, und bring es hinter dich.«

»Ich kann nicht.«

Honour sah, dass Adele den Kopf hängen ließ und die Hände rang. »Ich weiß, dass es schwer ist, über Dinge zu reden, die einem peinlich sind«, erklärte sie entschieden. »Aber ich muss die Wahrheit wissen. Verstehst du, ich werde in den nächsten Tagen zur Polizei gehen.«

Adele blickte erschrocken auf. »Warum? Ich habe nichts Unrechtes getan.«

»Davon bin ich überzeugt. Aber als du weggelaufen bist, hat Mr. Makepeace dich sicher bei der Polizei als vermisst gemeldet. Möglicherweise wird nach dir gesucht, und wenn ich der Polizei nicht mitteile, dass du hier bei mir bist, könnte ich ernsthafte Schwierigkeiten bekommen. Außerdem werde ich die Gründe dafür nennen müssen, warum du weggelaufen bist, um sicherzustellen, dass man dich nicht wieder dorthin zurückschickt.«

»Die Polizei kann mich nicht zwingen, nach The Firs zurückzugehen!«, rief Adele.

»Und ob sie das könnte«, entgegnete Honour unumwunden. »Ich mag deine Großmutter sein, doch man hat dich in die Obhut der Makepeaces gegeben, nicht in meine.«

»Könnte ich nicht hier bei Ihnen bleiben?«, flüsterte Adele, die Augen weit aufgerissen und voller Angst. »Bitte, Granny?«

Nur aus der Erregung des Augenblicks heraus hatte das Kind sie »Granny« genannt, das wusste Honour, aber dennoch brachte es tief in ihr eine Saite zum Klingen. Das Mädchen hatte sie die ganze Zeit über beharrlich »Mrs. Harris« genannt, und Honour hatte keine weniger formelle Anrede vorgeschlagen, weil sie auf diese Weise ihre eigenen Gefühle im Zaum zu halten hoffte.

»Ich bezweifle, dass man dir erlauben würde, hierzubleiben«, entgegnete sie barsch. »Man würde sich dieses Haus ansehen, in dem es keine Elektrizität und kein Bad gibt, und zu dem Schluss kommen, dass es besser für dich sei, mit anderen Kindern in diesem großen Haus zu leben.«

»Aber ich fühle mich hier sicher«, gab Adele zurück.

Vor zwei Wochen hätte Honour eine solch flehentliche Bitte nicht das Geringste bedeutet. Doch ihre Angst bei dem Gedanken, Adele könne sterben, die Zeit, in der sie sie gesund gepflegt hatte, und das liebenswerte, unaufdringliche Verhalten des Kindes hatten ihre Sichtweise verändert. Obwohl Honour immer noch bezweifelte, besonders dafür geeignet zu sein, sich um ein junges Mädchen zu kümmern, und auch nicht wusste, ob sie genug Geld aufbringen konnte, um einen zweiten Esser zu versorgen, hatte Adele den Panzer, den Honour um sich herum errichtet hatte, durchbrochen. Und wenn niemand sonst ihrer Enkeltochter ein geeignetes Heim anbieten würde, würde sie sie nicht kampflos gehen lassen.

»Wenn du dich sicher fühlst, bedeutet das, dass du jemandem vertraust«, sagte sie. »Vertraust du mir?«

Adele nickte.

»Wenn du mir vertraust, dann kannst du mir erzählen, was geschehen ist«, fuhr Honour fort.

Sie wartete. Adele runzelte die Stirn, als wüsste sie nicht, wo sie anfangen sollte. Ab und zu blickte sie zu Honour auf, öffnete den Mund, um zu sprechen, und schloss ihn dann wieder.

»Fang mit dem Teil an, der dir nicht gefallen hat«, schlug Honour vor. »Sobald du das erzählt hast, wird es nicht mehr gar so schlimm sein.«

»Er ist in mein Bett gekommen«, platzte Adele heraus. »Er ...« Sie brach ab und begann zu weinen.

Honour fühlte sich versucht, es dem Kind einfacher zu machen, indem sie das Wort »Vergewaltigung« ins Spiel brachte. Aber sie selbst hätte mit zwölf Jahren nicht gewusst, was das bedeutete, und sie war sich sicher, dass Adele gleichermaßen unschuldig war. Doch es würde Adele gewiss helfen, wenn sie sich dieser furchtbaren Angelegenheit stellte und mit ihren eigenen Worten davon sprach.

»Komm und setz dich neben mich«, bat sie und klopfte auf den Platz an ihrer Seite.

Adele sprang wie ein geölter Blitz von ihrem Stuhl auf und setzte sich zu Honour auf das Sofa, und ihr Verlangen, in den Arm genommen zu werden, war so offenkundig, dass es Honour die Kehle zuschnürte. Unweigerlich schlang sie beide Arme um das Kind, um es zu trösten. »Sprich weiter«, flüsterte sie. »Ich höre zu.«

»Er hat die Hände unter mein Nachthemd geschoben und mich angefasst«, schluchzte Adele und barg den Kopf an Honours Brust. »Er hat gesagt, das sei seine Art und Weise, mir zu zeigen, dass er mich liebt. Dann hat er sich auf mich gelegt und versucht, dieses Ding in mich hineinzuschieben.«

»Hat er es geschafft?«, hakte Honour nach und schauderte angesichts dieser brutalen Frage.

»Ich glaube nicht, es war einfach zu groß, und ich habe furchtbar gezappelt«, wisperte sie. »Aber er hat mich gezwungen, es festzuhalten«, fügte sie hinzu.

»Und?«, hakte Honour nach.

»Es kam irgendwelches Zeug heraus, und ich musste mich übergeben. Er hat mir befohlen, ins Badezimmer zu laufen, und ich habe gehorcht. Dann habe ich mich auch wirklich übergeben, wieder und wieder. Er hat mich einfach dort gelassen. Ich glaube, er ist in sein eigenes Bett zurückgegangen.«

Honour schloss die Augen und stieß einen lautlosen Seufzer der Erleichterung darüber aus, dass er nicht in das Kind eingedrungen war, zumindest nicht bei dieser Gelegenheit.

»Und wie viel Zeit ist danach vergangen, bis du The Firs verlassen hast?«, wollte sie weiter wissen.

»Ich bin noch in derselben Nacht weggelaufen«, antwortete Adele. »Ich konnte schließlich nicht dortbleiben, oder? Also habe ich mich nur gewaschen, mich angezogen und bin gegangen.«

Honour spürte, dass sie endlich wieder atmen konnte. »Ja, du hast genau richtig gehandelt«, erklärte sie und strich dem Kind übers Haar. »Er war ein sehr böser Mann, dass er dir so etwas angetan hat, und du warst sehr tapfer und vernünftig. Jetzt kochen wir uns einen Kakao, und dann kannst du mir erzählen, wie Mr. Makepeace war, als du in The Firs angekommen bist.«

Honour zitterte, als sie die Milch auf den Herd stellte, die Öllampe anzündete und die Vorhänge zuzog. Adele hockte in sich zusammengesunken auf dem Sofa. Ihre Tränen waren versiegt, aber sie war immer noch ein Häufchen Elend. Honour fragte sich unwillkürlich, ob sie richtig gehandelt hatte. Sie würde es sich nicht verzeihen, wenn ihre Fragen dazu führten, dass das arme Kind wieder krank wurde oder Albträume bekam.

Als sie den Kakao tranken, erzählte Adele ihr alles über Mr. Makepeace, und während sich die Geschichte über die privaten Unterrichtsstunden entfaltete und herauskam, wie wichtig der Mann für sie geworden war, begann Honour langsam, das ganze Bild zu sehen.

Es war eine finstere Geschichte, denn als erwachsene Frau konnte sie erkennen, dass der Mann die Dinge offensichtlich bis ins Kleinste geplant hatte. Er hatte sich in Adeles Herz geschlichen, indem er ihr das Gefühl gegeben hatte, klug und etwas Besonderes zu sein, und da sie nicht an Zuneigung gewöhnt war, hatte sie unmöglich begreifen können, dass seine Liebkosungen ungehörig waren. Gleichzeitig hatte er sie den anderen Kindern entfremdet, um sie umso abhängiger von sich zu machen, und wahrscheinlich hatte er in jener letzten Nacht geglaubt, sie zur Gänze in seiner Gewalt zu haben.

Wenn Adele in dieser Nacht nicht davongelaufen wäre, hätte er sie inzwischen missbraucht, wann immer ihm danach zumute war, dessen war sich Honour gewiss.

»War es meine Schuld?«, fragte Adele ein wenig später.

»Natürlich nicht«, entgegnete Honour ein wenig zu scharf, weil sie so müde war und der Bericht des Mädchens sie so sehr mitgenommen hatte. »Er war es, der dir ein Unrecht angetan hat. Doch jetzt bist du in Sicherheit. Es ist alles vorüber.«

»Aber wenn die Polizei sagt, dass ich nach The Firs zurückkehren muss?«, wandte Adele mit gepresster Stimme ein.

»Dann werden sie es mit mir zu tun bekommen«, antwortete Honour grimmig. »Ich werde von jetzt an alle Entscheidungen treffen, was dich angeht.«

»Heißt das, dass Sie mir erlauben würden, bei Ihnen zu bleiben, Mrs. Harris?«

Honour musterte Adele und dachte, dass sie ein wenig so aussah wie ein verängstigtes Kaninchen, das im Schein einer grellen Lampe gefangen worden war. So große Augen, in denen immer noch Tränen schwammen, und ihre Lippen zitterten. Honour würde dafür sorgen, dass ihr Haar geschnitten wurde, sie würde es bürsten, bis es glänzte, sie würde ihr zu essen geben, um ein wenig Fleisch auf diese stockdünnen Glieder zu bekommen. Sie würde versuchen, ihren Geist mit der Schönheit der Natur zu erfüllen, bis kein Platz mehr für die hässlichen Erinnerungen waren, mit denen sie sich jetzt herumquälte. Wenn ihr das gelang, glaubte Honour, hätte sie etwas wirklich Lohnendes geleistet.

»Ich denke, es wäre besser, wenn du mich Granny nennen würdest«, erklärte sie mit einem Lächeln. »Und die Polizei sollte dich besser hierbleiben lassen, nach all der Mühe, die ich gehabt habe, um dich gesund zu pflegen.«

TEIL 2

9

1933

Adele war tief in Gedanken versunken, während sie draußen auf der Marsch Ginsterblüten sammelte. Ihre Großmutter stellte daraus Ginsterwein her, den sie zusammen mit ihren Konserven, ihren Eiern und anderen Produkten in Rye verkaufte. Der große Strohkorb war inzwischen fast voll, und Adele hatte von den stacheligen Büschen lauter kleine Kratzer auf den Händen. Sie beachtete sie jedoch kaum, ebenso wenig wie den kalten Frühlingswind. Die fast zwei Jahre, die sie nun bei ihrer Großmutter lebte, hatten sie gegen dergleichen abgehärtet.

Seit dem Tag, an dem sie erschöpft und krank in Curlew Cottage angekommen war, hatte Adele sich sehr geändert. Sie war um etwa zehn Zentimeter gewachsen, sodass sie jetzt fast einen Meter sechzig groß war, und obwohl sie noch immer schlank war, war sie muskulöser geworden und wirkte deshalb nicht mehr so mager. Sie freute sich darüber, dass ihr Haar, das sie jetzt länger trug als früher, nun glänzte und dass ihr Teint klar und strahlend war. Nur mit ihren knospenden Brüsten kam sie noch nicht zurecht. Sie bereiteten ihr mehr Verlegenheit als Freude.

Wenn irgendjemand sie danach gefragt hätte, was in ihren Augen die dramatischste Veränderung von all dem sei, hätte sie wahrscheinlich geantwortet, es sei ihre Größe. Aber im Herzen wusste sie, dass sie einfach glücklich war.

Obwohl das Leben, das sie mit ihrer Großmutter teilte, bisweilen, besonders im Winter, sehr hart war und nicht einmal entfernte Ähnlichkeit mit dem hatte, was sie als Kind für ein perfektes Heim gehalten hätte, hatte sie zunehmend Gefallen daran gefunden. Granny mochte schroff und eigenartig sein, doch sie war auch beständig. Adele brauchte niemals mit plötzlichen Wutausbrüchen zu rechnen, sie wurde nie verhöhnt, ihre Bemühungen wurden niemals herabgesetzt.

Vielleicht hätte sie gern einige Erklärungen gehabt, wie zum Beispiel, was zwischen ihrer Großmutter und ihrer Mutter schiefgegangen war, wo ihre Mutter jetzt war und ob es ihr besserging. Außerdem wäre es schön gewesen zu wissen, ob Rose irgendwelche Anstrengungen unternommen hatte, um herauszufinden, ob ihre Tochter gut versorgt war. Darüber hinaus interessierte es Adele, ob Mr. Makepeace für das, was er ihr angetan hatte, bestraft worden war.

Granny neigte jedoch nicht zu Erklärungen, vor allem nicht dann, wenn es um ein heikles Thema ging. Aber Honour war klug und ehrlich, das wusste Adele, und sie zweifelte nicht daran, dass sie ihr all diese Dinge erzählen würde, wenn sie glaubte, die Zeit sei reif dafür.

Unter Grannys unnahbarem Äußeren steckte ein sehr sanfter Kern, das hatte Adele längst herausgefunden.

Im Winter ging Adele niemals zur Schule, ohne zuvor einen großen Teller Porridge gegessen zu haben, und ihr Mantel wurde neben dem Herd gewärmt. Wenn sie an heißen Sommertagen zurückkam, erwartete Granny sie häufig mit einem Picknick, das sie aßen, nachdem sie zuvor ein wenig geschwommen waren. Wenn in der Nacht die Unwetter kamen, stand sie jedes Mal auf und kam in Adeles Zimmer, um sich davon zu überzeugen, dass sie keine Angst hatte. Sie interessierte sich dafür, was Adele in der Schule lernte, und sie konnte ihr die Dinge oft viel besser erklären als ihre Lehrerin.

Während des ersten Sommers hier wurde fast alles infrage gestellt, was Adele bis dahin für wichtig gehalten hatte. Daheim in London war alles vom Geld beherrscht worden. Das Geld war meistens der Auslöser für die Streitigkeiten ihrer Eltern gewesen, ohne Geld konnte man die Miete nicht bezahlen, konnte kein Essen kaufen oder in den Pub oder ins Kino gehen. Adele hatte stets geglaubt, es sei ein genügendes Maß an Geld, das die Menschen glücklich machte.

Doch Granny legte kaum Wert darauf. Mit dem wenigen Geld, das sie besaß, ging sie vorsichtig um, aber es wurde nur für die nötigsten Dinge verwandt, die sie kaufen musste, wie Öl für die Lampen, Mehl, Tee und Zucker. Alles andere wurde selbst hergestellt, gezüchtet, angebaut oder gesammelt.

Sie beheizte den Herd mit gesammeltem Holz, sie baute Gemüse an, sie buk ihr eigenes Brot. Als Transportmittel hatte sie ihre Beine oder ihr altes Fahrrad. Sie stellte aus allem, was die Jahreszeit an Obst oder Gemüse bot, Konserven her. Ginsterblüten, Holunder und Brombeeren konnte man sammeln, ohne dafür bezahlen zu müssen. Sie verschwendete nichts – aus einem alten Kleid ließ sich ein Rock oder eine Bluse fertigen, Gemüseschalen und selbst Hühner-, und Kaninchenkot wurden als Kompost für ihren Garten benutzt.

Aber Granny sah darin keine Not, es freute sie, von dem leben zu können, was das Land ihr schenkte, und Adele hatte ebenfalls gelernt, daran Gefallen zu finden. Am Anfang hatte

Adele geglaubt, sie würde sich stets nach London mit seinen Läden, seinen Kinos und den Menschenmengen sehnen. In The Firs hatte es sie oft nach Fish and Chips verlangt und nach einer Fahrt in der Trambahn, und die Stille des Landlebens hatte ihr zu schaffen gemacht. Doch als sie in ihrem ersten Sommer hier wieder gesund genug gewesen war, um aus dem Haus zu gehen, hatte Granny sie mit ihren geliebten Marschen bekannt gemacht, und Adele hatte eine Welt mit schöneren und aufregenderen Dingen entdeckt als jenen, von denen sie je geträumt hatte.

Es war kein trostloser, kahler Ort, wie sie zuerst angenommen hatte. Die Marschen waren ein Heim für alle möglichen Pflanzen, Vögel und Otter. Bei ihren Spaziergängen zum Holzsammeln machte Granny sie auf verschiedene Vögel aufmerksam und nannte ihr dann die entsprechenden Namen. Sie konnte jeden Ruf identifizieren, kannte jede Pflanze und jedes Kraut. Langsam schlug die neue Umgebung Adele in ihren Bann, und sie liebte es, allein umherzustreifen und den Frieden und die Schönheit um sich herum zu genießen. Sie erinnerte sich dann oft daran, dass in London im Sommer die Blätter an den Bäumen schlaff und leblos von den Zweigen hingen, umhüllt von Staub und Ruß. Sie hatte auch die unangenehmen Gerüche der Kanalisation und des verwesenden Essens nicht vergessen, ebenso wenig wie die heißen, schwülen Nächte, in denen sie nicht hatte schlafen können, und den ständigen Lärm des Verkehrs und der Menschen, die miteinander stritten und sich prügelten. Die Laute, die hier durch ihr Schlafzimmerfenster drangen, waren sanft: das Blöken eines Schafs, der Schrei einer Eule, das Plätschern der Wellen auf dem Kies am Strand.

Ihre Großmutter hatte sie erst zu Beginn des Herbsthalbjahres im September in die Schule geschickt, aber zu Adeles Überraschung hatte sie sich ohne die Gesellschaft anderer Kinder keineswegs einsam gefühlt. Es gab so viele Bücher zu lesen, und sie konnte malen und zeichnen, nähen und stricken. Ihre Großmutter brachte ihr außerdem das Schwimmen und das Fahrradfahren bei.

Adele lächelte bei sich, als sie sich an das erste Mal erinnerte, als sie ihre Großmutter in einem Badeanzug gesehen hatte. Es war ein sehr altmodischer Strickbadeanzug, dunkelblau und mit einem roten Streifen quer über der Brust, beinahe wie ein Babystrampelanzug, der ihren Körper bis zu den Knien und Ellbogen bedeckte. Aber sie hatte eine gute Figur für eine Frau über fünfzig, sie war immer noch schlank und straff und besaß wohlgeformte Beine. Und sie konnte schwimmen wie ein Fisch und tauchte mit dem ganzen Jubel eines Kindes in die Wellen ein. Ihr Vater, so erzählte sie einmal, hatte ihr das Schwimmen beigebracht, als sie erst fünf Jahre alt gewesen war, obwohl das Schwimmen in jenen Tagen für ein Mädchen als ungehörig galt. Er hatte eine Schwester gehabt, die in einem Fluss ertrunken war, und deswegen war er der festen Überzeugung, alle Kinder sollten schwimmen lernen, da das Wasser eine so große Anziehung auf sie ausübte.

Honour war eine gute Lehrerin und überraschend geduldig und sehr ermutigend. Ob sie Adele nun zeigte, wie man Brot buk und Marmelade einkochte, sie den Unterschied zwischen Unkraut und Blumen lehrte oder ihr das Fahrradfahren beibrachte – sie hatte die Gabe, gerade so viel zu erklären, dass Adele die wesentlichen Grundlagen begriff. Dann zog sie sich zurück, sodass Adele selbst lernen konnte, wie sie weiter vorgehen musste.

Adele beherrschte inzwischen Dinge, die sie sich in London nicht einmal hätte vorstellen können. Sie konnte ein Kaninchen ebenso gut häuten wie ihre Großmutter, sie konnte kochen und mit nur einem einzigen Streichholz ein Feuer entzünden, sie konnte ein Huhn rupfen und Holz hacken.

Während Adele weiter Ginsterblüten sammelte, gingen ihre Gedanken eher in die Zukunft als zu den vielen Fertigkeiten, die sie bereits erlernt hatte. In drei Monaten, im Juli, würde sie vierzehn Jahre alt werden – alt genug, um die Schule verlassen zu können und sich eine Arbeit zu suchen.

Die Wirtschaftskrise verschlimmerte sich von Monat zu Monat, und immer mehr Geschäfte mussten schließen. Obwohl Adele nur selten eine Zeitung zu Gesicht bekam, konnte sie, wenn sie zur Schule ging, die wahren Auswirkungen der Arbeitslosigkeit in Rye sehen. Die Männer standen in Gruppen am Hafen herum, ihre Gesichter gezeichnet von Furcht und fast mit Sicherheit auch von Hunger. Sie sah ihre Frauen, wie sie sehnsüchtig und mit hohlen Wangen in die Schaufenster blickten. Und viele der Kinder in den ärmsten Straßen von Rye waren so blass, so dünn und lethargisch, dass Adele sich oft dafür schämte, selbst mehr als genug zu essen zu haben.

Ihre Großmutter hatte eine sehr ausgeprägte Meinung, was die Not der Armen betraf, obwohl sie sich selbst nicht für arm hielt. Etwas, das man den »Means Test« nannte, brachte sie ehrlich in Wut, weil das bedeutete, dass einige Familien ihre Möbel und anderen Besitztümer verkaufen mussten, um das Recht auf Geld von der Fürsorge zugesprochen zu bekommen. Sie hielt es für unmoralisch, dass die Reichen sich nach wie vor Automobile und teure Kleider kaufen und in Frankreich oder Italien ihre Ferien verbringen konnten, während sie ihren Dienstboten Hungerlöhne zahlten. Als Honour hörte, dass zwei Männer verhaftet worden waren, weil sie in ihrer Not in den Marschen ein Schaf gestohlen hatten, marschierte sie nach Rye und sagte der Polizei sehr deutlich ihre Meinung. Die Familien dieser Männer würden nur umso mehr leiden, wenn man sie ins Gefängnis schickte, hielt sie den Polizisten vor. Und was bedeutete ein einziges Schaf, wenn der Bauer nicht einmal wusste, wie viele er besaß?

Durch gelegentliche Ausflüge in die Kinos von Rye hatte Adele eine vage Vorstellung davon, was in anderen Teilen Englands und der übrigen Welt vor sich ging. In den *Pathe News* sah sie Hafenanlagen, die außer Betrieb waren, ausgezehrte Männer mit Plakaten, auf denen sie um Arbeit bettelten, gewaltige Schlangen vor den Suppenküchen in Amerika, Verbrecher, die einander an Orten wie Chicago umbrachten, und den finsteren Aufstieg eines Mannes namens Adolf Hitler in Deutschland.

Manchmal hatte sie ein schlechtes Gewissen, weil die reale Welt sie weniger interessierte als die Fantasiewelt der Hollywoodfilme, die sie sich zusammen mit ihrer Großmutter ansah. Aber es tat gut, glamouröse Filmstars zu beobachten, wie sie in wunderschönen Kleidern tanzten und sangen, und einen Blick auf eine Welt zu werfen, in der die Häuser wie Paläste aussahen und jeder große Autos, Pelzmäntel und einen Swimmingpool besaß.

Ihre Großmutter sagte gern, dass »Hollywood die Droge für die unterdrückten Massen« sei, und sie hatte wahrscheinlich recht damit, aber trotzdem konnte Adele sich den Gedanken nicht aus dem Kopf schlagen, dass sie nur die richtige Arbeit bekommen müsse, dann würde sie vielleicht ebenfalls schöne Kleider kaufen können und dafür sorgen, dass Granny nicht mehr so hart arbeiten musste und stolz auf sie war.

»Entschuldigung!«

Der unerwartete Klang einer männlichen Stimme ließ Adele zusammenzucken, und als sie sich umdrehte, sah sie hinter sich einen Jungen auf einem Fahrrad.

»Tut mir leid. Ich wollte dich nicht erschrecken«, meinte er verlegen.

Seine kultivierte Stimme und die teuren Kleider unterschieden ihn sofort von den Jungen aus dem Ort, die sie vom Sehen kannte. Er mochte etwa sechzehn Jahre alt sein, er war groß und schlank und hatte ein frisches Gesicht und glänzendes dunkles Haar.

»Ich habe dich gar nicht kommen hören«, erwiderte sie und lief dunkelrot an. Auf jemanden, der graue Flanellhosen mit Bügelfalte und ein Tweedjackett trug, das so aussah, als käme es direkt aus dem Schaufenster eines Schneiders, musste sie wie eine Vagabundin wirken.

An Schultagen sah Adele so aus wie ihre Klassenkameradinnen, und häufig war sie besser gekleidet als viele von ihnen, weil ihre Großmutter sich so gut auf den Umgang mit der Nadel verstand. Sie hatte ein Schürzenkleid und eine Bluse, die genauso schön waren wie alles, was man in einem Laden kaufen konnte. Aber außerhalb der Schule musste ihre Kleidung praktisch sein. Honour hatte ihr eine Hose genäht, die sie für gewöhnlich in ihre Gummistiefel schob, und dazu trug sie einen bereits häufig geflickten dunkelblauen Pullover. »Du siehst aus wie eine jüngere Kopie deiner Großmutter«, hatte ein Mädchen in der Schule einmal sarkastisch bemerkt.

»Es ist der Wind. Irgendwie übertönt er mit seinem Heulen alles andere«, fügte sie nervös hinzu.

»Ich hätte klingeln sollen«, sagte der Junge mit einem Lächeln. »Aber das kam mir furchtbar unhöflich vor. Ich wollte nur wissen, ob ich auf diesem Weg zum Hafen von Rye kommen kann.«

Er hatte ein nettes Lächeln und hübsche dunkelblaue Augen, und ihr gefielen seine guten Manieren. Die meisten Jungen, die sie kannte, waren sehr ungeschliffen.

»Es ist ziemlich schwierig, auf diesem Weg mit dem Fahrrad weiterzukommen«, antwortete sie. »Er ist an manchen Stellen sumpfig, und es gibt hier jede Menge Kies. Es ist ein wunderschöner Spaziergang, doch mit dem Fahrrad kommt man besser über die Straße zum Hafen.«

»Eigentlich wollte ich nur mal die Umgebung erkunden«, erwiderte er und warf dann einen neugierigen Blick auf ihren Korb mit den Ginsterblüten. »Weshalb sammelst du die?«

»Um daraus Wein herzustellen«, erklärte sie. »Meine Großmutter stellt ihn her.«

Er wirkte überrascht. »Wie schmeckt der Wein denn?«

»Sie erlaubt mir nicht, welchen zu trinken«, meinte Adele mit einem Grinsen. »Aber ich habe ein Mal daran genippt. Er ist irgendwie süß und riecht wie die Blüten. Angeblich reicht ein einziges Glas, um betrunken zu werden, und von zwei Gläsern wird man sturzbetrunken.«

Er lachte. »Also ist deine Großmutter ständig betrunken?«

»Nein, sie verkauft den Wein nur«, entgegnete Adele tadelnd. Während der vergangenen zwei Jahre hatte sie sich daran gewöhnt, dass die Leute versuchten, ihre Großmutter zu verspotten, und sie hatte eine große Geschicklichkeit darin entwickelt, Honour zu verteidigen.

»Das war nur ein Scherz«, versicherte er. »Ich habe noch nie jemanden kennengelernt, der Wein herstellt; meine Eltern bekommen ihren von einem Weinhändler. Könnte ich vielleicht eine Flasche davon kaufen, damit sie ihn einmal probieren können?«

Adele wusste nicht, was sie auf diese Frage antworten sollte. Granny verkaufte immer all ihren Wein an einen Mann in Rye. Er gab ihr die leeren Flaschen und verkaufte sie dann mit den Weinen aus Holunder, Löwenzahn und anderen Pflanzen an seine Kunden. »Ich müsste sie fragen«, erwiderte sie. »Verbringst du hier deine Ferien?«

»Nicht direkt«, sagte er. »Meine Großmutter ist vor Kurzem gestorben, deshalb bin ich mit meinen Eltern hergekommen, um meinem Großvater bei der Organisation der Beerdigung zu helfen. Mein Großvater lebt in Winchelsea.«

»War deine Großmutter dann vielleicht Mrs. Whitehouse? Meine Granny hat erst gestern erzählt, dass sie gestorben sei. Es tut mir furchtbar Leid.«

»Ja, das war sie«, meinte er nickend. »Sie war über siebzig und gebrechlich, daher war damit zu rechnen. Ich kannte sie nicht besonders gut. Als ich noch sehr klein war, ist Mutter gelegentlich mit uns hergefahren, aber ich nehme an, für meine Großeltern waren lärmende Bälger einfach zu viel. Jetzt werden wir bleiben, bis ich nach den Osterferien in die Schule zurückkehren muss.«

»Schule?«, rief Adele, ohne nachzudenken. Alle anderen, die sie kannte, verließen die Schule mit vierzehn, und er sah erheblich älter aus.

»Hm, ja«, antwortete er, offenkundig verwirrt von ihrer Bemerkung. »Bist du denn schon abgegangen?«

»Nein, doch ich werde in diesem Sommer von der Schule abgehen«, gab sie zurück. »Als du gekommen bist, habe ich gerade darüber nachgedacht, dass ich mir eine Arbeit suchen muss.«

Er bedachte sie mit einem langen, kühlen Blick, und Adele hatte das Gefühl, dass er ihre schäbigen Kleider und die Weinherstellung in die Waagschale warf und zu dem Schluss kam, sie sei nicht die Art Person, mit der er plaudern sollte.

»Ich nehme an, das wird hier unten sehr schwer sein«, erwiderte er schließlich, aber sein Tonfall war mitfühlend, nicht herablassend. »Wir sind gestern Nachmittag nach Rye gefahren, und meine Eltern haben beide bemerkt, dass die Menschen dort furchtbar unter der Wirtschaftskrise leiden müssten. Was für eine Art Arbeit hättest du denn gern?«

»Alles, was Geld bringt«, gab sie zurück, und selbst in ihren eigenen Ohren klang sie in diesem Moment ebenso schroff wie ihre Großmutter.

Sie erwartete, dass er sich nun verabschieden und weiterfahren würde, doch zu ihrer Überraschung ließ er das Fahrrad zu Boden fallen und begann, die Blüten aus dem Ginsterbusch zu pflücken. »Ich bin Michael Bailey, und wenn ich dir helfe, wirst du schneller fertig«, setzte er mit einem Grinsen hinzu. »Dann wirst du mir vielleicht den Gehweg zum Hafen von Rye zeigen? Das heißt, wenn du nichts Besseres zu tun hast?«

Sein Grinsen war so echt und herzlich, dass Adele nicht anders konnte, als zurückzulächeln.

»Ich bin Adele Talbot«, erklärte sie. »Aber ich muss die Blüten nach Hause bringen, bevor sie austrocknen.«

»Ist das eine höfliche Art zu sagen, dass du mich nicht begleiten kannst oder willst?«

Adele hatte nur sehr wenig Kontakt zu Jungen gehabt, daher verstand sie sich gewiss nicht auf die Kunst, sich absichtlich ausweichend auszudrücken. Sie hatte genau das gemeint, was sie gesagt hatte, dass sie nämlich die Blüten nach Hause bringen müsse, obwohl sie vielleicht ein »vorher« hätte einfügen sollen, um sich verständlicher auszudrücken. Aber nachdem er ihr Zeit gegeben hatte, darüber nachzudenken, war sie sich nicht mehr sicher, ob es richtig war, mit einem wildfremden Menschen einen Spaziergang zu unternehmen.

»Warum sollte jemand wie du mit jemandem wie mir spazieren gehen?«, verteidigte sie sich.

Er legte den Kopf auf die Seite und musterte sie abschätzend. »Jemand wie ich?«

»Nun, sieh dich doch an!«, rief sie und errötete abermals. »Ein richtiger Herr. Wenn deine Leute dich mit mir zusammen sehen würden, bekämen sie einen Anfall.«

Er runzelte die Stirn. »Ich wüsste nicht, warum«, entgegnete er und klang dabei so, als wüsste er es wirklich nicht. »Warum sollten wir nicht miteinander spazieren gehen und reden und sogar Freunde werden? Bist du nicht manchmal einsam ganz allein hier draußen?«

Adele schüttelte den Kopf. Vielleicht war sie eigenartig, einige Mädchen aus der Schule behaupteten das, doch sie hatte sich auf den Marschen niemals einsam gefühlt, weil sie sie liebte.

»Es gibt hier zu viel zu sehen, um sich einsam zu fühlen.« Sie zuckte die Schultern. »Ich beobachte die Wildgänse, schaue nach den ersten neugeborenen Lämmern und suche Wildblumen. In der Stadt, wo ich umringt von Menschen bin, fühle ich mich viel einsamer.«

Sie erwartete, in seinem Blick Unverständnis oder Spott zu lesen, doch als sie den Kopf hob, um trotzig zu ihm aufzusehen, fand sie in seinen Zügen stattdessen Zustimmung und Anerkennung. Zum zweiten Mal war sie verblüfft von seinen Augen, nicht nur wegen ihrer dunkelblauen Farbe, sondern auch wegen der Intensität seines Blicks.

»Ich fühle mich inmitten von Menschen oft ebenfalls einsam«, gestand er. »Selbst meine eigene Familie weckt dieses Gefühl in mir. Und im Haus meiner Großeltern ist es so düster; sie können über nichts anderes reden als über die Beerdigungsarrangements. Deshalb bin ich heute Morgen auch weggefahren. Aber ich kenne mich in der Marsch nicht aus, ich weiß nicht, wonach ich Ausschau halten muss. Komm und zeig es mir!«

Sobald der Korb gefüllt war, brachte Adele ihn nach Hause, und nach einigen wenigen Worten mit ihrer Großmutter eilte sie wieder davon, um sich mit Michael zu treffen. Sie staunte über sich selbst, denn wenn sie normalerweise jemandem in der Marsch begegnete, pflegte sie, in die entgegengesetzte Richtung zu gehen. Als sie seinerzeit zu ihrer Großmutter gekommen war, hatte diese ihr erzählt, die »Marschleute« seien für die Stadtbewohner eine Art Scherz, sie hielten sie bestenfalls für exzentrisch, schlimmstenfalls für verrückt. Adele hatte inzwischen reichlich Beweise dafür gefunden, dass diese Einstellung weitverbreitet war, daher mied sie die Leute aus der Stadt – selbst die Mädchen in ihrer Klasse konnten sehr herablassend sein. Aber da Michael nicht von hier kam, hatte er vielleicht nichts von diesen Dingen gehört.

Michael ließ sein Fahrrad stehen, und Adele führte ihn zu dem Weg, den sie immer zum Hafen von Rye nahm, einen Trampelpfad, der es notwendig machte, über einige mit Wasser gefüllte Gräben zu springen und über ein Brett zu laufen, das über einen Bach führte. Außerdem kam man an mehreren Weidehütten vorbei, die die Hirten errichtet hatten, um den Schafen und ihren neugeborenen Lämmern ein wenig Schutz vor schlechtem Wetter zu verschaffen.

Adeles Nervosität legte sich binnen weniger Minuten, weil es so offenkundig war, dass Michael ehrliches Interesse daran hatte, die Marsch zu erkunden, und seine Begeisterung erinnerte sie an ihre eigene Reaktion, als sie zum ersten Mal hier gewesen war.

Sie sahen dutzende neugeborener Lämmer, von denen einige offensichtlich nur wenige Stunden alt waren. Sie waren noch immer sehr wackelig auf den Beinen, und Michaels breites Lächeln verriet Adele, dass er zum ersten Mal so junge Tiere sah.

»Was um alles in der Welt stimmt mit dem da nicht?«, rief er und deutete auf ein Lamm, das sehr eigenartig und überdies blutverschmiert aussah.

»Es ist nicht verletzt«, erwiderte Adele. »Der Schafhirte hat es lediglich in das Fell eines anderen, toten Lamms eingewickelt.«

»Warum?«

»Es ist verwaist. Einige Mutterschafe sterben bei der Geburt, geradeso wie auch einige Lämmer nicht durchkommen. Also häutet der Hirte das tote Lamm und hüllt eins der verwaisten Tiere in dessen Fell, und wegen des Geruchs denkt die Mama, die ihr Baby verloren hat, es sei ihres, und sie säugt es.«

Michael wirkte verblüfft. »Ich habe immer angenommen, die Hirten ziehen verwaiste Lämmer mit der Flasche auf!«

»Auf einem gewöhnlichen Bauernhof, wo es nur einige wenige Schafe gibt, versuchen sie das vielleicht«, erklärte Adele. »Aber hier draußen gibt es hunderte – stell dir nur vor, du müsstest vier oder fünf Mal am Tag mit Dutzenden von Milchflaschen hier herauskommen! Außerdem ist es besser für die Lämmer, wenn sie in einer Herde aufwachsen statt als Schoßtiere. Sie können nämlich furchtbar lästig werden, wenn sie ganz ausgewachsen sind.«

»Bist du nicht in Versuchung, selbst eins großzuziehen?«, fragte Michael und betrachtete ein kleines Lamm, das jämmerlich nach seiner Mutter blökte.

Adele lächelte. »Oh ja, sie sind so süß. Im letzten Frühling war ich jeden Tag hier draußen, um sie mir anzuschauen. Ich habe die ganze Zeit gehofft, dass ich eins allein finden würde, das ich mit nach Hause nehmen könnte. Meine Großmutter hätte es mir bestimmt nicht verboten. Sie liebt Tiere. Aber vielleicht war es nur gut, dass der Hirte immer vor mir hier war. Ausgewachsene Schafe machen lange nicht so viel Spaß wie die kleinen.«

Sie erzählte ihm von Misty, dem Kaninchen, das ihre Großmutter ihr als Schoßtier geschenkt hatte.

»Sie ist wunderschön, und ihr Fell ist von einem ganz hellen Grau, wie das Licht der Morgendämmerung. Außerdem ist sie so zahm, dass sie ins Haus gehoppelt kommt und sich neben den Herd legt. Sie ist das Beste, was ich je besessen habe.«

»Dann hält deine Großmutter also viele Kaninchen?«, erkundigte er sich.

Adele nickte kläglich. »Sie züchtet sie und schlachtet sie dann wegen des Fleisches und des Fells. Als ich damals hierherkam, um bei ihr zu leben, fand ich sie furchtbar grausam. Sie tötet nicht nur Kaninchen, die so süß sind, sie dreht auch den Hühnern den Hals um. Aber jetzt sehe ich die Dinge anders. Es ist einfach eine Möglichkeit, seinen Lebensunterhalt zu verdienen.«

»Warum lebst du denn bei deiner Großmutter?«, wollte Michael wissen.

Adele erzählte ihm dieselbe Geschichte über ihre Eltern, die sie auch allen anderen erzählte: dass ihre Mutter krank geworden sei und ihr Vater es für das Beste halte, wenn sie hier lebte.

Aber Michael war nicht zufriedengestellt mit dieser Erklärung, und während sie ihren Weg fortsetzten, um einen Blick auf Camber Castle werfen zu können, stellte er ihr immer neue Fragen. Was fehlte ihrer Mutter? Wie oft kam ihr Vater her, um sie zu besuchen, und wenn ihre Mutter krank war, warum wohnte sie dann nicht ebenfalls hier?

Es gefiel Adele, dass ein so netter Junge wie Michael solch ehrliches Interesse an ihr zeigte, doch sie wollte ihre Vergangenheit nicht offenlegen, daher versuchte sie, das Thema zu wechseln. Michael war jedoch beharrlich und stellte immer wieder die gleichen Fragen, die er lediglich in andere Worte kleidete.

»Warum sagst du mir nicht die Wahrheit?«, bemerkte er schließlich, als sie die Burgruinen erreichten. Er sah sie streng an. »Ist sie so schlimm?«

Ja, er würde die Wahrheit bestimmt ziemlich schlimm finden, davon war Adele überzeugt. Aber das war nicht der Grund, warum sie nicht davon sprechen wollte. Es war Loyalität ihrer Großmutter gegenüber. Sie hatte sie aufgenommen, als niemand sonst sie hatte haben wollen. Daher schien Adele es nicht recht herumzuerzählen, dass Honours Tochter verrückt und obendrein eine schlechte Mutter war. Granny benutzte häufig das Wort »Niveau«, und für Adele bedeutete das, die Familiengeheimnisse zu hüten und sich eine gewisse Würde zu bewahren, selbst wenn man sich in schäbige Kleider hüllte und die eigene Großmutter entschieden merkwürdig war.

Adele hatte allerdings gelernt, gerade diese Merkwürdigkeit zu bewundern. Honour Harris behandelte jeden Menschen gleich, sei es der Mann, an den sie ihren Wein und ihre Konserven verkaufte, seien es Polizisten, Bekannte in Rye oder Vagabunden, die im Sommer an die Tür kamen und um ein Glas Wasser baten. Sie war stolz, kühl und unempfänglich für Schmeicheleien, billige Seitenhiebe oder jede Art von Erpressung. Adele hatte mit einigem Entzücken festgestellt, dass sich die meisten Leute ihr gegenüber schon nach einer kurzen Begegnung ziemlich unterwürfig zeigten.

Wenn sie nach Rye ging, um ihre Waren zu verkaufen, tat sie es in dem Glauben, dass sie von besserer Qualität waren als die aller anderen. Sie wartete nicht demütig darauf, dass der Ladenbesitzer Zeit für sie fand. Wenn er nicht alles stehen und liegen ließ, sobald sie hereinkam, ging sie anderswohin. Der Leiter des Kolonialwarenladens hatte Adele gegenüber einmal bemerkt, ihre Großmutter sei »ein echtes Original«. Er hatte Recht; sie war einzigartig. Hart, tüchtig, großspurig und scharfzüngig, aber sie war auch gerecht, ehrlich und unerwartet großzügig. Sie hatte immer ein oder zwei Pennys für Bettler übrig, vor allem für jene unter ihnen, die verkrüppelte Kriegsveteranen waren. Wenn sie wusste, dass eine Familie Not litt, packte sie einen Beutel mit Gemüse, Eiern und ein wenig Huhn oder Kaninchen, um ihnen zu helfen.

»Taten sprechen lauter als Worte«, war ihr Lebensmotto, und Adele hatte dafür zahlreiche Beweise zu sehen bekommen. Sofort nachdem Honour erfahren hatte, was Mr. Makepeace Adele angetan hatte, war sie zur Tat geschritten. Sie hatte ihr niemals offenbart, was geschehen war, als sie zur Polizei gegangen war, um sie davon in Kenntnis zu setzen, dass ihre Enkelin jetzt bei ihr lebte, aber Monate später hatte sie erklärt, von nun an Adeles rechtmäßiger Vormund zu sein. Zum Beweis dafür gab es ein Dokument, aber für Adele war etwas anderes viel wichtiger: Ihre Großmutter hatte niemals auch nur den leisesten Hinweis fallen lassen, dass sie ihr Tun bedaure.

»Wie gut kennst du Rye?«, fragte Adele Michael, als sie die Ruine von Camber Castle betraten. Sie hoffte, ihn auf diese Weise von seinen Fragen abzulenken.

»Ich weiß ungefähr, wie ich meinen Weg finden kann«, antwortete er mit einem Grinsen. »Die Stadt ist wirklich malerisch, aber du willst wahrscheinlich wissen, ob ich die Geschichte von Rye zur Gänze kenne?«

»Wahrscheinlich.« Sie lächelte. »Meine Großmutter ist eine Expertin auf diesem Gebiet, sie kann dich herumführen und dir Geschichten vom Schiffsbau und von den Schmugglern mit ihren Verbindungen zum Hofe erzählen. Sie liebt die Stadt beinahe ebenso leidenschaftlich wie die Marsch.«

»Mein Großvater hat mir erzählt, dass Rye und Winchester früher einmal Inseln gewesen seien, dass das Meer sich dann jedoch zurückgezogen und die Marschen geschaffen habe, aber das ist auch schon alles, was ich weiß«, bekannte Michael.

»Es ist wichtiger zu wissen, dass Rye einer der Cinque Ports war und dass Heinrich VIII. diese Burg erbaut hat«, versetzte Adele tadelnd. »Einige Leute behaupten, Heinrich VIII. habe Camber Castle erbaut, um Anne Boleyn darin einzusperren, aber ich glaube das nicht, er hat es zur Verteidigung im Falle einer Invasion errichtet. Und es ist mein Lieblingsplatz.«

Für andere mochte die Burg lediglich eine alte Ruine sein, doch für Adele hatte die Art, wie die Natur hier die Herrschaft übernommen hatte, etwas Rätselhaftes und Wunderbares: Büsche sprossen aus den dicken Steinmauern, Efeu rankte sich an den steinernen Treppenstufen empor, und innerhalb der Ruine wuchsen üppige Gräser und wilde Blumen. Selbst im Winter kam sie oft hierher, da die dicken Mauern Zuflucht vor den schneidenden Winden vom Meer boten und sie einfach hier sitzen und träumen konnte. Hier blühten die Primeln und Schlüsselblumen früher als irgendwo sonst in der Marsch, hier nisteten Vögel, und wenn sie ganz still saß, kamen oft Kaninchen aus ihrem Bau und huschten dicht an ihr vorbei.

Sie konnte sich vorstellen, wie Heinrich VIII. zu Pferd

hierhergekommen war, gekleidet in einen samtenen, mit Hermelinpelz besetzten Umhang, gefolgt von einer Prozession von Adeligen, während die Dienstboten in der Burg sich beeilten, alles für ihn vorzubereiten. Manchmal konnte sie diese Bilder beinahe vor sich sehen.

Die Burg war der Ort, an dem sie nachdachte, ein Ort, an den sie sich flüchtete, wenn sie das Gefühl hatte, die Welt habe sich gegen sie gewandt. Einige Stunden allein hier draußen, und alles war wieder gut.

»Es ist eine schöne alte Burg«, meinte Michael und blickte sich nachdenklich um. »Aber ich möchte mehr über dich erfahren«, fügte er hinzu und legte ihr eine Hand auf die Schulter.

»Wenn du ein wenig länger hier unten bleibst, wirst du von den ›Marschleuten‹ hören«, sagte sie mit einem Kichern. »Wir sind angeblich nicht ganz richtig im Kopf – wegen des Windes. Einige Kinder denken, meine Großmutter sei eine Hexe.«

»Ich glaube nicht, dass man gleichzeitig eine Hexe und eine Großmutter sein kann.« Er lachte. »Hexen heiraten nicht. Hat deine Großmutter auch eine schwarze Katze?«

»Keine Katzen, sie mag sie nicht, weil sie Vögel töten. Doch ich schätze, wenn es sein müsste, könnte sie durchaus den einen oder anderen Zauber wirken.« Adele lächelte.

»Hm, dann bitte sie doch einmal, einen solchen Zauber für meine Familie zu wirken«, meinte er, setzte sich ins Gras und lehnte sich an die Burgmauer. »Es würde nämlich echter Magie bedürfen, um sie glücklich zu machen.«

Adele musterte ihn überrascht. Sie mochte ihn erst vor wenigen Stunden kennengelernt haben, aber er wirkte auf sie wie jemand, der in einer goldenen Welt lebte, in der alles vollkommen war.

Als er ihre Überraschung bemerkte, stieß er ein hohles Lachen aus. »Oh, ich weiß, was du denkst, der privilegierte Junge von der Privatschule! Doch meine Mutter stürzt von einem furchtbaren Wutanfall in den nächsten, und anschließend bleibt sie tagelang im Bett. Vater reagiert dann ebenfalls mit Wut und macht alles nur noch schlimmer. Wenn er nur ein wenig mehr Zeit zu Hause verbrächte und nett zu ihr wäre, würde sie sich vielleicht ändern. Aber er ist genauso grausam, wie sie verrückt ist. Meistens bin ich froh, wenn die Ferien vorbei sind und ich in die Schule zurückkehren kann.«

Plötzlich wurde Adele klar, dass das der Grund war, warum er einen Spaziergang mit ihr hatte unternehmen wollen. Er hatte wahrscheinlich nicht die Absicht, sich irgendetwas von der Seele zu reden, sondern wollte lediglich für eine Weile in eine andere Art von Leben geführt werden. In gewisser Weise war es dasselbe, was sie und Pamela versucht hatten, wenn sie sich in der Euston Station andere Menschen angesehen hatten. Es war für sie eine Möglichkeit gewesen, der Realität zu entfliehen.

Trotzdem schien es ihr eine eigenartige Fügung des Schicksals zu sein, dass Michael sich ausgerechnet sie als Gesprächspartnerin ausgesucht hatte. Wer sonst hätte echtes Mitgefühl mit ihm empfinden können? »Ist dein Vater zu dir ebenfalls grausam?«, fragte sie zaghaft, und ihr Herz flog ihm entgegen.

»Manchmal schon, aber meistens richtet sich seine Grausamkeit gegen Mutter. Allerdings ist sie auch sehr anspruchsvoll, argwöhnisch und ausgesprochen schwierig.« Er hielt inne und grinste Adele ein wenig verlegen an. »Sie hat mit einem ihrer Wutanfälle die Hochzeit meiner Schwester ruiniert«, fuhr er fort. »Meine Schwägerin weigert sich inzwischen, unser Haus zu betreten, wegen irgendetwas, das Mutter zu ihr gesagt hat. Vater behauptet immer, es seien ihre Nerven, und er besorgt ihr Medizin dagegen. Aber ich denke, das verwirrt und ängstigt sie erst recht.« Er brach wieder ab, und diesmal erschien kein Grinsen auf seinem Gesicht; Adele bemerkte lediglich einen trostlosen, traurigen Blick und verdächtig feuchte Augen.

»Manchmal denke ich, sie braucht im Grunde nur jemanden zum Reden«, fügte er mit einem Seufzen hinzu.

Adele bemerkte, dass er seine Mutter praktisch im selben Atemzug angegriffen und verteidigt hatte, was die Vermutung nahelegte, dass er in dieser Hinsicht hin und hergerissen war.

»Meine Mutter hat sich oft darüber beklagt, dass mein Dad ihr nicht zuhöre«, meinte Adele vorsichtig. Die Versuchung war groß, ihr eisernes Stillschweigen, was ihre Eltern betraf, nur dieses eine Mal zu brechen.

»Ich glaube nicht, dass es viele Ehepaare gibt, die miteinander reden«, entgegnete er bekümmert, dann zog er die Knie an und stützte das Kinn darauf. »Ich beobachte die Eltern meiner Freunde, und sie benehmen sich mehr oder weniger genauso wie meine. In der Öffentlichkeit sind sie so höflich miteinander, sie präsentieren eine hingebungsvolle Fassade, wie Schauspieler in einem Theaterstück. Aber zu Hause, wenn niemand außer den Kindern oder den Angestellten in der Nähe ist, ist es vollkommen anders. Entweder ignorieren sie einander, oder sie kennen nur Hohn und Sarkasmus.«

»Wirklich?«, rief Adele. Sie hatte immer angenommen, reiche Leute hätten alles, was sie wollten, selbst mehr Glück, mehr Liebe, mehr Freude.

Michael nickte. »Mein älterer Bruder, Ralph, und meine Schwester, Diana, werden langsam genauso. Anscheinend interessieren sie sich für nichts anderes als ihre gesellschaftlichen Aktivitäten, sie füllen ihre Häuser mit anderen Menschen, gehen zu den Rennen, in Konzerte und ins Theater. Manchmal denke ich, sie haben Angst davor, mit ihrem Mann oder ihrer Frau allein zu sein. Als Ralphs erstes Kind zur Welt kam, unternahm er eine Geschäftsreise. Es wäre nicht unbedingt nötig gewesen, er hätte die Reise verschieben können; was könnte wichtiger sein, als einen solchen Augenblick mit seiner Frau zu teilen?«

Adele hatte, vielleicht mit Ausnahme von Ruby in The Firs, noch niemals jemanden kennengelernt, der ihr bei der ersten Begegnung so viel von seiner Familie erzählt hatte. Vielleicht hätte sie Michael gegenüber deswegen einen gewissen Argwohn verspüren sollen. Doch ihr Instinkt sagte ihr, dass er normalerweise nicht so offen war. Möglicherweise, überlegte sie, hatte der Tod seiner Großmutter sein Mitteilungsbedürfnis geweckt, oder er spürte etwas in ihr, das ein solches Geständnis rechtfertigte.

»Wo ich früher gelebt habe, war es Tradition, dass ein Mann in den Pub ging, wenn ein Baby geboren wurde«, erwiderte sie zögernd. »Das läuft doch auf dasselbe hinaus, nicht wahr?«

»Nein, im Pub feiern sie die Geburt des Babys«, widersprach er entrüstet.

Adele lächelte. »Vielleicht behaupten sie, das zu tun«,

meinte sie. »Aber nach allem, was ich erlebt habe, trinken die meisten Menschen aus der Arbeiterklasse, um der Wirklichkeit zu entfliehen. Sie möchten nicht darüber nachdenken, dass sie nun einen zusätzlichen Esser satt bekommen müssen, geradeso wie sie nicht daran erinnert werden wollen, dass die Miete bezahlt werden muss und dass sie sich glücklich schätzen können, wenn sie in der nächsten Woche noch Arbeit haben.«

»Anscheinend betrachten wir das Ganze von gegenüberliegenden Enden aus«, bemerkte er mit einem Lächeln. »Kennst du ein Ehepaar, das aus Liebe geheiratet und sich diese Liebe erhalten hat?«

»Bei meiner Großmutter war es so«, gab Adele zurück. »Großvater ist einige Jahre nach dem Krieg gestorben. Ab und zu erzählt sie mir etwas von ihm, und dann wird ihr Gesicht ganz weich. Sie hat einige Bilder, die er im Cottage gemalt hat, und sie betrachtet sie immer, als sähe sie durch diese Bilder ihn.«

»Dann war er also Maler?« Michael wirkte überrascht.

»Ja, und zwar ein guter, aber er ist im Krieg verletzt worden, und danach hat er nie wieder gemalt. Als meine Großeltern heirateten, wohnten sie zuerst in Tunbridge Wells. Ich glaube, sie führten dort ein ganz anderes Leben. Mehr wie deines, vermute ich.«

Diese Bemerkung schien Michael ehrlich zu interessieren. »Dann waren sie also keine echten ›Marschleute‹?«, fragte er mit einem Lächeln. »Dein Großvater ist hierhergekommen, um zu malen? Wie romantisch.«

Adele hatte es ebenfalls für schrecklich romantisch gehalten, als ihre Großmutter ihr erklärt hatte, wie sie nach Rye gekommen waren. Sie liebte Honours Geschichten darüber, wie sie all ihre prächtigen Möbel in einem Pferdekarren nach Tunbridge Wells gebracht hatten. Adele stellte sich dann den Bärenmantelständer vor, den ausgestopften Vogel und den Schrank voller Porzellan, während Granny und Großvater mit Rose in der Mitte auf dem Wagen saßen.

»Granny redet eigentlich nicht viel von der Vergangenheit, und sie spricht nur selten darüber, wie die Dinge sich entwickelt haben.« Adele zuckte die Schultern. »Aber manche Dinge sind eben doch verräterisch. Sie ist sehr gebildet, ihr Vater war ein Schulrektor, und einige ihrer Möbel sind ausgesprochen vornehm, als kämen sie aus einem großen Haus. Und Großvater war Offizier in der Armee, kein gemeiner Soldat.«

»Faszinierend«, meinte Michael nachdenklich. »Genau wie du, Adele. Du hast das Gesicht eines jungen Mädchens, aber das Benehmen und den Verstand eines weit älteren Menschen. Was glaubst du, woran das liegt?«

»An dem Wind in den Marschen, vermute ich«, scherzte sie, denn sie fürchtete sich davor, in eine Situation manövriert zu werden, in der sie vielleicht zu viel preisgab. »Komm weiter«, rief sie und stand auf. »In diesem Tempo werden wir den Hafen von Rye niemals erreichen.«

Es war kurz vor sechs, als Adele nach Hause kam, nachdem sie sich zuvor an der Stelle, an der Michael sein Fahrrad hatte liegen lassen, verabschiedet hatte. Sie fror jetzt und ging direkt zum Herd hinüber, um sich die Hände zu wärmen. Ihre Großmutter saß daneben und flickte ein Paar Socken. Sie hatte Brotteig zum Gehen neben den Herd gestellt, und auf einer der Kochplatten blubberte eine ihrer Gemüsesuppen.

»Hmm«, sagte Adele schnuppernd. »Ich bin halb verhungert.«

»Hat der junge Mann dich nicht zu Tee und Kuchen eingeladen?«, fragte Großmutter schneidend.

Adele fuhr überrascht herum. »Woher hast du gewusst, dass ich mit einem jungen Mann zusammen war?«

»Ich habe Augen im Kopf«, gab sie zurück. »Die Marschen sind flach, man kann meilenweit sehen. Wenn du versucht hast, ihn zu verstecken, dann ist der Versuch fehlgeschlagen.«

Eine solche Bemerkung war typisch für ihre Großmutter. Sie sagte, was sie dachte, sie schlug nicht auf den Busch, es gab keine Fangfragen und keine Listen.

»Natürlich habe ich nicht versucht, ihn zu verstecken. Wir sind einfach ins Reden gekommen, und ich habe ihm den Weg zum Hafen gezeigt.« Adele kam sich jetzt sehr töricht vor – sie hätte wissen können, dass ihre Großmutter sie zusammen sehen würde.

»Und sein Name?«

»Michael Bailey«, erklärte Adele. »Er ist hergekommen, weil seine Großmutter, Mrs. Whitehouse, gestorben ist. Du hast gestern von ihr gesprochen.«

Granny nickte. »Dann muss er Emilys Kind sein. Die Whitehouses hatten auch zwei Söhne, aber die sind beide im Krieg geblieben.«

»Dann kennst du also seine Mutter?«, hakte Adele nach.

Ihre Großmutter zog die Nase kraus. »Ja, ich kenne sie, eine hochnäsige kleine Madame, obwohl sie diesem Verhalten vielleicht entwachsen ist. Ich habe sie seit einer Ewigkeit nicht mehr gesehen.«

Adele hätte gern gewusst, warum ihre Großmutter zu dieser Meinung gelangt war, aber sie wollte das Thema nicht vertiefen, denn sie befürchtete, in diesem Fall wiederholen zu müssen, was Michael ihr erzählt hatte. »Michael ist wirklich nett«, versicherte sie stattdessen. »Und die Marschen haben ihm ehrlich gefallen. Ich glaube, er hat noch nie zuvor ein neugeborenes Lamm aus der Nähe gesehen.«

»So sind sie eben, die Stadtleute«, erwiderte ihre Großmutter mit einem schiefen Lächeln. »Wenn ich mich recht erinnere, war der Mann, den Emily geheiratet hat, ein anmaßender Bursche. Viel zu überzeugt von sich selbst für meinen Geschmack. Ich bin froh, dass der Sohn nicht ebenfalls so ist.«

Adele war überrascht, dass ihre Großmutter ihr keine weiteren Fragen über Michael stellte. Die Mädchen in der Schule erzählten stets, ihre Eltern begegneten jedem Mitglied des anderen Geschlechts stets mit großem Argwohn. Aber da Granny seine Familie kannte, brauchte sie vielleicht nicht mehr zu wissen.

Als Adele darum bat, am Montag mit dem Fahrrad ausfahren zu dürfen, wuchs ihr Erstaunen noch, denn ihre Großmutter stimmte bereitwillig zu. Die einzige Bemerkung, die sie machte, war der Rat, nicht zu weit zu fahren, da das Wetter im April unberechenbar sei.

Granny hatte recht. Adele und Michael kamen gerade einmal bis Camber Sands, als es auch schon in Strömen zu regnen begann. Sie suchten für eine Weile Zuflucht unter einem

Baum, doch als der Regen keine Anstalten machte nachzulassen, mussten sie nach Hause fahren.

Trotzdem verdarb es Adele nicht den Tag, dass sie bis auf die Haut durchnässt wurde. Es war so schön, mit Michael zusammen zu sein; er konnte über alles und jedes reden. Er erzählte ihr von seinen Freunden in der Schule, von seinem Zuhause in Hampshire und dass er gern Flugzeuge fliegen würde.

»Vater rümpft jedes Mal die Nase, wenn ich davon spreche«, meinte er lachend. »Er ist nämlich Rechtsanwalt, deshalb findet er, ich sollte in seine Fußstapfen treten. Ich habe ihm einmal erklärt, dass er Ralph schon in die Juristerei hineingezogen habe und nicht denken solle, ich würde wie ein Schaf folgen. Aber vermutlich glaubt er, dass ich meine Meinung ändern würde, wenn ich erst nach Oxford gehe.«

Adele war bereits zu dem Schluss gekommen, Mr. Bailey nicht zu mögen. Michael hatte erzählt, dass er sich ständig darüber beklagte, mit einem tatterigen alten Mann in Winchelsea festzusitzen und dass er, wenn es nach ihm ginge, unmittelbar nach der Beerdigung seiner Schwiegermutter abreisen würde. Adele fand es kaum überraschend, dass Mrs. Bailey ein Nervenleiden hatte, wenn ihr Mann derart herzlos war.

»Vielleicht glaubt er nicht, dass du von der Fliegerei leben kannst«, meinte sie.

»Hm, da hat er wahrscheinlich recht.« Michael grinste. »Doch Geld interessiert mich nicht. Als ich das erste Mal einen kleinen Doppeldecker aus der Nähe gesehen habe, ist irgendetwas in mir einfach übergesprudelt. Das Flugzeug gehörte einem Freund meines Vaters, und er ist mit mir geflogen. Das war es; mein Schicksal war besiegelt.«

»Du hast ein echtes Ziel – das finde ich wunderbar«, sagte Adele entschieden. »Aber dein Vater könnte recht behalten. Vielleicht wirst du deine Meinung ja wirklich ändern, wenn du erst in Oxford bist.«

Sie wusste jetzt, dass Michael fast sechzehn war und noch zwei weitere Jahre Schule vor sich hatte, bevor er nach Oxford gehen würde. Er musste sehr klug sein, um diese Universität besuchen zu können, dachte sie, obwohl Michael darauf beharrte, nur durchschnittlich begabt zu sein. »Ich glaube nicht, dass ich auch nur die geringste Chance hätte, in Oxford aufgenommen zu werden, wenn die Zensuren das einzige Kriterium wären statt die Frage, ob man zuvor die richtige Schule besucht hat«, erklärte er ihr immer wieder.

»Ich werde meine Meinung nicht ändern«, erwiderte er nun energisch. »Ich habe mich nur deshalb bereit erklärt, mich um einen Studienplatz in Oxford zu bewerben, weil sie dort ein Flieger-Corps haben. Ich werde fliegen, komme, was da wolle.«

Zwei Tage später fand Mrs. Whitehouses Beerdigung statt, und der Rest von Michaels Familie reiste erst am Morgen dieses Tages an. Adele hatte die Absicht, nach Winchelsea hinaufzugehen und rein zufällig zurzeit der Beerdigung in der Nähe der Kirche zu sein. Sie wollte sich Michaels Verwandte ansehen, doch ihre Großmutter war entsetzt, als ihr klar wurde, was Adele vorhatte.

»Du wirst nichts dergleichen tun«, sagte sie scharf. »Zeige ein wenig Respekt, Mädchen! Glaubst du, es würde ihnen gefallen, wenn du sie zu einer solchen Zeit angaffst?«

»Ich war doch nur neugierig«, murmelte Adele. »Michael hat mir so viel von seiner Familie erzählt.«

»Neugier hat die Katze getötet«, versetzte ihre Großmutter spitz. »Ich vermute, der Junge wird dich noch einmal sehen wollen, wenn alles vorbei ist. Und du solltest ihn besser hierher einladen, damit ich ihn mir gründlich anschauen kann.«

Das klang ziemlich bedrohlich, fand Adele, doch sie wusste damals noch nicht, dass Michael eine so gewinnende Art im Umgang mit anderen Menschen hatte. Er erschien erst zwei Tage nach der Beerdigung, und in den Armen hielt er Brennholz für den Herd, das er auf dem Weg von Winchelsea herunter am Fluss aufgelesen hatte.

»Ich hoffe, Sie halten mich nicht für impertinent, Mrs. Harris«, sagte er, als Honour ihm die Tür öffnete. »Aber ich habe das Holz herumliegen sehen und dachte, Sie würden sich vielleicht darüber freuen.«

»Was für ein aufmerksamer Gedanke!«, erwiderte sie. »Obwohl ich mir nicht sicher bin, ob deine Eltern damit einverstanden wären, wenn sie wüssten, dass du hier herumstreifst. Aber komm herein, es ist ein abscheulicher Tag.«

Es machte Adele seltsam scheu und verlegen, Michael in ihrem Heim zu Gast zu haben. Draußen in der Marsch waren sie einander ebenbürtig, doch sie vermutete, dass Grannys Haus, in dem es keine Elektrizität gab und nur eine Außentoilette, im Vergleich zu dem prächtigen Haus seiner Großeltern in seinen Augen nur eine erbärmliche Hütte war.

Aber Honour fragte ihn nach der Beerdigung und erkundigte sich danach, wie sein Großvater mit dem Verlust fertig werde; sie erwähnte sogar, was für ein guter Schachspieler er sei.

Während Michael eine Tasse Tee mit ihnen trank, wirkte er vollkommen unbefangen.

Honour hatte die Absicht, an diesem Tag ihr Ingwerbier zu brauen und in Flaschen zu füllen. Die Mischung aus Hefe, Ingwer und Zucker gärte seit der letzten Woche in einem großen Topf neben dem Herd.

»Darf ich helfen?«, fragte Michael, als sie davon sprach.

Die Flaschen, die Honour benutzen wollte, standen noch immer ungespült draußen vor dem Haus. Da sie grundsätzlich abgeneigt war, ein Paar williger Hände ungenutzt zu lassen, schickte sie Michael in die Spülküche. Sie gab ihm eine Flaschenbürste und eine Schüssel mit heißem Wasser, dann ließ sie ihn die Flaschen schrubben und die alten Etiketten entfernen.

Adele befürchtete, dass er bald die Lust verlieren und gehen würde, aber er blieb. Er reinigte die Flaschen im Handumdrehen und brachte sie blitzsauber ins Wohnzimmer, gerade als Adele und ihre Großmutter damit fertig geworden waren, die Hefemischung durchzuseihen und Zitrone und Wasser hinzuzufügen, sodass die Flaschen genau im richtigen Augenblick kamen.

»Also, wann ist das Bier so weit, dass man es trinken kann?«, fragte er, während er den schweren Eimer mit trübem Ingwerbier anhob, um es in den Trichter zu gießen, den Honour in eine Flasche gesteckt hatte.

»Es muss mindestens zwei Wochen stehen«, antwortete sie. »Es ist köstlich. Adele wird dir etwas von dem Ingwerbier geben, das jetzt schon trinkfertig ist. Es enthält keinen Alkohol wie mein Wein, und angeblich soll Ingwer gut für die Durchblutung sein. Ich bin der beste Beweis dafür. Ich habe kaum je einmal kalte Füße oder Hände.«

»Dann sollte ich besser anfangen, es zu trinken«, meinte Michael und zwinkerte Adele zu. »Einer der Nachteile im Dasein eines Piloten sind nämlich kalte Hände und Füße.«

Adele war erstaunt zu sehen, wie schnell er die Zuneigung ihrer Großmutter gewann. Sie versicherte ihm nicht nur, jederzeit willkommen zu sein, wenn er einmal nichts mit sich anzufangen wisse, sondern dankte ihm auch herzlich für seine Hilfe und das Holz.

Danach kam er jeden Tag, und nicht ein Mal vergaß er, sich zu erkundigen, was er für Honour erledigen könne, bevor er einen Spaziergang oder eine Fahrradtour vorschlug. Er kletterte auf das Dach hinauf, um eine lose Pfanne zu befestigen, er sammelte Holz, er half, das Unkraut im Gemüsebeet zu jäten, und befestigte eine Kletterrose am Gitter vor der Haustür. Zwar erbleichte er, als Honour eines Tages einige Kaninchen tötete, aber er blieb dennoch, um ihr beim Häuten der Tiere zu helfen.

Doch es war weniger das, was er tat oder sagte, was Honours Zuneigung weckte. Sie mochte ihn einfach, so wie er war. Er war niemals auch nur im Entferntesten herablassend – er interessierte sich ehrlich dafür, womit sie ihren Lebensunterhalt verdiente, und er sprach offen seine Bewunderung für ihren Einfallsreichtum aus. Honour gefielen seine intelligenten Fragen, seine muskulösen Glieder und die Tatsache, dass er nicht im Mindesten zimperlich war.

»Er ist ein prächtiger Junge«, bemerkte sie eines Tages zu später Stunde, als Adele und sie ihren allabendlichen Kakao tranken. »Ich hätte nie geglaubt, dass Emily Whitehouse etwas anderes hervorbringen könnte als eine Brut memmenhafter Snobs.«

»Nach allem, was Michael mir erzählt hat, ist seine Mutter ein wenig nervös«, erzählte Adele ihrer Großmutter und hoffte, damit nicht Michaels Vertrauen zu missbrauchen.

»Das war ihre Mutter ebenfalls«, brummte Honour mit einem boshaften Lächeln. »Ich habe einmal zu ihr gesagt: ›Du musst für dich einstehen, Frau, erlaube Cecil nicht, dass er dich als Türabtreter benutzt.‹ Daraufhin hat sie leise gewimmert und gejammert: ›Der Mann soll der Herr des Hauses sein, das ist nun mal so.‹«

Adele war erstaunt. »Ich wusste gar nicht, dass du sie so gut gekannt hast!«, rief sie.

»Wir waren Freundinnen.« Honour schürzte die Lippen, wie sie es immer tat, wenn sie zu einem Thema kamen, über das sie sich nicht näher auslassen wollte. »Sie war natürlich erheblich älter als ich, aber wir waren trotzdem Freundinnen. Doch irgendwie hat sich das dann geändert, als ich zu Beginn des Krieges angefangen habe, für sie zu putzen. Ich musste es tun, ich brauchte das Geld. Außerdem habe ich einige Male ausgeholfen, wenn Emily mit ihren Kindern nach Hause gelaufen kam, weil ihr Mann sie nicht gut behandelte.«

»Warum hast du Michael das alles nicht erzählt?«, fragte Adele.

Ihre Großmutter schwieg für eine Weile. Doch schließlich sah sie Adele an und lächelte schwach. »Ich gebe nicht gern zu, dass ich für irgendjemanden putzen musste, erst recht nicht für eine Freundin«, antwortete sie. »Aber vor allem halte ich es nicht für eine gute Idee, ihm zu erzählen, dass ich irgendeine Verbindung zu seinen Großeltern oder zu seiner Mutter hatte.«

»Warum nicht? Er wäre fasziniert!«

»Ja, das wäre er sicher, diese Art Junge ist er eben. Und er ist ebenfalls freimütig genug, um aufgeregt nach Hause zu laufen und es seinen Eltern zu berichten. Das will ich nicht. Wenn ich mich recht erinnere, waren beide furchtbare Snobs. Ich nehme an, es würde ihnen missfallen, dass Michael sich mit dir angefreundet hat.«

Zu diesem Schluss war Adele bereits selbst gekommen. Die Menschen, die draußen in der Marsch lebten, pflegten nun mal keinen gesellschaftlichen Verkehr mit den Leuten in den großen Häusern in Winchelsea.

»Aber du missbilligst unsere Freundschaft nicht, oder?«, wollte sie wissen.

»Natürlich nicht«, antwortete ihre Großmutter nachdrücklich. »Ich stamme aus einem ebenso guten Stall wie die Baileys, und ich freue mich darüber, dass du einen so netten Freund hast. Aber, mein Liebes, du darfst eines nicht vergessen: Er wird nach Hampshire zurückkehren, und ich kann mir nicht vorstellen, dass seine Eltern allzu häufig herkommen werden, um den armen alten Cecil zu besuchen. Du wirst Michael vielleicht nie wiedersehen.«

Als Adele später am Abend im Bett lag und auf den Wind lauschte, der über die Marschen heulte, dachte sie über die Worte ihrer Großmutter nach. Sie war sehr traurig, weil sie wusste, dass es die Wahrheit war. Es machte so viel Spaß, mit Michael zusammen zu sein, sie lachten über dieselben Dinge, sie konnten über alles reden, und sie wünschte, er würde für immer hierbleiben können.

Aber sie musste realistisch sein. Er hätte sich wahrscheinlich nicht mit ihr angefreundet, hätte er irgendeine Alternative gehabt. Sobald er wieder in der Schule war, würde er sie schnell vergessen. Sie würde ihn vermissen, doch sie würde nicht den Kopf verlieren wie die weinerlichen Mädchen in den Liebesgeschichten.

Während der letzten Woche, die Michael in Winchelsea verbrachte, wurde das Wetter ausgesprochen warm, und sie unternahmen viele wunderbare Dinge zusammen. Sie paddelten ins Meer hinaus und kreischten vor Lachen, weil das Wasser so kalt war. Sie bauten eine Brücke aus Zweigen über einen der Bäche auf dem Weg zum Hafen von Rye und veranstalteten einen Wettbewerb, um festzustellen, wer sie als Erster zum Einsturz bringen würde. Adele hatte noch nie zuvor einen so riesigen Lutscher gegessen, da sie normalerweise kein Geld für dergleichen hatte. Doch Michael hatte die Süßigkeiten gekauft und erklärt, dass sie die Farbe wechselten, während man daran lutschte. Adele musste lachen, als er sie immer wieder dazu brachte, den Mund zu öffnen, um zu ermitteln, welche Farbe ihr Lutscher angenommen hatte.

Sie veranstalteten sogar Wettrennen über die gekiesten Ufer. Adele brachte Michael bei, wie man die steilen Hänge hinunterrutschte. Sie zeigte ihm die Millionen kleiner Aale in einem der Flüsse, und er brachte ihr bei, auf Französisch zu zählen. Wenn sie zusammen waren, schien ihnen einfach alles Spaß zu machen. Es genügte, wenn sie einander nur ansahen, und sie brachen über nichts und wieder nichts in Gelächter aus.

Am Morgen des Tages, an dem Michael wieder nach Hause fahren musste, erschien er in Curlew Cottage, gerade als Honour und Adele mit dem Frühstück fertig waren.

»Ich möchte nicht stören, Mrs. Harris«, begann er sehr höflich. »Aber dies hier ist ein Dankeschön für Ihre Freundlichkeit.« Er reichte Honour eine ausnehmend hübsche Blechdose voller Tee.

»Wie aufmerksam von dir, Michael!«, meinte sie strahlend, während sie die Dose bewunderte.

»Ich habe dir ein Buch mitgebracht«, sagte er an Adele gewandt und reichte ihr ein Päckchen. »Ich hoffe, du hast es nicht schon gelesen.«

Adele öffnete es. Es war *Lorna Doone – Das Mädchen aus dem Tal der Räuber*. »Nein, ich kenne es noch nicht«, antwortete sie begeistert. »Danke, Michael. Ich werde heute noch anfangen, es zu lesen.«

»Kannst du noch auf eine Tasse Tee bleiben?«, fragte Granny.

Michael schüttelte den Kopf. »Leider nicht, meine Eltern warten nur auf mich, um aufzubrechen.«

»Dann begleite ihn bis zum Fahrweg«, schlug Honour vor und versetzte Adele einen kleinen Stoß. »Auf Wiedersehen, Michael. Ich hoffe sehr, dich eines Tages wiederzusehen.«

Michael hatte sein Fahrrad draußen am Ende des Fahrwegs abgestellt. Jetzt griff er nach dem Lenker und drehte sich zu Adele um.

»Ich werde dich vermissen«, murmelte er düster. »Wirst du mir antworten, wenn ich dir schreibe?«

»Natürlich«, stimmte Adele zu. »Und erzähl mir unbedingt alles, was es bei dir an Neuigkeiten gibt. Aber jetzt solltest du besser fahren. Nicht dass deine Eltern am Ende noch wütend werden.«

Sie sah ihm nach, als er davonfuhr und die Räder seines Fahrrads über den unebenen Weg holperten. Am Ende des Weges stand er im Sattel auf und beschleunigte sein Tempo, bevor er auf die Straße nach Winchelsea einbog und ihr noch ein Mal zuwinkte, ohne sich umzudrehen.

Adele hielt noch immer das Buch in Händen, das er ihr geschenkt hatte. Sie schlug es auf und entdeckte die Widmung, die er hineingeschrieben hatte.

Für Adele, eine Geschichte über einen Jungen, der im Moor ein Mädchen kennenlernt und es nicht vergessen kann. Ich werde dich auch nie vergessen.
Mit den besten Wünschen, Michael Bailey. Ostern 1933

10

1935

»Ich glaube nicht, dass ich jemals eine richtige Arbeit finden werde«, seufzte Adele müde, nachdem sie sich neben den Stuhl ihrer Großmutter ins Gras hatte sinken lassen.

Es war fast Ende August, und seit ihrem Abgang von der Schule waren zwei Jahre verstrichen, aber sie hatte noch immer keine dauerhafte Anstellung gefunden. Es war ihr gelungen, vorübergehend Arbeit zu bekommen, einige Wochen hier und da in der Wäscherei, wenn es wegen der Urlauber in der Stadt viel zu tun gab; außerdem hatte sie gelegentlich auf einem Bauernhof in Peasmarsh hinter Rye beim Heumachen geholfen. Sie hatte Erdbeeren und Himbeeren gepflückt, Kartoffeln ausgegraben, im Fischladen in der Stadt geputzt, wenn das Geschäft für den Tag geschlossen wurde, und dutzende anderer kleiner Arbeiten erledigt. Darüber hinaus hatte sie so ziemlich an jedes Geschäft und jede Firma in Hastings geschrieben und war wieder und wieder mit dem Bus dorthingefahren, aber niemand wollte sie auf Dauer einstellen, ganz gleich, in welchem Bereich.

»Sie sagen alle, sie wollen jemanden mit Erfahrung haben«, beklagte Adele sich. »Aber wie soll ich Erfahrung gewinnen, wenn niemand mir die Chance gibt zu zeigen, was ich kann?«

»Die Zeiten sind hart«, sagte ihre Großmutter und tätschelte ihr den Kopf.

Adele wusste nur allzu gut, dass es Millionen von Arbeitslosen gab und dass sich manche Männer sogar das Leben nahmen, weil sie ihre Familien nicht ernähren konnten. Es verging kaum eine Woche, ohne dass ein hungriger Mann, der auf der Suche nach Arbeit war, an ihre Tür klopfte und fragte, ob sie ein wenig Essen erübrigen könnten. Honour gab diesen Männern stets eine Schale Suppe und etwas Brot – sie trennte sich sogar von Franks letzten Kleidungsstücken. Diese Männer kamen im Allgemeinen aus den Midlands oder aus Nordengland, obwohl auch in Rye und Hastings furchtbare Armut herrschte.

An einem heißen, sonnigen Tag fiel es nicht so sehr auf, aber im Winter hatte Adele auf der Hauptstraße zerlumpte, barfüßige Kinder betteln sehen. Mit jeder Woche standen jetzt mehr Männer verloren am Kai herum und hofften auf ein oder zwei Tage Arbeit. Einige Familien hatten all ihre Möbel verkauft, und alte Menschen starben im Winter, weil sie keine Kohle für ihren Ofen hatten.

»Vielleicht werde ich nach London gehen müssen«, fuhr Adele düster fort. »Ich habe in der Stadt Margaret Foster getroffen. Sie hat einen Brief von Mavis Plant bekommen, Mavis ist es gelungen, in einem Büro dort Arbeit zu finden.«

»Du bist zu jung, um nach London zu gehen«, erklärte ihre Großmutter mit Nachdruck. »Ich möchte nicht, dass du in möblierten Zimmern wohnst, wo du der Barmherzigkeit skrupelloser Menschen ausgeliefert bist. Und du wirst schon sehen, auch hier wird sich etwas finden lassen.«

»In den Zeitungen steht immer wieder, dass es für jeden Arbeit gäbe, der Arbeit will, aber das ist Unsinn«, versetzte Adele wütend. Ihr war heiß, sie war müde, und ihr taten die Füße weh. Außerdem hatte es die Sache nicht besser gemacht, dass Margaret Foster lautstark mit ihrer Arbeit im Kolonialwarenladen geprahlt hatte. Sie hatte mit einem neuen rosafarbenen Crêpe-de-Chine-Kleid angegeben und verkündet, an diesem Abend mit einem anderen Mädchen aus dem Laden ins Kino zu gehen. Adele war während des letzten Jahres nur zwei Mal im Kino gewesen.

Was sie wirklich wütend machte, war ihre Überzeugung, dass sie nur deshalb immer wieder abgewiesen wurde, weil sie in der Marsch lebte. Ihre Vorstellungsgespräche verliefen recht gut, bis man sie nach ihrem Wohnort fragte. Sie war intelligent, recht attraktiv, konnte sich gut ausdrücken und war wohlerzogen. Warum glaubten die Leute, sie müsse irgendeinen schrecklichen Fehler haben, nur weil sie dort lebte, wo sie lebte?

»Selbst wenn du noch ein Jahr ohne Arbeit bleibst, werden wir ohne Probleme zurechtkommen«, meinte ihre Großmutter gelassen. »Mit deiner Hilfe produziere ich doppelt so viel wie vor drei Jahren und erziele bessere Preise.«

»Ich kann es nicht ertragen, dich so hart arbeiten zu sehen«, platzte Adele heraus. Seit sie von der Schule abgegangen war, hatte sie ihre Großmutter noch genauer beobachtet und bemerkt, dass sie sich tagsüber kaum je ein Mal hinsetzte. Sie arbeitete pausenlos, kümmerte sich um die Hühner und die Kaninchen und stellte Marmelade oder Wein her. »Ich sollte dafür sorgen, dass die Dinge jetzt einfacher für dich werden, statt dich dazu zu bringen, noch härter zu arbeiten.«

»Wenn ich jetzt härter arbeite als früher, dann deshalb, weil ich es so will«, sagte Honour energisch. »Mir gefällt meine Arbeit, ich bin keine Märtyrerin. Und jetzt geh, und wasch dir Gesicht und Hände, dann hol dir etwas zu trinken, und setz dich für eine halbe Stunde in den Schatten. Morgen ist schließlich auch noch ein Tag, und wer weiß, was sich ergibt?«

»Gar nichts wird sich ergeben«, murmelte Adele, während sie sich in der Spülküche die Hände wusch. Das Wasser versiegte plötzlich, und das war der Tropfen, der das Fass zum Überlaufen brachte. Sie holten sich Trinkwasser von einer Pumpe im Garten, aber Regenwasser lief in einen Tank neben dem Cottage, und dieser versorgte den Hahn in der Spülküche mit Wasser. Es hatte seit einigen Wochen nicht mehr geregnet, und der Tank war offensichtlich leer.

Alles in diesem Cottage war mit so harter Arbeit verbunden! Der Herd musste mit gesammeltem Holz befeuert werden. Ein Bad bedeutete, dass etliche Eimer Wasser erhitzt und der Blechzuber aufgefüllt werden musste, den es anschließend natürlich wieder zu leeren galt. Die Toilette hatte keine Spülung, es musste ab und zu Kalk hineingeschüttet werden, und immer stank sie. Es gab keine Elektrizität, nur Kerzen und Öllampen. Sie besaßen nicht einmal einen Radioapparat.

Seit sie die Schule verlassen hatte, war Adele sich viel deutlicher bewusst geworden, wie manche andere Menschen lebten. Sie war nicht direkt eifersüchtig, weil so viele von ihnen Gas und Strom hatten, Radioapparate, Grammofone, Kochzuber für die Wäsche und sogar elektrische Bügeleisen. Sie fand es lediglich ein wenig ungerecht, dass einige Menschen so viel hatten und andere so wenig. Sie hatte zu den Besten ihrer Schulklasse gehört, und doch konnte sie keine Arbeit finden, während Margaret Foster, die das Dummchen der

Klasse gewesen war, jetzt im Kolonialwarenladen arbeitete. Die meisten Frauen im Alter ihrer Großmutter hatten Zeit, um mit einem Buch in einem Sessel zu sitzen. Doch Honour musste ihre magere Witwenpension aufstocken, indem sie Kaninchen häutete. Und diese Kaninchenfelle wurden zu Mänteln für Frauen verarbeitet, die den ganzen Tag über keinen Finger krummmachten.

Adele griff sich einen großen, emaillierten Krug, ging in den Garten hinaus zur Pumpe und pumpte voller Wut, bis sie den Krug gefüllt hatte. Dann füllte sie auch noch einen Eimer. Als sie das Wasser ins Haus trug, fragte sie sich, wie um alles in der Welt Granny zurechtgekommen wäre, wenn sie eine wirklich alte Dame gewesen wäre. Wenn sie nicht mehr kräftig genug gewesen wäre, Wasser zu pumpen oder Holz zu sammeln.

»Ich werde für sie sorgen«, sagte sie bei sich. Aber bei diesem Gedanken begann sie zu weinen. Wie konnte sie für jemanden anderen sorgen, wenn sie nicht einmal eine Arbeit fand?

Honour kam herein und ertappte sie beim Weinen. »Weshalb flennst du?«, fragte sie in ihrer gewohnt schroffen Art und Weise.

»Weil alles so verdammt hart ist«, stieß Adele hervor.

»Wag es nicht, in meinem Haus zu fluchen«, gab ihre Großmutter zurück, »oder ich werde dir den Mund mit Seife auswaschen. Und hör auf, dir selber leidzutun, es gibt Millionen Menschen, die weit schlimmer dran sind als du.«

Adele rannte in ihr Zimmer und schlug die Tür zu, dann warf sie sich auf ihr Bett und weinte noch heftiger. Für eine Weile blieb sie dort, obwohl sie wusste, dass Honour den Tee aufgoss, und als sie sie nicht dazu rief, weinte sie noch heftiger, weil es Granny offenkundig nicht interessierte, ob sie außer sich war oder Hunger hatte.

Sie wusste, dass sie unvernünftig war und sich in Selbstmitleid suhlte, und der Grund dafür war weder der Mangel an modernen Annehmlichkeiten hier noch die Schwierigkeiten, eine Arbeit zu finden. Sie liebte ihr Zuhause, und im Grunde machte es ihr nichts aus, dass sie kein Geld hatte, um ins Kino zu gehen. Selbst ihre Sorge, Granny könne zu hart arbeiten, war im Grunde töricht, da sie nur deshalb mehr produzierte als früher, weil sie jetzt Adeles Hilfe hatte.

Vielleicht war sie wegen Michael so schlechter Laune?

Sie hatte im Grunde nicht erwartet, ihn nach jenen Osterferien vor zwei Jahren wiederzusehen, aber er hatte die Verbindung zu ihr mit Briefen aufrechterhalten, und im Juli desselben Jahres war er abermals zu seinem Großvater nach Winchelsea gekommen.

Sie hatten drei wunderbare Wochen verlebt, in denen sie einander täglich gesehen hatten. Sie gingen schwimmen und unternahmen Fahrradausflüge und lange Spaziergänge. Ein Mal waren sie mit dem Bus nach Hastings gefahren, und Adele aß zum ersten Mal, seit sie London verlassen hatte, wieder Fish and Chips, die sie so sehr vermisst hatte. Michael gewann am Schießstand einen Plüschhund für sie, sie schwelgten in Zuckerwatte und Eiscreme, und an einem Stand am Pier aßen sie Strandschnecken. Das war der schönste Tag in ihrem ganzen Leben gewesen, und Adele wusste, dass Michael genauso dachte.

Aber er musste nach Hampshire zurückkehren, und sie wollte sich eine Arbeit suchen, und obwohl Michael ihr weiter schrieb, wusste er nicht, wie er einen weiteren Besuch in Winchelsea einfädeln sollte, da sein Großvater nicht allzu versessen auf Gäste war.

Während der Weihnachtsferien kam er noch einmal für kurze Zeit zurück. Er und Ralph, sein älterer Bruder, hatten den Auftrag bekommen, nach ihrem Großvater zu sehen. Michael besuchte sie in Curlew Cottage und brachte sogar Geschenke mit: einen blauen Schal und passende Handschuhe für Adele und eine Schachtel mit teuren Pralinen für Granny, aber er konnte nicht lange bleiben, weil sein Bruder ihn im Haus ihres Großvaters erwartete.

Im folgenden Februar starb Mr. Whitehouse dann. Wie es hieß, war seine Haushälterin von ihrem freien Nachmittag zurückgekehrt und hatte ihn tot in seinem Sessel aufgefunden. Er hatte einen Herzinfarkt erlitten.

Adele hatte ein sehr schlechtes Gewissen, weil sie sich beinahe darüber freute, da das bedeutete, dass Michael wieder herkommen würde.

Er kam dann auch tatsächlich zur Beerdigung, aber das Begräbnis wurde von Hampshire aus organisiert, und seine Familie kam nur zum Gottesdienst nach Winchelsea und kehrte am selben Tag wieder zurück.

Anschließend schrieb er ihr und erklärte, warum er sie nicht hatte besuchen können. Außerdem schrieb er:

Ich glaube aber, dass ich später im Jahr zurückkommen werde, um beim Ausräumen des Hauses zu helfen. Ach, Adele, ich muss ständig an dich denken und wünschte, wir lebten nicht so weit voneinander entfernt, sodass ich dich häufiger sehen könnte.

Seine Briefe kamen durch die ganze Osterzeit hinweg und auch zu Adeles Geburtstag im Juli, zu dem er ihr eine hübsche Topaskette schenkte. Er schrieb, die Kette erinnere ihn an das Gold in ihrem Haar im vergangenen Sommer, und zum ersten Mal begann Adele, in ihm mehr zu sehen als nur einen Freund.

Während der ganzen Sommerferien hielt Adele praktisch den Atem an und hoffte gegen alle Vernunft, dass er herkommen könnte und sie noch einmal all die wunderbaren Dinge würden erleben können, die sie im vergangenen Jahr miteinander geteilt hatten. Ende August erschien er dann tatsächlich zusammen mit seinen Eltern, und während sie die Dinge im Haus seines Großvaters ordneten, gelang es ihm ab und an, sich fortzustehlen, um Adele zu sehen.

Irgendetwas zwischen ihnen hatte sich kaum merklich verändert. Diese Veränderung lag nicht nur darin, dass er deutlich gewachsen und dass seine Stimme tiefer war, es war mehr als das. Sie freuten sich so sehr, einander zu sehen, sie wollten all die Dinge wiederholen, die sie zuvor miteinander unternommen hatten, aber gleichzeitig war da eine eigenartige Scheu zwischen ihnen, die zu Verlegenheit und langen Phasen des Schweigens führte. Adele ertappte ihn dabei, dass er sie zu eindringlich betrachtete, und wenn sie dann nach dem Grund fragte, errötete er und bestritt, sie angestarrt zu haben. Ihr selbst war plötzlich seine Männlichkeit sehr bewusst, wenn er nah bei ihr saß, und sie bemerkte seine langen Wimpern und die Wölbung seiner Lippen. Wenn er sich bis auf die Badehose auszog, um schwimmen zu gehen, stellte sie fest, dass seine Brust und die Oberarme die knabenhafte Magerkeit des vergangenen Jahres verloren hatten; jetzt wirkten seine Glieder muskulös und männlich.

Außerdem hatten sie auch nicht die endlose gemeinsame Zeit wie im vergangenen Jahr. Michael musste zu bestimmten Zeiten wieder in Winchelsea sein. Trotzdem gelang es ihnen an einem heißen Tag, am Strand zu picknicken und nach Camber Castle zu gehen, und an seinem letzten Tag unternahmen sie einen Ausflug nach Rye, wo er sie in die Teestube an der Kirche einlud und sie heiße gebutterte Hörnchen und Kuchen aßen.

Adele schlenderte beinahe genauso gern durch Rye, wie sie sich in der Marsch aufhielt. Alles in der Stadt war so alt und hübsch, die schmalen Gassen, die steilen, gepflasterten Straßen und die vielen schönen alten Häuser. Michael gefiel besonders der Gun Garden am Ypres Tower, eine alte Geschützstellung. Er fotografierte Adele, wie sie auf einer der Kanonen saß, und witzelte, sie sehe aus wie ein Pin-up-Girl.

Als sie an diesem Tag nach Hause zurückgingen, hielt er zum ersten Mal ihre Hand, und allein das Gefühl seiner Haut auf ihrer genügte, um ein Schwindel erregendes, unglaubliches Glück in ihr aufsteigen zu lassen.

Als sie an die Stelle kamen, an der die Straße zum Curlew Cottage abzweigte, erklärte er, sich dort von ihr verabschieden zu müssen. Dann küsste er sie.

Der Kuss war nicht wie die Küsse in den Kinofilmen, bei denen die Heldin am Ende des Films in den Armen des Helden schmolz. Michael machte praktisch einen kleinen Satz in ihre Richtung, dann strichen seine Lippen über ihre, wenn auch nur für einen flüchtigen Augenblick.

»Ich wünschte, die Dinge könnten anders sein«, sagte er.

Er wirkte plötzlich verlegen und ängstlich. »Aber vielleicht wird es ja besser, wenn ich nach Oxford gehe. So lange wirst du doch auf mich warten, nicht wahr?«

In diesem Moment glaubte Adele, er wolle damit lediglich seine Hoffnung ausdrücken, dass sie bis dahin keinen anderen Freund finden würde. »Selbstverständlich werde ich auf dich warten«, antwortete sie deshalb.

Erst nachdem sie sich verabschiedet hatten, wurde ihr plötzlich bewusst, dass er viel mehr zu sagen versucht hatte als das. Aber das hätte er nicht tun können, ohne ihre Gefühle zu verletzen.

Solange sie lediglich Freunde gewesen waren, war die Tatsache, dass sie aus den Marschen kam und schäbige Kleider trug, kaum ins Gewicht gefallen. Aber nun, da er mehr als eine gute Freundin in ihr sah, wusste er, dass sie Schwierigkeiten bekommen würden, nicht nur mit seinen Eltern, sondern mit so ziemlich jedem, den er kannte. Vermutlich, so dachte sie, hoffte er, dass sie sich bis zu seinem Wechsel nach Oxford in die Art Mädchen verwandeln würde, die seine Familie und seine Freunde akzeptieren würden. Vielleicht hoffte er sogar, dass sie nach Oxford kam, um dort zu arbeiten, sodass auch die geografischen Probleme gelöst wären.

An diesem Abend unterzog sich Adele einer unerbittlichen Musterung in ihrem Spiegel, und sie konnte deutlich sehen, was Michaels Kreise nicht billigen würden. Da sie ständig dem Wind und der Sonne ausgesetzt war, hatte sie einen beinahe zigeunerhaften Teint. Ihre Hände waren rissig, sie kaute an den Fingernägeln, und ihr Haar war widerspenstig und von der Sonne mit blonden Strähnchen durchzogen, während die Mädchen in der Stadt Hüte trugen und sich Dauerwellen legen ließen. Selbst ihre braun-grünen Augen schienen darauf hinzudeuten, dass sie ein wildes, ungezähmtes Geschöpf war. Ihr Blick war zu kühn, und sie errötete und kicherte nur selten, wie ihre Freundinnen in der Schule gekichert hatten.

Sie fragte sich, ob ein Besuch bei einem Frisör und der Kauf neuer Kleider sie in eine jener eleganten Frauen verwandeln würde, die sie in den Filmen sah. Irgendwie bezweifelte sie es. Selbst wenn sie durch ein Wunder das Geld dazu bekommen sollte, würde das nichts an ihrem Gang und ihren Augen ändern, nichts an ihrem Wesen. Das Leben in einer wilden Umgebung hatte sie zu dem gemacht, was sie war; sie hatte Muskeln von der harten Arbeit, von den Streifzügen durch die Felder und vom Holzhacken. Nichts konnte sie in eine zierliche Gewächshausblume verwandeln.

Etwa zwei Monate lang bekam sie keinen Brief mehr von Michael, und bis dahin war sie zu dem Schluss gekommen, dass er sich eines Besseren besonnen und aufgehört hatte, sich Tagträumen hinzugeben, die sich um ein so unpassendes Mädchen rankten. Diese Überlegung schien ihre Bestätigung zu finden, als er schließlich doch wieder schrieb. *Ich lerne gerade das Autofahren. Mein Vater wird mir einen Wagen kaufen, wenn ich bei meinen Prüfungen gut abschneide*, berichtete er. Der Brief klang seltsam steif, beinahe so, als schriebe er an eine Tante, nicht an ein Mädchen, das er geküsst und das er gebeten hatte, auf ihn zu warten.

Dann kamen keine weiteren Briefe mehr, nur eine Weihnachtskarte an sie und ihre Großmutter, daher war Adele sehr erstaunt, als Michael im Mai wieder auftauchte und, bekleidet mit einem sehr eleganten dunklen Anzug, in einem blauen Sportwagen vorfuhr. Er sagte, er habe nach Rye kommen müssen, um einige Dokumente von den Rechtsanwälten seines Großvaters abzuholen. Doch er wollte noch am selben Abend zurückfahren.

Bei einer Tasse Tee erzählte er, dass er im Oktober nach Oxford fahren werde, und sprach sein Mitgefühl für Adele aus, die noch immer keine dauerhafte Anstellung gefunden hatte. Er vergaß auch nicht, Honour nach ihrem Wein und ihren Konserven zu fragen, aber er wirkte sehr förmlich und erwachsen.

»Mrs. Harris, möchten Sie mit Adele und mir in meinem Wagen nach Hastings fahren?«, fragte er später.

Honour erklärte, sie habe zu viel zu tun, aber sie drängte Adele, sein Angebot anzunehmen.

Erst als sie in Hastings waren und die Promenade entlangschlenderten, schien er wieder der alte Michael zu sein und platzte plötzlich damit heraus, dass die Dinge bei ihm zu Hause ziemlich unerträglich geworden seien.

»Der ganze Streit geht um Harrington House«, sagte er, womit er das Haus in Winchelsea meinte. »Vater will es verkaufen, aber anscheinend hat Großvater eine Art Treuhandfonds für Mutter eingerichtet, und Vater kann nichts tun ohne ihre Erlaubnis. Mutter ist damit aber nicht einverstanden, und die beiden streiten jetzt pausenlos. Wann immer ich von der Schule nach Hause komme, ziehen sie mich in die Angelegenheit mit hinein. Es ist schrecklich. Ich denke, ich werde in den Sommerferien durch Europa reisen; ich finde den Gedanken völlig unerträglich, den ganzen Sommer in einer Art Kriegszustand zu leben.«

Später fuhren sie nach Fairlight Glen, um dort spazieren zu gehen. »Glaubst du, ich tue das Richtige?«, wollte Michael irgendwann von Adele wissen.

»Vielleicht solltest du den Wagen deinem Vater zurückgeben und dir für den Sommer weit weg von Zu Hause eine Arbeit suchen«, entgegnete sie ein wenig scharf. »Auf diese Weise wärst du unabhängig. Solange du Geld von deinen Eltern nimmst, werden sie von dir erwarten, dass du nach ihrer Pfeife tanzt.«

Da lachte er und zerzauste ihr das Haar. »Solch ein weises kleines Mädchen!«, sagte er mit mehr Zärtlichkeit als Spott. »Noch keine sechzehn, und schon erklärst du mir, ich solle kein Parasit sein.«

»So war das nicht gemeint«, antwortete sie hitzig. »Ich habe gut reden, ich liege Granny auf der Tasche! Ich denke nur, dass eine bezahlte Arbeit ein viel besserer Vorwand für dich wäre, um dich von ihnen zu distanzieren. Wenn du auf Reisen gehst, sieht das so aus, als liefest du weg.«

»Ja, da hast du wahrscheinlich recht«, stimmte er nachdenklich zu.

Er sprach nicht weiter über seine Probleme, und kurz darauf herrschte zwischen ihnen wieder die alte Unbefangenheit, wie sie sie bei ihrer ersten Begegnung miteinander geteilt hatten. Als er sie nach Hause brachte, kam er mit herein, um Granny Auf Wiedersehen zu sagen, und verabschiedete sich später mit dem Versprechen, mit Adele in Verbindung zu bleiben.

Adele nahm den Brief zur Hand, den er ihr wenige Tage nach diesem Besuch geschickt hatte.

Liebe Adele,

ich möchte mich nur dafür bedanken, dass du dir meine Sorgen angehört hast. Du bist die beste Zuhörerin, die ich kenne, aber vielleicht liegt das daran, wie du mit deiner Großmutter lebst, im Einklang mit der Natur und den Jahreszeiten. Ich beneide dich um dieses Leben, denn ich bin umringt von voreingenommenen Menschen mit unangenehm lauten Stimmen, Menschen, für die nichts anderes zählt als materielle Dinge. Ich sehne mich nach der Stille und der Heiterkeit der Marschen. Mir werden die guten Zeiten, die wir geteilt haben, immer kostbar sein, und selbst wenn ich deinen Rat nicht annehme und trotzdem durch Europa reise, wird ein Teil von mir immer dort bei dir sein.

Du hast mir nie deine Geheimnisse anvertraut, und ich weiß, dass du Geheimnisse haben musst, denn wie sonst wäre es möglich, dass du so viel Verständnis für andere entwickeln konntest? Vielleicht sind deine Geheimnisse zu schmerzlich, um sie zu offenbaren? Wenn das der Fall ist, musst du das Gefühl haben, dass ich mit meinem ständigen Klagen über das Leben in meinem Elternhaus ein arger Schwächling bin.

Ich hoffe, dass du bald eine Arbeit finden wirst; ich werde an dich denken, was immer ich in diesem Sommer tue.

Mit meinen allerbesten Wünschen
Michael

Adele fiel das Atmen immer ein wenig schwer, wenn sie diesen Brief las, und heute war es umso schlimmer, weil sie sich einsam fühlte. Sie hatte ihr Bestes getan, um sich ihre romantischen Ideen, was Michael betraf, aus dem Kopf zu schlagen. Sie wusste recht gut, dass niemals mehr daraus werden konnte. Aber das hinderte sie nicht daran, sich etwas anderes zu wünschen.

Er hatte ihren Rat nicht angenommen, geradeso wie sie es vorhergesehen hatte. Drei Postkarten mit denkbar kurzen Nachrichten waren aus Paris, Rom und zu guter Letzt aus Nizza gekommen. Nachdem er all diese Orte gesehen hatte, würde er wohl niemals wieder den Wunsch verspüren, in die Romney-Marschen zurückzukehren, fürchtete Adele.

Harrington House wirkte verlassen und trostlos. Adele fuhr ab und zu mit dem Fahrrad hinüber, um festzustellen, ob es irgendwelche neuen Entwicklungen gab. Es war ein beeindruckendes Haus aus rotem Backstein, über zweihundert Jahre alt, aber die Fenster waren staubig, und die Veranda, die direkt bis an den Gehsteig heranreichte, war voller Unrat, den der Wind hinaufgeweht hatte. Es sah ganz so aus, als wäre seit Michaels letztem Besuch dort niemand mehr in dem Haus gewesen.

Es hat keinen Sinn, an ihn zu denken, ging es ihr traurig durch den Sinn. Wenn du nicht einmal eine Arbeit finden kannst, welche Hoffnung hast du dann, ihn dir als Freund zu bewahren?

Als Adele am nächsten Morgen aufstand, entdeckte sie einen Blutfleck auf ihrem Nachthemd. Sie wusste sofort, was das bedeutete, da Granny ihr einige Jahre zuvor erklärt hatte, was die Menstruation war. All ihre Freundinnen hatten schon seit Jahren ihre Menstruation, und Adele hatte sich im Stillen gefragt, ob sie unter irgendeinem schlimmen körperlichen Defekt litte, daher war sie froh über die Feststellung, doch normal zu sein.

»Nun, das erklärt dein Benehmen gestern Abend«, meinte Granny trocken, als Adele sie davon informierte. »Als ich noch eine junge Frau war, war ich in diesen Tagen immer sehr niedergeschlagen. Das ist ein Zeichen für die wechselnden Gefühle, die mit dem Frausein einhergehen. Du hast in der Vergangenheit eine bittere Lektion darüber gelernt, wie Männer sein können, daher brauche ich dich gewiss nicht zu warnen, in Zukunft auf der Hut zu sein.«

Adele lief vor Verlegenheit dunkelrot an und stürzte ins Freie, um die Kaninchen aus ihren Ställen zu lassen.

Dies war einfach Grannys unverblümte Art, sie darauf hinzuweisen, dass sie jetzt in körperlicher Hinsicht in der Lage sei, ein Kind zu bekommen, das wusste Adele, aber es schockierte sie, dass ihre Großmutter die Ereignisse in The Firs als Warnung benutzt hatte. Während all dieser Zeit hatte sie nicht ein einziges Mal davon gesprochen, nicht einmal in Andeutungen.

Adele hatte sich größte Mühe gegeben, alles zu vergessen, aber von Zeit zu Zeit sprangen die Erinnerungen sie unerwartet an. Vielleicht war das der Grund, warum sie erst so spät ihre Periode bekommen hatte. Sie fühlte sich in Gegenwart von Männern immer noch unbehaglich, vor allem wenn sie sie zu genau musterten. Michael war die einzige Ausnahme, er gab ihr niemals das Gefühl, auf der Hut sein zu müssen oder bedroht zu werden. Wenn er sie jemals wieder küssen würde, das wusste sie, würde sie seinen Kuss willkommen heißen. Aber sie konnte sich nicht vorstellen, sich jemals Dinge zu wünschen, die darüber hinausgingen. Sie hätte zu große Angst, die erschreckenden Erinnerungen an Mr. Makepeace wachzurufen.

Sobald sie alle Kaninchen aus ihren Ställen gelassen und einige Büschel Löwenzahnblätter für ihr Frühstück gesammelt hatte, nahm sie Misty auf den Arm, um sie zu streicheln.

Honour ließ die Böcke nicht zu Misty hinein; sie meinte, Adele würde es zu sehr mitnehmen, wenn ihre Jungen getötet werden müssten. Adele hatte oft gedacht, dass sie ihr ganzes Leben gern so gelebt hätte wie Misty, verhätschelt, gut genährt und beschützt vor den Hässlichkeiten der Fortpflanzung. Aber dann würde sie zwangsläufig als alte Jungfer enden, ohne Kinder oder Enkelkinder.

Sie strich noch immer Misty über das Fell und sann über die Geheimnisse der Liebe, der Ehe und des Sex nach, als sie einen Wagen den Feldweg hinunterkommen hörte.

Zu ihrem Erstaunen stieg Michael aus einem großen schwarzen Wagen.

»Was für eine Überraschung«, sagte sie und errötete heftig, denn er trug einen feinen Anzug mit Krawatte, und sie hatte sich am Morgen nicht einmal das Haar gebürstet und trug das verschlissene Kleid, in dem sie stets ihre Pflichten versah. »Ich dachte, du wärst noch beschäftigt, in der Welt umherzureisen.«

Er lächelte, doch es war ein gezwungenes, sorgenvolles Lächeln. »Ich musste zurückkommen«, erwiderte er und schnitt eine Grimasse. »Oh, verflixt, ich weiß nicht, wo ich anfangen soll.«

An dieser Stelle der Unterhaltung kam Honour aus dem Haus. Sie musste Michaels Worte gehört haben, denn sie fragte, ob es seiner Mutter gut gehe.

»Nein, Mrs. Harris«, antwortete er. »Darf ich mit Ihnen reden? Oder haben Sie zu viel zu tun?«

»Ich habe sicher nicht zu viel zu tun, um mit Ihnen zu sprechen, Michael«, versicherte sie herzlich. »Kommen Sie herein.«

Überglücklich, ihn wieder bei sich zu haben, und gleichzeitig ängstlich, weil anscheinend irgendetwas passiert war, setzte Adele Misty zurück in ihren Stall, dann folgte sie ihrer Großmutter und Michael ins Haus.

»Meine Eltern haben sich getrennt«, platzte er heraus. »Mutter wird in Harrington House leben. Ich verstehe nicht, worum es eigentlich geht, und ich wäre Ihnen sehr dankbar, wenn Sie mit niemandem darüber sprechen würden.«

»Sie kennen mich inzwischen gut genug, um zu wissen, dass ich nicht im Traum an so etwas denken würde«, erwiderte Honour scharf. »Haben Sie Ihre Mutter mitgebracht, oder sind Sie nur hergekommen, um nach dem Haus zu sehen?«

»Nein, sie ist hier. Ich habe sie gestern hergebracht«, erklärte er. »Wir haben die Nacht in einem Hotel verbracht, weil es zu viel für sie war, sofort herzukommen. Sie ist in höchstem Grade außer sich.«

Einen Moment lang tat Adeles Herz einen Satz. Es war natürlich traurig, dass seine Eltern sich trennten, aber soweit sie wusste, waren sie ohnehin nicht glücklich gewesen. So wie die Dinge lagen, würde sie Michael in Zukunft vielleicht häufiger sehen, und dieser Gedanke stimmte sie froh.

»Es ist nur natürlich, dass sie erregt ist«, meinte Honour mitfühlend. »Sie ist seit vielen Jahren verheiratet. Es tut mir sehr leid, Michael, das Ganze muss Sie sehr mitnehmen, vor allem da Sie sich gerade darauf vorbereiten, nach Oxford zu gehen. Aber bis es so weit ist, wird Ihre Mutter sich gewiss an die neuen Umstände gewöhnt haben.«

»Genau das ist das eigentliche Problem«, bekannte er. »Ich muss sofort nach Alton aufbrechen, um Vaters Wagen zurückzugeben. Ich kann nicht bei ihr bleiben, und ich weiß nicht, wie sie zurechtkommen wird. Sie hat sich noch nie selbst versorgt.«

»Natürlich kann sie sich selbst versorgen, sie ist eine erwachsene Frau«, erwiderte Honour wegwerfend.

»Sie hatte das niemals nötig«, beharrte Michael. »Sie hatte immer Dienstboten, die sich um sie und das Haus gekümmert haben. Aber es ist niemand in Harrington House, weder eine Köchin noch ein Zimmermädchen, niemand. Und ich habe nicht die blasseste Ahnung, woher ich jemanden nehmen soll. Deshalb bin ich zu Ihnen gekommen. Was soll ich nur machen, Mrs. Harris? Ich kann nicht einfach wegfahren und sie allein dort lassen.«

»Das wäre vielleicht das Beste, was Sie tun könnten«, brummte Honour. »Sie wird schnell lernen, sich selbst zu versorgen.«

»Granny!«, rief Adele tadelnd. »Der arme Michael hat schon genug Sorgen, ohne dass du so streng mit ihm bist.«

Michael sah Adele dankbar an. »Ich bin halb krank vor Sorge. Wir haben einen Karton mit Essen mitgebracht, aber ich bin mir nicht einmal sicher, ob sie sich eine Mahlzeit zubereiten kann. Ich habe dir ja erzählt, wie sie sich manchmal aufführt; wenn irgendetwas sie aus der Fassung bringt, legt sie sich einfach ins Bett und bleibt dort. Unsere Haushälterin in Alton verstand sich darauf, sie dazu zu bewegen, aufzustehen und sich anzuziehen, doch wenn sie allein ist, wird sie im Bett liegen bleiben, bis sie verhungert.«

»Papperlapapp!«, rief Honour. »Menschen haben einen

sehr starken Selbsterhaltungstrieb. Sie wird vielleicht zwei Tage im Bett bleiben und sich selbst bemitleiden, aber sobald sie Hunger bekommt, wird sie schon aufstehen. Sie ist kein törichtes junges Mädchen, sie ist die Mutter von drei erwachsenen Kindern. Es wird Zeit, dass sie anfängt, sich entsprechend zu benehmen.«

»Du hast wahrscheinlich recht, Granny«, warf Adele vorsichtig ein. »Aber wenn der arme Michael erst fort ist, kann er sich dessen nicht sicher sein. Wie wäre es, wenn ich nach Harrington House ginge, um ihr zu helfen?«

»Das könnte ich nicht von dir verlangen«, antwortete Michael schnell. »Deshalb bin ich nicht hergekommen. Ich dachte nur, dass Mrs. Harris vielleicht wüsste, wie man ein Zimmermädchen oder eine Haushälterin bekommen kann.«

»Hm, sehe ich so aus, als hätte ich ein Zimmermädchen?« Honour lächelte schief. »Dergleichen Dinge habe ich schon vor Jahren hinter mir gelassen. Sie könnten eine Annonce in der Zeitung schalten. Es gibt so viele Menschen, die verzweifelt nach Arbeit suchen, dass Sie schon bald jemanden finden werden.«

»Aber das würde Zeit kosten«, entgegnete Michael verzweifelt. »Ich bin mir nicht einmal sicher, ob Mutter weiß, wie man ein Vorstellungsgespräch führt. Und in der Zwischenzeit würde sie wahrscheinlich ein heilloses Chaos anrichten. Kennen Sie irgendjemanden in Winchelsea oder Rye, der diese Arbeit vielleicht übernehmen würde?«

»Nein, Michael.« Honour schüttelte den Kopf. »Doch vielleicht könnten Sie im Laden von Winchelsea nachfragen. Oder bei den Nachbarn?«

Michael schnitt eine Grimasse. »Ich möchte mich niemandem aus dem Ort anvertrauen«, erklärte er. »Ihr wäre langfristig nicht damit gedient, wenn sich herumspräche, dass sie ein wenig ...« Er brach ab.

Honour nickte verständnisvoll. »Ja, damit haben Sie sicher recht. Ich kann nur nicht verstehen, Michael, warum Ihr Vater sie nicht hergebracht und sich selbst um diese Angelegenheit gekümmert hat. Ich weiß, es geht mich nichts an, doch es ist seine Pflicht, für sie zu sorgen. Er hat sie hinausgeworfen – oder ist sie von sich aus gegangen?«

Michael ließ den Kopf hängen und reagierte nicht. Adele und Honour sahen einander an. »Antworten Sie«, forderte Honour. »Was immer Sie erzählen, wird diesen Raum nicht verlassen.«

»Es gibt da so viele Dinge, die ich nicht verstehe«, bekannte Michael stockend. »Sie haben sich das ganze Jahr über wegen Harrington House furchtbar gestritten. Mein Großvater hat es meiner Mutter vermacht, und ich glaube, mein Vater wollte sie zwingen, es zu verkaufen. Ich war auf Reisen, als es dann zum großen Knall kam, und sie hat mir nichts erklärt.«

»Wollen Sie damit sagen, Ihr Vater hat Ihre Mutter vor die Wahl gestellt, entweder den Vertrag zu unterzeichnen oder sein Haus zu verlassen?«, fragte Honour.

»Ich denke, ja«, stimmte Michael mit Tränen in den Augen zu. »Aber Ralph und Diana, das sind meine Geschwister, scheinen ebenfalls Mutter die Schuld an allem zu geben, also steckt vielleicht mehr dahinter, als ich weiß. Ich bin vorgestern Abend aus Frankreich zurückgekehrt, gerade als Vater dem Zimmermädchen den Befehl gab, Mutters Koffer zu packen.«

»Ich verstehe«, murmelte Honour nachdenklich. »Das

klingt für mich so, als benötigte Ihre Mutter nicht nur Hilfe im Haus, sondern auch einen Rechtsanwalt.«

»Mein Vater *ist* Rechtsanwalt! Auf dem ganzen Weg hierher hat Mutter lamentiert, dass all seine Freunde unter den Anwälten sich mit ihm verbünden würden und dass niemand ihr zuhören würde.«

»Das ist dummes Gerede«, meinte Honour wegwerfend. »Der Vater Ihrer Mutter, Ihr Großvater, war ein angesehener Mann in dieser Gegend. Außerdem war er ausgesprochen intelligent, wenn er also sein Haus ausschließlich Ihrer Mutter vermacht hat, hatte er einen guten Grund dafür. Sie sollte sich an seinen Anwalt in Rye wenden. Die Tage, als ein Mann mit der Heirat automatisch einen Anspruch auf das Geld und den Besitz seiner Frau bekam, sind vorüber.«

Adele hatte das ganze Gespräch schweigend verfolgt und sowohl Michael als auch ihre Großmutter beobachtet. Sie konnte spüren, dass Grannys Sympathien der anderen Frau galten, und sie hatte den starken Wunsch, Michael seine unmittelbare Sorge um die Mutter abzunehmen.

»Ich könnte deiner Mutter helfen«, sagte sie. »Ich weiß, dass ich keine Ahnung von der Arbeit eines Zimmermädchens habe, doch ich kann kochen und putzen.«

»Das kann ich unmöglich von dir verlangen«, wiederholte Michael. Aber dennoch war ein schwacher Hoffnungsstrahl in seine Augen getreten.

»Du verlangst es nicht. Ich biete es an«, erwiderte sie. Dann sah sie ihre Großmutter an und fügte hinzu: »Du hättest doch nichts dagegen, Granny, oder?«

»Nicht, wenn es nur vorübergehend ist und du es wirklich tun willst«, meinte Honour vorsichtig.

»Das wäre dann also geregelt, ich werde nach Harrington House gehen«, erklärte Adele und lächelte Michael an. »Das heißt, wenn du glaubst, dass sie mich akzeptieren wird?«

»Dich akzeptieren?« Die Stimme ihrer Großmutter wurde lauter vor Entrüstung. »Ich möchte ihr geraten haben, dankbar für deine Hilfe zu sein! Du bist erheblich mehr wert, als dich bei irgendjemandem als Zimmermädchen zu verdingen.«

»Das ist sie ganz gewiss«, stimmte Michael zu und schenkte Adele ein warmes Lächeln. »Aber andererseits müsste sie auch nur so lange bleiben, bis ich jemanden finde, der diese Arbeit auf Dauer übernehmen will.«

»Sie wird einen Lohn bekommen müssen. Ich werde nicht zulassen, dass sie unentgeltlich als Dienstbotin arbeitet«, sagte Honour scharf.

»Granny!«, stieß Adele hervor.

»Mrs. Harris hat vollkommen recht«, pflichtete Michael ihr bei. »Ich weiß, dass wir der Haushälterin in Alton zwei Pfund die Woche zahlen, aber ihr Mann arbeitet ebenfalls für uns, und sie haben ihr eigenes Cottage auf dem Grundstück. Wenn ich dir zwei Pfund und zehn Schilling die Woche anbiete, wärst du damit einverstanden?«

Für Adele klang es nach einem echten Vermögen. Einige Familien lebten von viel weniger, das wusste sie. Aber bevor sie etwas sagen konnte, ergriff ihre Großmutter das Wort.

»Sie werden Mrs. Bailey darauf aufmerksam machen, dass meine Adele nicht für Dienstbotenarbeit geschaffen wurde; sie gehörte in der Schule zu den Besten ihrer Klasse. Wenn sie in Harrington House leben soll, muss sie jeden Nachmittag einige Stunden frei haben und einen vollen Tag die Woche.

Außerdem wird sie weder geschlagen noch herumkommandiert. Und Ihre Mutter muss begreifen, dass dies nur eine vorübergehende Lösung sein kann.«

Adele konnte nur nach Luft schnappen angesichts der Dreistigkeit ihrer Großmutter.

»Ich werde ihr Ihre Ansichten übermitteln«, erklärte Michael, und Adele sah, dass seine Lippen vor Erheiterung zuckten. »Aber bist du dir sicher, dass du es tun willst, Adele?«

»Ja, und zwar mit Freuden«, antwortete Adele. Sie war sogar ein wenig aufgeregt bei diesem Gedanken. Harrington House war ein schönes, altes Gebäude, und wie schwierig Mrs. Bailey auch sein mochte, Adele glaubte nicht, dass sie schlimmer sein konnte als ihre Lehrerin in der Schule oder gar als ihre Großmutter. Obwohl sie nicht gelernt hatte, viele verschiedene Gerichte zu kochen, meinte Granny immer, man könne kochen, wenn man in der Lage sei, ein Rezeptbuch zu lesen. Außerdem gab es in Harrington House sicher elektrisches Licht und vielleicht sogar Gas. »Wollen wir gleich zu ihr fahren?«

»Also, wenn das für dich in Ordnung ist, Adele, wäre es sicher das Beste. Dann kann ich dich persönlich mit Mutter bekannt machen und dich ein wenig herumführen.«

»Gut«, meinte Adele. »Ich ziehe mir nur schnell etwas Präsentableres an. Es wird nicht lange dauern.«

Während Adele sich das Haar bürstete und es sich im Nacken zu einem adretten Knoten band, sprach Honour mit Michael.

»Adele ist ein gutes, ehrliches und hart arbeitendes Mädchen, und ich bin davon überzeugt, dass sie Ihrer Mutter hervorragende Dienste leisten wird«, bemerkte sie mit ernster, besorgter Miene. »Aber ich werde sie sofort von dort wegholen, wenn ich das Gefühl habe, dass sie ungerecht behandelt wird«, fügte sie hinzu und sah ihn streng an. »Machen Sie Ihrer Mutter das klar, Michael.«

»Ich verspreche es«, erwiderte er. »Ich werde so bald wie möglich wieder herkommen, doch wer weiß, vielleicht hat Vater bei meiner Rückkehr nach Alton schon eingesehen, dass es falsch von ihm war, Mutter vor die Tür zu setzen.«

»Sie müssen versuchen, die ganze Geschichte in Erfahrung zu bringen«, sagte Honour. »Sie müssen genau wissen, was vorgeht. Fragen Sie auch Ihren Bruder und Ihre Schwester nach dem, was sie wissen.«

Michael seufzte. »Die beiden stehen immer auf der Seite meines Vaters. Ob er recht hat oder unrecht, sie werden ihn unterstützen.«

»Sie müssen versuchen, neutral zu bleiben«, riet Honour, und ihre Stimme wurde mitfühlend und weicher. »Helfen Sie unbedingt Ihrer Mutter, das muss ein Sohn tun, aber sie muss auch begreifen, dass sie sich auch selbst helfen muss. Sorgen Sie dafür. Sie sind nicht ihr Hüter.«

Er lächelte schwach. »Ich werde mein Bestes geben.«

Adele blickte auf die Straße hinaus, während Michael fuhr. Sie trug ihr ordentlichstes Kleid aus dunkler Baumwolle mit weißem Kragen und weißen Ärmelaufschlägen. Ihre Großmutter hatte ihr bereits im Hinblick auf eine mögliche Anstellung geholfen, es zu nähen, und Adele fand, angemessen auszusehen. Plötzlich war sie jedoch sehr nervös. Sie hatte keine Ahnung, was Mrs. Bailey von ihr verlangen würde und ob sie dazu in der Lage war, doch das war nicht der Grund für ihre Unruhe. Vielmehr war es Michael, über den sie sich den Kopf zerbrach.

Diese Wendung der Ereignisse würde alles zwischen ihnen verändern, so viel stand fest. Wann immer sie in diesem Sommer an ihn gedacht hatte, hatten sich ihre Erinnerungen um Spaziergänge, Fahrradausflüge und Picknicks gedreht, und sie hatte gehofft, dass es in der Zukunft mehr davon geben würde.

Doch wenn sie nun für seine Mutter arbeitete, waren solche Dinge in Zukunft ausgeschlossen. Sie mochte vielleicht nicht wissen, wie die oberen Klassen ihren Haushalt führten, aber eines war ihr durchaus klar: Vornehme Herren waren nicht mit Hausmädchen befreundet. So etwas gehörte sich einfach nicht.

»Wird Mrs. Bailey mir sagen, was sie von mir erwartet, oder soll ich einfach tun, was ich für richtig halte?«, erkundigte sie sich ängstlich.

Er drehte sich zu ihr um, und er wirkte furchtbar besorgt. »Das weiß ich selbst nicht«, bekannte er mit einem tiefen Seufzer. »Daheim in Alton haben alle Angestellten klar umrissene Pflichten, und unsere Haushälterin sorgt für einen reibungslosen Ablauf. Ich weiß nicht, ob Mutter ihr überhaupt jemals irgendwelche Anweisungen gegeben hat. Ich kann mich nur daran erinnern, dass sie an ihrem Schreibtisch saß, um Briefe zu schreiben, oder Blumen arrangierte. Natürlich könnte sie viel mehr Beschäftigungen als diese gehabt haben, und ich habe nur niemals etwas davon bemerkt.«

»Hm, wird sie mir erklären, was sie essen will und wann?«

»Keine Ahnung«, antwortete er. »Oh, verdammt, Adele.

Ich denke, du wirst improvisieren müssen. Es könnte gut sein, dass du einfach das kochen musst, was du für richtig hältst. Meine Mutter isst selbst in den besten Zeiten nicht besonders viel.«

Das Ganze klang mehr und mehr so, als sollte Adele sich um ein sehr schwieriges, verwöhntes Kind kümmern. Aber sie rief sich ins Gedächtnis, dass ihr Zuhause mit Granny gleich am anderen Ende der Straße lag und sie einfach gehen konnte, wenn es zum Schlimmsten kommen sollte. Sie waren übereingekommen, dass Adele für den Augenblick jeden Abend nach dem Essen nach Hause gehen konnte. Sie glaubte, mit fast allem fertig zu werden, sofern sie nur um sieben Uhr aufbrechen konnte.

Als sie vor dem Haus vorfuhren, sah Adele, dass die Fenster noch staubig waren und dass das Messing an der Tür seit sehr langer Zeit nicht mehr geputzt worden war. Obwohl das kaum wichtig war, fragte sie sich doch, wie vernachlässigt das Haus von innen sein mochte.

In diesem Moment bekam sie es mit der Angst zu tun und wünschte, sie wäre nicht so impulsiv gewesen, ihre Hilfe anzubieten.

»Du wirst schon zurechtkommen«, meinte Michael, als hätte er ihre Gedanken gelesen. »Meine Mutter ist schwierig, aber sie kann auch sehr charmant sein. Zeig ihr, dass du ihr wirklich helfen willst, und sie wird dir gegenüber freundlich sein.«

Michael öffnete die Tür, trat hindurch und bedeutete Adele, ihm zu folgen. »Mutter!«, rief er, sobald sie in der Diele standen. »Ich habe jemanden mitgebracht, der dir zur Hand gehen wird.«

Die Diele war groß, und eine breite Eichentreppe führte von dort aus nach oben. Der gefliese Fußboden wirkte nicht allzu sauber, und an den Wänden hingen einige ausgesprochen trostlose Bilder. Das Ganze war gewiss nicht so hübsch, wie Adele es sich vorgestellt hatte.

Mrs. Bailey erschien am oberen Ende der Treppe. Sie war eine schlanke, kleine Frau mit zarten Gesichtszügen, und sie trug ein blassgrünes Kleid. Ihr Haar war wunderschön, von einer Farbe, die irgendwo zwischen Rot und Blond rangierte, und sie trug es in offenen Wellen, die gerade eben ihre Schultern berührten. Adele wusste, dass sie einige Jahre älter war als ihre Mutter, aber sie schien den dreißig näher zu sein. Wären da nicht ihre rot geränderten Augen gewesen, hätte sie als Filmstar durchgehen können.

»Ich kann keine Kleiderbügel finden«, erklärte sie verdrossen. »Es war ja schön und gut, dass du mir aufgetragen hast, meine Kleider aufzuhängen. Aber wie soll ich das, wenn ich keine Bügel habe?«

»Vergiss das einmal für einen Augenblick«, bat Michael und blickte zu ihr auf. »Ich habe dir jemanden mitgebracht, der dir helfen wird. Komm herunter, damit ich dich mit Adele Talbot bekannt machen kann.«

Einen Moment lang bewegte sich die Frau nicht, sondern starrte Adele nur an. Sie hatte blaue Augen genau wie Michael und eine milchweiße Haut, die so rein und faltenlos war wie die eines Kindes. Adele fand, dass sie in jeder Hinsicht einem Kind glich, mit ihrem unverfrorenen Blick, ihrem Kleinmädchenmund und ihrer Verdrießlichkeit.

»Ist sie ein Hausmädchen?«, fragte Mrs. Bailey, während sie die Treppe herunterkam. Sie bewegte sich sehr anmutig, und Adele registrierte ihre hellgrünen, hochhackigen Schuhe, die genau zu ihrem Kleid passten. »Wo hast du sie aufgetrieben? Hat sie Referenzen?«, fügte sie hinzu, als wäre Adele gar nicht anwesend.

Adele beschloss, dem Vorbild ihrer Großmutter zu folgen: Sie würde direkt zur Sache kommen und sagen, was sie zu sagen hatte, und wenn es Mrs. Bailey nicht gefiel, nun, das war ihr Problem. »Nein, ich bin kein Hausmädchen«, erklärte sie. »Ich bin nur eine Freundin von Michael, und als er mir erzählte, dass Sie Hilfe brauchen, habe ich mich erboten herzukommen. Ich kann kochen, putzen und die Wäsche besorgen. Wenn Sie meine Hilfe wollen, werde ich bleiben, wenn nicht, werde ich gehen.«

»Aber du bist ja beinahe noch ein Kind«, rief sie aus, während sie Adele von Kopf bis Fuß musterte. Dann drehte sie sich wieder zu Michael um. »Woher kennst du dieses Mädchen?«

»Ich habe sie kennengelernt, als wir vor zwei Jahren hier unten waren«, antwortete er. »Adele lebt in Winchelsea Beach, und ich habe sie heute Morgen besucht, um zu fragen, ob sie vielleicht jemanden kennt, der dir helfen würde. Adele hat freundlicherweise angeboten, das selbst zu übernehmen. Sie ist sehr tüchtig und vertrauenswürdig.«

Mrs. Bailey erwiderte nichts, sondern machte nur eine geistesabwesende Handbewegung. Adele spürte, dass sie die Art Frau war, die in keiner Hinsicht selbstständige Entscheidungen zu treffen vermochte.

»Mir ist klar, dass Sie nichts über mich wissen, Ma'am«, erklärte sie. »Aber meine Großmutter ist sehr bekannt hier in der Gegend. Es war ihr Vorschlag, dass ich Ihnen vorübergehend aushelfe. Wenn ich recht verstehe, haben Sie im Augenblick keine andere Hilfe?«

»Nein, habe ich nicht«, antwortete Mrs. Bailey. »Aber Michael, du hättest doch sicher eine reifere Person für mich finden können?«

»Wo sollte ich jemanden finden?«, entgegnete er. »Es gibt kein Geschäft, in dem man Angestellte kaufen kann, die sofort mit der Arbeit anfangen.«

»Warum kommt dann nicht die Großmutter her?«, hakte sie nach. »Oder ist sie schon sehr alt?«

Die Vermutung der Frau, sie brauche lediglich um Hilfe zu rufen und alle Mitglieder der Arbeiterklasse würden für sie alles stehen und liegen lassen, erzürnte Adele. »Meine Großmutter würde für niemanden arbeiten«, versetzte sie scharf. »Sie werden mit mir vorliebnehmen oder ganz auf Hilfe verzichten müssen. Hm, ich möchte ja nicht unhöflich sein, aber wenn Sie denken, ich sei ungeeignet, dann brauchen Sie das nur zu sagen, und ich gehe wieder nach Hause.«

»Sie ist sehr vorlaut«, bemerkte Mrs. Bailey zu Michael, und ihre Stimme zitterte ein wenig.

»Ich vertraue ihr«, erklärte er. »Ich bitte dich, Mutter. Du weißt, dass ich schon bald den Wagen wieder zurückbringen muss, und ich möchte dich nicht ganz allein hier zurücklassen. Gib Adele eine Chance zu beweisen, aus welchem Holz sie geschnitzt ist. Du kannst von Glück sagen, sie zu bekommen.«

»Ich muss dich unter vier Augen sprechen«, erwiderte sie. »Komm mit in den Salon.«

Michael entschuldigte sich und bat Adele zu warten. Er und seine Mutter gingen in den Raum auf der rechten Seite der Diele und schlossen die Tür hinter sich.

Adele konnte ihre Stimmen hören, die von Michael sehr tief, die von Mrs. Bailey hoch und entrüstet, aber sie konnte den Inhalt ihrer Unterhaltung nicht verstehen. Zu ihrer Linken befand sich ein Speisezimmer mit einem riesigen Tisch und acht Stühlen drum herum. Ein ziemlich schäbiger Raum, dachte sie, und sehr staubig, doch andererseits hatte eine ganze Weile niemand mehr hier gewohnt. Sie trat durch die Tür und sah eine große Küche auf der anderen Seite. Sie war enttäuschend altmodisch – Adele hatte sich vorgestellt, dass jeder, der in einem so großen Haus lebte, weit besser eingerichtet sein müsse. Sie hoffte nur, dass es ein richtiges Badezimmer gab – Mrs. Bailey sah aus wie jemand, der den halben Tag in Schaumbädern schwelgte, und sie hatte wenig Lust, eimerweise Wasser für sie herbeischleppen zu müssen.

Etwa eine Viertelstunde später kam Michael allein aus dem Salon zurück, und er wirkte sehr zufrieden mit sich. »Mutter ist jetzt einverstanden«, berichtete er. »Und sie hat mich gebeten, mich in ihrem Namen dafür zu entschuldigen, dass sie dich gekränkt hat. Sie ist einverstanden mit den Bedingungen, und ich werde dich jetzt ein wenig herumführen, während sie sich ausruht.«

Er zeigte ihr zuerst die Küche. »Ich habe nicht den leisesten Schimmer, wie man den Herd anzündet, doch ich weiß, dass er mit Kohle befeuert wird und ständig brennen muss«, bemerkte er.

Adele nahm den Herd näher in Augenschein. Er unterschied sich kaum von dem, den sie im Cottage hatten; er war lediglich größer und neuer. »Ich kann ihn anzünden«, sagte sie.

Offenbar erhitzte der Herd auch Wasser, und sehr zu Adeles Erleichterung führten Rohre von der Küche zu einem Badezimmer im oberen Stockwerk hinauf. Außerdem gab es einen kleinen elektrischen Herd, auf dem man kochen konnte, wann immer kein Feuer im großen Herd brannte. Darüber hinaus freute Adele sich darüber, dass es auch eine geräumige, kalte Speisekammer gab, denn im Sommer war das größte Problem in Curlew Cottage, das Essen frisch zu halten.

Die Baileys hatten einen Karton mit Nahrungsmitteln mitgebracht, darunter ein Stück Schinken, das Adele schnell in die Speisekammer brachte. Wer immer diese Schachtel zusammengepackt hatte, hatte gewusst, was er tat – es fanden sich darin so ziemlich alle Grundnahrungsmittel und dazu einige Leckereien wie Kuchen und Kekse.

»Wird Mrs. Bailey das Einkaufen übernehmen?«, wollte sie wissen.

»Sie ist nicht daran gewöhnt«, antwortete Michael. »Daher vermute ich, dass sie diese Arbeit dir überlassen wird.«

»Und wird sie mir das Geld dafür geben?«

»Nein, ich gehe davon aus, dass ein Konto eingerichtet werden wird«, gab Michael zurück.

»Ich weiß nicht, ob die Leute hier anschreiben«, meinte Adele. »Das wirst du vielleicht regeln müssen, bevor du aufbrichst.«

Das war nur eine von einigen Dutzend Fragen, die sie ihm stellte, während er sie durchs Haus führte, und auf die meisten dieser Fragen wusste er keine Antwort. Langsam tat er Adele wirklich leid; er wirkte so besorgt, und sie konnte ihm nicht versichern, dass alles gut werden würde, da sie selbst keineswegs überzeugt davon war. Woher sollte sie wissen, wie oft reiche Leute ihre Betten frisch beziehen ließen? Oder was sie zum Frühstück erwarteten? Hoffentlich weiß Granny all das, dachte sie.

Das ganze Haus war voller Staub. Und in jedem Raum standen so viele Zierstücke, dass es allein einen ganzen Tag kosten würde, ein jedes davon gründlich zu reinigen. Aber zumindest fand sie einige Kleiderbügel für Mrs. Bailey. In einer Kiste unter einem der Betten lagen hunderte davon. Was im Übrigen ein Glück war, denn Mrs. Bailey hatte ihre Kleider überall in dem großen Schlafzimmer verstreut.

»Ich muss jetzt gehen«, erklärte Michael, als sie wieder in der Diele standen. »Ich weiß wirklich und wahrhaftig nicht, was ich hätte tun sollen, wenn du nicht bereit gewesen wärest herzukommen, Adele. Ich hätte niemals die Dreistigkeit gehabt, dich darum zu bitten – ich habe bei meinem Besuch bei euch nicht darauf spekuliert, dass du deine Hilfe anbieten würdest. Ich hoffe, du weißt das?«

Adele lächelte und nickte. »Mach dir keine Sorgen, Michael. Vielleicht werde ich mich nicht als die ideale Haushälterin entpuppen. Doch deine Mutter wird in einem sauberen Haus leben, und ich werde dafür sorgen, dass sie immer zu essen hat. Das ist alles, was ich versprechen kann.«

Er griff in seine Jackentasche und nahm eine gedruckte Karte heraus. »Das ist meine Adresse zu Hause; falls es irgendwelche Probleme geben sollte, kannst du dort anrufen. Wenn ich nicht da bin, frag nach Mrs. Wells, sie ist unsere Haushälterin. Sie hat Mutter sehr gern, und sie wird dir helfen. Aber ich werde ohnehin hier anrufen.«

»Ich habe noch nie ein Telefon benutzt«, gestand Adele. »Was muss ich tun?«

»Wenn es läutet, nimmst du einfach ab und sagst: ›Harrington House‹«, erklärte er. »Wenn du mich anrufen musst, nimmst du den Hörer auf und bittest die Vermittlung, dich mit dieser Nummer zu verbinden. Wenn du jemanden aus dem Ort anrufen willst, wie zum Beispiel den Arzt, wählst du einfach die Nummer und wartest, bis sich jemand meldet. Aber sei immer sehr vorsichtig mit dem, was du sagst, die Telefonistinnen haben die Neigung zu lauschen.«

»Ich hoffe, ich kann mir all das merken«, meinte Adele ängstlich.

»Du wirst es schon bald lernen«, versicherte er. »Ich sollte mich jetzt besser langsam verabschieden und noch einmal nach Mutter sehen, bevor ich aufbreche. Du bist ein echter Schatz gewesen.«

Adele ging in die Küche und packte den Rest der Lebensmittel aus, während Michael sich von seiner Mutter verabschiedete. Die Asche war aus dem Herd gekehrt worden, daher knüllte sie etwas Zeitungspapier zusammen, legte Brennholz darauf und zündete das Papier mit einem Streichholz an. Als sie hörte, dass die Haustür geöffnet und wieder geschlossen wurde, ging sie zum Fenster des Speisezimmers, um hinauszusehen. Michael stieg gerade in den Wagen, und er schaute so sorgenvoll aus, dass es ihr die Kehle zuschnürte. Er war zu jung, um die Probleme seiner Eltern regeln zu müssen.

Wir alle müssen irgendwann erwachsen werden, dachte sie, während sie sich abwandte. Sieh nur dich selbst an; gestern Abend hast du dich noch aufgeführt wie eine Zehnjährige, heute Morgen stellst du fest, dass du zur Frau geworden bist, und nur wenige Stunden später fängst du an zu arbeiten.

Sie kniete gerade auf dem Boden, um Kohle auf das brennende Papier zu legen, als Mrs. Bailey in die Küche kam. »Es ist Zeit für das zweite Frühstück«, verkündete sie. »Ich hätte gern Kaffee und Kekse. Ich werde das Frühstück im Salon einnehmen.«

Adele hatte noch nie im Leben Kaffee getrunken, geschweige denn zubereitet. Alles, was sie über Kaffee wusste, hatte sie aus Kinofilmen, in denen sie die Amerikaner mit diesem Getränk gesehen hatte.

»Tut mir leid, Ma'am«, antwortete sie, »ich weiß nicht, wie man Kaffee kocht. Aber sobald ich den Herd in Gang bekommen habe, könnte ich Ihnen eine Kanne Tee aufbrühen.«

Die Augen der Frau weiteten sich ungläubig. »Du weißt nicht, wie man Kaffee kocht?«

»Nein, Ma'am«, sagte Adele und kam sich sehr töricht vor. »Wissen Sie es?«

»Ich brauche so etwas nicht zu wissen«, erwiderte Mrs. Bailey entrüstet. »Für dergleichen Dinge hat man ein Hausmädchen.«

»Ich bin kein richtiges Hausmädchen«, meinte Adele, der es unsinnig erschien, um den heißen Brei herumzureden. »Ich helfe hier nur aus, bis Sie jemanden gefunden haben, der besser geeignet ist für diese Arbeit. Außerdem liegt überall im Haus dicker Staub, dieser Herd ist noch nicht heiß, und Ihre Kleider sind im ganzen Schlafzimmer verteilt und müssen weggeräumt werden, bevor ich Ihr Bett zurechtmachen kann. Heute habe ich nur für die notwendigsten Arbeiten Zeit.

Also wird es Tee geben, sobald der Herd heiß genug ist. Morgen werde ich dann vielleicht wissen, wie man Kaffee kocht.«

»Also!«, stieß Mrs. Bailey hervor. »Ich habe schon Mädchen für geringere Frechheiten entlassen.«

Adele zuckte die Schultern. »Ich bin nur hier, weil Michael sich Ihretwegen sorgt«, erklärte sie, und noch bevor sie mit ihrem Satz zum Ende gekommen war, fragte sie sich, wie sie so kühn sein konnte. »Ich hatte den Eindruck, ich sollte Ihnen helfen, sich hier einzuleben. Doch mir war nicht klar, dass ich absolut alles allein erledigen muss, während Sie im Salon Kaffee trinken. Wie wärs, wenn Sie jetzt nach oben gehen und Ihre Kleider aufhängen würden? Ich habe Ihnen einen Karton mit Kleiderbügeln in Ihr Zimmer gestellt.«

Mrs. Bailey spazierte aus der Küche hinaus und hinterließ einen schwachen Geruch von Maiglöckchen. Adele lächelte, dann legte sie weitere Kohlen in den Herd. Irgendwie bezweifelte sie, dass sie sich auch nur eine einzige Woche hier würde halten können; sie war davon überzeugt, nicht das Zeug zu einem richtigen Hausmädchen zu haben.

Es war fast Mittag, bevor der Herd heiß genug war, um den Kessel aufzusetzen – Adele hatte feststellen müssen, dass der elektrische Herd nicht funktionierte. Sie kochte eine Kanne Tee, stellte sie mit etwas Zucker, Milch und einem kleinen Sieb auf ein Tablett und trug dieses dann nach oben in Mrs. Baileys Schlafzimmer.

Zu ihrem Entsetzen stellte sie fest, dass in dem Raum noch größeres Chaos herrschte als zuvor. Kleider und Schuhe lagen überall auf dem Boden und dem Bett verstreut, und Mrs. Bailey saß auf der Bettkante und weinte.

Zuerst vermutete Adele, der Kaffee sei schuld an diesem

Tränenausbruch. »Es tut mir leid, dass ich Ihnen keinen Kaffee kochen konnte«, versicherte sie. »Aber ich habe Ihnen jetzt den Tee mitgebracht.«

»Ich schaffe das einfach nicht«, schluchzte Mrs. Bailey. »Molly, meine Zofe in Alton, hat sich immer um meine Kleider gekümmert. Sie hat sie nach Farben sortiert, mit den passenden Schuhen darunter. Ich kann das einfach nicht.«

Für Adele, die lediglich das Kleid besaß, das sie gerade trug, und dazu das schäbige Kleid, in dem sie zu Hause arbeitete, sowie einen Rock, eine Bluse und eine Strickjacke, war das Ordnen ihrer Kleidung verständlicherweise nie ein Problem gewesen. Sie konnte nicht glauben, dass eine einzige Frau so viele Kleider und Schuhe besaß. Andererseits konnte sie es jedoch auch nicht ertragen, Menschen weinen zu sehen, und schließlich musste es sehr hart für Mrs. Bailey gewesen sein, ihr Zuhause zu verlassen.

»Setzen Sie sich hierher, und trinken Sie Ihren Tee«, sagte sie und stellte das Tablett auf einen niedrigen Tisch am Fenster. Der Sessel davor war sehr schäbig, und ihr kam der Gedanke, dass der alte Mr. Whitehouse möglicherweise den ganzen Tag dort gesessen und auf die Straße hinausgeblickt hatte. »Ich werde Ihre Sachen aufhängen.« Sie griff nach Mrs. Baileys Arm, führte sie zu dem Sessel hinüber und schenkte ihr dann eine Tasse Tee ein.

Mrs. Bailey weinte weiter leise vor sich hin, während Adele sich ihrer Garderobe widmete. Glücklicherweise war der Kleiderschrank riesig und auf dem Boden mit Einstellfächern für Schuhe versehen. Binnen weniger Minuten hatte sie ein Bündel grüner Sachen aufgehängt, ein weiteres in verschiedenen Rosatönen und etliche blaue Gewänder. »Sie haben wunderschöne Kleider«, stellte sie bewundernd fest. An einem der blauen Kleider hatte sie ein mit Ziermünzen bedecktes Leibchen entdeckt, und sie war davon überzeugt, niemals etwas so Hübsches gesehen zu haben.

»Die meisten der Sachen sind inzwischen aus der Mode«, meinte Mrs. Bailey und begann, noch heftiger zu weinen. »Solche Dinge haben wir in den Zwanzigern getragen, und inzwischen hat sich die Mode so sehr verändert. Ich weiß nicht, was ich tun soll.«

Adele hatte keine Ahnung, was sie darauf erwidern sollte. Sie glaubte ohnehin nicht, dass Mrs. Bailey hier Gelegenheit haben würde, derart prachtvolle Gewänder zu tragen. Die meisten Frauen ihrer Gesellschaftsschicht trugen tagsüber Tweedkostüme.

»Haben Sie irgendwelche alten Freundinnen hier?«, fragte sie vorsichtig. »Aus der Zeit vor Ihrer Heirat?«

»Einige wenige vielleicht«, schniefte Mrs. Bailey, während sie sich ihre winzig kleine Nase mit einem spitzengesäumten Taschentuch abtupfte. »Aber ich werde nicht wissen, was ich ihnen sagen soll. Ich kann ihnen unmöglich erzählen, dass ich mich von meinem Mann getrennt habe.«

»Warum nicht?«, entgegnete Adele.

»Wegen der Schande natürlich«, rief Mrs. Bailey aus. »So etwas tut man einfach nicht!«

»Sie wären bestimmt alle voller Mitgefühl«, meinte Adele. »Heutzutage lassen sich viele Leute scheiden.«

Sie wusste das zwar nicht mit Bestimmtheit, aber ihre Großmutter hatte häufig genug von einer grassierenden Scheidungsflut gesprochen. Granny hielt das natürlich für schändlich, sie fand, dass eine Ehe ein Bund für das ganze Leben war, selbst wenn sich der Mann als ein echter Widerling entpuppte.

»Ich werde mich niemals von ihm scheiden lassen«, rief Mrs. Bailey plötzlich mit schriller Stimme aus. »Er kann mich aus meinem Haus vertreiben, kann meine Kinder gegen mich aufbringen, aber ich werde ihn niemals freigeben, um dieses Flittchen zu heiraten.«

Also, das ist es, dachte Adele. Eine andere Frau.

Als es sieben Uhr schlug, glaubte Adele zu verstehen, warum Mr. Bailey seine Frau loswerden wollte. Wie Michael schon am ersten Tag ihrer Bekanntschaft erzählt hatte, war sie sehr anspruchsvoll. Sie jammerte über dieses, weinte um jenes, und während Adele das Haus schrubbte und wienerte, trat die andere Frau immer wieder an sie heran, um sie um etwas zu bitten, das sie sich mühelos selbst hätte beschaffen können.

Zuerst ließ Adele jedes Mal alles stehen und liegen, um Pantoffeln, eine Strickjacke, ein Buch oder irgendetwas anderes zu holen, das Mrs. Bailey haben wollte. Aber als sie die Glocke im Salon betätigte, gerade als Adele das Bad putzte, nur um ein Glas Wasser zu verlangen, verlor Adele die Fassung.

»Ein Glas Wasser?«, rief sie. »Sie haben zwei Beine, nicht wahr? Und Sie wissen, wo der Wasserhahn ist!«

Mrs. Baileys Augen wurden vor Überraschung riesengroß. »Willst du damit andeuten, ich soll mir das Wasser selbst holen?«

»Ich will nichts andeuten, ich stelle es fest«, gab Adele zurück. »Wenn dieses Haus sauber und Sie eine Invalidin wären, dann würde ich Ihnen vielleicht ein Glas Wasser holen. Doch das Haus ist schmutzig, und Sie leiden ebenso wenig an einem Gebrechen wie ich. Wenn Sie auch nur einen Funken Rückgrat hätten, würden Sie Ihr eigenes Haus selbst auf Vordermann bringen, um es sich hier schön zu machen, statt untätig wie ein elender Potentat dazusitzen.«

»Aber du wirst dafür bezahlt zu tun, was ich will«, erwiderte Mrs. Bailey hochnäsig. »Wie kannst du es wagen, in meiner Gegenwart zu fluchen?«

»Sie würden selbst einen Heiligen dazu bringen zu fluchen«, blaffte Adele sie an. »Ich habe mich lediglich bereit erklärt, Ihnen auszuhelfen, bis Sie ausgebildetes Personal gefunden haben. Ich bin davon ausgegangen, kochen, putzen, Betten machen und das Feuer entzünden zu müssen, doch Sie haben von mir verlangt, Ihre Kleider aufzuhängen, Ihnen Strickjacken zu holen und ein Dutzend anderer Nichtigkeiten zu erledigen, die Sie ebenso gut selbst hätten besorgen können. Als Nächstes werden Sie von mir verlangen, dass ich Ihnen die Nase putze.«

»Noch nie hat jemand es gewagt, so zu mir zu sprechen.« Mrs. Baileys große blaue Augen füllten sich mit Tränen. »Verlass auf der Stelle mein Haus.«

»Nein, das werde ich nicht tun«, entgegnete Adele eigensinnig. »Ich bin noch nicht damit fertig, das Badezimmer für Sie zu putzen, ebenso wenig habe ich Ihnen etwas zu essen zubereitet. Wenn ich damit fertig bin, werde ich gehen, aber keinen Augenblick früher, denn ich habe Michael versprochen, bis sieben Uhr zu bleiben. Und ich werde morgen zurückkommen und übermorgen, bis Sie richtiges Personal haben, ob Ihnen das passt oder nicht. Wissen Sie, warum ich das tun werde? Weil Ihr Sohn davon überzeugt ist, dass Sie im Bett bleiben und verhungern würden, wenn man Sie allein ließe.«

Mit diesen Worten drehte Adele sich auf dem Absatz um und ging aus dem Salon und die Treppe hinauf, um ihre Arbeit im Badezimmer zu Ende zu bringen.

Erst viel später, als sie um sieben Uhr das Haus verließ, nachdem sie Mrs. Bailey ein Abendessen zubereitet hatte, wurde ihr bewusst, wie unverschämt sie gewesen war.

Aber als sie erschöpft den Hügel hinab nach Hause ging, bereute sie kein einziges ihrer Worte. Sie hatte gute Arbeit geleistet, das wusste sie, und niemand, ganz gleich, wie reich und mächtig er sein mochte, hatte das Recht, einen anderen Menschen wie einen Leibeigenen zu behandeln.

Erst vor wenigen Wochen hatte ihre Großmutter ihr von ihrer Jugend erzählt. Obwohl ihr Vater als Lehrer keine Reichtümer angehäuft hatte, war es zu jener Zeit für Mädchen aus den mittleren oder oberen Gesellschaftsschichten undenkbar gewesen, eine Arbeit anzunehmen. Honour hatte ihre Tage mit Nähen, Lesen und Klavierspielen gefüllt. Außerdem hatte sie gesagt, dass es Mädchen vor ihrer Heirat nicht einmal gestattet gewesen war, ohne Anstandsdame mit einem jungen Mann zu reden.

Der Krieg im Jahre 1914 hatte alles verändert. Dieselben Frauen, die in solcher Abgeschiedenheit erzogen worden waren, mussten plötzlich Verletzte pflegen, Krankenwagen fahren oder in den Bahnhöfen Teewagons für die Soldaten betreiben. Nachdem sie erst einmal von der Freiheit gekostet hatten, hatten sie nicht mehr in die alte Ordnung zurückkehren und zu Hause sitzen wollen, um auf einen geziemenden

Ehemann zu warten. Nicht dass es damals noch genug geziemende junge Männer gegeben hatte – dafür hatte der Krieg gesorgt.

Ihre Großmutter hatte ihr auch erklärt, dass es der Krieg gewesen sei, der die Mädchen aus der Arbeiterklasse von einem Leben der Unterwürfigkeit und Plackerei im Dienst reicher Leute befreit hatte, einem der wenigen Berufe, die ihnen früher offengestanden hatten. Plötzlich bot sich eine Vielfalt anderer Möglichkeiten in Fabriken und Büros, die allesamt verlockender waren als die Aussicht, für die Reichen Feuer zu schüren, zu waschen, zu kochen und zu putzen.

Vielleicht gab es diese Fülle an Arbeitsmöglichkeiten nicht länger, aber eines wusste Adele: Sie durfte niemals denken, Mrs. Bailey dafür dankbar sein zu müssen, dass sie ihr gestattete, ihre Leibeigene zu sein.

Sie durfte eines nicht vergessen: Sie war es, die der anderen Frau einen Gefallen tat. Und sie würde auf diesem Weg einiges darüber lernen, wie reiche Leute lebten und sich benahmen. Sobald sich dann eine richtige Arbeitsstelle bot, würde sie aus Harrington House verschwinden.

11

1936

Adele ging zum anderen Ende des Salons hinüber, um einen kritischen Blick auf den Weihnachtsbaum zu werfen, den sie soeben geschmückt hatte. Er war mehr als zwei Meter hoch, und sie hatte ihn in die Nische neben dem Kamin gestellt und den Zuber, in dem er stand, mit rotem Krepppapier eingeschlagen.

Sie lächelte erfreut. Das Silberlametta war perfekt drapiert, und die Glaskugeln waren gut verteilt, eine jede mit einer kleinen Kerze in der Nähe, sodass das Licht sich in den Kugeln spiegeln würde, wenn die Kerzen brannten, geradeso, wie sie es in einer von Mrs. Baileys Zeitschriften gesehen hatte. Es war ihr sogar gelungen, den Engel gerade auf die Spitze zu setzen, kein leichtes Unterfangen, wenn man auf einem Stuhl stand und sich über stachelige Zweige beugen musste.

Außerdem war sie voller Hoffnung, dass dieses Weihnachten ein glückliches sein würde, im Gegensatz zu dem im vergangenen Jahr, das von Kummer und Elend gezeichnet gewesen war. Aber andererseits hatte sie das Gefühl, in den sechzehn Monaten, die sie nun für Mrs. Bailey arbeitete, einen weiten Weg hinter sich gebracht zu haben. Sie wusste nicht nur erheblich mehr darüber, wie man einen Haushalt führte, sondern hatte ihre Arbeitgeberin auch sehr gut kennengelernt, und sie verstand sich inzwischen darauf, Gefahrenzeichen zu erkennen, die einer Katastrophe vorangingen.

Ihre Großmutter meinte, es sei pure Dummheit, die Adele veranlasst habe, mehr als eine Woche zu bleiben, und schiere Sturheit, die sie daran gehindert habe, ihre Stelle später zu kündigen. Vielleicht hatte sie recht, denn Mrs. Bailey musste die schwierigste, selbstsüchtigste und naivste Frau auf der ganzen Welt sein. Sie war schön und nach Adeles Maßstäben auch reich, außerdem konnte sie recht charmant sein, wenn sie wollte, was jedoch nicht häufig vorkam.

Adele konnte nicht zählen, wie viele Wutanfälle Michaels Mutter während der ersten Monate erlitten hatte. Jeden Tag hatte sie sich innerlich dagegen wappnen müssen, wenn sie durch die Haustür trat. In den ersten Wochen hatte Mrs. Bailey wieder und wieder ihr Tablett mit dem Abendessen an die Wand des Salons geworfen. Wenn Adele dann am nächsten Morgen gekommen war, hatte sie eine geronnene Masse von Essensresten vorgefunden, durchmischt mit zerbrochenem Porzellan und irgendwelchen Zierstücken, die das Tablett mitgerissen hatte. Anscheinend hatte es Mrs. Bailey erzürnt, dass niemand da gewesen war, um das Tablett in die Küche zurückzubringen.

Morgen für Morgen räumte Adele die Schweinerei auf, bis sie eines Tages rebellierte und alles so ließ, wie es war. Der Zufall wollte es, dass an diesem Vormittag Mrs. Baileys Rechtsanwalt zu Besuch kam, und Adele führte ihn mit voller Absicht in den Salon, wo er das Chaos erstaunt betrachtete, während sie Mrs. Bailey herbeirief.

»Wie konntest du zulassen, dass ein so wichtiger Mann dieses Chaos sieht?«, zeterte Mrs. Bailey, nachdem der Anwalt gegangen war. »Ich wäre vor Scham beinahe im Boden versunken.«

»Nun, denken Sie daran, bevor Sie noch einmal mit Essen und Porzellan um sich werfen«, gab Adele zurück, der es inzwischen gleichgültig war, ob man sie hinauswarf oder nicht. »Denn ich werde es nicht noch einmal wegräumen, und wenn es liegen bleibt, werden schließlich die Ratten kommen, um es zu fressen.«

Rückblickend war dies eins der Probleme, die sich vergleichsweise einfach hatten lösen lassen. Mrs. Bailey fürchtete sich vor Mäusen und erst recht vor Ratten, daher warf sie nie wieder Essen an die Wand. Aber manchmal warf sie den gesamten Inhalt ihres Kleiderschranks auf den Boden und ließ ihn dort liegen, sodass Adele alles wieder aufhängen musste. Oder sie verlangte, dass im ganzen Haus die Kamine angezündet werden sollten, obwohl sie die Räume gar nicht benutzte. Sie ließ sich Bäder ein und vergaß sie, bis das Badezimmer überflutet war. Sie stand am Telefon und ließ es läuten, während Adele im Garten war, um die Wäsche aufzuhängen, und dann beklagte sie sich, weil sie einen Anruf versäumt hatte. Manchmal trank sie abends so viel, dass Adele sie am nächsten Morgen bewusstlos auf dem Boden fand, häufig inmitten einer Lache von Erbrochenem. Aber das Ärgerlichste war, dass sie außerstande zu sein schien zu begreifen, dass sie nie wieder eine ganze Truppe von Angestellten haben würde, die nach ihrer Pfeife tanzten.

Jacob Wainwright, der Rechtsanwalt aus Rye, sorgte dafür, dass John Sneed, der Gärtner, der für Mrs. Baileys Eltern gearbeitet hatte, sich um den Garten kümmerte und verschiedene Wartungsarbeiten übernahm. Außerdem fand Mr. Wainwright schließlich eine Frau namens Thomas, die an zwei Vormittagen die Woche nach Harrington House kam, um die Wäsche zu erledigen, und grobe Arbeiten wie das Schrubben der Böden übernahm. Dies bedeutete, dass Adele alles andere tun musste, doch sie fand sich damit ab, als Mr. Wainwright ihr erklärte, dass Mrs. Bailey sich kein weiteres Personal leisten könne.

Adele mochte Mr. Wainwright. Er war ein hochgewachsener leutseliger Mann mit einer roten Knollennase, die die Vermutung nahelegte, dass er dem Portwein sehr zugetan war. Er bemitleidete Adele und lobte sie dafür, dass sie das Haus so gut in Schuss gebracht hatte. »Alle Achtung«, meinte er, »ich bewundere die Beherztheit, mit der du deine Arbeitgeberin zu nehmen weißt.« Er hielt es auch für unerlässlich, dass Mrs. Bailey einige Arbeiten selbst zu erledigen lernte, denn es konnte eine Zeit kommen, da sie in ein erheblich kleineres Haus würde umziehen und ganz ohne Hilfe würde zurechtkommen müssen.

Dieser Bemerkung entnahm Adele, dass Mrs. Bailey nicht über unbegrenzte finanzielle Mittel verfügte, daher ergriff sie Sparmaßnahmen, wo immer sie konnte. Es war ein Glück, dass ihre Großmutter sie in dieser Hinsicht gut ausgebildet hatte, denn wann immer sie Mrs. Bailey nach ihren Essenswünschen fragte, verlangte sie nach Lammfleisch, Steaks oder anderen teuren Gerichten. Also hörte Adele auf zu fragen und kochte einfach das, was sie für richtig hielt. Und Mrs. Bailey aß es unweigerlich und ohne Klage.

Vor gut einem Jahr war Adele endgültig nichts anderes mehr übrig geblieben, als nach Harrington House zu ziehen. Sie hatte im Grunde keine echte Wahl, denn ihre Arbeitgeberin war eine Gefahr für sich selbst. Abgesehen von ihren Alkoholexzessen dachte sie niemals daran, den Feuerschutz vor den Kamin zu stellen, wenn sie den Raum verließ oder zu Bett ging. Der Läufer davor war übersät von Brandlöchern, und es war nur eine Frage der Zeit, bevor ein Feuer ausbrechen und das Haus niederbrennen würde.

Abgesehen von dem Luxus, ein richtiges Bad nehmen und eine Innentoilette benutzen zu können, hasste Adele es, in Harrington House zu leben. Als sie abends hatte nach Hause gehen und ihrer Großmutter von den Ereignissen des Tages erzählen können, war ihr die Arbeit niemals gar so schlimm erschienen. Häufig hatten sie über einige der törichten Dinge gelacht, die Mrs. Bailey angestellt hatte.

Jetzt hatte Adele an einem der Tage frei, an denen Mrs. Thomas kam, und sie bereitete Mrs. Bailey dann ein kaltes Abendessen zu. An schönen Tagen unternahmen Granny und sie im Allgemeinen einen Nachmittagsspaziergang, sammelten Holz oder gingen manchmal nach Rye, um in der Teestube einzukehren oder sich im Kino einen Film anzusehen. Wenn es feucht war oder sehr kalt, blieben sie einfach am Herd sitzen und redeten.

Honour hatte immer ein Rezept für sie parat, das sie in Harrington House ausprobieren konnte, und sie besprachen alle Probleme, auf die Adele im Lauf der Woche gestoßen war. Durch diese Gespräche erhielt Adele auch einen tieferen Einblick in die Art, wie ihre Großmutter früher gelebt hatte. Honour wusste alle Einzelheiten aus einem Haushalt wie dem in Harrington House, angefangen von der richtigen Konsistenz der Stärke für die Bettwäsche bis hin zu der Frage, in welcher Art von Glas welches Getränk serviert wurde. Außerdem verfügte sie über einen reichen Fundus an Kochrezepten, und sie kannte sich auch in Fragen der Etikette bestens aus.

Sie erkundigte sich stets nach Michael und wollte wissen, ob er seine Mutter besucht habe. Er rief jede Woche an, und wenn Mrs. Bailey nicht zu Hause war, plauderten Adele und er manchmal ein wenig miteinander. Er war dem Fliegerkorps der Universität beigetreten, wie es seine Absicht gewesen war, und er brannte stets darauf, ihr von seinen Flugstunden zu erzählen, von seinen Freunden in Oxford und seinen Kricketspielen. Er sprach jedoch niemals von Mädchen, und dieser Umstand überzeugte Adele davon, dass er dem Thema absichtlich auswich, weil er Angst hatte, ihre Gefühle zu verletzen. Sie war sich sicher, dass er eine Freundin haben musste, und tat ihr Bestes, sich einzureden, es sei ihr gleichgültig.

Aber obwohl er seine Mutter jede Woc+he anrief, war er nur drei Mal zu Besuch gewesen: letztes Weihnachten, zu Ostern und im Sommer, wobei er jeweils nur eine einzige Nacht geblieben war. Was den Rest der Familie betraf, so hatte sich in all der Zeit niemand blicken lassen.

Adele hatte einiges Verständnis für sie, denn Mrs. Baileys Verhalten war ebenso verstörend, wie es das ihrer eigenen Mutter gewesen war. Es gab nur ein gewisses Maß an Gemeinheit und Kränkung, das ein Mensch ertragen konnte, bevor seine Liebe starb.

Als Mrs. Bailey sich von ihrer schlimmsten Seite zeigte, dachte Adele oft an Rose und fragte sich, wo sie jetzt sein mochte und wie sie wohl lebte. Aber sie verspürte nicht den leisesten Wunsch, sie wiederzusehen, und sie vermutete, dass es Michaels Geschwistern mit ihrer Mutter genauso ging.

Im November des vergangenen Jahres war Mrs. Bailey absolut furchtbar gewesen; sie hatte sich geweigert, das Bett zu verlassen, hatte die ganze Zeit geweint und sich nicht einmal die Mühe gemacht, sich zu waschen oder ihr Haar zu frisieren. Aber als Michael seinen Besuch zu Weihnachten angekündigt hatte, war sie endlich zur Besinnung gekommen und hatte beschlossen, am Heiligen Abend einige alte Freundinnen aus ihrer Kindheit und deren Männer auf einen Drink einzuladen.

Weihnachten war immer eine Enttäuschung für Adele gewesen. Sie konnte sich gut daran erinnern, dass Pamela und sie angesichts der Lichter und Dekorationen in den Schaufenstern stets aufgeregt und voller Vorfreude gewesen waren. In der Schule hatten sie ein Weihnachtsstück aufgeführt, das Orchester der Heilsarmee hatte vor dem Bahnhof Euston Weihnachtslieder gespielt, und je näher das Fest rückte, desto größer waren die Freude und die Hoffnung geworden. Aber all dem war stets nichts als Enttäuschung gefolgt. Ihr Vater kam am Heiligen Abend unweigerlich erst spät von der Arbeit nach Hause, so betrunken, dass er sich kaum auf den Beinen halten konnte, was ihre Mutter stets in eine ihrer finstersten Stimmungen trieb. Adele ging am ersten Weihnachtstag dann mit Pamela spazieren, denn auf den Straßen herrschte weit mehr Fröhlichkeit als daheim.

Doch die gemeinsame Zeit mit ihrer Großmutter hatte einige dieser traurigen Erinnerungen ausgelöscht. Ihre Großmutter hatte nicht viel Geld übrig für Luxus, aber sie investierte viel Mühe und Liebe in die Gestaltung des Weihnachtsfestes. Sie kaufte kleine Leckerbissen und Überraschungen, schmückte das Cottage mit Stechpalmen und Papierketten und erzählte Adele Geschichten von den wunderbaren Weihnachtsfeiern, an denen sie als Kind teilgenommen hatte. Wenn sie voller Wehmut von fast drei Meter hohen Bäumen erzählte, an denen Hunderte von Kerzen brannten, von riesigen, mit Silber und funkelnden Gläsern gedeckten Tischen und von Liedern, die am Klavier gesungen wurden, hatte sie häufig Tränen in den Augen. Adele spürte, dass sie an ihre eigenen Eltern dachte, an ihren Mann und vielleicht auch an Rose als kleines Mädchen. »In dem Jahr nach Franks Tod habe ich mich zu Weihnachten so hundeelend gefühlt, dass ich den ganzen Tag im Bett geblieben bin«, gestand sie Adele, »und bis du zu mir gekommen bist, habe ich nicht ein einziges Mal mehr versucht, Weihnachten zu feiern.«

Aufgrund dieser Misere in ihrer eigenen Familie hatte Adele sich im vergangenen Jahr so sehr bemüht, in Harrington House alles hübsch herzurichten. Sie hatte Unmengen Stechpalmen aus dem Garten hereingeholt und mit roten Bändern zusammengeschnürt, sie hatte die besten Gläser poliert und Stunden darauf verwand, zierliche Hackfleischpasteten, Wurstbrötchen und andere festliche kleine Kanapees zuzubereiten, die Granny ihr vorgeschlagen hatte. Und gleichzeitig war sie damit beschäftigt gewesen, alle notwendigen Vorbereitungen für das Essen am ersten Weihnachtstag zu treffen.

Michael war am späten Nachmittag des Heiligen Abends eingetroffen, aber Adele hatte ihn kaum zu sehen bekommen, weil sie in der Küche so beschäftigt gewesen war. Kurz vor sechs war er dann zu ihr hereingestürmt und hatte erklärt, seine Mutter habe einen neuerlichen Wutanfall, weil sie für diesen Abend nichts anzuziehen habe.

Die Gäste wurden um sieben Uhr erwartet, daher rannte Adele nach oben. Mrs. Bailey hatte einige Tage zuvor entschieden, ihr silberfarbenes Cocktailkleid aus Satin anzuziehen, und Adele hatte es gebügelt und an die Tür ihres Kleiderschranks gehängt und darunter ein Paar silberfarbener Schuhe gestellt. Adeles Meinung nach war es die perfekte Wahl, ein sehr modisches, wadenlanges Kleid, in dem Mrs. Bailey ausgesprochen entzückend aussah.

Der Anblick, der Adele in Mrs. Baileys Schlafzimmer erwartete, war erschreckend. Sie trug lediglich einen Petticoat aus Satin, das Haar stand ihr wild vom Kopf ab, und sie hatte zu ihrer alten Masche gegriffen und den gesamten Inhalt ihres Kleiderschranks auf dem Boden verstreut. Das silberfarbene Kleid lag, in Stücke zerrissen, auf dem Bett.

»Weshalb um alles in der Welt haben Sie das getan?«, fragte Adele ungläubig, da sie selbst ein oder zwei Jahre hätte arbeiten müssen, um ein solches Kleid kaufen zu können. »Es war ein wunderschönes Kleid, und Sie haben so hübsch darin ausgesehen.«

»Es hat meine Haut grau wirken lassen«, fuhr Mrs. Bailey Adele an, dann kam sie auf sie zugestürzt, als wollte sie sie schlagen. Adele streckte die Hände aus, um sie aufzuhalten, und als sie die Arme der Frau packte, roch sie Whisky in ihrem Atem.

»Wenn Sie es jetzt auf eine Szene anlegen, werde ich dafür sorgen, dass Ihre Haut blau ist«, sagte Adele grimmig und drückte sie in den Sessel. »Ihre Freunde werden bald hier sein; sollen sie vielleicht mitbekommen, dass Sie sich wie eine Wahnsinnige aufführen?«

Adele fand ein dunkelrotes Kreppkleid und zwang Mrs. Bailey, es anzuziehen. Sie bürstete ihr das Haar, befestigte zwei glitzernde Kämme zu beiden Seiten ihres Kopfes, dann puderte sie ihr das Gesicht und gab ein wenig Rouge auf ihre Wangen.

Aber als sie sich vorbeugte, um ein Paar schwarzer Schuhe hervorzuholen, versetzte Mrs. Bailey ihr einen Tritt, und sie stürzte zu Boden und schlug sich den Kopf am Fußende des Bettes an.

Adele konnte sich nur mit Mühe daran hindern, den Tritt zu erwidern. Ihr Kopf schmerzte, und sie fürchtete, am nächsten Tag einen blauen Fleck zu haben.

»Sie sind ein abscheuliches Frauenzimmer«, fuhr sie Mrs. Bailey an. »Ich hätte gute Lust, auf der Stelle nach Hause zu gehen, sodass Sie heute Abend allein dastünden. Aber Sie werden Michael nicht blamieren, nicht wenn ich es verhindern kann.«

Irgendwie gelang es ihr, Mrs. Bailey dazu zu bewegen, etwas Lippenstift aufzulegen und den passenden Schmuck auszuwählen, bevor sie sie die Treppe hinunterbugsierte. Unten angekommen, schenkte Mrs. Bailey sich sofort einen weiteren großen Drink ein.

Michael beobachtete, wie seine Mutter im Salon auf und ab lief, und er war blass vor Angst. »Was soll ich nur tun?«, flüsterte er Adele zu. »Vielleicht sollte ich die Gäste gleich wieder wegschicken, denn Mutter wird sich furchtbar benehmen, ich weiß es einfach.«

»Am Heiligabend die Gäste ausladen? Das ist unmöglich«, erwiderte Adele. »Sobald ihre alten Freunde erst hier sind, wird sie sich gewiss anständig benehmen.«

Zuerst sah es so aus, als sollte Adele recht behalten. Mrs. Bailey begrüßte ihre alten Freunde mit Herzlichkeit und Charme, stellte ihnen, ganz die perfekte Mutter, Michael vor, und während sie das Essen herumreichte, bemerkte sie sogar, dass Adele ein Schatz sei.

Es waren insgesamt fünf Paare gekommen, von denen Adele zwei vom Sehen kannte, da sie in Winchelsea lebten, und sie hatte den Eindruck, dass sie alle hergekommen waren, um Mrs. Bailey ihrer Sympathie zu versichern und ihre Bereitschaft zu unterstreichen, ihr jetzt, da sie allein lebte, beizustehen. Michael entspannte sich langsam, das Feuer loderte, und der Salon sah ebenso hübsch aus wie seine Mutter. Sie hatte ein Glas Brandy in der Hand, aber sie schien nicht davon zu trinken. Wann immer Adele sie ansah, war sie in ein lebhaftes Gespräch verwickelt, und sie wirkte ausnahmsweise einmal wirklich glücklich.

Als Adele gegen neun Uhr mit weiteren warmen Wurstbrötchen aus der Küche kam, hörte sie ein Krachen aus dem Salon. Sie lief hinein und sah Mrs. Bailey auf dem Boden liegen; ihr Kleid war so weit hochgerutscht, dass man ihre Strumpfbänder sehen konnte. Wahrscheinlich war sie über den Beistelltisch gestolpert, denn dieser war umgekippt, und der Inhalt der Gläser, die darauf gestanden hatten, hatte sich über den Teppich ergossen.

Die anderen Gäste blickten erstaunt auf Mrs. Bailey hinab.

Adele eilte zu ihr hinüber, um ihr beim Aufstehen zu helfen, aber Michael war schneller. »Es sind wieder diese Schuhe«, meinte er. »Du wolltest sie doch wegwerfen, weil die Absätze wackelig sind.«

Für diese schnelle plausible Erklärung gab Adele ihm im Stillen die volle Punktzahl. Es war offensichtlich, dass Mrs. Bailey doch getrunken und sich ihr Glas ständig nachgefüllt hatte. An den Schuhen war nichts auszusetzen.

»Sie hat mich gezwungen, sie anzuziehen«, nuschelte Mrs. Bailey und zeigte mit zittriger Hand auf Adele. »Sie tut alles, was sie kann, um mich in Verlegenheit zu stürzen, aber andererseits steht sie auch im Lohn meines Mannes.«

Alle sahen Adele an, und sie war so erschüttert, dass sie das Tablett ein wenig schräg hielt und die Wurstbrötchen auf den Boden fielen.

»Versteht ihr jetzt, was ich meine?«, rief Mrs. Bailey triumphierend. »Aber was kann man schon von einem Mädchen aus den Marschen erwarten?«

Adele flüchtete in die Küche und brach in Tränen aus. Sie hatte sich die allergrößte Mühe gegeben, das Haus hübsch herzurichten, sie hatte etliche Stunden darauf verwandt, zu kochen und die Räume zu schmücken, und sie hatte sich so sehr gewünscht, dass Michael einen schönen Abend mit den Gästen verbringen würde, statt sich um seine Mutter sorgen zu müssen. Es hatte nicht funktioniert, und niemand würde ihr die viele Mühe danken.

Die Gäste machten sich kurz darauf auf den Heimweg. Adele hörte, wie Michael sich in der Diele bei ihnen entschuldigte, während er ihnen in ihre Mäntel half. Sie nahm an, dass er sich für ihr Betragen entschuldigte, woraufhin ihre Tränen noch reichlicher flossen.

Adele hörte, wie er in den Salon zurückkehrte, und holte ihren Mantel, um Harrington House für immer zu verlassen. Aber als sie aus der Küche trat, kam Michael quer durch die Diele auf sie zu, das Tablett mit den Wurstbrötchen in Händen.

»Es tut mir so leid, Adele«, sagte er mit zitternden Lippen. »Das war schrecklich für dich. Sie ist natürlich betrunken und liegt jetzt bewusstlos in einem Sessel. Gott weiß, was ihre alten Freunde gedacht haben mögen; die Geschichte wird sich schon morgen in der ganzen Grafschaft herumgesprochen haben.«

Er brachte Adele dazu, in die Küche zurückzukehren, und drückte sie auf einen Stuhl am Tisch. Sein Gesicht war schneeweiß und angespannt, aber er wischte ihr mit einem Taschentuch die Tränen von den Wangen und küsste sie auf die Stirn.

»Ich hätte dich all dem niemals aussetzen dürfen«, murmelte er. »Hat sie sich schon früher dir gegenüber so benommen?«

Adele verschwieg Michael nur deshalb die Wahrheit, weil er so bekümmert wirkte. Er hatte es nicht verdient zu hören, was für eine Frau seine Mutter in Wirklichkeit war, erst recht nicht am Heiligen Abend.

»Sie hat ihre unangenehmen Augenblicke«, war alles, was sie dazu bemerkte, dann zog sie ihren Mantel aus, weil sie wusste, dass sie Michael unmöglich mit seiner Mutter allein lassen konnte.

»Aber das war letztes Jahr«, murmelte Adele vor sich hin, während sie den leeren Karton mit Weihnachtsschmuck aufhob, um ihn wegzubringen. »Diesmal wird es anders sein.«

Auf der Weltbühne hatte sich so viel ereignet, dass sogar die egozentrische Mrs. Bailey gezwungen gewesen war einzusehen, dass sie nicht der einzige Mensch mit Problemen war. Im Januar war König Georg gestorben, und das ganze Land hatte getrauert. Diese Trauer war kaum überwunden, als die Zeitungen begannen, Geschichten über König Edwards Liebesaffäre mit der verheirateten Amerikanerin Wallis Simpson zu drucken. In Spanien brach im Juli der Bürgerkrieg aus,

Mussolini schien zu versuchen, die Weltherrschaft an sich zu reißen, und die finsteren Nachrichten aus Deutschland wurden immer bedrückender. Zweihundert Männer marschierten von Jarrow in der Grafschaft Durham mit einer Petition zur unerträglich hohen Arbeitslosigkeit in ihrer Stadt nach London – inzwischen waren in Jarrow fünfundsiebzig Prozent der Männer erwerbslos. Erst vor wenigen Wochen hatte König Edward sich dann entschlossen abzudanken, sodass er Wallis Simpson heiraten konnte, und das ganze Land war darüber in Aufruhr geraten und in hitzige Debatten verfallen.

Adele bezweifelte, dass Mrs. Bailey sich wirklich für ihr Land und seine weniger vom Glück begünstigten Bewohner interessierte, aber sie war seitdem beträchtlich ruhiger geworden. Ihre Wutanfälle und Alkoholexzesse waren jetzt seltener. Sie schien sich sogar damit abgefunden zu haben, eine verstoßene Ehefrau zu sein, denn sie hatte den Salon und das Speisezimmer nach ihrem Geschmack neu einrichten lassen. Adele selbst gefiel die dunkelrot gestreifte Tapete im Esszimmer nicht besonders, weil der Raum dadurch tagsüber zu düster wirkte, aber die Rosa- und Grüntöne im Salon waren wunderschön. Außerdem hatte Mrs. Bailey zusammen mit einigen anderen Frauen Wohltätigkeitsarbeiten übernommen, und im Frühling war sie mit einer alten Freundin für eine Woche nach Frankreich gefahren.

Es gab jedoch immer noch Zeiten, in denen sie sich ins Bett legte und nicht wieder aufstehen wollte. Und sie zeigte nach wie vor wenig Dankbarkeit für all die harte Arbeit, die Adele verrichtete. Aber an Adeles siebzehntem Geburtstag im Juli hatte sie ihr ein kleines silbernes Medaillon an einer Kette geschenkt. Zwar hatte sie nicht mehr gesagt als »Alles Gute zum Geburtstag«, doch Adele dachte, dass sie vielleicht ein wenig so war wie Granny und ihre Gefühle einfach nicht ausdrücken konnte.

Jetzt war es Michael irgendwie gelungen, seinen Bruder Ralph zusammen mit seiner Frau und seinen Kindern zu überreden, zu Weihnachten herzukommen, und auch Mr. Bailey würde Harrington House einen Besuch abstatten. Sie würden alle am nächsten Tag ankommen, am Heiligen Abend, und Adele hoffte inbrünstig, dass die Familie ihre Schwierigkeiten würde beilegen können.

»Ich hatte nicht damit gerechnet, dich heute zu sehen!«, rief Honour überrascht, als Adele am nächsten Nachmittag das Cottage betrat.

Adele zog ihren Mantel aus und schüttelte den Regen ab, bevor sie die Tür schloss. »Ich musste einfach mit dir sprechen«, sagte sie.

»Was ist los?«, fragte ihre Großmutter und erhob sich von ihrem Stuhl.

»Gar nichts«, antwortete Adele und stellte einen Korb auf den Tisch, aus dem sie ein leuchtend bunt verpacktes Geschenk, einen kleinen Pudding in einer Porzellanschale sowie einen Beutel Mandarinen und eine Dose nahm. »Ich wollte nur sichergehen, dass du diese Dinge morgen früh hier vorfinden wirst«, fügte sie hinzu.

»Erzähl mir nicht, dass du morgen nicht nach Hause kommen wirst«, meinte ihre Großmutter, und das leichte Zittern in ihrer Stimme verriet Adele, dass sie mit ihrem Instinkt richtig gelegen hatte und ihre Großmutter sich sehr einsam fühlte.

»Natürlich werde ich trotzdem morgen Nachmittag herkommen«, erwiderte Adele und strich Honour liebevoll über die Wange. »Ich würde dich am ersten Weihnachtstag nicht allein lassen, nicht einmal dann, wenn Wallis Simpson zu Besuch käme, um mir einige ihrer alten Kleider zu schenken.«

Honour hielt Wallis für einen Teufel in Menschengestalt, der direkt aus der Hölle gekommen war, um die Monarchie zu stürzen. Obwohl sie die Frau zutiefst verabscheute, bemerkte sie häufig, dass ihre Kleider schlicht sensationell seien.

»Was ist in der Dose?«, wollte sie neugierig wissen.

»Ein Weihnachtskuchen«, antwortete Adele mit einem Lächeln. »Gebacken und verziert von meinen eigenen schönen Händen.«

Adele beobachtete, wie ihre Großmutter den Deckel von der Dose hob, aber statt der erwarteten Fragen oder auch nur eines kleinen Seitenhiebs darüber, dass die Glasur nicht glatt genug sei, sah sie eine Träne über Honours Wange laufen.

»Ich habe die Zutaten nicht gestohlen«, versicherte Adele hastig. »Ich habe sie gekauft, aber ich fand, es sei nichts Unrechtes dabei, wenn ich zwei Kuchen gleichzeitig in den Ofen stelle.«

»Der Kuchen ist wunderschön«, erklärte ihre Großmutter, und ihre Stimme klang weich und tief. Sie wischte sich die Träne fort und lächelte. »Du hast einen weiten Weg hinter dich gebracht, seit ich dich vor fünf Jahren als mageres kleines Ding bei mir aufgenommen habe. Das war das Beste, was ich je getan habe.«

Als Adele die Liebe in der Stimme ihrer Großmutter hörte, überlief sie ein wohliger kleiner Schauder.

»Und einen Pudding hast du auch mitgebracht!«, rief Honour aus. »Also, denk nicht einmal im Traum daran, dich in Harrington House vollzustopfen, sodass du keinen Platz mehr für dein Dinner hier hast!«

»Ich muss jetzt wieder zurück«, bemerkte Adele. »Pack das Geschenk morgen früh aus.«

Ihre Großmutter schüttelte den Kopf. »Nein, ich werde auf dich warten. Also, lass dich nicht zu lange dort aufhalten.«

Als Adele durch den peitschenden Regen nach Winchelsea zurückkehrte, sprach sie ein kleines Gebet, dass Mrs. Bailey am Ende der Weihnachtstage zu ihrem Mann nach Hampshire zurückkehren möge.

Sie wollte nicht länger Dienstbotin sein, sie wusste inzwischen, was das bedeutete. Vor einigen Jahren hatte sie geglaubt, es gehe lediglich darum, Geld zu verdienen, indem man jemanden versorgte, der reicher war als man selbst. Für sie war es nichts anderes gewesen als die Arbeit, der ein Maurer nachging, der für einen anderen ein Haus baute, oder ein Metzger, der Fleisch an seine Kunden verkaufte.

Aber so war es ganz und gar nicht. Als heute Michael und seine Familie angekommen waren, war ihr mit Macht bewusst geworden, welchen Platz ein Dienstbote in der Gesellschaft bekleidete. Mr. Bailey hatte ihr Hut und Mantel in die Arme gedrückt und war in den Salon gegangen, und die anderen waren seinem Beispiel gefolgt, selbst die beiden Kinder. Als wäre sie ein Mantelständer.

Michael hatte entschuldigend die Schultern gezuckt und ihr ein angespanntes Lächeln geschenkt. Er zumindest hatte seinen Mantel selbst aufgehängt, aber er war dennoch mit den anderen in den Salon gegangen und hatte die Tür hinter sich geschlossen.

Michael hatte in der Küche ihrer Großmutter gesessen und Ingwerbier getrunken, er hatte geholfen, Kaninchen zu häuten und Holz zu sammeln, als gehörte er zur Familie. Aber obwohl Adele das Erbrochene seiner Mutter aufwischte, sie dazu beschwatzte, etwas zu essen, obwohl sie ihre Kleider wusch und bügelte und in ihrem Haus schlief, um sicherzugehen, dass sie es nicht niederbrannte, konnte sie vor seiner Familie nicht mit Michael reden. Sie konnte »frohe Weihnachten« sagen oder: »Soll ich Ihnen Ihren Hut abnehmen, Sir?«

Aber nicht: »Wie kommst du in Oxford zurecht? Erzähl mir alles!«

Für Michaels Familie gehörte sie in die Küche, zusammen mit den Töpfen und Pfannen. Wenn sie irgendwo anders im Haus arbeitete, erwartete man von ihr, dass sie still und unsichtbar war, ein Mensch ohne Rechte, ohne eigene Persönlichkeit oder Gefühle. Im Augenblick saßen sie wahrscheinlich zusammen im Salon und genossen das warme Feuer und den schön geschmückten Weihnachtsbaum, während sie sich bereits auf die gebratene Gans und den Plumpudding morgen Mittag freuten. Aber Adele wusste, dass sie keinen Gedanken daran verschwendeten, wie die Gans auf ihren Tisch kam oder wie viel Planung und Vorbereitung notwendig gewesen war, um ihnen ein schönes Weihnachtsfest zu ermöglichen.

»Es wird Zeit, dass du weiterziehst«, murmelte sie vor sich hin, während sie sich Harrington House näherte. »Es sollte ohnehin von Anfang an nur eine vorübergehende Beschäftigung sein.«

Als Adele die Haustür öffnete, trat Mr. Bailey gerade in die Diele hinaus. Sie hatte sich vorgestellt, dass er wie Michael aussehen würde, hochgewachsen, schlank und dunkelhaarig, aber tatsächlich war er fast das Gegenteil. Er war nicht größer als einen Meter siebzig und untersetzt, außerdem waren die wenigen ihm verbliebenen Haare bereits grau.

Sie wusste, dass er über fünfzig war und dazu neigte, dem Essen und Trinken übermäßig zuzusprechen, was sein dicker Bauch und sein gerötetes Gesicht bewiesen. Außerdem gebrach es auch ihm an Charme und Toleranz – als sie das Mittagessen serviert hatte, hatte er ihr mehrmals Befehle zugeblafft.

»Oh, da sind Sie ja«, bemerkte er scharf, noch während sie sich die Füße abtrat. »Ich habe geläutet und keine Antwort bekommen.«

»Ich habe nachmittags zwei Stunden frei«, erklärte Adele. »Hat Mrs. Bailey Ihnen das nicht mitgeteilt?«

»Sie hat sich kurz hingelegt«, sagte er. »Aber wir hatten erwartet, dass Sie sich zur Verfügung halten, solange Besucher in Harrington House sind.«

Ärger stieg in Adele auf, doch sie zwang sich zu einem Lächeln. »Ich ziehe nur schnell meinen Mantel aus, dann komme ich zu Ihnen, damit Sie mir Ihre Wünsche übermitteln können«, erwiderte sie.

»Wir wollen Tee für die Kinder«, fuhr er sie an, und seine Wangen röteten sich noch mehr. »Außerdem können die Kinder bei Ihnen in der Küche bleiben, bis sie ins Bett gehen müssen.«

Unter anderen Umständen wäre Adele vielleicht versucht gewesen zu bemerken, dass sie kein Kindermädchen sei und dass es weder anständig noch richtig sei, von ihr zu erwarten, dass sie das Abendessen zubereitete und gleichzeitig zwei aufgeregte Kinder beaufsichtigte. Aber wenn sie diesem Impuls nachgab, würde Mr. Bailey seine Wut höchstwahrscheinlich an seiner Frau oder an Michael auslassen.

Wie sich herausstellte, verursachten Anna und James, die beiden Kinder von Ralph und Laura Bailey, keinerlei Schwierigkeiten. Vermutlich hatten sie den größten Teil ihres jungen Lebens in Gesellschaft von Dienstboten verbracht, da sie in der Küche deutlich entspannter und glücklicher wirkten als zuvor im Speisezimmer. Anna war sechs und James vier, zwei hübsche kleine Kopien ihrer blonden, blauäugigen Mutter. Ralph kam auf seinen Vater heraus: Obwohl er ein wenig größer war als dieser und dichtes dunkles Haar hatte, entwickelte er bereits die gleiche Gesichtsröte und einen deutlichen Bauchansatz.

Nachdem die Kinder zum Tee Sandwiches und Kuchen gegessen hatten, gab Adele ihnen einen Krug mit Knöpfen zum Spielen. Sie hatte die Knöpfe gleich während ihrer ersten Arbeitstage in Harrington House in einem der Küchenschränke entdeckt.

»Ihr könntet sie nach Farben sortieren oder Bilder damit legen«, schlug sie vor, nachdem sie die Knöpfe auf ein Tablett gekippt hatte. Dann formte sie mit einigen davon eine Blume, um die Kinder anzuleiten, und gab jedem von ihnen ein Tablett, damit die Knöpfe nicht auf den Boden fielen.

Sobald Anna und James beschäftigt waren, deckte Adele im Speisezimmer den Tisch für das Abendessen. Mrs. Bailey hatte Suppe verlangt, gefolgt von kaltem Fleisch und Eingemachtem, und da die Suppe bereits fertig war und nur noch aufgewärmt werden musste, dachte Adele, dass sie reichlich Zeit haben würde, um die Füllung für die Gans für den nächsten Tag zuzubereiten. Um halb sieben wollte sie die Kinder ins Bett bringen, sodass das Abendessen um sieben Uhr serviert werden konnte.

Sie fand es eigenartig, dass Laura Bailey nicht nach oben kam, während sie ihre Kinder in ihre Nachtgewänder steckte, aber offenbar war die hübsche blonde Frau aus demselben Holz geschnitzt wie ihre Schwiegermutter und mochte selbst kaum einen Finger rühren.

»Liest du uns etwas vor, Adele?«, fragte Anna, sobald sie neben ihrem Bruder im Bett lag.

»Ich kann nicht, ich muss das Abendessen vorbereiten«, antwortete Adele. »Und ihr müsst jetzt schlafen, weil der Weihnachtsmann euch sonst nichts in eure Strümpfe stecken wird.«

Die beiden großen Strümpfe aus rotem Leinen, in die die Namen der Kinder eingestickt waren, hingen an den Bettpfosten. Pamela und sie hatten niemals mehr gehabt als ein Paar Socken von ihrem Vater, und der Inhalt war sehr mager ausgefallen im Vergleich zu dem, was diese beiden Kinder erwarten durften.

»Bitte, lies uns eine Geschichte vor«, flehte Anna. »Wir versprechen auch, dass wir dann gleich einschlafen werden.«

Sie sah so entzückend aus mit ihrem blonden Haar, das über die Schultern ihres rosafarbenen Nachthemds fiel, dass Adele es nicht übers Herz brachte, ihr ihre Bitte abzuschlagen. »Also schön, aber nur eine ganz kurze«, stimmte sie zu.

Es gab keine Uhr im Schlafzimmer, und Adele war so gefesselt von der Geschichte über die Hexe, die ihren Zauberstab verlor, dass ihr gar nicht bewusst war, wie lange sie bei den Kindern gesessen hatte.

Nachdem sie sie in ihre Decken eingehüllt und ihnen einen Gutenachtkuss gegeben hatte, kehrte sie in die Küche zurück, wo sie zu ihrem Entsetzen sah, dass es schon weit nach sieben war.

»Um wie viel Uhr dürfen wir unser Abendessen erwarten?«

Sie hatte gerade in der Suppe auf dem Herd gerührt, als Mr. Baileys sarkastische Frage sie herumwirbeln ließ. Die Hände in die Hüften gestemmt, stand er in der Tür, die zum Speisezimmer führte. »Es dauert nur noch ein paar Minuten, Sir«, versicherte sie und begann zu erklären, warum sie so spät dran war.

»Ich will keine Ausreden hören«, unterbrach er sie schroff.

Hätte Mrs. Bailey etwas Derartiges zu ihr gesagt, hätte Adele sie daran erinnert, dass ihre Arbeitszeit um sieben Uhr beendet war, aber Mr. Bailey hatte eine einschüchternde Wirkung auf sie.

Hastig griff sie nach der Platte mit kaltem Fleisch und stellte sie auf den Tisch, dann zündete sie die Kerzen an, holte die gebackenen Kartoffeln aus dem Ofen und schob die Brötchen hinein, um sie zu wärmen.

Sobald die Suppe heiß war und alles andere auf dem Tisch stand, schlug sie den Gong an. Während die Familie ins Speisezimmer ging und Platz nahm, füllte Adele die Suppe in eine vorgewärmte Terrine.

Ralph Bailey machte gerade eine Bemerkung über die Christmette in der Kirche, als Adele mit der Terrine hereinkam. Das Gefäß war schwer und heiß, und Adele war in Gedanken mit der Frage beschäftigt, ob sie es besser auf den Tisch oder auf das Sideboard stellen sollte, um die einzelnen Suppenschalen zu füllen. Aber Mrs. Bailey schob bereits einen Untersetzer in die Mitte des Tisches, also sollte die Terrine vermutlich dort stehen. Plötzlich rutschte Adele aus. Sie versuchte, die Terrine festzuhalten, aber es gelang ihr nicht, sie fiel zu Boden und zerbrach auf der Stelle. Die heiße Gemüsesuppe ergoss sich über Adeles Hände und spritzte durch den Raum.

»Sie verdammte Idiotin!«, schimpfte Mr. Bailey und sprang von seinem Platz am Kopfende des Tisches auf. »Was um alles in der Welt machen Sie da?«

Adele war entsetzt über das Missgeschick. Ihre rechte Hand war verbrüht, und als sie hinabblickte und die Bescherung auf dem Boden sah sowie den großen, flachen Knopf, auf dem sie ausgerutscht war, begann sie zu weinen. »Es tut mir leid«, rief sie. »Ich bin auf einem Knopf ausgerutscht.«

Sofort lag sie auf allen vieren und versuchte verzweifelt, Porzellansplitter und kleine Gemüsestücke aufzulesen.

»Auf einem Knopf!«, sagte Mrs. Bailey, deren Stimme schrill vor Entrüstung war. »Was hat ein Knopf auf dem Boden zu suchen?«

Noch immer kniend, sprudelte Adele hervor, dass die Kinder mit den Knöpfen gespielt hatten und dass einer davon ins Speisezimmer gerollt sein müsse. Laura Bailey empörte sich über Dienstboten, die ihren Kindern die Schuld an ihrer eigenen Dummheit in die Schuhe schoben. Mr. Bailey beschimpfte sie als nutzlos, und Ralph fragte, was sie jetzt essen sollten.

»Macht nicht so einen Wirbel«, übertönte Michaels Stimme

die der anderen. »Adele konnte nichts dafür, es war ein Unfall. Außerdem hätte sie inzwischen eigentlich frei, und zu essen ist auch noch reichlich da.«

Er kam um den Tisch herum, zog Adele vom Boden hoch und sah ihre roten Hände. »Geh und spül dir die Hände mit kaltem Wasser ab«, meinte er sanft, die Augen voller Mitgefühl. »Ich sorge hier für Ordnung.«

Adele huschte weinend davon. Aber die wütenden Stimmen der Baileys verfolgten sie und übertönten selbst das Plätschern des fließenden Wassers.

»Nur du konntest einen Holzkopf als Dienstmädchen einstellen«, hörte sie Mr. Bailey sagen.

»Sie hat weder meinen noch Lauras Koffer ausgepackt«, bemerkte Ralph seinerseits bissig. »Wirklich, Mutter«, fuhr er fort, »du musst dir unbedingt vernünftig ausgebildetes Personal suchen.«

Einige Minuten später kam Michael mit der zusammengeknüllten, schmutzigen Tischdecke in Händen in die Küche. »Ich habe das Schlimmste mit einem Lappen aufgewischt, den ich im Schrank im Esszimmer gefunden habe«, sagte er. »Ich hoffe, es war kein Familienerbstück?«

»Nein, es war eine ganz gewöhnliche Terrine«, antwortete sie und nahm ihm das Bündel ab. »Die Flecken werden wieder rausgehen. Es ist lange nicht so schlimm wie all das Erbrochene, das ich in der Vergangenheit aufgewischt habe, wenn deine Mutter sich betrunken hat.«

Sie wusste, dass das eine grausame Bemerkung war, doch andererseits waren die Baileys auch ihr gegenüber grausam gewesen. »Geh zurück zu den anderen, und iss dein Abendessen«, meinte sie und wandte sich von ihm ab, damit sie die

Erschütterung auf seinem Gesicht nicht sehen musste. »Pass auf, dass du nicht auf dem Rest der Suppe ausrutschst. Ich werde den Boden wischen, sobald ihr mit dem Essen fertig seid.«

Nachdem er gegangen war, schloss Adele die Küchentür hinter ihm und hielt ihre verbrannte Hand unter den Wasserhahn. Sie fragte sich, wie Menschen so herzlos werden konnten, wie die Baileys es waren, und sie hoffte inbrünstig, dass einem jeden von ihnen irgendetwas Abscheuliches zustoßen möge, das ihnen eine Lektion erteilen würde.

Später hörte sie, wie die Familie das Speisezimmer verließ, und kurze Zeit darauf läutete die Glocke im Salon. Adele ignorierte das Läuten und hob den Eimer mit heißem Wasser aus dem Spülbecken, um ins Esszimmer zu gehen und den Boden zu wischen. Als sie einen Blick in den Raum warf, schnitt sie eine Grimasse. Die Baileys hatten sich nicht die Mühe gemacht, um das verbliebene Gemüse auf dem Boden herumzugehen, sodass jetzt überall zerdrückte Erbsen und Möhren lagen, und vermutlich hatten sie einiges davon auch in den Salon getragen. Aber die vergossene Suppe hatte ihnen offensichtlich nicht den Appetit verdorben, da auf dem Tisch kein Krümel Essbares zurückgeblieben war.

Sie hatte den Boden aufgewischt und stellte gerade das Geschirr vom Tisch auf ein Tablett, als Mr. Bailey hereinkam.

»Sind Sie taub? Wir haben nach Kaffee geläutet«, erklärte er wütend.

»Ich arbeite nur bis sieben Uhr«, entgegnete sie und sah ihm direkt in die Augen. »Ich bin nur deshalb noch hier und wische diese Schweinerei auf, weil Weihnachten ist.«

»Wenn das Ihre Einstellung ist, können Sie auf der Stelle

gehen«, schimpfte er und deutete mit einem seiner wurstigen Finger in ihre Richtung.

Adele wusste, wie schwer es war, Arbeit zu finden, und sie hatte sich an die Annehmlichkeit gewöhnt, über eigenes Geld zu verfügen. Sie war drauf und dran, sich zu entschuldigen, als ihr plötzlich klar wurde, dass sie jedwede Würde verlieren würde, wenn sie jetzt klein beigab, und diese Erkenntnis gab den Ausschlag.

»Damit bin ich einverstanden«, erwiderte sie, nahm ihre Schürze ab und warf sie auf den Tisch. »Es ist mir ohnehin viel lieber, ein Weihnachtsessen für meine Großmutter zu kochen, die meine Mühe auch zu schätzen weiß.«

Er schien sich vor ihr aufzublähen, und einen Moment lang glaubte sie, er wollte sie schlagen. »Wie können Sie es wagen?«, zischte er. »Sie werfen Suppe quer durch den Raum und reagieren nicht, wenn wir läuten. Was für eine Art Hausmädchen sind Sie?«

»Die Art, die ohne Zögern kündigt«, gab sie mit mehr Tapferkeit zurück, als sie empfand. »Ich habe endgültig genug davon, mich beleidigen zu lassen. Das habe ich nicht verdient.«

»Unverschämtes kleines Miststück!«, explodierte er. »Meine Frau hat mir erzählt, was für eine scharfe Zunge Sie haben, und jetzt erkenne ich die Wahrheit. Sie haben ihre Gutmütigkeit ausgenutzt.«

»Welche Gutmütigkeit?«, gab Adele zurück. Sie war inzwischen ebenfalls wütend und durchaus bereit, mit jeder Waffe gegen ihn zu kämpfen, die sie hatte. »Sie wissen genauso gut wie ich, wie sie wirklich ist. Ist das nicht der Grund, warum Sie sie hinausgeworfen haben? Wäre ich nicht gewesen, wäre sie in einem vollkommen verdreckten Haus verhungert.«

»Raus! Sofort«, befahl er, und als er auf die Tür zeigte, zitterten seine Finger vor Zorn.

»Ich bin schon unterwegs«, erwiderte sie und ging zur Küche, um ihren Mantel zu holen. In der Tür blieb sie stehen, drehte sich noch einmal nach Mr. Bailey um und grinste. »Die Gans ist so weit fertig. Sie müssen sie etwa um sechs Uhr morgen früh in den Ofen schieben, wenn Sie die Feuer anzünden. Die Füllung, das Gemüse und das Dessert finden Sie in der Speisekammer. Ich wünsche Ihnen frohe Weihnachten.«

Er machte einen Satz auf sie zu und schlug ihr hart ins Gesicht. »So eine unglaubliche Unverschämtheit ist mir noch nie untergekommen«, schrie er sie an. »Wie können Sie es wagen? Was glauben Sie, wer Sie sind?«

»Ich *glaube* nicht, dass ich wer bin. Ich *weiß*, wer ich bin«, entgegnete sie und widerstand dem Drang, ihre schmerzende Wange zu berühren. »Und ich bin ein viel netterer Mensch als Sie, das steht fest.«

Er griff nach ihrem Oberarm, und sie wappnete sich gegen eine neuerliche Ohrfeige, aber er schlug sie nicht, sondern zerrte sie durch die Diele und öffnete die Haustür. »Verschwinden Sie auf der Stelle«, brüllte er, ohne sich darum zu kümmern, dass es heftig regnete und sie keinen Mantel hatte.

»Dann sollten Sie besser Ihre Frau mitnehmen, wenn Sie nach Hause fahren«, meinte sie, während sie in den Regen hinaustrat. »Sie wird niemanden finden, der sie von hinten bis vorne bedient, wie ich es getan habe.«

Die Tür schlug hinter ihr zu, bevor sie ihren Satz auch nur beenden konnte.

Es regnete inzwischen doppelt so heftig wie früher am Tag, und als Adele unter dem alten Landgate, einem der Stadttore von Winchelsea, hindurch- und den Hügel hinabging, war sie bereits bis auf die Unterwäsche durchnässt, und ihre Schuhe waren von Wasser durchtränkt. Ihre Tränen vermischten sich auf ihrem Gesicht mit dem Regen, aber es waren Tränen der Wut, nicht des Bedauerns.

»Adele, warte auf mich!«

Beim Klang von Michaels Stimme drehte sie den Kopf und sah ihn die Straße hinunter auf sie zurennen, aber sie trottete entschlossen weiter.

»Adele, es tut mir so leid«, stieß er hervor, als er sie einholte.

»Ich bin diejenige, der es leid tun sollte. Leid um dich«, antwortete sie scharf. »Dein Vater ist absolut unmöglich.«

»Das weiß ich«, entgegnete er, atemlos von der Anstrengung des Laufens. »Ich finde keine Entschuldigungen für ihn.«

»Er hat mich geschlagen und aus dem Haus geworfen«, erklärte sie entrüstet. »Dazu hatte er kein recht. Ich habe mein Bestes für deine Mutter getan. Jetzt tut sie mir tatsächlich leid, denn ich begreife langsam, warum sie so verrückt ist.«

»Bitte, komm zurück«, flehte er sie an. »Mutter ist ganz blass geworden, als sie hörte, dass du gegangen bist. Sie kommt ohne dich nicht zurecht, und das weiß sie auch.«

»Schön«, gab Adele trotzig zurück. »Ich hoffe, deine ganze Familie leidet. Sie hat es verdient.«

»Ich auch?«, fragte er und griff nach ihrem Arm.

»Nein, du nicht«, murmelte sie und schüttelte seine Hand ab. »Ich habe immer gedacht, ich hätte Pech mit meiner Mutter gehabt. Aber jetzt, nachdem ich deine Eltern kennengelernt habe, finde ich, dass du mehr Mitleid verdienst. Und nun geh nach Hause, und lass mich in Ruhe.«

»Wenn du glaubst, ich werde dich allein durch Dunkelheit und Regen laufen lassen, dann irrst du dich«, brummte er.

»Meine Großmutter wird ihren Ärger an dir auslassen«, warnte sie ihn. »Das würde ich an deiner Stelle lieber nicht riskieren, Michael.«

»Ich nehme die Gefahr auf mich«, sagte er. »Ich muss mich bei ihr entschuldigen.«

Während des ganzen restlichen Weges sprachen sie kein Wort mehr miteinander, denn sobald sie die Marschen erreichten, war der Wind so stark, dass sie sich kaum aufrecht halten konnten, und der Regen fühlte sich an, als stünden sie unter einer eiskalten Dusche.

Honour lag bereits im Bett, als sie das Cottage erreichten, daher musste Adele an ihr Schlafzimmerfenster klopfen und sie bitten, sie hereinzulassen. Kurz darauf öffnete ihre Großmutter die Tür; sie hielt eine Kerze in der Hand und trug einen Schal über ihrem Nachthemd.

»Was ist passiert?«, fragte sie. Dann sah sie, dass Adele keinen Mantel anhatte, und zog sie hastig ins Haus. »Ich hoffe, Sie haben eine gute Erklärung dafür, dass Sie meine Enkelin bis auf die Haut durchnässt nach Hause bringen?«, fuhr sie Michael an.

Sobald sie durch die Tür getreten waren, sprudelte Adele alles hervor, was ihr widerfahren war.

»Und Sie, Michael? Warum sind Sie nicht für sie eingetreten?«, fragte Honour, während sie die Öllampe anzündete.

»Während des letzten Teils der Ereignisse war ich nicht zugegen. Ich wusste nicht, dass Vater sich so aufführen würde«, versicherte er. »Er hat nur immer wieder gefragt: ›Warum reagiert sie nicht auf die Glocke?‹, und ich habe mich bereit erklärt nachzusehen, aber er hat mir befohlen, mich nicht von der Stelle zu rühren. Als ich Vater später schreien hörte, hat mein Bruder gemeint, ich solle mich nicht einmischen. Ich schäme mich furchtbar, dass ich zu diesem Zeitpunkt nicht eingegriffen habe.«

»Es war rückgratlos, aber ich denke, verständlich, wenn man bedenkt, dass Ihr Vater Sie Ihr Leben lang schikaniert hat«, erwiderte sie energisch. Dann schob sie Adele zu ihrem Schlafzimmer hinüber und trug ihr auf, auf der Stelle die nassen Kleider auszuziehen.

Michael stand da und ließ den Kopf hängen, während das Regenwasser aus seinen Kleidern auf den Boden tropfte.

»Irgendwann werden Sie Ihrem Vater die Stirn bieten müssen«, bemerkte Honour spitz. »Tyrannen leben von der Schwäche anderer. Aber ich nehme an, Sie sind kein kompletter Feigling, da Sie Adele gefolgt sind und den Mut hatten, mir gegenüberzutreten. Doch Sie sollten jetzt besser nach Hause gehen und zusehen, dass Sie aus den nassen Kleidern herauskommen.«

»Es tut mir so leid, Mrs. Harris«, meinte Michael.

Honour sah, dass er zitterte, was nicht nur an der Kälte lag, sondern auch an dem Schock, den er erlitten hatte. »Sie sollten es nicht nötig haben, sich für Ihren Vater entschuldigen zu müssen«, entgegnete sie. »Ich werde diese Angelegenheit nicht auf sich beruhen lassen, aber damit Sie morgen in Ihrem Haus keinen Unfrieden haben, sollten Sie nicht mehr sagen, als dass Sie Adele nach Hause begleitet haben.«

»Ich schäme mich so sehr«, flüsterte Michael mit gepresster Stimme. »Ich möchte nicht zu einer Familie gehören, die andere Menschen so schlecht behandelt. Ralph ist fast genauso schlimm wie Vater.«

»Niemand trägt die Verantwortung dafür, in welche Familie er hineingeboren wird«, erklärte Honour ein wenig sanfter. »Und jetzt gehen Sie nach Hause, Michael.«

12

Honour beobachtete, wie Adele auf dem Sofa langsam einnickte, und lächelte bei sich. Das Mädchen hatte gegen den Schlaf angekämpft, seit sie mit ihrem Weihnachtsessen fertig waren, aber am Ende hatte es die Schlacht verloren.

Sie fand, dass Adele sehr hübsch aussah, wie sie dort mit offenem Haar und gerötetem Gesicht lag, die Beine unter dem Rock ihres neuen Kleides angewinkelt. Es stand ihr hervorragend, und Honour war über den perfekten Sitz des Kleides begeistert, denn es war das extravaganteste Stück, das sie je genäht hatte. Sie hatte nicht nur das Schnittmuster kaufen müssen, weil all ihre Schnittmuster so altmodisch waren, sie hatte auch fast fünf Meter Stoff benötigt, da er für das Kleid schräg zur Faser hatte zugeschnitten werden müssen.

»Ich sehe nun genauso aus wie Wallis Simpson«, hatte Adele scherzhaft bemerkt, als sie es anprobiert hatte. Honour war nicht der Meinung gewesen, in ihren Augen hatte Adele nicht die geringste Ähnlichkeit mit dieser mageren Vogelscheuche von einer Frau, aber Wallis Simpson hatte sie tatsächlich zu diesem Kleid inspiriert. Allerdings stand es Adele weit besser, fand Honour, da sie eine perfekte Figur und wohlgeformte Beine besaß.

Sie wird ein Paar hochhackiger Schuhe, einen anständigen Mantel und einen Hut dazu brauchen, dachte sie, während sie ihre Enkelin versonnen musterte. Jahrelang hatte sie in Kleidern lediglich eine Möglichkeit gesehen, sich warm zu halten, und Schnittmuster oder Farben hatten sie kaum interessiert. Es erstaunte sie selbst, wie wichtig es ihr plötzlich erschien, dass Adele gut angezogen war.

»Der Grund dafür ist wahrscheinlich Michael«, murmelte sie.

Schon als Honour den Jungen vor drei Jahren kennengelernt hatte, hatte sie gespürt, dass etwas Besonderes zwischen ihm und Adele existierte, obwohl sie damals kaum mehr gewesen waren als Kinder. Seine Arglosigkeit, sein angeborenes gutes Benehmen und seine unverhohlene Neugier, was ihre Art zu leben betraf, hatten Honour sofort für ihn eingenommen.

Sie hatte erwartet, Adele würde nach dem, was ihr in The Firs zugestoßen war, jedem Mann mit Argwohn begegnen, und gefürchtet, selbst den Drang zu verspüren, ihre Enkelin zu beschützen, sobald jemand in ihre Nähe kam. Aber an Michael war nichts Bedrohliches; er besaß eine Art Reinheit, freimütige Offenheit und ein gutes Herz. Sie hatte immer gehofft, dass eines Tages mehr aus der Freundschaft der beiden werden würde.

Als Michael nach Oxford gegangen und Adele in den Dienst seiner Mutter getreten war, hatte Honour geglaubt, der Funke sei erloschen, aber er brannte noch immer, das hatte sie gestern Abend gesehen, obwohl die beiden zu dieser Zeit durchnässt und sehr erregt gewesen waren. Michael war Adele gegenüber so zärtlich und liebevoll gewesen, und Adele hatte sich gesorgt, ihr Verhalten in Harrington House könnte ihn bekümmern.

Traurigerweise würde der Funke vielleicht nun erlöschen, wenn Honour ihren Plan in die Tat umsetzte. Aber es musste sein: Die Baileys mussten wissen, dass sie es ihnen nicht gestatten würde, ihre Enkeltochter ungestraft zu verletzen oder zu demütigen.

Sie erhob sich aus ihrem Sessel und machte sich einige Minuten lang im Raum zu schaffen, um festzustellen, ob Adele wirklich tief schlief. Sobald sie sich davon überzeugt hatte, deckte sie sie mit einer Decke zu und hoffte, dass ihre Enkelin bis zu ihrer Heimkehr nicht aufwachen würde.

Sie stahl sich leise in ihr Schlafzimmer und unterzog sich einer kritischen Musterung in dem Spiegel auf dem Ankleidetisch. Langsam sah man ihr ihr Alter an – ihre Haut wurde faltig, und auf ihrer Oberlippe bildete sich ein Damenbart. Was ihr stahlgraues Haar betraf, so war es schwer vorstellbar, dass es früher einmal von einem glänzenden Kastanienbraun gewesen war. Ihr dunkelblaues Kleid mit dem Spitzenkragen war das einzige anständige Kleid, das sie besaß. Es war sehr altmodisch, aber schließlich hatte sie es auch in dem Jahr vor Franks Tod genäht. Glücklicherweise hatten die Motten es bis heute verschont, und es passte ihr noch immer.

Jetzt schob Honour einige widerspenstige Haare zurück in ihren Knoten, tupfte sich ein wenig Puder auf die Nase und setzte dann ihren Hut auf. Er war dunkelblau, ein praktischer Filzhut mit einer schmalen Krempe. »Mit diesem Hut siehst du noch Ehrfurcht gebietender aus als sonst, Granny«, hatte Adele einmal gescherzt. Und genau das war die Wirkung, die Honour heute erzielen wollte.

Der Samtkragen an ihrem Mantel war fast abgetragen, aber sie bedeckte ihn mit ihren Fuchsschwänzen. Diese hatte Frank ihr während ihrer Flitterwochen gekauft und erklärt, sie seien unerlässlich für eine Dame von Rang. Sie war sich nicht mehr ganz sicher, ob ihr der Gedanke gefiel, zwei tote Füchse am Hals baumeln zu haben, denn die Glasaugen der Tiere waren für ihren Geschmack ein wenig zu realistisch. Andererseits gaben sie dem Mantel tatsächlich einen eleganteren Anstrich.

Zu guter Letzt holte sie noch ihre besten Schuhe hervor. Sie freute sich nicht darauf, darin den steilen Hang nach Winchelsea hinaufzugehen, da sie sehr eng waren. Aber wenn man den Feind zur Rede stellen wollte, war der äußere Anschein alles, was zählte. Sie wollte so aussehen, als wäre sie ihnen ebenbürtig.

Als sie den Feldweg hinaufging, schien der schneidende Nordwind sie bis auf die Knochen durchdringen zu wollen. Der Himmel hatte die Farbe von Blei, vermutlich würde es später schneien. Die Brede, ein kleiner Fluss, trat nach den schweren Regenfällen des vergangenes Tages beinahe über die Ufer, und es war ein Glück, dass der Regen nachgelassen hatte – noch zwei oder drei Zentimeter, und die schwachen Deiche des Flusses wären überfordert gewesen.

Nur an Tagen wie diesem fiel es Honour schwer, die Marsch zu lieben. Die Landschaft wirkte so trostlos und grausam, eine bedrohliche Umwelt, die nur für wilde Vögel und Schafe geeignet war, und selbst die Schafe kauerten sich Wärme suchend aneinander.

Vor Harrington House angekommen, rückte sie ihren Hut und die Fuchsschwänze zurecht und holte tief Luft, bevor sie die Glocke betätigte.

Im oberen Stockwerk weinte ein Kind, und es dauerte einige Zeit, bis sie Schritte in der Diele hörte. Die Tür wurde von einer jungen Frau mit zerzaustem blondem Haar geöffnet, und sie hatte rote Augen, als hätte sie geweint. Sie war offensichtlich Ralph Baileys Ehefrau.

»Ich möchte mit Mr. und Mrs. Bailey sprechen«, begann Honour und trat hastig über die Schwelle, bevor die junge Frau sie abweisen konnte.

Laura Bailey war verblüfft. »Es passt im Augenblick eigentlich gar nicht«, erklärte sie schwach, dann blickte sie über ihre Schulter, da von oben ein neuerliches Heulen kam.

»Mir passt es aber genau jetzt, daher schlage ich vor, Sie kümmern sich um Ihr Kind, während ich in den Salon gehe. Ich kenne den Weg«, sagte Honour. Und mit diesen Worten marschierte sie auf die Tür des Salons zu und öffnete sie.

Adele hatte ihr die ganze Familie so lebhaft beschrieben, dass Honour glaubte, sie bereits alle zu kennen. Emily saß auf dem Sofa am Feuer, mit ihrem Sohn Ralph neben sich. Myles Bailey saß in einem Sessel gegenüber. Alle drei blickten bei ihrem Eintritt halb erschrocken, halb überrascht auf, und nach der Spannung zu urteilen, die in der Luft lag, vermutete sie, dass sie in einen Streit hineingeplatzt war. Glücklicherweise war Michael nicht zugegen. Sie hoffte, dass er blieb, wo immer er sich gerade aufhielt.

Im Raum herrschte große Unordnung, und auf dem Boden lagen Geschenkpapier und Spielzeuge verstreut. Honour betrachtete kurz den Weihnachtsbaum in der Nische und dachte, dass Adele ihn wunderschön geschmückt hatte.

»Wer sind Sie?«, stieß Ralph entrüstet hervor und sprang von dem Sofa auf. »Und wie kommen Sie dazu, ungebeten hier hereinzumarschieren?«

Der verwirrte Gesichtsausdruck seiner Mutter verriet

Honour, dass Emily sie noch nicht als die alte Freundin ihrer Mutter erkannt hatte.

Honour musterte Ralph von Kopf bis Fuß und bemerkte, dass er eine genaue Kopie seines Vaters im selben Alter war. »Sie haben sich nicht verändert«, erklärte sie scharf. »Sie waren schon als kleiner Junge ausgesprochen unhöflich. Ich bin Mrs. Harris, eine Freundin Ihrer verstorbenen Großeltern, und ich bin außerdem Adeles Großmutter.«

Myles sprang von seinem Sessel auf. »Also, hören Sie«, stieß er hervor. »Wir hatten keine andere Wahl, als Adele zu entlassen. Sie war ausgesprochen unverschämt. Wenn Sie also hergekommen sind, um uns anzuflehen, ihr ihre Arbeit zurückzugeben, dann verschwenden Sie Ihre Zeit.«

»Ich neige nicht dazu, irgendjemanden anzuflehen«, gab Honour schneidend zurück. »Ich bin hergekommen, um Ihnen zu sagen, was ich von Ihnen halte, und um Adeles Sachen zu holen sowie den Lohn, der ihr zusteht.«

Emily wirkte wie vom Donner gerührt. »Mrs. Harris!«, rief sie, und ihre kleinen Hände flatterten vor Erregung, als ihr dämmerte, dass sie die alte Freundin ihrer Mutter vor sich hatte. »Es ist viele Jahre her, seit wir uns das letzte Mal begegnet sind. Warum um alles in der Welt hat Adele mir nicht erzählt, dass sie Ihre Enkelin ist?«

»Wären Sie ihr mit mehr Respekt und Freundlichkeit begegnet, wenn Sie es gewusst hätten?«, fragte Honour mit hochgezogenen Augenbrauen. Sie fand, dass die Jahre mit Emily weitaus freundlicher umgegangen waren als mit ihr selbst. Ihr Haar hatte seine volle Farbe nicht verloren, und ihr Teint war immer noch wie Porzellan. Aber Adeles Beobachtung, dass sie aussehe wie eine Porzellanpuppe, entsprach der

Wahrheit – ihre blauen Augen wirkten gläsern und ein wenig leer, und selbst ihre Lippen waren wie die eines kleinen Mädchens zu einem Schmollmund verzogen.

Honour fand, dass das taubengraue Kostüm mit den Rüschen am Hals unpassend für ihr Alter war, aber sie hatte sich kaum verändert, seit sie sie im Jahr 1913 als junge Mutter das letzte Mal gesehen hatte.

»Sie sollten sich schämen, Emily«, fuhr Honour fort. »Adele hat Ihnen geholfen, als sonst niemand da war, geradeso wie ich Ihrer Mutter oft geholfen habe. Sie hatte keine Ausbildung, bis auf das, was sie von mir gelernt hatte, und trotzdem hat sie dieses Haus geführt, und sie hat es gut geführt. Sie war Ihnen gegenüber diskret, loyal und freundlich. Trotzdem haben Sie Ihrem Mann gestattet, sie zu schlagen und sie ohne Mantel in den Regen hinauszuschicken.«

»Hören Sie«, unterbrach Myles sie. »Sie können nicht einfach hier hereinplatzen und uns am ersten Weihnachtstag stören. Das Mädchen war unerträglich unhöflich. Gott allein weiß, was sie meiner Frau in der Vergangenheit alles an den Kopf geworfen haben mag. Ich hatte keine andere Wahl, als sie zu entlassen.«

»Dazu hatten Sie kein Recht; sie hat für Ihre Frau gearbeitet, nicht für Sie. Adele ist lediglich für sich selbst eingetreten«, zischte Honour. »Sie, Myles Bailey, sind ein ungehobelter Despot.«

Dann skizzierte sie mit beißenden Worten die schlimmsten Aspekte von Adeles Dienst in Harrington House, und sie ließ nichts aus. Wann immer Ralph oder Myles versuchten, sie zum Schweigen zu bringen, bombardierte sie sie mit weiteren Offenbarungen. Emily begann zu weinen, und Honour drehte sich voller Wut zu ihr um.

»So ist es recht, weinen Sie nur«, zischte sie. »Das ist alles, wozu Sie jetzt noch taugen. Adele hat Ihnen zu essen gegeben, sie hat hinter Ihnen hergeräumt, sie hat gekocht, genäht, gebügelt und gewaschen, sie hat sogar ihr eigenes Zuhause verlassen, um ein Auge auf Sie zu haben. Nicht ein einziges Mal hat sie mit den Nachbarn über Sie geschwatzt, sie hat nichts gestohlen und Sie in keiner Hinsicht ausgenutzt. Sehen Sie sich diesen Baum an! Den hat Adele geschmückt, ohne Ihre Hilfe, und gleichzeitig hat sie gekocht und das ganze Haus für Ihre Familie ansprechend hergerichtet. Und was haben Sie dafür getan? Nichts! Kein Weihnachtsgeschenk, kein Wort des Lobs. Sie haben Ihrem Mann gestattet, sie aus dem Haus zu werfen, ohne dass sie auch nur Gelegenheit gehabt hätte, ihren Mantel zu holen, und das nur, weil sie eine Suppenterrine hat fallen lassen.«

Honour konnte sehen, welche Wirkung ihre Worte auf die drei Baileys hatte. Emily war blass und zitterte, Ralph konnte es offenkundig nicht fassen, dass jemand den Mut hatte, auf solche Weise mit seinen Eltern zu reden, und Myles war außer sich vor Wut. Wahrscheinlich hatten sie ohne Dienstboten, die ihnen aufwarteten, bereits ein unangenehmes Weihnachtsfest hinter sich, doch Honour hoffte, es mit ihrem Auftritt zu dem schlimmsten in der ganzen Geschichte ihrer Familie zu machen. Aber sie war noch nicht fertig mit ihnen, ihr Blut kochte, und sie verlangte, dass man ihr Gelegenheit gab, Adeles Kleider aus ihrem Zimmer zu holen. Außerdem forderte sie zwei Wochenlöhne anstelle einer Kündigung.

Myles stolzierte im Raum umher, als befände er sich in

einem Gerichtssaal und als wären die Beweise, die man ihm soeben vorgelegt hatte, ein einziges Lügengewebe. »Ich finde das alles absolut unglaublich«, schimpfte er. »Erklären Sie mir eines, Mrs. Harris. Wenn die Position als Emilys Hausmädchen wirklich so schrecklich war, wie Sie behaupten, warum ist das Mädchen dann nicht einfach gegangen?«

»Es gibt einige Menschen auf dieser Welt, die sich den Luxus erlauben, sich von Mitgefühl leiten zu lassen statt von gesundem Menschenverstand«, entgegnete Honour scharf. »Adele wollte nicht gehen, weil sie fürchtete, Emily könnte sich selbst Schaden zufügen. Außerdem wollte sie nicht, dass Michael sich sorgte. Er sollte nicht in seinen Studien beeinträchtigt werden.«

»Ah, jetzt kommen wir langsam zum Kern der Sache«, erwiderte Myles mit einem boshaften Grinsen. »Sie hat ein Auge auf meinen Sohn geworfen, nicht wahr?«

»Was für ein Unsinn!«, schnaubte Honour. »Die beiden waren Freunde, lange bevor sie ihre Stellung in diesem Haus angetreten hat; tatsächlich ist sie nur deshalb hergekommen, um ihm einen Gefallen zu tun. Aber sie hat ihn seither kaum einmal gesehen, wie Emily bestätigen kann. Also wagen Sie es nicht anzudeuten, meine Enkelin habe sich Ihrem Sohn gegenüber in irgendeiner Weise ungehörig benommen, oder Sie werden sich auf sehr dünnem Eis wiederfinden.«

Sein Gesicht wurde um einige Schattierungen röter, und er zückte seine Brieftasche, nahm einige Geldscheine heraus und drückte sie Honour in die Hand. »Nehmen Sie das und ihre Kleider, und dann gehen Sie«, sagte er.

»Zuerst will ich eine Entschuldigung«, erklärte Honour. Sie steckte das Geld ein, wich aber keinen Millimeter zurück.

»Und das Versprechen, dass Mrs. Bailey ihr gute Referenzen geben wird.«

»Natürlich werde ich ihr Referenzen geben«, versicherte Emily, die plötzlich wieder sehr erregt wirkte. Ihre blauen Augen waren voller Furcht. »Doch es wäre mir lieber, wenn Adele wieder herkommen würde. Ich weiß nicht recht, was ich ohne sie anfangen soll.«

»Sie kann nicht zurückkommen, du dummes Frauenzimmer«, platzte Myles heraus. »Ich werde jemand anderen für dich finden.«

Honour musterte den Mann böse. Er verfügte über keinerlei Tugenden, deren er sich rühmen konnte: Er war ein Despot und ein Heuchler und aufgebläht von Selbstgerechtigkeit.

»Eine Entschuldigung?«, wiederholte sie, zog eine Augenbraue in die Höhe und fixierte ihn mit ihrem strengsten Blick.

»Also schön, es tut mir leid, dass ich dem Mädchen gegenüber die Beherrschung verloren habe«, brummte er. Er blickte ihr dabei nicht in die Augen. »Aber gehen Sie jetzt bitte, wir haben das schlimmste Weihnachtsfest unseres Lebens hinter uns, meine Enkelkinder und meine Schwiegertochter sind vollkommen aufgelöst, und Michael war den ganzen Tag über nicht zu Hause.«

Triumph stieg in Honour auf. »Wie anders hätte dieses Fest sein können, hätten Sie Adele wie ein menschliches Wesen behandelt«, entgegnete sie mit seidenweicher Stimme, bevor sie sich zur Tür umdrehte. »Ich werde Ihnen für den Augenblick die Mühe ersparen, mir ihre Kleider herauszugeben. Ich werde lediglich ihren Mantel aus der Küche holen.

Michael kann uns morgen sicher die anderen Sachen vorbeibringen?«

»Nicht Michael«, gab Myles zurück. »Ich möchte nicht, dass er jemals wieder auch nur in Ihre Nähe kommt. Ralph oder ich werden Ihnen die Sachen bringen.«

Honour, die in ihren engen Schuhen inzwischen humpelte, hatte auf dem Heimweg reichlich Stoff zum Nachdenken. Beim Anblick der Küche in Harrington House wäre sie am liebsten in Gelächter ausgebrochen. Dort hatte absolutes Chaos geherrscht, und überall hatten schmutzige Teller, Töpfe und Essensreste gestanden. Sie hatte den Herd berührt und festgestellt, dass er nur lauwarm war – offensichtlich hatten die Baileys nicht daran gedacht, das Feuer zu schüren, und es war inzwischen fast erloschen. Weder heute Abend noch am nächsten Morgen würde es heißes Wasser für die Bäder geben, und an wem würde der Abwasch hängen bleiben?

Aber die Häme darüber, dass Adeles Fortgang den Baileys schlimmeren Schaden zugefügt hatte als ihrer Enkelin selbst, wurde von dem Gedanken an Michael getrübt. Es war nicht recht, dass so ein netter junger Mann am Weihnachtstag allein umherwanderte oder dass er in solche Verwirrung gestürzt wurde, wem seine Loyalität zu gelten hatte.

Der nächste Tag war noch kälter und dunkler. Honour hatte es kaum fertig gebracht, die Käfige der Kaninchen zu öffnen, um sie zu füttern, so stark war der Wind. Um die Tiere zu schützen, konnte sie nicht mehr tun, als Säcke über die Stalltüren zu hängen.

»Ich werde heute nicht wieder durch diese Tür treten«, seufzte sie, als sie wieder im Cottage war und sich am Herd wärmte. »Ich werde offensichtlich langsam alt«, fügte sie hinzu, als sie Adeles aufmerksamen Blick bemerkte. »Früher hat mir die Kälte nie etwas ausgemacht.«

Sie fühlte sich ein wenig unbehaglich, denn sie wusste nicht recht, wie sie ihrer Enkelin beibringen sollte, dass sie am vergangenen Tag nach Harrington House gegangen war. Bei ihrer Heimkehr hatte Adele noch immer fest geschlafen, und als sie aufgewacht war, hatte Honour in ihrem Sessel gesessen und gelesen, als wäre sie nie weggegangen. Sie würde Adele jedoch davon erzählen müssen, denn sie hatte schließlich das Geld für sie abgeholt, und irgendjemand würde ihr später den Rest ihrer Habe bringen. Doch sie wollte nicht davon sprechen – Adele würde nicht glücklich darüber sein, Michael nicht wiederzusehen.

»Meinst du, ich könnte Krankenschwester werden?«, fragte Adele plötzlich.

»Krankenschwester!«, rief Honour. »Wie kommst du bloß auf diese Idee? Ich dachte, du hättest genug davon, nach der Pfeife irgendwelcher Leute tanzen zu müssen?«

»Eine Krankenschwester ist nicht dasselbe wie ein Dienstbote«, erwiderte Adele. »Es ist eine richtige Arbeit, etwas, das sich zu tun lohnt. Ich könnte ja mal Erkundigungen darüber einziehen.«

Honour dachte eine Weile darüber nach, dankbar dafür, dass sie sich auf diese Weise von ihren Gedanken an die Baileys ablenken konnte. »Du würdest deine Sache sicher gut machen«, sagte sie schließlich. Sie glaubte wirklich, dass Adele eine erstklassige Krankenschwester abgeben würde; sie hatte die erforderliche Geduld, das Mitgefühl und reichlich gesunden Menschenverstand, außerdem war sie stark und tüchtig.

Aber Honour neigte nicht dazu, ihre Gedanken allzu offen auszusprechen.

Adele schien trotzdem mit ihrer Antwort zufrieden zu sein. »Die Idee ist mir am vergangenen Abend im Bett gekommen. Vielleicht könnte ich mich im Krankenhaus in Hastings bewerben«, bemerkte sie. Tatsächlich schien sie alles genau durchdacht zu haben, einschließlich der Tatsache, dass sie in einem Schwesternheim würde leben müssen, wenn man sie als Lernschwester akzeptierte.

»Was ist das?« Als Honour plötzlich ein Knirschen auf dem Kies draußen hörte, unterbrach sie ihre Enkelin. Sie stand auf und blickte aus dem Fenster, gerade rechtzeitig, um Ralph Bailey zu sehen, der bereits wieder den Feldweg hinauffuhr. »Nun ja, das war zu erwarten. Er hatte nicht einmal den Mumm, an die Tür zu klopfen.«

Adele sprang auf. »Wovon redest du?«, wunderte sie sich.

»Das war Ralph Bailey. Er hat sich wie ein Dieb in der Nacht mit deinen Sachen herangeschlichen, sie auf der Türschwelle abgelegt und sich klammheimlich davongemacht. Er muss den Wagen unten an der Straße abgestellt haben, sonst hätten wir ihn gehört.«

Adele ging durch den Raum und öffnete die Tür. Der kleine Koffer, den sie nach Harrington House mitgenommen hatte, stand auf der Schwelle. »Oje«, seufzte sie, griff danach und zog die Tür wieder hinter sich zu. »Sie haben mir meinen Mantel nicht zurückgegeben; wahrscheinlich haben sie ihn vergessen.«

Jetzt blieb Honour nichts anderes mehr übrig, als ihr alles zu erzählen. »Dein Mantel hängt in meinem Zimmer, ich habe ihn gestern abgeholt«, erklärte sie.

Adele sagte kein Wort, während ihre Großmutter ihr mit nüchternen Worten erzählte, was vorgefallen war, während sie geschlafen hatte. Sie saß nur mit leerem Gesichtsausdruck am Herd und gab mit keinem Wort zu erkennen, ob sie mit Honours Verhalten einverstanden war oder nicht. »Außerdem habe ich zehn Pfund aus ihm herausgeholt«, beendete Honour ihren Bericht. »Ich habe lediglich zwei Wochenlöhne anstelle einer Kündigung verlangt, aber ich hatte nicht die Absicht, ihm mitzuteilen, dass zehn Pfund viel zu viel waren.«

Adele schwieg noch immer, als sie aufstand, um ihren Koffer zu öffnen. Auf den Kleidern und einigen Büchern lag ein Umschlag.

»Das ist ein Zeugnis«, stieß sie überrascht hervor, nachdem sie gesehen hatte, was sich in dem Umschlag befand. Sie las das Schreiben schnell durch und lächelte. »Was um alles in der Welt hast du zu ihnen gesagt, dass sie mir solche Referenzen gegeben haben?«

»Willst du mir das Zeugnis vorlesen?«, fragte Honour.

»*Sehr geehrte Damen und Herren*«, las Adele.

»*Adele Talbot hat während der vergangenen sechzehn Monate als Haushälterin in meinen Diensten gestanden. Sie war ehrlich, umsichtig und sehr fleißig. Nur mit tiefem Bedauern und aufgrund einer Veränderung meiner Lebensumstände habe ich sie gehen lassen.*

Mit freundlichen Grüßen
Emily Bailey«

»Ist das denn noch zu glauben?«, entfuhr es Adele. »Was für eine eigenartige Wendung! Hast du sie gezwungen, das zu schreiben, Granny?«

»Sie gezwungen! Natürlich nicht«, erklärte Honour. »Allerdings habe ich sie darauf hingewiesen, dass sie dir ein Zeugnis ausstellen sollte. Aber so wie dieses Schreiben klingt, bedauert sie es wirklich, dich zu verlieren.«

»Ich hoffe, sie kommt allein zurecht«, seufzte Adele. »Sie ist wirklich nicht in der Lage, für sich selbst zu sorgen.«

»Hör mal«, begann Honour schroff, »du wirst keinen weiteren Gedanken auf diese Frau verschwenden. Wir alle ernten, was wir säen. Ich weiß, dass ihr Mann ein Rohling und Despot ist, aber deshalb ist sie noch lange nicht außerstande, ein Bett zu machen oder eine Mahlzeit zu kochen. Das ist das Problem ihrer Familie, nicht deines.«

»Ich glaube nicht, dass irgendjemandem außer Michael an ihr liegt«, gab Adele müde zurück.

»Nun, auch das ist Emilys eigene Schuld«, erwiderte Honour spitz.

»War es dann auch deine Schuld, dass Rose nichts an dir gelegen war?«, entgegnete Adele.

Honour richtete sich höher auf. »Ich habe Rose alle Liebe dieser Welt gegeben«, protestierte sie entrüstet. »Sie war einfach ein selbstsüchtiges kleines Biest.«

»Warum hast du mir eigentlich nie erzählt, was zwischen euch schiefgegangen ist?«, fragte Adele.

»Es hat nichts mit dir zu tun«, antwortete Honour ausweichend.

»Ich glaube, es hat sehr viel mit mir zu tun, Granny«, widersprach Adele, und ihre Stimme klang ein wenig scharf.

»Immerhin haben diese Dinge Einfluss darauf gehabt, wie Rose sich mir gegenüber als Mutter verhalten hat. Also, erzähl es mir bitte.«

Honour seufzte. Sie hätte schon lange mit Adele über Rose reden sollen, das wusste Honour, sowohl über die Ereignisse in der Vergangenheit als auch über die jüngsten Entwicklungen. Dennoch war der richtige Augenblick irgendwie nie gekommen. Aber vielleicht war dies jetzt der richtige Zeitpunkt. Adele war erwachsen, und sie war reif genug, um zu verstehen.

»Ich habe dir bereits erzählt, dass dein Großvater mit einer Kriegsneurose wieder von der Front heimgekehrt ist«, begann sie bedächtig. »Man kann im Grunde nicht erklären, was genau das ist, es ist etwas, das man erleben muss, um es zu verstehen. Frank saß einfach den ganzen Tag genau dort, wo du jetzt sitzt«, fuhr sie fort und deutete auf den Sessel vor dem Herd, den Adele am liebsten mochte.

»Er starrte schweigend ins Leere. Ab und zu riss er erschrocken den Kopf herum, als hätte er Gewehrfeuer ganz in der Nähe gehört. Seine Finger waren niemals ruhig, er drehte an seinen Knöpfen, spielte mit losen Fäden an seinen Hosen, und oft kratzte er sich das Gesicht auf, bis er blutete.« Sie hielt einen Moment lang inne, denn sie wusste nicht, ob sie diese Dinge eindrücklicher beschreiben oder sie herunterspielen sollte, um Frank ein wenig Würde zu lassen.

»Es war nicht gerecht«, erklärte sie schließlich hitzig. »Frank hat immer viel gelacht, er hatte die verrücktesten Ideen und konnte über jedes Thema unter Gottes Sonne reden, aber der Mann, den ich geliebt hatte, existierte nicht mehr. An seiner Stelle war dieser in sich gekehrte, nervöse und oft erschreckende Fremde heimgekommen, der solche Anforderungen an meine Kraft und meine Geduld stellte, dass ich manchmal glaubte, es nicht länger ertragen zu können.«

Adele nickte verständnisvoll.

»Aber an jenem Tag, an dem die Geschichte mit Rose passierte«, fuhr Honour fort, »hatte ich endlich eine winzige Veränderung bei ihm wahrgenommen, ein Zeichen dafür, dass es langsam bergauf ging. Das war 1918, in Frankreich tobte noch immer der Krieg, und der Frühling näherte sich dem Ende. Wir hatten am Nachmittag einen kurzen Spaziergang unternommen, und Frank hatte sich ausgelassen auf den Boden geworfen, wie er es früher immer getan hatte. Er hatte es fertiggebracht, ohne Hilfe eine Tasse Tee zu trinken, und dabei nur wenige Tropfen verschüttet, und er hatte mir gesagt, dass er mich liebe. Das bedeutete mir mehr als alles andere – verstehst du, er sprach damals kaum je einmal, und wenn er es doch tat, dann erzählte er nur wild und zusammenhanglos von den schrecklichen Dingen, die er im Krieg erlebt hatte. Meistens schien er gar nicht zu wissen, wer ich war.«

»Und wo war Rose?«, fragte Adele.

»In dem Hotel, in dem sie arbeitete«, entgegnete Honour. »Aber sie sollte an jenem Abend nach Hause kommen, sobald sie die Betten der Gäste aufgeschlagen hatte. Ich freute mich auf ihre Heimkehr, denn ich konnte es kaum erwarten, ihr von meinen Neuigkeiten zu erzählen, und ich beschloss, ihr zu diesem Anlass das Kleid zu schenken, das ich insgeheim für sie genäht hatte.«

Honour lehnte sich auf dem Sofa zurück und schloss die Augen, und Adele konnte sehen, dass sie die Ereignisse jenes

Tages noch einmal durchlebte, während sie ihre Geschichte fortsetzte.

»Es dämmerte bereits, als sie in ihrem neuen Kleid aus ihrem Zimmer kam«, sprach sie weiter.

Honour konnte alles so deutlich vor sich sehen, als wäre es erst gestern geschehen. Der Tisch war fürs Abendessen gedeckt, Frank saß in seinem Sessel am Herd, und sie selbst entzündete die Öllampe, als Rose aus ihrem Zimmer kam. Sie drehte sich um und rechnete damit, dass Rose sich in der Tür in Pose werfen und kichernd durch den Raum tanzen würde, um mit dem Kleid anzugeben.

Mit ihrem blonden Haar, dem hübschen Gesicht und der üppigen Figur sah Rose in jedem Kleidungsstück gut aus, aber an jenem Abend schaute sie einfach umwerfend aus, denn das Blau des Kleides passte perfekt zu der Farbe ihrer Augen. Sofort stieg tiefer Stolz in Honour auf und Befriedigung darüber, dass sich die langen Stunden, die sie auf die Fertigung des Kleides verwandt hatte, so sehr gelohnt hatten.

Aber Rose warf sich nicht in Pose, es gab kein Kichern und keine Pirouetten im Raum. Stattdessen runzelte sie finster die Stirn. »Es ist grässlich«, erklärte sie und hielt den langen Rock angewidert von sich weg, als wäre er aus schmutzigen Sackleinen gemacht. »Wie kannst du von mir erwarten, dass ich so etwas anziehe? Das ist die Art Kleid, die eine Schullehrerin tragen würde.«

Honour war sprachlos vor Entsetzen. Seit man Frank nach Hause gebracht hatte, hatten sie mit knapper Not von Roses Lohn gelebt. Honour hatte den Stoff für das Kleid nur kaufen können, weil sie ihre Perlenbrosche verkauft hatte. Es wäre weit vernünftiger gewesen, dieses Geld für Essen aufzuwenden oder sogar um die Arztrechnungen zu bezahlen, aber sie wusste, wie hart es für ein junges Mädchen war, tagein, tagaus immer dasselbe alte, schäbige Kleid zu tragen.

Vielleicht war das blaue Kleid mit seinem hohen Kragen und den kleinen Biesen auf dem Mieder nicht gerade der letzte Schrei, doch es war Krieg, und Kleider mussten praktisch sein, wenn man auf dem Land lebte – das musste Rose doch einsehen?

»Es war das Beste, was ich dir schneidern konnte«, sagte Honour schließlich. Jetzt tat es ihr leid, dass sie sich von der Brosche getrennt hatte, die ihre Eltern ihr zur Hochzeit geschenkt hatten und die das Einzige gewesen war, was ihr von ihnen geblieben war. »Ich finde, du solltest dich glücklich schätzen, Rose; viele Mädchen hier in der Gegend würden alles für ein neues Kleid geben«, fügte sie scharf hinzu.

Vielleicht hatte Frank die Spannung im Raum wahrgenommen, denn er begann plötzlich zu zucken, und er stieß erschreckende, kehlige Geräusche hervor.

Honour ging zu ihm, um ihn zu beruhigen, doch Rose blickte nur angewidert und gehässig in seine Richtung. »Es ist schon demütigend genug, so arm zu sein, dass ich einen solchen Lumpen tragen muss«, zischte sie. »Aber es ist noch schlimmer, einen Vater zu haben, der sich wie der Dorfidiot aufführt.«

Adele schnappte nach Luft, denn die Geschichte ihrer Großmutter hatte bittere Erinnerungen an grausame Bemerkungen ihrer Mutter in ihr wachgerufen. »Was um alles in der Welt hast du dann getan?«, fragte sie.

»Zunächst war ich so entsetzt über ihre Brutalität, dass ich gar nicht reagiert habe«, antwortete Honour traurig. »Später habe ich mir gewünscht, ich hätte ihr eine Ohrfeige gegeben oder sie mit Gewalt in einen Sessel gedrückt, um ihr von einigen der Gräuel zu erzählen, die Frank mir in seinen klareren Augenblicken anvertraut hatte. Vielleicht hätte Rose dann das ungeheure Opfer zu schätzen gelernt, das Männer wie er gebracht hatten, als sie sich bereiterklärt hatten, für König und Vaterland zu kämpfen.«

»Und was ist danach geschehen?«, wollte Adele wissen.

»Am nächsten Morgen war sie fort«, sagte Honour mit Eis in der Stimme. »Sie hat sich wie ein Dieb in der Nacht davongeschlichen, mit unserem Geld und den wenigen kleinen Wertgegenständen, die wir noch besaßen. Sie hat uns in unserer Not allein gelassen.«

Einen Moment lang konnte Adele nicht sprechen. Sie hatte ihrer Mutter niemals zugebilligt, ein gutes Herz zu haben, sie wusste, dass es Rose an Empfindsamkeit oder anderen Tugenden gebrach, dennoch war es ein Schock zu hören, dass sie schon im Alter von siebzehn Jahren so grausam gewesen war.

»Ich verstehe«, murmelte sie schließlich. »Das alles hättest du mir natürlich schon vor Jahren erzählen können.«

Honour zuckte bei diesem Tadel leicht zusammen. »Wenn ich dir manche Dinge vorenthalten habe, dann aus gutem Grund«, erklärte sie stockend. »Als du damals herkamst, warst du sehr krank, du hattest furchtbare Dinge erlebt, und ich sah nur eine Möglichkeit, dich zu heilen: Ich musste meinem Instinkt folgen. Auch ich war von deiner Mutter tief verletzt worden, und ich bin damit fertig geworden, indem ich sie aus meinen Gedanken verbannt habe. Wahrscheinlich hoffte ich, dir würde das ebenfalls gelingen.«

»Aber so funktioniert das nicht«, wandte Adele ein. »Geheimnisse machen die Dinge nur umso schlimmer. Ich verstehe jetzt, warum du Rose gegenüber so verbittert warst, und ich kann es nachvollziehen, doch das erklärt nicht, warum sie sich mir gegenüber so abscheulich verhalten hat, oder?«

»Du hast recht, Adele, es ist keine Erklärung für deine Geschichte mit Rose«, stimmte Honour ihr zu. »Was das betrifft, kann ich nur Vermutungen anstellen.«

»Und die wären?«

»Nun, Rose kann damals noch nicht mit dir schwanger gewesen sein; die Daten stimmen einfach nicht. Also ist sie entweder mit einem Mann von hier fortgegangen, oder sie ist auf der Suche nach Spaß und Abenteuer nach London gezogen und hat deinen Vater dort kennengelernt. So oder so, der Mann muss sie im Stich gelassen haben, und es wäre für jede Frau sehr hart gewesen, ein uneheliches Kind zu haben.«

»Also hat sie Jim Talbot geheiratet, um nicht in ein Arbeitshaus gehen oder kleinlaut nach Hause zurückkehren zu müssen?«, fragte Adele.

Honour schnitt eine Grimasse. »Sie hat sicherlich keine Minute in Erwägung gezogen, nach Hause zu kommen. Sie muss gewusst haben, was sie uns mit ihrem Verschwinden angetan hatte. Ich vermute, sie glaubte, dass wir ihr niemals würden verzeihen können.«

»Und hättet ihr ihr verziehen?«

Honour seufzte. »Das weiß ich wirklich nicht. Ich war wütend auf sie, Frank war vollkommen abhängig von mir, und wir hatten kaum Geld, um uns zu ernähren. Doch wenn sie mit dir auf dem Arm vor der Tür gestanden hätte, wäre ich vielleicht weich geworden. Ich kann es wirklich nicht sagen. Könntest du ihr verzeihen, wenn sie morgen hier auftauchte?«

Adele dachte einige Sekunden lang darüber nach. »Ich bezweifle es«, meinte sie schließlich. »Aber andererseits wird sie nicht hierherkommen, nicht wahr? Schließlich muss sie wissen, dass sie uns beide gegen sich haben würde. Bestimmt hat man ihr inzwischen mitgeteilt, dass ich hier bin, oder?«

»Ja, sie hat es erfahren, als sie die Papiere unterzeichnete, die mich zu deinem rechtmäßigen Vormund gemacht haben«, erklärte Honour.

Adele ließ sich diese Information kurz durch den Kopf gehen. Sie erinnerte sich daran, dass ihre Großmutter zu jener Zeit viele Briefe geschrieben und selbst erhalten hatte.

»Aber das ist jetzt Jahre her. War sie damals noch in einer Nervenklinik?«

»Ja. In einem Haus namens Frien Barnet in Nordlondon«, erwiderte Honour. Sie hatte genug Fragen für einen einzigen Tag gehört, spürte jedoch, dass Adele keine Ruhe geben würde, bevor sie nicht alles wusste.

»Ist sie immer noch dort?«

Honour zögerte.

»Nun?«, hakte Adele nach.

»Nein. Sie ist nicht mehr in diesem Haus«, gab Honour schließlich zu. »Sie ist geflohen.«

Adele sog scharf die Luft ein. »Und du hast mir nichts davon erzählt«, sagte sie tadelnd. »Wie ist sie geflohen und wann?«

»Nicht lange nachdem sie die Papiere dich betreffend unterzeichnet hatte. Ungefähr neun Monate, nachdem du hierhergekommen warst«, berichtete Honour und ließ den

Kopf hängen. »Anscheinend hat sie sich das Vertrauen der Angestellten in Frien Barnet erschlichen, sodass man ihr gestattete, ab und zu nach draußen zu gehen und sich auf dem Grundstück aufzuhalten. Sie könnte sich in einem Lieferwagen versteckt haben, aber das weiß niemand mit Bestimmtheit.«

»Wenn sie dazu in der Lage war, dann muss es ihr besser gegangen sein«, meinte Adele nachdenklich.

»Wahrscheinlich«, murmelte Honour. »Ich hoffe es. Damals habe ich allerdings geglaubt, sie sei geflohen, weil sie diese Papiere unterzeichnet hatte. Ich rechnete damit, dass sie hier auftauchen würde.«

»Aber sie ist nicht hier erschienen.« Adele atmete tief durch.

Honours Kehle war wie zugeschnürt, und sie konnte nicht einmal mehr schlucken. Sie spürte Adeles Schmerz, und sie hatte keine Ahnung, wie sie sie trösten sollte. »Nein, das ist sie nicht. Aber vielleicht hatte sie das Gefühl, dass du ohne sie glücklicher dran wärst.«

Adele zuckte abschätzig die Schultern. »Wenn ich anfangen würde zu glauben, ihr habe mein Glück am Herzen gelegen, könnte ich ebenso gut gleich an Märchen glauben«, entgegnete sie höhnisch. »Aber nachdem wir nun einmal damit angefangen haben, Geheimnisse auszugraben: Was ist mit Mr. Makepeace geschehen?«

Ein kalter Schauder überlief Honour. Wie konnte sie Adele erzählen, dass sie auf dem Polizeirevier nur auf Ungläubigkeit gestoßen war, als sie diesen verkommenen Mann angezeigt hatte? Honour hatte unzählige Briefe an die Wohltätigkeitsorganisation geschrieben, die The Firs verwaltete, trotzdem hatten sie den Mann in seiner Stellung belassen und waren ihren Anschuldigungen nicht einmal nachgegangen! Würde es Adele helfen, wenn sie all das erfuhr?

In jenem ersten Jahr nach Adeles Erscheinen in Curlew Cottage hatte Honour nur einen einzigen Sieg erzielt: Man hatte sie zum gesetzlichen Vormund ihrer Enkeltochter bestimmt. Aber selbst das war kein großer Sieg gewesen, denn die Behörden waren bloß erleichtert darüber gewesen, sich nicht selbst um Adele kümmern zu müssen.

»Ich habe ihn angezeigt«, erwiderte sie wahrheitsgemäß. »Sowohl bei der Polizei als auch bei der Wohltätigkeitsorganisation. Man hat mir nie mitgeteilt, was mit ihm geschehen ist.«

Zu Honours Erleichterung stellte Adele keine weiteren Fragen. Vielleicht war sie einfach naiv genug, um zu glauben, dass eine Anzeige automatisch eine Bestrafung des Mannes nach sich gezogen haben müsse. Sie erhob sich von ihrem Sessel, griff nach ihrem Koffer und ging in ihr Zimmer, um ihn auszupacken. An der Tür angekommen, drehte sie sich noch einmal um. »Ich glaube nicht, dass ich Michael jetzt noch einmal wiedersehen werde«, bemerkte sie traurig. »Wir sind also wieder allein, Granny.«

In Honours Augen brannten Tränen. Sie betrachtete Franks Gemälde an der Wand, das schon immer ihr Lieblingsbild gewesen war, denn es zeigte Camber Castle mit dem Fluss im Vordergrund. Er hatte es an einer Stelle gemalt, an der sie häufig gepicknickt hatten. Frank war immer so gut darin gewesen, seine Gefühle auszudrücken, sowohl verbal als auch durch seine Malerei. Sag ihr, wie sehr du sie liebst und wie kostbar sie dir ist, schien er Honour in diesem Moment zuzuflüstern.

»Ich habe dich lieb, Adele«, platzte sie heraus. »Du hast mein Leben verwandelt. Ich wünschte, ich könnte die Dinge mit Michael irgendwie wieder ins Reine bringen. Ich wünschte, ich könnte dir etwas über deine Mutter erzählen, das dir den Schmerz nimmt. Aber ich kann nicht mehr tun, als dir zu versichern, dass du mir mehr bedeutest als irgendjemand sonst.«

Adele sah sie einige Sekunden lang erstaunt an, dann begann sie zu lachen. »Oh Granny«, entgegnete sie, während sich Tränen in das Gelächter mischten, »ich bin mir nicht so sicher, ob es mir gefällt, wenn du sentimental wirst. Das sieht dir gar nicht ähnlich.«

Honour konnte das Lächeln nicht unterdrücken. »Weißt du, was mit dir nicht stimmt, Mädchen?«, fragte sie.

Adele schüttelte den Kopf. »Verrate es mir«, erwiderte sie.

»Du bist mir viel zu ähnlich, als gut für dich ist.«

13

1938

»Schwester Talbot! Mrs. Drews Verband muss gewechselt werden!«, rief Stationsschwester MacDonald, als sie am Spülraum vorbeikam, wo Adele gerade im Begriff stand, eine Bettpfanne zu leeren und auszuwaschen.

»Ja, Schwester«, sagte Adele. Sobald die Stationsschwester außer Sicht war, zeigte sie der herrischen Frau, die mit eiserner Hand die chirurgische Frauenstation leitete, eine lange Nase.

Es war der erste Januar, und wegen einer Grippewelle herrschte auf allen Stationen Personalmangel. Adele fühlte sich selbst nicht besonders gut, nicht weil sie die Grippe hatte, sondern weil sie und einige andere Lernschwestern bis spät in die Nacht aufgeblieben waren, um das neue Jahr willkommen zu heißen und mit billigem Sherry anzustoßen. Sie war überzeugt davon, dass Schwester MacDonald das wusste, da sie sie den ganzen Tag über hin- und hergescheucht hatte.

Sie hatte im April ihre Schwesternausbildung im Buchanan Hospital von Hastings begonnen. Sie bekam nur zehn Schilling die Woche, und ihr Arbeitstag war sehr lang, aber sie teilte sich mit einer anderen jungen Frau ein Zimmer im Schwesternheim, sie bekam drei Mahlzeiten am Tag, und sie hatte Dutzende neuer Freunde gewonnen. Angela Daltry, ihre Zimmergenossin, war ein liebenswertes, etwas schusseliges Mädchen aus Bexhill, und da sie fast immer zur selben

Schicht eingeteilt waren, verbrachten sie einen großen Teil ihrer Freizeit gemeinsam.

Die Arbeit als Krankenschwester war ganz anders, als Adele es erwartet hatte. Da sie bis zum Beginn ihrer Ausbildung nie in einem Krankenhaus gewesen war, hatte sie die Arbeit wahrscheinlich romantisiert und sich selbst als eine Art Engel der Barmherzigkeit gesehen, der fiebrige Stirnen abtupfte, die Temperatur maß und die Blumen arrangierte. Sie wusste natürlich, dass Menschen sich erbrachen, bluteten und Bettpfannen brauchten, aber sie hatte nicht damit gerechnet, als Lernschwester immer diejenige zu sein, die sich in erster Linie um die schmutzigen Arbeiten kümmern musste. Außerdem hatte sie auch von den vielen Regeln, die in einem Krankenhaus befolgt werden mussten, keine Ahnung gehabt. Angefangen davon, dass sie sich nicht auf die Betten setzen durfte, bis hin zu der Notwendigkeit, dafür zu sorgen, dass nicht ein einziges Haar ihrem gestärkten Häubchen entkommen durfte. Schwester MacDonald war ausgesprochen penibel, und sie hatte selbst im Hinterkopf noch Augen. Die Oberschwester hatte Adele gleich an ihrem ersten Tag die Hölle heißgemacht, weil sie auf der Station ein Karamellbonbon gegessen hatte. Eine der Patientinnen hatte es ihr geschenkt, doch nach dem Donnerwetter zu urteilen, das über Adele hereingebrochen war, hätte man denken können, sie habe eine ganze Schachtel Süßigkeiten gestohlen.

Aber trotz dieser Schattenseiten liebte sie die Arbeit als Krankenschwester. Es war so befriedigend zu sehen, wenn Menschen sich nach einer Operation langsam erholten. Sie war zwar nur ein sehr kleines Rädchen im Krankenhausgetriebe, doch ihre Tätigkeit war dennoch von großer Wichtigkeit. Die Patienten waren dankbar für ihre Fürsorge, sie interessierten sich genauso sehr für Adele, wie sie sich für sie interessierte, und sie hatte viel Spaß mit den anderen Schwestern.

Nachdem die saubere Bettpfanne wieder auf ihrem Regal stand, schnappte Adele sich den Verbandswagen und machte sich auf den Weg zu Mrs. Drew. Die Patientin war eine rundliche Frau Anfang vierzig mit langsam ergrauendem Haar. Sie wäre um ein Haar an einem Blinddarmdurchbruch gestorben, und Adele hatte eine große Zuneigung zu ihr entwickelt.

»Es wird Zeit, Ihren Verband zu wechseln«, sagte sie, während sie die Vorhänge um das Bett der Frau herum zuzog.

»Nicht schon wieder«, seufzte Mrs. Drew und legte die Zeitschrift beiseite, in der sie gelesen hatte. »Manchmal denke ich, Sie warten nur darauf, dass jemand es wirklich behaglich hat, um sich dann auf ihn zu stürzen.«

»Genau so ist es«, lachte Adele. »Schließlich müssen wir irgendetwas leisten, um die gewaltige Summe Geldes zu rechtfertigen, die man uns bezahlt.« Sie schlug die Bettdecke so weit zurück, dass sie direkt unter dem Bauch der Frau endete, dann hob sie deren Nachthemd in die Höhe, um den Verband über der Blinddarmnarbe freizulegen und vorsichtig zu entfernen. »Die Wunde heilt sehr gut«, stellte sie fest. »Ich denke, Sie werden schon sehr bald nach Hause gehen können.«

»Ich habe es nicht eilig«, bemerkte Mrs. Drew mit einem Lächeln. »Hier ist es schön warm, und es ist ein echter Luxus, die Füße hochlegen zu können. Sobald ich wieder zu Hause bin, wird meine Familie von mir erwarten, dass ich sie wieder von hinten bis vorne bediene.«

Mrs. Drew hatte sechs Kinder im Alter zwischen drei und achtzehn Jahren. Sie hatte die Schmerzen in ihrem Unterleib monatelang ignoriert, weil sie keine Zeit für sich selbst hatte und sich die Arzthonorare nicht leisten konnte.

»Die Oberschwester wird Ihrer Familie schon den Marsch blasen«, erwiderte Adele grinsend. »Sie haben eine schwere Operation hinter sich und müssen es erst einmal langsam angehen lassen, wenn Sie wieder nach Hause kommen. Sie dürfen keine schweren Einkaufstaschen tragen, keine Kohleneimer, nicht einmal ihr Jüngstes. All das werden Ihr Mann oder eins der älteren Kinder für Sie erledigen müssen.«

Mrs. Drew warf Adele einen vernichtenden Blick zu. »Die Chancen dafür dürften bei null liegen«, meinte sie. »Wenn ich nach Hause komme, wird es da wohl aussehen wie auf einer Müllkippe. Wenn Sie auch nur einen Funken Verstand haben, Schwester, werden Sie ledig bleiben. Sobald die Flitterwochen vorbei sind, geht es stetig bergab.«

Adele hatte seit Beginn ihrer Ausbildung viele stoische Frauen wie Mrs. Drew kennengelernt. Für diese Frauen kamen ihre Ehemänner und Kinder immer an erster Stelle, während sie ihre eigenen Bedürfnisse ignorierten. Die meisten von ihnen hatten große Familien unter ärmlichen Verhältnissen und in schrecklichen Wohnverhältnissen durchgebracht, aber irgendwie war es ihnen gelungen, sich einen lebhaften Sinn für Humor zu bewahren. Mrs. Drew hatte einen besonders schwarzen Humor – sie nannte ihren Mann Eric »das Schwein«, weil er nicht mit ihr sprach, sondern sie angrunzte. Trotzdem malte sich auf ihren Zügen stets ein breites Lächeln ab, wenn Eric auf die Station kam, um sie zu besuchen, und sie schrieb einzelne kleine Briefe an jedes ihrer Kinder, da diese die Station nicht betreten durften.

»Ich wette, wenn Sie noch einmal ganz von vorn anfangen könnten, würden Sie Mr. Drew trotzdem wieder heiraten«, entgegnete Adele, während sie die Wunde auswusch, bevor sie einen neuen Verband anlegte.

»Wahrscheinlich. Allerdings würde ich ihm einen Klaps hinter die Ohren geben, wenn er mich das erste Mal angrunzt«, meinte Mrs. Drew kichernd. »Haben Sie einen Freund?«

Adele schüttelte den Kopf.

»Haben Sie nicht mal jemand Bestimmtes im Auge?«

Adele lachte leise. Für eine Frau, die stets predigte, Ehe und Kinder seien nur etwas für Narren, war Mrs. Drew sehr versessen darauf, alle anderen unter die Haube zu bringen.

»Das habe ich wohl«, gestand sie und dachte an Michael. »Aber es wird nicht funktionieren. Seine Eltern würden mich niemals billigen.«

»Ich wäre überglücklich, wenn mein Ronnie ein nettes Mädchen wie Sie finden würde«, erklärte Mrs. Drew. »Sie sind klug und hübsch, und Sie wissen, wie man sich ausdrückt. Den Eltern des jungen Mannes sollte man mal den Kopf zurechtrücken.«

Adele zog das Nachthemd der Frau herunter und hüllte sie wieder in ihre Decke. »Denselben Gedanken hatte ich auch schon oft«, erwiderte sie augenzwinkernd. »Und nun ruhen Sie sich aus, Mrs. Drew, und keine Spaziergänge über die Station, um mit irgendjemandem zu plaudern.«

Als Adele den Verbandswagen wieder über den Gang

schob, fragte sie sich, wo Michael in diesem Moment wohl sein mochte und ob er über Weihnachten in Winchelsea gewesen war, um seine Mutter zu besuchen. Sie selbst hatte sowohl am ersten als auch am zweiten Weihnachtstag gearbeitet, sodass sie nicht hatte nach Hause fahren können. Aber von morgen an hatte sie zwei Tage frei, und sie freute sich auf den Klatsch und Tratsch, den ihre Großmutter hoffentlich für sie bereithalten würde.

Michael hatte ihr im vergangenen Januar geschrieben, um sich noch einmal für das Benehmen seiner Eltern zu entschuldigen. Es war ein eigenartiger Brief gewesen, der eine tiefe Traurigkeit in ihr geweckt und eine Menge ungesagt gelassen hatte. Wenn sie zwischen den Zeilen las, glaubte sie eines zu spüren: Sein Vater hatte ihn ihretwegen zur Rechenschaft gezogen und höchstwahrscheinlich darauf bestanden, dass er sich niemals mehr mit ihr in Verbindung setzen würde. Wahrscheinlich meinte Michael, seinem Vater gehorchen zu müssen, vielleicht dachte er sogar, aus ihrer Freundschaft würde ohnehin nichts werden, aber da er ein netter Mensch war, hätte er das alles natürlich niemals ausgesprochen.

Adele wartete zwei Wochen, dann schrieb sie ihm einen fröhlichen Brief nach Oxford, in dem sie ihm alle Neuigkeiten schilderte.

Ich werde mich für eine Ausbildung als Krankenschwester bewerben. Du siehst also, du musst kein schlechtes Gewissen haben. Die Dinge haben sich schließlich zum Besten gewendet. Ich grolle weder dir noch deiner Mutter und hoffe, dass Mrs. Bailey gut zurechtkommen wird.

Es dauerte fast drei Monate, bis seine Antwort kam, wenige Tage bevor sie ihre Probezeit begann. Er schrieb, wie begeistert er von ihren Ausbildungsplänen sei, da der Beruf der Krankenschwester in seinen Augen einer der wichtigsten überhaupt sei.

Ich bin davon überzeugt, erklärte er, *dass du für diese Arbeit wie geschaffen bist. Adele, möchtest du dich mit mir treffen, wenn ich nach Hastings komme? Ich weiß allerdings noch nicht, wann das sein wird.*

Seine Hoffnung, dass seine Eltern wieder zusammenkämen, hatte sich, wie er weiter berichtete, nicht erfüllt.

Davon abgesehen drehte sich der Brief um das Fliegen und das Korps in Oxford. Michael war überglücklich, jetzt ein voll ausgebildeter Pilot zu sein; er zog nach seinem Abschluss ernsthaft eine Karriere bei der RAF in Erwägung.

Als Lernschwester hatte Adele keine Zeit, um viel an Michael zu denken. Es gab so viel Theorie zu lernen und überdies allwöchentliche Prüfungen zu bestehen, dass sie jeden Abend und jeden freien Tag mit ihren Lehrbüchern verbrachte. Dann war da noch die Krönung von Georg IV. im Mai, und Adele musste helfen, die Dekorationen für das Hospital zu fertigen. Einige der Schwestern fuhren nach London, um die Feiern dort zu beobachten, aber von den Lernschwestern erwartete man, dass sie bei der Teegesellschaft des Krankenhauses draußen auf dem Gelände mithalfen und entweder Tee servierten oder die Patienten begleiteten, die gesund genug waren, um an der Gesellschaft teilzunehmen. Für Adele erwies sich dies als echte Einführung in das Gesellschaftsleben des Krankenhauses, da sie an diesem Tag viele weitere Menschen kennenlernte – die Geistlichen des Hospitals, das Küchenpersonal sowie einige Ärzte und andere Krankenschwestern.

Dies war der Tag, an dem ihr langsam dämmerte, dass England vielleicht wirklich abermals in den Krieg würde ziehen müssen. Es war nun schon so lange über Adolf Hitler und seine ständig wachsende Macht in Deutschland geredet worden, dass sie diesen Dingen kaum noch Aufmerksamkeit geschenkt hatte. Natürlich entsetzte es sie, wie er die Juden behandelte, aber erst als sie einen der Ärzte das Gleiche sagen hörte, was Michael in seinem letzten Brief geschrieben hatte – »Dieser Mann hat nur eins im Sinn: Er will die Weltherrschaft erringen!« –, wurde ihr klar, was das wirklich bedeutete.

Er musste aufgehalten werden, und es würden junge Männer wie Michael sein, die man in den Kampf gegen ihn schickte. Ein kalter Schauder überlief sie, als sie sich umsah und Raymond und Alf bemerkte, die beiden jungen Portiers, die die Lernschwestern so gern neckten. Auch sie würden in den Krieg ziehen müssen, ebenso wie die meisten der Ärzte hier und alle Väter und Brüder ihrer Freundinnen, und es würde genauso sein wie im ersten Krieg: Die Frauen würden die Arbeit der Männer übernehmen müssen. Und es würde ihnen nichts anderes übrig bleiben, als zu hoffen, dass ihre Söhne, ihre Ehemänner oder ihre Brüder nicht auf den Verlustlisten auftauchten.

Mit einem Mal verstand Adele, warum man sie so bereitwillig als Lernschwester angenommen hatte. Sie war keine Ausnahme gewesen, die beim Vorstellungsgespräch geglänzt und deshalb den Ausbildungsplatz bekommen hatte – England würde vielmehr Hunderte weiterer Krankenschwestern benötigen, wenn es wirklich zum Krieg kommen sollte. Dennoch war Adele fest entschlossen, sich zu beweisen.

Ohne jede Vorwarnung besuchte Michael sie zu Beginn seiner langen Sommerferien. Er wollte nur einige wenige Tage bei seiner Mutter verbringen, bevor er nach Schottland reiste. Wie das Glück es wollte, hatte sie an diesem Tag frei, und obwohl sie dann normalerweise zu ihrer Großmutter fuhr, war sie diesmal im Schwesternheim geblieben, um zu lernen.

Einige der anderen Schwestern sahen ihn in der Halle auf sie warten, was ihr anschließend unbarmherzigen Spott eintrug. Wenn ein Mann eine Schwester dort besuchte, statt ein Treffen in der Stadt mit ihr zu arrangieren, ließ das anscheinend auf ernsthafte Absichten schließen. Außerdem bedeutete es, dass die Hausmutter sie in Zukunft wie ein Habicht beobachten würde.

Es goss in Strömen, daher fuhren sie mit seinem Wagen zu einer Teestube in Battle. Es war ein hübsches Lokal mit Vorhängen und Tischtüchern aus Baumwolle und vielen leuchtenden Kupfertöpfen, die von den Deckenbalken herabhingen.

Adele hatte soeben erst ihre ersten Theoriestunden als Lernschwester hinter sich gebracht und glorifizierte das Dasein als Krankenschwester daher immer noch, sodass sie von nichts anderem reden konnte, während sie Tee tranken und Hörnchen aßen. Michaels Interesse war genauso einseitig. Er wollte einige Zeit bei Leuten verbringen, die offenbar unglaublich vornehm waren; sie besaßen eine Burg an einem

Loch und ein Privatflugzeug, das er würde fliegen können. Keiner von ihnen kam auf die Marschen zu sprechen – es war fast so, als versuchten sie beide, andere Menschen zu sein.

Er sah so elegant aus in seinen grauen Flanellhosen und dem Jackett, und er verfiel häufig in einen Fachjargon, den sie nicht immer verstand. Außerdem war er sehr attraktiv geworden; sein Haar war um einiges länger und sein Gesicht schmaler geworden, und während er bei der Kellnerin noch eine Kanne Tee bestellte, fiel das Licht vom Fenster auf seine kantigen Wangenknochen, und Adele verspürte ein Gefühl, das nur Verlangen sein konnte.

Aber wie schön es auch war, Michael wiederzusehen, in Adele hinterließ sein Besuch das flaue Gefühl, gewogen und für zu leicht befunden worden zu sein. Sie konnte ihm keine Vorwürfe machen – in ihrem billigen Baumwollkleid und mit den nackten Beinen musste sie so kindlich ausgesehen haben, und ihr Geplapper über Fieberthermometer, Bettbäder und dergleichen hatte in seinen Ohren gewiss furchtbar naiv geklungen.

In Oxford und durch Freunde wie die in Schottland musste er viele Mädchen kennengelernt haben. In ihrer Vorstellung waren sie alle furchtbar kultiviert, sprachen, als hätten sie Pflaumen im Mund, und trugen Kleider, die direkt aus den Modezeitschriften kamen. Warum sollte er sich weiterhin für jemanden interessieren, den seine Eltern missbilligten? Vor allem wenn es ungezählte Mädchen gab, die allesamt hübscher, eleganter und weniger anstrengend waren als sie?

Michael musste zum Abendessen um sieben Uhr wieder bei seiner Mutter sein, und als er Adele vor dem Schwesternheim absetzte, küsste er sie auf die Wange.

»Beim nächsten Mal werden wir uns vorher verabreden, sodass wir mehr Zeit haben«, sagte er. »Ich würde dich gern einmal zum Essen oder zum Tanz ausführen.«

Adele holte tief Luft, bevor sie antwortete. Sie wollte Michael, egal, zu welchen Bedingungen – bei seinem Anblick wurden ihr die Knie weich, ihr Herz hämmerte, und sie hätte eine Ewigkeit in seine dunkelblauen Augen sehen können, ohne sich jemals zu langweilen. Aber sie war Realistin, und wie viel sie vor fünf Jahren bei ihrer ersten Begegnung auch gemeinsam gehabt haben mochten, jetzt waren sie erwachsen, und Welten lagen zwischen ihnen. Selbst wenn seine Eltern nicht so sehr gegen ihre Verbindung gewesen wären, hätte es dennoch nicht funktionieren können, und sie wollte nicht, dass Michael das Gefühl hatte, ihr irgendetwas schuldig zu sein.

»Nein, Michael«, erklärte sie entschieden. »Kein Tanz und auch kein Abendessen. Schick mir nur ab und zu eine Postkarte, damit ich weiß, was du gerade tust.«

Sie hatte erwartet, er würde erleichtert wirken, aber zu ihrer Überraschung sah er vielmehr erschüttert aus und stellte den Motor des Wagens ab.

»Magst du mich denn nicht mehr?«, fragte er. Er legte eine Hand auf ihre Wange, sodass sie sich nicht von ihm abwenden konnte, und er musterte sie mit einem bohrenden Blick.

»Natürlich mag ich dich, Dummkopf«, antwortete sie und versuchte zu lachen. »Du wirst immer ein ganz besonderer Freund für mich sein, doch das heißt nicht, dass du weiter hier auftauchen und mich mit Einladungen verwöhnen musst, um das grässliche Verhalten deines Vaters mir gegenüber wiedergutzumachen.«

»Glaubst du, das ist der Grund, warum ich heute hergekommen bin?«, hakte er nach.

»Hm, ja«, sagte sie. »Vielleicht war dir das nicht bewusst, aber ich denke, das war tatsächlich der Grund. Du brauchst kein schlechtes Gewissen mehr deswegen zu haben, ich bin jetzt Lernschwester, und die Erfahrung mit deiner Mutter hat mir geholfen, so weit zu kommen. Ich hege weder gegen dich noch gegen sie irgendeinen Groll.«

Er legte ihr auch die andere Hand auf die Wange und umfing mit beiden Händen ihr Gesicht. »Du hast das vollkommen falsch verstanden«, erklärte er. »Ich wollte dich nicht zum Essen einladen, weil ich ein schlechtes Gewissen habe, sondern weil ich mir wünsche, dass du mein Mädchen wirst.«

»Aber das kannst du dir unmöglich wünschen«, entgegnete sie und hatte das Gefühl, dass ihr unter seiner Berührung beinahe die Sinne schwanden. »Wie könnte ich jemals in deine Welt hineinpassen?«

»Sieh dich doch an«, meinte er mit einem zärtlichen Lächeln. »Du bist schön, Adele, tüchtig und stark, du würdest in jede Umgebung hineinpassen, die dir gefällt. Aber ich möchte nicht, dass du irgendwo hineinpasst, ich möchte, dass du bleibst, wie du bist, wo immer du bist. Mir gefallen deine Wertvorstellungen, deine Gradlinigkeit, deine Freundlichkeit. Ich mag dich, ich mag dich sehr!«

Bevor Adele etwas erwidern konnte, küsste er sie. Es war kein flüchtiger, verlegener Kuss wie dieser erste vor zwei Jahren, sondern ein echter Kuss und der erste, den Adele je bekommen hatte. Seine Lippen waren viel weicher, als sie erwartet hatte, und er schlang die Arme um sie, um sie fest an sich zu drücken. Die Spitze seiner Zunge öffnete ihre Lippen ein wenig, und plötzlich begriff sie, warum Liebende stundenlang auf Bahnhöfen und in Ladeneingängen stehen und einander küssen konnten. Sie wollte für immer in Michaels Armen bleiben.

»Also, wirst du noch einmal mit mir ausgehen?«, fragte er, als der Kuss endete. Er hielt sie noch immer fest umfangen und rieb seine Nase an ihrer. Was konnte sie anderes sagen als »Ja«? Als sie schließlich aus seinem Wagen stieg, war sie so glücklich, dass sie am liebsten ins Schwesternheim gerannt und in die Welt hinausgeschrien hätte: Hört alle her, Michael Bailey möchte mich zur Freundin haben!

Aber es war nur gut, dass sie keine derartige öffentliche Ankündigung machte, denn es schien, als hätte sich das Schicksal gegen Michael und sie verschworen. Er kam vorzeitig aus Schottland zurück, nur um sie zu sehen, doch sie hatte in dieser Zeit Nachtdienst, sodass ihnen nur wenige Stunden am Nachmittag blieben, um an der Promenade spazieren zu gehen. Als er im September das nächste Mal kommen wollte, hatte sein Wagen eine Panne, und er saß fünfundzwanzig Meilen von Alton entfernt fest. Nachdem der Wagen repariert war, kam er trotzdem nach Hastings, doch nun hatten sie nur noch Zeit für eine Portion Fish and Chips, dann musste sie auch schon zu ihrem Nachtdienst aufbrechen. Am Morgen, nach ihrem Dienstschluss, kam er sie noch einmal besuchen, aber sie war so müde, dass sie auf dem Weg zum Frühstück in einem Lokal in seinem Wagen einschlief.

Im Oktober musste er nach Oxford zurückkehren, und da dies sein letztes Jahr war, musste er sein Studium mit Macht vorantreiben. Aber er schrieb ihr jede Woche, und er bat sie flehentlich, des Wartens nicht müde zu werden und sich nicht in einen jungen Arzt zu verlieben.

Darüber konnte Adele nur lächeln. Sie arbeitete so viele Stunden am Tag, dass sie nach Dienstschluss nur den einen Wunsch hatte: sich hinzulegen. Außerdem musste auch sie für ihre Prüfungen lernen. Darüber hinaus war es den Krankenschwestern streng verboten, Umgang mit den Ärzten zu pflegen, und selbst wenn es gestattet gewesen wäre, hätte keiner von ihnen Michael auch nur das Wasser reichen können.

Aber ihre Tagträume drehten sich sehr oft um ihn, und sie durchlebte noch einmal seine Küsse und erinnerte sich an jedes Kompliment und an jeden Scherz, den sie miteinander geteilt hatten. Trotzdem hielt sie ihre Gefühle im Zaum und wagte es nicht, an die Zukunft zu denken, denn abgesehen von der Feindseligkeit seines Vaters ihr gegenüber bestand inzwischen die sehr reale Drohung eines neuerlichen Krieges.

An jedem Tag kam etwas in den Nachrichten, das diesen Krieg näher und näher zu bringen schien. Mr. Chamberlain, der Premierminister, mochte zwar beruhigende Ansprachen halten, aber im Grunde täuschte er niemanden mehr. Michael erwähnte die RAF immer häufiger in seinen Briefen. Manchmal hatte Adele den Eindruck, dass er sogar im Stillen hoffte, es würde Krieg geben. *Wenn es tatsächlich dazu kommt*, so schrieb er, *wird dieser Krieg am Himmel ausgefochten werden und nicht in Schützengräben wie der vorherige.* Und wenn er von diesem Thema sprach, klangen Begeisterung und Erregung aus seinen Worten.

Wie konnte sie Pläne für die Zukunft schmieden, wenn Michael sich so offensichtlich für den gefährlichsten Beruf entschieden hatte, den sie sich denken konnte?

An diesem Abend war Adele während der Busfahrt nach Rye immer wieder eingenickt. Aber als ihr Kopf die kalte Fensterscheibe berührte, wachte sie ruckartig auf. Sie kannte die Straße jetzt so gut, dass sie nicht einmal in die Dunkelheit hinausspähen musste, um zu wissen, wo sie waren. Selbst mit geschlossenen Augen erkannte sie die Kurven der Straße, und sie wusste sogar, wie viele Leute an jeder Haltestelle ein- oder ausstiegen und wie weit der Bus bereits gekommen war. Es gab eine Schweinefarm in Guestling, die sie stets riechen konnte, lange bevor sie daran vorbeikamen. Sie wusste auch, wann sie an der Abzweigung nach Pett anhielten, denn das Schnaufen der stark übergewichtigen Frau, die dort immer ausstieg, war ihr inzwischen nur allzu vertraut geworden.

Als der Bus nach Winchelsea hineinfuhr, schreckte sie jäh aus dem Schlaf auf und schaute wie immer aus dem Fenster, um einen Blick auf Harrington House zu werfen. Zu ihrer Überraschung stand im Fenster des Salons ein Weihnachtsbaum, an dem elektrische Lichter brannten, und sie war plötzlich hellwach und hielt Ausschau nach Michaels Wagen. Der Wagen war nicht da, aber sie konnte einen flüchtigen Blick auf eine Frau werfen, die oben in Mrs. Baileys Schlafzimmer die Vorhänge zuzog. Wahrscheinlich war es die Haushälterin, die, wie Granny erzählt hatte, während des Sommers nach Harrington House gekommen war. Nach allem, was man hörte, war die Frau Witwe und sehr fromm. Adele fragte sich, was sie wohl von Mrs. Baileys Alkoholexzessen halten mochte.

Als der Bus durch das Stadttor und den Hügel hinunterfuhr, stand Adele auf, drückte auf die Klingel und ging nach vorn, um auszusteigen.

»Passen Sie auf, wo Sie hintreten«, sagte der Fahrer, während er die Tür für sie öffnete. »Der Boden ist vereist, und Sie können in der Dunkelheit nichts sehen.«

Als der Bus weiterfuhr und sie in pechschwarzer Dunkelheit zurückließ, wickelte Adele ihren Schal fester um den Hals. Es war eiskalt, und vom Meer her wehte ein schneidender Wind. Doch so kalt es auch war, die Stille war wunderbar. Im Schwesternheim und im Krankenhaus war es niemals still. Plötzlich musste sie an ihren ersten Winter hier denken und daran, wie sehr sie sich gefürchtet hatte, wenn sie im Dunkeln von der Schule nach Hause hatte gehen müssen. Den Wind, der in den Bäumen ächzte, hatte sie für einen Geist gehalten, und sie hatte immer das Gefühl gehabt, dass irgendjemand auf der Lauer lag, um sie zu packen.

Es war ihre Großmutter, die sie von diesen Ängsten geheilt hatte. »Mach dich nicht lächerlich«, hatte sie streng gesagt. »Wenn ein Mann einem Mädchen auflauern wollte, würde er sich einen Platz aussuchen, an dem es weniger frostig ist und an dem die Wahrscheinlichkeit höher wäre, jemanden zu fangen. Und was Geister angeht – falls es so etwas gibt –, glaubst du wirklich, sie würden irgendwo im Freien herumlungern, wenn es in Rye unzählige alte Häuser gibt, in denen sie spuken könnten?«

Sie fürchtet sich vor nichts, dachte Adele, während sie vorsichtig den eisbedeckten Pfützen auf dem Weg auswich. Sie glaubte nicht, dass sie selbst im Alter ganz allein an einem so abgelegenen Ort würde leben wollen.

Aber als sie den Holzrauch roch und das freundliche Licht im Fenster sah, vergaß sie ihre Müdigkeit, ihren Hunger und die Kälte. Es tat so gut, wieder zu Hause zu sein!

»Das war wirklich köstlich«, seufzte Adele, während sie die letzten Reste des Mehlpuddings mit Sirup und Vanillesoße zusammenkratzte, der auf Hühnchen, Bratkartoffeln, Rüben und Rosenkohl gefolgt war. »Niemand kocht so gut wie du, Granny.«

»Das ist überhaupt kein Problem, wenn man frische Zutaten hat«, gab Honour zurück, aber dennoch lächelte sie vor Freude über das Kompliment. »Ich nehme an, dass das Gemüse, das du im Krankenhaus bekommst, mehrere Wochen alt ist.«

»Und zu Brei zerkocht«, ergänzte Adele. »Alles schmeckt gleich. Und jetzt will ich hören, was es Neues an Klatsch und Tratsch gibt!«

»Hm, wann treffe ich schon jemanden, um an irgendwelche Neuigkeiten heranzukommen?«, fragte Honour. »Wenn du nicht hier bist, brauche ich nicht allzu oft nach Winchelsea in den Laden zu gehen, deshalb kann ich dir nichts von den Baileys erzählen, nicht einmal, ob Michael zu Weihnachten da war.«

Adele errötete. Sie hatte nicht gewusst, dass sie so durchschaubar war.

»Er wird jetzt bald nach Oxford zurückkehren«, erklärte sie. »Aber er hat mir das hier zu Weihnachten geschickt.« Sie angelte ein ovales Goldmedaillon unter ihrem Pullover hervor.

Honour rückte näher an sie heran und betrachtete das Schmuckstück. »Das ist ja echtes Gold«, rief sie. »Es muss ein Vermögen gekostet haben!«

»Ich weiß«, erwiderte Adele lächelnd. »Die anderen Mädchen waren alle ganz neidisch. Außerdem kann man es öffnen, um ein Foto hineinzulegen. Ich wünschte, ich hätte ein Bild von ihm, das ich in das Medaillon schieben könnte.«

»Wissen seine Eltern, dass er immer noch mit dir in Verbindung steht?«, fragte Honour und zog eine Augenbraue hoch.

»Das glaube ich nicht«, antwortete Adele.

Honour stieß einen tiefen Seufzer aus, enthielt sich jedoch jedweder Bemerkung.

Am nächsten Tag war es noch kälter, und abgesehen von einem kurzen Gang in den Garten, um die Hühner und Kaninchen zu füttern, kauerten sie sich den ganzen Tag an den Herd; Adele schrieb einige Notizen ab, die sie sich während einer Vorlesung gemacht hatte, und Honour strickte. Am Tag darauf war es ebenso kalt, aber Adele bemerkte, dass sie nicht mehr viel Feuerholz hatten, und da sie am Abend ins Krankenhaus zurückfahren würde, bestand sie darauf, allein hinauszugehen und welches zu sammeln.

Es tat gut, draußen zu sein, eingemummelt in ihre alten Kleider und Stiefel, den kleinen Karren hinter sich. Sie ging in Hastings nie viel spazieren, denn nach einem langen Tag auf der Station war sie stets zu müde dazu, doch sie vermisste die frische Luft und die Abgeschiedenheit, die früher so sehr ein Teil ihres Lebens gewesen waren.

Binnen einer Stunde hatte sie den kleinen Wagen gefüllt, denn der Starkwind der vergangenen Wochen hatte eine Menge Treibholz an den Strand getragen. Sie kehrte gerade mit einem letzten Armvoll Holz über den Kiesstrand zurück, als sie zu ihrer Überraschung in der Ferne Michael sah.

Er kam vom Hafen und trottete mit gesenktem Kopf gegen

den Wind. Er war nicht richtig gekleidet für einen Marsch durch diese wilde Landschaft; anscheinend trug er einen langen Stadtmantel über seinem Anzug, und er hatte keinen Hut auf dem Kopf.

»Michael!«, rief sie, aber der Wind war zu stark, um sich Gehör zu verschaffen. Sie rannte den Rest des Weges zu dem Karren hinüber, warf das Holz hinein und lief Michael dann entgegen. Erst als sie nur noch zweihundert Meter von ihm entfernt war, blickte er auf und sah sie.

»Adele!«, rief er jubilierend und begann zu laufen. »Ich habe überhaupt nicht damit gerechnet, dich zu treffen. Ich dachte, du würdest arbeiten.«

Er erzählte ihr, dass er am Heiligen Abend angekommen sei, dass sein Wagen jedoch verrückt spiele und er ihn zur Reparatur zu einem Mechaniker unten am Hafen gebracht habe. Am Morgen hatte ihn ein Nachbar seiner Mutter zum Hafen mitgenommen, und er hatte damit gerechnet, dass er seinen Wagen wiederbekommen würde, aber der Mechaniker benötigte ein Ersatzteil dafür, und es würde noch einmal einen Tag dauern, bevor er fertig war.

»Ich hätte über die Straße nach Hause zurückgehen sollen«, meinte er und blickte kläglich auf seine eleganten schwarzen Schuhe hinab, die jetzt schlammverkrustet waren. »Diese Schuhe sind nicht für solche Gewaltmärsche geschaffen, aber ich musste daran denken, wie du mir vor Jahren zum ersten Mal den Weg zum Hafen gezeigt hast, und ich hatte einfach das Gefühl, noch einmal über diesen Weg gehen zu müssen. Und dann standest du plötzlich vor mir.«

»Hättest du im Cottage angeklopft, wenn du mich nicht gesehen hättest?«, fragte sie. Es wäre vielleicht klüger von ihr gewesen, nach Hause zurückzulaufen, sich etwas Anständiges anzuziehen und auf seinen Besuch zu warten.

»Ich glaube nicht. Ich hatte bereits darüber nachgedacht und war zu dem Schluss gekommen, dass ich nicht mutig genug bin, um deiner Großmutter gegenüberzutreten.«

»Warum denn nicht? Sie ist dir nicht böse, und sie weiß, dass wir miteinander in Verbindung stehen«, sagte Adele. »Ich habe ihr vorgestern Abend das Medaillon gezeigt, und sie hat keine scharfe Bemerkung darüber gemacht. Übrigens, vielen Dank. Es ist wunderschön, aber du hättest nicht so viel Geld für mich ausgeben sollen.«

Sie zog den Kragen ihres Mantels auseinander, um ihm zu zeigen, dass sie das Schmuckstück trug. »Ich habe auch etwas für dich, nichts Großartiges wie dieses Medaillon, aber ich wollte warten, bis du wieder in Oxford bist, bevor ich es dir schicke.«

Er lächelte. »Sieh dich nur an!«, meinte er. »Du bist wunderschön mit deinen rosigen Wangen und dieser Wollmütze.«

Adele errötete. »Ich sehe wohl eher aus wie eine Vogelscheuche«, versetzte sie. »Warum musst du nur immer auftauchen, wenn ich gerade nicht darauf gefasst bin?«

»Ich glaube nicht, dass du noch entzückender aussehen könntest als jetzt, auch wenn du stundenlang Zeit gehabt hättest, dich zurechtzumachen«, erklärte er und sah sie eindringlich an, bis sie den Blick senken musste. »Du weißt doch, dass ich mich hoffnungslos in dich verliebt habe?«

Adele sah ihn ungläubig an. Machte er Witze? Er konnte das nicht ernst meinen. Oder doch?

Aber als sie den Blick wieder hob, hatte sie nicht den Eindruck, dass er nur gescherzt hatte. Seine Augen wirkten so sanft und zärtlich, und seine vollen, vom Wind geröteten Lippen waren leicht geöffnet, als wartete er atemlos auf ihre Antwort.

»Ist das dein Ernst?«, fragte sie mit brüchiger Stimme.

»Ich habe noch nie etwas ernster gemeint«, versicherte er und streckte die Hand nach ihr aus. »Ich habe hundert Mal versucht, mir einzureden, dass es nur Einbildung ist, aber das Gefühl will einfach nicht weggehen.«

Dann küsste er sie, und ihre kalten Lippen erwärmten sich unter der Berührung, und Hitze stieg in ihr auf. Adele vergaß, dass sie draußen in der Marsch waren, vergaß die Kälte, das Holz in dem Karren und die Tatsache, dass ihre Großmutter auf sie wartete. Nichts war mehr wichtig, nichts als das wunderbare Gefühl, dass sich ihrer bemächtigt hatte.

»Lass uns zur Burg gehen«, flüsterte er, griff nach ihrer Hand und führte sie in diese Richtung, bevor sie auch nur geantwortet hatte. »Dort werden wir zumindest vor dem Wind geschützt sein.«

Auch einige Schafe hatten in der Burg Zuflucht vor den Elementen gesucht, und Michael brachte Adele zum Lachen, indem er auf die Tiere zurannte, um sie zu verscheuchen. »Das war gemein«, schalt sie. »Das ist doch ihr Haus.«

»Ist es nicht, es ist unser Haus«, erklärte er und zog sie in seine Arme. »Du hast mich hierhergebracht, als wir uns das erste Mal begegnet sind, und ich habe dir all dieses Zeug über meine Eltern erzählt. Erinnerst du dich?«

Sie nickte. Sie konnte sich noch immer genau daran erinnern, wie sie sich an jenem Tag gefühlt hatte. Sie hatte Michael gemocht und ihm vertraut, gleichzeitig jedoch Angst gehabt, zu viel von sich selbst preiszugeben.

Als sie sich nun umsah, stieg eine Woge der Liebe zu dieser alten Burg in ihr auf, in der sie in der Vergangenheit so viel Zeit verbracht hatte. Innerhalb ihrer zerfallenen Steinmauern war das Heulen des Windes nicht zu hören, und auch wenn der Himmel über ihr so grau war wie die Steine, trugen die Bäume, die sich hier niedergelassen hatten, Blätterknospen. Es war eine Zuflucht für Vögel und andere Tiere, und jetzt auch für sie und Michael.

»Du hast mir niemals deine Geheimnisse verraten«, bemerkte er leise, bevor er ihre Hand nahm und sie zu einer grasbewachsenen Böschung hinüberführte. »Jetzt, nachdem ich dir erzählt habe, dass ich dich liebe, kannst du sie mir doch sicher verraten?«

Adele ignorierte seine Bemerkung über ihre Geheimnisse; was ihr zu schaffen machte, war vielmehr der Umstand, dass er ihr soeben seine Liebe erklärt hatte. »Das kannst du nicht ernst meinen, Michael«, erwiderte sie, drehte sich zu ihm um und umfasste sein Gesicht mit beiden Händen. »Hast du einmal darüber nachgedacht, was deine Eltern dazu sagen würden?«

»Das habe ich, und es ist mir egal. Ich bin alt genug, meine eigenen Entscheidungen zu treffen, ich werde der RAF beitreten, und ich kann mit meinem Leben machen, was immer ich will. Ich bin ihnen nichts schuldig.«

»Oh doch, das bist du, Michael«, beharrte sie. »Sie sind deine Eltern, sie haben während all der Zeit, in der du zur Schule und später nach Oxford gegangen bist, für dich gesorgt. Wenn sie dich verstoßen würden, wäre das schrecklich für dich.«

»Ach ja?« Er zog die Augenbrauen in die Höhe. »Vater bin ich im Grunde egal – er mag mich zwar mit Geld überhäufen, aber das ist lediglich eine Möglichkeit, mich zu beherrschen. Mutter liebt mich, doch sie denkt nie darüber nach, was ich will oder brauche; bei ihr heißt es immer nur: ich, ich, ich. Sie erwartet von mir, dass ich sie unterstütze, dass ich auf ihrer Seite stehe und mich als ihr ach so kluger Sohn vorführen lasse.«

Adele fand, dass er seine beiden Eltern sehr realistisch betrachtete, denn sie konnte keine Einwände erheben. Aber wie konnte ein Mädchen aus den Marschen in die Art von Welt überwechseln, aus der er kam?

Er drückte sie in das Gras hinunter und küsste sie mit solcher Leidenschaft, dass sie all ihre Bedenken vergaß und sich unvermittelt an einem magischen Ort wiederfand, an dem nichts zählte als der Augenblick.

Erst als er die Hände unter ihren alten Mantel schob und ihre Brüste berührte, kam sie wieder zu Verstand.

Ein Bild von Mr. Makepeace schoss ihr durch den Kopf. In der Verzückung des Kusses hatte sie vergessen, dass Männer alles versprachen, um zu bekommen, was sie wollten.

»Ich muss zurück nach Hause«, murmelte sie, schob seine Hände weg und richtete sich auf. »Das Mittagessen wird schon fertig sein. Ich muss mit dem Fünf-Uhr-Bus abfahren, und bevor ich aufbreche, muss ich noch ein wenig Zeit mit Granny verbringen.«

Er stützte sich auf einen Ellbogen und sah sie verwirrt an. »Aber ich weiß nicht, wie lange es dauern wird, bevor ich das nächste Mal herkommen kann«, protestierte er.

»Dann wirst du eben die Zeit dafür finden müssen«, versetzte sie scharf, während sie aufstand. »Ich kann mich nicht im Gras herumwälzen, wann immer es dir passt, ich habe Verpflichtungen.«

»Warum bist du so wütend auf mich?«, fragte er und erhob sich ebenfalls. »Was habe ich getan?«

Das Gefühl der Verwirrung, das sie in Gegenwart von Mr. Makepeace empfunden hatte, kehrte mit Macht zurück. Sie hatte auch ihm vertraut, und dann hatte er dieses Vertrauen missbraucht. Wie konnte sie sich sicher sein, ob Michael ihr nur deshalb seine Liebe erklärt hatte, um zu bekommen, was er wollte, oder ob er sie wirklich liebte und die Berührungen einfach nur ein Teil seiner Liebe waren?

Sie wusste von ihren Kolleginnen, dass deren Freunde ihre Brüste liebkosten und häufig die Hände unter ihre Röcke schoben. Die Krankenschwestern diskutierten oft darüber, wie weit sie einen Mann gehen ließen, bevor sie sich zurückzogen. Es schien beinahe ein Spiel zu sein, und die Mädchen gewährten ihren Verehrern mit jedem Rendezvous mehr Freiheiten. Adele wollte keine Spiele spielen, sie wollte genau wissen, wo sie stand. Doch sie konnte Michael nichts von all dem erzählen, denn die ganze Angelegenheit war ihr viel zu peinlich.

Auf dem Rückweg zu der Stelle, an der sie den Holzkarren hatte stehen lassen, griff er nach ihrer Hand. Er sagte nichts, und Adele blickte mehrmals zu ihm hinüber und fragte sich, was er denken mochte.

»Es tut mir leid«, platzte sie schließlich heraus, außerstande, das Schweigen länger zu ertragen. »Ich hatte einfach ein wenig Angst.«

»Angst, dass ich dich vergewaltigen würde?«, erwiderte er, und als er sich zu ihr umdrehte, sah sie Anspannung und Ärger in seinen Zügen. »Ich liebe dich, Adele. Ich würde niemals versuchen, dich zu etwas zu zwingen, das du nicht willst. Ich dachte, das wüsstest du.«

Adele kam sich töricht vor und war gleichzeitig verängstigt. Sie hatte geglaubt, dass die Dinge, die Mr. Makepeace ihr angetan hatte, ihr nie wieder etwas ausmachen würden – schließlich lag das Ganze jetzt viele Jahre zurück, und während der letzten vier Jahre hatte sie kaum je einmal an den Mann gedacht. Sie hatte das Gefühl, Michael eine Erklärung schuldig zu sein, sie wollte ihn nicht so unglücklich sehen, andererseits war ein großer Teil von ihr noch immer entrüstet darüber, dass er ihre Brüste berührt hatte. Sie hatte Mühe, nicht in Tränen auszubrechen, weil sie so verwirrt war.

Schließlich erreichten sie den Holzkarren, und Michael streckte die Hand nach dem Griff aus, aber für Adele war die Vorstellung, er könne in seinem eleganten Stadtmantel einen Karren mit alten Kinderwagenrädern ziehen, nur eine neuerliche Erinnerung daran, wie verschieden die Welten waren, aus denen sie stammten.

»Nicht«, bat sie und nahm ihm den Griff aus der Hand. »Ich mache das.«

»Darf ich jetzt nicht einmal mehr deinen Karren berühren?«, fragte er spöttisch.

Da begann sie tatsächlich zu weinen, und sie zerrte den Wagen hinter sich her über den unebenen Boden, sodass sie etwas von dem gesammelten Holz auf dem Rückweg zu Curlew Cottage verlor.

Michael bückte sich und las einen Teil des Holzes wieder auf. Er verstand nicht, warum Adele sich so eigenartig benahm. Trotzdem folgte er ihr; er wollte das Holz, das er aufgehoben hatte, vor dem Cottage ablegen und sich dann gleich wieder auf den Weg machen. Er fror, und er hatte Hunger, seine Füße schmerzten, und er war sehr enttäuscht darüber, dass seine Begegnung mit Adele, über die er sich so sehr gefreut hatte, ein so trauriges Ende nehmen sollte.

Aber als sie sich dem Cottage näherten, erschien Mrs. Harris in der Tür. Adele ging jetzt noch schneller, und wegen des Heulens des Windes konnte Michael nicht hören, was sie zu ihrer Großmutter sagte. Sie ließ den Karren vor der Tür stehen und flitzte ins Haus. Mrs. Harris kam drohend auf ihn zu.

»Was haben Sie getan, dass sie jetzt weint?«, fragte sie mit strenger Miene.

»Ich wusste nicht, dass sie geweint hat«, versicherte er, während er das Holz ablegte und seinen Mantel abklopfte. »Ich kam gerade vom Hafen in Rye und bin ihr zufällig begegnet. Wir sind für eine Weile nach Camber Castle gegangen, und plötzlich sagte sie, sie müsse nach Hause zurückkehren. Ich weiß nicht, was mit ihr los ist, Sie sollten sie besser selbst fragen. Vielleicht wird sie ja mit Ihnen reden.«

Honour warf ihm einen scharfen Blick zu. »Als sie von hier fortging, war sie vollkommen glücklich.«

»Dann habe ich sie offensichtlich aufgeregt, indem ich ihr gesagt habe, dass ich sie liebe«, erklärte er schroff und wandte sich zum Gehen.

»Lassen Sie mich nicht einfach stehen, Michael Bailey«, forderte sie mit einer Stimme, die wie Donner klang. »Kommen Sie zurück.«

Michael wagte es nicht, sich ihr zu widersetzen, und drehte sich um. »Hören Sie, Mrs. Harris«, entgegnete er, »ich weiß wirklich nicht, was in sie gefahren ist. Richten Sie ihr aus, dass ich sie heute Abend im Schwesternheim anrufen werde. Mein Wagen hat eine Panne, deshalb kann ich ihr nicht anbieten, sie nach Hastings zurückzufahren.«

»Das heißt, Sie werden morgen früh noch hier sein?«, hakte sie nach.

Michael nickte.

»Dann kommen Sie noch einmal her«, sagte sie. »Ich glaube, es ist an der Zeit, dass wir einmal unter vier Augen miteinander reden.«

Honour winkte dem Bus nach. Adele war direkt zur Rückbank gegangen, und allein die Art, wie sie sich auf den Sitz fallen ließ, sagte Honour, dass sie während des ganzen Rückwegs ins Schwesternheim weinen würde.

Honour beobachtete, wie der Bus nach Winchelsea hinauffuhr und seine Scheinwerfer das alte Stadttor beleuchteten. Seufzend drehte sie sich um, um wieder nach Hause zu gehen. Sie hatte den Januar schon immer gehasst, wegen der Kälte, der frühen Dunkelheit und vor allem weil in diesem Monat Frank gestorben war.

Heute fühlte sie sich noch verlorener, als sie sich normalerweise in dieser Zeit des Jahres fühlte. Der Postbote hatte ihr am Morgen erzählt, dass soeben eine Mitteilung herausgegeben worden war, nach der Gasmasken an alle Schulkinder verteilt werden sollten, und sie vermutete, dass Adeles geheime Dämonen zurückgekehrt waren, um sie zu verhöhnen.

Aber so schrecklich es auch war, dass die Regierung ernsthafte Befürchtungen hegte, die Deutschen könnten britische Zivilisten mit Gas angreifen, so galt Honours größte Sorge ihrer Enkeltochter. Adele hatte natürlich nicht zugegeben, was heute zwischen ihr und Michael vorgefallen war, doch Honour konnte es sich recht gut vorstellen.

Am nächsten Morgen kurz nach neun Uhr erschien Michael im Cottage. Honour bat ihn herein und bot ihm eine Tasse Tee an. Er wirkte angespannt, und sie zweifelte nicht daran, dass er glaubte, sie wolle ihn mit Vorwürfen überhäufen.

»Haben Sie gestern Abend noch mit Adele telefoniert?«, fragte sie.

»Nein, man hat mir gesagt, in ihrem Zimmer melde sich niemand«, erklärte er.

Honour dachte einen Moment lang darüber nach. Adele musste dort gewesen sein, doch offenbar hatte sie nicht mit ihm reden wollen.

»Wie schade«, seufzte sie schließlich. »Ich hatte gehofft, ihr beide hättet euer Problem, worin dies auch bestanden haben mag, beilegen können.«

»Ich habe es versucht«, erwiderte er, und in seiner Stimme schwang ein Anflug von Ärger mit. »Aber ich weiß nicht, was ich verbrochen haben soll, um sie derart aus der Fassung zu bringen.«

»Sie haben ihr gesagt, dass Sie sie lieben; das haben Sie mir gestern erzählt. Ist es Ihnen wirklich ernst damit?«, hakte Honour nach.

»Natürlich, sonst hätte ich es nicht gesagt«, erklärte er mit einiger Entrüstung. »Aber ich glaube nicht, dass sie genauso empfindet.«

»Was bringt Sie auf diese Idee?«

Er blickte auf seine Hände hinab. »Ich kann es nicht in Worte fassen.«

»Vielleicht kann Adele ihre Gefühle ebenfalls nicht in Worte fassen«, entgegnete Honour, »ich jedenfalls kann es bestimmt nicht. Es ist einfach, darüber zu sprechen, was man für Blumen, Tiere und dergleichen Dinge empfindet. Viel schwerer ist es, über Gedanken und tiefe Gefühle zu einem Menschen zu reden.«

Er entgegnete nichts, sondern blickte nur weiter auf seine Hände hinab.

»Sie dürfen eins nicht vergessen: Als Adele in den Dienst Ihrer Mutter trat, hat sie sich in eine Gesellschaftsschicht begeben, die im Ansehen der Menschen weit unter der Ihren liegt«, bemerkte Honour in dem Bemühen, sanft zu sein und sein Vertrauen zu gewinnen. »Adele war eine Dienstbotin, und faktisch waren Sie ihr Arbeitgeber. Sie weiß, dass Ihre Eltern sie niemals als ebenbürtig akzeptieren werden.«

Er sah auf, und in seinen dunkelblauen Augen lag echter Schmerz. »Es ist mir egal, was meine Eltern denken, und das habe ich auch Adele erklärt. In meinen Augen ist sie mir ebenbürtig. Sehen Sie nur sich selbst an, Mrs. Harris. Sie mögen hier draußen in der Marsch leben, aber Sie sind meiner Mutter mehr als ebenbürtig, und das wissen Sie auch.«

»Ja, das ist richtig, doch andererseits habe ich eine vornehme Erziehung als Tochter eines Schuldirektors genossen, und ich habe in eine gute Familie eingeheiratet. Eine solche Herkunft schenkt einem Mädchen Vertrauen in seinen eigenen Wert, und diese Einstellung geht nicht verloren, selbst wenn sich die persönlichen Umstände verändern. Adele hat dieses Selbstvertrauen nicht. Sie ist in der Arbeiterklasse groß geworden und hat Dinge erlebt, die ihre Überzeugung, nicht viel wert zu sein, noch bekräftigt haben.«

Er schluckte erschüttert. »Versuchen Sie, mir etwas über ihre Vergangenheit zu erzählen?«

»Dazu habe ich kein Recht«, erwiderte Honour, der plötzlich klar wurde, dass Adele es ihr niemals verzeihen würde, wenn sie ohne ihre Erlaubnis Einzelheiten preisgab. »Aber wenn Sie Adele wirklich lieben, werden Sie ihr absolutes Vertrauen gewinnen müssen, bis sie sich so sicher fühlt, dass sie es Ihnen selbst erzählt.«

Plötzlich malte sich Argwohn auf Michaels Zügen ab. »Es geht um ihre Mutter, nicht wahr?«, fragte er. »Als ich sie kennenlernte, hat sie mir erzählt, sie sei hierhergezogen, weil ihre Mutter krank sei. Aber seither hat sie nie wieder von ihr gesprochen. Wo ist ihre Mutter? Warum besucht Adele sie nicht?«

»Wir wissen nicht, wo ihre Mutter ist«, antwortete Honour. »Was mich betrifft, ist es mir auch egal; sie ist von hier fortgelaufen, als ihr Vater todkrank war, und sie hat weder an ihn noch an mich auch nur einen einzigen Gedanken verschwendet. Ich wusste nicht einmal, dass ich ein Enkelkind hatte, bis Adele vor Jahren auf meiner Türschwelle auftauchte.«

Michaels Augen weiteten sich, und der Kiefer klappte ihm nach unten.

»Ich werde Ihnen nicht mehr darüber erzählen«, erklärte Honour entschieden. »Sie werden die ganze Geschichte aus Adele herausbekommen müssen. Ich bitte Sie nur darum, behutsam mit ihr umzugehen. Sie ist in der Vergangenheit genug verletzt und schikaniert worden.«

Sie brühte eine zweite Kanne Tee auf, und während sie sich in der Küche zu schaffen machte, behielt sie Michael im

Auge. Er war tief in Gedanken versunken und wahrscheinlich noch verwirrter als zuvor.

Gestern Abend hätte sie ihm die Hölle heißgemacht und ihn gewarnt, dass er sich großen Ärger von ihr einhandeln würde, wenn er Adele jemals wieder auch nur ein Haar krümmte. Aber das wäre nicht klug gewesen. Das war Honour in den frühen Morgenstunden klar geworden. Sie wollte ihn nicht verschrecken, außerdem sagte ihr Instinkt ihr, dass ihre Enkelin wahrscheinlich mit übertriebener Panik auf etwas reagiert hatte, das nicht mehr gewesen war als eine unbeholfene Liebkosung. Michael war ein empfindsamer, hochintelligenter junger Mann, und wenn irgendjemand diesen verletzten Teil von Adeles Seele erreichen konnte, dann war er es.

»Und nun zu etwas ganz anderem. Was höre ich da, Sie haben die Absicht, der RAF beizutreten?«, fragte sie munter, während sie den frischen Tee auf den Tisch stellte.

14

»Tu das nicht, es ist schrecklich«, rief Adele und packte Michaels Hand, in der er einen Grashalm hielt. Sie lagen in der Frühlingssonne oben auf Beachy Head in der Nähe von Eastborne. Als sie für einen Augenblick eingenickt war, hatte Michael ihr mit dem Grashalm über die Nase gestrichen.

»Hm, dann wach endlich auf«, meinte er mit einem breiten Grinsen. »Ich möchte mit dir reden.«

Es war jetzt Ostern, etwa drei Monate nach ihrem Streit zu Neujahr. Michael war einige Tage später eigens noch einmal heruntergekommen, um die Dinge mit Adele in Ordnung zu bringen. Sie war sehr unglücklich gewesen und hatte sich immer wieder entschuldigt.

»Ich weiß gar nicht, warum ich mich an jenem Tag dir gegenüber so seltsam benommen habe«, hatte sie immer wieder versichert.

Michael führte sie zum Essen aus, und sobald sie wieder etwas ruhiger wirkte, überredete er sie, ihm von ihrer Mutter und ihrer Kindheit in London zu erzählen.

Es war schockierend gewesen zu hören, was sie durchgemacht hatte, und es bekümmerte ihn, dass sie ihm offensichtlich nicht vollends vertraute. Hätte sie ihm sonst so viele wichtige Einzelheiten ihres Lebens vorenthalten? Aber während sie all den Schmerz der Vergangenheit vor ihm ausbreitete, konnte er ihre Erleichterung förmlich spüren, dass sie diese Dinge endlich mit ihm geteilt hatte. Außerdem fand er nun die Erklärung für viele Merkwürdigkeiten, die ihn in der Vergangenheit verwirrt hatten.

An jenem Abend hatte es Michael zutiefst widerstrebt, Adele allein zu lassen, da ihre Gefühle derart in Aufruhr waren, und er konnte nicht einmal mit Bestimmtheit sagen, wann er sie das nächste Mal besuchen würde. Als er ins Ausbildungslager zurückkehrte, schrieb er ihr, wie sehr er sie liebe und wie glücklich er sei, dass keine weiteren Geheimnisse zwischen ihnen stünden. Wenige Tage später rief er sie an und stellte voller Freude fest, dass sie wieder ganz die Alte war, so frisch und munter wie eh und je.

Sie hatten bisher noch keine Gelegenheit gefunden, einander wiederzusehen, doch als sie am Telefon miteinander sprachen, war es geradeso, als wäre niemals etwas vorgefallen.

»Also, worüber möchtest du mit mir sprechen?«, fragte sie, drehte sich auf den Bauch und stützte sich auf die Ellbogen. »Oh, ich weiß, du möchtest darüber reden, wie gut du in deiner Uniform aussehen wirst.«

Michael lachte. »Nein, das weiß ich bereits, und ich weiß auch, dass ich der beste Pilot sein werde, den die Welt je gesehen hat.«

»Dann bleibt ja nicht mehr viel übrig, worüber wir reden könnten«, neckte sie ihn. »Es sei denn, du möchtest etwas über Betten, Bäder, Fieberkurven oder die Patientinnen auf meiner Station erfahren.«

Michael verbrachte die gesamten Osterferien bei seiner Mutter, angeblich, um für seine Abschlussprüfungen zu büffeln, die bevorstanden, wenn er in einigen Tagen nach Oxford zurückkehren würde. Adele war es gelungen, drei Tage freizubekommen, um mit ihm zusammen sein zu können, aber morgen würde sie auf der gynäkologischen Station anfangen.

Sie hatten großes Glück mit dem Wetter gehabt; es war ungewöhnlich warm und sonnig für April, und Michael, der soeben bei der RAF aufgenommen worden war, war noch ganz aus dem Häuschen und konnte über kaum etwas anderes reden.

»Ich dachte, du würdest mir vielleicht mehr über The Firs erzählen«, meinte er und beugte sich vor, um sie auf die Stirn zu küssen. »Ich habe den Eindruck, dass dort etwas ziemlich Dramatisches passiert sein muss, wenn es dich veranlasst hat, den ganzen Weg bis nach Rye zu Fuß zu gehen.«

Da sie ihre Beziehung größtenteils telefonisch oder brieflich führten, hatten sie so gut wie nie Gelegenheit, über ernste Dinge zu reden. Am Telefon oder per Brief erzählten sie einander von alltäglichen Dingen, von der Arbeit und von Freunden oder von Gerüchten, die ihnen zu Ohren gekommen waren. Dabei brannte Michael noch immer darauf, mehr über Adeles Kindheit zu erfahren. Bisher wusste er so gut wie nichts über dieses Kinderheim, aus dem sie weggelaufen war und das The Firs hieß. Offensichtlich musste es dort einfach furchtbar gewesen sein, sonst wäre sie nicht auf den Gedanken gekommen, Zuflucht bei einem wildfremden Menschen zu suchen. Aber warum sprach sie nicht über ihre Zeit im Heim? Waren die Erlebnisse dort so schlimm, dass es ihr unmöglich war, darüber zu reden?

Als Adele bei ihrem Treffen im Winter zugegeben hatte, dass ihre Mutter in eine Nervenklinik gebracht worden war, hatte Michael zunächst geglaubt, dies sei das Geheimnis, das sie so streng gehütet hatte. Erst viel später waren ihm dann

Zweifel gekommen. Warum sollte sie sich davor fürchten, das zu offenbaren? Er hatte schließlich eine nicht minder verrückte Mutter und würde wohl kaum mit Entsetzen auf eine solche Mitteilung reagieren. Es musste noch mehr dahinterstecken, und er war fest entschlossen, es herauszufinden.

Michael war nicht gerade versessen darauf gewesen, die gesamten Osterferien bei seiner Mutter zu verbringen – es war immer eine Qual, mehr als einige wenige Tage mit ihr unter einem Dach zu sein. Aber er konnte sich nicht gut nur für die drei Tage bei ihr einquartieren, an denen Adele freihatte, und dann jeden Tag verschwinden. Also musste er die Zähne zusammenbeißen, mit seiner Mutter einkaufen fahren und alte Freunde besuchen, und er konnte nur hoffen, dass sie nicht jedes Mal einen furchtbaren Wirbel veranstalten würde, wenn er allein ausgehen wollte. Glücklicherweise schien sie keinen Verdacht zu schöpfen, als er erklärte, er müsse nach Brighton fahren, um ein spezielles Buch zu kaufen, oder habe sich mit einem Freund aus Oxford in der Nähe verabredet. Heute hatte er ihr erzählt, einen langen Spaziergang in den Downs unternehmen zu wollen, und auch diese Ausrede hatte seine Mutter akzeptiert. Vielleicht langweile sie sich in seiner Gesellschaft ebenso wie er sich in ihrer. Hoffentlich erzählte ihr nur niemand von seinen Treffen mit Adele – denn das würde unweigerlich einen ihrer Wutanfälle auslösen.

Das Glück darüber, wieder mit Adele zusammen zu sein, und seine Aufregung über die Aufnahme in die Königliche Luftwaffe hatten dazu geführt, dass er noch nicht dazu gekommen war, ihr vorsichtige Fragen nach The Firs zu stellen. Er hatte während der letzten Tage beinahe ohne Punkt und Komma über die Fliegerei gesprochen und natürlich über die starke Wahrscheinlichkeit eines Krieges. Aber jetzt wurde die Zeit knapp, und nach dem heutigen Tag würde er wahrscheinlich nicht vor Ende Juni oder Juli wieder Gelegenheit bekommen, Adele zu sehen.

»Komm schon! Erzähl mir davon«, bedrängte er sie.

»Du willst gar nichts über dieses Heim wissen«, entgegnete sie abschätzig. »Es ist nicht besonders interessant, und ich war auch nicht so lange dort.«

»Es ist deshalb interessant, weil du von dort weggelaufen bist«, beharrte er. »Warum? Was war der Grund für deine Flucht?«

»Das habe ich dir doch schon erzählt. Ich wollte herausfinden, ob ich noch Großeltern hatte. Ich habe einfach länger gebraucht, um nach Winchelsea Beach zu kommen, als ich vermutet hatte. Und jetzt gib mir einen Kuss, und sag mir, dass du mich liebst.«

Sie legte sich auf den Rücken und streckte die Arme aus. Michael blickte auf sie hinab und bewunderte ihre Schönheit. Von der Sonne rosige Wangen, vom Wind zerzaustes Haar und Augen, die fast die Farbe von Bernstein hatten. Die meisten Mädchen schienen sich heutzutage an der künstlichen Art betörender Schönheit zu orientieren, die Hollywood inspiriert hatte. Sie ließen sich Dauerwellen legen, formten ihre Augenbrauen so, dass sie ihnen einen Ausdruck permanenter Überraschung verliehen, und häufig legten sie so viel Make-up auf, dass sie erheblich älter aussahen, als sie in Wirklichkeit waren. Aber Adele trug das Haar offen, wenn sie nicht im Dienst war, und es umfloss ihre Schultern und glänzte im Licht, und er verspürte stets den Wunsch, es zu berühren. Sie puderte sich auch nicht die Nase oder versuchte, ihren Körper mithilfe eines Korsetts in eine andere Form zu zwingen. Sie war so natürlich und anmutig wie ein Schwan. Und er wusste, dass er sie bis zu seinem Tod lieben würde.

»Liebst du mich?«, fragte er, beugte sich über sie und schob sein Gesicht dicht an ihres heran.

»Natürlich«, kicherte sie und klimperte mit ihren langen Wimpern.

»Dann sag es«, verlangte er.

»Ich liebe dich, Michael«, flüsterte sie und machte dabei ein leicht verlegenes Gesicht.

»Wie weit geht dein Vertrauen in mich?«

Daraufhin runzelte sie die Stirn. »Ich würde dir mein Leben anvertrauen. Genügt das?«

»Dann kannst du mir gewiss auch erzählen, was in The Firs passiert ist?«

»Es ist gar nichts passiert, es hat mir einfach nicht gefallen.«

»Du lügst«, erklärte er entschieden. »Und jetzt erzähl mir die Wahrheit. Wenn du es nicht tust, wird das unser Leben lang zwischen uns stehen.«

Er konnte förmlich spüren, wie sich ihre Gedanken überschlugen. Ihr Blick verriet ihm, dass sie ihr Geheimnis offenbaren wollte, es jedoch nicht wagte. Dann wurden ihre Augen um eine Spur schmaler, während sie nach einer plausiblen Ausrede suchte, mit der sie seinen beharrlichen Fragen ein Ende bereiten konnte.

»Ich habe noch einmal alles Revue passieren lassen, was an jenem Tag im Januar in der Marsch geschehen ist«, sagte er. »Ich wollte herausfinden, was dich so plötzlich derart aus der

Fassung gebracht hat. Dann ist es mir wieder eingefallen. Ich habe deinen Busen berührt.«

Mit einem Mal trat ein furchtsamer Ausdruck in ihre Augen, und er wusste sofort, dass er mit dem Verdacht, der ihn nachts bisweilen beschlich, richtig lag. Tagsüber konnte er diese Gedanken abschütteln – Adele war schließlich ganz und gar nicht zimperlich, sie konnte ohne Verlegenheit über körperliche Verrichtungen sprechen, und sie war weder ängstlich noch scheu. Aber wenn ein Kuss zu leidenschaftlich wurde, zog sie jedes Mal eine Grenze. Sie presste sich nicht an ihn wie andere Mädchen, mit denen er ausgegangen war, es getan hatten.

»Diese Berührung hat dich an einen Mann erinnert, der dir in The Firs wehgetan hat, nicht wahr?«, fragte er, und er spürte, wie Tränen in ihm aufstiegen, weil er diese Vorstellung nicht ertragen konnte.

»Ja«, stieß sie hervor. »Aber stell mir keine weiteren Fragen.«

Michael legte sich neben sie, zog sie in seine Arme und bettete ihren Kopf auf seiner Schulter. »Ich werde dir keine weiteren Fragen stellen«, versprach er sanft. »Du wirst mir einfach erzählen, was passiert ist.«

»Ich kann nicht«, antwortete sie, und er spürte ihr Zittern, als sie zu weinen begann.

»Ich möchte dich heiraten, Adele. Ich möchte, dass wir für immer zusammenbleiben und Kinder haben. Wie können wir das, wenn der Geist eines durch und durch bösen Menschen zwischen uns steht?«

Er wartete einige Sekunden ab, bevor er weitersprach. »Deine Großmutter weiß Bescheid, nicht wahr? Dann musst du es ihr erzählt haben, als du damals zu ihr kamst. Zu der Zeit war sie ein vollkommen fremder Mensch für dich. Das bin ich nicht; wir kennen einander seit fast fünf Jahren. Du bist nicht nur meine Liebste, du bist auch meine beste Freundin.«

»Es war der Aufseher«, platzte sie plötzlich heraus und schlug sich dann die Hände übers Gesicht. »Ich fand ihn wunderbar, weil er sich mehr für mich interessierte als für die anderen Kinder. Niemand war je zuvor so nett zu mir gewesen.«

Sobald sie die ersten Worte ausgesprochen hatte, sprudelte der Rest der Geschichte in einem einzigen Sturzbach hervor, doch sie verbarg weiter das Gesicht in den Händen. Michael unterbrach sie nicht, sondern ließ sie einfach reden. Als sie fertig war, schluchzte sie noch lange, während er sie im Arm hielt.

Michael war zutiefst schockiert. Er konnte sich nicht vorstellen, dass irgendein Mann so etwas einem Kind antun konnte, das sich in seiner Obhut befand. Aber es erklärte so viele Aspekte von Adeles Persönlichkeit. Als er sie damals in der Marsch kennengelernt hatte, war es ihm seltsam erschienen, dass ein so liebenswerter Mensch wie sie offensichtlich keine anderen Freunde hatte. Außerdem fand er, dass sie sehr reif für ihr Alter war, auch wenn es eine Art von Reife war, die zu besagen schien: Komm mir nicht zu nah.

Rückblickend war Michael davon überzeugt, dass er sie vom ersten Moment an geliebt hatte, denn sie war stets in seinen Gedanken gewesen, aber ihr Verhalten und sein eigener Mangel an Erfahrung mit Mädchen und natürlich seine Lebensumstände hatten verhindert, dass sich mehr als

Freundschaft zwischen ihnen entwickelte. Trotzdem beschämte ihn der Gedanke, dass er auf den Kontinent und später nach Oxford gegangen war, um sich unbekümmert zu amüsieren. Er hatte Flugzeuge geflogen, mit seinen Kameraden getrunken und sogar andere Mädchen ausgeführt, während seine Freundin dieses Geheimnis in sich verborgen gehalten hatte. Er hatte sie in den Dienst seiner Mutter treten lassen, was sie nicht nur weiteren Verletzungen ausgesetzt hatte, sondern es ihr auch unmöglich gemacht hatte, ein wenig Spaß zu haben und ein eigenes Leben zu führen. Und jetzt hatte er sich obendrein noch wie ein Hobbypsychiater aufgeführt und ihr damit womöglich noch weiteren Schmerz zugefügt.

»Habe ich jetzt alles noch schlimmer gemacht?«, flüsterte er. Es machte ihn furchtbar hilflos, sie so außer sich zu sehen.

Sie stieß einen Laut aus, der halb Schluchzen, halb Schluckauf war. »Ich habe geglaubt, ich hätte das alles hinter mir gelassen. Ich habe nie mehr darüber nachgedacht.«

»Aber als ich dich berührt habe, ist die Erinnerung zurückgekommen?«, fragte er leise. Jetzt liefen auch ihm die Tränen über die Wangen. »Es tut mir so leid, mein Liebling.«

»Das muss es nicht«, sagte sie mit gepresster Stimme. »Du konntest es nicht wissen, ebenso wenig wie ich. Es hat mich vollkommen überrascht, und ich wusste nicht, wie ich damit umgehen soll.«

Dann richtete sie sich auf, putzte ihre Nase und trocknete sich die Augen. Schließlich wandte sie sich wieder zu ihm um und versuchte zu lächeln. »Ich wette, jetzt wünschst du dir, du hättest mir nicht so lange zugesetzt, bis ich dir alles erzählt habe?«

»Ja. Nein, ich weiß es eigentlich nicht«, entgegnete er bekümmert. »Es ist wirklich besser, wenn keine Geheimnisse zwischen uns stehen, denke ich, doch jetzt werde ich Angst haben, dich jemals wieder zu berühren.«

»Du darfst keine Angst haben«, meinte sie, griff nach seiner Hand und küsste seine Fingerspitzen. »Jetzt ist alles anders. Beim letzten Mal war ich einfach nicht darauf vorbereitet. Jetzt ist es heraus und endgültig vorbei.«

Für eine Weile saßen sie Hand in Hand nebeneinander. Es war ein so klarer Tag, dass sie meilenweit über die Felder blicken konnten. Hinter ihnen, unter dem Kliff, konnten sie das Meer hören, das gegen die Felsen brandete, und über ihnen kreisten schreiende Möwen. Die Sonne schien warm auf ihre Köpfe, der Wind strich ihnen übers Gesicht, und während sie schweigend dasaßen, konnte Michael spüren, wie froh Adele darüber war, dass sie endlich mit ihm hatte reden können.

»Du bist wunderbar, Michael«, bemerkte sie plötzlich, hob die Hand und fuhr ihm mit den Fingern über die Wange. »So geduldig, so verständnisvoll. Wenn ich gewusst hätte, dass es so guttut, über all das zu reden, hätte ich dir schon vor langer Zeit alles erzählt.«

Michael war zutiefst gerührt. »Es gibt für alles eine Zeit. Wenn du es mir früher erzählt hättest, hätte ich es wahrscheinlich nicht verstanden. Die Liebe zu dir hat mir die Fähigkeit gegeben, viele Dinge besser zu verstehen, sogar meine Eltern.«

Adele nickte. »Auch ich verstehe jetzt besser, warum meine Großeltern damals alles hingeworfen haben, um in die

Marsch zu ziehen. Früher habe ich mir oft die schönen Dinge angesehen, die Granny aus jener Zeit behalten hat, und mir vorgestellt, wie ihr altes Haus in Tunbridge Wells wohl ausgesehen haben mag. Ich war sogar wütend darüber, dass sie nicht länger so lebte. Aber jetzt sehe ich das anders; allein wie sie sich bisweilen benimmt, sagt mir, dass Frank und sie die Art von Liebe miteinander geteilt haben, nach der die meisten von uns sich sehnen.«

»Genau das ist das Problem bei meinen Eltern«, meinte Michael nachdenklich. »Ich glaube nicht, dass sie einander jemals wirklich geliebt haben. Mutter war schön und wurde von vielen Männern bewundert, und Vater war reich, ehrgeizig und ein gerissener Geschäftsmann. Sie haben geheiratet, weil alle anderen glaubten, sie passten gut zusammen. Sie haben meiner Meinung nach niemals darüber nachgedacht, dass sie absolut nichts gemeinsam hatten.«

Er hatte Adele am vergangenen Tag erzählt, dass sich zwischen seinen Eltern nichts geklärt hatte. Sie waren beide gleichermaßen unnachgiebig. Emily hatte schließlich Beweise dafür entdeckt, dass Myles eine Geliebte hatte, aber statt sich von ihm scheiden zu lassen, bestand sie nun darauf, dass er jedes zweite Wochenende nach Winchelsea herunterkam, sodass sie ihren Freunden gegenüber so tun konnte, als wäre mit ihrer Ehe alles in Ordnung.

Myles spielte bei dieser Scharade mit, weil er befürchtete, Emily würde womöglich einen Skandal vom Zaun brechen, der seine Karriere als Rechtsanwalt gefährden könnte. Michael hatte die Hoffnung aufgegeben, was seine Eltern betraf, und er war es gründlich leid, zwischen den Fronten zu stehen.

Wenn die Baileys herausfanden, dass sie und Michael einander nicht nur immer noch sahen, sondern sogar eine gemeinsame Zukunft planten, würde es einen Aufruhr geben, davon war Adele überzeugt. Zumindest in einem Punkt waren seine Eltern sich einig: Sie glaubten, Adele sei nicht gut genug für ihren Sohn. Aber das schien Michael die geringsten Sorgen zu bereiten.

»War es dein Ernst, dass du mich heiraten willst?«, erkundigte sie sich.

»Natürlich«, sagte er. Er war offenkundig überrascht darüber, dass sie dies bezweifeln könnte. »Aber wir werden warten müssen, bis du mit deiner Ausbildung fertig bist.«

»Und bis ich etwas Geld gespart habe«, lachte sie.

»Aber wir könnten uns verloben«, schlug er voller Eifer vor. »In diesem Sommer.«

Adele sprang auf und breitete vor lauter Glück die Arme aus. Sie waren nur zwanzig oder dreißig Meter vom Rand des Kliffs in Beachy Head entfernt. Der strahlend blaue, wolkenlose Himmel, das Meer, die weißen Klippen und das dunkle Grün des Grases waren so wunderschön, dass es ihr die Kehle zuschnürte. »Ich könnte schreien vor Glück«, bekannte sie.

»Lass das lieber«, meinte Michael nervös und blickte zu einigen Wanderern hinüber, die in ihre Richtung kamen. »Die Leute werden sonst womöglich denken, du wolltest dich von der Klippe stürzen.«

»Wenn ich das täte, würde ich fliegen«, entgegnete sie, wedelte mit den Armen und rannte schreiend über das Gras, weg vom Rand der Klippe.

Da brach auch Michael in Gelächter aus, erleichtert darüber, dass er die Wahrheit nun kannte, und glücklich, weil seine Tage in Oxford jetzt gezählt waren und er sich schon bald mit dem Fliegen seinen Lebensunterhalt würde verdienen können. Er wartete, bis die Wanderer ihn fast erreicht hatten, dann stand er auf, breitete die Arme aus und lief Adele nach. Er hoffte, dass die Wanderer sie für zwei entflohene Geisteskranke hielten.

Zwei Monate später, im Juni, spülte Honour das Teegeschirr, trocknete es ab und schaltete dann den Radioapparat ein, um sich die Sechs-Uhr-Nachrichten anzuhören. Michael hatte ihr vor einigen Wochen den batteriebetriebenen Radioapparat vorbeigebracht. Er hatte behauptet, ein Bekannter aus Oxford habe das Gerät aussortiert, was sie ihm jedoch nicht geglaubt hatte, da der Apparat viel zu neu aussah. Aber wo immer das Radio herkam, sie liebte es. Die Abende vergingen im Flug, wenn sie sich Hörspiele und Komödiensendungen anhörte.

Sie setzte sich in ihren Sessel und griff nach ihrem Strickzeug. Vielleicht hatte Michael recht mit seinem Vorschlag, dass sie sich auch Elektrizität legen lassen solle. Öllampen und Kerzen waren schön und gut, doch jetzt, da ihre Augen nicht mehr ganz so scharf waren, reichte das Licht im Grunde zum Lesen nicht aus.

Die Nachrichten waren genauso düster, wie sie es in letzter Zeit immer zu sein schienen. Es gab neue Informationen über Deutschland, das in Österreich einmarschiert war, und es hieß, alle österreichischen Juden würden innerhalb von zwei Wochen die Kündigung von ihren Arbeitgebern erhalten. In der vergangenen Woche war sie mit Adele ins Kino gegangen und hatte Adolf Hitler in den *Pathe News* gesehen. Natürlich kannte Honour sein Bild aus den Zeitungen, aber es war etwas ganz anderes, ihn auf einer Leinwand agieren zu sehen. Erst jetzt hatte sie begriffen, was für eine Bedrohung dieser Mann tatsächlich darstellte. Er war bei irgendeiner Art von Wettrennen gefilmt worden, und er hatte geschrien, die Augen verdreht und mit den Armen gefuchtelt wie ein Wahnsinniger. Sie konnte sich nicht vorstellen, warum irgendjemand einem so abscheulichen kleinen Mann folgen sollte, und dann war da auch noch dieser lächerliche Gruß, den er von seinen Anhängern verlangte! Wäre sie in Deutschland gewesen, hätte sie sich stark versucht gefühlt, ihm einen sehr rüden Gruß mit einem Finger zuteil werden zu lassen.

Als sie wieder nach Hause gekommen waren, hatte Adele sie zum Lachen gebracht, indem sie sich einige Fäden schwarzer Wolle unter die Nase geklebt hatte und in der Manier Adolf Hitlers durch den Raum stolziert war. Aber so sehr sie auch über diesen Mann lachten und so eindringlich die Regierung beteuerte, dass England nicht in einen weiteren Krieg mit Deutschland verwickelt werden würde – Honour war keineswegs überzeugt davon.

Die letzte Nachricht im Radio war ein wenig fröhlicher. Im Regent's Park war ein neuer Zoo eröffnet worden, und es hieß, er sei der größte und schönste auf der Welt. Sie hatte gute Lust, ihn sich einmal anzusehen. Vielleicht konnte sie später im Sommer mit Adele zusammen mit dem Zug dorthinfahren.

In diesem Moment klopfte es zu ihrer Überraschung an der Haustür. Es kam nur sehr selten vor, dass jemand sie am Abend besuchte.

»Wer um alles in der Welt mag das sein?«, murmelte sie vor sich hin, verärgert darüber, solchermaßen gestört zu werden, nachdem sie es sich gerade erst bequem gemacht hatte.

Sie öffnete die Tür, und eine Frau stand vor ihr. Sie sah aus wie ein Flittchen, in einem leuchtend blauen Kleid, das zu eng war, mit rotem Lippenstift, blondem Haar, sehr hochhackigen Schuhen und ohne Strümpfe oder Hut.

»Ja?«, fragte Honour und überlegte gleichzeitig, wie jemand, der sich so kleidete, in den Marschen herumspazieren konnte.

Die Frau grinste sie nur an, und Honour wurde plötzlich bewusst, dass sie etwas seltsam Vertrautes an sich hatte. »Kenne ich Sie?«, hakte sie nach.

»Das möchte ich meinen«, erwiderte die Frau. »Ich bin deine Tochter!«

Honour prallte erschrocken zurück. Aber sie wusste, dass es die Wahrheit sein musste, denn der einzige Mensch, bei dem sie jemals Augen von diesem bestimmten Blauton gesehen hatte, war Rose. »W-w-was tust du hier?«, stammelte sie hilflos.

»Ich wollte dich sehen, Mutter«, erklärte Rose, wobei sie das letzte Wort mit einem höhnischen Unterton aussprach.

»Aber ich will dich nicht sehen«, entgegnete Honour hastig und versuchte, sich zusammenzureißen. »An dem Tag, an dem du meine Sachen gestohlen hast und verschwunden bist, hast du jedwedes Recht verwirkt, mich in meinem Haus aufzusuchen.«

»Ich dachte, du wärest vielleicht mit der Zeit ein wenig weicher geworden, da du Adele bei dir aufgenommen hast«, meinte Rose, trat in den Raum und schloss die Tür hinter sich, bevor Honour sie daran hindern konnte. »Wo ist sie?«

Honour hatte niemals ernsthaft erwogen, dass Rose eines Tages hier auftauchen könne, und jetzt hatte sie plötzlich Angst. Die Rose, die vor so vielen Jahren das Cottage verlassen hatte, mochte trotzig, gefühllos und hartherzig gewesen sein, doch sie hatte gute Manieren und eine kultivierte Stimme besessen. Diese Rose war primitiv, sowohl was ihre Stimme betraf als auch in ihrem Benehmen, und zum ersten Mal in ihrem Leben war Honour eingeschüchtert.

»Sie arbeitet«, gab sie zurück und bedachte ihre Tochter mit der Art von Blick, unter der sie früher erzittert wäre. »Und ich bin in Bezug auf dich in den Jahren ganz gewiss nicht weicher geworden. Ich weiß nicht, woher du den Mut und die Unverschämtheit genommen hast, nach all dieser Zeit hier aufzutauchen.«

Rose grinste nur, öffnete ihre Handtasche und nahm ein Päckchen Zigaretten heraus. »Es ist alles noch genauso wie früher«, bemerkte sie, während sie sich eine Zigarette anzündete und sich nachdenklich im Raum umsah. »Du, das Cottage und die Möbel. Es ist so, als hätte die Zeit all die Jahre stillgestanden. Ich dachte, du müsstest mittlerweile alt und runzlig sein, aber du siehst gar nicht so schlecht aus.«

Honour war erstaunt über ihre Dreistigkeit. »Verschwinde«, forderte sie. »Los, geh. Ich will dich hier nicht haben.«

»Ich werde gehen, wenn ich dazu bereit bin«, erwiderte Rose und sog genüsslich den Rauch ein. »Ich habe jedes Recht, hierherzukommen und mich nach meiner Tochter zu erkundigen.«

»Das hast du nicht«, widersprach Honour. Sie war nicht daran gewöhnt, Angst zu haben, und sie wusste nicht, wie sie damit umgehen sollte. Sie spürte, dass Rose gekommen war, um Unheil zu stiften, denn wenn es ihr tatsächlich nur darum gegangen wäre, Adele zu sehen, hätte sie gewiss eher Charme eingesetzt als Boshaftigkeit. Vermutlich würden die meisten Menschen Rose noch immer für sehr attraktiv halten, wenn man bedachte, dass sie jetzt siebenunddreißig war. Sie war viel schwerer als mit siebzehn, aber ihre Figur war nach wie vor gut, und ihre Augen waren sehr schön. Aber sie wirkte so hart und billig, ihre Haut hatte einen grauen Ton angenommen, ihre Zähne waren schmutzig, und selbst ihr blondes Haar hatte seinen seidigen Schimmer verloren.

»Du hast jedes Recht an Adele verwirkt, als du in diese Nervenklinik eingewiesen wurdest«, erklärte Honour energisch. Sie würde sich nicht einschüchtern lassen. »Wenn ich nur vorher gewusst hätte, dass du sie so schlecht behandelt hast, wäre ich gekommen und hätte sie fortgeholt. Also denk nicht einmal daran, du könntest in ihr Leben zurückkehren und all das Gute zunichte machen, was ich an dem Kind getan habe.«

»Wer hat etwas davon gesagt, dass ich in ihr Leben zurückkehren will? Ich will lediglich wissen, wie es ihr geht«, zischte Rose.

»Du bist aus der Nervenklinik geflohen. Wo bist du damals hingegangen?«, fragte Honour.

Rose hockte sich auf die Armlehne des Sofas, schlug die Beine übereinander, schnippte ihre Zigarettenasche in Richtung des Herds und verfehlte ihn. »Zurück nach London, wohin sonst?«, antwortete sie.

Honour riss ihr die Zigarette aus der Hand und warf sie in den Herd. »Womit hast du dir deinen Lebensunterhalt verdient?«

»Ein bisschen von diesem, ein bisschen von jenem«, erwiderte Rose vage. »Ich bin zurechtgekommen.«

Honour stellten sich die Nackenhaare auf. Das klang ganz danach, als hätte sie sich auf den Straßen verkauft, und so wie sie aussah, schien das sehr wahrscheinlich zu sein.

»Und dein Mann? Jim Talbot. Wo ist er?«

Rose zuckte die Schultern. »Woher soll ich das wissen? Er ist auf und davon, als man mich eingewiesen hat. Und jetzt erzähl mir von Adele. Hast du ein Foto von ihr?«

»Nein, habe ich nicht«, blaffte Honour. »Sie macht eine Ausbildung zur Krankenschwester. Sie ist glücklich. Also verschwinde, und komm nicht wieder her.«

»Hat sie einen Freund?«, fragte Rose so gelassen, als hätte sie Honours Worte gar nicht gehört.

»Sie hat einen jungen Mann, ja«, erwiderte Honour eisig. »Und es ist ein sehr netter junger Mann. Ich werde dir nicht erzählen, in welchem Krankenhaus sie arbeitet, also spar dir die Mühe, mich weiter zu löchern. Das Letzte, was sie will, wäre eine Begegnung mit dir.«

»Woher weißt du das?«, höhnte Rose. »Ich wette, du hast sie erdrückt, geradeso wie du mich erdrückt hast. Das mögen junge Mädchen gar nicht.«

»Ich habe dich nicht erdrückt.« Honours Stimme nahm einen entrüsteten Klang an.

»Und ob. Ich musste essen, was du wolltest, tun, was du wolltest, hingehen, wohin du mich geschickt hast. Ich durfte niemals etwas selbst entscheiden. Du hast mich aus einer guten

Schule und einem schönen Zuhause fortgezerrt und hierhergebracht!« Roses Augen blitzten gefährlich. »›Wir werden auf dem Land leben, und es wird so ein wunderbares Abenteuer sein‹«, äffte sie Honour geziert nach. »Auf dem Land! Damit waren diese verdammten Marschen gemeint, über die der Wind heult und wo man meilenweit keinem Menschen begegnet. Ein Abenteuer! Es war die Hölle. Was für eine Art von Mutter warst du?«

»Wenn wir hier Urlaub gemacht haben, hat es dir immer gut gefallen«, verteidigte Honour sich. »Vielleicht hat es sich nicht ganz so entwickelt, wie dein Vater und ich gehofft hatten, aber als wir den Laden verloren, hatten wir im Grunde keine andere Wahl.«

»Oh doch, die hatten wir, wir hätten bei Grandma leben können«, gab Rose zurück und grinste, als hätte sie ein paar Punkte gewonnen. »Ich war damals elf und kein Baby mehr. Ich habe Dinge gehört und gesehen, ich wusste, was vor sich ging. Du und Vater, ihr beide mögt zwar glücklich gewesen sein ohne all unsere Verwandten und Freunde um uns herum, aber ich war es nicht. Warum hat Vater sich nicht eine Arbeit gesucht wie alle anderen auch?«

»Glaubst du wirklich, dass du in der Position bist, das Verhalten deines Vaters kritisieren zu dürfen – im Lichte dessen, was du Adele angetan hast?«, entgegnete Honour. »Sie war zwölf, als ihre Schwester starb, und du hast sie dafür verantwortlich gemacht. Später hast du versucht, sie zu töten. Als sie vor meiner Tür stand, war sie so krank, dass ich fürchtete, sie würde sterben. Nach dem, was sie durchgemacht hatte, dachte ich, sie würde für ihr Leben gezeichnet sein. Du hast ihr das angetan, und dabei hast du vom Augenblick deiner Geburt an nichts anderes erfahren als Liebe.«

Honour schwieg gerade lange genug, um wieder zu Atem zu kommen. »Ich weiß, was für ein Spiel du spielst, Rose. Du versuchst, mir die Verantwortung für das, was du Adele angetan hast, in die Schuhe zu schieben und mir einzureden, dass ich dir deswegen jetzt etwas schuldig sei. Nun, deine Rechnung wird nicht aufgehen. Du warst ein abscheuliches kleines Miststück.«

»Wann ist er gestorben?«

»Im Januar 1921«, zischte Honour. »Nachdem du fort warst, gewann er langsam seinen Verstand zurück, und manchmal wünschte ich, es wäre nicht so gekommen, weil er dann nie von deinem abscheulichen Verrat erfahren hätte. Der Krieg hat seinen Geist gebrochen, aber du hast ihm das Herz gebrochen.«

Erst da gab Rose ihre trotzige, unverschämte Haltung auf. »Als ich von hier fortging, hatte ich fest vor, euch Geld zu schicken«, erklärte sie. »Doch nichts hat sich so entwickelt, wie ich es geplant hatte. Du weißt ja nicht, was ich durchgemacht habe.«

»Oh doch, das weiß ich«, sagte Honour. »Du bist mit einem reichen Mann davongelaufen, und du hast geglaubt, er würde dich heiraten. Aber sobald er erfuhr, dass ein Baby unterwegs war, hat er dich sitzen lassen. Daraufhin hast du Jim Talbot geheiratet, um nicht im Arbeitshaus zu landen. Und schließlich hast du Adele um ihre ganze Kindheit betrogen, um sie für deine Fehler zahlen zu lassen.«

Roses Gesichtsausdruck bewies ihr, dass sie recht hatte.

»Du kannst auf dieser Welt tun, was immer du willst«, fuhr Honour fort. »Aber einen Nachteil hat das Ganze. Du musst mit den Konsequenzen fertig werden. Dafür kannst du niemand anderen als dich selbst verantwortlich machen.«

»Sag mir nur, wie es Adele geht, und ich verschwinde«, erwiderte Rose verdrossen. »Das ist alles, was ich will, wirklich alles. Hatte sie in der Schule gute Noten?«

»Ja, die hatte sie, sie ist ein intelligentes Mädchen, genau wie du es warst«, antwortete Honour streng. »Es war sehr hart, als sie von der Schule abging, denn es gab nicht viel Arbeit, doch sie hat eine Stelle als Haushälterin angenommen, und jetzt hat sie bereits ihr erstes Jahr als Lernschwester hinter sich. Sie liebt ihren Beruf; sie ist dafür geboren.«

»Und wie sieht sie jetzt aus?«

»Sie ist ungefähr einen Meter fünfundsechzig groß, ihr Haar ist hellbraun, und sie ist ausgesprochen hübsch«, erwiderte Honour mit einigem Stolz. »Keine Schönheit, wie du eine warst, aber die Menschen fühlen sich zu ihr hingezogen, sie ist ein freundliches, fleißiges, glückliches Mädchen. Und wenn du ihr endlich ein Mal etwas Gutes tun willst, dann halte dich von ihr fern.«

Zu ihrer Überraschung kam daraufhin keine freche Erwiderung von Rose. »Dann werde ich jetzt gehen«, entschied sie und stand auf. »Es tut mir leid, wenn mein Besuch dich aufgeregt hat.«

Honour nickte und öffnete die Tür. Sie traute ihrer Stimme nicht und wagte es nicht einmal zu fragen, wie Rose nach London zurückkommen würde.

Rose ging ohne ein weiteres Wort, und ihre hochhackigen Absätze klapperten auf dem Kies. Nachdem Honour die Vordertür geschlossen hatte, ging sie zur Hintertür hinüber. Durch das Gebüsch konnte sie ihre Tochter den Weg hinuntergehen sehen. Rose beugte sich kurz vor, um sich eine Zigarette anzuzünden, dann ging sie weiter. Erst als Honour wusste, dass sie das Ende des Feldwegs erreicht hatte und auf der Hauptstraße angekommen war, hatte sie das Gefühl, wieder atmen zu können.

Ihre Beine fühlten sich schwach und zittrig an, sie schwitzte, und ihr Herz hämmerte. Als sie die Hintertür zuzog und verschloss, begann sie zu weinen. Sie hatte sich noch nie so furchtbar einsam gefühlt, und sie hatte auch noch niemals solche Angst gehabt.

15

Am Ende des Feldwegs parkte oben am Fluss ein schwarzer Ford. Johnny Galloway hatte den Arm in das geöffnete Fenster gelegt. Rose ging zu dem Wagen hinüber und setzte sich auf den Beifahrersitz.

»Hast du sie gesehen?«, fragte Johnny.

»Ich habe meine Mutter gesehen«, antwortete sie grimmig. »Aber nicht Adele. Sie ist arbeiten.«

Johnny Galloway war ein Schieber aus Südlondon. Er sah aus wie ein Frettchen, klein und drahtig, mit pomadisiertem schwarzem Haar, das er sich aus dem Gesicht zurückkämmte, und einer Vorliebe für grelle karierte Anzüge. Er war auch im Verhalten klettenhaft anhänglich wie ein Frettchen; er klammerte sich an Rose, als hinge sein Leben von ihr ab, und gab jeder ihrer Launen klaglos nach.

Sie hatten sich vor etwa drei Monaten im »The Grapes« kennengelernt, einem Pub in Soho, der in der Nähe des Restaurants lag, in dem Rose als Kellnerin arbeitete. Sie hatte gewusst, dass Johnny ein Schurke war, aber andererseits galt das für die meisten Männer, die im »The Grapes« tranken. Außerdem konnte er weder schreiben noch lesen, aber er war klug genug, seine kriminellen Aktivitäten hinter der Fassade einiger vom Gesetz erlaubten Geschäfte in Rotherhithe zu verbergen. An jenem ersten Abend spendierte er ihr einen Drink nach dem anderen, bis das Lokal schloss, und er sagte ihr ein ums andere Mal, wie schön sie sei. Später bezahlte er ihr dann ein Taxi nach Hause, ohne darauf zu bestehen, ebenfalls mitzukommen. Für Rose machte ihn das zu einem erstklassigen Verehrer.

Rose hatte niemals irgendwelche Bedenken gehabt, mit einem Mann ins Bett zu gehen, wenn ihn das dazu brachte, seine Geldbörse zu öffnen. Aber erst nach einigen Drinks war ihr klar geworden, dass Johnny sich von den meisten Männern unterschied. Er war der Typ, der sich in der Phase der Werbung von seiner großzügigsten und aufmerksamsten Seite zeigte, und dazu gab sie ihm reichlich Gelegenheit. Sie verabredete sich mit ihm und versetzte ihn dann. Sie küsste ihn leidenschaftlich, nur um ihm anschließend zu erklären, weiter werde sie nicht gehen, bevor sie sich seiner nicht ganz sicher war. Bei manchen ihrer Rendezvous mit ihm sprach sie kaum ein Wort, bei anderen funkelte sie wie ein Diamant.

Sie faszinierte ihn, das wusste sie; andere Männer hatten bemerkt, dass sie eine fesselnde Mischung aus einer Dame und einer Hure sei, mit ihrer kultivierten Stimme, ihren guten Manieren und ihrer Sinnlichkeit. Aber für Johnny hatte sie ihren Charakter um eine weitere Dimension bereichert, um die einer guten Frau, der unrecht getan worden war.

Einmal ließ sie »versehentlich« durchblicken, dass ihr Mann sie in eine Nervenklinik eingewiesen habe, um ihr Geld in die Hände zu bekommen, womit sie unweigerlich Johnnys Mitgefühl weckte. Als sie später lachend von ihrer Flucht aus dieser Anstalt sprach, stellte sie sich als gerissene und tapfere Frau dar. Johnny redete sich ein, dass sie nur deshalb dem Alkohol so heftig zusprach, weil eine ihrer Töchter gestorben war und man die andere in die Obhut ihrer Großmutter gegeben hatte. Rose war es vollauf zufrieden, dass er so dachte.

Womit sie jedoch nicht gerechnet hatte, war Johnnys gutes Herz. Er hatte sich die Idee in den Kopf gesetzt, Rose müsse nur wieder mit Adele vereint werden, dann wäre der Kummer ihrer Vergangenheit ausgelöscht. Sie erhob alle Einwände, die ihr einfielen. »Meine Mutter muss Adele gewiss eine Menge Lügen erzählt haben, um sie dazu zu bringen, mich zu hassen«, jammerte sie immer wieder.

Aber Johnny beharrte darauf, nach Curlew Cottage zu fahren. »Wenn du ohne Vorwarnung dort auftauchst, wird Adele schon selbst begreifen, wie ihre Großmutter sie manipuliert hat«, versicherte er.

Rose fand sich in einer ausgesprochen heiklen Situation wieder. Sie hatte eine Todesangst davor, ihrer Mutter gegenüberzutreten, und sie verspürte kein echtes Verlangen, Adele zu sehen, abgesehen von einer natürlichen Neugier, wie das Mädchen sich wohl entwickelt haben mochte. Aber wenn sie auf Johnnys Vorschlag nicht einging, würde er das gewiss seltsam finden und vielleicht sogar an ihren Erzählungen zweifeln. Sie wollte ihn nicht verlieren, er machte ihr hübsche Geschenke, und sie hatte viel Spaß mit ihm. Als er daher an diesem Morgen vorgeschlagen hatte, nach Rye zu fahren, hatte sie sich außerstande gesehen, noch einen Rückzieher zu machen.

Natürlich hätte sie sich, sobald sie das Cottage erreichte, abwenden und Johnny erzählen können, es sei niemand zu Hause gewesen, aber aus irgendeinem Grund, den sie selbst nicht verstand, fühlte sie sich dazu gezwungen, die Sache durchzuziehen. Ob Neugier sie antrieb oder lediglich die schwache Hoffnung, ihre Mutter könne überglücklich sein, sie zu sehen, das wusste sie selbst nicht.

»War deine Mum nett zu dir?«, fragte Johnny, während er zwei Zigaretten anzündete und eine davon an sie weitergab.

»Nein, sie war eine blöde Kuh«, erwiderte Rose und nahm einen tiefen Zug von der Zigarette, weil sie noch immer von dem Martyrium zitterte, das hinter ihr lag. »Sie war schon immer teuflisch wütend darüber, dass mein Vater mir sein Geld hinterlassen hat und nicht ihr. Ich denke, sie hat mir auch nicht wirklich geglaubt, dass Jim mit dem Geld auf- und davongegangen ist, nachdem er mich dazu gebracht hatte, ihn zu heiraten. Jetzt will sie mir aus reiner Gehässigkeit meine Adele vorenthalten. Sie scheint zu vergessen, dass ich in einem Elendsviertel leben und mir die Finger bis auf die Knochen wund arbeiten musste, nur um den beiden Geld schicken zu können.«

Johnny legte einen Arm um ihre Schulter, und auf seinem schmalen Gesicht malten sich tiefe Falten des Mitgefühls ab. »Reg dich nicht allzu sehr darüber auf, Schätzchen«, meinte er. »Wenigstens hast du es versucht. Wenn deine Tochter nach Hause kommt und hört, dass du da gewesen bist, wird sie sich freuen wie ein Schneekönig.«

»Ich glaube nicht, dass das alte Weib es ihr überhaupt erzählen wird«, versetzte Rose säuerlich. »Ich weiß, es war eine Dummheit, zu meiner Mutter zu gehen. Ich hätte nicht auf dich hören sollen.«

»Du darfst jetzt noch nicht aufgeben«, mahnte er. »Du hast sie auf dem falschen Fuß erwischt. Meine alte Dame hat mir bei jedem meiner Besuche zu Hause schier den Kopf abgerissen und mir die Schuld an jeder verdammten Kleinigkeit gegeben, die in ihrem Leben schiefgegangen ist, aber wenn sie erst einmal darüber geschlafen hatte, war sie am nächsten Tag wunders wie nett zu mir. Hm, wenn wir hier unten übernachten würden, könntest du morgen früh noch einmal zu deiner Mutter fahren, wenn sie Zeit gehabt hat, in Ruhe über alles nachzudenken. Ich wette, dann wird sie viel freundlicher zu dir sein.«

Rose legte den Kopf auf Johnnys Schulter und zwang sich zu weinen, weil sie sein Mitgefühl erregen wollte. Natürlich hatte sie mit der Feindseligkeit ihrer Mutter gerechnet, und Honours Reaktion bestätigte sie in ihrer lange gehegten Überzeugung, dass die Frau kein Herz hatte.

Die Verwirrung, die sie jetzt empfand, hatte sie allerdings nicht erwartet. Bevor sie durch diese Tür getreten war, war in ihrem Kopf alles so klar und festgefügt gewesen. Sie hatte die Bestätigung dafür finden wollen, dass das Zuhause ihrer Kindheit eine Hütte und das Kind, das sie nie geliebt hatte, nicht liebenswert war. Dass ihr Leben umso vieles schlimmer gewesen wäre, wäre sie nicht von zu Hause fortgelaufen.

Aber das Cottage war keine Hütte. Gewiss, es war primitiv und verfügte über keinerlei moderne Annehmlichkeiten, aber es war so sauber und hell mit seinem bäuerlichen Charme, den Blumen auf dem Tisch und dem Geruch von Möbelpolitur und Seife, der in der Luft hing. All das brachte so viele Erinnerungen zurück, denen sie sich nicht stellen wollte. Und ihre Mutter musste etwas Liebenswertes an Adele entdeckt haben, warum hätte sie sie sonst mit solchem Ingrimm verteidigen sollen?

»Na, na«, meinte Johnny tröstend. »Wie wär's, wenn wir nach Hastings fahren und uns für die Nacht ein Quartier suchen würden? Wir könnten auf den Pier gehen und uns amüsieren. Hastings ist ein schönes Städtchen, ich bin als Dreikäsehoch oft hergefahren.«

Rose wollte keine Nacht voll erzwungenem Frohsinn mit Johnny in Hastings verbringen, und ganz gewiss wollte sie nicht das Bett mit ihm teilen müssen. Aber wenn sie darauf bestand, heute Abend nach London zurückzufahren, wäre er enttäuscht und würde Verdacht schöpfen. Es erschien ihr klüger, so zu tun, als erwöge sie ernsthaft die Möglichkeit, ihre Mutter morgen noch einmal zu besuchen, obwohl sie nicht die leiseste Absicht hatte, etwas Derartiges zu tun.

Sie schnüffelte und wischte sich mit einem Taschentuch über die Augen. »Ich weiß nicht, ob ich den Mut habe, es noch einmal zu versuchen«, erklärte sie. »Aber morgen früh werde ich das vielleicht anders sehen.«

Johnnys Gesicht leuchtete auf. »Braves Mädchen! Dann machen wir uns also auf den Weg zu den strahlenden Lichtern von Hastings?«

»Warum fahren wir nicht einfach nach Winchelsea?«, fragte sie und zeigte auf den Hügel. »Ich schätze, wir könnten in dem Pub dort ein Zimmer bekommen. Wir werden allerdings sagen müssen, wir seien Mr. und Mrs. Galloway!«

Er strahlte, bis seine kleinen, schuhknopfschwarzen Augen fast verschwanden. »Das wird ein großer Spaß werden, Schätzchen«, lachte er.

Weniger als eine halbe Stunde später saßen Rose und Johnny in der Bar des Bridge Inn, Johnny mit einem Glas Bier und Rose mit einem großen Rum und einem schwarzen Kaffee. Sie wusste selbst nicht genau, warum sie diesen Pub vorgeschlagen hatte, vielleicht aus einem Anflug von Wehmut heraus, weil sie als Kind häufig mit ihrem Vater hier draußen gesessen hatte, er mit einem Bier und sie mit einem Glas Limonade. Aber nach ihren Maßstäben war der Raum mit seinen Möbeln mit rosafarbenen Chintzbezügen und dem großen, weichen Bett ausgesprochen luxuriös. Jetzt musste sie nur noch zusehen, dass sie eine gewisse Begeisterung dafür heucheln konnte, dieses Bett mit Johnny zu teilen. Also legte sie nur noch mehr Make-up auf, bürstete sich das Haar und ging mit Johnny in die Bar.

»Lass dir ja nicht herausrutschen, dass ich aus dieser Gegend stamme«, warnte sie ihn im Flüsterton, als sie sich mit ihren Drinks hinsetzten. »Meine Adele soll nicht hören, dass ich mit einem Mann hier war.«

»In Ordnung«, meinte er, obwohl er ein wenig verwirrt wirkte. »Doch was ist, wenn jemand dich erkennt?«

»Das ist unwahrscheinlich«, erwiderte sie. »Ich war kaum mehr als ein Kind, als ich von hier fortgegangen bin. Aber sollte uns doch jemand ansprechen, dann bestätige einfach, was immer ich sage.«

Es sprach sie niemand an, nicht einmal das dicke Mädchen, das herbeigewatschelt kam, um ihre schmutzigen Gläser abzuräumen.

»Wir hätten doch nach Hastings fahren sollen«, sagte Johnny nach seinem vierten Bier. In dem Pub war es so still wie in einer Kirche, die alten Männer saßen in behaglichem Schweigen beieinander, und die einzigen Geräusche waren das Klacken von Dominosteinen auf einem Tisch, ein gelegentliches Husten oder ein gedämpfter Gruß für einen Neuankömmling. Selbst die wenigen Hunde, die zu Füßen ihrer Herren lagen, waren teilnahmslos. »Wir hätten uns Fish and Chips kaufen und zum Pier gehen können. Mir gefällt es hier überhaupt nicht.«

Rose gefiel der Pub ebenso wenig, auch wenn er einen gewissen Charme hatte, doch als Kind hatte sie Winchelsea einfach wunderbar gefunden. Es bestand aus kaum mehr als einer einzigen Straße, einem Pub und einigen wenigen Läden, aber die alten Häuser und Cottages waren alle so unterschiedlich und die Gärten so hübsch, und die Leute hatten stets mit ihr geredet.

Das Postamt, in dem sich vom Fußboden bis zur Decke die Waren stapelten, hatte sie ungemein fasziniert. Der Raum war sehr dunkel, aber man konnte dort alles kaufen, angefangen von Strickwolle, Eimern und Wischlappen bis hin zu Süßigkeiten. Sie hatte als Mädchen mehr als eine Stunde dort zubringen und die vielen Gläser mit Süßigkeiten bestaunen können, bevor sie sich endlich entschieden hatte, für welche Köstlichkeit sie ihren Penny ausgeben wollte.

Früher hatte sie oft davon geträumt, der Laden gehöre ihr, und sie hatte sich vorgestellt, wie sie auf der großen Messingwaage Süßigkeiten abwog und in kleine dreieckige Papiertüten füllte.

Aber andererseits hatte sie sich auch immer gewünscht, sie hätte hier in Winchelsea gelebt, hätte nur durch ihr Gartentor zu treten brauchen und mit den Leuten plaudern können, die gerade vorbeikamen. Ihre Mutter hatte eine Freundin hier gehabt, die sie manchmal besucht hatten, und das Haus dieser Freundin hatte Rose stets an das ihrer Großmutter in Tunbridge Wells erinnert. Inzwischen konnte sie sich kaum noch an dieses Haus erinnern, bis auf das große Klavier und den hübschen Garten. Sie fragte sich, ob sie es überhaupt wiedererkennen würde, wenn sie jetzt durch die Straße ging und daran vorbeikäme.

Sowohl sie als auch Johnny waren schließlich ein wenig betrunken, und bevor Rose recht wusste, wie ihr geschah, wurde auch schon die Sperrstunde verkündet. Als sie die Treppe hinauf in ihr Zimmer gingen, überlegte Rose, ob sie nicht vorgeben sollte, ohnmächtig zu werden. Dann brauchte sie nicht mit Johnny zu schlafen.

Glücklicherweise schlief er sofort ein, kaum dass sie im Bett lagen, und Rose stieß einen Seufzer der Erleichterung aus.

Sie war müde und betrunken, aber obwohl das Bett sehr bequem war, konnte sie nicht einschlafen. Es war zu still; das einzige Geräusch war das sanfte Rascheln der Vorhänge, die sich in dem leichten Luftzug vom offenen Fenster bewegten, was sie schmerzhaft an die Sommernächte ihrer Kindheit erinnerte. Sie dachte daran, wie ihr Vater jeden Abend kurz in ihr Zimmer geschlichen war, bevor er und Mutter schlafen gegangen waren. Er zog ihr die Decke dann bis zum Kinn hoch, küsste sie auf die Stirn und schloss das Fenster, falls es besonders windig war oder regnete.

Schon als man ihr in der Nervenklinik die Vormundschaftspapiere vorgelegt hatte, hatte Rose vermutet, dass ihr Vater tot war, da auf den Papieren nur Honours Name gestanden hatte. Damals hatte sie überhaupt nicht darauf reagiert, denn sie hatte ihn nur als einen jämmerlichen Tropf in Erinnerung gehabt, der sich nicht einmal allein versorgen konnte. Damals war sie einfach froh gewesen, dass er von seinem Elend erlöst worden war.

Aber jetzt, vielleicht wegen der Erinnerungen, die Winchelsea heraufbeschwor, und wegen der zornigen Worte ihrer Mutter verspürte Rose plötzlich Reue. Mit einem Mal konnte sie ihren Vater wieder vor sich sehen, wie er gewesen war, als sie und ihre Mutter sich vor seinem Aufbruch nach Frankreich auf dem Bahnhof von ihm verabschiedet hatten. Er hatte sich aus dem Zugfenster gelehnt und ihnen lächelnd Luftküsse zugeworfen. Er war niemals so reserviert oder streng gewesen wie die Väter anderer Mädchen, sondern unglaublich herzlich, lebendig und liebevoll. Ein intelligenter, freundlicher Mann, für den das Leben etwas war, das man durch und durch genießen musste. »Meine beiden liebsten Mädchen«, hatte er oft gesagt, wenn er sie umarmt hatte. Es war traurig, dass er während der letzten Jahre seines Lebens nicht einmal gewusst hatte, wo sich seine Tochter aufhielt.

»Was möchtest du heute unternehmen?«, fragte Johnny beim Frühstück am folgenden Morgen.
Die Wirtin hatte für sie einen Tisch im Schankraum gedeckt, und das Sonnenlicht fiel durch die offenen Fenster. Johnny wirkte ausgesprochen selbstzufrieden. Am Morgen hatten sie natürlich miteinander geschlafen – Rose war zu müde gewesen, um sich eine Ausrede ausdenken zu können. Aber zu ihrer Überraschung hatte sie den Sex genossen; Johnny hatte sie erfolgreich von der Vergangenheit abgelenkt, und die Aussicht, das ganze Wochenende mit ihm zu verbringen, wirkte plötzlich weitaus verlockender, als sie erwartet hatte.
»Ich glaube nicht, dass es etwas bringen würde, wenn ich meine Mutter noch einmal aufsuchte«, meinte sie, während sie mit einem Stück Toast den letzten Rest des Eigelbs aufnahm. »Ich werde stattdessen versuchen, ihr zu schreiben.

Lass uns nach Hastings fahren. Es ist ein wunderschöner Tag, und wir sollten das Beste daraus machen.«

»So ist es recht«, erwiderte Johnny mit einem breiten Grinsen. »Ich werde dir am Schießstand zeigen, was für ein toller Schütze ich bin.«

»Ich glaube, ich würde vorher gern einen kleinen Spaziergang unternehmen«, sagte Rose nachdenklich. »Du verstehst schon, ich möchte mir den Ort einfach noch einmal ansehen und feststellen, was sich verändert hat.«

»Dann solltest du besser allein gehen«, meinte er. »Ich werde hierbleiben, die Rechnung bezahlen und mich in die Sonne setzen, bis du zurückkommst. Es sei denn natürlich, du möchtest, dass ich dich begleite?«

»Nein, ich wäre lieber allein«, bekannte sie. Eins der Dinge, die sie an Johnny immer geschätzt hatte, war seine Fähigkeit, stets zu spüren, wann sie allein sein wollte. Er hatte auch nicht darauf bestanden, sie zu ihrer Mutter zu begleiten, wie einige Männer es getan hätten. Rose dachte oft, ihre Beziehungen wären dauerhafter gewesen, wenn alle Männer dieses Bedürfnis, allein zu sein, bei ihr gespürt hätten.

Während sie die Hauptstraße hinunterging, fühlte sie sich in die Vergangenheit zurückversetzt. Die Rosen, die die Cottagetüren umrahmten, die Katzen, die auf den Fenstersimsen ein Sonnenbad nahmen, das sanfte Rot alter Dachziegel und die geöffneten Haustüren, um frische Luft einzulassen – alles war noch genauso wie vor Jahren. Rye war ihr immer als ein hellwacher Ort erschienen, voller Menschen, voller Betriebsamkeit und Geräusche. Winchelsea war sein verschlafener Nachbar, und selbst jetzt, an einem Samstagmorgen, waren nur wenige Menschen zu sehen: Einige

Frauen gingen mit Einkaufskörben in den Lebensmittelladen, ein alter Mann mit einem Gehstock verschaffte sich ein wenig Bewegung. Durch ein geöffnetes Fenster konnte sie einen Radioapparat hören und Gelächter von Kindern, die in einem Garten spielten, aber davon abgesehen war es so still, dass sie außerdem die Vögel zwitschern und die Insekten summen hören konnte.

Sie erkannte das Haus, in das ihre Mutter sie mitgenommen hatte, sofort, und das verblichene gemalte Schild von Harrington House weckte in ihr die Erinnerung an andere Dinge. Die Dame hatte ihrer Mutter häufig die abgelegten Kleider ihrer eigenen Tochter geschenkt. Rose konnte sich an ein Kleid aus blauem Samt erinnern, das sie heiß und innig geliebt hatte. Aber sie hatte im Marschland nur selten Gelegenheit bekommen, es anzuziehen.

Das Einzige, was sich an der kleinen Stadt verändert hatte, waren die Autos. Vermutlich hatte es schon einige davon gegeben, als sie noch ein Kind gewesen war, aber sie konnte sich nicht daran erinnern. Jetzt waren einige Autos zu sehen, einschließlich eines eleganten schwarzen Wagens, der direkt vor Harrington House parkte.

Nun fiel ihr auch wieder ein, dass die Dame, die dort gewohnt hatte, Mrs. Whitehouse geheißen hatte. Rose hatte sie im Scherz, zumindest ihrer Mutter gegenüber, immer Mrs. Redhouse genannt, weil die Ziegelsteine des Hauses, in dem die Dame wohnte, rot waren.

Sie ging auf die andere Seite hinüber und schlenderte die Straße wieder hinauf, um in dem Laden mit der Postagentur ein Päckchen Zigaretten zu kaufen. Zu ihrer Enttäuschung war es dort nicht mehr ganz so wie früher; auf den Regalen standen noch immer viele Gläser mit Süßigkeiten, und man konnte auch Strickwolle kaufen, aber der Laden wirkte bei Weitem nicht mehr so vollgestopft, wie sie ihn in Erinnerung gehabt hatte.

Rose kaufte eine Schachtel Woodbines und um der alten Zeiten willen noch eine Ansichtskarte von Winchelsea.

»Sie haben die Sonne mitgebracht«, sagte die Frau hinter der Theke mit einem Lächeln. »Es heißt, das schöne Wetter würde sich noch für ein paar Tage halten.«

Die Frau war ungefähr so alt wie Rose; sie war sehr dick und hatte ein rotes, fröhliches Gesicht und schwarzes Haar, das sie sich im Nacken zu einem strammen Knoten gebunden hatte. Sie sprach jedoch nicht mit dem Akzent der Bewohner von Sussex, daher wusste Rose, dass sie mit der anderen Frau nicht zur Schule gegangen sein konnte.

»Ich war als Kind oft hier«, erzählte Rose ihr. »Es ist alles immer noch genau wie früher.«

»Hier passiert niemals etwas Besonderes«, antwortete die Frau und zog eine Grimasse, als wäre das ein Nachteil. »Mein Mann und ich haben diesen Laden vor zehn Jahren gekauft, und ich wette, ich könnte Ihnen von jedem einzelnen Ereignis in dieser Zeitspanne berichten.« Sie lachte gut gelaunt. »Aber meine Geschichten würden Sie langweilen, denn sie drehen sich nur darum, wer geboren wurde oder wer geheiratet hat oder gestorben ist.«

Rose hatte das starke Bedürfnis, noch ein Weilchen zu bleiben und etwas über die Menschen in Erfahrung zu bringen, die sie als Kind gekannt hatte. »Früher hat eine Dame namens Whitehouse in Harrington House gelebt. Wohnt sie noch immer dort?«, fragte sie.

»Nein, sie und ihr Mann sind schon eine ganze Weile tot«, erwiderte die Ladenbesitzerin. »Jetzt wohnt ihre Tochter dort.«

Rose begriff, dass es sich bei dieser Tochter um die frühere Besitzerin des blauen Samtkleids handeln musste, und dieser Umstand faszinierte sie. »Wie ist sie denn so?«, wollte sie wissen. »Ich habe sie als sehr schön und elegant in Erinnerung, doch das liegt jetzt natürlich lange Zeit zurück.«

»Oh, sie ist noch immer schön und elegant.« Die Frau lächelte. »Wenn auch ein bisschen verrückt im Kopf.«

»In welcher Hinsicht?«, hakte Rose nach.

Die Ladenbesitzerin stützte die Ellbogen auf die Theke; sie hatte offensichtlich nichts dagegen, ein wenig zu tratschen. »Jeder weiß, dass sie von ihrem Mann getrennt lebt, doch sie tut so, als wäre alles zwischen ihnen in bester Ordnung. Er kommt gelegentlich übers Wochenende rüber; vermutlich wollen sie auf diese Weise den Schein wahren.«

Wenn sie diese Frau zum Weiterreden ermuntern konnte, würde sie ihr vielleicht einige Fragen nach ihrer Mutter und Adele stellen können, überlegte Rose. »Warum sollte ein getrennt lebendes Ehepaar vorgeben wollen, noch zusammen zu sein?«, wandte sie ein.

»Nun ja, Mr. Bailey ist Rechtsanwalt«, erwiderte die Frau.

Plötzlich stellten sich die feinen Härchen in Roses Nacken auf.

»Ich schätze, er macht sich Sorgen wegen eines möglichen Skandals«, fuhr die Frau fort. »Wichtige Männer sind so, das habe ich jedenfalls gehört.«

»Was sagten Sie noch, wie er heißt?«, hakte Rose nach. Es konnte unmöglich der Mr. Bailey sein, den sie kannte. Aber er war ebenfalls Rechtsanwalt gewesen, und er hatte tatsächlich einmal erzählt, eine Verwandte in Winchelsea zu haben.

»Bailey, Myles Bailey«, erklärte die Frau. Dann errötete sie, vielleicht weil sie das Erschrecken in Roses Zügen gesehen hatte. »Oh Gott. Mein Mann predigt mir immer, ich solle nachdenken, bevor ich den Mund aufmache. Kennen Sie Mr. Bailey?«

»Nein. Nein, ich kenne ihn nicht«, antwortete Rose hastig. »Ich kannte früher mal einen anderen Bailey hier aus der Gegend. Doch er gehört sicher nicht zur selben Familie. Ich muss jetzt gehen, es wartet jemand auf mich.«

Als sie aus dem Laden in die heiße Sonne hinaustrat, war Rose übel. Sie lief über die Straße in den Pub, setzte sich auf die Bank draußen im Schatten und öffnete mit zitternden Händen ihre Handtasche, um ihre Zigaretten herauszukramen.

Bailey war ein recht gewöhnlicher Name, aber für den Vornamen Myles galt das gewiss nicht. Er musste es sein, obwohl sie wusste, dass er bei ihrem Kennenlernen irgendwo in Hampshire gelebt hatte. Als er Verwandte in Winchelsea erwähnt hatte, hatte Rose angenommen, es müsse sich um eine sehr entfernte Verwandtschaft handeln. Aber andererseits hätte ein Mann, der darauf bedacht war, eine junge Kellnerin zu verführen, ihr wohl kaum erzählt, dass es sich um seine Schwiegereltern handelte. Er hatte ja noch nicht einmal zugegeben, verheiratet zu sein.

»Da bist du ja!« Der Klang von Johnnys Stimme vom Eingang des Pubs her ließ sie zusammenzucken. »Hast du dir alles gründlich angesehen?«

Sie nickte, außerstande zu sprechen.

»Bist du in Ordnung, Mädchen?«, fragte er und kam näher, um sie zu mustern. »Du bist ja so weiß wie ein Laken!«

»Ich fühle mich ein wenig unwohl«, antwortete sie. »Das muss wohl an diesem Frühstück mit Gebratenem liegen, nach all dem Alkohol gestern Abend. Könntest du mir vielleicht ein Glas Wasser holen?«

16

Honour stand am Waschbecken in der Spülküche und lächelte vor sich hin. Michael war mit Adele draußen im Garten. Sie saßen auf einer Decke unter dem Apfelbaum, und Honour vermutete, dass das winzige Päckchen, das er ihr kurz zuvor gegeben hatte, einen Verlobungsring enthielt.

Es erschien ihr als gutes Omen, dass die Sonne zu Adeles neunzehntem Geburtstag wieder herausgekommen war. Sie hatte das Gefühl, als hätte es seit der Hitzewelle im Juni, als Rose plötzlich erschienen war, pausenlos geregnet. Honour war seitdem ausgesprochen niedergeschlagen gewesen, denn sie hatte halb damit gerechnet, dass ihre Tochter noch einmal auftauchen würde.

Sie wünschte jetzt, es wäre ihr seinerzeit gelungen herauszufinden, warum und mit welchem Transportmittel Rose gekommen war. Es musste ein Wagen gewesen sein, denn der Bus war bereits früher gefahren, und in ihren hohen Absätzen konnte sie unmöglich den ganzen Weg von Rye zu Fuß gekommen sein. Was hatte sie wirklich gewollt? Vergebung oder etwas anderes?

Wenn sie Vergebung zu finden gehofft hatte, hatte sie sich gewiss keine große Mühe gegeben, diese zu erringen. Vielleicht war sie zufällig im Wagen eines männlichen Bekannten vorbeigekommen und hatte den Drang verspürt, ihre Mutter aufzusuchen? Aber würde irgendein vernünftiger Mensch einen Ort aufsuchen, von dem er mit Sicherheit wusste, dass er dort nicht willkommen war?

Da sie keinen logischen Grund für den Besuch ihrer Tochter finden konnte, fühlte Honour sich außerstande, Adele davon zu erzählen. Ebenso wenig konnte sie diesen Besuch jedoch vergessen; er war wie eine wunde Stelle im Mund, die die Zunge unweigerlich anzog.

Andererseits konnte es Rose nicht ernsthaft um ein Wiedersehen mit ihrer Tochter gegangen sein, sonst hätte sie ihr zumindest heute eine Karte zum Geburtstag geschickt.

Angesichts dessen war es vielleicht richtig gewesen, die Sache für sich zu behalten.

Als sie kurze Zeit später Adeles Freudenschrei hörte, schob Honour ihre düsteren Gedanken beiseite und sah wieder hinaus zu dem jungen Paar im Garten. Die beiden waren ein wunderbarer Anblick, fand Honour. Michael kniete auf der Decke und sah in seiner neuen RAF-Uniform einfach umwerfend aus; Adele war schön wie ein Mai-Morgen in ihrem rosa-weißen Batikkleid. Sie seufzte vor Freude über den Ring, den er ihr auf den Finger schob.

Honour wischte sich mit dem Schürzenzipfel eine Träne aus den Augenwinkeln. Der Verlobungsring, den Frank ihr angesteckt hatte, war aus Gänseblümchen geflochten gewesen – Frank hatte zuerst die Erlaubnis ihres Vaters einholen müssen, bevor ein richtiger Ring gekauft werden durfte. Sie waren damals auf einer Tennisparty gewesen und waren der Anstandsdame am Nachmittag entwischt. Wenn man sie entdeckt hätte, wie sie da im hohen Gras lagen und einander küssten, hätten sie ernsthafte Schwierigkeiten bekommen.

Seit jenem ersten Kuss hatte sie Frank mit tiefer Leidenschaft begehrt; einzig der Mangel an Gelegenheit war der Grund dafür gewesen, dass sie als Jungfrau Hochzeit gefeiert hatte.

Adele und Michael ging es genauso, das spürte Honour. Zwischen den beiden jungen Menschen herrschte eine nie nachlassende Anziehungskraft, die sie förmlich wahrnehmen konnte. Ständig hielten sie einander an den Händen, und wenn sie Seite an Seite spazieren gingen, schienen ihre Körper sich zueinander hinzuneigen. Eine lange Verlobungszeit würde hart für die beiden werden, aber da die Bedrohung durch einen Krieg jetzt von Tag zu Tag größer wurde, wäre eine schnelle Heirat unvernünftig gewesen.

»Granny!«, rief Adele. »Komm und sieh dir das an!«

Honour warf einen flüchtigen Blick in einen kleinen Spiegel und zwang sich, ihrem Gesicht einen Ausdruck zu geben, der besagte: Was ist denn jetzt schon wieder?

»Ich bin beschäftigt«, erwiderte sie gespielt ungehalten, während sie durch die Hintertür in den Garten trat.

»Nicht zu beschäftigt, um dir das anzusehen«, jubilierte Adele, deren Stimme ein wenig schrill vor Aufregung klang. »Michael hat mich gebeten, seine Frau zu werden, und er hat mir einen Ring geschenkt!«

Es war ein wunderschöner Ring, ein einzelner Saphir, umgeben von winzigen Diamanten; er musste ein Vermögen gekostet haben. Es lag Honour auf der Zunge zu sagen, dass Michael klüger gewesen wäre, das Geld für die Zeit nach ihrer Heirat auf der Bank zu lassen, aber der Ausdruck auf seinem Gesicht hinderte sie daran, ihren Gedanken auszusprechen.

Er sah ihre Enkelin mit einer solchen Zärtlichkeit und einem solchen Glück an, dass Honour das Geschenk nicht herabsetzen konnte. »Er ist bezaubernd«, versicherte sie stattdessen. »Und ich hoffe, ihr werdet miteinander immer so glücklich sein, wie ihr es jetzt seid.«

»Dann haben Sie also keine Einwände?«, fragte Michael ängstlich. »Vielleicht hätte ich zuerst mit Ihnen reden sollen, aber ich wusste nicht, wie.«

»Ich könnte gar nicht glücklicher sein«, erwiderte Honour, der plötzlich ein wenig schwindelig wurde von den unerwarteten Gefühlen, die über ihr zusammenschlugen. »Sie werden einen großartigen Ehemann für meine Enkelin abgeben. Ich hätte selbst keinen besseren aussuchen können.«

Michael hatte anscheinend an alles gedacht, er hatte sogar eine Flasche Champagner in einem Karton mit Eiswürfeln in seinem Wagen und echte Champagnergläser. Früher einmal wäre Honour solche Umsicht verdächtig gewesen, doch sie kannte diesen Jungen. Vermutlich hatte er viele lange Wochen auf die Planung des Ganzen verwandt, um nicht angeberisch zu erscheinen, sondern Adele das Gefühl zu geben, etwas wirklich Besonderes zu sein.

Sie tranken den Champagner im Garten, und der Alkohol stieg Adele direkt in den Kopf, bis sie nur noch vor sich hin kichern konnte. Für eine Weile plauderten sie über Michaels Fliegerei und Adeles Arbeit im Krankenhaus.

»Ich möchte euer Glück ja nicht trüben«, bemerkte Honour ein Weilchen später. »Aber wann werden Sie es Ihren Eltern erzählen, Michael?«

»Morgen«, erklärte er entschieden. »Vater kommt übers Wochenende mit Ralph und Diana und deren Familien her. Einen besseren Augenblick wird es niemals geben. Ich werde vorschlagen, dass Mutter Adele beim nächsten Besuch der Familie ebenfalls einlädt, sodass sie sich offiziell miteinander bekannt machen können.«

Honour durchzuckte ein jäher Stich der Furcht, auch

wenn Michael durch und durch zuversichtlich wirkte. »Das ist eine gute Idee, Michael«, sagte sie.

In Adeles Züge war jedoch sofort ein besorgter Ausdruck getreten. »Was ist, wenn ...«, begann sie, geriet dann jedoch ins Stocken.

Michael griff nach ihrer Hand. »Es ist mir egal, wenn meine Familie nicht einverstanden ist«, erklärte er. »Es wird ihr Schaden sein, nicht meiner, wenn sie dich in unserer Familie nicht willkommen heißen können. Dann will ich nichts mehr mit ihnen zu tun haben.«

Honour bewunderte seinen Mut und sagte das auch. »Aber überstürzen Sie nichts«, warnte sie ihn. »Ihre Eltern werden ein Weilchen brauchen, um zu akzeptieren, dass ihr Sohn alt genug ist, um sich eine Frau zu suchen. Sie wären vielleicht besser beraten, ihnen ein wenig Zeit zu geben, über die Dinge nachzudenken, bevor Sie darauf bestehen, dass Adele in das Haus Ihrer Mutter eingeladen wird.«

»Granny hat recht«, stimmte Adele ihr zu. »Ich könnte es nicht ertragen, dorthinzugehen, bevor ich nicht weiß, dass sie mit unserer Heirat einverstanden sind. Mir wäre es lieber, wenn ich zuerst deine Mutter noch einmal allein besuchen würde.«

»Mutter wird uns keine Schwierigkeiten bereiten«, meinte Michael und strich über Adeles Wange. »Ich habe ihr schon vor einigen Wochen erzählt, dass ich mich weiter mit dir treffe.«

»Davon hast du ja gar nichts erwähnt!«, rief Adele entrüstet.

Michael lächelte. »Erzählst du mir denn absolut *alles?*«

Adele grinste. »Ich lasse nur die langweiligen Dinge weg. Das war nicht langweilig. Was hat sie denn gesagt?«

»Nicht viel, aber sie wird bestimmt kein Theater deswegen machen.«

»Dein Vater wird die Sache nicht so einfach hinnehmen. Er wird sich nur daran erinnern, dass ich früher einmal die Haushälterin deiner Mutter war und mich ihm gegenüber unhöflich benommen habe.«

»Das mag sein, doch er ist nicht vollkommen unvernünftig«, beharrte Michael. »Wir leben nicht mehr in viktorianischen Zeiten. Es braut sich ein Krieg zusammen, und Vater ist klug genug, um zu wissen, dass er mich in meiner Entschlossenheit nur bestärken wird, wenn er sich mir widersetzt.«

Während des Essens mit der Familie am Samstagabend war Michael sehr zuversichtlich. Seine Eltern waren beide in ungewöhnlich milder Stimmung, und Ralph und Diana schienen sich darüber zu freuen, mit ihren Familien dort zu sein. Mrs. Salloway, die Haushälterin seiner Mutter, hatte sich selbst übertroffen und ein wahrhaft köstliches Mahl aufgetischt, Steaks und Nierenpastete, die sie mit frischem, im eigenen Garten angebautem Gemüse servierte.

Sie hatten den Nachmittag gemeinsam am Strand verbracht, zusammen mit den Kindern, die anschließend in der Küche gegessen hatten und jetzt im Bett lagen. Die brennenden Kerzen auf dem Tisch, das glänzende Silberbesteck und die warme Brise, die durch die offenen Fenster ins Zimmer strömte, schienen der perfekte Hintergrund für seine Ankündigung zu sein.

Falls seine Eltern sich doch der Heirat mit Adele widersetzen sollten, machte er sich um seinetwillen keine großen Sorgen.

Er hatte drei Jahre in Oxford verbracht und verkehrte jetzt in der RAF mit Männern aus allen Gesellschaftsschichten, und die Erlebnisse dieser Zeit hatten ihm gezeigt, dass er recht gut ohne seine Familie auskommen konnte.

Tatsächlich hoffte er manchmal auf einen Vorwand, um sich von ihnen allen zu distanzieren, denn er war die lächerlichen Spielchen, die seine Eltern miteinander spielten, gründlich leid. Außerdem fand er den Snobismus, den Ralph und Diana an den Tag legten, zutiefst abstoßend.

Aber um Adeles willen würde er alles in seiner Macht Stehende tun. Er wollte nicht, dass sie sich herabgewürdigt oder beschämt fühlte. Sie taugte als Mensch weit mehr als seine ganze Familie zusammen, und allein der Gedanke, sie könnten auf Adele herabblicken, machte ihn unglaublich wütend.

Er blickte kurz in die Runde. Sein Vater saß am Kopfende des Tisches und leerte wieder einmal sein Glas Rotwein, als würde ein Übermaß an Alkohol das Wochenende schneller vergehen lassen, sodass er zu seiner Geliebten zurückkehren konnte. Diana, die neben ihm saß und immer noch mit ihrem Essen herumspielte, war rein äußerlich eine jüngere Ausgabe ihrer Mutter; sie hatte das gleiche rotgoldene Haar und die gleichen blauen Augen wie Emily, und ihr blaues Chiffonkleid verlieh ihr die gleiche Art eleganter Schönheit. Traurigerweise hatte sie die Selbstherrlichkeit ihres Vaters und auch dessen schroffes Wesen geerbt.

Ihr Mann, David, wirkte neben ihr eher blass; er war dünn und hatte hängende Schultern, ein schwaches Kinn und schütteres sandfarbenes Haar. Andererseits hatte er auch kein gutes Aussehen benötigt, um Diana anzuziehen – das hatte schon der Reichtum seiner Familie besorgt.

Ralphs Frau, Laura, die neben Michael saß, hatte in letzter Zeit stark zugenommen, und mit ihrem blonden, gelockten Haar, das sie offen trug, sah sie aus wie ein Cherub. Michael mochte Laura; sie war zwar träge, vor allem im Umgang mit ihren Kindern, aber sie war dennoch eine gute Frau, die einen besseren Mann verdient hätte als den tyrannischen Ralph. Heute Abend wirkte sie in ihrem Kleid aus hellgrüner Seide ausgesprochen hübsch.

Ralph, der Laura gegenübersaß, war bereits bei seiner zweiten oder dritten Portion angelangt und stopfte das Essen in sich hinein, als hätte er eine Woche lang nichts bekommen. Auch er legte schnell an Gewicht zu, wie Laura früher am Abend bemerkt hatte. Doch andererseits war er in jeder Hinsicht gierig, gierig nach Geld, nach Essen und Aufmerksamkeit.

Zu guter Letzt war da seine Mutter, die am unteren Ende des Tisches saß, so tadellos gepflegt wie immer, das Haar streng aus dem Gesicht gekämmt und zu zwei Schnecken frisiert. Da sie ständig Modezeitschriften las, vermutete er, dass diese Frisur der neuesten Mode entsprach, obwohl sie ihr das Aussehen einer Telefonistin verlieh. Sie trug ein fliederfarbenes Kleid mit Puffärmeln wie ein kleines Mädchen. Wie Michael aufgefallen war, wählte sie, wenn sein Vater zu Besuch kam, stets Kleider aus, die ihr ein jugendliches, verletzliches Aussehen gaben. Aber zumindest hatte sie heute Abend auf den Wein verzichtet, was vielleicht darauf zurückzuführen war, dass Myles den ganzen Tag über recht nett zu ihr gewesen war.

Michael konnte sich nicht vorstellen, dass Adele mit irgendeinem Mitglied seiner Familie etwas gemeinsam haben konnte, vielleicht mit Ausnahme von Laura.

Schließlich kam Mrs. Salloway herein und sammelte die leeren Teller ein. Michael schätzte die hervorragende Haushälterin sehr; sie war ruhig und freundlich, ihre Küche war erstklassig, und sie wusste mit den Launen seiner Mutter hervorragend umzugehen.

»Das Steak und die Nierenpastete waren wunderbar, Mrs. Salloway«, sagte er. Er bemühte sich stets, ihr seine Anerkennung zu zeigen, da das sonst niemals jemand für nötig hielt. »Was für ein Leckerbissen erwartet uns denn zum Dessert?«

Sie lächelte, und ihr reizloses Gesicht leuchtete auf. »Ich habe einen meiner Sommerpuddings zubereitet«, antwortete sie. »Ich hoffe, dass er mir gelungen ist; die Johannisbeerzeit ist schon fast vorüber.«

»Der Pudding wird köstlich sein, davon bin ich überzeugt«, sagte er.

Als sie wieder in die Küche verschwand, warf Ralph Michael einen missbilligenden Blick zu. »Warum musst du dich immer beim Personal einschmeicheln? Diese Leute werden schließlich für ihre Arbeit bezahlt.«

»Jeder Mensch braucht zusätzlich zu seinem Lohn auch noch ein wenig Anerkennung«, bemerkte Michael und versuchte, sich seinen Ärger über die Gefühllosigkeit seines Bruders nicht anmerken zu lassen. »Wenn Mrs. Salloway kündigen würde, würde es Mutter sehr schwerfallen, einen Ersatz für sie zu finden.«

»Das ist wahr«, warf Myles ein. »Sie könnte gezwungen sein, sich wieder so ein Mädchen wie dieses grässliche Geschöpf aus der Marsch zu suchen.«

»Sie war nicht grässlich«, fuhr Michael auf, entsetzt darüber, dass die Sprache auf Adele gekommen war, bevor er seine geplante Ankündigung hatte machen können.

»Nein, das war sie wirklich nicht, Myles«, meldete seine Mutter sich zu Wort. »Ich habe sie sehr vermisst, nachdem sie gegangen war. Sie war intelligent und fröhlich und hatte ein gutes Herz. Mrs. Salloway mag eine bessere Haushälterin sein, aber sie ist auch ausgesprochen trübsinnig.«

Michaels Gedanken überschlugen sich. Obwohl es ihn ermutigte, dass seine Mutter Adele verteidigte, würde sie vielleicht andere Töne anschlagen, wenn er seine Ankündigung jetzt sofort hervorbrachte. Auf der anderen Seite wäre eine Verzögerung ein Verrat an seiner Liebe zu Adele gewesen.

Er holte tief Luft. »Ich wollte eigentlich bis zum Brandy warten, bevor ich euch meine Neuigkeiten mitteile«, begann er und blickte in die Runde. »Aber unter den gegebenen Umständen halte ich es für besser, jetzt schon davon zu sprechen. Gestern habe ich Adele Talbot gebeten, meine Frau zu werden, und sie hat meinen Antrag angenommen.«

»Wer ist Adele Talbot?«, fragte Diana, und ihre spitze Nase bebte, als hätte sie Blut gerochen.

»Keine Geringere als das grässliche Mädchen aus der Marsch«, stieß Ralph mit einem verächtlichen Schnauben hervor. »Gütiger Gott, Michael. Du musst uns auf den Arm nehmen!«

»Du meinst Mummys altes Dienstmädchen?«, kreischte Diana. »Oh, das ist nicht dein Ernst, Michael!«

Er blickte von einem zum anderen und sah Entsetzen auf allen Gesichtern. Selbst Laura, die er immer als Verbündete betrachtet hatte, wirkte fassungslos vor Schreck. Der Blick seiner Mutter verriet schiere Panik.

»Ich habe Adele schon lange gekannt, bevor sie herkam, um Mutter zu helfen«, erklärte er und gab sich alle Mühe, einen entschlossenen Tonfall anzuschlagen. »Ich habe sie kennengelernt, als ich sechzehn war. Damals war sie nur eine Freundin, und jeder von euch sollte dankbar dafür sein, dass sie sich damals um Mutter gekümmert hat. Nachdem sie von hier fortgegangen ist, ist sie Krankenschwester geworden. Ich habe die Verbindung zu ihr gehalten, und unsere Freundschaft ist zu Liebe geworden. Sie ist jetzt meine Verlobte, und ob mit oder ohne Zustimmung von eurer Seite werde ich sie heiraten.«

»Aber sie ist gewöhnlich«, erwiderte Diana mit einem höhnischen Grinsen.

»Ich würde sie nicht als gewöhnlich bezeichnen«, widersprach seine Mutter und bedachte ihre Tochter mit einem missbilligenden Blick. »Ich würde sie eher höchst ungewöhnlich nennen. Meine Mutter hat große Stücke auf ihre Großmutter gehalten, Honour. Sie meinte immer, dieser Name sei ausgesprochen passend für die Frau«, fuhr sie an Michael gewandt fort. »Aber es tut mir leid, Junge, auch wenn ich weiß, dass Adele weder gewöhnlich noch grässlich ist, kann ich es nicht gutheißen, dass du sie heiraten willst. Ich habe nichts gegen das Mädchen persönlich, doch sie ist für einen Jungen von deiner Herkunft und Bildung absolut unpassend.«

»Vielen Dank, Mutter«, gab Michael mit schneidender Ironie zurück. »Doch was ihr alle für unpassend haltet, bedeutet mir nichts. Für mich ist eine Frau dann passend, wenn ich sie liebe und respektiere, wenn sie jemand ist, der die gleichen Ziele im Leben hat wie ich. Was das betrifft, habe ich mit niemandem aus meiner Familie etwas gemein. Ebenso wenig kann ich an diesem Tisch auch nur einen Funken echter Liebe sehen.«

»Du bist ein Narr, Sohn«, polterte Myles plötzlich los. »Wenn du einen kleinen Niemand aus den Marschen heiratest, wirst du es dein Leben lang bereuen. Du hast eine großartige Karriere vor dir, aber diese junge Frau wird dir im Weg stehen.«

»Wie sollte sie mir im Weg stehen?«, fragte Michael. »Sie ist genauso gebildet wie ich, sie spricht das Englisch des Königs, und sie weiß mit Messer und Gabel umzugehen. Sie ist freundlich, gut und schön. Etwas, das ich von keinem von euch behaupten könnte. Aber ich werde nicht länger darüber diskutieren; ich habe die Absicht, Adele zu heiraten, ob mit eurem Segen oder ohne. Wenn ihr sie nicht als die Frau akzeptieren könnt, die ich liebe, dann habe ich keinem von euch mehr etwas zu sagen.«

An dieser Stelle trat Mrs. Salloway mit einem riesigen Sommerpudding in den Raum. Offensichtlich hatte sie die erhobenen Stimmen nicht gehört, da sie unbefangen lächelte. Michael wurde klar, dass er sich unmöglich wieder hinsetzen und den Nachtisch essen konnte, daher ging er auf die Tür zu.

»Wo willst du hin?«, rief seine Mutter und erhob sich nun ebenfalls von ihrem Stuhl.

»Weg von euch allen«, antwortete er scharf. »Um mit Menschen zusammen zu sein, denen mein Glück wirklich am Herzen liegt.«

Er lief die Treppe hinauf, warf seine Sachen in einen Koffer, schnappte sich seine Uniform und stand bereits unten an der Haustür, als seine Mutter aus dem Speisezimmer gelaufen kam.

»Geh nicht, Michael«, flehte sie mit Tränen in den Augen. »Du bist alles, was ich habe.«

»Nein, das bin ich nicht«, widersprach er unerbittlich. »Du hast außer mir noch zwei andere Kinder, die eine unglückliche Ehe führen, und vier Enkelkinder.«

»Aber du weißt, dass du für mich immer etwas Besonderes warst«, erklärte sie unglücklich und rang die Hände. »Ich könnte es nicht ertragen, dich zu verlieren.«

»Wenn du mich behalten willst, dann musst du Adele akzeptieren«, sagte er. »Wenn du dazu bereit bist, lass es mich wissen.«

Dann verließ er das Haus, obwohl ihm das Weinen seiner Mutter noch immer in den Ohren klang. Als er davonfuhr, stand sie nach wie vor in der offenen Tür.

Als Michael durch das Landgate in die Marsch fuhr, wusste er, dass er nicht in der Verfassung war, nach Biggin Hill zurückzukehren. Er hatte vor dem Essen zwei große Gläser Gin Tonic getrunken und anschließend Wein. Obwohl er keineswegs betrunken war, war er doch sehr erregt, und es wäre töricht gewesen, einen Unfall zu riskieren.

Er beschloss, nach Curlew Cottage zu fahren. Michael wollte nicht, dass Adele von den Ereignissen dieses Abends erfuhr, aber sie war bereits wieder im Schwesternheim in Hastings, und er war sich ziemlich sicher, dass Mrs. Harris Mitgefühl mit ihm haben und ihm ein Bett für die Nacht anbieten würde.

Als Michael vor dem Haus vorfuhr, brannte im Wohnzimmer noch die Öllampe. Wahrscheinlich hörte Mrs. Harris Radio, und er hoffte, sie mit dem Klopfen an ihrer Tür so spät am Abend nicht zu erschrecken.

»Ich bin es, Michael«, rief er, während er klopfte. »Verzeihen Sie die Störung.«

Honour war bereits für die Nacht umgezogen, als sie die Tür öffnete. »Adele ist heute Morgen nach Hastings zurückgefahren«, sagte sie und wirkte dabei eher überrascht als nervös.

»Ich weiß«, antwortete Michael, dann bat er, eintreten zu dürfen.

Als er kurz darauf mit wenigen nüchternen Worten die Situation schilderte, wurde ihm mit Macht bewusst, wie sehr Honour Harris sich von sämtlichen Mitgliedern seiner Familie unterschied. Sie blieb vollkommen ruhig und hörte ihm aufmerksam und ohne jedwede Unterbrechungen zu, ohne sich auch nur im Mindesten die Kränkung darüber anmerken zu lassen, dass seine Familie glaubte, ihre Enkelin sei nicht gut genug für ihn.

»Es tut mir so leid«, beendete Michael seinen Bericht. »Sie hätten das alles nicht hören sollen. Ich schäme mich, mit diesen Menschen verwandt zu sein.«

»Das können Sie nicht ändern, ebenso wenig wie Adele etwas an ihrer Herkunft ändern kann«, erwiderte Honour energisch. »Allerdings überrascht mich die Reaktion Ihrer Familie nicht, ich habe nichts anderes erwartet. Wenn ich in Tunbridge Wells geblieben wäre und mein altes Leben weitergeführt hätte, hätte ich selbst wahrscheinlich ebenso bigott reagiert, hätte meine Tochter einen Mann heiraten wollen, der nicht zu unseren Kreisen gehört.«

Sie stand auf, schürte den Ofen und setzte den Kessel auf.

»Natürlich können Sie heute Nacht hierbleiben, Michael. Sie können in Adeles Bett schlafen. Ich bewundere Ihren Mut und Ihre Loyalität meiner Enkelin gegenüber, trotzdem möchte ich, dass Sie noch einmal gründlich darüber nachdenken, bevor Sie sich von Ihrer Familie lossagen.«

»Aber wir werden unsere eigene Familie gründen«, beharrte Michael. »Wir haben ja bereits Sie. Ich lege keinen Wert auf meine Verwandten mit ihren abscheulichen Vorstellungen und ihrer verbogenen Sicht auf das Leben.«

»Das mögen Sie jetzt denken«, wandte sie ein, während sie den Tee in die Kanne gab. »Doch sobald Sie eigene Kinder haben, werden Sie vielleicht anders empfinden. Ich hatte keine Geschwister, aber manchmal hatte ich das Gefühl, Rose unrecht getan zu haben, indem ich ihr durch unseren Fortgang aus Tunbridge Wells die Liebe und die Aufmerksamkeit meiner Eltern geraubt hatte.«

»Wollen Sie damit andeuten, dass Adele und ich Ihrer Meinung nach nicht heiraten sollten?«, fragte Michael ungläubig. »Ich kann nicht fassen, dass ein Mensch, der so stark und aufrecht ist wie Sie, sich den lächerlichen Vorurteilen meiner Familie beugen würde.«

»Der stärkste Baum ist der, der sich biegen lässt«, erwiderte sie spitz. »Ich sage nicht, dass Sie Adele nicht heiraten sollten, doch ich mahne Sie zur Vorsicht und rate Ihnen davon ab, alle Brücken hinter sich abzubrechen.«

»Ich soll also warten? Und hoffen, dass sie zur Vernunft kommen?«

Honour zuckte die Schultern. »Es gibt eine Menge mehr zu bedenken als nur die Meinung Ihrer Eltern. Ein Krieg kommt auf uns zu, das ist fast eine Gewissheit. Sie würden als Pilot ganz vorn an der Front stehen. Was ist, wenn Sie getötet werden und Adele als Witwe zurückbleibt, vielleicht sogar mit einem Kind? Solange ich auch nur noch einen einzigen Atemzug in mir habe, werde ich ihr helfen, aber ich werde im nächsten Jahr sechzig. Es ist möglich, dass ich bald nicht mehr für sie da sein kann.«

»Also, was schlagen Sie dann vor?«, fragte er. »Ich bringe es nicht über mich, Adele zu erzählen, wie abscheulich meine Familie sich benommen hat. Und ich werde ganz sicher nicht mit eingezogenem Kopf zu ihnen zurückkehren.«

»Zuerst trinken wir mal eine Tasse Tee«, sagte Honour mit einem Lächeln und ging in die Spülküche, um Tassen und Milch zu holen.

Nachdem sie den Tee ausgeschenkt und Michael ein Stück von Adeles Geburtstagskuchen gegeben hatte, setzte sie sich wieder hin und sah ihn streng an. »Sie brauchen Adele nur mitzuteilen, dass Sie Ihrer Familie von Ihren Absichten erzählt haben«, begann sie. »Sie können sagen, dass Ihre Verwandten nicht gerade begeistert waren; sie erwartet ohnehin nichts anderes. In der Zwischenzeit sollten Sie sowohl an Ihre Mutter als auch an Ihren Vater schreiben. Teilen Sie ihnen mit, wie sehr ihre Einstellung Sie bekümmert, und bitten Sie sie darum, Adele eine Chance zu geben, ihnen zu beweisen, was für ein einzigartiger Mensch sie ist. Außerdem könnten Sie Ihre Verlobung offiziell in einer Zeitung bekannt geben und planen zu heiraten, wenn Adele mit ihrer Ausbildung zur Krankenschwester fertig ist. Auf diese Weise werden Sie Ihrer Familie deutlich machen, dass Sie es absolut ernst meinen und bereits eine Bindung eingegangen sind.«

»Und was ist, wenn sie dann immer noch nicht zur Vernunft kommen?«, hakte Michael nach.

»Dann heiraten Sie sie. Und ihr werdet euch beide mit der Tatsache abfinden müssen, dass ich auf eurer Hochzeit die einzige Angehörige sein werde.«

17

Januar 1939

Als Michael vor dem Clarendon Hotel in Bayswater vorfuhr, warf er einen schnellen Blick auf Adele. Sie kaute auf ihrer Unterlippe und sah furchtsam zu dem Hotel hinauf. »Warum hast du solche Angst? Ich möchte dich lieben, nicht dich in Stücke hacken«, meinte er.

Adele kicherte nervös. Sie hatte gewiss keine Angst vor Michael; er war freundlich, witzig und ihrer Meinung nach der am besten aussehende RAF-Offizier in England. Außerdem dachte sie, dass sie wohl das glücklichste Mädchen auf Erden sein müsse, dass ein Mann wie er sie liebte.

Auch das Hotel erschien ihr recht prachtvoll. Marmorne Treppenstufen führten zu der Eingangstür hinauf, und vor dem Kellerbereich war ein Geländer aus schwarzem Eisen zu sehen. Es lag in einem sehr schönen Teil von London und war nur einen fünfminütigen Gehweg von Kensington Gardens entfernt.

»Ich habe keine Angst vor dir«, sagte sie. »Ich befürchte nur, dass die Leute im Hotel vielleicht nicht glauben werden, dass wir verheiratet sind.«

»Hotelbesitzer interessieren sich für dergleichen Dinge nicht«, erwiderte Michael energisch, dann beugte er sich vor, um sie zu küssen. »Erst recht nicht in London. Viele der Jungs aus meiner Schwadron sind hier abgestiegen, und sie haben mir erzählt, der Besitzer stehe bereits mit einem Fuß im Grab.«

Es war Mitte Januar 1939, und sie waren seit sechs Monaten verlobt, hatten jedoch trotzdem nur wenig Zeit miteinander verbringen können. Irgendwie hatte Adele immer Dienst gehabt, wenn Michael Urlaub bekommen hatte, und bei den wenigen Gelegenheiten, da es ihnen gelungen war, gemeinsam freizuhaben, war Michaels Urlaub im letzten Moment abgesagt worden. Manchmal kam er von Biggin Hill herunter und vertrieb sich die Zeit, bis Adeles Schicht vorüber war, aber das bedeutete häufig, dass sie nur zwei oder drei Stunden hatten, bevor sie wieder im Schwesternheim sein musste.

Es war quälend gewesen, denn sie sehnten sich beide danach, irgendwo, wo es warm und behaglich war, miteinander allein sein zu können. Während des Sommers war es durchaus in Ordnung gewesen, auf irgendeinem abgeschiedenen Feldweg in Michaels Wagen zu sitzen, aber an einem kalten Winterabend war diese Möglichkeit nicht ganz so verlockend. Sie hatten nicht einmal Weihnachten zusammen feiern können, da Adele hatte arbeiten müssen, und als Michael am Heiligen Abend auf einen Sprung nach Hastings heruntergekommen war, nur um ihr ein Geschenk zu überreichen, hatte er vorgeschlagen, an Adeles freiem Wochenende eine Nacht im Hotel zu verbringen.

Er hatte versichert, sie nicht zu bedrängen, mit ihm zu schlafen; er wollte einfach ein wenig mehr Zeit mit ihr haben, abseits von anderen Menschen.

Ihm war ernst damit, das wusste Adele. Und obwohl sie immer die feste Absicht gehabt hatte, bis nach der Hochzeit zu warten, wusste Adele auch, dass das unmöglich war. Es wurde mit jedem Kuss schwerer, es dabei bewenden zu lassen. In einer solchen Situation würde es eines Tages unweigerlich geschehen, das war Adele klar, und es war so gut wie sicher, dass sie dann keinerlei Vorsichtsmaßnahmen treffen würden.

Also war es klüger, vorauszuplanen und irgendwo hinzugehen, wo sie in einer angenehmen Umgebung ungestört waren und ein wenig Zeit füreinander hatten.

»Bist du so weit?«, fragte Michael und strich ihr mit eiskalten Fingern über die Wange.

Sie griff nach seiner Hand, küsste die Innenfläche und zeichnete die feinen Linien darin sanft mit der Zungenspitze nach. »Ja, ich bin bereit. Wenn wir noch länger hier draußen bleiben, werde ich mich am Ende noch in einen Eiszapfen verwandeln.«

An der Rezeption nahm Michael die Angelegenheit in die Hand, redete mit dem gebeugten alten Mann und trug sich in das Gästebuch ein, während Adele sich im Hintergrund hielt und versuchte, so auszusehen, als wäre ein Aufenthalt in einem Hotel etwas vollkommen Alltägliches für sie.

Es kam ihr alles so groß vor; die ungeheuer hohe Decke und die imposante Treppe, die von der Eingangshalle nach oben führte, erinnerten sie an Filme, die sie im Kino gesehen hatte. Aber die Einrichtung des Hauses war schäbig, die Tapeten waren abgeblättert, der Lack wies Risse auf, und die Teppiche waren abgetreten. Außerdem hing in der Luft ein schwacher Geruch von Moder und schalem Essen.

»Wir haben ein Zimmer ganz oben, Liebling«, bemerkte Michael mit der kultivierten Stimme, die er immer benutzte, wenn er sehr erwachsen und weltgewandt wirken wollte. Er griff nach ihren kleinen Koffern und ging voran.

Als sie im vierten Stockwerk ankamen, waren sie außer Atem, und Adele musste ein Kichern unterdrücken, als ein Zimmermädchen, das mit einem lärmenden Staubsauger durch den Flur ging, innehielt, um sie zu beobachten, während Michael mit einiger Mühe die Tür zu Zimmer vierhundertneun öffnete.

Der Raum war ziemlich dunkel, da das Fenster klein war und eine Wand schräg. Möbliert war das Zimmer mit einem Doppelbett, auf dem eine dunkelblaue Tagesdecke lag, einer Kommode und einem Schrank, alles aus dunklem Holz.

»Das ist ...«, rief Adele und brach dann ab, weil sie nicht wusste, wie sie ihren Eindruck in Worte fassen sollte.

»Grausig?«, meinte Michael.

»Nein, nicht grausig«, widersprach Adele nachdenklich. »Einfach träfe es schon eher.«

»Zumindest haben wir einen elektrischen Kamin«, sagte Michael und stellte das in den alten Kamin eingebaute Heizgerät an.

Adele stand verlegen daneben, während Michael sich die Hände über dem Feuer wärmte. Seit er sie angerufen hatte, um ihr von dem reservierten Zimmer zu erzählen, hatte sie an nichts anderes mehr denken können als an diesen Augenblick. Sie hatte sorgfältig geplant, was sie anziehen würde: ihren neuen Kamelhaarmantel mit der Pelzpelerine, die Michael ihr zum Geburtstag geschenkt hatte, ihre besten braunen, hochhackigen Schuhe und einen modischen, breitkrempigen Hut, den sie einer der anderen Krankenschwestern abgekauft hatte. Den ganzen Weg bis nach Charing Cross war sie voller überschäumender Erregung gewesen und hatte sich vorgestellt, dass alles nahtlos ineinandergreifen würde, eine Art Wirbel, der sie in Romantik und Leidenschaft stürzen würde, sobald sie diesen Raum betraten.

Aber stattdessen fühlte sie sich höchst eigenartig, als wäre Michael ein weltgewandter Fremder und nicht der Mann, den sie in und auswendig zu kennen glaubte.

Michael hatte Ende Juli vergangenen Jahres ihre Verlobung in der *Times* angekündigt. »Mein Vater sieht sich gern als einen äußerst liberalen Mann, der, von Freunden und Verwandten auf die Verlobung seines Sohnes angesprochen, gewiss nicht gern zugeben wird, dass er die Verbindung nicht billigt. Am Ende«, hatte Michael gemeint, »wird meine Familie ihre Vorbehalte gegen dich schon überwinden, Adele.«

Und tatsächlich hatte es auch so ausgesehen, als Mrs. Bailey kurz nach dem Erscheinen der Zeitungsannonce an Adele geschrieben und sie zum Tee eingeladen hatte. Bei dieser Einladung war Mrs. Bailey überraschend freundlich gewesen.

Sie gab ihnen nicht direkt ihren Segen, weil sie glaubte, Michael sei noch zu jung, um einen eigenen Hausstand zu gründen, vor allem in Anbetracht des drohenden Krieges. Außerdem hatte sie Adele darauf hingewiesen, dass die RAF es nicht gern sehe, wenn ihre Piloten heirateten. »Es ist sogar gut möglich, dass Michaels Vorgesetzter ihm seine Zustimmung verweigern wird«, hatte sie hinzugefügt. »Doch was mich angeht, habe ich nichts gegen eine lange Verlobungszeit einzuwenden, da ich mir nichts mehr wünsche, als Michael glücklich zu sehen.«

Adele erinnerte sich nur allzu gut daran, wie selbstsüchtig Mrs. Bailey war, und sie vermutete, dass es der anderen Frau eher darum ging, ihren Sohn festzuhalten, weil sie ohne ihn nicht zurechtkam. Michaels Glück hatte sie dabei gewiss weniger im Auge. Aber zumindest war sie ihnen auf halbem Wege entgegengekommen, während Mr. Bailey sich nach wie vor feindselig zeigte.

Er hatte Michael nicht geschrieben, ihn nicht im Fliegerlager besucht oder auch nur angerufen. Michael sagte, es sei ihm gleichgültig, doch das war nicht die reine Wahrheit, das wusste Adele. Er liebte seinen Vater, trotz allem.

»So ist es schon besser«, bemerkte Michael, als sich die Wärme vom Kamin langsam im Raum ausbreitete. »Also, was wollen wir jetzt tun?«

Adele schluckte. Sie wünschte, sie hätte gewusst, wie Frauen sich in solchen Situationen zu benehmen hatten. »Ich habe keine Ahnung«, gestand sie mit gepresster Stimme.

»Was ist los?«, fragte Michael. Er trat einen Schritt näher heran.

»Das weiß ich auch nicht«, flüsterte sie und ließ den Kopf hängen. »Ich fühle mich einfach so merkwürdig.«

Er kam noch näher und legte ihr einen Finger unters Kinn, sodass sie zu ihm aufblicken musste. »Ein Fall von heulendem Elend?«, meinte er und zog fragend eine Augenbraue in die Höhe. »Wie wär's, wenn wir für ein Weilchen nach draußen gehen würden? Wir könnten einen Spaziergang durch den Park unternehmen und irgendwo zu Mittag essen.«

Adele nickte.

Er zog sie fest an sich. »Ich fühle mich auch ein wenig komisch«, gestand er. »Vielleicht war das Ganze doch keine so gute Idee.«

»Es war eine gute Idee«, beteuerte sie. »Wir wollten miteinander allein sein, und das wollen wir noch immer.«

Als sie in ihr Zimmer zurückkehrten, war es vier Uhr nachmittags und bereits fast dunkel. Sie waren durch die Kensington Gardens geschlendert, hatten etwas getrunken und in Queensway zu Mittag gegessen, dann hatten sie sich in einem Studio in der Nähe des Hotels fotografieren lassen.

Sie hatten das Feuer vor ihrem Aufbruch nicht ausgeschaltet, und der Raum war jetzt angenehm warm. Während Michael die Vorhänge schloss, zog Adele Hut, Mantel und Schuhe aus, sprang auf das Bett und hüpfte darauf herum. Als die Federn daraufhin Unheil verkündend knarrten, lachte sie und setzte sich hin.

»Ob wohl noch andere Leute wie wir hier abgestiegen sind?«, fragte sie.

Michael knöpfte seine Jacke auf und legte sie ab. »Du meinst, Leute, die fantastisch aussehen und außerdem unglaublich intelligent und hoffnungslos verliebt sind?«

»Trifft das alles auf uns zu?«, neckte Adele ihn.

»Das und noch mehr«, erklärte er und ließ sich neben sie auf das Bett fallen. »Ich wette, dass sich die Leute, die uns auf der Straße begegnen, allesamt umdrehen, um noch einmal genauer hinzusehen.«

Adele legte sich auf das Bett. Sie trug das altrosafarbene Wollkleid, das Großmutter ihr zu dem Weihnachtsfest geschenkt hatte, an dem sie aus Harrington House fortgegangen war. Es war inzwischen ein wenig abgetragen, aber sie sah darin so elegant und wohlgeformt aus, dass sie glaubte, sich niemals davon trennen zu können.

Michael beugte sich über sie und schickte sich an, ihr die Nadeln aus dem Haar zu ziehen. »Dein Haar ist ein Spiegel der Jahreszeiten«, sagte er, während er die Finger hindurchgleiten ließ. »Blonde Strähnchen im Sommer, ein rötlicher Goldton im Herbst, und jetzt, im Winter, ist es haselnussbraun mit winzigen goldenen Tupfern darin. Sobald wir verheiratet sind, sollst du es ständig offen tragen.«

»Dafür ist es zu lang und zu glatt«, erwiderte sie. »Es reicht mir bis über die Hüften.«

»Umso besser«, lächelte er und hob eine Haarsträhne an die Nase, um daran zu schnuppern. »Allein die Vorstellung, wie es über deine nackten Schultern fließt, erregt mich ungemein.«

Adele kicherte. »Ich habe ja schon gehört, dass Brüste und Beine Männer in Erregung versetzen, aber dass auch Haare das vermögen, wusste ich bisher nicht.«

»Es ist dein Haar, das mir nach unserer ersten Begegnung am deutlichsten in Erinnerung geblieben ist«, erwiderte er. »Es war ganz wild und vom Wind zerzaust. Als ich in die Schule zurückkam, musste ich ständig daran denken.«

»Ich muss an jenem Tag ausgesehen haben wie eine Bettlerin«, widersprach sie tadelnd. »Ich hatte diese schreckliche alte Hose an und einen Pullover von Granny. Es ist mir ein Rätsel, warum du nicht einfach weitergefahren bist.«

»Du warst an diesem Tag so ganz eins mit der Marsch«, beharrte er. »So natürlich wie die Pflanzen und die Vögel. Ich glaube, an jenem Tag habe ich mich bereits in dich verliebt; schon damals war mir bewusst, dass du in meinem Leben eine wichtige Rolle spielen würdest. War es bei dir genauso?«

»Ich glaube, ja«, bekannte sie nachdenklich und dachte daran, wie glücklich sie an jenem Abend gewesen war, nachdem sie sich voneinander verabschiedet hatten. Vielleicht war Michaels Erscheinen der Punkt in ihrem Leben gewesen, an dem sie begonnen hatte zu glauben, dass sie doch etwas wert sei. »Du warst der einzige Junge, mit dem ich jemals wirklich gesprochen habe; du hattest etwas an dir, das sich einfach vertraut und richtig anfühlte. Natürlich habe ich damals nicht gewagt, mehr in unsere Begegnung hineinzuinterpretieren, da du doch ein Gentleman warst und all das ...«

»Ich wünschte, du könntest endlich aufhören, dich als minderwertig zu betrachten«, entgegnete er tadelnd und blickte ihr direkt in die Augen. »Deine Großmutter ist genauso sehr eine Dame wie meine Mutter, und wenn sie noch so viele Kaninchen häutet und Männerkleider trägt. Das gilt auch für dich; du hast etwas beinahe Königliches an dir. Wer immer dein Vater war – er muss aus den besten Kreisen stammen.«

»Manchmal wünschte ich, meine Mutter noch einmal wiederzusehen«, murmelte Adele nachdenklich. »Es gibt da so viele Rätsel, die ich gern aufklären würde, einschließlich der Frage, wer mein Vater war. Ich sehe auf den Stationen jeden Tag Familien, die ihre wahren Gefühle offenbaren, wenn einer von ihnen krank ist oder gar im Sterben liegt. Aber die Menschen sollten nicht warten, bis es zu einer Krise kommt, bevor sie einander verzeihen oder auch nur aussprechen, was in ihnen vorgeht.«

»Wärst du denn bereit, deiner Mutter zu verzeihen?«, fragte Michael. »Oder möchtest du ihr lediglich sagen, was du von ihr hältst?«

»Ich wäre vielleicht bereit, ihr zu verzeihen, wenn es irgendeine vernünftige Erklärung für ihr abscheuliches Verhalten mir gegenüber gäbe«, erwiderte Adele versonnen. »Jedenfalls möchte ich nicht den Rest meines Lebens mit Bitterkeit an sie denken müssen, wie Granny es tut.«

Michael stützte sich auf die Ellbogen und sah Adele an. Er wusste, dass sie keine Ahnung hatte, wie wunderschön sie war, innerlich wie äußerlich. Ihre Haut hatte einen Pfirsichton und war so klar wie die eines Kindes; die Farbe ihrer Augen war eine außergewöhnliche Mischung aus Grün und Braun, und sie waren mit dichten, langen dunklen Wimpern bekränzt. Aber was ihn noch mehr berührte als ihr Aussehen, war die Barmherzigkeit, die sie im Umgang mit anderen Menschen an den Tag legte. Sie litt mit jedem der Patienten auf ihrer Station, sie hörte sich ihre Geschichten an und setzte sich nach Leibeskräften für sie ein. In ihrer Freizeit ging sie häufig zu Patienten, die keinen anderen Besuch bekamen, und sie brachte ihnen Obst, Süßigkeiten und Zeitschriften mit. Sie war auch im Schwesternheim die Kummerkastentante in Person – wenn jemand Probleme hatte, wandte er sich unweigerlich an Adele.

»Ich liebe dich, Adele«, gestand er, und seine Stimme war rau vom Gefühl. »Ich werde dich immer lieben.«

Dann küsste er sie, und als sie die Arme um ihn schlang, hörte die Welt außerhalb ihres Zimmers zu existieren auf.

Adele hatte mit Verlegenheit gerechnet und sogar mit Furcht, sobald der Moment kam, in dem sie ihre Kleider ausziehen musste. Aber irgendwie war sie in der einen Sekunde noch voll bekleidet und lag in der nächsten nackt in den Laken, ohne etwas anderes wahrgenommen zu haben als die Leidenschaft ihrer Küsse und die Erregung, die seine Berührungen in ihr entfachten. Es war herrlich, diese nackte Brust zu fühlen, die sie so häufig am Strand bewundert hatte und die sich jetzt gegen ihren Busen drückte. Als er ihren Körper mit den Fingern sanft erkundete, seufzte sie vor Staunen.

Sie konnte seine Nervosität spüren, seine Angst, sie zu erschrecken oder ihr wehzutun, und unwillkürlich murmelte sie ermutigende Worte und drängte sich an ihn, um ihn noch mehr zu erregen. Sie wusste, dass die eigentliche Prüfung für sie selbst darin bestand, seinen Penis zu berühren, denn wenn irgendetwas das Grauen der Vergangenheit zurückbringen konnte, dann war es das. Aber es geschah einfach, geschah auf die gleiche selbstverständliche Art, mit der sie ihre Kleider abgelegt hatten, und Michaels Stöhnen der Lust löste den letzten Rest ihrer Angst in Nichts auf.

Einige der erfahreneren Schwestern im Krankenhaus und Patientinnen sprachen vollkommen beiläufig von Sex, und ihre häufigste Klage war die, dass die Männer es zu eilig hätten, in sie einzudringen. Aber Michael versuchte es nicht einmal, sondern schien eher erpicht darauf zu sein, ihre Leidenschaft noch zu schüren.

Sie hatten das Licht ausgeschaltet, doch das künstliche Feuer überhauchte die Decke mit seinem rot-goldenen Schein. Es war gerade hell genug, um Michaels zärtlichen Gesichtsausdruck zu sehen, die Röte seiner Lippen und das gelegentliche Aufblitzen weißer Zähne. Aber es war nicht mehr notwendig, etwas zu sehen, denn seine Haut fühlte sich wie Satin unter ihren Fingerspitzen an, und sie konnte erspüren, an welchen Stellen er berührt werden wollte. Sie konnte seinen Atem auf ihrem Gesicht fühlen, konnte die zärtlichen Worte hören und seine Liebe wahrnehmen. Sie konnte seinen Körper riechen, ein warmer, moschusartiger Duft von Schweiß, Seife und den Zigaretten, die er kurz zuvor geraucht hatte, und es war so wunderbar, dass sie ihn, ohne darüber nachzudenken, mit allen Sinnen erkundete und das Salz seiner Haut kostete.

Sie war es, die sein Glied führte, als er in sie eindrang. Sengende Hitze erfasste sie, und sie wollte nicht länger warten. Seine Finger hatten ein wenig gezittert, als er das Kondom übergestreift hatte, und sie hatte einen Moment lang den Blick abgewandt, denn sein Penis sah plötzlich so groß und hart aus, und sie wappnete sich gegen den Schmerz.

Aber es war kein echter Schmerz. Für einen Sekundenbruchteil hatte sie das Gefühl, als würde etwas in ihr überdehnt, aber dieser Augenblick ging schnell vorüber, und die Erregung, endlich mit ihm vereint zu sein, entschädigte sie in überreichem Maße dafür.

»Ist es schön für dich?«, flüsterte er, die Lippen an ihrem Hals.

»Es ist wunderbar«, murmelte sie wahrheitsgemäß. »Ich liebe dich, Michael.«

»Oh, meine Liebste«, raunte er, während sein Atem immer schneller ging. »Es ist so großartig, so wunderschön. Ich liebe dich so sehr.«

Als er plötzlich ihren Namen hervorstieß und aufhörte, sich zu bewegen, hatte Adele einen Moment lang das Gefühl, über einem Abgrund zu schweben. Aber während sie seinen heißen, bebenden Körper mit den Armen umfangen hielt und begriff, dass er an ihrer Schulter weinte, verstand sie, was geschehen war.

»Einige der Jungs aus dem Lager meinen, Fliegen sei besser als Sex«, flüsterte er. »Aber ich habe noch nie einen Flug erlebt, der so berauschend gewesen wäre.«

Adele lachte leise.

»War es für dich auch schön?«, fragte er ängstlich und hob den Kopf, um sie anzusehen.

Sie konnte nur nicken, zu aufgewühlt für Worte, und sein Gesicht zu sich herabziehen, um ihm abermals zu küssen.

Später standen sie auf, wuschen sich, zogen sich an und verließen das Hotel, um Ausschau nach einer Mahlzeit zu halten. Es war inzwischen neun Uhr abends und zu spät, um ins Kino zu gehen oder sich eine Show anzusehen, wie sie es ursprünglich geplant hatten. Michael führte sie zu einem Restaurant, von dem seine Freunde ihm erzählt hatten, und sie machten sich mit Heißhunger über eine riesige Grillplatte her, zu der sie eine Flasche Rotwein tranken.

»Ich wünschte, wir könnten auf der Stelle heiraten«, sagte er plötzlich. »Ich würde alles dafür geben, wenn ich jeden Abend zu dir nach Hause kommen könnte.«

Adele griff nach seiner Hand. »Du weißt sehr gut, dass das unmöglich ist. Ich würde arbeitslos werden, da Krankenschwestern nicht heiraten dürfen. Und die RAF sieht es auch nicht gern, wenn ihre jungen Piloten heiraten.«

»Ja, aber das hindert mich nicht daran, es mir trotzdem zu wünschen«, erwiderte er sehnsüchtig. »Ich kann nicht einmal sagen, wann wir noch einmal Zeit für ein gemeinsames Wochenende finden werden.«

Aufgrund der Dinge, die Michael ihr erzählt hatte, wusste sie, dass keiner der jungen Flieger in Biggin Hill wirklich begriffen hatte, was ein Krieg bedeutete. Das Fliegen war ihre Leidenschaft, und wenn sie nicht mit ihrer Ausbildung beschäftigt waren, spielten sie Fußball, Rugby und Kricket, oder sie stiegen in ein Auto und brausten in den nächstgelegenen Pub, in dem sie vermutlich einigen Wirbel verursachten. Sie spielten einander Streiche und hatten bizarre Initiationsriten für neue Rekruten. Der Grund dafür, warum man sie nicht zum Heiraten ermutigte, war sehr einfach: Auf diese Weise schlossen sie engere Beziehungen zu den Männern der Schwadron.

Aber auch wenn das Leben in Biggin Hill größtenteils eine einzige lange Kette von Spaß und Frohsinn war, wurden dort selten Zeitungen gelesen, und Gespräche über Politik waren tabu. Allerdings war sich Michael vollauf über die Realität von Englands heikler Situation Deutschland gegenüber im Klaren, das wusste Adele.

Gewöhnliche Zivilisten konnten glauben, dass Neville Chamberlain tatsächlich einen »Frieden in unserer Zeit« gesichert hatte, doch Michael war nicht entgangen, dass die Regierung des Landes in jüngster Zeit alle Anstrengungen zu einer raschen Wiederbewaffnung unternahm. Die Armee bemühte sich unaufhörlich um Nachwuchs, und ständig wurden neue Hurricanes und Spitfires nach Biggin Hill gebracht, das wusste er. Er mochte darüber ins Schwärmen geraten, dass diese Flugzeuge es bis auf dreihundert Meilen die Stunde brachten, und er mochte auch so tun, als stimmte er der landläufigen Meinung zu, nach der die Rolle eines Piloten im Krieg in Aufklärungsflügen und im Abwerfen von Bomben bestand, aber er wusste es besser.

Sie wurden im Kampf Flugzeug gegen Flugzeug ausgebildet, sie mussten die Benutzung von Waffen erlernen, und sie mussten auf einem Fallschirm sitzen, etwas, das im letzten Krieg noch nicht bekannt gewesen war. Adele wusste genauso gut wie er, dass die Flieger im Zentrum des Geschehens stehen würden und dass dieser Krieg nicht in Schützengräben, sondern in der Luft entschieden werden würde.

All die jungen Flieger nahmen die Gefahr, der sie vielleicht ausgesetzt sein würden, mit einem Schulterzucken hin, aber

Adele spürte, dass die vergangenen Stunden Michael eines klargemacht hatten: Nicht die Ablehnung seiner Eltern würde sie vielleicht trennen, sondern der Tod.

Ein kalter Schauder überlief sie. In der letzten Zeit hatte es im Krankenhaus für sämtliche Lernschwestern zahlreiche zusätzliche Ausbildungsstunden darin gegeben, wie man Wunden und Verbrennungen behandelte. Sie wusste, wo Medikamente, Verbände und dergleichen Dinge gelagert wurden. Aber bis jetzt hatte das Ganze für sie mehr den Charakter einer Feueralarmübung gehabt, etwas, das man für den Notfall erlernen musste, auch wenn das Eintreten eines solchen Notfalls ziemlich unwahrscheinlich war. Plötzlich hatte sie das Gefühl, dass die Sorglosigkeit der Menschen furchtbar töricht war.

»Dann werden wir eben aus der wenigen Zeit, die wir miteinander haben, das Beste machen müssen«, entgegnete sie und zwang sich zu einem unbekümmerten Tonfall. »Wir haben noch die ganze Nacht und den ganzen morgigen Tag vor uns. Lass uns nur daran denken.«

Rose stieg aus der U-Bahn-Station Temple und blieb für einen Moment stehen, um sich einen Stadtplan anzusehen. Es war Anfang Februar, und der Schnee, der am vergangenen Tag gefallen war, lag noch immer dick und weiß auf Hausdächern und Bäumen. Auf den Straßen und Gehwegen hatte er sich dagegen in trügerisches schwarzes Eis verwandelt, und es war bitterkalt.

Rose hatte ihre Kleidung im Hinblick auf schillernde Eleganz gewählt, nicht auf Wärme, und das bereute sie jetzt, denn sie konnte ihre Füße in den hochhackigen Schuhen vor

Kälte kaum mehr spüren; außerdem bestand ständig die Gefahr, auf dem Eis auszurutschen. Johnny hatte ihr im Herbst den blauen Mantel mit dem grauen Fuchskragen gekauft, und damals war er ihr sehr warm erschienen. Aber in Wirklichkeit taugte er nur für mildes Wetter, da er nicht den geringsten Schutz gegen den Wind bot. Wenn sie ihren kleinen Pagenhut nicht mit einigen Hutnadeln in ihrem Haar festgesteckt hätte, hätte der Luftzug in der U-Bahn ihn einfach davongeweht.

Außerdem wünschte sie, sie hätte sich ein Taxi genommen, aber sie hatte für den ganzen Rest der Woche keine zehn Schilling mehr. Doch wenn heute alles gut ging, würde sie vielleicht nie wieder eine U-Bahn nehmen müssen.

Vorsichtig und indem sie sich an Mauern und Geländern festhielt, gelangte sie schließlich zum Inner Temple. Dieser Teil Londons war ihr nicht vertraut, und es überraschte sie ein wenig festzustellen, dass er wie ein Kaninchenbau angelegt und voller sehr alter Häuser war, in denen vorwiegend Rechtsanwälte ihre Kanzleien hatten – es mussten dutzende sein. Sie war rein zufällig auf die Verlobungsanzeige von Adele und Michael Bailey gestoßen. In dem Restaurant in Soho, in dem sie arbeitete, ließen die Leute ständig Zeitungen liegen, und die Angestellten warfen sie auf einen Haufen im Lagerraum, um damit den Küchenboden zu trocknen, nachdem sie dort gewischt hatten.

Rose hatte im vergangenen November ein Bündel Zeitungspapier zum Anzünden ihres Kamins mitgenommen, und wenn sie das Papier am Tisch zusammendrehte, las sie hier und da kleine Mitteilungen. Wenn sie in einer Ausgabe der *Times* auf die persönlichen Anzeigen stieß, erinnerte sie das jedes Mal an ihre Mutter, die diese Ankündigungen ebenfalls gelesen hatte. Honour hatte immer wissen wollen, ob jemand aus ihrer Bekanntschaft dort aufgeführt wurde. Rose pflegte die Namen lediglich müßig zu überfliegen, aber als sie in der Rubrik für Verlobungsanzeigen den Namen Bailey entdeckt hatte, hatte sie genauer hingesehen. Zu ihrem Entsetzen und ihrer maßlosen Verblüffung stand dort, dass Michael Bailey, Sohn von Myles Bailey, Anwalt der Krone, aus Alton in Hampshire, sich mit Adele Talbot aus Winchelsea in Sussex verlobt habe.

Einen Moment lang befürchtete sie, sie werde einen Herzanfall erleiden. Sie konnte ihr Herz wie einen Dampfhammer schlagen hören, und ihr brach der Schweiß aus. Sie musste sich ein Glas Brandy einschenken, um sich zu beruhigen.

Nach ihrem Ausflug mit Johnny nach Winchelsea im Sommer hatte Rose häufig an Myles Bailey gedacht, doch nachdem sie den Schock überwunden hatte, durch puren Zufall noch einmal auf ihn gestoßen zu sein, hatte sie die Angelegenheit im Großen und Ganzen mit trockenem Humor betrachtet. Er hatte nie genau gewusst, wo sie lebte, da sie sich in diesem Punkt immer ausgesprochen vage ausgedrückt hatte. Doch als seine Frau in das Haus in Winchelsea gezogen war, musste er sich daran erinnert haben, dass seine junge Geliebte ganz in der Nähe gewohnt hatte. Vielleicht hatte er sogar Angst, sie könne wieder dorthingezogen sein, nachdem er sie verlassen hatte.

Die Vorstellung, er könne womöglich Angst davor haben, ihr bei einem Besuch seiner Frau über den Weg zu laufen, hatte sie erheitert.

Aber an der Ankündigung, die sie nun schwarz auf weiß

vor sich hatte, konnte sie nicht einmal ansatzweise etwas Erheiterndes finden. Sie konnte unmöglich ignorieren, dass Myles' Sohn beabsichtigte, ihre Tochter zu heiraten. Das musste sie verhindern.

Die beiden waren Bruder und Schwester!

Rose schrieb mehrere Briefe an ihre Mutter, in denen sie ihr alles erklärte und sie bat, die Ehe zu verhindern, aber am Ende zerriss sie alle Briefe, weil sie ständig an die Verachtung denken musste, mit der Honour sie bei ihrem letzten Besuch angesehen hatte. Sie würde niemals glauben, dass Rose moralische Beweggründe haben könnte; sie würde in einem solchen Schritt lediglich einen feigen Versuch sehen, Adeles Chancen auf eine gute Partie zu ruinieren.

Rose konnte weder essen nach schlafen, während sie verzweifelt darüber nachdachte, wie das Problem am besten zu lösen sei, doch wie immer, wenn sie Sorgen hatte, trank sie mehr als sonst und war außerstande, einen klaren Gedanken zu fassen. Viele Wochen waren verstrichen, in denen sie nur mechanisch zur Arbeit gegangen war und sich jeden Abend bis zur Besinnungslosigkeit betrunken hatte. Johnny hatte ihr unaufhörlich zugesetzt, sie solle ihm von ihrem Problem erzählen, doch sie hatte sich geweigert, und da waren seine Besuche schließlich ausgeblieben. Ohne Johnnys Gesellschaft und das Geld und die Geschenke, die sie von ihm erhalten hatte, fühlte sie sich umso schlechter und trank noch mehr. Sie geriet mit der Miete in Rückstand, die Gefahr, ihre Arbeit zu verlieren, wuchs von Tag zu Tag, und, schlimmer noch, sie spürte, dass sie in dieselbe schwarze Welt abzugleiten drohte, in die Pamelas Tod sie gestürzt hatte.

Über Weihnachten war ihr dann bewusst geworden, dass sie zu Myles gehen musste. Er konnte sich um die Angelegenheit kümmern. Es geschah ihm nur recht, wenn er die schockierende Wahrheit erfuhr. Rose wünschte ihm die gleichen Albträume, die auch sie so sehr quälten. Sie ging in die Bibliothek und suchte sich im *Who's Who* seine Privatadresse sowie die Adresse seiner Kanzlei in London heraus.

Erst als sie Myles' Namen in diesem großen, in Leder gebundenen Buch entdeckt hatte, war ihr wirklich bewusst geworden, dass er jetzt ein sehr erfolgreicher und wichtiger Mann war. Und als sie diese Wichtigkeit gegen all den Schmerz stellte, den er ihr zugefügt hatte, war die Frage der Moral zu jäher Bedeutungslosigkeit verblasst. Sie witterte einen warmen Geldregen.

Sobald Rose sich einen Plan zurechtgelegt hatte, hatte sie gezielte Vorbereitungen getroffen. Anfang Januar hatte sie aufgehört zu trinken und im Restaurant zusätzliche Schichten übernommen, sodass sie ihren Mietrückstand begleichen, sich das Haar hatte machen lassen und einige neue Kleider hatte kaufen können.

Zu guter Letzt hatte sie sich für heute einen Termin bei Myles geben lassen. Das war das Schwierigste gewesen. Sie hatte sich unter dem Namen Mrs. Fitzsimmons angemeldet und eine falsche Adresse in Kensington angegeben. Seiner Sekretärin hatte sie erklärt, es handele sich um eine äußerst delikate Angelegenheit, den Nachlass ihres Vaters betreffend, und sie hatte hinzugefügt, dass Mr. Bailey ihr von einer Freundin empfohlen worden sei.

Rose hatte soeben die richtige Kanzlei gefunden und Myles' Namen in goldenen Lettern neben anderen auf einem Schild am Haus entdeckt. Sie war zehn Minuten zu früh. Eigentlich hatte sie die Absicht gehabt, pünktlich zur vereinbarten Zeit zu erscheinen, um die Gefahr zu verringern, dass jemand ihr peinliche Fragen stellen könnte, jetzt jedoch stellte sie fest, dass es zu kalt war, um noch länger draußen zu bleiben.

Als sie die kahle steinerne Treppe hinaufging, war das hohe Alter des Gebäudes noch augenfälliger. Die Stufen waren glatt und von unzähligen Füßen im Laufe vieler Jahre durchgetreten, und das Treppenhaus verströmte den modrigen Geruch von alten Zeitungen und Büchern. Im oberen Stockwerk führte eine halb verglaste Tür in einen Bereich, in dem sich mehrere Sessel um einen Schreibtisch und – dankenswerterweise – auch um ein warmes Feuer gruppierten.

Eine nicht mehr ganz junge Frau mit Brille saß am Empfang und hieß Rose mit einem freundlichen Lächeln willkommen.

»Mrs. Fitzsimmons«, stellte Rose sich vor. »Ich habe um vier Uhr einen Termin mit Mr. Bailey.«

»Nehmen Sie doch Platz«, bat die Frau und stand auf. »Ich werde Mr. Bailey mitteilen, dass Sie hier sind.«

Rose setzte sich und widerstand dem Drang, ihre Schuhe abzustreifen und ihre Füße am Feuer zu wärmen. Ihr war schwindlig vor Nervosität, und sie hätte töten können für einen Drink, aber stattdessen nahm sie ihre Puderdose aus ihrer Handtasche, puderte sich die Nase und legte ein wenig mehr Lippenstift auf.

Sie sah gut aus, fand sie. Der Fuchskragen und der Hut betonten ihren Pfirsich-Teint, und der winzige Schleier, der ihre Stirn bedeckte, lenkte die Aufmerksamkeit auf ihre Augen. Sie fragte sich, ob Myles sie wohl sofort erkennen würde.

Sie hatte gerade erst ihre Puderdose wieder verstaut, als die Empfangsdame ihr zu ihrer Überraschung mitteilte, dass Mr. Bailey jetzt Zeit für sie habe. Sie erhob sich, strich ihren Mantel glatt und folgte der Frau durch einen schmalen Flur und vorbei an vielen kleinen Räumen, in denen die Menschen so lautlos arbeiteten wie in einer Bibliothek.

Roses erste Reaktion auf Myles war Überraschung; er war weder so groß noch so gut aussehend, wie sie ihn in Erinnerung hatte. Er war dick geworden, hatte ein rötliches Gesicht, und er war nicht größer als einen Meter siebzig. Die dichte Mähne glänzend braunen Haares war verschwunden. Er hatte zwar keine Glatze, aber sein Haaransatz hatte sich so weit zurückgezogen, dass er beinahe kahl wirkte, und das wenige Haar, das ihm geblieben war, war dunkelgrau. Trotzdem glaubte sie, dass sie ihn an den Augen wiedererkannt hätte, wären sie einander auf der Straße begegnet. Seine Augen hatten sich nicht verändert, und diese Erinnerung war ihr lebhaft im Gedächtnis geblieben, da Adeles Augen denselben grün-braunen Ton hatten. Sie war gezwungen gewesen, mit dieser steten Erinnerung an den Mann, der sie ruiniert hatte, zu leben.

»Mrs. Fitzsimmons!«, begann er und streckte ihr freundlich die Hand hin, ohne sie dabei direkt anzusehen. »Treten Sie doch ein. Sie haben ein Problem mit dem Nachlass Ihres verstorbenen Vaters, wenn ich recht verstanden habe?«

Rose hatte erwartet, er würde sie sofort erkennen. Sie hatte sich ausgemalt, dass er in einer Mischung aus Entsetzen und

Überraschung zurückprallen und ihren Namen hervorstoßen würde. Als er weder das eine noch das andere tat und damit bewies, dass er sich nicht mehr an das Gesicht der jungen Frau erinnerte, die er zu lieben behauptet hatte, steigerte das Roses Entschlossenheit noch, ihn zu verletzen.

Sie schüttelte ihm die Hand und lächelte, dann wartete sie, bis die Empfangsdame sich zurückgezogen und die Tür hinter sich geschlossen hatte. Es war ein warmer und behaglicher Raum. Ein prasselndes Feuer hinter einem repräsentativen Schutzgitter brannte im Kamin, mehrere lederne Sessel standen um einen Mahagonischreibtisch herum, und die Wände waren gesäumt von Regalen mit dicken Büchern. An einer Wand hing eine große Fotografie von drei Kindern, bei denen es sich um Myles' Nachwuchs handeln musste, da der ältere Junge große Ähnlichkeit mit dem jungen Myles ihrer Erinnerung aufwies. Der jüngere Knabe im Vordergrund des Bildes musste Michael sein – er war ungefähr sechs Jahre alt und hatte sehr dunkles Haar. Eine Zahnlücke verlieh ihm ein koboldhaftes Grinsen.

Myles setzte sich, nachdem sie Platz genommen hatte, und lehnte sich mit einem Lächeln zurück, möglicherweise erfreut darüber, dass seine neue Mandantin blond und attraktiv war. »Also, wie kann ich Ihnen helfen?«, fragte er mit einem öligen Tonfall.

»Du kannst versuchen, dich an mich zu erinnern«, erwiderte Rose.

»Wir sind uns schon einmal begegnet?«, entgegnete er stirnrunzelnd.

»Oh ja«, antwortete sie. »Sagt dir der Name Rose etwas? Oder muss ich dich an das George Hotel in Rye erinnern?«

Sein Lächeln verschwand, seine Augen weiteten sich, und er setzte sich kerzengerade hin.

»Rose!«, rief er, und seine Gesichtsröte vertiefte sich noch. »Meine Güte! Was für eine Überraschung! Wie geht es dir?«

»Recht gut«, gab sie schneidend zurück. »Erheblich besser, als es mir vor zwanzig Jahren ging, als ich vergeblich auf dich gewartet habe.«

»Ich ... ich ... ich«, stammelte er. »Es war das Einzige, was ich tun konnte. Die Dinge waren so schwierig für mich. Und ich habe dir einen Brief dagelassen.«

»Du warst ein Feigling und Verräter«, fuhr sie ihn an. »Hatte ich nichts Besseres verdient als nur einen Brief? Wenn du mir bei unserer ersten Begegnung von deiner Frau und deinen Kindern erzählt hättest, hätte ich mich niemals mit dir eingelassen.«

»Du kennst meine Beweggründe«, sagte er und sah dabei sehr erregt und angstvoll aus.

»Ich war kaum mehr als ein Kind«, zischte sie.

»Ich bitte dich«, protestierte er und erhob sich von seinem Stuhl. »Du hast mich angefleht, dich nach London mitzunehmen, und du wirst dich daran erinnern, dass ich absolut gegen diese Idee war. Ich habe mich nur einverstanden erklärt, weil du mir erzählt hast, dass dein Vater dich misshandele und dass du Ausschau nach einer Arbeit halten wolltest, was du niemals auch nur versucht hast.«

»Ich bin heute nicht hergekommen, um das alles noch einmal durchzukauen«, erklärte Rose abschätzig. »Die nüchternen Fakten sind die, dass du mich hast sitzen lassen, als ich dein Kind erwartete.«

»Das ist jetzt fast zwanzig Jahre her«, meinte er ungläubig. »Im Angesicht all der anderen Lügen, die du mir damals aufgetischt hast, sehe ich keinen Grund dafür, warum ich dir das glauben sollte. Also, was führt dich heute hierher, Rose? Das heißt, wenn du tatsächlich die Vergangenheit nicht noch einmal durchkauen willst?«

»Manchmal springt die Vergangenheit plötzlich auf und schlägt dir ins Gesicht«, sagte sie. »Das ist der Grund für diesen Besuch. Unsere Tochter, Adele, hat, so glaube ich, die Absicht, deinen Sohn Michael zu heiraten.«

Wenn sie ihm einen Eimer kaltes Wasser über den Kopf geschüttet hätte, hätte sie ihm damit keinen größeren Schock versetzen können. Der Unterkiefer klappte ihm herunter, er erbleichte, und seine Augen weiteten sich, als er den Kopf mit beiden Händen umfasste.

»Adele ist deine Tochter?«, fragte er mit erstickter Stimme.

»*Unsere* Tochter«, korrigierte Rose ihn. »Du weißt nur zu gut, dass ich damals schwanger war!«

»Das glaube ich nicht«, stieß er hervor. »Diese Geschichte ist einfach zu fantastisch.«

»Warum? Du glaubst nicht, dass ein Mädchen, deren Großmutter in Winchelsea Beach lebt, deinem Sohn begegnen könnte, der ebenfalls Großeltern in Winchelsea hatte? Es wäre fantastischer gewesen, wenn die beiden sich nicht begegnet wären. In dieser Gegend wohnen wahrscheinlich keine zweihundert Menschen.«

Rose hielt einen Moment lang inne und beobachtete ihn. Vermutlich zermarterte er sich das Hirn nach etwas, mit dem er ihre Geschichte entkräften konnte.

»Wenn du mir damals erzählt hättest, dass du verheiratet

warst und dass deine Schwiegereltern Mr. und Mrs. Whitehouse waren, hätte ich nicht einmal einen Spaziergang mit dir unternommen. Schließlich war meine Mutter, Honour Harris, eine Freundin deiner Schwiegermutter.«

Daraufhin stützte er die Ellbogen auf seinen Schreibtisch und barg den Kopf in den Händen. »Ich weiß nicht, was ich sagen soll«, stieß er hervor. »Ich habe Adele niemals mit dir in Zusammenhang gebracht. Und sie hat im Haus meiner Frau als deren Dienstmädchen gelebt!«

Das war etwas Neues für Rose. Honour hatte zwar erwähnt, dass Adele als Haushälterin gearbeitet hatte, aber sie hatte nicht gesagt, für wen. Offensichtlich war ihre Tochter aus dem gleichen Holz geschnitzt wie sie selbst und verstand sich darauf, eine günstige Gelegenheit zu nutzen, wenn sie ihr begegnete. Aber es war eine Schande, dass sie sich unwissentlich ausgerechnet auf ihren eigenen Bruder gestürzt hatte.

»Oh Gott! Was soll ich nur tun?«, murmelte Myles.

Rose lächelte schwach. Sie vermutete, dass Myles Bailey, Anwalt der Krone, nicht häufig ein solches Eingeständnis machte. Seine Gerichtsperücke ruhte auf einem Styroporkopf in der Ecke. Seine Gerichtsgewänder hingen an der Tür. Er war es gewohnt, aus Angeklagten und Zeugen die Wahrheit herauszupressen, aber es war eine neue Erfahrung für ihn, für seine eigenen Fehltritte zur Verantwortung gezogen zu werden.

»Du wirst deinem Sohn beibringen müssen, dass Adele seine Schwester ist«, erklärte Rose. »Das heißt, wenn du verhindern möchtest, dass er eine inzestuöse Ehe eingeht.«

»Welche Beweise hast du dafür, dass Adele mein Kind ist?«,

fragte er plötzlich, und sie sah, wie ein verschlagener Ausdruck in seine Augen trat. »Adeles Name ist Talbot. Woher hat sie diesen Namen, wenn du jetzt Rose Fitzsimmons bist?«

»Dieser Name war lediglich eine Tarnung«, erwiderte Rose hochfahrend. »Mein Ehename ist Talbot. Ich habe Jim Talbot kurz vor Adeles Geburt geheiratet, nur damit ich seinen Namen tragen konnte. Aber solltest du glauben, er sei Adeles echter Vater, brauchst du dir nur die Daten zu vergegenwärtigen. Du hast mich im März 1918 aus Rye mitgenommen, als ich siebzehn Jahre alt war. Ich war bis zu dem Tag im Januar des folgenden Jahres mit dir zusammen, als du mich in King's Cross hast sitzen lassen. Damals war ich bereits im dritten Monat schwanger. Ich habe Talbot im Mai geheiratet, und Adele ist im Juli zur Welt gekommen.«

»Das beweist noch lange nicht, dass ich ihr Vater bin«, gab er zurück.

»Jeder, der mir während der zehn Monate unseres Zusammenseins begegnet ist, kann bezeugen, dass ich meine Tage damit zugebracht habe, auf dich zu warten, während du in ›geschäftlichen Angelegenheiten‹ unterwegs warst. Ich habe sogar dem Arzt in King's Cross, den ich aufgesucht habe, deinen Namen genannt. Und dann gibt es natürlich noch so etwas wie Bluttests.«

Myles schwieg lange, und Rose konnte eine Ader an seiner Schläfe pulsieren sehen. Er schwitzte und zupfte an seinem Hemdskragen, als drohte ihn dieser zu ersticken.

»Was willst du, Rose?«, fragte er schließlich. »Irgendwie kann ich nicht glauben, dass dich lediglich der Wunsch treibt, dafür zu sorgen, dass Adele und Michael ihre Beziehung beenden.«

Rose beschloss, seine Frage nach ihren Motiven für den Augenblick zu ignorieren. »Ich hatte eigentlich gehofft, du würdest mir sagen, wie wir die beiden voneinander trennen können«, meinte sie und warf trotzig den Kopf in den Nacken. »Es ist offensichtlich, dass es geschehen muss, aber vielleicht gibt es irgendeine Methode, die weniger Schaden anrichtet als andere.«

»Ich spreche im Moment nicht mit Michael«, erwiderte er. »Wenn ich zu ihm gehen und ihm das erzählen würde, würde er mir nicht glauben.«

Rose kicherte leise, da sie den Grund für diese Entfremdung zwischen Vater und Sohn erahnte. »Dann hat dir der Gedanke also nicht gefallen, dein Sohn könnte meine Adele heiraten? Sie ist wohl nicht gut genug für deinen Goldjungen, wie? Ein Mädchen aus der Marsch, das den Sohn eines Kronanwalts heiratet?«

Er besaß den Anstand, ein wenig beschämt dreinzublicken.

»Wenn sich das herumspricht, wird deine Frau sich von dir scheiden lassen«, fuhr sie fort. »Und es könnte sich sehr leicht herumsprechen. Was werden deine anderen Kinder dazu sagen? Wie wird sich eine solche Geschichte auf deinen Ruf auswirken?« Sie deutete mit dem Daumen auf die Tür. »Inzucht ist ein sehr unangenehmes Wort. Es ist durchaus möglich, dass es bereits dazu gekommen ist. Und obendrein ist Michael auch noch Offizier bei der RAF.«

Es war äußerst befriedigend, ihn so erschrocken zu sehen. Er nahm sich eine Zigarre aus einem kleinen Kasten auf seinem Schreibtisch und zündete sie mit zitternden Händen an.

»Es gäbe noch eine andere Möglichkeit«, fuhr Rose fort, während sie beobachtete, wie er hektisch an der Zigarre saugte. »Du könntest zu Adele gehen und ihr die Wahrheit gestehen. Bitte sie, sich von Michael zu trennen, ohne ihm einen Grund dafür zu nennen. Auf diese Weise wären wir drei die Einzigen, die davon wüssten.«

»Warum kannst du nicht mit ihr sprechen?«, fragte er.

»Weil das bedeuten würde, dass ich in ihr Leben zurückkehren muss«, sagte sie. »Als ich vor vielen Jahren krank geworden bin, ist sie zu meiner Mutter gezogen. Wenn ich jetzt aus einem solchen Grund zurückkäme, würde ihr das nur zusätzlichen Schmerz bereiten.«

Myles sah sie scharf an. »Irgendwie kann ich nicht glauben, dass du diesen Vorschlag nur machst, um jemandem Schmerz zu ersparen«, entgegnete er. »Was willst du wirklich?«

Rose richtete sich wütend auf. »Nichts von all dem wäre geschehen, wenn du von Anfang an ehrlich gewesen wärst«, zischte sie. »Du hast mich vollkommen mittellos in London zurückgelassen, mit einem Baby im Bauch. Um das Kind nicht im Arbeitshaus zur Welt zu bringen, musste ich einen Mann heiraten, den ich nicht einmal mochte. Du hast mein Leben zerstört, und es wird Zeit, dass du dafür bezahlst.«

»Aha«, rief er aus, und seine Augen wurden schmal. »Jetzt kommen wir langsam zum Kern der Sache. Es ist Geld, das du willst, nicht wahr?«

»Ja«, antwortete Rose schulterzuckend. »Genau das will ich. Ich will tausend Pfund.«

»Tausend!«, wiederholte er entsetzt.

»Du kannst es dir leisten.« Sie hob die Schultern. »Das sind nur fünfzig Pfund für jedes Jahr von Adeles Leben. Ich bin davon überzeugt, dass du für jedes deiner anderen Kinder erheblich mehr Geld ausgegeben hast.«

»Und wenn ich mich weigere?«

»Dann gehe ich mit der ganzen schmutzigen Geschichte zur Zeitung. Das liegt bei dir.«

Sie griff nach ihrer Handtasche und zog eine Karte von dem Restaurant heraus, in dem sie arbeitete. Diese Karte legte sie dann mit unerschütterlichem Selbstbewusstsein auf seinen Schreibtisch. »Dorthin wirst du mir nächsten Montagabend das Geld bringen«, sagte sie. »Ich habe bereits alles über dich und mich und über Adeles Geburt aufgeschrieben und das Dokument einer Freundin zur Aufbewahrung gegeben, nur für den Fall, dass mir oder Adele etwas zustoßen sollte.«

»Was ist, wenn Adele nicht bereit ist, Stillschweigen über die Sache zu bewahren?«, fragte er.

Rose hob gleichgültig die Hände. »Du wirst eben dafür sorgen müssen, dass es sich für sie lohnt, nicht wahr?«

»Wenn ich mich darauf einlasse, welche Sicherheit habe ich dann, dass du später nicht mehr verlangen wirst?«

»Du hattest mir versichert, dass du mich liebst«, rief sie ihm ins Gedächtnis. »Ich war damals naiv genug zu glauben, das bedeute, dass du mich niemals verlassen würdest. Ich mag vieles sein, aber ich bin keine Erpresserin. Ich verlange lediglich, was du mir für ein zerstörtes Leben schuldest. Sei einfach dankbar, dass ich nicht die Absicht habe, dein Leben gleichermaßen zu zerstören.«

18

Kurz nach sechs Uhr abends ging Adele mit einer Gruppe anderer Krankenschwestern die Treppe zum Schwesternheim hinauf. Es war der fünfzehnte Februar, und die anderen Mädchen zogen sie mit dem Valentinsgeschenk auf, das sie am Tag zuvor von Michael bekommen hatte.

Er hatte es selbst gemacht, ein Bild von einer Spitfire mit einer winzigen Fotografie von sich selbst im Cockpit. Auf einer Wolke vor dem Flugzeug befand sich eine gleichermaßen winzige Fotografie von Adeles Gesicht, das auf einem selbst gezeichneten Engelskörper thronte. Und dazu hatte er ihr ein zu Herzen gehendes Liebesgedicht geschrieben.

> Die Sonne scheint, der Himmel strahlt blau.
> Mein Engel bist du, all meiner Träume Frau.
> Ich überlege tagtäglich, wie schaff ich dich fort,
> auf und davon, an einen wundervollen Ort,
> wo ich dich sehe in schönstem Hochzeitskleid –
> sag meine Liebste, wann ist es so weit?
> Du bist meine Valentina für alle Tag'.
> Sag, wann ich dich wiedersehen mag.

Adele fand es einfach nur liebenswert und wunderbar, aber die anderen Krankenschwestern hatten sie mit der Bemerkung geneckt, dass sie hofften, er könne besser fliegen als Gedichte schreiben.

»Ihr seid doch alle bloß eifersüchtig«, kicherte Adele, und

als sie Mr. Doubleday, den Hausmeister entdeckte, zog sie ihm spielerisch seine Mütze bis über die Augen.

»Ich muss schon sehr bitten, Schwester Talbot«, sagte er brummig. »Genug mit den Albernheiten. Da ist ein Gentleman, der Sie sprechen möchte. Ich habe ihn ins Wohnzimmer gebracht.«

»Ist es Michael?«, fragte sie eifrig.

»Wenn Michael der Pilot ist, dann nein«, antwortete Mr. Doubbleday trocken. »Und Ihre Haube sitzt schief.«

Adele öffnete verwundert die Tür zum Wohnzimmer, und zu ihrem Entsetzen sah sie dort Myles Bailey sitzen. »Guten Abend«, grüßte sie höflich, dennoch überlief sie ein kalter Schauder, denn sie wusste, dass er gewiss nicht den weiten Weg gekommen war, um ihr einen Anstandsbesuch abzustatten.

»Ich muss mit Ihnen reden, Adele«, erklärte er. »Sind wir in diesem Raum einigermaßen ungestört, oder müssen wir jeden Augenblick damit rechnen, dass Horden anderer Krankenschwestern hereinkommen werden?«

»Der Raum wird grundsätzlich nur für Besucher benutzt«, antwortete sie. »Ich bezweifle, dass jetzt noch jemand herkommen wird; meine Kolleginnen sind alle nach oben gegangen, um sich umzuziehen und zu Abend zu essen.«

»Sie sehen sehr hübsch aus in Ihrer Uniform«, bemerkte er und musterte sie auf eine Art und Weise, die sie äußerst beunruhigend fand, von Kopf bis Fuß. »Wie entwickelt sich Ihre Ausbildung?«

Adele nahm ihm gegenüber Platz. Seine Freundlichkeit verwirrte sie, aber sie hoffte, dass er endlich mit ihrer Heirat mit Michael einverstanden war und sich deshalb so nett zeigte. »Mit meiner Ausbildung läuft alles sehr gut, denke ich, obwohl es nach einem langen Tag oder einer Nacht auf den Stationen ziemlich hart ist, noch für das Examen zu büffeln. Ich bin jetzt seit zwei Jahren hier und brauche nur noch ein weiteres Jahr zu absolvieren, bis ich Staatlich Geprüfte Krankenschwester bin.«

Er räusperte sich, und er wirkte mit einem Mal verlegen und nervös.

»Es ist Michael doch nichts zugestoßen, oder?«, fragte sie erschrocken.

»Nein, soweit ich weiß, geht es ihm gut«, versicherte er. »Aber ich bin tatsächlich hergekommen, um über ihn und über Sie zu sprechen.« Er stieß einen tiefen Seufzer aus, und Adeles Herz machte einen kleinen Satz, denn sie war davon überzeugt, dass er in Begriff stand, eine Art Entschuldigung vorzubringen. »Es geht um eine sehr heikle Angelegenheit, Adele«, fuhr er fort. »Ich habe niemals damit gerechnet, dass etwas Derartiges geschehen könnte, und es wird sehr hart für mich, mit Ihnen darüber zu sprechen.«

Jetzt war Adele vollends verwirrt. Er machte nicht den Eindruck, als ringe er um ein Wort der Entschuldigung, doch seine Stimme war zu sanft und zögerlich, um auf Zorn schließen zu können. Ihre Hoffnung, es könne sich alles doch noch zum Guten wenden, erstarb, denn sie spürte, dass ihr, was immer er zu sagen hatte, nicht gefallen würde.

»Sie können Michael nicht heiraten«, platzte er heraus. »Sie beide sind Geschwister.«

Adele kicherte. »Reden Sie nicht solchen Unsinn!«, entgegnete sie.

»Es ist mir vollkommen ernst«, erwiderte er tadelnd. »Verstehen Sie, es sieht so aus, als wäre ich Ihr Vater, Adele.«

Sie konnte ihn nur erstaunt anstarren. Es musste ein Scherz sein, doch der gesunde Menschenverstand sagte ihr, dass das unmöglich war. Myles Bailey war ein durch und durch ernsthafter Mensch.

»Ich hatte eine ... ähm ...« Er hielt inne und hüstelte und sah dabei so aus, als wünschte er, die Erde würde sich auftun und ihn verschlingen. »Ich hatte einmal eine Affäre mit Ihrer Mutter.«

Adele konnte ihn immer noch nur ungläubig ansehen. Er musste einfach den Verstand verloren haben! »Nein, Mr. Bailey«, brachte sie schließlich heraus. »Meine Mutter lebt nicht hier in der Gegend. Sie kennen Sie gar nicht.«

»Oh doch, ich kenne sie, Adele, oder zumindest habe ich sie vor zwanzig Jahren gekannt. Ich habe Rose in Rye kennengelernt, als sie im ›The George‹ arbeitete. Sie ist mit mir nach London gegangen.«

Adele war sprachlos. Ihre Großmutter hatte einmal davon gesprochen, dass Rose mit einem verheirateten Mann fortgegangen sein könnte, aber wie konnte dieser Mann Myles Bailey sein? Ein reisender Vertreter, ein Soldat oder vielleicht ein Seemann, aber doch kein selbstherrlicher Rechtsanwalt mit rotem Gesicht und fliehendem Haaransatz!

»Nein, das kann nicht stimmen«, beharrte sie, aber eine kleinlaute Stimme in ihr sagte ihr, dass kein Mann etwas Derartiges zugeben würde, wenn es nicht der Wahrheit entsprach.

Plötzlich stand ihr sehr lebhaft ein Bild von ihr selbst und Michael im Bett vor Augen, und ihr war, als striche ihr jemand mit eisigen Fingern über den Rücken. »Das ist doch eine verzweifelte Maßnahme, um zu versuchen, Michael und mich zu trennen, nicht wahr?«, fragte sie entrüstet. »Wie können Sie nur!«

»Nein, Adele, das ist es nicht«, widersprach er. »Wir haben unsere Beziehung vielleicht auf dem falschen Fuß begonnen, aber glauben Sie wirklich, ich würde mir eine solche Geschichte aus den Fingern saugen? Um Himmels willen, ich bin Rechtsanwalt!«

»Was spielt das für eine Rolle?«, zischte sie. »Vor zwei Jahren haben Sie mir ins Gesicht geschlagen und mich bei sintflutartigem Regen vor die Tür gesetzt. Ich vermute, die meisten Leute würden so eine abscheuliche Handlung auch keinem Rechtsanwalt zutrauen.«

»Ich bedaure mein Verhalten jetzt«, erklärte er und tupfte sich mit einem Taschentuch die Stirn ab. »Ich stand zu dieser Zeit unter hohem Druck, und natürlich hatte ich damals keine Ahnung, wer Sie waren.«

Adele erinnerte sich plötzlich daran, dass ihre Großmutter Myles Bailey am ersten Weihnachtstag aufgesucht hatte und mit einem Zeugnis und zehn Pfund zurückgekommen war.

»Haben Sie damals herausgefunden, wer meine Mutter war?«, fragte sie, und ihre Stimme schwoll an vor Zorn. »Sie wissen seit zwei Jahren, dass ich Ihr Bastard bin, aber Sie haben nichts gesagt, nicht einmal als Sie erfuhren, dass Michael sich noch immer mit mir trifft? Was für ein Mensch sind Sie eigentlich?«

»Ich muss schon sehr bitten, junge Dame«, erwiderte er auf seine gewohnt scharfe Art. »Ich habe es selbst erst vor einigen Tagen erfahren, als Rose mich in meiner Kanzlei in London aufgesucht und es mir erzählt hat.«

»Sie ist zu Ihnen gekommen, obwohl sie mich seit Jahren ignoriert?« Adeles Stimme wurde noch lauter, und sie sprang auf.

»Als sie von Ihrer Verlobung las, hatte sie das Gefühl, etwas unternehmen zu müssen«, warf er hastig ein. »Und sie hatte natürlich recht. Wir konnten das nicht einfach ignorieren.«

In Adeles Kopf drehte sich alles. Der Schock war zu groß, um wirklich aufzunehmen, was sie soeben gehört hatte. Sie schluckte, biss die Zähne zusammen und holte tief Luft. »Woher sollen wir wissen, dass sie nicht lügt?«

»Ich ... ähm ... ich wusste, dass sie schwanger war, als ich sie verließ«, gab er zögernd zu. »Ich weiß, das war nicht sehr galant von mir, aber ich hatte gute Gründe für mein Verhalten.«

Plötzlich und ohne weitere Einzelheiten hören zu müssen, wurde Adele klar, dass er tatsächlich die Wahrheit sprach, wie schmutzig diese Wahrheit auch sein mochte. Sie ging zum Fenster hinüber und starrte in den Garten hinab. In seiner winterlichen Trostlosigkeit wirkte er so kalt und verlassen, wie sie sich fühlte. Plötzlich musste sie an den Abend in London denken, an dem Michael erklärt hatte, er sei sich sicher, ihr Vater sei in besseren Kreisen zu suchen. Was würde er sagen, wenn er herausfand, dass sie sich denselben Vater »aus besseren Kreisen« teilten?

»Haben Sie es Michael schon erzählt?«, erkundigte sie sich, ohne sich zu Myles Bailey umzudrehen, denn in ihren Augen schwammen Tränen.

»Ich kann es nicht«, bekannte er.

Jetzt wandte Adele sich doch zu ihm um, und sie sah seinen flehentlichen Blick. Erst in diesem Moment wurde ihr voller Abscheu bewusst, dass sie die gleichen Augen hatte wie er.

»Sie können es ihm nicht sagen?«, explodierte sie. »Verdammt noch mal, wessen Schuld ist das alles denn? Ihre!«

»Ich weiß«, pflichtete er ihr bei und machte eine klägliche Handbewegung. »Aber wenn ich Michael davon erzähle, werde ich damit etwas in Gang setzen, das ich nicht mehr aufhalten kann. Es wird die ganze Familie in Schande stürzen. Bitte, verlangen Sie nicht von mir, so viele Menschen unglücklich zu machen, Adele.«

Sie musterte ihn kalt. Sie hatte so viele Male versucht, sich ihren richtigen Vater vorzustellen, aber Myles Bailey war der letzte Mann auf Erden, den sie sich für diese Rolle gewünscht hätte. Er war ein häuslicher Despot, ein Snob vom Scheitel bis zur Sohle, und jetzt wusste sie auch, dass er ein Ehebrecher war, der schwangere Frauen im Stich ließ.

»Ich verstehe«, entgegnete sie, stemmte die Hände in die Hüften und funkelte ihn wütend an. »Ich soll einfach aus Michaels Leben verschwinden, nicht wahr? Ein einfacher Ausweg für Sie; niemals braucht jemand davon zu erfahren, abgesehen von Ihnen, mir und meiner verdammten Mutter.«

»Wenn Sie Michael die Wahrheit erzählen, wird er einen schlimmen Schaden davontragen«, flehte Myles. »Ich weiß, was für ein Mensch er ist, er ist empfindsam wie seine Mutter, und er wird sich einfach in sich selbst zurückziehen. Er hat einen Beruf, den er liebt, und er würde nicht fliegen können, wenn er wüsste, dass das Mädchen, das er heiraten und lieben wollte, seine Schwester ist.«

Er hatte recht, Adele wusste es. Der Gedanke an ihre Eltern verursachte ihr Übelkeit, und Michael würde es mit Sicherheit noch schlimmer ergehen.

»Verschwinden Sie«, forderte sie und zeigte auf die Tür. »Ich kann es nicht ertragen, im selben Raum zu sein wie Sie. Sie und Rose hätten zusammenbleiben sollen – mein Gott, mit Ihren Schwächen und Lügen hätten Sie das ideale Paar abgegeben.«

»Was werden Sie jetzt unternehmen?«, fragte er erschrocken.

»Ich werde nach oben gehen, um mich zu übergeben«, fuhr sie ihn an. »Weil ich gerade erfahren habe, dass ich das Kind der abscheulichsten Menschen auf der Welt bin und den Mann, den ich liebe, nicht haben kann. Sind Sie jetzt zufrieden?«

»Erzählen Sie es Michael nicht, ich flehe Sie an«, flüsterte er.

»Verschwinden Sie«, befahl sie abermals. »Ich werde in diesem Punkt selbst entscheiden. Sie werden mich nicht in die Enge treiben.«

Nun blieb ihm nichts anderes mehr übrig, als tatsächlich zu gehen. Die obere Hälfte der Tür war aus Glas, und der Hausmeister war draußen erschienen, um nachzusehen, was es mit dem Lärm auf sich hatte.

Myles huschte davon wie ein verschrecktes Kaninchen, und Adele blieb mit gerötetem Gesicht und am Rande eines Wutanfalls zurück.

Es war ein Glück, dass Angela, ihre Zimmergenossin, einige Tage freihatte und zu ihrer Familie gefahren war, denn Adele war nicht in der Stimmung, mit irgendjemandem zu sprechen.

Sobald sie in ihrem Zimmer war, schloss sie die Tür ab und warf sich schluchzend auf ihr Bett.

Michael war ihr Ein und Alles, und wenn sie ihn verlor, würde ihr nichts mehr bleiben. Aber es war schlimmer als das – selbst die wunderbaren Erinnerungen an ihn waren jetzt schmutzig.

Sie übergab sich wieder und wieder ins Waschbecken, bis nur noch Galle in ihr war. Schließlich zog sie ihre Uniform aus, warf sie achtlos auf den Boden und kroch in ihrer Unterwäsche ins Bett. Auf der anderen Seite der Tür konnte sie das gewohnte Gelächter und Geplauder hören, Krankenschwestern, die einander Kleider borgten, um auszugehen, während andere fragten, ob das Badezimmer frei sei. Eine der jungen Frauen bat inständig um Ruhe, damit sie lernen könne. Es waren ihre Freundinnen, Mädchen, von denen sie geglaubt hatte, sie könne über alles mit ihnen reden, aber dies hier konnte sie ihnen nicht erzählen. Sie konnte niemandem davon erzählen.

Die Situation erinnerte sie an ihre Kindheit, als sie mit blauen Flecken von dem Stock, mit dem ihre Mutter sie verprügelt hatte, zur Schule hatte gehen müssen. Sie hatte auch diese Verletzungen verborgen halten müssen, weil sie so beschämend gewesen waren. Ähnlich war es mit Mr. Makepeace gewesen und der Tatsache, dass man ihre Mutter in eine Anstalt gebracht hatte. Immer war sie diejenige, die das Unrecht anderer Menschen verbergen musste! War das gerecht?

Dennoch war ihr eines klar: Dies musste ihr Geheimnis bleiben. Nicht um Myles Bailey Verlegenheit zu ersparen – ihretwegen konnte er in der Hölle brennen, zusammen mit ihrer Mutter. Aber sie würde die Wahrheit vor Michael verborgen halten. Dies war etwas, mit dem er nicht fertig werden würde. Es würde ihn vernichten.

Aber was sollte sie tun? Sie konnte Michael unmöglich von Angesicht zu Angesicht belügen; er würde sofort wissen, dass etwas nicht stimmte. Sie konnte nicht einmal am Telefon mit ihm sprechen, da sie allein beim Klang seiner Stimme zusammenbrechen würde. Aber wenn sie sich einfach vor ihm versteckte, würde er immer wieder hierherkommen. Er würde sie niemals gehen lassen, nicht ohne einen sehr guten Grund.

Am nächsten Morgen ging Adele ins Büro der Oberschwester. Sie hatte dunkle Ringe unter den Augen von einer schlaflosen Nacht, ihr war übel, und sie wusste, dass sie an diesem Tag unmöglich auf der Station würde arbeiten können. Aber sie hatte dennoch ihre Uniform angelegt, damit die anderen Mädchen ihr keine Fragen stellten.

»Herein«, erklang auf Adeles Klopfen hin die donnernde Stimme der Oberschwester.

Adele schob sich in den Raum und zog die Tür hinter sich zu. Die Oberschwester war eine Ehrfurcht gebietende Frau, etwa um die fünfzig, hochgewachsen und dünn und mit aristokratischem Gebaren.

»Ja, Schwester Talbot«, sagte sie.

»Ich kann hier nicht länger arbeiten«, platzte Adele heraus. »Ich muss fortgehen.«

Die Oberschwester sah sie scharf an. »Sind Sie schwanger?«, fragte sie.

»Nein, es ist nichts in der Art«, antwortete Adele. »Bitte,

stellen Sie mir keine Fragen, da ich sie nicht beantworten kann. Ich muss einfach fort von hier.«

»Hat das etwas mit dem Mann zu tun, der Sie gestern Abend besucht hat?«

Adele schloss für einen Moment niedergeschlagen die Augen. Die Oberschwester wusste immer alles, sowohl die Dinge, die im Krankenhaus geschahen, als auch die Ereignisse im Schwesternheim, aber sie hatte dennoch gehofft, dass dieser Besuch unbemerkt geblieben war.

»Ja, doch ich kann nichts Näheres darüber sagen«, meinte sie. »Es ist eine persönliche Angelegenheit.«

»Talbot, Sie haben das Zeug zu einer hervorragenden Krankenschwester, und Sie lieben Ihren Beruf, das weiß ich. Es wäre mir schrecklich, mit anzusehen, wie Sie das alles nach fast zweijähriger Ausbildung wegwerfen.«

»Ich möchte nach wie vor Krankenschwester werden«, erklärte Adele. »Ich kann nur nicht länger hierbleiben. Wäre es möglich, dass ich in ein anderes Krankenhaus versetzt werde?«

Die Oberschwester runzelte die Stirn und blickte Adele über den Rand ihrer Brillengläser hinweg an. »Das wäre unter Umständen möglich, doch ich könnte eine Versetzung nicht veranlassen, ohne den Grund dafür zu kennen. Sie sind sehr aufgewühlt, das kann ich sehen, und ich halte Sie nicht für die Art von Mädchen, die sich auf etwas Kriminelles einlassen würde. Also, vertrauen Sie sich mir an, Talbot, Ihre Geschichte wird diesen Raum nicht verlassen.«

Adele wusste, dass die Oberschwester eine anständige, ehrenwerte Frau war. Sie mochte zu den Schwestern, die ihrer Meinung nach eine Schande für ihren Berufsstand waren, sehr streng und hart sein, aber sie war gerecht und häufig überraschend freundlich. Ohne ihre Hilfe hatte sie keine Chance, ihre Ausbildung in einem anderen Krankenhaus zu beenden, das war Adele klar. Vielleicht musste sie ihr doch die Wahrheit sagen.

»Der Mann, der gestern hier war, hat mir mitgeteilt, dass er mein Vater ist«, begann sie. »Außerdem ist er der Vater von Michael, dem Flieger, mit dem ich verlobt bin.«

Noch während sie sie aussprach, konnte Adele diese Ungeheuerlichkeit im Grunde selbst nicht glauben. Die Oberschwester saß da wie vom Donner gerührt.

Adele erklärte ihr die nüchternen Tatsachen, die zu diesen Beziehungsverwicklungen geführt hatten. »Ich werde mich natürlich nicht länger mit Michael treffen«, fügte sie leise hinzu. An dieser Stelle begann sie zu weinen, und die Oberschwester kam um ihren Schreibtisch herum und tätschelte Adeles Schulter.

»Ich verstehe«, meinte sie. »Das ist eine vollkommen unerträgliche Situation. Sie befürchten sicher, Michael könne nach wie vor hierherkommen, da er nichts von dieser Angelegenheit weiß?«

Adele nickte. »Ich kann unmöglich mit ihm sprechen, weil ich ihm dann am Ende alles erzählen würde, daher wäre es für alle Beteiligten das Beste, wenn ich einfach verschwinde.«

Die Oberschwester setzte sich wieder an ihren Schreibtisch. Sie schwieg eine Weile und schien tief in Gedanken versunken zu sein.

»Es wäre sehr grausam, den jungen Mann ohne irgendeine Erklärung fallen zu lassen«, wandte sie nach einigen Minuten ein. »Und ich bin nicht der Meinung seines Vaters, dass es schlimmer für ihn wäre, wenn er die Wahrheit wüsste. Und was ist mit Ihrer Großmutter? Hatten Sie die Absicht, auch sie im Ungewissen zu lassen und einfach fortzugehen?«

»Fürs Erste, ja«, antwortete Adele und rang die Hände. »Sie ist die Erste, an die Michael sich wenden würde, wenn er herausfindet, dass ich nicht mehr hier arbeite.«

»Adele, nichts von all dem ist Ihre Schuld«, erwiderte die Oberschwester, und die Tatsache, dass sie sie mit ihrem Vornamen ansprach, deutete auf tiefes Mitgefühl hin. »Ich bin entsetzt, dass Michaels Vater Ihnen und den Menschen, die Sie lieben, solches Leid zufügen darf, während er selbst ungestraft davonkommt.«

»Aber es würde so viele Menschen verletzen, wenn die Wahrheit herauskäme«, beharrte Adele. »Michaels Mutter, seinen Bruder und seine Schwester. Und was würden die Leute über mich und meine Mutter sagen? Es ist wirklich besser, wenn niemand davon erfährt. Ich habe die ganze Nacht darüber nachgedacht. Ich habe recht, das weiß ich.«

»Aber Ihre Großmutter wird sich solche Sorgen um Sie machen. Tun Sie ihr das nicht an«, bat die Oberschwester.

»Ich könnte ihr einen Brief schreiben«, bemerkte Adele verzweifelt. »Ihr mitteilen, dass mir Bedenken gekommen seien, was Michael betrifft, und dass ich fortbleiben werde, bis er darüber hinweggekommen ist. Ich kann ihr weiter Briefe schicken, sodass sie weiß, dass es mir gut geht.«

»Wird Michael ebenfalls einen Brief bekommen?«

»Ja, natürlich. Ich werde ihm schreiben, mir sei klar geworden, dass er nicht der Richtige für mich sei.«

Die Oberschwester seufzte tief, dann schüttelte sie unglücklich den Kopf. »Mir kommt das alles falsch vor«, sagte sie. »Aber Sie können unter den gegebenen Umständen wirklich nicht in diesem Krankenhaus bleiben. Ich habe eine sehr gute Freundin, die Oberschwester im London Hospital in Whitechapel ist. Auch sie ist immer verzweifelt auf der Suche nach guten Schwestern. Ich könnte sie anrufen und fragen, ob sie Sie nehmen würde.«

»Oh, vielen Dank, Oberschwester«, rief Adele mit echter Dankbarkeit, obwohl ihr dabei die Tränen über die Wangen liefen. »Aber Sie werden ihr doch nicht von all dem erzählen, nicht wahr?«

»Natürlich nicht, wir sind so gute Freundinnen, dass sie meinem Urteil ohne Erklärungen vertraut. Gehen Sie jetzt zurück in Ihr Zimmer, ich werde später zu Ihnen kommen, sobald ich mit meiner Freundin gesprochen habe.«

»Ich muss schon heute von hier fort«, erklärte Adele und kämpfte gegen den Tränenstrom an.

Die Oberschwester nickte. »Überlassen Sie das nur mir. Ich werde Ihnen ein Frühstück auf Ihr Zimmer bringen lassen. Sie müssen essen, selbst wenn Ihnen nicht danach zumute ist.«

Um drei Uhr am selben Nachmittag verließ Adele mit ihrem Koffer das Schwesternheim und machte sich auf den Weg zum Bahnhof von Hastings. Die Oberschwester hatte mit dem London Hospital alles geregelt, und sie hatte Adele überdies versprochen, sich persönlich um Michael zu kümmern, falls er anrief oder im Schwesternheim vorbeikam; sie würde ihm erklären, dass Adele aus persönlichen Gründen gegangen sei. Den anderen Krankenschwestern würde sie dieselbe Geschichte erzählen.

Adele hatte sowohl an Michael als auch an ihre Großmutter geschrieben, und sie warf die beiden Briefe in den ersten Briefkasten, an dem sie vorbeikam. Es war so schwer gewesen, diese Briefe zu schreiben – sie durfte sich nicht anmerken lassen, wie unglücklich sie war, aber ebenso durfte sie nicht so klingen, als wären ihr die Gefühle dieser beiden Menschen gleichgültig. Der Brief an Michael war sehr kurz gewesen.

Lieber Michael,

ich habe einen Fehler gemacht. Mir ist klar geworden, dass wir nicht zueinanderpassen. Ich werde in eine andere Stadt ziehen. Du musst mich vergessen. Verzeih mir,
  Adele

Ihrer Großmutter teilte sie in etwa das Gleiche mit, erklärte jedoch noch, warum sie ihre neue Adresse nicht preisgeben könne, bevor Michael aufgehört hatte, nach ihr zu suchen. Sie hatte Honour inständig gebeten, sich keine Sorgen zu machen, und hinzugefügt, dass sie ihr weitere Briefe schicken und sie wissen lassen würde, wie es ihr ging.

Ich liebe dich, Granny, schrieb sie ihr noch. *Meine schönsten Erinnerungen stammen aus der Zeit, in der ich mit dir in der Marsch gelebt habe. Du darfst nicht glauben, die Geschichte wiederhole sich. Ich bin nicht wie Rose! Ich werde mich bald wieder bei dir melden.*

Als der Zug jetzt ratternd den Bahnhof verließ, standen Adele abermals die Tränen in den Augen, denn sie musste an das letzte Mal denken, als sie nach London gereist war. Sie war an jenem Tag so glücklich und aufgeregt und kaum in der Lage gewesen stillzusitzen. Aber diesmal würde kein Michael sie in Charing Cross abholen, es würde keine herzliche Umarmung zu ihrer Begrüßung geben, keine Worte der Liebe. Ihr Verlobungsring hing noch immer an der Kette um ihren Hals, denn es verstieß gegen die Krankenhausregeln, im Dienst einen Ring zu tragen. Eigentlich hätte sie Michael den Ring zurückschicken müssen, aber sie brauchte den kleinen Trost des warmen Metalls zwischen ihren Brüsten.

Sie war dankbar dafür, dass sie an einen so abscheulichen und überfüllten Ort wie Whitechapel ging. Ohne den nach Salz schmeckenden Wind, der vom Meer kam, ohne weites Land um sich herum, ohne Gräser, Blumen und Bäume glaubte sie, vergessen zu können.

Später sah sie ein Flugzeug am Himmel. Der Pilot übte Kunstflug. Er machte einen Looping, stieß dann steil herab und zog die Maschine dann fast ebenso steil wieder hinauf. An den schwarz-weißen Streifen unter den Flügeln erkannte sie, dass es sich um eine Spitfire handelte. Es konnte durchaus Michael sein oder ein anderer Pilot aus seiner Schwadron, und sie sprach ein kleines Gebet, dass er sie schnell vergessen und den Krieg überleben möge, falls denn einer kam.

Das einzige Gebet, das sie für sich selbst sprach, war die Bitte, eine gute Krankenschwester zu werden. Sie glaubte nicht, dass sie echtes Glück oder auch nur Sicherheit verdiente.

19

September 1939

»Kommen Sie, und sehen Sie sich an, wie diese kleinen Lämmer evakuiert werden!«, rief Zweitschwester Wilkins, die am Fenster der chirurgischen Frauenstation stand. »Einige von ihnen sind noch so winzig.«

Adele und Joan Marlin gesellten sich zu Zweitschwester Wilkins ans Fenster und beobachteten eine lange Schlange von Kindern, die durch die Whitechapel Road in Richtung Bahnhof trotteten. Jedes der Kinder trug einen kleinen Koffer oder ein Bündel bei sich und hatte eine Gasmaskenausrüstung quer über der Brust hängen. Außerdem waren sie alle mit einem großen Schild versehen, auf dem vermutlich ihr Name und ihr Alter verzeichnet waren. Etwa ein halbes Dutzend Frauen, bei denen es sich wahrscheinlich um Lehrerinnen handelte, trieb sie vor sich her.

»Die armen Kleinen, sie müssen ihre Mütter verlassen«, sagte Joan mit brüchiger Stimme. »Unsere beiden, Mickey und Janet, gehen heute ebenfalls fort. Mum war gestern in einem schrecklichen Zustand. Sie glaubt nicht, dass andere Menschen gut zu Kindern sein können, die nicht die ihren sind.«

»Bei einigen von ihnen könnte sich durchaus herausstellen, dass diese Evakuierung das Beste ist, was ihnen je widerfahren ist«, meinte Adele nachdenklich und dachte an ihre eigenen Gefühle, als sie zu ihrer Großmutter gekommen war.

»Sie werden vor Bomben sicher sein und eine neue Art zu leben kennenlernen, sie werden mehr über die Natur erfahren, über Vögel, Kühe und Schafe. Und in Notfällen können die Menschen sehr nett zu Kindern sein.«

»Ich kann mir nichts Schlimmeres vorstellen, als mich plötzlich Auge in Auge mit einer Kuh wiederzufinden«, erwiderte Joan schnüffelnd. Sie war ein lebensfrohes, rothaariges Mädchen aus Bow mit Sommersprossen auf der Nase. Als Tochter eines Hafenarbeiters und ältestes von sieben Kindern war sie zu Adeles bester Freundin in Whitechapel geworden. Ohne Joans zotigen Sinn für Humor, ihr gütiges Herz und ihren Frohsinn hätte Adele die Härten des Lebens im East End nicht ertragen.

»Ich finde es noch immer unvorstellbar, dass bald Krieg sein soll«, erklärte Zweitschwester Wilkins und blickte in den wolkenlosen Himmel. »Ich meine, die Sonne scheint, alle gehen ihrer Arbeit nach, benutzen Busse und Züge, und selbst diese Kinder meinen, in ein großes Abenteuer aufzubrechen. Ich denke immer wieder, dass das Ganze einfach ein Versehen ist, dass wir in einer Woche erleben werden, wie all diese elenden Sandsäcke fortgeschafft, die Verdunklungen abgerissen und die Streifen von den Fenstern entfernt werden. Ich kann einfach nicht glauben, dass all unsere Männer bereitstehen, um Menschen zu töten.«

Wilkins hatte einen starken Hang dazu, den Sinn des Lebens zu hinterfragen. Sie war fünfundzwanzig, mager und so reizlos wie die sprichwörtliche Kirchenmaus, aber dennoch eine hingebungsvolle Krankenschwester und ein tief gläubiger Mensch. Als Zweitschwester brauchte sie nicht im Schwesternheim zu leben, und vor einigen Monaten hatte sie

Adele zum Abendessen zu sich nach Hause eingeladen. Da die ältere Schwester so kultiviert und wohlerzogen wirkte, hatte Adele erwartet, ihr Zuhause müsse sehr hübsch sein. Es war ein Schock für sie gewesen, in ein winziges, baufälliges Reihenhaus in Bethnal Green zu kommen. Das Haus war makellos sauber, aber ohne jedweden Luxus. Es gab keine Teppiche auf dem Boden, sondern nur schäbiges Öltuch, keine Bilder, keine Zierstücke und nicht einmal einen Radioapparat. Die gesamte Einrichtung bestand aus einem Tisch und Stühlen, einem Sideboard und Betten im oberen Stock. Und das Tischgebet, das sie vor dem kargen Abendessen, bestehend aus kaltem Fleisch und Kartoffeln, sprachen, schien etwa zehn Minuten zu dauern. Schwester Wilkins' Eltern und die beiden anderen Töchter, die noch zu Hause wohnten, waren allesamt Evangelisten und machten sich unverzüglich daran, Adele für ihre Sache zu missionieren.

Adeles erster Eindruck vom East End war der absoluten Grauens gewesen. Natürlich hatte sie schon früher die Auswirkungen von Armut und Arbeitslosigkeit gesehen, denn Teile von Hastings und auch von Rye waren kaum mehr als Elendsviertel. Schlimmstenfalls hatte sie erwartet, dass das East End Ähnlichkeit mit Euston und King's Cross haben würde.

Aber neben dem East End erschien ihr King's Cross wie das Paradies. Eine Straße voller schäbiger kleiner Häuser reihte sich an die andere, und ein flüchtiger Blick durch offene Türen oder zerbrochene Fensterscheiben enthüllte, dass die Bewohner dieser Häuser kaum mehr besaßen als die Kleider, die sie am Leibe trugen. Verwahrloste Kinder mit verkniffenen, bleichen Gesichtern spielten lustlos in schmutzigen Gassen. Frauen mit ausgezehrten Gesichtern und tief in den Höhlen liegenden Augen durchsuchten, häufig mit einem Baby auf dem Arm, die Rinnsteine nach irgendetwas Essbarem, sobald die Märkte schlossen. Adele sah Betrunkene und Prostituierte, alte Soldaten, denen Arme oder Beine fehlten, Bettler und Krüppel, die schliefen, wo immer sie ein wenig Schutz vor den Elementen fanden. Und überall stank es nach einer Mischung aus menschlichen und tierischen Exkrementen, nach Verwesung, ungewaschenen Leibern und schalem Bier.

Im Krankenhaus begegneten ihr Tag für Tag die Endergebnisse des Lebens in den Elendsvierteln. Dramatisch unterernährte Kinder, Frauen, die von zu vielen Geburten entkräftet waren, schreckliche Wunden, die Menschen einander im Alkoholrausch zugefügt hatten, Läuse, Tuberkulose, Rachitis und alle möglichen anderen Leiden, die von schlechter Ernährung, beengten Wohnverhältnissen und einem Mangel an grundlegender Hygiene herrührten.

Dennoch erfuhr sie schon bald, dass die Menschen, wie elend sie auch leben mochten, keineswegs erloschen waren. Sie halfen einander, gingen mit dem Wenigen, das sie besaßen, großzügig um, ließen sich von Schicksalsschlägen nicht unterkriegen und waren alles in allem ein farbenfrohes Völkchen, auch wenn ihre Umgebung so trostlos war.

Der Schmerz über den Verlust Michaels war noch immer so scharf wie bei ihrem Fortgang aus Hastings, aber Adele fand, dass sie sich nicht in Selbstmitleid suhlen dürfe, während überall um sie herum so viel Armut und Not herrschten. Es war schwer, nicht in das Gelächter von Menschen einzustimmen, die in allen Lebenslagen voller Optimismus und

Frohsinn waren. Jeder wusste, dass London bei Kriegsbeginn das Hauptziel deutscher Bomben sein würde, dennoch gab es keine Panik, keine verzweifelte Flucht aus der Stadt.

Wenn die Gedanken an Michael über ihr zusammenzuschlagen drohten, betrachtete Adele den alten Mann, der vor dem Haupteingang des Krankenhauses stand und Zeitungen verkaufte. Sein Rücken war gekrümmt, und seine Glieder waren verzerrt vom Rheuma, und er hatte offensichtlich Schmerzen, aber dennoch begrüßte er jeden Menschen voller Freundlichkeit und stand bei jedem Wetter dort draußen, stets mit einem Lächeln auf dem Gesicht.

Adele nahm sich vor, so zu sein wie dieser Mann. Niemand hatte etwas für Miesepeter übrig, und sie wusste jetzt, dass die meisten Menschen irgendeinen geheimen Kummer hatten. Also zwang sie sich zu einem Lächeln und unterhielt sich mit den Menschen, bis es ihr schließlich zur zweiten Natur wurde. Wenn sie sich jeden Abend in den Schlaf weinte, so wusste das niemand außer ihr selbst.

Es wäre vielleicht nicht gar so schlimm gewesen, hätte sie nur gewusst, wie Michael und ihre Großmutter auf ihre Briefe reagiert hatten. Sie malte sich alle möglichen furchtbaren Dinge aus, zum Beispiel dass Michael mit Absicht sein Flugzeug nach einem Sturzflug nicht wieder hochzog oder dass ihre Großmutter am Flussufer ausrutschte und ertrank. Sie schickte Honour weiterhin jede Woche eine kleine Karte, wobei sie sich stets um einige Meilen von Whitechapel entfernte, um ihre Post aufzugeben, sodass der Poststempel ihren Aufenthaltsort nicht verriet. Doch soweit sie wusste, konnten sich diese Karten durchaus ungesehen und ungelesen hinter der Tür von Curlew Cottage stapeln.

Aber an ihrem zwanzigsten Geburtstag im Juli bekam sie einen Brief von ihrer Großmutter. Sie konnte es nicht glauben, als sie die vertraute Handschrift sah. Wie um alles in der Welt hatte eine Frau, die niemals weiter als bis nach Rye gekommen war, ihre Adresse in Erfahrung bringen können?

Ich bin mit dem Bus nach Hastings gefahren, ins Buchanan Hospital gegangen und habe von der Oberschwester verlangt, mir zu erzählen, wo du hingegangen bist. Ich hatte immer das Gefühl, dass sie irgendwie damit zu tun hatte. Diese Frau versteht sich wahrhaftig darauf, sich nicht in die Karten schauen zu lassen! Aber ich habe sie schließlich davon überzeugt, dass ich nichts über deine Beweggründe erfahren, sondern nur eine Adresse haben wollte. Ich werde diese Adresse natürlich nicht an Michael weitergeben, sollte er noch einmal hier vorbeikommen. In den ersten Wochen ist der arme Junge sehr häufig hier gewesen, und er ist unzählige Male über das Cottage geflogen und hat stets die Tragflächen abwechselnd geneigt, sodass ich wusste, dass er es war. Aber ich glaube nicht, dass er noch einmal herkommen wird. Vielleicht ist er noch nicht darüber hinweg und genauso tief verwirrt, wie ich es bin, doch er besitzt viel Würde.

Zuerst dachte ich, du wärst grausam, aber als der Frühling kam und ich mich an die wunderbaren Zeiten hier mit dir erinnert habe, ist mir klar geworden, dass du kein grausamer Mensch bist. Vielleicht wirst du eines Tages mit mir darüber sprechen. Doch ich werde dich nicht bedrängen, ich habe genug eigene Geheimnisse, die ich mit niemandem teilen möchte. Und in meinem Herzen weiß ich, dass du nicht aus Selbst-

sucht so gehandelt haben kannst, sondern gute Gründe für deine Entscheidung hattest.

Ich bin sehr erleichtert darüber, dass du deinem Beruf treu geblieben bist, denn du bist dafür geboren. Schreibe mir bitte, und lass mich wissen, dass meine tapfere, liebevolle Enkelin sich ein neues Leben aufbaut, auch wenn sie nicht glücklich ist.

Was mich betrifft, geht es mir für ein altes Weib von sechzig Jahren recht gut. Ich habe jetzt einen Hund, ein hässliches Vieh, das ich Towzer nenne. Irgendjemand hat ihn ausgesetzt, aber er wusste genau, an welche Tür er kommen musste, um zum Gotterbarmen zu winseln. Er ist ein braver Kerl und versucht nicht, die Hühner oder die Kaninchen zu jagen, und auf diese Weise habe ich ein wenig Gesellschaft. Ich habe ihm sogar einige Kunststückchen beigebracht, doch die wirst du selbst sehen, wenn du wieder nach Hause kommst.

Wir können uns nicht länger etwas vormachen; der Krieg wird sich nicht mehr abwenden lassen. Ich werde dich nicht darum bitten, dich in ein Krankenhaus an einem sichereren Ort versetzen zu lassen, denn eine Krankenschwester muss dort bleiben, wo sie am dringendsten benötigt wird. Aber geh keine unnötigen Risiken ein, mein Mädchen, und schreib mir weiter. Dies wird immer dein Zuhause und deine sichere Zuflucht sein.

In Liebe,
Granny

Adele staunte über den fröhlichen, kritiklosen Brief, und sie begann zu weinen, denn sie vermisste ihre Großmutter so sehr und konnte den Gedanken an den Kummer, den sie ihr zugefügt hatte, nicht ertragen. Wichtiger jedoch war, dass der Brief ihr neue Kraft verlieh. Wenn eine sechzigjährige Frau, die keine Menschenseele hatte, an die sie sich in solchem Schmerz wenden konnte, nicht nur in der Lage war zu überleben, sondern auch weiterhin unerschütterliche Liebe zu empfinden, dann sollte ein junges und gesundes Mädchen diese Dinge ebenfalls hinter sich lassen können.

»Sie haben soeben ein weißes Kreuz auf das verflixte Dach gemalt«, informierte Joan Adele, während sie zwei leere Betten abzogen und für neue Patienten richteten. »Erzähl das bloß nicht der Zweitschwester, sonst denkt sie am Ende noch, dieses Haus würde in eine Kirche verwandelt, und dann lässt sie uns unaufhörlich beten.«

Adele lachte. Joan machte ständig scherzhafte Bemerkungen über Schwester Wilkins' religiösen Eifer. »Hoffen wir bloß, dass die deutschen Piloten unser Dach nicht für eine Rollbahn halten und versuchen, darauf zu landen!«, gab Adele zurück. Doch sie hatte kaum ausgesprochen, als ein Bild von Michael vor ihren Augen aufblitzte. Als er im vergangenen Jahr am ersten Weihnachtstag in das Schwesternheim in Hastings gekommen war, hatte er eine mit Schafsfell gefütterte lederne Fliegerjacke getragen. Er hatte erzählt, all seine Kameraden trügen solche Jacken, nicht nur um sich warm zu halten, sondern weil sie glaubten, sie wäre ein besserer Schutz, falls sie vom Feind abgeschossen würden. Damals hatten diese Worte keine allzu große Bedeutung für sie gehabt, aber das war jetzt anders. Sobald der Krieg begann, würde Michael oben am Himmel sein und versuchen, deutsche Flugzeuge abzuschießen, doch es war durchaus möglich, dass die Deutschen ihn zuerst erwischten.

Mit einem Mal war ihr übel, und sie musste zur Toilette laufen. Sie schaffte es gerade noch rechtzeitig, bevor sie sich übergeben musste.

»Was ist los?«, fragte Joan hinter ihr. »Vor einer Minute warst du noch so munter wie ein Fisch im Wasser. Soll ich die Schwester rufen?«

»Nein, das ist nicht nötig«, antwortete Adele schwach. »Mir geht es bestimmt gleich wieder besser. Geh du einfach auf die Station zurück, und gib mir Deckung.«

Sie riss sich zusammen und machte sich wieder an die Arbeit. Ab und zu spürte sie, dass Joan sie scharf musterte, aber bei vierundzwanzig Patienten auf der Station bot sich keine weitere Gelegenheit zu einem Gespräch.

Als sie jedoch um sechs Uhr von der Nachtschicht abgelöst wurden und Adele und Joan ins Schwesternheim zurückkehrten, ließ Joan nicht mehr locker. »Was war heute mit dir los?«, fragte sie.

»Nichts«, erwiderte Adele. »Wahrscheinlich habe ich etwas gegessen, das mir nicht bekommen ist.«

»Wenn ich dich nicht besser kennen würde, würde ich denken, du bist in anderen Umständen«, meinte Joan.

»Rede nicht solchen Unsinn«, versetzte Adele.

»Ich weiß, dass irgendetwas mit dir nicht stimmt«, beharrte Joan. »Du bist oft so still und in dich gekehrt. Es ist ein Mann, nicht wahr?«

Adele zuckte nichts sagend mit den Schultern.

»Ich bin nicht dumm«, fuhr Joan fort. »Du hast dich von

der Küste hierherversetzen lassen. Das tut niemand, wenn er nicht einen verdammt guten Grund dafür hat.«

Adele kannte das andere Mädchen inzwischen gut genug, um zu wissen, dass es nicht so leicht lockerlassen würde.

»Also schön, es war ein Mann, und als wir über Flugzeuge gesprochen haben, ist mir plötzlich übel geworden, weil er Kampfpilot ist. Aber stell mir bitte keine Fragen mehr, ich bin hierhergekommen, um ihn zu vergessen.«

»Geht klar«, meinte Joan. »Aber wenn du jemals darüber reden willst, wirst du bei mir offene Türen einrennen.«

Als die Tagesschwestern zum Abendessen in den Speisesaal kamen, wurden sie von einem der Angestellten mit der Nachricht empfangen, dass Deutschland früher am Tag in Polen einmarschiert sei. Es war in den Sechs-Uhr-Nachrichten gebracht worden, und der Radioapparat lief noch immer. Verschiedene Leute erörterten die Frage, was diese Entwicklung für England bedeutete.

Das Abkommen zum gegenseitigen Schutz zwischen England und Polen war sechs Monate zuvor, im März, in Kraft getreten, nachdem Deutschland in der Tschechoslowakei einmarschiert war, und einen Monat später hatte die Regierung alle jungen Männer zwischen zwanzig und zweiundzwanzig zum Militär einberufen. Neville Chamberlain würde jetzt versuchen, Hitler dazu zu bewegen, seine Truppen aus Polen zurückzuziehen, aber wenn dieser Versuch scheiterte, war England dazu verpflichtet, Deutschland den Krieg zu erklären.

An diesem Abend lag Adele im Bett und lauschte, während die anderen Schwestern einander im Flur eine gute Nacht wünschten. Sie hatte eins der wenigen Einzelzimmer bekommen. Es war winzig und bot nur für ein schmales Bett, eine Kommode und einen Schreibtisch Platz, der gleichzeitig als Ankleidetisch fungierte, aber Adele war trotzdem dankbar für die Ungestörtheit, die sie dadurch gewann.

In Hastings hatte ihr das lärmende Getriebe im Schwesternheim immer gefallen. Hier jedoch fiel es ihr schwer, es zu ertragen. Sie sehnte sich nach Einsamkeit und absoluter Stille. Die Bedeutungslosigkeit der kleinen Streitereien zwischen den anderen Schwestern nervte sie. Manchmal störte es sie sogar, wenn jemand versuchte, sich mit ihr anzufreunden. Joan war die Einzige, mit der sie gern zusammen war.

Heute Abend jedoch machte ihr der Lärm nichts aus. Im Gegenteil, die Stimmen der anderen Schwestern beruhigten sie, geradeso wie es sie früher beruhigt hatte, ihre Großmutter zu hören, wenn sie abends den Ofen geschürt oder ihren Sessel verrückt hatte.

Vielleicht befand sie sich ja auf dem Weg der Genesung?

Um sich auf die Probe zu stellen, legte sie eine Hand an die Stelle, an der ihr Verlobungsring zwischen ihren Brüsten ruhte, und sie zwang sich dazu, an Michaels Gesicht an jenem Tag zu denken, an dem er ihr den Ring geschenkt hatte. Sie konnte ihn so deutlich vor sich sehen: Sein dunkles Haar glänzte in der Sonne, und die Haut um seine Augen runzelte sich ein wenig, wie sie es immer tat, wenn er lächelte, und sein Blick war so eindringlich und forschend gewesen.

Diesmal traten ihr keine Tränen in die Augen. Vielleicht hatte sie sie inzwischen alle vergossen. Die Traurigkeit und die Sehnsucht nach dem, was sie früher einmal gehabt hatte, waren noch immer da – ebenso wie die Stiche der Scham, die sie durchzuckten, wenn sie daran dachte, dass sie mit ihrem eigenen Bruder geschlafen hatte. Trotzdem betrachtete sie die Ereignisse inzwischen ein wenig vernünftiger; immerhin hatten sie damals nichts von ihrer Verwandtschaft gewusst, und sie hatte recht daran getan fortzugehen, sobald sie davon erfahren hatte.

Plötzlich wusste sie, dass es Zeit war, nach Hause zurückzukehren und ihre Großmutter wiederzusehen. Ihr standen noch drei Urlaubstage zu, und morgen würde sie die Oberschwester fragen, wann sie sie nehmen durfte.

»Lauf, Towzer«, sagte Honour, als sie den Radioapparat ausschaltete. Es war Sonntag, der dritte September, und sie hatte soeben die Ansprache des Premierministers gehört. Deutschland hatte die Forderung, seine Truppen aus Polen zurückzuziehen, ignoriert, was bedeutete, dass sie jetzt Krieg hatten.

Honour hatte nicht damit gerechnet, dass Deutschland klein beigeben würde, nicht mit diesem Wahnsinnigen, Adolf Hitler, am Ruder. Aber sie hatte auf ein Wunder gehofft und dafür gebetet.

Als sie früh am Morgen erwacht war, hatte sie einen klaren blauen Himmel gesehen und einen leichten Nebel, der tief über dem Fluss hing. Noch bevor sie sich angekleidet hatte, war sie hinausgegangen und hatte Misty, Adeles Kaninchen, aus seinem Stall geholt und sich mit dem kleinen Tier auf die Bank gesetzt, um es wie jeden Morgen zu streicheln.

Eine Gruppe von Schwänen schwamm auf dem Fluss, Wildgänse flogen über sie hinweg, und die Zweige des Holunders bogen sich unter der Last reifer Beeren. Wo sie auch hinschaute, sah sie Schönheit, angefangen von den langen Gräsern, die sich hinter ihrem Zaun im Wind wiegten, bis hin zu den leuchtend purpur und malvenfarbenen Astern unter der rosa Kletterrose, die seit Juni unablässig blühte. Honour dachte, es sei die Art von Tag, an dem Wunder geschehen konnten, aber als die Nachrichtensendung begann, machte sich Niedergeschlagenheit in ihr breit. Sie hätte wissen müssen, dass Wunder lediglich ein Mythos waren.

Honour konnte sich deutlich an den Tag erinnern, an dem der letzte Krieg begonnen hatte. Es war der vierte August gewesen, sie war fünfunddreißig gewesen und Rose dreizehn; sie hatten im Garten gesessen und Erbsen für das Abendessen geschält, als ein Junge auf einem Fahrrad den Feldweg hinuntergesaust gekommen war und ihnen die Neuigkeiten zugerufen hatte. Frank war sofort auf sein Fahrrad gestiegen und nach Rye gefahren. »Überall herrscht große Aufregung«, hatte er bei seiner Rückkehr erzählt, »alle jungen Männer wollen auf der Stelle der Armee beitreten.«

Auch Frank war aufgeregt gewesen. Honour erinnerte sich daran, dass sie zuerst Ärger verspürt hatte, weil er sich aufführte wie ein Schuljunge. Später hatte eine leichte Übelkeit diesen Ärger verdrängt. Vielleicht war es eine Vorahnung gewesen, dass sich eine Katastrophe anbahnte.

Dasselbe Gefühl hatte sie heute wieder, daher würde sie mit Towzer zum Hafen von Rye gehen und auf dem Weg schwarze Johannisbeeren sammeln.

»Komm, Towzer«, rief sie und lächelte, als er auf sie zugesprungen kam. Nach seinem schwarz-weißen, krausen Fell zu schließen, musste ein Collie zu seinen Vorfahren gehört haben, aber Honour hatte keinen blassen Schimmer, welche anderen Rassen sich noch in dem Hund vereint hatten, denn sein Kopf war groß, er hatte nur einen Stummel als Schwanz, und seine Beine waren sehr lang. Als sie ihn vor vier Monaten vor ihrer Tür gefunden hatte, war er erschreckend mager gewesen, und sein von Flöhen durchsetztes Fell war ihm in ganzen Büscheln ausgegangen. In gewisser Hinsicht hatte er starke Ähnlichkeit mit Adele, als diese vor langen Jahren auf ihrer Schwelle erschienen war. Honour musste ihn dazu drängen zu fressen, sie musste ihn mit Medikamenten aufpäppeln, und für eine Weile sah es so aus, als würde er nicht überleben.

Aber er schaffte es, und geradeso wie Adeles Ankunft seinerzeit Honours Leben verändert hatte, widerfuhr ihr mit Towzer etwas Ähnliches.

Nach Adeles Verschwinden war Honour außer sich vor Kummer gewesen. Dem kurzen erklärenden Brief hatte sie nicht glauben können. Sie hatte nicht verstehen können, warum Adele nicht zuerst nach Hause gekommen war und ihr ihre wahren Beweggründe anvertraut hatte. Mit jedem von Michaels Besuchen in Curlew Cottage waren Honours Verwirrung und Unglück im Angesicht seines Schmerzes noch gewachsen. Manchmal war er voller Zorn gewesen, manchmal hatte er einfach geweint wie ein Kind, und sie hatte große Angst gehabt, er könnte sich das Leben nehmen, denn dieser ganz besondere Funke, der ihn stets so attraktiv gemacht hatte, war erloschen.

Dann hörten seine Besuche plötzlich auf. Das war nur gut, sagte sich Honour, weil es bedeutete, dass er die Situation endlich akzeptierte, dennoch hieß es gleichzeitig, dass sie nun niemanden mehr hatte, mit dem sie ihren Kummer und ihre Sorge teilen konnte. Nach und nach ließ sie die Dinge schleifen. Sie aß kaum noch, sie räumte nicht mehr auf und kümmerte sich auch nicht um den Garten. Manchmal fütterte sie lediglich die Hühner und die Kaninchen und kroch dann wieder in ihr Bett. Eine leise Stimme sagte ihr, dass sie langsam, aber sicher in den Wahnsinn hinüberglitt, aber warum sollte sie das kümmern, wo es doch niemand anderen kümmerte?

Dann hörte sie eines Nachmittags, als es draußen wie aus Kübeln goss, ein Kratzen an der Tür, und ihre Neugier gewann die Oberhand. Sie öffnete die Tür, und dort saß ein Hund, ein jämmerliches, räudiges Geschöpf, das sie mit flehentlichen Blicken ansah.

Vielleicht war sie tatsächlich bereits ein wenig verrückt, denn sie hatte das Gefühl, der Hund sei aus einem ganz besonderen Grund zu ihr gekommen. Sie bot ihm die Reste eines Kanincheneintopfs an, und als sie feststellte, dass er offensichtlich nicht fressen konnte, fütterte sie ihn von Hand, ein winziges Bröckchen nach dem anderen, bevor sie ihm ein Lager im Schuppen bereitete, denn er war so verseucht von Ungeziefer, dass sie ihn unmöglich im Haus einquartieren konnte.

Am nächsten Morgen war er immer noch dort. Bei ihrem Anblick versuchte er, mit seinem Stummelschwanz zu wedeln. Er fraß noch ein wenig Kaninchenfleisch, dann ließ er sich wieder auf sein Lager sinken, als wäre er vollkommen erschöpft, und Honours Herz flog ihm entgegen.

Es dauerte lange, ihn gesund zu pflegen. Wenn sie ihm etwas zu fressen brachte, sah er sie manchmal nur mit seinen großen, traurigen Augen an, als fragte er sich, warum sie sich überhaupt diese Mühe machte, da er ohnehin sterben wollte. Aber mit jedem Tag konnte sie ihn dazu bewegen, ein wenig mehr zu fressen, und sie entwurmte ihn, behandelte seine Flöhe, badete und bürstete ihn.

Erst als sie ihn in das Cottage brachte, begann er endlich, voller Begeisterung zu fressen. Honour dachte jetzt, dass sie einander geheilt hatten: Sie fütterte ihn, er schenkte ihr dafür seine Liebe. Sie brauchten einander.

Wenn sie gewusst hätte, dass ein Hund ein so guter Gefährte sein konnte, hätte sie sich schon vor Jahren einen angeschafft. Wenn sie am Morgen von einer kalten Nase geweckt wurde, die sich auf ihr Gesicht drückte, musste sie unweigerlich lächeln. Es tat gut, ihn beim Holzsammeln an ihrer Seite zu haben. Und wenn sie abends Radio hörte, lag er, die Schnauze auf ihre Füße gebettet, auf dem Boden und seufzte zufrieden. Hätte Towzer ihr nicht neuen Mut geschenkt, hätte sie vielleicht nie die Kraft gefunden, nach Hastings zu fahren und sich bei der Oberschwester zu erkundigen, wohin Adele gegangen war.

Obwohl es ein so wunderschöner Tag war, war niemand in der Marsch unterwegs. Honour vermutete, dass fast alle Menschen in England die Nachrichten im Radio gehört hatten und den Rest des Tages damit verbringen würden, mit Nachbarn, Freunden und Verwandten darüber zu diskutieren. Tief in Gedanken an Adele versunken, trottete sie über den Kiesstrand zum Meer hinunter und warf Towzer Stöckchen.

Jetzt, da der Krieg ausgebrochen war, würde Adele sich mitten im Herzen der Luftangriffe befinden, denn vermutlich würde Deutschland die Hafenanlagen Londons ins Visier nehmen. Der Gedanke, dass ihrer Enkelin Gefahr drohte, weckte in ihr genau die gleiche böse Vorahnung, die sie empfunden hatte, als Frank in den Krieg gezogen war. Sie konnte sich daran erinnern, am Strand gestanden und nach Frankreich hinübergeblickt zu haben, während sie inbrünstig gebetet hatte, der Krieg möge enden und Frank nach Hause zurückkehren. Jetzt konnte sie nicht einmal mehr zum Strand gelangen, weil überall Stacheldraht gespannt war, der einer Invasion Einhalt gebieten sollte.

Michael würde im Zentrum der Kämpfe stehen, und Honour fragte sich, wie es ihm jetzt gehen mochte und ob er über Adeles Verlust hinweggekommen war. Irgendwie bezweifelte sie es. Vielleicht feierte und zechte er mit den anderen jungen Fliegern, um den äußeren Schein zu wahren, aber er war ein sensibler, aufrichtiger junger Mann, und die Qualen, die er nach Adeles Verschwinden erlitten hatte, mussten tiefe Narben in ihm zurückgelassen haben.

»Aber warum glaubt sie plötzlich, ich sei der Falsche für sie?«, hatte er bei Honour geweint. »Es ergibt keinen Sinn.«

Für Honour ergab das Geschehene durchaus einen Sinn, als Michael schließlich herausgerutscht war, dass sie vor Adeles Verschwinden zusammen ein Wochenende in London verbracht hatten. Honour war sich so sicher gewesen, dass Adele jenen abscheulichen Zwischenfall in The Firs hinter sich gelassen hatte, denn sie schien überglücklich mit Michael zu sein. Aber vielleicht hatte ein intimer Augenblick all ihre Albträume wieder an die Oberfläche gespült, und später hatte Adele sich außerstande gefühlt, ihre Verlobung fortzuführen, da die körperliche Liebe so furchtbare Erinnerungen in ihr wachrief.

Honour hatte ihre Überlegungen Michael gegenüber angedeutet, und bei seiner Antwort waren auch ihr die Tränen gekommen.

»Daran habe ich ebenfalls schon gedacht«, hatte er erwidert. »Ich konnte nicht glauben, dass das der Grund war, da sie an diesem Wochenende genauso glücklich zu sein schien, wie ich es war, aber es ist das Einzige, was überhaupt einen Sinn ergibt. Ich hätte sie jedoch trotzdem weiter geliebt, selbst wenn sie nie wieder mit mir geschlafen hätte.«

Michaels Einschätzung war gewiss unrealistisch, doch er war selbst fest davon überzeugt, das wusste Honour. Er liebte Adele wirklich und wäre für sie über heiße Kohlen gegangen. Honour bezweifelte, dass er jemals wieder so für eine andere Frau empfinden würde.

Es war gegen drei Uhr nachmittags, als Honour sich auf den Rückweg zum Cottage machte. Sie war mit voller Absicht bis zur Erschöpfung gelaufen, denn ihr ging so viel im Kopf herum, dass sie nach ihrer Heimkehr nur noch schlafen wollte.

Towzer schien ihren Kummer zu spüren, denn er hatte nicht, wie es sonst seine Gewohnheit war, Jagd auf allerlei Vögel gemacht, sondern war dicht an ihrer Seite geblieben und hatte nur ab und zu mit klagenden Augen zu ihr aufgeblickt.

Sein Bellen war es, das ihre Aufmerksamkeit auf einen Spaziergänger lenkte, der auf sie zukam. Die Person war noch zu weit entfernt, als dass Honour sie hätte erkennen können, aber wer immer es war, er winkte ihr offensichtlich zu.

Sie blieb wie angewurzelt stehen und beschattete die Augen mit der Hand, um besser sehen zu können. Die Person rannte jetzt auf sie zu, und plötzlich wurde ihr klar, dass es Adele sein musste.

Ihr Herz begann vor Freude zu hämmern. Sie versuchte zu laufen, konnte jedoch nur humpeln.

»Granny!«, übertönte Adeles Stimme das Knirschen des Kieses unter ihren Füßen, und kein Geräusch war Honour jemals süßer erschienen.

Sie blieb reglos stehen und beobachtete Adele, während diese die letzten zwei- oder dreihundert Meter zurücklegte. Sie bewegte sich wie ein junges Reh und sprang über jedwede Hindernisse hinweg, und das Haar flatterte im Wind hinter ihr her.

Honour breitete unwillkürlich die Arme aus, während ihr Tränen des Glücks übers Gesicht rannen. Sie hatte also doch recht gehabt; dies war ein Tag für ein Wunder!

20

1940

»Gut gemacht, Schwester Talbot«, lobte die Oberschwester, als sie Adele ihre Urkunde, ihr Abzeichen und den dunkelblauen Gürtel überreichte, das Zeichen dafür, dass sie jetzt Staatlich Geprüfte Krankenschwester war. »Und setzen Sie sich bitte keine Flausen in den Kopf und kommen mir auf die Idee zu heiraten. England braucht seine Krankenschwestern mehr denn je.«

Adele lächelte. Andere Krankenschwestern mochten sich wegen des Krieges Hals über Kopf verlieben, aber nicht sie. Sie mochte gelernt haben, ohne Michael zu leben, doch kein anderer Mann hatte ihn jemals auch nur ansatzweise aus ihrem Herzen verdrängen können.

Die Oberschwester ging jetzt zu Joan Marlin weiter, um auch ihr ein Abzeichen und einen Gürtel zu geben. Joan bekam eine ähnliche Warnung mit auf den Weg, was die Ehe betraf. Später würden sie und die übrigen sieben Krankenschwestern, die ihr Abschlussexamen bestanden hatten, ihre neuen blau-weiß gestreiften Uniformen erhalten und die steif gestärkte Haube. Außerdem würden sie eine Gehaltserhöhung bekommen und in den zweiten Stock des Schwesternheims in etwas größere Räume übersiedeln.

Adele grinste Joan zu. Heute Abend würden sie feiern gehen, sie würden einige Drinks zu sich nehmen und dann weiterziehen, um irgendwo zu tanzen. Es war ein langer, mühsamer Weg gewesen, aber sie hatten es geschafft. Adele wusste jetzt, wie Michael sich gefühlt hatte, als ihm seine ersten Fliegerstreifen angeheftet worden waren.

Man schrieb den zwölften Mai, und in zwei Monaten würde Adele einundzwanzig werden. Bisher hatte der Krieg keine allzu großen Konsequenzen für das Leben der Zivilisten gehabt. Sie nannten es den Scheinkrieg. Im Januar waren Zucker, Butter und Schinken rationiert worden, einige Waren wurden in den Läden rar, und an den Stränden hatte man über Meilen hinweg Stacheldraht gespannt und Minen gelegt, weil die Furcht vor einer Invasion nach wie vor groß war. Am meisten brachte die Menschen jedoch die Unbequemlichkeit der Verdunklung in Rage. Alle ärgerten sich darüber, dass sie sich nach Einbruch der Dunkelheit nur noch mit Mühe draußen zurechtfanden, und die Luftschutzwarte, die in den Straßen patrouillierten und nach den winzigsten Lichtstrahlen Ausschau hielten, die irgendwo noch durch die Vorhänge drangen, stießen auf allgemeines Missfallen. Absurderweise hatten die Hälfte der Menschen, die abends in die Notaufnahme gebracht wurden, in der Dunkelheit einen Sturz erlitten oder sich an Laternenpfosten Beulen zugezogen. Die Londoner Krankenhäuser hatten erheblich weniger zu tun, da sie sich nur um Notfälle kümmerten – wer immer operiert werden musste, wurde in ein Krankenhaus außerhalb der Stadt geschickt.

Die Männer und Frauen in Uniform, die überall zu sehen waren, erinnerten ebenso deutlich an den Ernst des Krieges wie die Verlustlisten in den Zeitungen, aber für die meisten Zivilisten waren diese Dinge eine Gefahr weit weg, die ihr eigenes Leben noch nicht bedrohte.

Dänemark und Norwegen waren im April besetzt worden, und vor zwei Tagen war das deutsche Heer nach Holland, Belgien und Luxemburg vorgedrungen. Am selben Tag wurde Winston Churchill Chef der Koalitionsregierung und trat damit an die Stelle von Neville Chamberlain, der einige Tage zuvor zurückgetreten war.

Doch so friedlich es daheim im Augenblick noch sein mochte, Churchills bewegende Ansprachen im Radio ließen keinen Zweifel daran, dass jeder Bürger der britischen Inseln in Kürze dazu aufgerufen sein würde, dem realen Krieg ins Auge zu sehen, einem Krieg, der in der Luft, auf dem Meer und zu Land geführt werden würde. Es lag eine Art Vibrieren in der Luft, das Furcht und Erregung verriet. Die meisten Menschen vertraten die Meinung, dass der Krieg, je eher er käme, umso schneller beendet sein werde.

»Meine Güte! Wenn das nicht allererste Sahne ist«, sagte Joan strahlend, als sie und Adele nach Dienstschluss ihr neues Zimmer im zweiten Stock bezogen. Adele hatte ihr Einzelzimmer schon vor langer Zeit gegen ein Doppelzimmer eingetauscht, das sie sich mit Joan teilte, aber es war doch sehr eng gewesen. Dieses neue Zimmer lag im hinteren Teil des Schwesternheims, und obwohl man von dort aus nur trostlose Dächer und einige verkrüppelte Bäume sehen konnte, war es erheblich ruhiger. Außerdem war es viel größer, sie hatten hier ein eigenes Waschbecken und sogar Platz für zwei Sessel.

»Die Betten sind genauso hart wie unten«, meinte Adele, während sie ihre Matratze erprobte, indem sie darauf auf- und abhüpfte. »Aber es ist wunderbar, endlich etwas mehr

Platz zu haben. Und du musst ordentlicher werden. Ich bin es leid, deine Sachen aufzusammeln.«

Kurz nach Adeles erstem Ausflug nach Hause zu Honour waren die beiden Freundinnen in ein gemeinsames Zimmer gezogen. Die Rückkehr nach Hause hatte etwas Erlösendes gehabt. Obwohl alles dort sie an Michael erinnert hatte, hatten ihr die alltäglichen Verrichtungen – das Sammeln von Holz, das Füttern der Hühner und der Kaninchen, das Kochen und Putzen – dabei geholfen, sich zusammenzureißen. Sie hatte gesehen, dass sie stark war, sowohl körperlich als auch seelisch, sie hatte Charakter und Entschlossenheit entwickelt, und heute ging sie fest davon aus, dass es gerade die Härte ihrer Kindheit und Jugend war, die sie zu einer so guten Krankenschwester machten. Damals hatte sie sich vorgenommen, nicht länger Trübsal zu blasen, neue Freundschaften zu schließen und neue Orte zu besuchen. Der Verzicht auf ihr Einzelzimmer war der erste Schritt gewesen, nachdem sie nach Whitechapel zurückgekehrt war, und mit der heiteren, umtriebigen Joan als Zimmergenossin hatte sie schon bald entdeckt, dass ihr nicht mehr viel Zeit blieb, um über die Vergangenheit nachzugrübeln.

»Du hältst dich anscheinend für vollkommen«, gab Joan zurück. »Was ist mit all den Nächten, in denen du mich mit deinen verflixten Albträumen geweckt hast?«

Adele errötete. Tagsüber ging es ihr gut, aber sie konnte nichts daran ändern, dass Michael in ihren Schlaf eindrang. Es war immer derselbe schreckliche Albtraum, und er war so lebendig, dass sie ihn nicht vergessen konnte.

In ihrem Traum wanderte sie in der Marsch umher, und irgendwann blickte sie auf und entdeckte ein Flugzeug am

Himmel. Sie wusste, dass es Michael war, da er das Flugzeug ein paarmal rasch um dessen Längsachse hin und her drehte, sodass die Tragflächen sich abwechselnd neigten, wie ihre Großmutter es ihr beschrieben hatte. Michael drehte Kreis um Kreis über ihr, beinahe wie in einer Zirkusnummer, und sie begann daraufhin, zu lachen und ihm zuzuwinken. Dann hörte sie plötzlich einen lauten Knall, und sein Flugzeug geriet ins Trudeln. Flammen züngelten daraus empor, und sie konnte Michael um Hilfe schreien hören.

Seit sie aus Hastings davongelaufen war, hatte sie viele Albträume gehabt, aber dieser spezielle Traum hatte einige Tage nach dem Ausbruch des Krieges begonnen. Wahrscheinlich, so vermutete sie, war der Auslöser ein Zeitungsartikel, der von einem jungen Piloten in der Ausbildung berichtete. Der junge Mann war in Biggin Hill ums Leben gekommen, als er zum ersten Mal mit einer Spitfire geflogen war. Seither hatte Adele vom Tod vieler weiterer Piloten gehört, sowohl durch feindliches Feuer über Frankreich als auch durch Unfälle während der Ausbildung. Jeden Morgen hatte sie verzweifelt und mit einem dicken Kloß in der Kehle die Zeitungsannoncen durchgesehen, sich dann aber eines Tages dazu gezwungen, damit aufzuhören, denn sie wusste sehr gut, dass eine solche Besessenheit nicht gesund war.

»Wahrscheinlich leide ich nur deshalb unter Albträumen, weil ich mir ein Zimmer mit dir teile«, antwortete sie schlagfertig.

Joan lachte, und das nicht zum ersten Mal. Adele schätzte sich glücklich, sie zur Freundin zu haben. Joan war wie der Sonnenschein und erhellte selbst den trostlosesten Tag. Ihr hübsches sommersprossiges Gesicht, ihr ungebärdiges rotes

Haar und die tanzenden grünen Augen, gepaart mit ihrer Fähigkeit, über sich selbst zu lachen, machten sie bei Kolleginnen wie Patienten sehr beliebt. Aber noch mehr schätzte Adele an ihrer Freundin deren verlässliche, unkomplizierte Persönlichkeit. Sobald Joan entschieden hatte, dass jemand ihr Freund war, akzeptierte sie ihn ohne Einschränkung, mit Warzen und allem Drum und Dran. Wieder und wieder war sie nach solchen Albträumen zu Adele ins Bett gekommen und hatte sie einfach festgehalten – sie stellte keine neugierigen Fragen, versuchte sich nicht an Analysen und hielt keine Predigten.

Adele wusste sehr genau, dass Joan keiner anderen Menschenseele davon erzählen würde, wenn sie mit ihr über Michael sprechen würde, aber sie hatte nichts gesagt; dies war das einzige Geheimnis, das sie mit ins Grab nehmen würde.

»Also, was sollen wir heute Abend anziehen?«, fragte Joan, die, wie es ihre Gewohnheit war, schnurstracks auf das zusteuerte, was sie im Leben für wirklich wichtig hielt. »Meinst du, ich komme damit durch, wenn ich wieder das smaragdgrüne Kittelkleid anziehe? Oder werden die anderen dann glauben, ich hätte nur das eine?«

»Hm, ich werde zum hundertsten Mal mein gestreiftes anziehen, da es das einzige halbwegs anständige Kleid ist, das ich habe«, gab Adele zurück. »Also kannst du geradeso gut dein smaragdgrünes anziehen.«

Sie hatten kein Geld für neue Kleider. Joan schickte einen Teil ihres Lohns an ihre Mutter, und Adele schickte Geld an ihre Großmutter.

»Wir sollten heute Abend versuchen, uns zwei verlässliche Kerle anzulachen«, bemerkte Joan. »Wenn wir sie dazu bringen könnten, uns jede Woche ins Kino einzuladen, sodass wir unsere Eintrittskarten nicht selbst kaufen müssen, können wir vielleicht genug sparen, um uns ein Sommerkleid vom Markt zu leisten.«

Adele legte sich auf ihr neues Bett und lachte.

»Was ist daran so komisch?«, fragte Joan.

»Du, Joan«, antwortete Adele unter lautem Gelächter. Sie wusste sehr gut, dass Joan die Absicht hatte, ihr einen festen Freund zu verschaffen; während der letzten Monate hatte sie fantasievoll versucht, Adele auf direktem oder indirektem Weg für verschiedene junge Männer zu interessieren. Aber diesmal hatte sie sich selbst übertroffen. »Meinst du wirklich, ich wäre kaltblütig genug, um einen Mann dazu zu bringen, mich jede Woche ins Kino einzuladen, nur um ein paar Pfund zusammenzusparen?«

»Nein, das wärst du verdammt noch mal nicht. Leider«, erwiderte Joan gereizt. »Du würdest wahrscheinlich ihn einladen und ihm anschließend Fish and Chips spendieren, weil du denken würdest, dass ein Mann, der mit dir ausgehen möchte, nicht ganz richtig im Kopf sein kann.«

»Meinst du wirklich, dass ich so bin?«, fragte Adele ungläubig.

»Ich meine es nicht nur, ich weiß es«, sagte Joan. »Ich beobachte dich schließlich. Wenn ein Kerl dich anspricht, flirtest du nicht mit ihm, sondern stellst ihm Fragen und lässt ihn von seinen Sorgen erzählen. Wenn er dir erklären würde, er hätte ein Furunkel auf dem Hintern, würdest du ihm wahrscheinlich anbieten, es für ihn aufzustechen. So kriegt man nie einen Mann, Adele. Du bist einfach zu nett.«

Adele wusste nicht, was sie darauf antworten sollte. Es entsprach der Wahrheit, dass sie nicht flirtete, denn zum einen wusste sie nicht, wie das ging, und zum anderen schien es ihr ohnehin eine nutzlose Übung zu sein, wenn man sich nicht wirklich für jemanden interessierte. Warum sollte sie sich da verstellen?

»Stört es dich, wenn ich keinen Partner habe, wenn wir ausgehen?«, erkundigte sie sich.

»Natürlich nicht«, erklärte Joan mit Nachdruck. »Ich bin stolz darauf, dass du meine Freundin bist, du hast Klasse, und davon habe ich selbst wahrhaftig nicht besonders viel. Ich mache mir bloß Sorgen um dich, das ist alles. Du könntest einen Mann an jedem Finger haben, wenn du wolltest, doch ich schätze, du bist immer noch nicht über diesen Flieger hinweg?«

»Mag sein«, erwiderte Adele, außerstande, sich auf ein Ja oder ein Nein festzulegen. »Vielleicht warte ich auch irgendwie nur auf den Richtigen.«

Joan schnitt eine Grimasse. »Hm, können wir für den Augenblick nicht ein wenig mit den falschen Männern herumspielen?«

Adele stand vom Bett auf und ging zu dem Häufchen Kleider hinüber, das sie auf den Stuhl geworfen hatten. »Für den Falschen ist das gestreifte Kleid vollkommen ausreichend«, meinte sie mit einem Grinsen. »Und du siehst so zauberhaft in deinem smaragdgrünen aus, dass niemand Augen für ein anderes Mädchen haben wird.«

Wie aus weiter Ferne hörte Michael Stan Brenner sagen, es sei an der Zeit aufzustehen und er habe ihm eine Tasse Tee gebracht. Er zwang sich, die Augen zu öffnen, und sah seinen Offiziersburschen an seinem Bett stehen. Michael konnte nicht glauben, dass es bereits vier Uhr war; er hatte das Gefühl, gerade erst eingeschlafen zu sein.

»In Ordnung«, antwortete er. Er war außerstande, mehr von sich zu geben; seine Zunge fühlte sich stumpf und pelzig an, und er konnte noch immer den Whisky schmecken, den er am Abend zuvor getrunken hatte.

Er schob die Decken zurück, stand auf und rieb sich die Augen, bevor er dankbar den heißen, süßen Tee trank. Nachdem Brenner sich vergewissert hatte, dass Michael wirklich wach war, verließ er den Raum.

Zehn Minuten später war Michael gewaschen, rasiert und auf dem Weg zum Frühstück in der Offiziersmesse. Er wollte nichts essen, da sein Magen wie üblich vollkommen verkrampft war, aber er wusste aus Erfahrung, dass die Angst sich legen würde, sobald er im Cockpit saß, und es konnte Stunden dauern, bevor er das nächste Mal die Gelegenheit hatte, etwas zu sich zu nehmen.

Die anderen Männer aus der Schwadron hatten sich bereits in der Messe versammelt, in der die Luft zum Schneiden dick war, doch seine Kameraden nickten ihm nur schweigend zu. Niemand sprach so früh am Morgen. Michael wusste, dass jeder der Männer sich für den kommenden Tag wappnete und versuchte, nicht daran zu denken, wer von ihnen am Abend fehlen würde.

Es war der achtundzwanzigste Mai, und dieser Tag würde wahrscheinlich eine Wiederholung des vergangenen Tages sein; sie würden über Frankreich fliegen und versuchen, deutsche Bomber abzufangen, die es auf die sich in Richtung Dünkirchen zurückziehenden britischen und französischen Truppen abgesehen hatten.

Michael hatte gestern eine ME 109 abgeschossen, aber es war ein grauenhafter Tag gewesen. Eine Spitfire konnte nur Brennstoff für maximal anderthalb Flugstunden tanken. Zwanzig Minuten nach Frankreich, zwanzig Minuten zurück, was ihnen theoretisch fünfzig Minuten Zeit gab, deutsche Flugzeuge anzugreifen. Aber man erwischte den Feind nur, wenn man mit der Höchstgeschwindigkeit von über dreihundert Meilen die Stunde flog, nahe genug an die Deutschen herankam und alles abfeuerte, was man hatte, bevor man wieder davonschoss wie eine Fledermaus aus der Hölle. Aber bei Höchstgeschwindigkeit verschlang der Merlin-Motor Unmengen Treibstoff, und Michael musste daran denken, genug Benzin für den Rückflug aufzusparen.

Der vierte Einsatz am vergangenen Tag war der schlimmste gewesen. In einem Moment war der Himmel noch frei, dann war der Feind plötzlich überall gewesen, und es war ein Gefühl gewesen, als flöge man in einen Wespenschwarm. Michael nahm ein bestimmtes Flugzeug ins Visier, das ein wenig abseits seines Geschwaders flog, und stieß mit Höchstgeschwindigkeit auf es hinab. Aber plötzlich war er umringt von deutschen Flugzeugen, sie waren über ihm, unter ihm und zu beiden Seiten. Er hatte vergessen, seinen Seidenschal umzulegen, und sein Kragen kratzte ihm den Hals wund, während er ständig den Kopf drehte, um Ausschau zu halten. Er feuerte auf eine 109 zu seiner Rechten und auf eine unter ihm und versuchte dann, durch einen Sturzflug zu entkommen. Ein furchtbarer Ruck schüttelte ihn, als seine Maschine getroffen wurde, und einige Sekunden lang glaubte er, dies sei das Ende. Aber der Treffer hatte lediglich seine linke Tragfläche leicht beschädigt, und es gelang ihm, sich mit einer

Rolle aus der Gefahrenzone zu bringen und nach England zurückzuflüchten. Einzig der Reservetreibstoff ermöglichte es ihm, die letzten Meilen noch zu schaffen. Das Cockpit war in der Sonne so aufgeheizt, dass er kaum etwas sah, da ihm der Schweiß in die Augen lief. Er war nur mit knapper Not dem Tod entronnen.

Nach einigen Tassen Tee und einer Scheibe Toast ließ Michael sich mit den anderen Männern, die alle ihren Fallschirm trugen, zur Startbahn fahren.

Die kalte graue Morgendämmerung hing über dem Flugplatz. Es war still, aber nicht menschenleer, da die Bodentrupps sich für den nächsten Einsatz bereithielten. Viele von ihnen hatten die ganze Nacht hindurch Reparaturen und Wartungen erledigt.

Michael hatte das gleiche Bild nun bereits viele Male gesehen, aber es weckte noch immer starke Gefühle in ihm. Die Reihe gedrungener, kleiner Spitfires, über denen sich der Morgennebel erhob, sahen aus wie ein Rudel Terrier kurz vor der Jagd. Noch waren sie totenstill, doch binnen weniger Minuten, wenn die mächtigen Motoren donnernd zum Leben erwachten und der Geruch von Benzin und Motorenöl in der Luft lag, verwandelte sich der Flugplatz in eine vollkommen andere Welt.

Michaels Flugzeug war repariert worden, und er sprang auf die Tragfläche, legte seinen Fallschirm unter sich, ließ sich ins Cockpit gleiten und startete den Motor. Sobald er auf seinem Platz saß, legte sich normalerweise seine Angst, und der heutige Tag bildete da keine Ausnahme. Er überprüfte seine Instrumente, den Funk und die Anzeigen für Benzin und Kühlungsmittel, und als er sich davon überzeugt hatte, dass alles in Ordnung war, gab er der Bodentruppe mit nach oben gerecktem Daumen ein Zeichen. Dann schaltete er den Motor aus, kletterte wieder aus dem Flugzeug und trottete zu dem Bereitschaftszelt hinüber, um mit den anderen Männern auf den Einsatzbefehl zu warten.

Diesen Teil des Ganzen verabscheute Michael am meisten. Er war in diesen Momenten voller nervöser Energie und wollte nicht lange herumstehen und zu viel Zeit zum Nachdenken haben. Einige Männer lasen, andere spielten Schach, wieder andere lagen auf den Feldbetten und schliefen, während die übrigen schweigend Kette rauchten.

Aber Michael musste in diesen Momenten unweigerlich an Adele denken. Seit sie ihn zurückgewiesen hatte, befand er sich ständig auf einer Achterbahn der Gefühle. Ungläubigkeit, Wut, Mitleid, Hass und unendlich tiefer Kummer. Er zermarterte sich das Hirn auf der Suche nach einer Erklärung dafür, was er falsch gemacht hatte, und wieder und wieder redete er sich ein, sich freuen zu können, Adele los zu sein. Er hatte versucht, sich zu sagen, dass sie ihn betrogen hatte oder dass sie gar wahnsinnig sei. Aber aus welchem Blickwinkel er das Ganze auch betrachtete, er kam immer wieder zu derselben Schlussfolgerung: Ihre Erfahrung in diesem Kinderheim musste sie an jenem Wochenende in London in panische Angst versetzt haben. Nichts anderes ergab einen Sinn.

Doch wenn das der Fall war, brauchte sie dringender denn je Liebe, fand Michael. Und seine Trauer war wahrscheinlich nichts im Vergleich zu dem, was in Adele vorgehen musste.

Er fuhr jetzt nie mehr nach Winchelsea, er konnte es einfach nicht ertragen. Wenn seine Mutter ihn sehen wollte, kam sie nach London, und sie trafen sich dort. Anfangs hatte er sich geweigert, seinem Vater gegenüberzutreten, denn er machte Myles zumindest zum Teil verantwortlich für die ganze Misere, da er seine Beziehung zu Adele missbilligt hatte. Aber als Myles kurz nach Ausbruch des Krieges nach Biggin Hill gekommen war, hatte Michael sich nicht weigern können, ihn zu sehen. Schließlich hätten sonst die anderen Piloten von dem Zerwürfnis zwischen Vater und Sohn erfahren.

Zu seiner Überraschung entschuldigte sich sein Vater dafür, mit solcher Härte auf Michaels Verlobung mit Adele reagiert zu haben. Er räumte sogar ein, dass Adele einige sehr bewundernswerte Eigenschaften besaß. Außerdem legte er ungewohnte Feinfühligkeit an den Tag. »Die erste Liebe ist immer schmerzlich, Junge. Glaub mir, ich fühle mit dir«, erklärte er zu Michaels Überraschung.

»Hast du Lust auf ein Kartenspiel, Mike?«

John Champmans Frage riss Michael aus seinem Tagtraum heraus. John war inzwischen sein bester Freund in der Schwadron, und obwohl ihre Herkunft kaum unterschiedlicher hätte sein können, waren sie nach seinem Erscheinen in Biggin Hill vor etwa sieben Monaten einander sehr schnell sehr nahegekommen.

John war noch keine zwanzig, und mit seinem rundlichen Gesicht, dem blonden Haar und den unschuldigen, großen Augen wirkte er noch jünger. Er war auf einer Farm in Shropshire aufgewachsen, hatte dann das örtliche Gymnasium besucht und in einer Werkstatt gearbeitet, als er zum ersten Mal seine Leidenschaft für Flugzeuge entdeckt hatte. Einmal, so hatte er Michael erzählt, hatte man ihn gebeten, zu einem zehn

Meilen von der Werkstatt entfernten Flugplatz zu fahren, um Ersatzteile auszuliefern, und dort hatte ihm jemand einen Flug in einem Doppeldecker angeboten. Dabei war John klar geworden, dass die Fliegerei die einzig denkbare Laufbahn für ihn war. In der Folge hatte er sich bei der RAF beworben, und anscheinend hatten die Mitglieder des Auswahlkomitees Gefallen an ihm gefunden, denn sie hatten ihm eine Kurzausbildung zum Piloten und damit zur Offizierslaufbahn bewilligt.

Michael stimmte einem Kartenspiel zu, denn es würde ihn von Adele ablenken und die Wartezeit verkürzen. John gab die Karten, doch bevor er sein Blatt aufnahm, warf er Michael einen durchdringenden Blick zu.

»Wenn ich es heute nicht schaffe, wirst du meiner Familie dann Bescheid geben?«, fragte er.

»Selbstverständlich«, antwortete Michael. »Und du wirst im umgekehrten Fall das Gleiche tun?«

John nickte, und sie begannen zu spielen, als hätten sie über nichts Ernsthafteres geredet als über die Frage, wo sie später am Tag ein Bier trinken gehen wollten.

Der Einsatzbefehl kam um halb acht. »Verflixt.« John schlüpfte grinsend in seine Mae West-Rettungsweste. »Ich hatte gehofft, dass wir noch Zeit für das zweite Frühstück um acht haben würden.«

Michael legte sich seinen Seidenschal um den Hals, dann lief er zu seinem Flugzeug hinüber, sprang auf die Tragfläche, befestigte seinen Fallschirm auf seinem Sitz und ließ den Motor an. Sofort fiel seine Furcht von ihm ab, denn er wusste, dass ein entspannter Pilot, der sich von seinem Instinkt leiten ließ, eine bessere Überlebenschance hatte als einer, der allzu gründlich darüber nachdachte, was ihm bevorstand. Während sein Flugzeug wie eine alte Gans auf die Landebahn zueierte, hatte er nur einen einzigen Gedanken. Er wollte mindestens ein Flugzeug abschießen und unversehrt zurückkehren.

Als die Schwadron sich in enger Formation dem Kanal näherte, grüßte Michael John, der rechts von ihm flog, mit hochgerecktem Daumen. Es war perfektes Flugwetter, fast windstill und mit nur einigen wenigen bauschigen weißen Wolken am Himmel. Die Sicht war so gut, dass er auf einer Straße unter sich eine Gruppe von Kindern erkennen konnte, die ihre kleinen Gesichter nach oben wandten und ihre Augen gegen die Sonne beschirmten, während sie die Flugzeuge am Himmel beobachteten.

Binnen Sekunden hatte Michael die Klippen hinter sich gelassen, und jetzt lag nur noch das Meer unter ihm. Es sah so klar im Sonnenschein aus, blau und einladend, und es weckte glückliche Erinnerungen an Tage, an denen er mit Adele schwimmen gegangen war. Aber der Kanal war ebenso ein Feind wie die deutschen Piloten. Wenn man hier mit dem Fallschirm abspringen musste, waren die Überlebenschancen äußerst gering. Michael fragte sich, ob der Pilot der Hurricane, den er gestern hatte abspringen sehen, rechtzeitig aus dem Meer geborgen worden war.

Über Funk kam jetzt eine Warnung: Mindestens ein Dutzend ME 109 waren in Richtung Dünkirchen unterwegs. Michael hatte diese Nachricht kaum erhalten, als er die feindlichen Flugzeuge auch schon in der Ferne entdeckte. Er konnte schwarze Rauchsäulen über der französischen Küste aufsteigen sehen und wappnete sich gegen den Anblick weiterer Bombenschäden.

Mit einem Mal war der Himmel voller feindlicher Flugzeuge, die auf ihn zukamen, und ihre silbernen Kreuze glänzten boshaft im hellen Sonnenschein. Er stieg höher, um ihnen auszuweichen, und sah, dass John zu seiner Rechten dasselbe tat. Aber als er durch eine Wolkenbank brach, stieß er auf zwei weitere Kampfflieger, die zuvor nicht zu erkennen gewesen waren. Er flog direkt zwischen ihnen hindurch, feuerte seine Waffen ab und glaubte, das linke Flugzeug getroffen zu haben; daher drehte er ab, um ihm nachzusetzen und ihm den Rest zu geben.

Er konnte John jetzt nicht mehr sehen und vermutete, dass sein Freund wieder abgetaucht war. Aber als er zurückkehrte, um zu einem neuerlichen Angriff anzusetzen, bemerkte er aus dem Augenwinkel das Aufblitzen einer Flamme. Er hatte keine Zeit, um genauer hinzuschauen, da er sich jetzt dem beschädigten deutschen Flugzeug schnell näherte und sich darauf konzentrieren musste, sich in eine günstige Position für einen weiteren Angriff zu bringen. Das gegnerische Flugzeug versuchte zu fliehen, aber der frühere Treffer hatte es verlangsamt. Michael kam so nahe heran, dass er den deutschen Piloten deutlich sehen konnte. Michael feuerte abermals. Er erwischte die Nase der Maschine und sah, wie das Kühlmittel sich in einem Schwall über das Glas der Kanzel ergoss. Während er davonflog, konnte er noch beobachten, dass das Flugzeug wie ein Stein vom Himmel fiel und dabei eine schwarze Rauchwolke hinter sich herzog.

Plötzlich war der Himmel vollkommen verlassen. Michael warf einen Blick auf seine Treibstoffanzeige und bemerkte, dass er weiter geflogen war, als er beabsichtigt hatte; er hatte sich vom Rest seiner Schwadron entfernt. Also wendete er sein Flugzeug, um nach Hause zu fliegen – und im gleichen Augenblick entdeckte er Johns Spitfire, die mit dem Bauch nach oben flog. Das Heck stand in Flammen – das war offensichtlich das Feuer, das er kurz zuvor bemerkt hatte –, und obwohl John sich in der richtigen Position für einen Absprung befand, sah es so aus, als bekäme er das Cockpit nicht auf.

Schweiß lief Michael übers Gesicht, und er zitterte plötzlich. Er hatte bereits vier gute Freunde in der Schwadron verloren und gehört, dass mindestens noch ein Dutzend Männer, die er gekannt hatte, umgekommen waren. Aber obwohl es ihm um jeden einzelnen dieser Männer von Herzen leid tat und er tiefes Mitgefühl mit ihren Familien hatte, war dies doch das erste Mal, dass er ein solches Unglück mit eigenen Augen sah.

»Öffne das Cockpit!«, brüllte er instinktiv. Aber noch während er seine eigenen Worte hörte, begriff er die Sinnlosigkeit dieses Unterfangens, denn der einzige Mensch, der ihn hören konnte, war der Mann am Funkgerät.

Michael weinte den ganzen Weg nach Hause. John war so unschuldig gewesen – erst vor wenigen Tagen hatte er zugegeben, noch nie mit einem Mädchen geschlafen zu haben. Seine Mutter schickte ihm fast jede Woche selbst gebackenen Kuchen, sein Vater wöchentliche Berichte über die Ergebnisse der örtlichen Fußballmannschaft. Sie waren so stolz darauf gewesen, dass man ihren einzigen Sohn als Piloten akzeptiert hatte.

Es war so verdammt unfair! John war ein erstklassiger Pilot

und ein durch und durch guter Mensch gewesen, und jeder hatte ihn gemocht. Mit seinen Scherzen und seinem sonnigen Wesen hatte er Michael viele Male aus seiner Depression herausgeholt. Er hatte noch so viel zu geben gehabt. Warum hatte es ausgerechnet ihn treffen müssen?

Honour stand im Garten und beschattete die Augen, während sie zu den Flugzeugen emporblickte, die am Himmel kämpften. Sie war froh, dass die Kämpfe heute über Dungeness stattfanden, denn falls eins der Flugzeuge eine Bruchlandung machte, würden zumindest keine Häuser in Mitleidenschaft gezogen werden.

In den vergangenen sechs Wochen, seit der Evakuierung Dünkirchens, hatte sie den Überblick darüber verloren, wie viele solcher Luftkämpfe sie mit angesehen hatte. Winston Churchill hatte diesen Luftkampf als »die Schlacht um Britannien« bezeichnet, und Honour erschien es unglaublich, dass das Durchschnittsalter dieser jungen Piloten, die mit so viel Geschick, Mut und grimmiger Entschlossenheit kämpften, bei nur zwanzig Jahren lag.

Selbst wenn sie keine Flugzeuge am Himmel sehen konnte, wusste sie, dass sie irgendwo kämpften, da das Dröhnen der Spitfires und der Hurricanes sie fast jeden Morgen weckte. Dann blickte sie aus dem Fenster und beobachtete, wie die Flugzeuge in enger Formation tapfer auf die französische Küste zuhielten, und später sah sie dann, wie sie in Zweier- oder Dreiergruppen zurückkehrten. Anfangs hatte sie versucht mitzuzählen, um sich zu vergewissern, dass alle Piloten zurückgekommen waren. Aber es stürzte sie in zu tiefe Mutlosigkeit, wenn die Zahl der heimkehrenden Piloten sich verringert hatte. Sie hatte zwei Bruchlandungen mit angesehen: Einer der Piloten war unverletzt mit seinem Fallschirm gelandet, doch der andere war verbrannt. Soviel sie gehört hatte, hatte es im ganzen Süden Englands ungezählte Todesfälle gegeben. Bomber schlichen sich ungesehen herbei, um ihre tödliche Fracht auf Flugplätze abzuwerfen und dabei Bodentruppen wie Zivilisten zu töten. Die Bomber, die es nicht bis zu ihrem geplanten Ziel schafften, warfen ihre Last gnadenlos irgendwo ab, ohne sich darum zu scheren, ob sie Krankenhäuser, Schulen, Dörfer oder Städte trafen.

Sechs Wochen zuvor hatte Honour sich ein Herz gefasst und beobachtet, wie ganz gewöhnliche Menschen zu Hunderten in kleine Boote gestiegen waren, um Soldaten zu retten, die in Dünkirchen gestrandet waren. Sie hatte geglaubt, niemand könne England erobern, wenn seine Bürger so tapfer und entschlossen waren. Aber nachdem sie nun diese jungen Flieger Tag für Tag in Aktion gesehen und die Verlustlisten gelesen hatte, die mit jeder Woche länger wurden, hatte sie große Angst, dass England womöglich nicht über genügend Männer oder Waffen verfügte, um den Krieg zu gewinnen.

Sie schlief mit Furcht ein, und wenn sie erwachte, war diese Furcht noch immer da. Ihre vordringlichsten Gebete galten der Sicherheit Adeles und Michaels, aber jetzt hatte sie das Gefühl, es sei falsch, nur an die Menschen zu denken, die sie liebte. Jeder einzelne Soldat, Matrose oder Flieger war irgendjemandes Enkel, Sohn, Ehemann, Liebster oder Bruder. Sie fühlte mit ihnen allen.

»Wenn Sie nur den Himmel im Auge behalten, werden Sie damit Ihr Unkraut nicht aus dem Boden bekommen«, rief

Jim, der Postbote, freundlich, bevor er sein Fahrrad auf dem Feldweg ablegte, um ihr die Post zu bringen.

»Da haben Sie sicher recht«, meinte Honour mit einem kläglichen Lächeln, dankbar für diese Ablenkung von düsteren Gedanken. Sie mochte Jim. Er war siebenundsechzig, hatte eine Mähne weißen Haares und die rundesten O-Beine, die ihr je untergekommen waren. Er hatte im ersten Krieg gekämpft, und obwohl er sich keiner allzu guten Gesundheit erfreute, hatte er das Amt des Postboten von seinem Sohn übernommen, als dieser einberufen worden war. Er sagte, es gebe ihm das Gefühl, nützlich zu sein, und die körperliche Betätigung tue ihm gut. »Aber das Unkraut kann noch ein Weilchen warten, wenn Sie gern eine Tasse Tee hätten.«

»Ich hatte gehofft, dass Sie mir etwas anbieten würden, ich bin vollkommen ausgetrocknet«, erwiderte er. »Außerdem ist heute Ihr Posttag. Sieht so aus, als käme der hier von Ihrer Enkelin. Es ist ein Londoner Poststempel darauf.«

Jim setzte sich auf die Bank neben der Tür, und Honour ging hinein, um den Tee aufzubrühen. Während sie darauf wartete, dass das Wasser zu kochen begann, überflog sie schnell Adeles Brief.

Liebe Granny,

ich habe nicht viel zu berichten; hier ist im Moment alles noch sehr ruhig, und wir müssen uns nur um die Notfälle kümmern, da alle anderen Patienten aus London weggeschickt werden. Sämtliche Stationen in den oberen Stockwerken sind geschlossen, und man hat im Keller Stationen eingerichtet, als Vorkehrung für Luftangriffe. Ich habe mir ange-

wöhnt, im Nachtdienst zu stricken, weil es so wenig zu tun gibt, und ich bin inzwischen schon fast fertig mit dem Rücken einer Strickjacke. Es ist schrecklich, dass die Deutschen Paris erobert haben, nicht wahr? Manchmal frage ich mich, ob unsere Männer sie wirklich aufhalten können.

Ich wünschte, ich könnte für ein paar Tage nach Hause fahren, London ist so schrecklich im Sommer, und das Essen hier ist einfach furchtbar. Wahrscheinlich wird es noch schlimmer werden, bevor der Krieg zu Ende ist, denn fast alle Lebensmittel sind jetzt schon knapp.

Ich war in letzter Zeit mit Joan und einigen der anderen Krankenschwestern recht häufig tanzen. Es ist eigenartig, dass die Menschen sich jetzt anscheinend besser amüsieren als in Friedenszeiten. Man sollte doch meinen, sie wären alle verängstigt und ernst. Im West End herrscht abends trotz der Verdunklung allgemeiner Frohsinn. Eines Abends sind wir ziemlich lange dort geblieben, und man konnte auf der Straße kaum die Hand vor Augen sehen. Aber das führt auch dazu, dass die Menschen mehr miteinander reden und einander helfen. Trotzdem bin ich es gründlich leid, meine Gasmaske auf Schritt und Tritt mit mir herumzutragen!

Es sind inzwischen viele Kinder nach London zurückgekehrt – ich finde es ein wenig töricht von ihren Müttern, dass sie sie nach Hause geholt haben, ganz gleich, wie sehr sie sie vermissen. Gestern Abend habe ich zum ersten Mal bei einer Geburt per Kaiserschnitt geholfen; die Mutter hatte zu Hause zwei Tage in den Wehen gelegen, bevor eine Nachbarin endlich einen Krankenwagen gerufen hat. Es war unglaublich, das alles mitzuerleben, und ich interessiere mich jetzt viel mehr als früher für Geburtshilfe. Das Baby, ein kleiner Junge, war vollkommen gesund, doch seiner Mutter geht es immer noch schlecht. Ihr Mann ist in der Armee, und sie hat noch drei andere Kinder, um die sie sich kümmern muss. Einige Frauen haben es furchtbar schwer, nicht wahr?

Andere Neuigkeiten gibt es leider nicht. Im Grunde langweilen wir uns alle etwas, weil wir so wenig Patienten haben. Wie geht es Towzer? Ich bin wirklich froh, dass du ihn hast. Wenn ein Deutscher vom Himmel fällt, wird Towzer ihn gewiss für dich in Stücke reißen!

Pass auf dich auf, und arbeite nicht so hart im Gemüsebeet. Beschwatze die Kaninchen einfach, ein wenig mehr Junge zu bekommen. Drück Misty und Towzer von mir. Gott schütze dich.

Alles Liebe,
Adele

Honour lächelte und schob den Brief in ihre Schürzentasche, um ihn später noch einmal zu lesen. Sie machte sich solche Sorgen um Adele, aber jedes Mal, wenn ein neuer Brief von ihr kam, war ihr für eine Weile leichter ums Herz.

Während Honour gegen Mittag das Unkraut in ihrem Gemüsebeet jätete, richtete Rose sich in ihrem Bett in London auf, um nach einer Zigarette zu greifen. Doch die Schachtel war leer.

»Verdammt«, murmelte sie.

Es war jetzt ein Jahr und fünf Monate her, dass sie die tausend Pfund von Myles Bailey bekommen hatte. Damals hatte sie geglaubt, sie sei für den Rest ihrer Tage abgesichert. Aber dann war der Krieg ausgebrochen und hatte all ihre Pläne zunichte gemacht.

Für eine Weile war es so gut gelaufen, dass sie nicht einmal mehr das Bedürfnis gehabt hatte, viel zu trinken. Dem Rat eines Geschäftsmannes folgend, der häufig in dem Restaurant zu Gast gewesen war, in dem sie als Kellnerin gearbeitet hatte, hatte sie ein sehr billiges Haus mit acht Zimmern in Hammersmith gekauft. »Als Vermieterin kannst du mehr Geld verdienen als irgendwo sonst, und außerdem bleibt dir auf diese Weise dein Kapital erhalten«, hatte er erklärt. Der Rat war ihr gut erschienen, und obwohl sie Mühe gehabt hatte, einen Installateur zu finden, der für die Mieter eine weitere Küche und ein Bad einbaute, war es ihr schließlich gelungen, das Haus zu renovieren und einzurichten.

Sie drehte etliche Runden durch die Secondhandläden und feilschte um Möbel und andere Dinge, die sie haben wollte, und zum ersten Mal in ihrem Leben hatte sie das Gefühl, etwas zu erreichen.

Es war herrlich, ein eigenes Zuhause zu haben mit einem eigenen Badezimmer, einem kleinen Garten und genug Geld, um sich Kleider und Parfüm zu kaufen und zum Friseur zu gehen.

Auch die ersten Mieter waren perfekt gewesen. Zwei verheiratete Paare hatten die beiden größten Räume genommen und zwei ältere Geschäftsmänner die beiden anderen, kleineren Zimmer. Sie alle hatten pünktlich ihre Wochenmiete gezahlt und ihre Räume sauber gehalten. Die beiden Geschäftsmänner waren am Wochenende zu ihren Frauen nach Hause gefahren und hatten die Küche nicht einmal benutzt.

Es war alles so harmonisch und friedlich gewesen – wenn Rose überhaupt je einmal Lärm hörte, dann war es das Gelächter der beiden Ehepaare, die sich angefreundet hatten. In ihrer Einfalt hatte Rose angenommen, all ihre Mieter würden für immer bleiben. Aber Rose hatte nicht im Traum daran gedacht, dass der Beginn des Krieges solche Konsequenzen für die Zivilisten haben könne.

Der eine Mieter, ein Beamter, wurde aus London versetzt, und seine Frau ging natürlich mit ihm. Das Ehepaar, das an ihre Stelle trat, zerstritt sich mit den anderen Mietern und benutzte diesen Umstand als Vorwand, um wieder auszuziehen. Dann zogen die beiden Geschäftsleute einer nach dem anderen aus, weil sie im Falle einer Bombardierung lieber jeden Tag nach London pendeln wollten, um nachts bei ihren Frauen und Kindern zu sein.

Rose stellte schon bald fest, dass sie bei der Auswahl ihrer Mieter nicht wählerisch sein konnte, da so viele Menschen London verließen, dass Hunderte von Wohnungen und Zimmern frei waren. Es dauerte nicht lange, bis sie die Zimmer an jeden vermietete, der sie haben wollte, und natürlich folgten die Probleme auf dem Fuß ...

Jetzt ließ Rose, die immer noch in ihren Kissen lag, feindselig den Blick durch ihr Schlafzimmer wandern. Sie war begeistert gewesen, als der Inneneinrichter rosa-weiße Tapeten aufgeklebt hatte – nach allem, was sie in der Vergangenheit besessen hatte, war ihr dieser Raum wie das Schlafzimmer eines Filmstars erschienen.

Durch das große Fenster hatte man einen Blick auf belaubte Gärten, und die frühe Morgensonne tauchte das Bett aus Walnussholz, den Schrank und den Ankleidetisch in ein bernsteinfarbenes Licht. Diese Möbel erweckten den Eindruck heiß geliebter Familienerbstücke, und dasselbe galt für den rosagrünen Teppich, obwohl sie all diese Dinge aus zweiter Hand gekauft hatte. Bis vor Kurzem hatte Rose diesen Raum stets so ordentlich gehalten, als erwartete sie den Besuch der Königsfamilie; sie hatte die Tagesdecke aus rosafarbenem Satin glatt gestrichen und sogar Blumen in eine Vase auf den Ankleidetisch gestellt. Manchmal hatte sie einfach nur dort gesessen und ihre schöne Umgebung ausgekostet, aber in letzter Zeit hatte sie sich kaum noch Mühe damit gegeben.

Jetzt warf sie ihre Kleider achtlos auf den Boden, die Laken waren nicht mehr allzu sauber, und auf den glänzenden Möbeln lag eine dicke Staubschicht.

Rose war keineswegs mittellos. Sie hatte noch immer mehrere hundert Pfund auf der Bank, und die Miete, die sie tatsächlich bekam, deckte ihre Lebenshaltungskosten. Aber sie war entmutigt. Sie hatte geglaubt, inzwischen jede erdenkliche Ausrede zu kennen, die ein Mieter ihr präsentieren konnte. Auch war sie davon überzeugt gewesen, einen Gauner auf den ersten Blick als solchen zu entlarven, und sie hatte geglaubt, energisch genug zu sein, um es mit jedem aufzunehmen, aber das war ein Irrtum gewesen.

Sie war oft den Tränen nahe, wenn sie die Schäden sah, die einige der Mieter in ihren Zimmern hinterließen, und sie war entsetzt darüber, wie schmutzig andere sein konnten. Aber vor allem war sie furchtbar einsam. Sie durfte sich nicht mit den Bewohnern ihres Hauses anfreunden, weil diese eine solche Geste nur ausgenutzt hätten. Arbeiten wie das Reinigen der Abflüsse oder das Wechseln der Filter in den Wasserhähnen überstiegen ihre Kräfte, und wenn sie unbarmherzig sein und jemanden hinauswerfen musste, wurde sie unweigerlich körperlich krank vor Anspannung.

Das Schlimmste jedoch waren die Schuldgefühle. Sie grämte sich nicht, weil sie das Geld von Myles Bailey angenommen hatte – das war er ihr schuldig gewesen! –, doch das, was sie Adele angetan hatte, ließ sie nicht zur Ruhe kommen.

Ihr Gewissen hatte ihr nicht von Anfang an zugesetzt. Die Schuldgefühle hatten sich beinahe unbemerkt angeschlichen, geradeso wie sie jedes Mal ein Stich durchzuckte, wenn sie junge Flieger und ihre Freundinnen Hand in Hand über die Straße gehen sah oder auch nur eine Krankenschwester aus dem örtlichen Hospital. Aber das Gefühl wurde jetzt immer stärker, und wie oft sie sich auch sagte, dass sie ihre Tochter daran hatte hindern müssen, ihren Bruder zu heiraten, wusste sie dennoch, dass sie in Adeles Augen die verabscheuungswürdigste Frau auf der Welt sein musste.

Rose war jetzt neununddreißig, und wenn sie in den Spiegel schaute, konnte sie selbst sehen, was die Zeit, der Alkohol, die lieblosen Affären und ihre Selbstsucht ihr angetan hatten. Keine noch so große Summe Geldes würde ihr ihr gutes Aussehen zurückgeben – mit Geld konnte man sich Gesellschaft kaufen, aber keine echten Freunde. Für Geld bekam man materielles Wohlbehagen, aber keine Zuneigung. Wen würde es scheren, wenn eine Bombe auf dieses Haus fiel und sie tötete? Es gab nicht einen einzigen Menschen, der sich zu Wort melden würde, um etwas Gutes über sie zu sagen.

Nachts lag sie oft wach und dachte an die Ferientage, die sie als Kind mit ihren Eltern in Curlew Cottage verbracht hatte. Sie konnte sich gut an das Gelächter ihrer Eltern erinnern, während sie am Abend das Essen zubereiteten, konnte sich daran erinnern, wie sie alle drei Hand in Hand miteinander spazieren gegangen waren, wie sie auf dem Schoß ihrer Mutter am Feuer gesessen hatte, während ihr Vater ihnen vorlas. Wenn Adele auf ihre Kindheit zurückblickte, würde sie sicher keine einzige positive Erinnerung an ihre Mutter haben, dachte Rose.

So viele Jahre lang hatte Rose ihre Kindheit in der Marsch in den verschiedenen Schattierungen von Grau und Schwarz gesehen. Kalt, düster und elend. Aber vielleicht hatte jener Tag, an dem sie bei strahlendem Sonnenschein zum Cottage gegangen war, ihr gezeigt, dass das Grau verschwunden war, und an seine Stelle war ein prachtvolles, leuchtendes Bunt getreten. Vor ihrem inneren Auge sah sie hüfthohes Mädesüß, das sich im Wind wiegte, smaragdgrüne Wiesen, die übersät waren von goldenen Butterblumen und purpurfarbenem Klee. Die Eisvögel entlang des Flussufers waren leuchtende, türkisfarbene kleine Blitze, und an den sumpfigeren Stellen wuchsen wilde gelbe Iris.

Nicht einmal ihre Mutter konnte sie noch wie früher als die Hexe mit dem harten Gesicht sehen. Stattdessen erinnerte sie sich plötzlich daran, wie Honour ihr Geschichten erzählt hatte, während sie zusammen Ingwerbrotmänner gebacken, wilde Blumen gepflückt oder an kalten Abenden dicht aneinandergekuschelt vor dem Ofen gesessen hatten. Tränen brannten in ihren Augen, wenn sie sich jetzt Adele an ihrer Stelle vorstellte, die bestimmt jedwede Erinnerungen an die Mutter ausblendete, die ihr so wenig entgegengebracht hatte.

Bis vor kurzer Zeit hatte Rose niemals Gewissensbisse verspürt, weil sie damals von zu Hause fortgelaufen war. Es war ihr stets Rechtfertigung genug gewesen, dass sie sich in diesem Hotel abgerackert und ihren gesamten Lohn zuvor ihren Eltern gegeben hatte. Außerdem war Myles ihr als die große Chance ihres Lebens erschienen. Als dann alles schiefgegangen war und sie allein und schwanger zurückblieb, war sie zu stolz gewesen, um an ihre Eltern zu schreiben und zuzugeben, dass sie in Schwierigkeiten steckte.

Irgendwo entlang des Weges musste sie diesen Stolz wohl verloren haben, und Apathie war an seine Stelle getreten. Der größte Teil ihres Lebens in London war inzwischen eine verschwommene Erinnerung, und nur wenige Bilder ragten daraus hervor wie Felsen durch Nebel. Eins dieser Bilder war ihre Heirat mit Jim in diesem abscheulichen, schmutzigen Standesamt in Ladbroke Grove. Dann war da Adeles Geburt in einem abstoßenden Mietshaus, in dem es von Ungeziefer nur so gewimmelt hatte. Sie hatte viele Stunden glühenden Schmerzes ertragen, und nur eine scharfzüngige alte Vettel war dort gewesen, um ihr zu helfen. War es da ein Wunder, dass sie keine Liebe für ein Baby empfinden konnte, das sie in Stücke gerissen, jede Chance auf eine Heimkehr zu ihren Eltern zunichte gemacht und sie gezwungen hatte, einen unterbelichteten Trottel wie Jim Talbot zu heiraten?

Auch Pamelas Geburt war ihr deutlich im Gedächtnis haften geblieben, auch wenn diese Erfahrung eine gänzlich andere gewesen war. Die Geburt war schnell und schmerzlos vonstatten gegangen, und Jim war so liebevoll und zärtlich gewesen, dass sie sich beinahe hatte einreden können, sie liebe ihn. Als sie auf Pamelas süßes kleines Gesicht hinabgeblickt hatte, war sie von solchem Glück und solchem Stolz überwältigt worden, dass sie geglaubt hatte, ihr Leben habe endlich eine Wendung zum Besseren erfahren.

Nicht lange danach waren sie in die Charlton Street gezogen, die ihr nach den grauenvollen Wohnungen, in denen sie zuvor gelebt hatten, wie das Paradies erschienen war.

Pamela war etwa achtzehn Monate alt gewesen, als die scheinbare Idylle zusammenbrach. Rose hatte schon früher Zeiten erlebt, in denen sie sich erschöpft und deprimiert gefühlt hatte, aber diese Phasen waren stets vorbeigegangen. Diesmal jedoch war es so, als hielte sie ein kalter grauer Nebel umfangen, der sich einfach nicht wieder heben wollte. Sie wollte morgens nicht aufstehen – der Gedanke an Windeln, die gewaschen, an Mahlzeiten, die zubereitet werden mussten, und an die endlosen Forderungen der beiden Kinder war einfach unerträglich. Sie wollte nichts als vollkommene Stille und Abgeschiedenheit, und allein der Klang von Jims oder Adeles Stimme weckte in ihr das Verlangen, aus der Wohnung zu stürzen und zu rennen, bis sie den Frieden fand, nach dem es sie so sehr verlangte.

Es war Pamela, die sie dort festhielt. Ihre Stimme war die einzige, die nicht an Roses Nerven zerrte. Ihr Lächeln war das Einzige, das den Nebel ein wenig lichten konnte. Rose wünschte sich, dasselbe für Adele empfinden zu können, aber wann immer sie ihre ältere Tochter ansah, wurde sie an Myles erinnert und an das, was er ihr angetan hatte.

Einmal, als Pamela drei Jahre alt war, versuchte Rose, mit ihr fortzugehen, während Adele in der Schule war. Es war ihr gelungen, einige Pfund vom Haushaltsgeld zu sparen, und sie wollte einen Zug hinaus aufs Land nehmen und sich irgendwo mit Pamela niederlassen. Aber während sie all die Dinge zusammenpackte, die sie benötigen würden, wurde ihr klar, dass sie nicht die Kraft hatte, eine schwere Tasche und ein kleines Kind zu tragen, das noch nicht weit laufen konnte. Sie setzte sich auf den Fußboden und weinte wie ein enttäuschtes Mädchen.

Danach spielte sie noch viele Male mit dem Gedanken, einfach fortzugehen, aber sie würde ja unmöglich gleichzeitig arbeiten und sich um Pamela kümmern können. Und je deutlicher sie die Falle spürte, in der sie saß, desto schlimmer wurde es.

Dann starb Pamela, und plötzlich hatte Roses Leben keinerlei Sinn mehr. Der Alkohol dämpfte den Schmerz ein wenig, doch sobald sie wieder nüchtern war, kehrte er zurück. Sie hatte keine greifbare Erinnerung an die Ereignisse, die dazu geführt hatten, dass man sie in die Nervenklinik brachte. Sie wusste nur noch, dass sie sich nach Pamelas Beerdigung so gefühlt hatte, als drehte ihr jemand ein stählernes Band immer strammer um den Brustkorb. Und schließlich verlor sie jede Kontrolle über ihren Körper und ihren Geist ...

An einige der Behandlungen, denen man sie in der Klinik unterzogen hatte, konnte sie sich jedoch durchaus erinnern. Man drängte sie mit Gewalt in eiskalte Bäder und zwang sie, ein grauenhaftes Medikament zu schlucken, das sie anschließend wieder erbrach. Aber was sie wirklich wieder zu Verstand brachte, war der Umstand, dass sie allein in ein Zimmer gesperrt wurde.

Das rettete sie: das Alleinsein, die Tatsache, dass niemand versuchte, mit ihr zu reden oder sie zu irgendeiner Handlung zu bewegen, und die Möglichkeit, so viel zu schlafen, wie sie nur wollte. Sobald sie an Leib und Seele ausgeruht war, konnte sie auch wieder klar denken.

In jener Zeit wurde sie davon in Kenntnis gesetzt, dass man ihre Mutter zu Adeles Vormund bestimmt hatte; außerdem erfuhr sie, dass sie ohne die Zustimmung ihres Ehemannes nicht aus der Klinik entlassen werden konnte. Sie wusste, was das bedeutete: Sie würde den Rest ihres Lebens dort zubringen müssen, denn Jim würde sich bestimmt nicht noch einmal melden, das war ihr klar.

Rose beobachtete, dass die Angestellten der Klinik den aufsässigen Patienten gegenüber besonders hart waren. Sie selbst war nach ihrer Ankunft dort oft geschlagen worden, weil sie laut geschimpft und sich aufgelehnt hatte. Aus Furcht vor möglichen Verletzungen war sie schließlich still und gehorsam geworden, und sie begriff allmählich, dass darin ihre einzige Chance auf eine Flucht lag.

Also hörte sie auch auf zu beteuern, dass sie nicht verrückt sei; sie sprach nicht, weinte nicht und schrie nicht, sondern gehorchte dem Klinikpersonal und bereitete niemandem Scherereien. Wenn sie nur dieses fügsame Schweigen aufrechterhielt, so glaubte sie, würde man ihr kleine Arbeiten zuweisen, und sie konnte das Vertrauen der Angestellten erringen.

Mit dieser Vermutung behielt sie recht. Es dauerte nicht lange, bis sie im Haus eingesetzt wurde: Sie flickte Kleider, schrubbte Fußböden und arbeitete sogar in der Wäscherei, und am Ende gestattete man ihr, auf dem Grundstück spazieren zu gehen.

Es gab Zeiten, da glaubte sie beinahe, sie habe tatsächlich ihre Stimme verloren, ihr Lächeln und die Fähigkeit, kraftvoll auszuschreiten. Sie gewöhnte sich einen leeren Gesichtsausdruck an und schlurfte nur langsam und mit gesenktem

Kopf umher, geradeso wie die anderen Patienten. Zu guter Letzt stellte sie fest, dass es sie nicht einmal mehr interessierte, wenn die Angestellten in ihrer Gegenwart über sie redeten, als wäre sie schwachsinnig. Aber sie hielt die Augen offen, lauschte aufmerksam und prägte sich alles ein, was ihr von Nutzen sein konnte.

Johnny hatte sie erzählt, sie sei mit einem Wagen von der Reinigung geflohen, und das entsprach auch der Wahrheit. Was sie jedoch weder ihm noch sonst jemandem gegenüber jemals eingestanden hätte, war die Tatsache, dass sie den einfältigen Fahrer mit ihren weiblichen Reizen betört hatte, um ihn dazu zu bewegen, sie aus der Klinik zu schmuggeln. Im Grund schämte sie sich nicht einmal, weil sie den Mann mit der Aussicht auf Sex geködert hatte, damit er sie in einem Wäschekorb versteckte. Daran war prinzipiell nichts auszusetzen. Etwas anderes beschämte sie jedoch durchaus: Nachdem sie die Tore der Klinik hinter sich gelassen hatte, heuchelte sie weiter Liebe zu ihm, sodass er sie kleidete, ihr zu essen gab und sie unterhielt. Der arme, simple Jack hatte noch nie zuvor eine Frau gehabt, und er hatte Rose angebetet. Er rauchte nicht und trank nicht, und er lebte ein kärgliches Leben in dem winzigen, verfallenen Cottage am Rande von Barnet, in dem er geboren worden war. Seine Eltern waren beide tot, er hatte keinen echten Freund auf der Welt, und seine Arbeit als Lieferwagenfahrer war das Einzige, worauf er stolz sein konnte. Es war nicht recht, dass sie mehr als ein Jahr lang bei ihm geblieben war und ihn in dem Glauben bestärkt hatte, sie gehöre zu ihm, während sie ihn die ganze Zeit über bestohlen hatte, bis sie genug Geld beisammen gehabt hatte, um zu fliehen.

Einige Wochen später las sie in der Zeitung von seinem Tod. Er hatte sich im Wald erhängt. Dieses Wissen setzte ihr wirklich zu. Er war bereitwillig das Risiko eingegangen, seinen Job zu verlieren, um ihr zu helfen. Wenn er erwischt worden wäre, hätte ihm durchaus eine Gefängnisstrafe drohen können. Er war gerade dreißig Jahre alt gewesen, ein Mann, der während des größten Teils seines Lebens die Zielscheibe hämischer Witze gewesen war und der seine Tage einsam und ohne einen Freund verbracht hatte. Und sie hatte ihm das Herz gebrochen.

Rose verstand nicht, warum sie sich plötzlich so sehr mit der Vergangenheit beschäftigte. Sie hatte stets geglaubt, dass das Glück kommen werde, sobald sie nur finanzielle Sicherheit hätte und einen anständigen Ort zum Leben. Aber sie war nicht glücklich. Wie hätte sie das auch sein können, wenn sie Tag für Tag über ihre Schulter blickte und sich mit Erinnerungen an Menschen quälte, sie sie benutzt hatte, an schäbige Tricks, mit denen sie andere übers Ohr gehauen hatte, und an ihre Reue über das, was sie Adele und ihrer Mutter angetan hatte?

Manchmal, nach einigen Drinks, versuchte sie sogar, an die beiden zu schreiben und sich zu entschuldigen, doch wenn sie die Briefe am folgenden Morgen noch einmal las, riss sie sie stets in Fetzen. Was immer sie auch sagte, es würde niemals genügen, um Vergebung zu finden.

21

Honour blieb am Straßenrand der Shepherd's Bush Road stehen und gab Towzer den Befehl, sich hinzusetzen. Als sie nun zu dem Haus Nummer einhundertdrei hinüberblickte, verspürte sie eine Mischung aus Erleichterung darüber, dass sie das Gebäude endlich gefunden hatte, und Furcht vor dem, was nun kommen würde.

Sie war bisher nur selten in ihrem Leben in London gewesen und dann auch nur, um in Kunstgalerien oder die Läden im West End zu gehen, hatte also kaum eine Vorstellung davon gehabt, was sie in den Wohnvierteln der Arbeiterklasse erwartete. Ihr Instinkt und Adeles Beschreibungen vom East End sagten ihr zwar, dass Hammersmith dagegen eine recht angesehene Gegend sein müsse, doch in ihren Augen wirkte alles hier schmutzig und abstoßend.

Es war der dreiundzwanzigste August, einer von vielen heißen Tagen, und die Blätter an den Bäumen hingen schlaff und bedeckt mit Staub und Ruß von den Zweigen. Etliche Fenster waren kreuz und quer mit Klebeband bedeckt, und die übereinandergetürmten Sandsäcke zeigten einen unausweichlichen und berechenbaren Aspekt des Krieges, aber die überquellenden Abfalleimer und der Geruch der Kanalisation weckten Ekel in Honour. Sie glaubte nicht, es ertragen zu können, in einer Straße zu leben, in der Horden verdreckter Kinder den ganzen Tag lang schreiend umherliefen. Sie dachte, dass die Frauen, die sie in Schürzenkleidern und turbanähnlichen Kopftüchern in den Hauseingängen schwatzen sah, lieber ihren Hintern in Bewegung setzen und ihre Kinder in einen Park bringen sollten.

Am vergangenen Tag hatte Honour einen Brief von Rose erhalten. Abgesehen von dem Schock, den ihr dieses Lebenszeichens ihrer Tochter versetzt hatte, war sie zutiefst überrascht gewesen von dem untypisch unterwürfigen und entschuldigenden Tonfall des Briefes. Sie hatte ihn im Laufe des Tages unzählige Male gelesen und sich gefragt, was der wahre Beweggrund dafür sein könne. Am vergangenen Abend hatte sie begonnen, eine Antwort zu verfassen, aber sie hatte nicht die richtigen Worte gefunden, und so war sie am Morgen zu dem Schluss gekommen, nach London zu fahren und Rose stattdessen von Angesicht zu Angesicht gegenüberzutreten.

Sie war nicht nur neugierig, wie Rose jetzt leben mochte, und sie wünschte sich nicht einmal verzweifelt, mit ihrer vom Wege abgekommenen Tochter Frieden zu schließen. Allerdings glaubte sie, dass es an der Zeit sei, zumindest den Versuch zu wagen, einen Schlussstrich unter die Vergangenheit zu ziehen.

Niemand konnte vorhersagen, was dieser Krieg noch für sie alle bereithielt, und Honour hatte in der Zeitung gelesen, dass erst in jüngster Zeit Bomben auf London abgeworfen worden waren. Eine war am sechzehnten August in Wimbledon niedergegangen. Viele Menschen waren dabei ums Leben gekommen, und dem Stadtplan zufolge befand sich dieses Viertel nicht allzu weit von Hammersmith entfernt. Wenn Rose bei einem Luftangriff getötet oder schwer verletzt werden sollte, würde es ihr, Honour, immer leid tun, nicht zumindest versucht zu haben, sie zu sehen. Da heute Samstag war, standen die Chancen gut, Rose zu Hause anzutreffen.

Ihre Tochter hatte nicht viel über ihre persönlichen Verhältnisse geschrieben und nur erwähnt, dass sie Zimmer vermiete, daher konnte Honour sich des Verdachts nicht erwehren, dass ihre Tochter in Schwierigkeiten stecken müsse. Warum sonst sollte sie plötzlich vorgeben, all die Kränkungen, die sie ihrer Mutter in der Vergangenheit zugefügt habe, täten ihr jetzt leid?

Honour war es furchtbar heiß, und ihr bestes Kleid war viel zu dick für einen Sommertag. Ihre Füße schmerzten, ihre Augen brannten, und sowohl sie als auch Towzer brauchten dringend etwas zu trinken. Es war jedoch positiv, dass das Haus Nummer einhundertdrei weder besser noch schlechter aussah als die übrigen Gebäude in der Straße.

Es war ein von einer dicken Rußschicht eingehülltes Reihenhaus, von dem aus man einen direkten Blick auf die Straße hatte und das keinen Vorgarten aufwies. Es hatte drei Stockwerke und einen Keller, und einige Stufen führten zu der dunkelblau gestrichenen Haustür hinauf. Die meisten der Fenster standen offen, also war Rose vermutlich zu Hause und Honours Reise nicht vergeblich.

Die Klingel läutete laut genug, um Tote zu wecken, aber es dauerte eine Weile, bis Honour jemanden herbeikommen hörte.

Eine junge Frau von etwa fünfundzwanzig Jahren mit leuchtend rotem Haar und einem höchst unpassenden Lippenstift öffnete die Tür. »Ja?«, fragte sie.

»Ich möchte Mrs. Talbot sprechen«, sagte Honour.

Die junge Frau zuckte die Schultern. »Ich weiß nicht, ob sie da ist. Versuchen Sie mal, an dieser Tür zu klopfen.« Sie zeigte auf die zweite Tür im Flur, dann stolzierte sie die Treppe wieder hinauf und überließ es Honour, die Haustür hinter sich zuzuziehen.

Honour klopfte, dann rief sie Roses Namen. Es kam noch immer keine Reaktion. Als sie die Treppe hinaufblickte, konnte sie eine offene Tür zu einem weiß gekachelten Raum ausmachen, der wie ein Badezimmer aussah. Da sie zur Toilette gehen musste und Wasser für Towzer benötigte, ging sie mit dem Hund nach oben.

Sie benutzte die Toilette, die, wie sie bemerkte, nicht allzu sauber war, holte Towzers Blechschale aus ihrer Tasche und gab ihm zu trinken. Da das Fenster geöffnet war, steckte sie den Kopf hinaus, um festzustellen, was sich hinter dem Haus befand.

Zu ihrer Überraschung lag Rose unten in einem Liegestuhl und schlief. Honours Kehle schnürte sich zusammen, da Rose aus dieser Entfernung in ihrem rosa-weiß gestreiften Sommerkleid, dessen Rock sich über ihre Knie geschoben hatte, so jung und verletzlich aussah.

Sie beugte sich aus dem Fenster und rief den Namen ihrer Tochter.

Es war beinahe komisch: Rose hatte das laute Klingeln der Türglocke überhört, doch beim Klang der Stimme ihrer Mutter war sie sofort hellwach, sprang auf die Füße und schaute sich verwirrt um.

»Ich bin hier oben, Rose«, rief Honour. »Ich habe an deine Tür geklopft, aber du hast mich offenkundig nicht gehört.«

Fünf Minuten später saß Honour unten im Hof Rose gegenüber, während Towzer hechelnd zwischen ihnen saß und von einer Frau zur anderen blickte, vielleicht, weil er die Spannung zwischen ihnen spürte.

»Ich hätte diesen Brief nicht abschicken sollen«, bemerkte Rose zum dritten Mal. »Ich war zu der Zeit nicht ganz bei mir.«

»Du warst betrunken?«, fragte Honour unumwunden.

»Nein! Natürlich nicht«, erwiderte Rose zu schnell. »Ich war nur ein wenig niedergeschlagen.«

Honour war sich ziemlich sicher, dass Rose tatsächlich betrunken gewesen war und keine Erinnerung mehr daran hatte, den Brief geschrieben oder aufgegeben zu haben, denn als sie ihrer Mutter die Tür zum Hof geöffnet hatte, hatte sie vollkommen verwirrt gewirkt. Dieser Umstand kümmerte Honour jedoch wenig, schließlich neigten die Menschen im Zustand der Trunkenheit zum Ausdruck zu bringen, was sie wirklich fühlten.

»Ich kann nicht fassen, dass du den ganzen Weg mit dem Zug hierhergekommen bist«, sagte Rose atemlos, als versuchte sie verzweifelt, das Gespräch in eine andere Bahn zu lenken. »Und noch dazu mit einem Hund! Wie hast du dich zurechtgefunden?«

»Ich mag zwar sechzig Jahre alt sein, aber mein Gehirn funktioniert immer noch«, versetzte Honour trocken. »Allerdings habe ich großen Durst von der Fahrt. Wirst du mir eine Tasse Tee anbieten?«

Sie hatte noch nichts von Roses Haus gesehen als das Badezimmer und die Küche, durch die Rose sie hastig hindurchgeführt hatte, um sie in den Garten zu geleiten. »Unter dem Baum ist es kühler«, hatte ihre Tochter bemerkt und einen weiteren Liegestuhl herbeigeholt. Aber Honour war von Natur aus argwöhnisch, und so bezweifelte sie, dass das der wahre Grund für Roses Verhalten war.

Rose errötete. »Natürlich, ich habe einfach nicht nachgedacht.« Sie sprang auf. »Ich gehe nach oben und koche uns eine Kanne Tee.«

Honour blieb, wo sie war, da sie ihr Zeit geben wollte, sich zu sammeln. So verblüfft Rose über die Ankunft ihrer Mutter gewesen war, hatte deren Anblick sie offenkundig nicht erschreckt. Sie war auch nicht so streitsüchtig gewesen wie an jenem Tag, als sie Curlew Cottage einen Besuch abgestattet hatte. Außerdem sah sie recht gut aus, nicht so billig wie zuvor, und die Küche war zumindest sauber und ordentlich gewesen. Es war nur gerecht, ihr einige Minuten Zeit zu geben, um alles aus ihrem Wohnzimmer zu entfernen, was sie in Verlegenheit hätte stürzen können, und sich vielleicht auch daran zu erinnern, was sie in ihrem Brief geschrieben hatte.

Der Garten hinterm Haus war überraschend hübsch – es war zwar im Grunde nur ein Grasstreifen, aber an den Wänden wuchs Geißblatt, und ein Büschel kleiner Astern begann gerade zu blühen. Irgendjemand kümmerte sich offensichtlich um das Grundstück. Denn es gab kein Unkraut, und die Betonstufen, die zur Küche hinaufführten, waren ordentlich gefegt. Wie Rose in ihrem Brief angedeutet hatte, gehörte das Haus ihr, und wenn das tatsächlich so war, fragte Honour sich, woher sie das Geld bekommen hatte, um es zu kaufen. Aber andererseits gab es so vieles, was sie über Rose nicht wusste. Wenn sie heute irgendetwas erreichen wollte, musste sie ihr Verlangen, zu viele Fragen zu stellen, eindämmen, das wusste sie.

Etwa zehn Minuten später kam Rose mit einem Tablett zurück. Sie hatte sich das Haar gebürstet, ein wenig Lippenstift aufgelegt und wirkte sehr gefasst. Bei dem Anblick des Teeservice durchzuckte Honour ein Stich, denn es war aus zierlichem Knochenporzellan mit einem dunkelroten Streifen am oberen Rand der Tassen und mit Gold verziert, und es hatte große Ähnlichkeit mit einem ihrer eigenen Service.

»Wie lange hast du den Hund schon?«, erkundigte Rose sich, während sie das Teetablett auf eine Holzkiste zwischen ihnen stellte. Sie streckte die Hand aus, um ihn zu streicheln, und Honour war klar, dass sie sich sehr unsicher fühlte und Zuflucht in einem belanglosen Gespräch suchen wollte.

Honour erzählte ihr von Towzers Erscheinen.

Während des Tees sprachen sie über die Schlacht um Britannien. Rose schien nicht viel darüber zu wissen, aber vielleicht war das durchaus verständlich, da die meisten Luftkämpfe über Essex, Kent und Sussex ausgetragen worden waren. Sie beklagte sich über die Rationierung, die Verdunkelung und die vielen falschen Alarme, bei denen die Luftsirenen die Menschen zu Tode erschreckten.

»Wir beachten die Sirenen jetzt kaum noch«, meinte sie schulterzuckend. »Die Deutschen werden London nicht bombardieren. Einige Menschen spielen sich einfach gern als Schwarzseher auf. Ich wünschte, sie würden damit aufhören; es ist ohnehin schon schwer genug, gute Mieter zu finden, auch ohne dass es heißt, London werde in Kürze in Schutt und Asche gelegt.«

Nach allem, was Honour an diesem Tag von London zu sehen bekommen hatte, gab es anscheinend wirklich keinen Grund zur Angst. Der Verkehr funktionierte bestens, die Läden waren wie gewöhnlich geöffnet, und die Menschen, die im Sonnenschein umherschlenderten, wirkten sorglos.

Eine Frau, mit der sie in der U-Bahn ins Gespräch gekommen war, hatte sich ähnlich wie Rose geäußert. »Die Leute sind es gründlich leid, beim Klang der Sirenen in die Luftschutzbunker zu fliehen, nur um dann entdecken zu müssen, dass sie ganz umsonst mehrere Stunden vergeudet haben, da es ein Mal mehr falscher Alarm gewesen ist. Mich kann jedenfalls nichts mehr dazu bewegen, jemals wieder irgendeinen verdreckten Bunker aufzusuchen!« Also hatte Rose vielleicht recht. Schließlich lebte sie hier.

»Gehört das Haus dir?«, fragte Honour, nachdem sie sich eine Tirade über einige der Mieter hier angehört hatte.

»Ja, ich habe sehr lange Zeit gespart, und dann hatte ich obendrein noch ein wenig Glück. Ein Freund hat mir geraten, in eine Immobilie zu investieren.« Sie sprach in einem Tonfall, als müsste sie sich verteidigen und als hätte sie diese Erklärung einstudiert.

»Sehr vernünftig«, erwiderte Honour. Sie wollte das Geplauder beenden und wieder auf die Frage zurückkommen, warum Rose ihr geschrieben hatte. Das Teeservice, das sie so sehr an ihr eigenes daheim erinnerte, bot eine Möglichkeit, ein etwas persönlicheres Thema anzuschlagen.

»Dein Teeservice sieht fast genauso aus wie meins«, sagte sie munter und griff dann nach der Teekanne, um sie zu betrachten.

»Deshalb habe ich es auch gekauft«, antwortete Rose ein wenig überrascht. »Ich habe es in einem Gebrauchtwarenladen gefunden, und es hat mich an zu Hause erinnert.«

»Ich hätte nicht gedacht, dass du daran erinnert werden möchtest«, bemerkte Honour, wobei sie sich bemühte, einen unbefangenen Tonfall anzuschlagen.

»Es würde dich überraschen, wie oft ich an die Vergangenheit denke«, gab Rose zurück, dann ließ sie den Kopf ein wenig hängen, als wäre ihr bewusst geworden, dass diese Feststellung irgendeine Art von Erklärung notwendig machte.

»In Ordnung, Mutter«, seufzte sie und sah Honour direkt an. »Es gibt tatsächlich viele Dinge, die ich bereue. Wenn ich noch einmal von vorn anfangen könnte, würde ich alles anders machen.«

Honour nickte. »Das hast du in deinem Brief schon geschrieben, und du hast auch geschrieben, dass du auf Verzeihung hoffst und auf eine Chance für einen Neuanfang. Was hat diesen plötzlichen Meinungsumschwung ausgelöst?«

»So plötzlich kam das gar nicht«, entgegnete Rose schulterzuckend. »Ich wollte schon sehr lange Kontakt zu dir aufnehmen, aber seit der Krieg begonnen hat, ist es einfach wichtiger geworden.«

»Genauso habe ich ebenfalls empfunden«, bekannte Honour bedächtig. »Doch so glücklich und erleichtert ich darüber war zu erfahren, dass du hier bist, kann ich dir keine Vergebung versprechen. Die musst du dir verdienen.«

»Wie?«, wollte Rose stirnrunzelnd wissen.

»Nun, auf diese Frage wirst du allein eine Antwort finden müssen«, meinte Honour. »Du wirst ehrlich mit dir selbst sein müssen, was deine Beweggründe betrifft. Hängt es damit zusammen, dass du im Augenblick einsam bist oder Sorgen hast?«

»Nein, mir geht es gut«, erklärte Rose entrüstet. »Ich habe dieses Haus und ein Einkommen von meinen Mietern. Ich kann dich herumführen, damit du es mit eigenen Augen sehen kannst.«

»Materielle Dinge beeindrucken mich nicht«, wies Honour sie zurecht. »Sie haben mich nie beeindruckt und werden mich auch nie beeindrucken. Du und dein Vater, ihr wart früher einmal die Achse, um die sich meine Welt gedreht hat. Jetzt ist es Adele. Und geradeso, wie ich mein Bestes gegeben habe, um für dein und Franks Wohlergehen zu sorgen, werde ich es auch mit meiner Enkelin halten. Also wirst du mich von der Aufrichtigkeit deiner Motive überzeugen müssen, bevor ich dich auch nur in Adeles Nähe lasse.«

»Ich weiß gar nicht, ob ich sie überhaupt sehen will«, erwiderte Rose verdrossen. »Wir sind nicht gut miteinander ausgekommen, als sie noch ein Kind war. Sicher wäre das heute nicht anders.«

»Wenn das deine Einstellung ist, dann kann ich geradeso gut gleich wieder gehen«, fuhr Honour sie an. »Du kannst Adele und mich nur zusammen haben. Wenn du mich irgendwo in deinem Leben haben willst, wirst du sie um Verzeihung bitten müssen.«

Rose schwieg für eine Weile und krampfte ihre Hände auf dem Schoß zusammen. »Ich möchte Wiedergutmachung leisten«, versicherte sie schließlich. »Ich glaube einfach nicht, dass sie mir auf halbem Wege entgegenkommen wird. An jenem Tag, als ich dich aufgesucht habe, habe ich alles falsch gemacht, das weiß ich. Es gab so vieles, was ich sagen wollte, aber ich hätte nicht einfach so aus heiterem Himmel bei dir auftauchen und mich so benehmen dürfen, wie ich es getan habe, so ...« Sie hielt inne, denn sie wusste offensichtlich nicht, wie sie ihr Verhalten an jenem Tag beschreiben sollte.

»So unverschämt?«, schlug Honour vor. »Denn genau das warst du, Rose. Ignorant, undankbar, gefühllos und noch viel mehr. Ich konnte keine Spur mehr von der Tochter entdecken, die ich mit so viel Liebe und Sorgfalt großgezogen hatte.

Du musst mit einigen gemeinen Menschen Umgang gepflegt haben, dass du dich so entwickelt hast.«

Rose versteifte sich. »Gemeine Menschen waren die einzigen, die mir Zuflucht gewährt haben«, erklärte sie trotzig. »Wenn ich nicht verzweifelt gewesen wäre, hätte ich Jim Talbot niemals geheiratet.«

Honour musterte ihre Tochter durchdringend. Sie sah tatsächlich viel besser aus als bei ihrer letzten Begegnung. Ihr blondes Haar glänzte und war nach der neuesten Mode frisiert, eine Art dicker Rolle im Nacken, von der Honour sich nicht erklären konnte, wie man sie zuwege brachte. Außerdem war Rose sonnengebräunt und auch schlanker als damals, und das in Rosé und Weißtönen gehaltene Sonnenkleid hatte durchaus Klasse. Aber sie hatte viele Falten im Gesicht, und es waren keine Lachfalten. Sie war noch immer eine sehr attraktive Frau, doch sie wirkte hart.

»Jim Talbot gehört der Vergangenheit an«, meinte Honour schließlich. »Aber hast du diese Vergangenheit in die Gegenwart gezerrt?«

»Was um alles in der Welt soll das heißen?«, fragte Rose und richtete sich empört auf. »Mir kommt es so vor, als wärst du diejenige, die die Vergangenheit nicht ruhen lassen kann!«

Honour spürte, dass sie energisch sein musste. »Fang nicht so an, Rose. Hör mir einfach einen Moment lang zu. Die Art, wie du damals fortgegangen bist, und der Tod deines Vaters haben mich zu einer verbitterten Einsiedlerin gemacht. Daran hat sich erst an dem Tag etwas geändert, als Adele bei mir erschien. Ich weiß also, warum Menschen die Vergangenheit mit sich herumschleppen und sich in altem Elend suhlen. Erzähl mir, hast du dir wirklich Mühe gegeben, dein Leben zu ändern, nachdem du aus dieser Klinik geflohen warst?«

»Natürlich habe ich mir Mühe gegeben«, fuhr Rose auf. »Sieh mich an, lebe ich in einem Elendsviertel? Bin ich ungepflegt, schmutzig oder übergeschnappt?«

»Nein, das bist du nicht«, pflichtete Honour ihr bei. »Doch hast du das alles durch deine eigenen Anstrengungen und harte Arbeit erreicht?«

»Du denkst wahrscheinlich, ich hätte das Haus von einem Mann bekommen.« Rose erhob sich aus ihrem Liegestuhl und blickte zornig auf ihre Mutter hinab. »Wofür hältst du mich? Für ein Flittchen?«

Honour öffnete den Mund zu einer Antwort, aber das Motorengeräusch eines Flugzeugs in der Ferne ließ sie jäh innehalten. Es war ein dumpfes Dröhnen, und sie wusste aus Erfahrung, dass es nicht von einem der kleinen Kampfflugzeuge kommen konnte. »Horch«, rief sie, während sie aufsprang und nach Roses Arm griff. »Bomber!«

»Das mag ja sein, doch sie werden hier keine Bomben abwerfen.« Rose schüttelte ihre Hand ab. »Es ist schon schlimm genug, dass du mich als Flittchen bezeichnest. Einen hysterischen Anfall kann ich nicht auch noch verkraften.«

Honour stand stocksteif da, spitzte die Ohren, um auf die Flugzeuge zu lauschen, und ignorierte ihre Tochter. Es war ein schrilles Heulen zu hören, dann ein dumpfer Aufprall, dem in schneller Folge andere folgten, und im nächsten Moment war das ohrenbetäubende Kreischen einer Luftangriffssirene zu hören, das Towzer ein schrilles Heulen entlockte.

»Wo ist der nächste Bunker?«, fragte Honour und griff

nach ihrer Handtasche und nach der Leine von Towzer, der immer noch aus Leibeskräften jaulte.

»Am unteren Ende der Straße ist einer, aber man darf keine Hunde mit hineinnehmen«, erklärte Rose gereizt. »Um Gottes willen, Mutter, beruhige dich, und sorg dafür, dass dieses verdammte Vieh mit dem grässlichen Lärm aufhört.«

»Dann müssen wir ins Haus gehen, Rose«, erwiderte Honour, trat vor Towzer hin und legte ihm schützend die Arme um den Hals. »Gibt es hier einen Keller?«

»Ja, ich benutze ihn als Lagerraum«, antwortete Rose, während sie müßig das Teegeschirr auf das Tablett räumte, als gäbe es nicht den geringsten Grund zur Sorge. »Keine Panik, Mutter. Wir werden in das oberste Stockwerk hinaufgehen und nach draußen schauen, von dort aus kann man meilenweit sehen. Vielleicht wirst du dich dann wieder beruhigen.«

Der Raum, von dem Rose gesprochen hatte, bot tatsächlich einen guten Blick auf das Zentrum von London, doch das Bild, das sich ihnen darbot, verschlug ihnen beiden die Sprache. Der Himmel war voller Flugzeuge, die so weit entfernt waren, dass sie kaum größer als Vögel zu sein schienen, aber über dem Boden unter ihnen stieg eine unheilvoll pilzförmige Wolke schwarzen Rauchs auf.

Plötzlich war es Rose, die zu Tode erschrocken war, und sie drehte sich händeringend nach Honour um. »Oh, mein Gott!«, rief sie. »Sie werfen wirklich Bomben ab! Was sollen wir nur tun?«

»Wir werden uns deinen Keller ansehen«, erklärte Honour. »Ich werde nicht ohne Towzer in einen Bunker gehen. Was meinst du, wie weit diese Wolke entfernt ist?«

»Ich habe keine Ahnung«, stieß Rose hervor, deren Gesicht mit einem Mal schneeweiß war. »Sie ist vielleicht über dem West End, aber genauso gut könnte sie weiter entfernt sein, über dem East End. Das lässt sich so schwer beurteilen.«

»Whitechapel?«, fragte Honour, deren Knie plötzlich weich geworden waren.

»Möglich«, nickte Rose. »Komm, lass uns nach unten gehen, bevor die Bomber hier sind.«

Ohne den Luftangriff zu genau diesem Zeitpunkt hätte Honour nicht viel über ihre mittlerweile erwachsene Tochter erfahren, das sollte ihr später klar werden. Wahrscheinlich wären sie im Streit auseinandergegangen, und Honour war sich fast sicher, dass sie bei ihrer Rückkehr nach Hause in diesem Fall genauso viele unbeantwortete Fragen gehabt hätte wie bei ihrer Ankunft in London.

Es war vier Uhr, als die Sirene verstummte, und um sieben Uhr an diesem Abend hatte Honour über verschiedene Dinge Klarheit gewonnen: Abgesehen von dem Egoismus und der Halsstarrigkeit, die sie so gut kannte, geriet Rose leicht in Panik, ihr widerstrebte jede körperliche Arbeit, und sie besaß nur herzlich wenig Menschlichkeit.

Der Lärm kam aus einiger Entfernung, brach jedoch keinen Moment lang ab. Zwei Stunden lang fielen Bomben, und neben diesem Dröhnen hörte man das Knattern von Flakgeschützen, die Sirenen von Krankenwagen und die Glocken der Feuerwehr. Erst als sie die Sechs-Uhr-Nachrichten hörten, erhielten sie die Bestätigung, dass die Bomben nur über dem East End und dem Hafen gefallen waren, nicht, wie Honour befürchtet hatte, über ganz London.

Zu diesem Zeitpunkt wusste sie das jedoch noch nicht und hielt es für dringend erforderlich, so schnell wie möglich einen Ort der Sicherheit zu schaffen. Rose zauderte jedoch, sie rauchte Kette und schloss gerade einmal die Fenster – ansonsten packte sie nicht mit an.

Es war Honour, die an die Türen der Mieter klopfte, um festzustellen, wer zu Hause war. Sie war es auch, die den Keller ausräumte, den Boden fegte und Stühle, Decken, Kissen und andere Annehmlichkeiten nach unten trug. Als Honour Rose vorschlug, Eimer mit Wasser zu füllen, um das Feuer von Brandbomben zu löschen, sah ihre Tochter sie nur mit leerem Gesichtsausdruck an, als hätte sie noch niemals etwas Derartiges gehört.

»Dieses Haus wird heute vielleicht nicht getroffen werden«, fuhr Honour sie schließlich an. »Aber irgendwann werden die Bomber wahrscheinlich bis hierher vordringen. Du musst Vorkehrungen für diesen Fall treffen, Rose! Außerdem könnte auch die Sicherheit deiner Mieter von dir abhängen.«

»Aber um die muss ich mich doch bestimmt nicht auch noch kümmern?«, gab Rose entsetzt zurück.

Als Honour zuvor ihre Runde durchs Haus gemacht hatte, hatte sie keinen der Mieter angetroffen, was wahrscheinlich nur daran lag, dass es ein so warmer Tag war. Heute Nacht oder in jeder anderen Nacht konnte das durchaus anders aussehen.

»Bis zu einem gewissen Punkt bist du tatsächlich verantwortlich für diese Menschen. Natürlich steht es ihnen als Erwachsene frei zu entscheiden, ob sie einen offiziellen Bunker aufsuchen wollen oder nicht«, erklärte Honour müde. »Doch im Notfall musst du ihnen diesen Keller zugänglich machen.«

Sobald die Entwarnung kam, stürzte Rose ohne ein einziges Wort der Erklärung durch die Haustür hinaus und überließ es Honour, ihre Bemühungen fortzusetzen, den Lagerraum einigermaßen behaglich herzurichten. Sie verfasste eine Liste mit Dingen, die Rose ihrer Meinung nach kaufen sollte, um sie für Notfälle im Keller einzulagern: Kerzen, Dosenmilch und Konserven, außerdem einen Paraffinbrenner, um im Winter zu heizen. Sie war gerade mit der Liste fertig geworden, als ihre Tochter mit einer Flasche Brandy zurückkam.

»Ich habe gehört, der Hafen stünde in Flammen«, berichtete sie.

Als die Sirene um halb acht wieder zu schrillen begann, dämmerte es schon. Hätte Honour nicht bereits Cornedbeef-Sandwiches und eine Thermosflasche Tee bereitgestellt und Towzers mitgebrachtes Fressen vorbereitet, hätten sie den Abend allesamt mit knurrendem Magen verbracht, denn Rose stürzte mit ihrem Brandy in den Keller, ohne an irgendjemand anderen zu denken als an sich selbst.

Als die Bombardierung von Neuem begann, ging Honour nach oben, um festzustellen, ob irgendjemand von den Mietern unbemerkt von ihr nach Hause gekommen war. Es war niemand da, aber ein Blick durch das Fenster im oberen Stock entsetzte sie. Der Nachthimmel war im Osten leuchtend rot, was offenkundig eine Folge des Feuers im Hafen war, von dem Rose gesprochen hatte.

Honour hatte nicht vorgehabt, ihrer Tochter zu erzählen, dass Adele in London als Krankenschwester arbeitete, zumindest nicht, bevor sie sich sicher war, ob Rose es verdiente, Adele wiederzusehen. Aber nachdem sie die Flammen gesehen hatte, hatte Honour solche Angst um ihre Enkelin, dass sie nicht anders konnte, als damit herauszuplatzen.

Erst da tauchte Rose aus ihrer Benommenheit auf. »Sie ist im East End?«, fragte sie ungläubig. »Ich dachte, sie sei unten in Sussex, in deiner Nähe.«

»Sie hat im Buchanan Hospital in Hastings gearbeitet, bis sie sich von ihrem jungen Verlobten getrennt hat. Danach ist sie in das London Hospital in Whitechapel gegangen.«

Jetzt hörte Rose auf zu trinken und wollte die ganze Geschichte hören. Honour verspürte eine gewisse Erleichterung darüber, jemandem von der schrecklichen Sorge zu erzählen, die sie gequält hatte, als sie nicht gewusst hatte, wo Adele war.

»Ich kenne den wahren Grund für ihre Trennung von Michael noch immer nicht; die beiden waren so glücklich miteinander. Ich kann nur annehmen, dass es etwas mit den Dingen zu tun hat, die in diesem Kinderheim geschehen sind«, beendete Honour ihren Bericht.

Rose hatte nicht allzu viel gesagt, während Honour ihr die ganze Geschichte erzählt hatte – vermutlich litt sie zu sehr unter Gewissensbissen, um zu sprechen. Während sie im fahlen Licht der einen schwachen Glühbirne an der Decke in den beiden Liegestühlen saßen, konnte Honour ihre Tochter nicht deutlich genug sehen, um ihren Gesichtsausdruck zu erkennen, aber Rose tupfte sich mit einem Taschentuch die Augen ab, und als sie schließlich doch zu sprechen begann, zitterte ihre Stimme.

»Es tut mir so leid, Mutter, ich hatte ja keine Ahnung davon. Ich habe geglaubt, sie sei von Euston aus direkt zu dir gegangen. Ich wusste nicht, dass man sie vorher in ein Kinderheim geschickt hat. Wie konnte ein Mann einem Kind so etwas antun?«

»Es gibt viele böse Menschen auf dieser Welt.« Honour zuckte die Schultern. »Ich weiß, dass du es mir nicht danken wirst, wenn ich dich an dein Versagen als Mutter erinnere, aber es muss einmal ausgesprochen werden. Wenn du dich anständig um deine Tochter gekümmert und ihr Liebe und das Gefühl gegeben hättest, etwas wert zu sein, hätte dieser Mann Adele niemals in sein abscheuliches Netz ziehen können.«

Jetzt begann Rose, unverhohlen zu weinen. »Wie hätte ich das denn tun sollen?«, schluchzte sie. »Du hast ja keine Ahnung, wie es für mich war, Mutter. Ich habe in grässlichem Schmutz gelebt, mit einem Mann, der niemals etwas anderes kennengelernt hatte, und ich saß mit einem Baby fest, das ich nicht einmal wollte. Es war die Hölle, und Adele erinnerte mich ständig an alles, was ich verloren hatte. Ich konnte nicht anders, als ihr das zu verübeln. Doch Pamela habe ich geliebt, von ganzem Herzen geliebt. Als sie starb, konnte ich es nicht mehr ertragen, Adele anzusehen. Aber ich war seelisch krank. Ich konnte nichts dafür.«

Honour hörte geduldig zu, während Rose ihr von ihrem elenden Leben mit Jim erzählte und von der schrecklichen Niedergeschlagenheit, aus der sie einfach nicht hatte herausfinden können.

»Ich habe Mitgefühl mit dir«, erklärte sie, als Rose zu sprechen aufhörte. »Vermutlich ging es mir nach Franks Tod ganz ähnlich. Aber du kannst nicht alles auf die Krankheit schieben, du musst dir eingestehen, dass alles, was dir widerfahren ist, deine Entscheidung war, deine Schuld. Erst wenn du das einsiehst, kannst du eine Möglichkeit finden, Wiedergutmachung zu leisten.«

»Dafür ist es jetzt zu spät«, entgegnete Rose mit brechender Stimme.

»Für manche Dinge ist es nie zu spät«, beharrte Honour. »Adele hat ein großes Herz. Du wirst eine Möglichkeit finden, dafür zu sorgen, dass sie stolz auf dich sein kann. Sie wird dir verzeihen, davon bin ich überzeugt. Aber vielleicht sollten wir jetzt zusammen ein kleines Gebet sprechen, dass ihr heute Nacht nichts geschehen möge?«

»Es ist alles gut, Sie sind nun in Sicherheit«, sprach Adele beruhigend auf die alte Frau ein, die kurz zuvor mit einer bösen Beinverletzung eingeliefert worden war. Die Frau wimmerte noch immer vor Angst, und nach dem, was Adele aus den oberen Fenstern des Krankenhauses heraus gesehen hatte, überraschte es sie, dass sie nicht laut schrie.

Der Luftangriff hatte alle Bewohner der Stadt überraschend getroffen. Es war ein wunderschöner, warmer Samstagnachmittag gewesen, und die Menschen waren voller Freude auf den vor ihnen liegenden Abend durch die Mile End Road geschlendert, als der Himmel von einem Moment auf den anderen schwarz von Bombern geworden war.

Adele war kaum mehr als eine Stunde wach gewesen, denn sie hatte Nachtdienst und musste vor sechs Uhr nicht wieder arbeiten. Als die Alarmsirenen schrillten, war sie gerade im Begriff gewesen fortzugehen, um einige Briefumschläge zu kaufen. Es hatte im vergangenen Jahr hunderte Male falschen Alarm gegeben, und inzwischen ignorierten viele Menschen die Warnung einfach. Andererseits waren in letzter Zeit einige Bomben im südöstlichen Teil Londons niedergegangen, am fünfundzwanzigsten August hatten verschiedene Brandbomben das Zentrum der Stadt getroffen, und erst vor zwei Tagen hatten die Ölinstallationen in Thamesheaven und Shellheaven an der Mündung der Themse lichterloh gebrannt, sodass Adele die Dinge nicht mehr ganz so gelassen betrachtete.

Wie die meisten Menschen hatte sie geglaubt, die Deutschen seien nur daran interessiert, Flughäfen und Schiffe zu bombardieren, doch sie war hinausgegangen, um festzustellen, wie die anderen Leute auf diesen Alarm reagierten.

Sie war nicht weiter als bis in die Mile End Road gekommen, als sie das Dröhnen eines Flugzeugs gehört und eine erschreckende Anzahl von Flugzeugen am Himmel gesehen hatte; es mussten hunderte gewesen sein. Da es keine Fliegerabwehr gegeben hatte, hatte sie einen Moment lang geglaubt, es seien Engländer, bis sie mehrere Spitfires und Hurricanes auf die Flugzeuge zujagen gesehen hatte. Anscheinend begriffen in diesem Moment auch alle anderen, dass der Ernstfall eingetreten war, denn plötzlich begannen die Menschen, schreiend zu flüchten.

Adele rannte in das Schwesternheim, um ihre Uniform anzulegen. Sie war noch in ihrem Zimmer, als sie das schrille Kreischen der ersten Bombe hörte, und während die Fenster unter dem Aufprall erzitterten, ging sie in Deckung.

Sie hatte unglaubliche Angst und brachte es kaum fertig, ihre Haube aufzusetzen, aber sie musste sofort ins Krankenhaus hinübergehen, das wusste sie. Ihr Instinkt sagte ihr, dass dies die härteste Nacht ihres Berufslebens werden würde.

Während sie durch den Korridor lief, schlossen sich andere

Krankenschwestern ihr an, doch es blieb keine Zeit für Gespräche über die jüngsten schockierenden Ereignisse. Die verängstigten Gesichter und die schief sitzenden Hauben der Frauen sagten alles.

Während sie zum Krankenhaus hinüberrannten, fielen weitere Bomben, aber sie schlugen hinter ihnen ein, in der Nähe von Silvertown und den Docks – ein kurzer Blick über die Schulter zeigte eine Wolke grauen Staubs, der sich in den Himmel emporhob. Neben den Luftsirenen konnten sie Krankenwagen und Feuerwehrwagen läuten hören, und ein Lastwagen mit Männern des Zivilschutzes bog mit quietschenden Rädern um die Ecke.

Im Gegensatz zu dem Lärm und dem Tumult draußen herrschte im Krankenhaus eine geradezu unheimliche Stille. Als die Nachtschwestern durch die Türen strömten, tauchte die Oberschwester vor ihnen auf. »Gut gemacht«, lobte sie mit einem anerkennenden Nicken. »Ich bin sehr froh, dass Sie alle so viel Vernunft hatten, unverzüglich hierherzukommen. Ich denke, wir werden heute Nacht jedes verfügbare Paar Hände benötigen.«

Zu Adeles Überraschung befahl sie ihnen allen, nach unten in die Kantine zu gehen, um etwas zu essen. Als sie die Mienen der jungen Frauen sah, lächelte die Oberschwester schwach. »Es wird noch eine Weile dauern, bis die ersten Verletzten hier eintreffen. Sie werden heute Nacht vielleicht nicht noch einmal Gelegenheit bekommen, etwas zu sich zu nehmen.«

Sie hatte natürlich recht; es dauerte noch über eine halbe Stunde, bevor die Patienten ankamen, und während all dieser Zeit brach der Lärm der Bomben kaum eine Sekunde ab. Geringfügige Verletzungen wurden von den Erste-Hilfe-Stationen versorgt, sodass die ersten Patienten großenteils Fälle waren, mit denen die freiwilligen Helfer nicht allein fertig wurden, Menschen, die von fallendem Mauerwerk getroffen worden waren und schwere Schnittwunden oder gebrochene Glieder davongetragen hatten.

Um sechs Uhr, dem Zeitpunkt, zu dem die Nachtschwestern normalerweise ihren Dienst angetreten hätten, kam die Entwarnung, aber obwohl sie für eine Weile Ruhe vor dem Bombenlärm hatten, war die Atempause nur von kurzer Dauer. Um halb acht erklangen die Sirenen von Neuem, und die Bombardierung ging weiter.

Während die Trupps des Zivilschutzes nach und nach Menschen aus den Trümmern bargen, wurden die Verletzungen immer ernster, und aus dem Rinnsal wurde ein Fluss, der schnell zu einem wahren Strom Verwundeter anschwoll.

Die Krankenschwestern und Ärzte mussten mit großer Geschwindigkeit arbeiten und konnten einander über dem Schrillen von Krankenwagensirenen, dem Heulen der Bomben und dem Schluchzen der verletzten Menschen kaum verstehen. Jeder einzelne ihrer Patienten war von Kopf bis Fuß mit Mörtelstaub bedeckt, und in den rot geränderten Augen der Verletzten stand ein wilder Ausdruck. Viele von ihnen flehten die Krankenschwestern an, jemanden auszuschicken, der herausfand, ob ihre Kinder, Ehemänner, Frauen oder Eltern gerettet worden waren.

Von denjenigen, die noch klar genug waren, um einen Bericht über die Ereignisse abzugeben, erfuhren die Krankenschwestern, dass in Silvertown ganze Straßenzüge zerstört worden waren. Sie hörten von Leichen, die auf den

Straßen lagen, und von unzähligen anderen Menschen, die unter dem Schutt der eingestürzten Häuser verschüttet worden waren.

Wann immer eine Bombe in der Nähe einschlug, lösten sich kleine Gipsstücke von der Decke, und Adele konzentrierte sich darauf, nicht daran zu denken, was geschehen würde, wenn das Krankenhaus einen direkten Treffer abbekam. Eine Krankenschwester lief nach oben und berichtete, dass Feuerwachen auf dem Dach stationiert worden seien. »Einer dieser Männer hat mir erzählt, dass die Surrey-Docks in Flammen stünden und Feuerwehrwagen aus ganz London dort hingeschickt worden seien, um beim Löschen des Brands zu helfen. Ich glaube, die Farbfabrik ist ebenfalls explodiert, denn es hängen furchtbare, beißende Dämpfe in der Luft«, bemerkte Adeles Kollegin aufgeregt.

Die Zeit verlor für sie alle ihre Bedeutung, während sie von einem Notfall zum anderen eilten. Der Boden war voller Blut, und kaum dass das Säuberungspersonal es weggewischt hatte, färbte sich der Boden wieder rot von neuem Blut. Die schwersten Fälle wurden operiert und dann auf eine Station gebracht, aber die Betten füllten sich im Nu, sodass Patienten mit geringfügigeren Verletzungen sich hinsetzen oder legen mussten, wo immer sie dem medizinischen Personal nicht im Weg waren.

Viele von ihnen waren außer sich, weil sie um den Rest ihrer Familien bangten. Manche Menschen hatten ihre Kinder verloren und befürchteten, sie könnten tot sein. Eine schwer verletzte Frau versuchte immer wieder, von der Trage zu steigen, auf der man sie hereingebracht hatte, um nach ihrem kleinen Sohn zu suchen.

Adele konnte nicht mehr zählen, wie viele Geschichten sie darüber gehört hatte, womit diese Menschen beschäftigt gewesen waren, als das Bombardement begonnen hatte. »Ich wollte gerade Tee kochen.« – »Ich war draußen im Bad.« – »Ich hatte gerade den Kessel aufgesetzt, als das ganze Haus erzitterte, und plötzlich war das Dach weg.«

All diese Menschen wären darauf vorbereitet gewesen, wäre ein solcher Luftangriff im vergangenen September gekommen, dachte Adele. Aber der Scheinkrieg hatte sie alle in einem falschen Gefühl der Sicherheit gewiegt. Die Menschen hatten aufgehört, ihre Gasmasken bei sich zu tragen, und stattdessen die Instruktionen der Luftschutzwarte ignoriert, weil sie diese Männer für aufgeblasene Wichtigtuer hielten. Einige Leute wussten kaum mehr, wo sich die Bunker befanden. Und Adele vermutete, dass die Bunker nicht groß genug waren, um all die Menschen aufzunehmen, die heute Nacht ihres Schutzes bedurften.

Sie und die anderen Krankenschwestern waren im Grunde nicht dazu ausgebildet, derartige Verletzungen zu versorgen: Ganze Gliedmaßen waren zertrümmert, viele Menschen hatten ungezählte abgebrochene Glassplitter im Rücken stecken, andere hatten zerquetschte Hände und Füße. Keine noch so große Zahl an Theoriestunden hatte sie auf derart grauenerregende Wunden vorbereitet.

Unmengen von Verbänden und Tupfern, unzählige Lind- und Klebepflaster wurden verbraucht. Adele bereitete hastig Patienten für den Operationssaal vor, eilte mit Nierenschalen herbei, um Erbrochenes aufzufangen, legte Druckverbände um eine Wunde, aus der mit erschreckender Geschwindigkeit das Blut quoll, und versuchte die ganze Zeit über, den Opfern Trost und Mut zuzusprechen.

»Wohin sollen wir gehen?«, fragte eine offenkundig sehr arme Frau mitleiderregend. Sie hatte eine schwere Kopfverletzung und hielt ein Baby in den Armen. »Unser Haus ist weg, zusammen mit all unseren Sachen und meinem Geld. Wo sollen wir schlafen? Ich hab nicht mal eine trockene Windel für den Kleinen.«

Es war zwei Uhr morgens, als Adele zum ersten Mal eine Pause machen konnte, um eine Tasse Tee zu trinken und ein Sandwich zu essen. Joan, die den ganzen Tag über im Dienst gewesen war und wie das restliche Tagespersonal auch die Nacht hindurch weitergearbeitet hatte, gesellte sich für einige Minuten zu ihr. »Wenn man sich vorstellt, dass ich heute Abend mit diesem Feuerwehrmann verabredet war ...«, murmelte sie und nahm einen tiefen Zug von einer Zigarette. »Der erste Mann seit über einem Jahr, der mir gefallen hat, und nun werde ich ihn vielleicht nie wiedersehen.«

Adele konnte sie nicht trösten, indem sie ihr versicherte, dass schon alles gut gehen werde, denn sie hatten inzwischen erfahren, wie furchtbar der Brand in den Docks war. Alles stand in Flammen, und etliche Feuerwehrleute waren von den Flammen eingeschlossen worden, während ringsherum Gebäude explodiert waren. Rotherhithe und Woolwich auf der anderen Seite der Themse waren ebenfalls schwer getroffen worden. Ein sechzehnjähriger Botenjunge der Feuerwehr war mit schweren Brandwunden eingeliefert worden, die er sich zugezogen hatte, als er mit dem Fahrrad durch eine brennende Straße gefahren war, um einem Feuerwehrhauptmann von einem anderen eine Nachricht zu überbringen. Obwohl seine Kleider brannten, war er tapfer weitergefahren, um seine Mission auszuführen, bevor er zusammengebrochen war, und selbst als er bereits auf der Trage gelegen hatte, hatte er sich gefragt, wie die Feuerwehrhauptmänner nun ohne ihn zurechtkommen sollten.

Das Stratford Hospital hatte einen direkten Treffer abbekommen, hieß es, aber soweit bekannt war, setzte das Pflegepersonal hinter Wandschirmen seine Arbeit fort. Auch in der Nähe des London Hospital waren viele Bomben gefallen, und es kamen immer neue Bomber nach. Da die Brände entlang des Flusses die gesamte Stadt erhellten, hatten die Deutschen leichtes Spiel und konnten sich jedes Ziel aussuchen, das ihnen gefiel.

»Und wo war die RAF die ganze Zeit? Warum haben sie die Bomber nicht aufgehalten?« Wieder und wieder hörte Adele während der Nacht diese vorwurfsvollen Fragen. Wie wankelmütig die Menschen doch waren! Vor einigen Wochen, während der Schlacht von Britannien, waren Kampfpiloten die beliebtesten Männer in England gewesen, und jetzt gab man ihnen die Schuld daran, dass sie die deutschen Flugzeuge durchgelassen hatten.

Aber sie hatte diese Bomber kommen sehen – zu hunderten, hieß es. Außerdem hatte sie die Hurricanes und Spitfires gesehen, und die Deutschen waren weit in der Überzahl gewesen.

Nach dem Gemetzel dieses Tages und der darauffolgenden Nacht konnte Adele kein lautloses Gebet für Michael sprechen. Nicht weil er ihr gleichgültig gewesen wäre, sondern weil es ihr falsch erschien, für einen einzigen Menschen zu beten, wenn Millionen anderer in der gleichen Gefahr schwebten.

»Mutter, es ist Wahnsinn, dorthinzugehen«, protestierte Rose, die um acht Uhr am nächsten Morgen versuchte, Honour am Aufbruch zu hindern. »Die Bomber könnten jederzeit zurückkommen.«

»Ich muss Adele sehen«, beharrte Honour halsstarrig. »Du passt auf Towzer auf, denn ich werde ihn nicht draußen lassen, für den Fall, dass ich irgendwo Schutz suchen muss.«

»Aber du wirst bestimmt nicht durchkommen«, wandte Rose ein. »Es fahren sicher keine Busse und U-Bahnen.«

»Dann werde ich zu Fuß gehen«, antwortete Honour. »Also, gib einfach gut auf Towzer acht.«

Sie hatten in den Morgennachrichten gehört, dass das East End getroffen worden war, doch es waren – vermutlich um einen Ausbruch von Panik zu verhindern – keine Einzelheiten darüber bekannt gegeben worden, wie viele Tote und Verletzte es gab. Honour hatte die ganze Nacht hindurch Bomben fallen hören, und irgendwann war sie nach oben ins Schlafzimmer gegangen, in das oberste Stockwerk des Hauses, und hatte eine Weile dagestanden und den roten Schein der Flammen beobachtet. Sie konnte einfach nicht warten, bis sie von Adele hörte, sie musste sich davon überzeugen, dass das Mädchen unverletzt war. Sie konnte unmöglich nach Hause zurückkehren, ohne Gewissheit zu haben.

Es gelang Honour, mit der U-Bahn bis nach Aldgate zu kommen. Ein Schaffner erklärte ihr, der Bereich dahinter werde auf Bombenschäden überprüft. »Von dort aus ist es jedoch nicht mehr weit bis Whitechapel«, fügte er hinzu.

Sobald Honour auf die Straße hinauskam, stieg ihr scharfer Brandgeruch in die Nase, und die Luft war zum Schneiden dick von Staub. Es sah so aus, als wäre alles um sie herum mit Talkumpuder oder Mehl bestäubt worden.

Kurz nachdem sie den Tower von London hinter sich gelassen hatte, sah sie die Schäden, die die Bomben hinterlassen hatten. Die Gebäude waren unversehrt geblieben, doch auf der Straße lagen Glas, Mauerwerk und Dachziegel, und viele Menschen versuchten, die Trümmer mit Besen zusammenzukehren.

Aber als sie die Hauptstraße von Whitechapel weiter hinunterging, wurden die Schäden allmählich gravierender. Die meisten Schaufenster waren zerbrochen, scharfe Glassplitter baumelten gefährlich über den darin ausgestellten Waren. Während sie ihren Weg fortsetzte, sah sie das erste ausgebombte Haus, von dem nur noch ein Haufen Schutt übrig war. Groteskerweise war eine der Seitenmauern unversehrt geblieben, und ein Bild, das Schwäne auf einem See zeigte, hing noch an seinem alten Platz. Eine verhutzelte alte Dame stand weinend davor, während zwei jüngere Frauen verzweifelt versuchten, ihre Habe aus den Trümmern zu bergen.

Hinter diesem Haus boten sich Honour noch viele ähnliche Bilder. Die meisten direkten Schäden hatten die Nebenstraßen abbekommen; ganze Häuserreihen waren eingestürzt, und in der Luft wogte noch immer weißer Staub. Gewaltige Brocken Mauerwerks blockierten die aufgerissenen Straßen.

Aber es war der Anblick der Menschen, der Honour mitten ins Herz traf; viele von ihnen hatten Klebepflaster oder Verbände auf ihren erschütterten Gesichtern und starrten fassungslos die Häuser an, die früher einmal ihre Heimat dargestellt hatten. Eine Frau, der die Tränen über die Wangen strömten, versuchte vergeblich, die Straße zu fegen.

Eine Gruppe von Männern vom Zivilschutz räumte Trümmer von der Mile End Road, und Honour fragte sie, was aus den obdachlos gewordenen Menschen werden würde.

»Man erlaubt ihnen, in Gemeindehäusern und Schulen zu schlafen«, erwiderte ein stämmiger Mann, dessen Gesicht aschfahl war. »Aber was Sie hier gesehen haben, ist noch nichts im Vergleich zu dem, was in Silvertown runtergegangen ist. Dort graben sie noch immer Leute aus den Trümmern aus. Wir werden dort weitermachen, sobald wir diese Straße so weit freigeräumt haben, dass Rettungslaster und Leichenwagen durchkommen können.«

»Steht das London Hospital noch?«, erkundigte sich Honour.

»Ja, die Gebäude sind unversehrt geblieben. Wird dort jemand aus Ihrer Familie behandelt?«

»Meine Enkelin arbeitet dort als Krankenschwester«, sagte Honour mit stockender Stimme. »Ich wollte mich davon überzeugen, dass es ihr gut geht.«

»Diese Frauen waren wahre Engel«, meinte er und klopfte Honour tröstend auf die Schulter. »Ich bin die halbe Nacht dort ein und aus gegangen und habe Verletzte hingebracht. Es ging dort zu wie in einem Irrenhaus, aber wir alle können stolz auf diese Frauen sein.«

Im Hospital ging es nach wie vor zu wie in einem Irrenhaus. Unzählige Verletzte wurden hier behandelt, Männer, Frauen und Kinder, und einige hatten so furchtbare Verletzungen davongetragen, dass Honour den Blick abwenden musste. Sie sah übermüdete Krankenschwestern mit blutbefleckten Schürzen und Ärzte, deren Kittel gleichermaßen blutbespritzt waren und die, während sie sich über ihre Patienten beugten, so aussahen, als stünden sie kurz vor dem Zusammenbruch.

Honour sprach eine Krankenschwester an. »Könnten Sie mir wohl sagen, ob Schwester Adele Talbot hier ist?«, fragte sie.

»Bis vor einer Stunde war sie hier«, antwortete die Krankenschwester. »Dann hat man einige der Kolleginnen weggeschickt, damit sie sich für ein paar Stunden hinlegen können.«

»Heißt das, dass sie später zurückkommen wird?«

»Oh ja, sie wird einige von uns ablösen. Sind Sie eine Verwandte?«

Honour nickte. »Sie ist meine Enkelin. Ich wollte nur wissen, ob es ihr gut geht.«

»Sobald sie ein wenig geschlafen hat, wird sie wieder auf dem Damm sein.« Die Krankenschwester lächelte mitfühlend. »Das gilt für uns alle. Gehen Sie ruhig nach Hause. Ich werde ihr ausrichten, dass Sie sich nach ihr erkundigt haben.«

Honour verließ das Krankenhaus und ging wieder die Straße in Richtung Aldgate hinauf. Aber plötzlich stieg in ihr das Gefühl auf, dass sie nicht einfach in die U-Bahn steigen, Towzer abholen und nach Hause zurückkehren konnte. Es musste jemand hier sein, der sich um all die verzweifelten, obdachlosen Menschen kümmerte, die gewiss alle für einige Stunden eine helfende Hand gebrauchen konnten.

Sie sah, dass der Mann vom Zivilschutz, mit dem sie zuvor gesprochen hatte, gerade im Begriff war, in seinen Lastwagen zu steigen und wegzufahren, daher ging sie zielstrebig zu ihm hinüber.

»Haben Sie Ihre Enkelin gefunden?«, wollte er wissen.

»Sie hat sich für einige Stunden hingelegt, aber ich glaube, ich selbst könnte mich in der Zwischenzeit ein wenig nützlich machen«, gab Honour zurück.

»Steigen Sie ein«, bat er und öffnete die Tür des Lastwagens. »Ich kenne genau den richtigen Ort dafür.«

Während sie auf Silvertown zufuhren und dabei Schlaglöchern und Trümmern auswichen, konnte Honour kaum glauben, was sie sah. Ganze Straßenzüge waren dem Erdboden gleichgemacht, Rettungstrupps räumten den staubbedeckten Schutt beiseite, um nach verschütteten Überlebenden und Toten zu suchen. Am Straßenrand lagen Leichen, die später abtransportiert werden sollten, einige bedeckt mit Säcken, andere mit Decken und alten Vorhängen. Sie sah Männer und Frauen, die mit bloßen Händen verzweifelt in den Trümmern gruben, offenkundig auf der Suche nach einem verschwundenen Familienmitglied. Kurz darauf bemerkte Honour etwas, das sie für eine Schaufensterpuppe hielt. Die Puppe lag auf einer der oberen Stufen einer Treppe, die unversehrt geblieben war, sich aber von der tragenden Mauer gelöst hatte. Dann begriff sie plötzlich, dass es keine Puppe war, sondern eine tote Frau.

Die Luft war erstickend, eine Mischung aus pulverisiertem Mörtel und Gasen von den Feuern, die noch immer an den Docks tobten.

Der Mann vom Zivilschutz, der sich ihr als Dan vorgestellt hatte, versuchte, sie ein wenig aufzuheitern und erzählte: »Bei Anbruch des Tages haben wir ein Baby und einen alten Mann gefunden, beide gesund und munter. Die Schranktür hatte sich geöffnet, und das ganze Ding ist über den alten Knaben gefallen, als das Haus einstürzte. Er glaubte, er sei bei lebendigem Leibe in einem Sarg begraben worden. Das Baby lag noch in seinem Kinderwagen unter einer Tür. Der Kleine schrie sich die Lungen aus dem Leib, deshalb haben wir ihn so schnell gefunden.«

Dan und die anderen Männer hatten die ganze Nacht hindurch gearbeitet und geholfen, wo sie nur konnten. »Ich werde Sie in eine Kirche bringen, die als Ruhezentrum benutzt wird«, erklärte er jetzt. »Dort wird ein weiteres Paar Hände hochwillkommen sein«, fügte er hinzu. »Das heißt, wenn Sie nichts dagegen haben, Sandwiches und Tee zuzubereiten und die Personalien der einzelnen Leute aufzunehmen, sodass man ihnen ein anderes Quartier zuweisen kann.«

Um vier Uhr nachmittags war Honour genauso erschöpft wie die meisten anderen Helfer. Da sich bald herausgestellt hatte, dass sie besser lesen und schreiben konnte als die anderen und außerdem gefühlsmäßig weniger betroffen war, hatte sie den größten Teil des Tages darauf verwandt, die Personalien obdachloser Menschen aufzunehmen und Listen von Familienmitgliedern zu erstellen, über deren Verbleib noch nichts bekannt war.

Aber während Honour sich eine herzzerreißende Geschichte nach der anderen anhörte, drohte selbst sie, von ihren Gefühlen überwältigt zu werden. Diese Menschen hatten schon vor dem Bombenangriff herzlich wenig besessen, und jetzt war ihnen gar nichts mehr geblieben, und sie hatten obendrein Familienmitglieder verloren. Sie hätte nie geglaubt, imstande zu sein, einer verzweifelten Mutter ein schmutziges, hungriges Baby mit einer durchweichten Windel abzunehmen, es auszuziehen, zu waschen und zu füttern. Das einzige Baby, um das sie sich jemals gekümmert hatte, war Rose gewesen. Außerdem hatte sie größere Kinder, deren Mütter noch nicht gefunden worden waren, in den Armen gewiegt und ihnen zu essen gegeben; sie hatte alle Frauen und Männer getröstet und, so kam es ihr zumindest vor, Hunderte von Menschen nach ihren Personalien gefragt und die Angaben in alphabetischer Reihenfolge aufgelistet, damit man ihnen für eine Übergangszeit andere Quartiere zuweisen konnte.

Selbst die Menschen, die noch ein Zuhause besaßen, hatten weder Gas noch Elektrizität, und sie alle fürchteten einen weiteren Luftangriff. Den ganzen Tag über hatte Honour gehört, dass es nicht genug Luftschutzbunker für alle gebe, und viele Menschen beklagten sich darüber, dass die Regierung es den Bürgern nicht gestatten würde, in den U-Bahn-Stationen Zuflucht zu suchen.

Aber obwohl so viele Menschen noch immer Hilfe benötigten, entschied Honour um halb sechs zu gehen, um Adele aufzusuchen und anschließend zu Rose und Towzer zurückzukehren. Es war ihr nicht länger wichtig, in ihr Cottage heimzufahren; sie war fest entschlossen, am nächsten Tag wieder nach Silvertown zu kommen, um zu helfen.

Ihr bestes Kleid war schmutzig, ihre Augen brannten, und ihre Kopfhaut juckte von all dem Mörtelstaub. Selbst ihre Lungen schienen nicht mehr richtig zu arbeiten. Trotzdem bat sie einen Lastwagenfahrer, sie in Richtung Whitechapel mitzunehmen, denn sie wollte unbedingt mit Adele sprechen. Unterwegs ging ihr wieder und wieder durch den Kopf, wie viel Glück sie im Vergleich zu den Menschen hatte, denen sie an diesem Tag begegnet war.

Im Krankenhaus herrschte jetzt ein wenig mehr Ordnung als am Morgen, und Honour fand Adele bald.

Sie wirkte müde, und ihre Augen waren rot gerändert, aber als sie ihre Großmutter entdeckte, die ängstlich vor der Tür der Station stand, kam sie mit erstaunter Miene herbeigeeilt.

»Was um alles in der Welt hast du hier zu suchen?«, schalt sie. »Wir müssen jeden Augenblick mit einem neuen Luftangriff rechnen.«

»Ich habe Rose besucht«, erklärte Honour rasch, »und ich habe nach dem Bombenangriff das dringende Bedürfnis gehabt, mich mit eigenen Augen davon zu überzeugen, dass du unversehrt bist.«

Als Adele von Rose hörte, malte sich tiefes Erschrecken in ihren Zügen ab. Sie errötete vor Zorn und sagte: »Du musst von allen guten Geistern verlassen sein, wenn du die Sicherheit Winchelseas verlassen hast, um einen so unwürdigen Menschen aufzusuchen, Granny.« Aber als ihre Großmutter sie für ihren Mangel an Barmherzigkeit tadelte, zuckte sie nur die Schultern und schimpfte ihrerseits: »Und du hast dein Leben aufs Spiel gesetzt, indem du nach Whitechapel gekommen bist! Hör mal, Granny«, fuhr Adele fort und schüttelte mit einem Blick auf Honours schmutziges Kleid missbilligend den Kopf. »Ich weiß es wirklich zu schätzen, dass du an mich denkst, aber ich bin hier ziemlich sicher, und ich tue das, wofür ich ausgebildet wurde. Und du solltest sofort aufbrechen. Hol Towzer, und fahr nach Hause. Untersteh dich, auch nur eine Minute länger bei Rose zu bleiben. London ist nicht der richtige Ort für dich.«

»Da bin ich anderer Meinung«, widersprach Honour halsstarrig, bevor sie ihrer Enkelin erzählte, was sie den ganzen Tag über getan hatte. »Und wenn Rose auf Towzer aufpasst, werde ich morgen wiederkommen. Ich kann mich hier besser nützlich machen als unten an der Küste.«

Jetzt wirkte Adele ernsthaft besorgt. »Granny, es ist gefährlich«, warnte sie. »Bitte, wenn du mich auch nur ein klein wenig lieb hast, fahr nach Hause, und bleib in Sicherheit. Sofort – bevor ich wütend auf dich werde.«

Honour quittierte die plötzliche Umkehrung der Rollen mit einem Kichern. Sie hatte nicht die Absicht, nach Sussex zurückzukehren, hielt es aber für klüger, das Adele jetzt noch nicht mitzuteilen, denn das Mädchen hatte schon genug um die Ohren. Sie küsste ihre Enkelin und schickte sie zu ihren Patienten zurück.

Als Honour auf halbem Wege zwischen dem Krankenhaus und der U-Bahn-Station Aldgate war, begannen die Sirenen abermals zu schrillen. Sie betrachtete die Menschen um sich herum, stellte jedoch zu ihrer Verwirrung fest, dass sie in alle Himmelsrichtungen davonrannten. Irgendwann im Laufe des Tages hatte jemand erwähnt, die U-Bahn-Stationen seien seiner Meinung nach der sicherste Ort für einen solchen Fall, daher zögerte sie nicht lange, sondern lief weiter.

Als sie das Dröhnen der Bomber hörte, drehte sie sich nicht um, ebenso wenig wie sie beim ersten Aufheulen einer Bombe und dem darauffolgenden markerschütternden Dröhnen stehen blieb. Sie hörte, wie ein Mann ihr und den anderen Menschen etwas zurief. Vermutlich wollte er sie warnen, sich zu beeilen.

Ein neuerliches Heulen ertönte, diesmal offenbar sehr nah, und eine Frau schrie. Ein Schwall heißer Luft strich über Honours Gesicht, und plötzlich war sie blind von Staub, dann prallte etwas mit voller Wucht gegen sie und schleuderte sie zu Boden.

Ihr letzter Gedanke, als rot glühender Schmerz sie erfasste, galt Adele. Sie hatte ihrer Enkelin nicht Roses Adresse gegeben.

22

»Sieh mich nicht so an! Ich weiß auch nicht, wo sie ist«, fuhr Rose Towzer an. Als der Fliegeralarm vor einer halben Stunde losgegangen war, war der Hund vollkommen verrückt geworden; er hatte ein wildes Gebell ausgestoßen und war von Zimmer zu Zimmer gelaufen, um nach Honour zu suchen. Er hatte sich geweigert, mit Rose in den Keller zu gehen, und ihr war nichts anderes übrig geblieben, als ihn am Halsband nach unten zu zerren.

Während nun die Bomben fielen, hatte er die Vorderpfoten auf ihren Schoß gestellt, und seine flehentlichen Blicke und sein trauriges Jaulen gingen ihr auf die Nerven.

»Es wird uns schon nichts passieren«, meinte sie und ließ sich dazu erweichen, ihm den Kopf zu streicheln. Wahrscheinlich, so vermutete sie, hatte er ihre Angst gewittert, denn bevor die Sirenen geheult hatten, war er ganz ruhig gewesen. Gegen Mittag waren sie durch den Ravenscourt Park gegangen, und als sie auf dem Rückweg im Pub am Ende der Straße haltgemacht hatten, um etwas zu trinken, hatten die Leute dort einen furchtbaren Wirbel um ihn veranstaltet.

Alle hatten über die Bombardierung des East End in der vergangenen Nacht gesprochen; Hunderte von Menschen sollten getötet worden sein, hieß es. Man glaubte allgemein, die Bomber hätten die Docks zum Ziel gehabt und es sei nur ein bedauerlicher Irrtum gewesen, dass Zivilisten dabei den Tod gefunden hatten. Trotzdem waren alle sehr nervös. Die meisten hatten die Absicht, die nächste Nacht in einem Bunker zu verbringen, und mehrere Männer sprachen davon, ihre Frauen und Kinder aus London fortzuschicken.

Rose war nur auf einige Drinks im Pub geblieben, da sie Honour zurückerwartete, aber als ihre Mutter im Laufe des Nachmittags noch immer nicht erschien, wurde sie langsam wütend, weil sie ihr Towzer aufgehalst hatte.

Jetzt jedoch, während abermals die Bomben fielen und sie nur den Hund als Gesellschaft hatte, bekam Rose es mit der Angst zu tun: Honour musste etwas Schlimmes zugestoßen sein und Adele wahrscheinlich ebenfalls. Sie konnte sich nicht vorstellen, dass ihre Mutter auch nur eine Minute länger als nötig in Whitechapel bleiben würde. Es gab nur einen Grund, warum sie nicht zurückgekommen war, um Towzer abzuholen: Sie hatte Adele nicht finden können.

Dann kam ihr ein neuer Gedanke, und ein kalter Schauder überlief sie. Was war, wenn Myles Adele doch die Wahrheit erzählt hatte?

Rose erinnerte sich weder daran, den Brief an ihre Mutter geschrieben noch ihn abgeschickt zu haben, also musste sie es offensichtlich im betrunkenen Zustand getan haben. Sie war vollkommen fassungslos gewesen, als Honour plötzlich vor ihr gestanden hatte, und im ersten Augenblick hatte sie gefürchtet, Honour sei gekommen, um ihr Vorwürfe wegen der Geschichte mit Myles und Adele zu machen.

Doch binnen weniger Minuten war ihr klar geworden, dass das nicht der Fall war, denn Honour war eindeutig nicht wütend auf sie gewesen. Daraufhin hatte Rose sich entspannt. Also hat Myles offenbar eine andere Möglichkeit gefunden, Adele von Michael abzubringen, hatte sie gedacht; bestimmt hat er ihr gar nicht eingestanden, dass er ihr Vater ist. Vielleicht hat er ihr sogar Geld angeboten, und das ist der Grund, warum sie ihrer Großmutter nichts davon erzählt hat, überlegte Rose weiter.

Als Honour ihr später am Abend berichtete, Adele sei nach London gegangen, um über Michael hinwegzukommen, musste Rose sich sogar ein Lächeln verkneifen. Genauso hätte sie es selbst gemacht: das Geld einstecken und in die Hauptstadt verschwinden. Anscheinend war Adele nicht das ach so tugendhafte Mädchen, als das Honour sie gern darstellte. Der Apfel fiel eben doch nicht weit vom Stamm!

Aber während Rose nun ungeduldig auf Honours Rückkehr wartete, konnte sie das nagende Gefühl nicht unterdrücken, Adele vielleicht falsch eingeschätzt zu haben. Was, wenn Myles ihr doch die Wahrheit gesagt und das Mädchen diese Dinge vor Honour verborgen gehalten hatte, um sie zu schonen?

Wenn das der Fall war und Honour ihr im Krankenhaus von ihrem Besuch bei Rose erzählt hatte, konnte Adele durchaus sehr wütend geworden sein. Und wenn die beiden die Köpfe zusammengesteckt und eins und eins zusammengezählt hatten, waren sie auch gewiss rasch dahintergekommen, woher Rose das Geld bekommen hatte, um das Haus zu kaufen.

Allein bei dem Gedanken daran wurde Rose übel. War das der Grund, warum Honour nicht zurückgekommen war? Weil sie es nicht ertragen konnte, eine weitere Nacht in Gesellschaft eines Judas zu verbringen, der die sprichwörtlichen dreißig Silberlinge genommen hatte?

Eine Bombe kreischte, dann folgte ein dumpfer Aufprall,

diesmal so nah, dass das Licht flackerte, und Rose zitterte plötzlich vor Angst. Wenn das Haus getroffen wurde, würde sie möglicherweise unter Tonnen von Ziegelsteinen begraben werden. Sie war nie gern allein gewesen – das war einer der Gründe, warum sie Mieter hatte haben wollen. Aber heute Abend war keiner von ihnen zu Hause.

Margery und Sonia, die beiden jungen Frauen, die sich das große vordere Zimmer im ersten Stock teilten, waren am Morgen kurz vorbeigekommen, um sich einige saubere Kleider zu holen. Sie waren gestern zum Einkaufen ins West End gefahren und hatten die Nacht in einem öffentlichen Bunker verbracht. Es sei furchtbar gewesen, hatten sie erzählt, und sie seien außer sich vor Angst gewesen, daher waren sie für den Fall eines neuerlichen Luftangriffs zu Margerys Eltern gefahren.

Rose erhob sich aus dem Liegestuhl und legte sich auf eine Matratze. Dann zog sie die Decke bis zum Kinn hoch und begrub den Kopf unter einem Kissen, um den Lärm der Bombardierung zu dämpfen. Aber weder die Bomben noch ihre eigenen Gedanken ließen sich aussperren.

Viele der Menschen, mit denen sie zu trinken pflegte und die sie als Freunde ansah, wollten sich im Falle eines weiteren Luftangriffes heute Nacht im hiesigen Bunker treffen, das hatte sie im Pub gehört. Aber keiner von ihnen hatte sie gefragt, ob sie sich ihnen anschließen wollte. Auch Margery und Sonia hatten sich nicht danach erkundigt, ob sie zurechtkommen würde.

Sie musste daran denken, dass ihre Mutter am vergangenen Abend über jeden der Mieter etwas hatte wissen wollen – wie alt sie waren, woher sie kamen und womit sie sich ihren

Lebensunterhalt verdienten. Rose hatte ihr nichts erzählen können, denn sie wusste praktisch nichts über diese Menschen. Heute hatte sie Margery nicht einmal gefragt, wo ihre Eltern lebten.

Rose war noch nie zuvor auf den Gedanken gekommen, es könne ein Versäumnis sein, so wenig Interesse an anderen Menschen zu zeigen, doch vielleicht hatte sie sich geirrt.

Plötzlich wurde ihr bewusst, dass sie keine echten Freunde hatte, sondern nur flüchtige Bekannte: Trinkkameraden. Wer würde um sie trauern, wenn sie heute Nacht sterben sollte?

Wenn Adele Honour heute von Michael erzählt hatte, würde keine der beiden Frauen auch nur einen feuchten Kehricht darum geben, wenn sie, Rose, irgendwann auf der Vermisstenliste erschien. Dasselbe galt für all die vielen Männer in ihrer Vergangenheit, denn wenn sie sich überhaupt an sie erinnerten, dann nur daran, wie Rose sie benutzt hatte.

»Mrs. Harris! Können Sie mich hören?«

Honour vernahm eine Frauenstimme, aber um sie herum herrschte lautes Getöse wie von einer lärmenden Party oder auf einem Bahnhof. Irgendwie konnte sie die Augen nicht öffnen, und sie hatte Schmerzen, obwohl sie nicht genau hätte sagen können, wo.

»Mrs. Harris! Sie sind bei dem Luftangriff verletzt worden, aber jetzt sind Sie im Krankenhaus und in Sicherheit.«

Luftangriff! Krankenhaus! Diese Worte schienen irgendeine Bedeutung zu haben, doch sie konnte nicht recht ausmachen, worin diese bestand. War das ein Traum? Sollte sie versuchen, aufzuwachen und Towzer hinauszulassen?

»Ich muss Towzer rauslassen«, brachte sie mühsam hervor und zwang sich dann, die Augen so weit zu öffnen, dass sie grelle Lichter sah.

»So ist es schon besser«, hörte sie die Stimme wieder. »Wir haben Ihren Namen auf einem Umschlag in Ihrer Handtasche gefunden, Mrs. Harris. Leben Sie in London, oder ist die Adresse in Sussex Ihre?«

Langsam wurde Honours Blick schärfer, und der Fleck vor ihr verwandelte sich in ein Gesicht – ein junges, hübsches Gesicht mit dunkelbraunen Augen. Die Frau trug die gestärkte Haube einer Krankenschwester, genau wie Adele.

»Ist Adele hier?«, krächzte sie schließlich, obwohl sie das Gefühl hatte, als wäre ihr Mund voller Staub.

»Welche Adele?«, hakte die Krankenschwester nach.

»Adele Talbot, meine Enkelin. Sie ist Krankenschwester.«

»Sie sind Adeles Granny?«, murmelte die Schwester ungläubig. »Ach, du meine Güte.«

Das konnte nur ein Traum sein, davon war Honour überzeugt. Da die Lichter sie blendeten, schloss sie die Augen und schlief kurz darauf wieder ein.

»Granny!«

Der Klang von Adeles Stimme weckte sie sofort.

»Adele?«

Sie konnte ihre Enkelin nicht klar erkennen, aber die Hand, die ihre hielt, fühlte sich richtig an. Jetzt, da Adele hier war, brauchte sie nicht mehr zu reden; es war in Ordnung, wieder einzunicken.

Nachdem sie Honour verlassen hatte, lief Adele zum Büro der Stationsschwester. Sie hatte den ganzen Abend lang Patienten gepflegt, die sich von einer Operation erholten, daher hatte sie kaum etwas von den neu eingelieferten Notfallpatienten zu sehen bekommen. Es war ein schrecklicher Schock gewesen zu hören, dass ihre Großmutter unter diesen Patienten gewesen war. Adele hatte Honour daheim in Hammersmith gewähnt, wo ihr nichts geschehen konnte.

Bei Weitem erschreckender war es jedoch gewesen, ihre Großmutter mit dicken Verbänden zu sehen und zu erfahren, dass die Ärzte einen Hirnschaden befürchteten, da sie so lange ohne Bewusstsein gewesen war.

»Mrs. Harris ist meine Großmutter!«, platzte sie ohne jede Vorrede nun bei Schwester Jones heraus. »Schwester Pople hat gesagt, sie habe möglicherweise einen Hirnschaden davongetragen«, stieß sie hervor. »Ist das richtig?«

»Es ist noch zu früh, um das zu beurteilen«, antwortete Schwester Jones, und als sie den gequälten Ausdruck auf dem Gesicht der jüngeren Frau sah, tätschelte sie ihr mitfühlend die Schulter. »Es ist ein hervorragendes Zeichen, dass sie mit Ihnen sprechen konnte, aber die Kopfverletzung ist ernst; außerdem hat sie sich ein Bein gebrochen, und sie hat ungezählte Schnittwunden am Körper und an den Gliedmaßen.«

»Sie ist sehr stark und gesund«, entgegnete Adele mit brechender Stimme. »Das wird ihr helfen, nicht wahr?«

»Ja, Schwester, natürlich wird es helfen, ebenso wie es ihr guttun wird, im selben Krankenhaus zu sein wie Sie. Hat sie einen Ehemann?«

»Nein, sie ist Witwe«, erwiderte Adele. »Sie hat jemanden

in London besucht und ihren Hund dort gelassen. Aber ich kenne die Adresse nicht.«

Sie konnte sich nicht dazu überwinden einzugestehen, dass dieser Jemand ihre Mutter war. Seit Honour ihr von ihrem Besuch bei Rose erzählt hatte, hatte Adele geschäumt vor Zorn, dass ihre Mutter die Frechheit besessen hatte, sich hinterrücks wieder in ihrer beider Leben zu stehlen.

»Ich habe in Honours Handtasche nachgesehen und einen Brief gefunden«, erklärte die Stationsschwester. »Ich habe ihn natürlich nicht gelesen, aber vielleicht sollten Sie ihn lesen. Möglicherweise hat ihn die Person geschrieben, bei der sie gewohnt hat. Und nun zu etwas anderem. Wie lange tun Sie jetzt schon Dienst, Talbot?«

»Im Grunde genauso lange wie alle anderen auch. Seit dem Luftangriff von gestern, mit drei Stunden Pause heute Morgen. Aber jetzt, da Granny hier ist, möchte ich nicht weggehen.«

Schwester Jones sah sie scharf an. »Ich werde später darauf bestehen, dass Sie sich für einige Stunden ausruhen«, entgegnete sie. »Erschöpften Krankenschwestern unterlaufen Fehler. Außerdem ist nicht vor morgen zu erwarten, dass Mrs. Harris' Zustand sich verändert.«

Als Adele in Honours Handtasche kramte und den in einem klagenden Tonfall abgefassten Brief Roses fand, wuchs ihre Wut auf ihre Mutter noch. Es war unglaublich! Nach all dem Kummer, den sie verursacht hatte, hatte Rose noch die Stirn, um Vergebung zu bitten!

Vielleicht hatte sie nicht damit gerechnet, Honour so schnell auf ihrer Türschwelle zu sehen, aber dass sie ihre Mutter direkt nach einem Luftangriff ins East End hatte gehen lassen – das war ein Verbrechen!

Wenn es nach Adele gegangen wäre, wäre sie Hals über Kopf nach Hammersmith gefahren, hätte Towzer dort weggeholt und ihrer Mutter unmissverständlich klargemacht, dass sie sie niemals wiedersehen oder etwas von ihr hören wolle. Aber sie konnte weder das Krankenhaus noch Granny verlassen, ebenso wenig konnte sie sich um Towzer kümmern, bis es ihrer Großmutter wieder besser ging.

Wahrscheinlich würde sie einfach die Polizei bitten müssen, Rose über das Geschehene in Kenntnis zu setzen, und darauf vertrauen, dass sie zumindest noch so viel Anstand besaß, gut auf Towzer achtzugeben.

Um elf Uhr am folgenden Morgen wurde Rose von der Türklingel geweckt. Sie war im Keller geblieben, bis kurz nach Sonnenaufgang die Entwarnung gekommen war, aber sie hatte in der Nacht vor Angst kein Auge zugetan. Sie hatte einen kurzen Spaziergang mit Towzer unternommen und zu ihrer Erleichterung festgestellt, dass in Hammersmith keine Bombenschäden zu sehen waren. Anschließend war sie in ihrem eigenen Zimmer wieder zu Bett gegangen.

Als sie jetzt die Haustür öffnete und einen uniformierten Polizisten vor sich stehen sah, rechnete sie sofort mit dem Schlimmsten und zog ihren Morgenrock fester um sich.

»Mrs. Talbot?«, fragte der Polizist.

»Ja«, antwortete Rose, deren Knie unter ihr nachzugeben drohten.

»Es tut mir leid, Ihnen schlechte Nachrichten überbringen zu müssen, doch Ihre Mutter wurde gestern Abend bei einem Luftangriff verletzt.«

Rose wusste nicht, was sie darauf erwidern sollte. Sie konnte den Polizisten nur anstarren.

»Sie liegt im London Hospital in Whitechapel. Die Nachricht, die wir heute Morgen erhielten, kam von Ihrer Tochter, die, wenn ich recht verstehe, dort als Krankenschwester arbeitet. Sie hat uns mitgeteilt, dass Mrs. Harris ziemlich schwere Verletzungen davongetragen hat. Ihr Zustand soll jedoch stabil sein.«

»Aber ich habe ihren Hund hier«, bemerkte Rose, ohne nachzudenken. »Was soll ich jetzt tun?«

Der Polizist warf ihr einen schiefen Blick zu. »Sich um ihn kümmern, bis es Ihrer Mutter besser geht?«, meinte er mit einem Anflug von Ironie.

»Aber wie lange wird das dauern?«, hakte sie nach.

»Sie könnten versuchen, das Krankenhaus anzurufen oder dort vorbeizuschauen, um es herauszufinden«, versetzte er scharf.

Nachdem der Polizist sich verabschiedet hatte, schloss Rose die Tür hinter ihm und ging langsam in ihre Wohnung zurück. Sie brauchte einige Minuten, um wirklich zu begreifen, was sie soeben gehört hatte, und dann noch einmal einige Minuten, bis ihr klar wurde, dass ihre Reaktion sehr gefühllos gewirkt haben musste. Sie trat an die Hintertür, blickte in ihren Garten hinaus und angelte ihre Zigaretten aus der Tasche ihres Morgenrocks. Warum hatte sie den Hund erwähnt? Jetzt hatte sie diesem Polizisten den Eindruck vermittelt, als interessierte das Tier sie ebenso wenig wie die Tatsache, dass ihre Mutter verletzt worden war.

Mit zitternden Händen zündete sie die Zigarette an und

nahm einen tiefen Zug. Genauso war es ihr in ihrem Leben immer ergangen; es schien, als arbeitete ihr Verstand nicht mit ihren Stimmbändern zusammen. Selbst wenn sie sich wirklich Mühe gab, freundlich oder mitfühlend zu sein, brachte sie es immer irgendwie fertig, roh zu klingen. Unzählige Szenen fielen ihr da ein.

Mehr als alles andere beschämte sie ihre Reaktion an jenem Abend, als sie siebzehn Jahre alt gewesen war und ihre Mutter ihr das neue, selbst genähte blaue Kleid geschenkt hatte.

Bei den schrecklichen Dingen, die sie an jenem Abend gesagt hatte, war es im Grunde gar nicht um das Kleid gegangen, das praktisch und nützlich gewesen war. Aber sie war damals bis über beide Ohren in Myles verliebt gewesen, ihr ganzes Wesen hatte nach Romantik, Schönheit und Zauber geschrien. Das schlichte blaue Kleid hatte für alles gestanden, was sie an ihrem Dasein verachtete: ihre Arbeit als Kellnerin, das Leben in der Marsch, der Umstand, von der großen Welt des Glanzes ausgeschlossen zu sein, auf die sie im Hotel hie und da einen Blick werfen konnte.

Was sie an jenem Abend zu ihrer Mutter gesagt hatte, war abscheulich gewesen, aber es war geboren aus Enttäuschung darüber, nicht mehr aus ihrem Leben machen zu können, und aus Neid auf jene, die so viel mehr besaßen als sie selbst.

Anschließend hatte sie keine andere Möglichkeit gesehen, als von zu Hause fortzulaufen. In ihrer Verzweiflung hatte sie alles an Wertgegenständen mitgenommen, was sie hatte finden können, denn sie war sich keineswegs sicher gewesen, dass Myles sie mitnehmen würde, wie sehr er sie auch begehren mochte. Auch ihm hatte sie einen Haufen Lügen auftischen müssen, um seine Zustimmung zu gewinnen. Und selbst als sie mit ihm in London gewesen war, hatte sie weiterhin lügen müssen.

Rose ließ sich auf die Gartentreppe fallen und weinte. Sie hatte ihr Leben so gründlich verpfuscht. Immer wieder war sie an Wegkreuzungen gelangt, und an jeder einzelnen dieser Kreuzungen hatte sie unweigerlich den Weg gewählt, der am einfachsten ausgesehen hatte: den Weg, der bergab führte.

Zwei Wochen verstrichen, bevor Rose in das London Hospital fuhr, um Honour zu besuchen. Towzer hatte sie daheimgelassen, da sie keinen Hund ins Krankenhaus mitnehmen durfte. In der Zwischenzeit hatte sie täglich im Hospital angerufen und zu ihrer Erleichterung von der Stationsschwester erfahren, dass es Honour mit jedem Tag besser gehe. Es war auch die Stationsschwester, die Rose geraten hatte, vorerst auf einen Besuch zu verzichten, da Honour sich nur um ihren Hund sorgen werde, wenn Rose ihn allein zurückließ.

Rose war dem Rat der Schwester nur allzu gern gefolgt. Sie mochte keine Krankenhäuser, und der Gedanke, Adele von Angesicht zu Angesicht gegenüberzutreten, ängstigte sie. Ihre Tochter war ihr gegenüber feindselig eingestellt, sonst hätte sie der Polizei eine Telefonnummer genannt und eine Uhrzeit, zu der man sie erreichen konnte. Hinzu kamen die Luftangriffe. Tagsüber gab es zwar keine Angriffe mehr, aber sobald der Abend hereinbrach, war die Stadt einem steten Hagel von Bomben ausgesetzt. Die BBC und die Zeitungen äußerten sich nicht zu dem Ausmaß der Schäden, und es wurden auch niemals die Zahlen der Opfer genannt, doch jeder wusste, dass das East End vollkommen zerstört war.

Es hatte auch in Hammersmith genug Bomben und

Brände gegeben, um Rose eine Vorstellung davon zu vermitteln, was für eine Hölle das Leben im East End sein musste. Jeden Morgen sah sie in der Nähe ihres Hauses neue Bombenschäden, und während sie Schlange stand, um Essen zu kaufen, hörte sie die anderen Kunden über die Viertel sprechen, die am schlimmsten getroffen worden waren. Viele der Menschen, die im West End oder in der City arbeiteten, mussten am Morgen häufig feststellen, dass die Fenster ihres Büros oder ihres Ladens eingedrückt oder das Dach eingestürzt war. Sie sprachen von riesigen Löchern in den Straßen, von Schutthaufen und vielfarbigen Telefondrähten, die im Wind flatterten, von geborstenen Wasser- und Gasleitungen.

Es erstaunte Rose, wie viele Menschen eine schlaflose Nacht in einem Bunker verbrachten und dann meilenweit zu Fuß zur Arbeit gingen. Nicht minder verwunderte es sie, dass viele Cafés und Läden nach wie vor zur gewohnten Stunde ihre Türen öffneten, selbst wenn ihre Schaufenster eingedrückt worden waren. Sie hielt diese Leute für verrückt – weder der König noch die Regierung würde irgendjemandem ein solches Pflichtbewusstsein danken. Sie selbst ging einfach nach Hause, nachdem sie irgendwo Zigaretten und etwas zu essen aufgetrieben hatte. Niemand würde *sie* dazu zwingen, an einem Teestand zu arbeiten oder Kleider an jene zu verteilen, die ausgebombt worden waren.

Nach zwei Wochen war es Rose gründlich leid, jeden Abend allein mit Towzer zu Hause zu bleiben. Ihre Mieter gingen alle hinunter in die öffentlichen Bunker, und sie schienen sich dort ausgesprochen gut zu amüsieren. Als die Stationsschwester ihr bei ihrem nächsten Anruf im Krankenhaus mitteilte, dass es Honour wieder gut genug gehe, um London zu verlassen, besserte sich Roses Laune schlagartig. Sobald Towzer fort war, dachte sie, würde sie ins West End fahren, sich einige Drinks genehmigen und feststellen, ob sie nicht einen neuen Mann an Land ziehen konnte. Sie hatte es satt, wie eine Nonne zu leben, und nach allem, was man hörte, wimmelte es im West End nur so von Soldaten, die auf der Suche nach ein wenig Spaß waren.

Während die U-Bahn weiterfuhr, musterte Rose trostlos ihr Spiegelbild in den Zugfenstern. Schlafmangel, Sorge und schlechte Ernährung hatten ihren Tribut gefordert, und obwohl sie sich am Morgen große Mühe mit ihrem Äußeren gegeben hatte, sah man ihr ihr Alter deutlich an. Doch als sie ihre Mitreisenden musterte, stellte sie zu ihrer Ermutigung fest, dass sie alle viel schlimmer aussahen, schmutzig und abgerissen und mit ausgezehrten Gesichtern.

»Guten Tag, Mrs. Talbot«, sagte Schwester Jones forsch, als sie in den kleinen Warteraum kam, in den man Rose vor über einer Stunde geführt hatte.

Die Bilder, die sich ihr seit ihrer Ankunft im Krankenhaus dargeboten hatten, hatten Rose in einen Schockzustand versetzt. Auf den Stühlen und selbst auf dem Boden saßen Hunderte von Menschen mit allen erdenklichen grauenvollen Verletzungen. Was sie gesehen hatte, war mehr als ausreichend, um Rose den Magen umzudrehen, aber die Geräusche waren noch schlimmer – Weinen, Schreien, Stöhnen und Wehklagen. Hätte nicht eine Schwester sie in diesen relativ stillen, kleinen Raum geführt, wäre sie vielleicht davongerannt, doch auch diesen Raum musste sie sich mit sechs anderen, offensichtlich verstörten Menschen teilen.

»Mrs. Harris hat sich inzwischen so weit erholt, dass man sie verlegen kann, und natürlich wird ihr Bett dringend gebraucht«, erklärte die Schwester eilig und ohne jedwede Vorrede. »Sie möchte nach Hause gehen, aber sie wird jemanden benötigen, der sie pflegt.«

»Sehen Sie nicht mich an«, erwiderte Rose entrüstet. »Ich habe ein Mietshaus zu verwalten.«

»Schwester Talbot hat damit gerechnet, dass das Ihre Antwort sein würde«, gab die Krankenschwester schroff zurück. »Sie ist natürlich mehr als bereit, ihre Großmutter zu pflegen, aber ich brauche sie hier, wir haben viel zu wenig Pflegepersonal.«

»Wo ist sie?«, fragte Rose. Der hochnäsige Tonfall der anderen Frau missfiel ihr zutiefst.

»Zurzeit ist sie bei einer Patientin, doch sie weiß, dass Sie hier sind, und wird Sie in Kürze aufsuchen.«

»Ich kann unmöglich den ganzen Tag hier warten«, versetzte Rose streitsüchtig. Sie war unfreundlich, das wusste sie, aber sie konnte nicht dagegen an. Zum Teil lag es daran, dass sie unvorstellbare Angst davor hatte, Adele gegenüberzutreten.

Die Krankenschwester bedachte sie mit einem vernichtenden Blick. »Einige der Verletzten dort draußen warten schon seit acht Stunden oder länger«, entgegnete sie und deutete mit der Hand auf den großen Wartesaal, der hinter dem kleinen Raum lag. »Sie haben Schmerzen, sie hoffen verzweifelt auf Nachrichten von ihren Verwandten, und die meisten von ihnen haben obendrein ihr Zuhause verloren. Ich möchte vorschlagen, dass Sie sich zunächst einmal bewusst machen, wie viel Glück Sie haben.«

Damit drehte sie sich um und rauschte ohne ein weiteres Wort aus dem Raum. Rose hatte das Gefühl, als hätte sie einen Schlag ins Gesicht bekommen.

Es dauerte noch weit über eine Stunde, bevor die nächste Krankenschwester den Raum betrat. Sie war hochgewachsen, schlank und sehr attraktiv, auch wenn ihre Schürze mit Blut bespritzt war. Rose sprang von ihrem Stuhl auf. »Ich warte schon seit einer Ewigkeit auf Schwester Talbot«, platzte sie heraus. »Können Sie nicht irgendetwas tun, um ihr Beine zu machen?«

»Ich bin Schwester Talbot«, erwiderte die junge Frau kalt. »Hallo, Mutter! Es ist zwar lange her, aber ich hätte doch gedacht, dass du deine eigene Tochter erkennen würdest.«

Rose fühlte sich hin- und hergerissen zwischen Verwirrung und Verlegenheit, da jetzt aller Augen auf sie gerichtet waren. Sie konnte nicht fassen, dass diese ausgesprochen hübsche junge Krankenschwester mit den makellosen Zähnen und dem leuchtenden Haar, das die Farbe von Herbstlaub hatte, wirklich Adele war. Sie hatte sich ein Bild von ihrer Tochter gemacht, das Bild einer sehr reizlosen, mageren jungen Frau mit teigigem Gesicht und stumpfem braunem Haar. »I-I-Ich ...«, stotterte sie.

»Du hast nicht erwartet, dass ich mich in neun Jahren ein wenig verändert haben könnte?«, fragte Adele.

Rose ließ sich kraftlos auf ihren Stuhl fallen. »Du bist so hübsch«, murmelte sie schwach. »Damit hatte ich nicht gerechnet.«

»Wir haben jetzt keine Zeit für Gespräche über unser Aussehen«, versetzte Adele mit einer Spur von Eis in der Stimme. »Wir müssen eine Entscheidung treffen, was Granny betrifft. Sie möchte nach Hause gehen, und meiner Meinung nach würde sie sich dort schneller erholen, aber ich kann mir nur zwei oder drei Tage freinehmen, um in ihrem Cottage das Nötigste zu regeln. Wirst du bei ihr bleiben?«

Rose war sprachlos. Die Adele, an die sie sich erinnerte, hätte es niemals gewagt, so direkt zu sein.

»Ich kann nicht, ich muss mich um meine Mieter kümmern«, gab sie hastig zurück.

»Die könnten sich doch sicher für eine Weile um sich selbst kümmern?«

»Aber die Miete muss kassiert werden, und jemand muss das Treppenhaus und das Badezimmer sauber halten.«

»Wir haben Krieg, Mutter«, erwiderte Adele scharf. »Menschen lassen bei Luftangriffen ihr Leben. Spielt da ein wenig Schmutz im Treppenhaus noch eine Rolle? Du kannst jemand anderen damit beauftragen, die Miete zu kassieren. Außerdem wärst auch du in Sussex sicherer.«

Rose dachte schnell nach. So sehr ihr die Vorstellung verhasst war, sich um ihre Mutter kümmern zu müssen, war ihr eines jedoch vollkommen klar: Wenn sie jetzt Nein sagte, würde sie ihre Tochter für immer verlieren. Außerdem war da noch Curlew Cottage selbst. Es wäre schön, in Ruhe schlafen zu können und ein wenig Urlaub zu machen.

»Wie viel Pflege wird Mutter benötigen?«, erkundigte sie sich vorsichtig.

»Nicht allzu viel. Sie kann mit Krücken bereits einige Schritte gehen. Sie wird Hilfe beim Anziehen, beim Waschen und bei ähnlichen Dingen benötigen. Außerdem muss jemand kochen und putzen.«

»Ich nehme an, ich könnte es einmal versuchen«, erklärte Rose matt.

Adele warf ihr einen grimmigen Blick zu, und Rose fühlte sich an die vielen Gelegenheiten erinnert, bei denen sie behauptet hatte, die grün-braunen Augen ihrer Tochter seien eigenartig. Jetzt war nichts Eigenartiges mehr an diesen Augen, tatsächlich waren sie ausgesprochen schön und wurden von dichten dunklen Wimpern umrahmt. »Wenn du zu Granny gehst, könntest du versuchen, ein wenig mehr Begeisterung an den Tag zu legen«, tadelte sie ihre Mutter. »Du warst diejenige, die sie nach London geholt hat, und dies ist jetzt deine Chance, ihr zu beweisen, dass es dir wirklich ernst war mit dem, was du in diesem Brief geschrieben hast.«

Adeles Tonfall war sanft, und in ihren Worten lag eine Freundlichkeit, die Rose rührte. »Natürlich habe ich es ernst gemeint«, gab sie zurück. »Ich bin im Moment einfach nur ein wenig außer mir, mit den Bombardements jede Nacht und dem furchtbaren Chaos, das überall herrscht.«

»Nun, dann werden wir jetzt zu ihr gehen«, entschied Adele. »Sie wird sicher sehr froh und erleichtert darüber sein, dass du dich um sie kümmern willst.«

Als Rose am nächsten Nachmittag den Koffer packte, den sie nach Rye mitnehmen wollte, war sie nur noch ein Nervenbündel. Während der Nacht war nur eine Straße entfernt eine Bombe gefallen, und diese Tatsache im Verein mit den furchtbaren Bildern, die sie am Vortag gesehen hatte, hatte sie davon überzeugt, dass es richtig war, London zu verlassen. Mrs. Arbroath, eine Nachbarin, hatte sich für ein kleines Entgelt bereiterklärt, das Haus in Ordnung zu halten, wenn nötig Zimmer zu vermieten und die Miete zu kassieren. Sie wusste, dass sie der Frau bedingungslos vertrauen konnte, da Mrs.

Arbroath sehr fromm war, also hatte Rose keine Angst vor dem, was sie bei ihrer Rückkehr nach London erwarten würde.

Aber sie hatte Angst vor Adele.

Es war keine Spur mehr übrig von dem kleinen Mädchen, das Gleichgültigkeit und manchmal sogar Grausamkeit widerspruchslos hingenommen hatte. Die erwachsene Adele war ruhig und sehr freundlich, sie hatte mit keinem Wort verraten, dass sie ihrer Mutter grollte, und doch verspürte Rose ein Gefühl böser Vorahnung.

Es gab nicht den mindesten Grund dafür. Alles, was Adele sagte, war vernünftig, sogar liebenswert, und sie war sehr praktisch veranlagt. Es stellte sich heraus, dass sie gleich nach Honours Verletzung dem Postboten von Rye ein Telegramm geschickt und ihn gebeten hatte, die Kaninchen und die Hühner zu füttern. Jetzt hatte sie dem Mann ein weiteres Telegramm geschickt, um ihn davon in Kenntnis zu setzen, dass sie am nächsten Tag irgendwann gegen Mittag ankommen würden. Außerdem hatte sie veranlasst, dass jemand um neun Uhr am nächsten Morgen zuerst Rose und Towzer und dann sie selbst und Honour abholen würde, um sie nach Rye zu fahren. Die Art, wie Adele von ihrem Beisammensein zu dritt sprach, klang beinahe so, als freute sie sich darauf, dass sie eine richtige Familie werden würden.

Vielleicht waren es nur ihre Gewissensbisse, die Rose mit solchem Unbehagen erfüllten, denn sie konnte sich des Gedankens nicht ganz erwehren, dass Adele beabsichtigte, ihr irgendwann ihre Rechnung zu präsentieren.

Auch mit Honour würde sie gewiss kein leichtes Spiel haben. Ihr gebrochenes Bein mochte in einem Gips stecken, und einige ihrer Wunden waren noch lange nicht verheilt, aber sie hatte keinen Hirnschaden davongetragen, und ihre Zunge war so scharf wie eh und je. Sie hatte Rose unmissverständlich aufgefordert, allen »Firlefanz« zu Hause zu lassen, da sie dergleichen gewiss nicht benötigen werde. Stattdessen hatte sie ihr empfohlen, feste Schuhe und warme Kleider mitzunehmen. Außerdem hatte sie sie ermahnt, ihre Lebensmittelkarten nicht zu vergessen und alle Konserven mitzunehmen, die sie besaß. »Erinnerst du dich noch daran, wie man einem Huhn den Hals umdreht?«, hatte sie sogar Unheil verkündend gefragt.

Während in der vergangenen Nacht die Bomben gefallen waren, hatte Rose daran gedacht, dass es in Curlew Cottage weder ein Badezimmer noch Elektrizität gab und wie weit es zum nächsten Laden war. Sie bedauerte es, sich auf dieses Unterfangen eingelassen zu haben, und sie wusste, wie grässlich sie es finden würde, die Sklavin ihrer Mutter zu sein, selbst wenn sie froh war, von den Bomben fortzukommen. Aber jetzt kam sie aus der Sache nicht mehr heraus – vielleicht konnte sie sich nach einer Woche irgendeinen plausiblen Grund dafür ausdenken, warum sie nach London zurückkehren musste.

23

»Wenn du damit fertig bist, werden wir Holz sammeln gehen«, sagte Adele, während Rose in der Spülküche die Essteller abtrocknete. »Mir ist heute Morgen aufgefallen, dass der Sturm mehrere Bäume umgerissen hat. Wenn wir die Axt mitnehmen, können wir sicher ein paar gute Holzscheite abhacken.«

Rose seufzte. Es war ihr zweiter Tag im Cottage, und vom Augenblick ihrer Ankunft an hatte Adele ihr eine Arbeit nach der anderen zugewiesen. Das war durchaus verständlich, da so viele Dinge in Ordnung gebracht werden mussten, aber Rose hatte gehofft, sich an diesem Nachmittag ein wenig ausruhen zu können.

Sie waren in einem Kastenwagen hergebracht worden. Honour hatte auf einer Matratze auf der Ladefläche gelegen, mit Adele und Towzer neben sich. Rose hatte vorn beim Fahrer gesessen, einem alten, ein wenig tauben Mann mit der Neigung, seine Fragen herauszuschreien, als wäre die ganze Welt schwerhörig. Während der gesamten Fahrt durch Südlondon hatten sie weitere furchtbare Bombenschäden gesehen. Zwei Mal war die Straße unpassierbar gewesen, und sie hatten einen Umweg nehmen müssen, um auf die Hauptstraße zurückzukommen.

Doch sobald sie London hinter sich gelassen hatten, hatte sich Roses Laune beim Anblick der herbstlichen Farben der Bäume gehoben. Im schwachen Sonnenschein hatte alles so frisch und sauber ausgesehen, selbst die leichte Schärfe in der

Luft war belebend gewesen, und während sie durch ein heiteres, malerisches Dorf nach dem anderen gefahren waren, war ihr der Blitzkrieg zunehmend wie ein schlechter Traum erschienen.

Beim Anblick der Marsch hatte sie sogar einen unerwarteten Anflug von Wehmut und Erregung gespürt. Das Gras war so üppig und grün, das Rohr in den Gräben wiegte sich im Wind, und in den Hecken funkelten taubesetzte Spinnweben, geradeso wie Rose es aus ihrer Kindheit in Erinnerung hatte.

Jim, der Postbote, hatte im Ofen ein Feuer entzündet. Auf dem Tisch hatten als Willkommensgruß für Honour ein Korb mit Eiern und ein Viertelliter Milch in einem Krug gestanden und dazu ein Kuchen mit Äpfeln und Brombeeren, den wahrscheinlich Jims Frau gebacken hatte, sowie ein Strauß wilder Blumen in einer Vase. Rose hatte gelacht, als Towzer umhergelaufen war, um voller Freude alles zu beschnuppern, denn sie selbst war ebenso ausgelassen wie früher, als ihre Eltern sie übers Wochenende und für die Ferien hierhergebracht hatten.

Aber die Freude verflog schnell, als der Himmel sich verdüsterte, es heftig zu regnen begann und sie zu der Außentoilette hinüberlaufen musste, um Honours Nachttopf zu leeren. Zu Honours Ehrenrettung musste sie zugeben, dass diese sich mit Adele entrüstet über die Notwendigkeit eines Nachttopfs gestritten hatte. Die alte Frau hätte dem Regen auf Krücken getrotzt, doch Adele wollte nichts davon wissen. Sie bestand darauf, dass die Krücken nur im Haus selbst benutzt werden durften, da der Boden draußen zu uneben und schlüpfrig war. Rose hörte, wie sie Honour das Versprechen abnahm, sich auch nach ihrer Abreise nach London an diese Maßregel zu halten. Sie hatte sogar düster hinzugefügt: »Auch wenn Rose dich noch so sehr ermutigt, dir einzubilden, du könntest das gefahrlos wagen.«

Obwohl Rose der Gedanke grässlich war, Nachttöpfe für ihre Mutter zu leeren und ihre Wunden zu verbinden, machte es ihr nicht gar so viel aus, zu kochen und den Haushalt zu führen. Es hatte etwas ausgesprochen Wohltuendes, wieder in ihrem früheren Zuhause zu sein, mit all den Erinnerungen an ihre Kindheit, weit fort von dem allnächtlichen Grauen in London. Es rührte sie sogar, ihre unbezwingbare Mutter so hilflos zu sehen.

Honour hatte stets eine so bewundernswerte Haltung bewahrt. Sie hatte mit geradem Rücken dagestanden, die Brust vorgereckt und das Kinn hocherhoben, und sie war stets so stark und muskulös gewesen. Rose erinnerte sich daran, als Kind beobachtet zu haben, wie ihre Mutter große Eimer mit Steinen wuchtete, den Garten umgrub wie ein Mann und behände aufs Dach kletterte. Niemals hatte sie der Müdigkeit nachgegeben – sie war mit den Lerchen aufgestanden und hatte bis zur Abenddämmerung gearbeitet.

Selbst als sie in Hammersmith angekommen war, hatte kein Zweifel daran bestehen können, dass sie noch immer dieselbe Energie besaß. Ihr Haar mochte grau sein, und sie hatte einige Falten im Gesicht, aber man spürte, dass sie sich niemals dem Alter beugen würde.

Trotzdem sah man ihr ihre sechzig Jahre jetzt an, wie sie mit ihrem gebrochenen Bein auf einem Hocker und einem dicken Verband um den Kopf in ihrem Sessel saß. Ihre Prellungen hatten sich gelb verfärbt, und ihre Haut war unverkennbar runzelig. Sie hatte abgenommen, und ihre Augen waren trüb – selbst ihre Stimme hatte ihren befehlenden Tonfall verloren. Adele hatte ihr eine bunte gestrickte Decke um die Schultern gelegt, und mit ihrer bis auf die Nasenspitze heruntergerutschten Lesebrille war sie plötzlich der Inbegriff der gebrechlichen Großmutter, wie man sie aus Bilderbüchern kannte.

Später verwandelte sich der Regen in ein echtes Unwetter, und sie konnten den Radioapparat kaum hören, während der Wind heulte und der Regen aufs Dach trommelte. Aber Rose erschien das alles unendlich besser als die Bomben; sobald ihr Kopf das Kissen berührte, war sie auch schon eingeschlafen.

Adele schlief auf dem Sofa im Wohnzimmer. Rose hatte ihr angeboten, das Bett mit ihr zu teilen, aber Adele wollte nichts davon hören. Sie erklärte lachend, seit mehr als vierzehn Tagen nie mehr als drei Stunden in einer Nacht geschlafen zu haben. »Wenn ich in einem bequemen Bett schlafen würde, würde ich wahrscheinlich nie mehr aufwachen.«

Doch Rose hatte das Gefühl, dass ihre Tochter es einfach nicht ertragen konnte, ihr so nahe zu sein.

Natürlich konnte sie von Adele nicht erwarten, dass sie ihre lange verlorene Mutter an ihren Busen drücken und ihr die Vergangenheit zur Gänze verzeihen würde, das wusste Rose. Trotzdem wünschte sie, Adele würde irgendetwas sagen, das ihr Hoffnung für die Zukunft gab. Insgeheim staunte sie darüber, wie gut Adele sich entwickelt hatte; sie war nicht nur schön, sondern auch klug, selbstsicher und sehr tüchtig. Sie war die Art Tochter, auf die jede Mutter ungemein stolz gewesen wäre, aber Rose verspürte echtes Bedauern darüber zu sehen, dass sie es *trotz* ihrer Mutter so weit gebracht hatte, nicht ihret*wegen*.

Adele war nicht bereit, zu vergeben oder zu vergessen, das sagte Rose ihr Verstand. Sie war wachsam, ihr Lächeln wirkte gezwungen, und wenn sie Rose direkt ansprach, waren ihre Worte fast immer voller schwach bemänteltem Sarkasmus.

Als Adele ihrer Mutter an diesem Morgen zeigte, wie sie bei Honour die Verbände wechseln musste, wusste Rose, dass sie streng beobachtet wurde. Später fütterten sie zusammen die Kaninchen und die Hühner, und bei dieser Gelegenheit sprach Adele überhaupt nicht. Es war, als braute sich bei ihr etwas zusammen und als hielte sie ihren Ärger lediglich unter Kontrolle, bis der richtige Zeitpunkt kam, um ihm Luft zu machen.

»Die Bäume dort sind umgestürzt«, bemerkte Adele, als sie mit dem alten Kinderwagen auf die Straße nach Winchelsea zugingen. Sie öffnete ein Tor und zerrte den Kinderwagen hindurch. Zwei Bäume, beide mit den Wurzeln ausgerissen, lagen auf dem Boden.

Während Adele einem der Bäume mit der Axt zu Leibe rückte, sammelte Rose in der Nähe die kleineren Äste und Zweige ein, sodass der Kinderwagen im Nu gefüllt war.

»Haben wir noch nicht genug?«, fragte sie, während Adele ihre Arbeit an dem Baum fortsetzte. Sie hatte bereits drei große Scheite abgehackt und sich ihren Mantel und die Strickjacke ausgezogen, weil ihr durch die Anstrengung heiß geworden war. Der Schweiß strömte ihr übers Gesicht, und das Mieder ihres Kleides wies große feuchte Flecken auf.

»Der Ofen verbraucht eine Menge Holz«, erklärte Adele und hielt kurz inne, um sich die Stirn abzuwischen. »Du wirst jeden Tag herkommen und ein wenig mehr Holz hacken müssen.«

»Das kann ich nicht«, antwortete Rose entsetzt. »Ich bezweifle, die Axt auch nur anheben zu können.« Noch während sie sprach, wusste sie, dass sie einfach zustimmend hätte nicken sollen. Adele warf ihr einen eiskalten Blick zu, als hielte sie sie für schwach und jämmerlich.

»Ich werde es natürlich versuchen«, erklärte Rose hastig. »Aber es muss hier doch irgendwo einen Mann geben, der das Holz für mich hacken könnte.«

Adele griff wieder nach der Axt, umfasste sie mit beiden Händen und stieß ein freudloses Kichern aus. »Du hast dich nicht im Mindesten verändert, nicht wahr?«, meinte sie. »Du erwartest immer, dass ein Mann die Dinge für dich regelt. Ich nehme an, du hast noch keinen einzigen Tag in deinem Leben wirklich hart gearbeitet, nicht wahr?«

»Ich habe immer für mich selbst gesorgt«, erwiderte Rose, doch ihre Stimme zitterte, denn sie spürte, dass dies der Anfang der großen Abrechnung war, vor der sie sich gefürchtet hatte. »Zumindest seit Jim mich hat sitzen lassen.«

»Ach ja?« Adeles Augenbrauen zuckten ungläubig in die Höhe. »Und irgendwie hast du genug Geld verdient, um ein Haus zu kaufen?«

»Ja. Hm, zumindest genug für die Anzahlung«, entgegnete Rose und begann, den Weg zum Cottage zurückzugehen, weil sie Angst hatte.

»Lügnerin!«, rief Adele, lief ihr nach und packte sie am Arm. »Ich kann mir denken, woher du dieses Geld hattest. Es war Myles Bailey, nicht wahr? Du hast ihn erpresst!«

»Ich weiß nicht, wovon du redest«, verteidigte Rose sich. »Wer ist Myles Bailey?«

Die Ohrfeige kam so schnell, dass sie nicht einmal sah, wie

Adeles Hand sich bewegte. Sie taumelte zurück, stolperte über einen am Boden liegenden Ast und fiel auf den Rücken. Adele stand vor ihr und blickte zornig auf sie hinab; die Axt baumelte in ihrer linken Hand.

»Du elendes, betrügerisches Miststück«, zischte sie ihr zu. »Du bist außerdem furchtbar dumm. Hast du geglaubt, er würde es mir nicht erzählen? Er ist genauso abscheulich wie du, aber zumindest hatte er den Anstand zu versuchen, seinen Sohn zu schützen! Du bist einfach nur abstoßend, dir fehlte nicht nur das Rückgrat, mir selbst zu erzählen, warum ich Michael nicht heiraten konnte, du hast die Situation obendrein missbraucht, um Geld von Myles zu erpressen.«

»Das habe ich nicht«, beteuerte Rose leidenschaftlich, denn Adele konnte unmöglich einen Beweis dafür haben. »Ich habe kein Geld genommen. Ich bin nur deshalb zu ihm gegangen, weil ich nicht in dein Leben zurückkehren und es dir selbst sagen konnte.«

»Ich bin jetzt erwachsen«, stieß Adele wütend hervor. »Ich kann objektiv auf all die gemeinen Dinge, die du getan und zu mir gesagt hast, zurückblicken und mir zusammenreimen, warum du dich so verhalten hast. Ich habe in einer Woche wahrscheinlich mehr Zeit damit zugebracht, über dich nachzudenken, als du in zwanzig Jahren auf mich verschwendet hast. Du hast mich schlechter behandelt als eine streunende Katze! Du hast mir die Schuld an Pamelas Tod gegeben, du hast mich glauben lassen, deine Trinkerei sei meine Schuld und selbst meine Geburt sei ein Unrecht gewesen, das ich dir zugefügt hatte. Nach all dem kannst du mich nicht mehr täuschen, mit nichts. Du bist nichts weiter als eine Hure, eine

Lügnerin und eine absolute Versagerin als menschliches Wesen.«

Rose war verblüfft über die Wildheit in Adeles Stimme, und sie konnte nicht fassen, dass jemand, der so viel Gehässigkeit in sich aufgestaut hatte, zwei Tage lang all diese Gefühle so gelassen hatte beherrschen und auf die richtige Gelegenheit hatte warten können, um seinem Zorn Luft zu machen.

Rose lag wie erstarrt im Gras, den Blick auf die Axt in Adeles Hand geheftet. Sie war davon überzeugt, dass ihre Tochter damit auf sie losgehen würde.

»Es tut mir leid, Adele«, wimmerte sie. »Ich war krank, ich hatte eine Nervenkrankheit, das weißt du. Frag deine Großmutter. Sie weiß es ebenfalls.«

»Ich werde Granny gar nichts fragen«, versetzte Adele mit brennenden Augen und einer Stimme, die rau von Erregung war. »Du hast ihr schon mehr als genug Kummer bereitet. Reicht es dir nicht, dass du ihr das Herz gebrochen hast? Musstest du zurückkehren und auch mein Leben und das von Michael zerstören?«

»Ich wollte Mutter niemals wehtun, ich war einfach jung und dumm«, schluchzte Rose. »Ich wollte auch dir und Michael nicht wehtun, aber ich musste etwas unternehmen. Wenn du ihn geheiratet und Kinder von ihm bekommen hättest, wären sie möglicherweise schwachsinnig gewesen.«

»Das hätte ich dir geglaubt, wenn du damals zu mir gekommen und mir die Wahrheit gesagt hättest«, schrie Adele sie an. »Aber du bist zu *ihm* gegangen, du hast darin eine wunderbare Möglichkeit gesehen, etwas für dich selbst herauszuholen.«

»Wenn du so wenig von mir hältst, warum hast du mich dann hierhergebracht, damit ich mich um Mutter kümmere?«, heulte Rose.

»Vielleicht weil ich dich hier unten haben wollte, um dich töten zu können.«

Zu Roses Entsetzen nahm Adele die Axt mit beiden Händen, hob sie hoch und ließ sie dann heruntersausen, nur um die Klinge wenige Zentimeter von Roses Kopf entfernt abzubremsen. »Du hast einmal versucht, mich zu töten, oder hast du das vergessen? Und dabei hatte ich dir nichts getan.«

»Ich war krank und außer mir vor Trauer um Pamela«, schluchzte Rose, während sie verzweifelt versuchte davonzukriechen, denn Adele fuchtelte jetzt wild mit der Axt herum, und jedes Mal, wenn sie sie sinken ließ, kam sie Roses Gesicht ein wenig näher. »Du hast niemals meine Seite des Ganzen gehört. Myles hat mich sitzen lassen, als ich mit dir schwanger war. Ich habe ihn angebetet, und er hat mich einfach einem Schicksal überlassen, das mich unweigerlich ins Arbeitshaus geführt hätte. Du hast keine Vorstellung davon, was ich durchgemacht habe. Bitte, Adele, töte mich nicht.«

»Wie viel Geld hast du von ihm bekommen?«, donnerte Adele, und sie kam Rose dabei noch näher, bis die Axt gefährlich dicht über deren Gesicht schwebte. »Sag es mir, oder du wirst diese Stunde nicht überleben!«

Es hatte keinen Sinn, weiter zu bestreiten, von Myles Geld genommen zu haben, erkannte Rose. Sie hatte das Gefühl, dass Adele es ohnehin bereits wusste. »Tausend Pfund«, stieß sie hektisch hervor. »Aber das war er mir schuldig nach dem, was er mir angetan hatte.«

Adele schwang abermals die Axt. Rose stieß einen gellenden Schrei aus und bedeckte das Gesicht mit den Händen, wobei sie sich unwillkürlich nass machte. Die Klinge kam ihr diesmal so nah, dass sie fast über ihre Wange strich, dann landete die Axt neben ihrem Ohr im Gras.

»Du ekelst mich an«, erklärte Adele hasserfüllt. »Sieh dich doch an, du bist von Sinnen vor Angst vor dem Kind, das du immer nur herumgestoßen hast! Für das, was du mir angetan hast, verdienst du zu leiden, aber ich habe etwas Besseres für dich im Sinn als Tod und Entstellung.«

»Ich werde tun, was immer du willst«, wimmerte Rose. Sie hatte solche Angst, dass sie glaubte, ohne Hilfe nicht einmal vom Boden aufstehen zu können. »Hör mir zu, ich werde das Haus verkaufen und Mutter das Geld geben.«

»Glaubst du, sie würde Blutgeld wollen?«, rief Adele außer sich. »Glaubst du, ich würde jemals zulassen, dass sie erfährt, wie verdorben ihre einzige Tochter ist?«

»Was willst du dann?«, weinte Rose.

»Ich will, dass sie ein hohes Alter erreicht und glücklich ist, das ist alles«, antwortete Adele mit brechender Stimme. »Ich möchte nicht, dass sie auch nur einen einzigen weiteren Tag in Sorge leben muss. Ich möchte, dass sie glaubt, sie und Frank hätten einen guten, anständigen Menschen in diese Welt gebracht. Selbst wenn das nicht der Wahrheit entspricht.«

Rose konnte nur noch zittern vor Angst.

»Bist du bereit, ihr das zu geben, was immer dazu notwendig ist?«, zischte Adele. »Bist du dazu bereit?«

Rose nickte. Sie hatte keine andere Wahl, als zuzustimmen, das wusste sie.

»Dann setz dich hin«, blaffte Adele sie an. »Und hör mir genau zu, denn ich werde das nicht wiederholen.«

Rose richtete sich auf und versuchte, sich mit dem Ärmel die Tränen vom Gesicht zu wischen.

»Also schön!«, fuhr Adele fort. »Ich werde dir genau eine einzige Chance geben, dein Unrecht wiedergutzumachen, und es wird nicht einfach werden. Irgendwie wirst du dich in eine Kreuzung zwischen Florence Nightingale und Polyanna verwandeln müssen. Du wirst Granny hingebungsvoll pflegen, du wirst ihren Nachttopf leeren, sie baden und ihr zu essen geben, und du wirst dich um das Cottage, den Garten und die Tiere kümmern. Du wirst die Art selbstloser Tochter sein, die sie verdient.«

»Ich werde es tun«, stimmte Rose ihr verzweifelt zu. »Ich verspreche es.«

»Das möchte ich dir auch geraten haben«, brummte Adele und grinste schief. »Ich weiß, dass du eine halbe Stunde nach meinem Aufbruch bereits über irgendeinen Plan nachdenken wirst, wie du von hier fortkommen kannst, um deine Trinkerei und dein Leben im Schmutz wiederaufzunehmen. Aber versuch es nicht einmal. Eine einzige falsche Bewegung, und ich werde davon erfahren. Und ich werde dir auf den Fersen sein. Es wird keine zweite Chance für dich geben, das garantiere ich dir.«

Rose blickte in die braun-grünen Augen ihrer Tochter und fühlte sich scharf an Myles erinnert. Kurz bevor er sie verlassen hatte, hatte er sie auf genau die gleiche Weise angesehen. Es war eine Art von wissendem Blick gewesen, als hätte er direkt in ihre Seele gesehen und verabscheut, was er dort gefunden hatte.

Er musste all ihre Lügen und Ränke enttarnt haben, geradeso wie Adele jetzt. Vielleicht war es nur gut, dass ihre gemeinsame Tochter mehr Ähnlichkeit mit ihm hatte als mit ihr selbst.

»Es gibt einige Dinge, die ich dir über deinen Vater erzählen sollte«, begann Rose, denn sie verspürte den jähen Drang, sich alles von der Seele zu reden.

»Ich will sie nicht hören. Ich mag ihn genauso wenig, wie ich dich mag«, fuhr Adele auf. »Jetzt muss ich dieses Holz nach Hause schaffen. Du reißt dich zusammen, dann wirst du das Cottage durch den Hintereingang betreten, damit du dir das Gesicht waschen kannst, bevor Granny dich sieht.«

Rose beobachtete in fassungslosem Schweigen, wie Adele gelassen zu dem mit Holz beladenen Kinderwagen zurückkehrte, die Scheite auf das andere Holz wuchtete und die Axt an die Seite des Kinderwagens stellte, bevor sie ihn durch das Tor schob, als wäre nichts geschehen.

Rose stand auf, angelte eine Zigarette aus ihrer Tasche und ließ sich dann auf die Überreste des herabgestürzten Baums fallen, um einen tiefen Zug von der Zigarette zu nehmen und zu versuchen, ihr Zittern unter Kontrolle zu bekommen.

Adele hatte unrecht damit, dass sie in all diesen Jahren niemals an ihre Tochter gedacht hatte. Sie hatte durchaus an sie gedacht. Aber sie hatte sich niemals Vorwürfe gemacht, weil sie sie schlecht behandelt hatte. Selbst als Honour sie für ihr Versagen als Mutter zur Rechenschaft gezogen hatte, war ihr nicht wirklich bewusst gewesen, dass sie Adele möglicherweise Schaden zugefügt hatte.

Doch jetzt wusste sie es besser. Die Begegnung mit solchem Hass und Zorn hatte all die Verteidigungswälle eingerissen, die sie im Laufe so vieler Jahre um sich herum errichtet hatte. Sie konnte keine Ausreden für ihr Verhalten finden, sie war all das, was Adele gesagt hatte – eine Lügnerin, eine Hure und eine Betrügerin.

Sie begann zu weinen, und das Schluchzen kam aus den Tiefen ihres Wesens, und mit diesem Schluchzen kam der Ekel vor sich selbst. Sie hatte Menschen immer benutzt, auch wenn ihr das vielleicht nicht bewusst gewesen war, aber wenn sie nun darüber nachdachte, musste sie sich eingestehen, sich stets um Menschen bemüht zu haben, die etwas zu geben hatten. War ihr Verhalten jemals von Freundlichkeit, Großzügigkeit oder Selbstlosigkeit motiviert gewesen?

Obwohl sie ihren Verrat, ihre Herzlosigkeit, ihre Gier und ihre Intrigen häufig bedauert hatte, hatte sie stets eine Möglichkeit gefunden, ihr Tun zu rechtfertigen.

Rose schlug die Hände vors Gesicht, denn plötzlich erfüllte sie eine so verzweifelte Scham über sich selbst, dass sie wünschte, sie hätte an Ort und Stelle sterben können, um weder Adele noch Honour jemals wieder begegnen zu müssen.

Sie blieb draußen, bis der Abend dämmerte, denn sie konnte nicht aufhören zu weinen, und es war ein Strom der Reue. Sie begriff jetzt, was das alte Sprichwort »Wer Wind sät, wird Sturm ernten« wirklich bedeutete.

Wie konnte sie Liebe, Freundlichkeit oder Verständnis erwarten, wenn sie diese Dinge niemals selbst gegeben hatte?

Es war so verführerisch, einfach fortzulaufen, sich einen Pub zu suchen und sich bis zur Besinnungslosigkeit zu betrinken. Das pflegte sie in einer Krise normalerweise zu tun. Aber diesmal würde sie es lassen. Sie würde Adeles Befehl genauestens ausführen. Es würde wahrscheinlich niemals genug sein, weder für ihre Mutter noch für ihre Tochter. Aber sie musste es versuchen.

Vierzehn Tage später saß Honour in ihrem Sessel am Ofen und betrachtete ihr eingegipstes Bein, das auf einem Hocker vor ihr ruhte. Der Gips war inzwischen schmutzig, da Towzer die Gewohnheit hatte, von draußen hereingelaufen zu kommen und in ihrer Nähe sein schlammiges Fell auszuschütteln. Die graue Socke, die sie über ihren Fuß gezogen hatte, musste geflickt werden, da sie einen purpurn verfärbten Zeh enthüllte, und ihr Bein juckte unter dem Gips. Sie war es gründlich leid, unfähig zu sein, sich frei zu bewegen, und es langweilte sie furchtbar, ständig im Haus sitzen zu müssen, doch sie wusste, dass sie sich stattdessen bewusst machen sollte, wie viel Glück sie bei all dem gehabt hatte.

Sie lebte, und sie sollte dankbar dafür sein, dass all ihre anderen Verletzungen so schnell verheilt waren. Selbst die Wunde an ihrem Kopf war fast verschwunden, und binnen weniger Tage hatte sie den Verband ablegen können.

Rose war draußen in der Spülküche, um ein Huhn zu rupfen, und ab und an musste sie niesen, wenn ihr die Federn in die Nase stiegen. Wann immer das geschah, konnte Honour ein Lächeln nicht unterdrücken.

Rose war nicht für das Leben auf dem Land geschaffen. Ihre Hände waren zu weich für grobe Arbeit, sie hatte kein Durchhaltevermögen, und sie war zimperlich. Wenn es nach ihr gegangen wäre, hätten sie jeden Abend Fish and Chips gegessen, sie würde Brot kaufen und es wahrscheinlich vorziehen, in einer Munitionsfabrik zu arbeiten und jemand anderen dafür zu bezahlen, sich um ihre Mutter zu kümmern. Aber bemerkenswerterweise war ihr seit Adeles Aufbruch kein Wort der Klage über die Lippen gekommen

Offenbar hatten die beiden sich vor Adeles Rückkehr nach

London in irgendeiner Form gestritten, und Rose hatte dabei den Kürzeren gezogen. Sie hatten ihr Bestes gegeben, um sich nichts anmerken zu lassen, aber das furchtsame Schweigen ihrer Tochter hatte sie verraten. Rose hatte aufmerksam zugehört, während Adele ihr Anweisungen zu Honours Medikamenten gegeben und ihr erklärt hatte, wie oft die Verbände gewechselt werden mussten und woran sie erkennen konnte, ob eine Infektion vorlag. Rose hatte sich unterwürfig bereiterklärt, ein Mal die Woche zu einer verabredeten Zeit in die Telefonzelle hinunterzugehen, um Adele im Krankenhaus anzurufen und ihr von Honours weiterer Genesung zu berichten.

Am meisten hatte es Honour überrascht, dass Rose nicht wütend geworden war, als Adele darauf bestanden hatte, dass sie stets mit Wasser gefüllte Eimer, Sand und die Handpumpe bereithalten müsse, für den Fall, dass Brandbomben das Haus trafen.

Aber sie hatte sich benommen, als wäre sie eine bloße Dienstbotin und hätte Angst, auch nur einen Anflug von Bissigkeit in ihren Worten durchklingen lassen. Und das war, wie Honour sich erinnerte, sehr untypisch, denn Rose war immer ausgesprochen dreist und selbstsicher gewesen.

Noch untypischer für sie war es, dass sie jetzt um sechs Uhr aufstand, die Asche aus dem Ofen kehrte und ihn wieder anzündete, bevor sie Honour eine Stunde später eine Tasse Tee brachte und ihr anbot, den Nachttopf zu benutzen.

Dieses Pflichtbewusstsein wird binnen weniger Tage erlöschen, hatte Honour sich gesagt, aber so war es nicht gekommen. Rose fütterte die Kaninchen und die Hühner, sie sammelte Holz und besorgte die Wäsche und das Kochen. Außerdem war sie eine überraschend gute Köchin. Anscheinend hatte sie bei ihrer Arbeit im Restaurant einige Tricks gelernt, denn die Suppe, die sie kochte, schmeckte viel besser als alles, was Honour aus den Zutaten hätte zubereiten können. Und sie war sehr sanft, wenn sie Honours Verbände wechselte und ihr half, sich zu waschen und anzukleiden.

Sie konnte weder ein Huhn noch ein Kaninchen schlachten, und Honour bezweifelte stark, dass sie das jemals lernen würde, aber das spielte keine Rolle – Jim, der Postbote, war nur allzu gern bereit, wenn nötig einzuspringen. Doch was Honour mehr als alles andere überraschte, war die Entdeckung, wie viel Spaß es machte, mit Rose zusammen zu sein. Sie schätzten die gleichen Sendungen im Radio, und sie konnten sich beide vor Lachen ausschütten über *ITMA*. Außerdem war sie eine gute Kartenspielerin und hatte Honour mehrere neue Spiele beigebracht.

Es hatte auch viele Gelegenheiten gegeben, bei denen sie sehr distanziert war oder gelangweilt wirkte, und wenn sie einen Botengang in Rye zu erledigen hatte, blieb sie länger weg als nötig, was in Honour den Verdacht weckte, dass sie unterwegs in einen Pub ging. Aber das Zusammensein mit ihr war angenehm, denn im Gegensatz zu vielen Frauen, die Honour kannte, erging sie sich nicht in Klatsch und Tratsch.

Das Leben verlief inzwischen nach einem angenehmen Zeitplan, und obwohl ihre Unbeweglichkeit Honour ärgerte, gab es viele Dinge, für die sie dankbar sein konnte, insbesondere für Roses Rückkehr zu ihr.

Ein oder zwei Mal war sie drauf und dran gewesen, ihrer Tochter von ihren Gefühlen zu erzählen, doch dafür war es noch viel zu früh, und Honours Argwohn Rose betreffend hatte sich noch nicht gelegt. Rose war ein echtes Rätsel; sie hatte noch immer nichts von den Jahren erzählt, nachdem sie als junges Mädchen von zu Hause fortgelaufen war, ebenso wenig wie sie von ihrer Zeit in der Nervenklinik sprach. Oder davon, wer Adeles Vater war. Bisweilen dachte Honour, dieses Verhalten sei auf die Behandlung in der Anstalt zurückzuführen. Aber wenn es so war, erschien es ihr merkwürdig, dass Rose sich an alle möglichen Ereignisse aus ihrer Kindheit erinnerte und offenkundig gern darüber sprach.

Außerdem wollte sie viele Dinge über Adele wissen, vor allem über ihre Zeit in The Firs, wie sie sich im Cottage eingelebt hatte und wann und unter welchen Umständen sie Michael Bailey begegnet war. Vermutlich, so dachte Honour, glaubte ihre Tochter, irgendwie Adeles Vergebung gewinnen zu können, wenn sie nur alles in Erfahrung brachte, was in den Jahren ihrer Trennung geschehen war.

»Ich bin endlich mit dem Füttern der Hühner fertig«, erklärte Rose von der Tür der Spülküche, und Honour zuckte zusammen.

»Gut gemacht«, erwiderte sie und widerstand der Versuchung hinzuzufügen: wurde auch Zeit. »Hast du alle Federn in den Sack gesteckt?«

»Ja, Mutter«, antwortete Rose mit der Müdigkeit eines Menschen, der genau diese Frage erwartet hatte. »Und bevor du fragst: Ich habe auch den Fußboden gekehrt. Wollen wir jetzt eine Tasse Tee trinken?«

»Den kann ich kochen«, sagte Honour, hob ihr gebrochenes Bein mit beiden Händen an und setzte es auf den Boden.

»Es wird langsam Zeit, dass ich ein wenig Bewegung bekomme. Du setzt dich hin, du hast für einen Tag wirklich genug gearbeitet.«

Rose zog ihre Schürze aus, bevor sie ins Wohnzimmer ging. Honour hievte sich aus ihrem Sessel hoch, stellte sich auf ihr gesundes Bein und griff nach ihrer Krücke.

»Bis der Gips endlich runterkommt, werden die Muskeln wohl endgültig erschlafft sein«, meinte sie und ging auf den Herd zu, um den Kessel aufzusetzen. »Ich hoffe nur, dass ich nicht für den Rest meines Lebens hinken werde.«

»Hinken ist besser, als auf einem Bein umherzuhüpfen«, bemerkte Rose, während sie sich hinsetzte.

Bei diesen Worten musste Honour an Frank denken. Er hätte in einem solchen Fall Ähnliches gesagt. Sie drehte sich zu ihrer Tochter um und sah den gleichen nachdenklichen Ausdruck in ihren Zügen, wie sie ihn so oft bei Frank gesehen hatte.

»Was ist los, Rose?«, erkundigte sie sich, während sie den Schrank öffnete, in dem sie das Teegeschirr aufbewahrte.

»Eigentlich gar nichts«, meinte Rose schulterzuckend. »Ich habe nur an Adele gedacht, während ich das Huhn gerupft habe. Ich kann mir nicht erklären, wie sie es erträgt, Tag um Tag all dieses Blut und die Eingeweide zu sehen. Die gewöhnliche Arbeit einer Krankenschwester in Friedenszeiten ist eine Sache, aber jetzt kann sie sich wohl kaum freimachen, nicht wahr? In ihrem Alter sollte sie eigentlich tanzen gehen und Spaß haben.«

»Der Krieg wird nicht ewig dauern«, wandte Honour ein, hängte sich zwei Tassen über den Finger und stellte sie auf den Tisch. »Wenn alles vorbei ist, wird ihr immer noch genug

Zeit zum Tanzen bleiben. Als wir in ihrem Alter waren, waren wir schon beide Mütter.«

»Hmm«, murmelte Rose. »Ich war damals gerade mit Pamela schwanger.«

Honour wagte es nicht, sich umzudrehen und ihre Tochter anzusehen, denn sie hatte soeben zum ersten Mal, seit sie hier war, Pamela erwähnt. »Wie hast du dich dabei gefühlt, ein zweites Kind zu erwarten?«, fragte sie vorsichtig.

»Zuerst war ich entsetzt«, bekannte Rose mit gepresster Stimme. »Aber Jim war so begeistert, und ich war irgendwie froh, dass ich ihn glücklich gemacht hatte. Ich wollte so sein wie andere Frauen, du verstehst schon, diese stets freundlichen, lächelnden Frauen, die ganz vernarrt in ihre Babys sind. Es ist normal, so zu sein, nicht wahr?«

»Ich weiß es nicht«, erwiderte Honour. »Ich kann nicht behaupten, eine solche Mutter gewesen zu sein. Ich habe nie dazu geneigt, anderer Leute Babys zu liebkosen. Stattdessen habe ich sie eher mit großem Argwohn betrachtet.«

»Wirklich?« Rose klang erstaunt. »Ich hatte immer den Eindruck, dass du gern viel mehr Kinder gehabt hättest.«

Honour kicherte. »Das wollte ich ganz bestimmt nicht. Ich habe dich sehr gern gehabt, aber ich war jeden Monat erleichtert, wenn sich herausstellte, dass ich nicht wieder schwanger war.«

»Gütiger Himmel«, rief Rose. »Ich wünschte, ich hätte das gewusst.«

»Was für eine Rolle hätte das gespielt?«

»Hm, vielleicht hätte ich mich nicht so unnormal gefühlt, weil ich keine Kinder wollte.«

Das Wasser kochte, und Honour goss es in die Teekanne.

Dann stellte sie die Kanne an die Seite des Ofens, damit der Tee ziehen konnte, und setzte sich wieder.

»Du hast Adele unter schwierigen Umständen bekommen«, meinte sie. »Du hattest Angst und Sorgen, und ich nehme an, in einer solchen Situation hätte keine Frau ein Baby als Glück angesehen.«

»Ich konnte niemals an jemand anderen denken als an mich selbst«, gestand Rose. »Ich habe Adele die Schuld daran gegeben, dass mein Körper aufgebläht war und bei der Geburt zerrissen wurde, ich habe ihr die Schuld an dem Schmerz und den schlaflosen Nächten gegeben. Andere Mütter tun das nicht.«

»Vielleicht tun sie es, doch sie geben es nicht zu«, widersprach Honour. »Mein Schwiegervater hat mir damals eine Kinderfrau besorgt. Ohne ihre Hilfe hätte ich vielleicht ebenfalls reichlich Grund gefunden zu murren.«

»Aber du hast irgendwann gelernt, mich zu lieben, nicht wahr?«, hakte Rose nach.

Honour runzelte die Stirn. »Ich habe dich von dem Augenblick an geliebt, als man dich in meine Arme legte«, erwiderte sie. »Aber das musst du doch wissen?«

Es kam keine Antwort, und Honour drehte sich um, um zu ihrer Tochter hinüberzublicken. Rose wirkte bekümmert und spielte mit den Knöpfen an ihrer Strickjacke herum.

»Du hast doch gewiss nichts anderes angenommen, oder?«, hakte Honour nach.

»Man denkt nicht viel über derartige Dinge nach, wenn man klein ist«, sagte Rose. »Man akzeptiert einfach alles, wie es kommt. Aber als Vater in den Krieg zog, hatte ich das Gefühl, dass du nicht mehr für mich da bist.«

»Ich soll nicht mehr für dich da gewesen sein!«, rief Honour ungläubig.

»Hm, du hast dich ständig in deinem Zimmer eingeschlossen und bist allein spazieren gegangen. Es war schrecklich, ganz so, als wäre ich unsichtbar«, platzte Rose hervor.

»Ich war außer mir. Ich habe ihn furchtbar vermisst, und ich hatte Angst, er könnte getötet werden«, erklärte Honour, dennoch durchzuckte sie ein jähes Gefühl der Schuld. Rose hatte recht: Sie hatte sich damals tatsächlich abgesondert. Manchmal hatte sie es ihrer Tochter sogar verübelt, dass sie Ansprüche an sie stellte.

»All diese Dinge habe ich ebenfalls empfunden«, entgegnete Rose. »Aber das schien dir nicht bewusst zu sein.«

»Dann entschuldige ich mich. Ich war wahrscheinlich zu sehr mit mir selbst beschäftigt«, murmelte Honour bekümmert.

»Ich war erst dreizehn, Mutter.« Roses Stimme schwoll um eine Oktave an. »Für mich war es ein Gefühl, als hätte ich beide Eltern verloren. Du hast kaum noch mit mir gesprochen, du hast mich nie gefragt, wie ich in der Schule zurechtkäme oder ob ich überhaupt Freunde hätte, nichts. Vielleicht war es kein Wunder, dass ich Adele nicht lieben konnte ...«

»Ich bitte dich«, protestierte Honour scharf; plötzlich befürchtete sie, Rose könnte versuchen, sie zu manipulieren. »Ich mag eine schwere Zeit durchgemacht haben, aber ich habe dich nicht vernachlässigt oder dir in irgendeiner Weise geschadet.«

»Lass uns dieses Thema fallen lassen«, antwortete Rose und warf abschätzig den Kopf in den Nacken. »Ich möchte keine alten Geschichten wieder aufwärmen.«

Honour musterte ihre Tochter und sah, dass sie jetzt auf ihre Füße hinabblickte, und mit einem Mal erinnerte sie sich daran, wie oft Rose sich als Kind so benommen hatte. Sie brachte irgendein Kümmernis zur Sprache, dann wurde sie plötzlich sehr still, als hätte sie Angst fortzufahren. Dieses Verhalten hatte Honour damals verärgert, und das war heute nicht anders.

»Um Himmels willen, spuck es aus, und lass uns die Sache hinter uns bringen«, rief Honour. »Wenn du denkst, ich hätte dir Schaden zugefügt, dann sag es mir.«

»Du hast mir nicht direkt Schaden zugefügt, auch wenn du nicht besonders gerecht warst«, erwiderte Rose kleinlaut. »Aber was mir wirklich wehtut, sind nicht deine Handlungen von damals, sondern die Art, wie du mich Adele präsentiert hast.«

»Wie meinst du das?«, fragte Honour ungehalten. »Ich habe dich ihr überhaupt nicht ›präsentiert‹. Was immer in ihrem Kopf vorgehen mag, hast du mit deinen eigenen Taten bewirkt.«

»Hast du ihr jemals erzählt, dass ich mich von meinem vierzehnten Lebensjahr an in diesem Hotel abgerackert und jeden Penny nach Hause gebracht habe, den ich dort verdiente?«, wandte Rose ein. »Hast du ihr erzählt, dass ich im Winter morgens aufgebrochen bin, bevor es auch nur hell war, um erst vierzehn Stunden später durch Regen und Schnee zurückzukehren?«

»Ich habe ihr erzählt, dass du in dem Hotel gearbeitet hast«, erklärte Honour entrüstet.

»Und ich wette, sie hat geglaubt, ich hätte mich dort nur für ein paar Stunden am Tag als Kellnerin verdingt«, erwiderte Rose verbittert. »Ich habe Feuer geschürt, ich habe Nachttöpfe geleert, ich habe Silber geputzt und Böden geschrubbt. Meine Hände waren rot und rissig, und der ganze Körper tat mir weh, bevor ich das schwarze Kleid und die Haube der Kellnerinnen anzog und in den Speisesaal gegangen bin, um alte Männer und Frauen zu bedienen, die mich wie den letzten Dreck behandelt haben. Danach habe ich abgewaschen. Erst nachdem alles weggeräumt war, durfte ich nach Hause gehen.«

»Mir ist nicht klar, wo das Ganze hinführen soll«, gab Honour streng zurück. »Worauf willst du hinaus?«

»Ich will darauf hinaus, dass Adele glaubt, du seist eine perfekte Mutter gewesen, während ich durch und durch schlecht war, weil ich von zu Hause fortgelaufen bin und dich allein gelassen habe«, entgegnete Rose spitz. »Niemand hat ihr je die Gründe genannt, die zu diesem Ereignis geführt haben.«

»Diese Gründe kenne ich selbst nicht«, seufzte Honour. »Wie wär's, wenn du mit mir darüber sprechen würdest?«

»Ich war mit meinen vierzehn Jahren die Ernährerin der Familie. Wenn ich nach Hause kam, so müde, dass ich mich kaum noch ins Bett schleppen konnte, hast du dich darüber beklagt, wie einsam du gewesen seist«, gab Rose zurück. »Irgendwann kam Vater dann nach Hause, und für mich war er wie ein erschreckender Fremder. Ihn hast du verhätschelt, aber mir hast du kein einziges Mal dafür gedankt, dass ich das Geld für seine Medikamente und das zusätzliche Essen verdient habe. Du hast mir nicht einmal irgendetwas erklärt.«

Honour hatte das Gefühl, als wäre ein Vorhang aufgezogen

worden, um einen Teil ihres Lebens zu enthüllen, den sie zuvor lieber nicht hatte betrachten wollen.

»Ich habe nicht nachgedacht«, bekannte sie schwach.

»Nein, das hast du nicht«, fuhr Rose auf. »Ich konnte nur an einem einzigen Tag in der Woche ausschlafen, am Sonntag, und eines Sonntagmorgens hast du mich bei Sonnenaufgang geweckt und mir befohlen, nach draußen zu gehen und Holz für den Ofen zu holen. Ich war erst nach zwei Uhr in der Nacht von der Arbeit nach Hause gekommen. Vater schlief noch tief und fest, du hättest das Holz also selbst holen können, aber nein, du hast mich aus dem Bett gezerrt. Hast du Adele das auch erzählt?«

»Es waren harte Zeiten für uns alle«, verteidigte Honour sich.

»Ja, das ist wahr«, stimmte Rose ihr zu. »Und du warst außer dir vor Sorge um Vater und hast wahrscheinlich nicht gut geschlafen. Aber du hast mich behandelt wie eine Dienstbotin. Ich habe mich missbraucht gefühlt.«

Honour hatte vieles von dem vergessen, was sich während jener Kriegsjahre zugetragen hatte, doch Roses Worte legten die Erinnerungen bloß. »Es tut mir leid«, versicherte sie.

»Oh, ich will keine Entschuldigungen«, versetzte Rose müde. »Du sollst lediglich begreifen, was mich dazu gebracht hat fortzulaufen. Ich war nicht durch und durch schlecht, und ich finde, auch das sollte Adele erfahren.«

Honour schwieg für einige Sekunden. Die Dinge, von denen Rose gesprochen hatte, waren wie ein Lichtstrahl, der einen bis dahin dunklen Ort beleuchtete. Sie war schuldig im Sinne der Anklage. Sie hatte die Jahre zwischen dem Kriegsausbruch, als Frank zur Armee gegangen war, und Roses

Flucht von zu Hause nur aus ihrer eigenen Perspektive geschildert. Die wertvolle Rolle, die Rose in jener Zeit gespielt hatte, hatte sie unerwähnt gelassen; tatsächlich war ihr bis zu diesem Moment nicht bewusst gewesen, dass Rose überhaupt eine wichtige Rolle gespielt hatte.

»Du hast recht«, räumte sie schließlich ein. »Ich habe dir keine Anerkennung zuteil werden lassen, und das war falsch. Ich bin bereit, das Adele gegenüber zuzugeben. Aber wenn du Brücken zu ihr bauen willst, wirst du ihr gegenüber ehrlich sein müssen, was all die Dinge betrifft, die danach kamen. Dabei kann ich dir nicht helfen.«

Rose stand auf und goss schweigend den Tee ein. Sie reichte Honour eine Tasse, dann setzte sie sich mit ihrer eigenen wieder auf ihren Platz. »Ich wollte nicht von all dem anfangen«, meinte sie nach einer Weile, und ihre Stimme klang tief und bedauernd. »Es ist einfach aus mir herausgesprudelt.«

»Vielleicht ist das nur gut so«, erwiderte Honour und streckte die Hand aus, um den Arm ihrer Tochter zu drücken. »Meine Mutter pflegte immer zu sagen: ›Du darfst keine frische Marmelade in schmutzige Gläser füllen.‹ Vielleicht haben wir unsere Gläser jetzt ausgespült.«

Rose lächelte schwach. »Irgendwie glaube ich nicht, dass Adele jemals auch nur versuchen wird, mich zu verstehen.«

Honour seufzte. »Beurteile sie nicht nach deinen eigenen Maßstäben. Sie ist ein kluges Mädchen mit einem großen Herzen. Die Zeit und der Kummer dieses Krieges könnten ihre Meinung durchaus ändern.«

Towzer trottete zu Rose hinüber und legte den Kopf auf ihren Schoß. Sie kraulte ihn sanft. »Wenn Menschen doch nur größere Ähnlichkeit mit Hunden hätten«, meinte sie.

»Hunde kennen keinen Groll und verlangen auch keine Erklärungen.«

»Das mag sein«, stimmte Honour lächelnd zu. »Aber sie schenken dir nur so viel Zuneigung, wie sie von dir empfangen. In dieser Hinsicht sind Menschen den Hunden sehr ähnlich. Towzer hat dich zu lieben gelernt, und ich denke, dass Adele dich mit der Zeit ebenfalls lieben wird, wenn sie dich ihrer Liebe für würdig hält.«

24

1941

Michael schob sich auf seinem Sitz ein wenig zur Seite, um den Krampf in seinem linken Bein zu lösen, dann blickte er zu dem Lancaster-Bomber hinüber, der neben ihm herflog. Der Pilot war Joe Spiers, sein australischer Freund. Michael verabscheute Nachtflüge, vor allem im Januar, wenn es eiskalt war und die Wolken den Mond versperrten, aber es war ein gewisser Trost, Joe an seiner Seite zu wissen.

Als der Krampf sich legte, lächelte Michael. Einige Tage zuvor hatte eine der Luftwaffenhelferinnen am Stützpunkt ihn »Old Bailey« genannt, weil er gehumpelt hatte, als er aus der Spitfire gestiegen war. Und trotz seiner noch jungen Jahre fühlte Michael sich auch genauso alt. Die meisten Jungs in der Schwadron waren neunzehn oder zwanzig, allesamt neue Gesichter, da seine alten Kameraden praktisch alle tot waren.

Wenn er den Gedanken zuließ, fragte er sich manchmal, wann er selbst abgeschossen werden würde. Es erschien ihm unmöglich, dass er verschont bleiben sollte. Schließlich war er als Pilot nicht besser oder schlechter als die anderen. Manchmal jedoch hielt er sich dagegen für unbesiegbar, und das war auf seine Weise noch gefährlicher.

Er war jetzt auf dem Weg nach Deutschland, als Geleitschutz für die Bomber. Das war lange nicht so haarig wie die Zeit der Nahkämpfe in der Luftschlacht um England, aber andererseits brachten Nachtflüge ihre eigenen Probleme mit sich, und es war nicht gut, allzu selbstgefällig zu sein.

Wie groß er die Gefahren auch einschätzte, er war immer noch lieber oben in der Luft, als an einem Schreibtisch in London festzusitzen. Der Blitzkrieg dauerte nun seit drei Monaten an, und Nacht für Nacht wurde das East End unter neuerlichen Bombenangriffen weiter zerstört. Die Cockneys waren jedoch ein mutiger Haufen; sie gingen abends in die Bunker der U-Bahn-Stationen hinunter und kamen am nächsten Morgen wieder heraus, nur um festzustellen, dass ganze Straßen ausgelöscht worden waren. Trotzdem gingen sie weiter zur Arbeit, häufig ohne Wasser zu haben, um sich hastig zu waschen oder eine Tasse Tee zuzubereiten.

Michael hatte an Neujahr selbst Zuflucht in einem Bunker suchen müssen, nachdem er so dumm gewesen war, sich von Joe einreden zu lassen, dass sie das neue Jahr abseits des Stützpunktes begrüßen sollten. Der Geruch der Latrinen im Bunker hätte ihn fast dazu gebracht, sofort das Weite zu suchen. Der Gestank hatte ihm Übelkeit verursacht, und unterm Strich war es ihm lieber gewesen, das Risiko einzugehen, auf der Straße getötet zu werden, als eine Nacht in diesem Gestank zu verbringen. Aber er war natürlich geblieben – wie Joe zu bemerken pflegte, war Klugheit eben doch der bessere Teil der Tapferkeit. Und er hatte sich sogar gut amüsiert, trotz des Geruchs und der Menschen, die sich wie Sardinen dicht aneinandergedrängt hatten. Sie hatten das Beste daraus gemacht und sich den geringen Platz, der ihnen zur Verfügung gestanden hatte, möglichst behaglich eingerichtet, während jeder Rücksicht auf den anderen genommen hatte. Ein alter

Bursche hatte Akkordeon gespielt, und alle anderen hatten zu seiner Musik gesungen.

Die Menschen, die sich in jener Nacht in dem Bunker versammelt hatten, entstammten allen Schichten der Gesellschaft. Es waren die Bewohner der umliegenden Straßen, gewöhnliche Leute, die jeden Abend herkamen und den Bunker eingerichtet hatten, dann feine Pinkel im Smoking mit Damen, die über und über mit Schmuck behängt waren, und Flittchen aus Soho, die den Frauen mit Säuglingen und kleinen Kindern halfen. Vorstadt-Ehefrauen mittleren Alters, die von der Sirene überrascht worden waren, bevor sie nach Hause hatten zurückkehren können, saßen neben verhutzelten alten Leuten, lebensfrohe junge Bürokräfte und Verkäuferinnen neben etlichen Männern in Uniform.

Joe und er lernten zwei junge Frauen aus Yorkshire kennen. Sie arbeiteten beide als Hilfsschwestern in einem Krankenhaus in Südlondon, und wie Michael und Joe waren sie ins West End gekommen, um das neue Jahr zu feiern. Die hübsche dunkelhaarige June hatte Michael wirklich gefallen. Sie war witzig und temperamentvoll, und er dachte, dass er sie vielleicht anrufen und zum Essen einladen würde, wenn er das nächste Mal Urlaub bekam.

Joe sagte immer wieder, die beste Methode, über eine »Sheila« hinwegzukommen, sei eine neue, und Michael war inzwischen davon überzeugt, dass er recht hatte. June erinnerte ihn in keiner Hinsicht an Adele – sie war sehr klein, auf liebenswerte Weise rundlich, und ihr Mundwerk stand niemals still. Als er sie in den frühen Morgenstunden geküsst hatte, hatte sie voller Eifer auf seinen Kuss reagiert. Das war es, was er wollte, ein unkompliziertes Mädchen, das sich keine allzu tiefschürfenden Gedanken machte. Jemanden, der seine Seele niemals so berühren würde, wie Adele es getan hatte.

Es begann zu schneien, und Michael fluchte. Obwohl der Schnee es leichter machte, ihr Ziel unbemerkt zu erreichen, wurde es dadurch auch schwieriger, die feindlichen Flugzeuge zu erspähen. Noch fünf Minuten, dann würden sie da sein, und mit ein wenig Glück konnten sie sich noch einmal zehn Minuten später auf dem Heimweg befinden.

Eine Salve Flakfeuer ermöglichte ihm einen Blick auf den Flughafen und die Hangars, auf die sie es abgesehen hatten. Michael und die beiden anderen Spitfires stiegen höher, damit die drei Lancasters näher an ihr Ziel heranfliegen konnten, und kurz nachdem die erste Bombe abgeworfen worden war, hörte Michael einen Knall und blickte nach unten, wo in diesem Moment Feuer ausbrach.

»Ja!«, schrie er triumphierend, denn es war offensichtlich ein Munitionslager oder ein Treibstofftank. Sein Jubel wuchs mit jeder Bombe, denn er konnte den Flughafen im Licht des Feuers jetzt deutlich erkennen, und sie hatten tatsächlich Flugzeuge getroffen und Gebäude dem Erdboden gleichgemacht. Nach getaner Arbeit drehten alle Flugzeuge ab, um nach Hause zurückzukehren, und Michael lachte ausgelassen, vergaß die Kälte und seinen Krampf im Bein – und vergaß sogar, nach Kampfflugzeugen Ausschau zu halten. Das Krachen und die Vibrationen auf der rechten Seite des Flugzeugs ließen ihn zusammenfahren. Er riss den Kopf herum und sah die Messerschmitt neben sich und die roten Funken ihrer Waffen. Michael feuerte automatisch, aber das deutsche Flugzeug tauchte ab und wich dem Angriff aus, und bevor

Michael auch nur daran denken konnte, höher aufzusteigen, war das feindliche Flugzeug blitzartig von unten herangekommen, feuerte abermals und traf die Nase der Spitfire.

Kühlflüssigkeit spritzte aus dem Motor über die Windschutzscheibe und nahm Michael die Sicht, und erst da stellte er fest, dass sein Flugzeug Feuer gefangen hatte.

»Allmächtiger Gott«, rief er, denn das war die Art von Tod, die er am meisten gefürchtet hatte. Er konnte den plötzlichen Temperaturanstieg spüren – noch ein paar Sekunden, und er würde bei lebendigem Leib verbrennen. Vor sich konnte er nichts sehen – dafür sorgten die Kühlflüssigkeit, die an der Windschutzscheibe klebte, und der Schnee. Alles, was er sehen konnte, waren orangefarbene und scharlachrote Flammen zu seiner Rechten, und es blieb ihm nichts anderes übrig, als die Maschine herumzurollen und abzuspringen.

Er hatte für diesen Fall trainiert. Der Theorie nach sollte sich das Cockpit bei der leisesten Berührung öffnen, und er würde wie ein Korken aus einer Flasche herausspringen. Aber jetzt lag er mit dem Bauch nach unten, überall um ihn herum waren Flammen, und das Cockpit ließ sich nicht öffnen.

Für eine flüchtige Sekunde sah er Adeles Gesicht vor sich. Sie lief auf ihn zu, und ihr Haar flatterte wie ein Banner hinter ihr her.

»Gott, steh mir bei«, keuchte er rau, während er sich darauf vorbereitete zu sterben.

Als Honour die Haustür öffnete, ging Jim gerade zum Weg zurück, nachdem er ihr einen Brief gebracht hatte.

»Kommen Sie wieder her, und wärmen Sie sich mit einer Tasse Tee auf«, rief sie.

Es war ein bitterkalter Februartag, an dem es immer wieder hagelte. Der Himmel war schwarz, und Honour dachte, dass es bis zum Abend sicher noch schneien würde. Sie war den Gipsverband rechtzeitig zu Weihnachten losgeworden, aber zu ihrer Enttäuschung benötigte sie nach wie vor einen Gehstock, da ihr gebrochenes Bein durch den Mangel an Bewegung sehr schwach geworden war. Rose gestattete ihr bestenfalls, für kurze Zeit durch den Garten zu humpeln, und nicht einmal das war im Augenblick möglich, da der Boden so vereist war. Daher war der Postbote Jim eine angenehme Abwechslung von der Langeweile.

Jim drehte sich wieder um, und sein breites Lächeln verriet ihr, dass ihr Angebot willkommen war. »Ich bin vollkommen durchgefroren, doch ich wollte nicht anklopfen, weil ich dachte, Sie möchten vielleicht allein sein, um ihren Brief zu lesen.«

Honour lachte. »Sie wissen ganz genau, dass ich mehr Zeit zum Alleinsein habe, als mir lieb ist«, entgegnete sie. »Adeles Brief kann warten. Und jetzt kommen Sie herein.«

»Ist Rose heute nicht hier?«, erkundigte Jim sich, während er sich die Stiefel auf der Türmatte abtrat und die Tür hinter sich zuzog.

»Sie ist nur schnell nach Rye hinübergegangen, um festzustellen, ob sie Öl für die Lampen und einige neue Bücher aus der Bücherei bekommen kann«, antwortete Honour. »Sie müssten ihr eigentlich begegnet sein, sie ist gerade erst aufgebrochen.«

»Ich habe nach niemandem Ausschau gehalten«, gestand er, zog seinen Mantel aus und setzte sich. »Ich hatte zu viel damit zu tun, an die arme Mrs. Bailey zu denken.«

»Was ist los mit ihr?«, fragte Honour.

Jim wirkte verlegen. »Dann haben Sie es also noch nicht gehört?«

»Was soll ich gehört haben?«

»Die Sache mit Michael.«

»Erzählen Sie mir nicht, dass er getötet worden ist!« Honour musste sich hastig hinsetzen.

»Nun ja, er gilt als ›vermisst, vermutlich tot‹, aber das bedeutet praktisch dasselbe, nicht wahr?«, sagte Jim, dann sah er Honours erschütterte Miene und streckte die Hand aus, um ihren Arm zu tätscheln. »Es tut mir leid, Honour, ich dachte, Sie hätten es bereits gehört. Mrs. Bailey hat das Telegramm schon vor einer Woche bekommen.«

»Nicht dieser wunderbare Junge!«, seufzte Honour, und Tränen traten in ihre Augen. »Wie ist es passiert?«

»Es heißt, er sei über Deutschland abgeschossen worden«, berichtete Jim, während er seine fingerlosen Handschuhe abstreifte und die Finger dehnte. »Es hat sie sehr hart getroffen, doch wenn irgendjemand Mrs. Bailey kennt, dann sind Sie es. Ihre Nachbarin hat mir heute Morgen erzählt, dass sie in der vergangenen Nacht im Nachthemd auf der Straße gewesen sei. Sie hatte keine Ahnung, was sie tat!«

»Vielleicht ist er gefangen genommen worden«, meinte Honour. »Ich habe gehört, dass es Wochen, sogar Monate dauern kann, bis man davon Nachricht erhält.«

Jim zuckte die Schultern. »Das erscheint mir sehr unwahrscheinlich. Mrs. Bailey hatte, wie man hört, Besuch von einem Soldaten aus Michaels Schwadron, und dieser Mann hat bemerkt, dass sein Flugzeug brannte, aber er hat Michael nicht abspringen sehen.«

»Das ist wirklich sehr tröstlich«, sagte Honour säuerlich. »Konnte er ihr denn nicht wenigstens etwas Hoffnung machen?«

Sie stand wieder auf, um den Tee zu kochen, doch als sie die Teedose sah, die Michael ihr geschenkt hatte, kurz nachdem er Adele das erste Mal begegnet war, begann sie zu weinen.

»Oh, Honour, nehmen Sie es nicht so schwer!«, murmelte Jim besorgt. »Jetzt wünschte ich, ich hätte es Ihnen nicht erzählt.«

»Es ist mir lieber, es von Ihnen zu erfahren als durch den Klatsch im Laden«, erwiderte Honour und kämpfte gegen die Tränen an. »Ich hatte ihn sehr gern. Wie Sie wissen, hatte ich immer gehofft, er und Adele würden eines Tages ein Paar. Mir tut auch seine Mutter furchtbar leid; er war das einzige ihrer Kinder, das ihr nahestand. Was wird sie jetzt nur tun?«

Jim schüttelte traurig den Kopf. »Wenn sie sich nicht zusammenreißt, wird ihre Haushälterin gehen, soviel steht fest. Ich habe gehört, sie sei schon in der Vergangenheit ungezählte Male drauf und dran gewesen zu kündigen, und alles hat irgendwann seine Grenzen.«

»Nun, ich hoffe, dass sie noch eine Weile in Mrs. Baileys Diensten bleiben wird«, entgegnete Honour entrüstet. »In solchen Zeiten neigen Menschen dazu, die Fassung zu verlieren. Es ist nicht ihre Schuld. Ich weiß, wie ich mich gefühlt habe, als mein Frank starb.«

»Sie bellen zwar, aber Sie beißen nicht«, neckte Jim sie. »Im Grunde sind Sie ein gütiger Mensch.«

Honour schenkte ihm ein schiefes Lächeln. »Halten die Kinder mich immer noch für eine Hexe?«

Er schüttelte den Kopf. »Dieser Unfug hat sich vor langer Zeit schon gelegt, damals, als Adele hierherkam. Jetzt haben Sie auch noch Rose hier, und sie ist viel zu hübsch, um die Tochter einer Hexe zu sein.«

»Manchmal denke ich, wir sind alle drei verhext«, bemerkte Honour bekümmert. »Wir alle hatten so viele Schwierigkeiten im Leben.«

»Das sieht Ihnen aber gar nicht ähnlich«, meinte Jim, und sein freundliches Gesicht war voller Sorge. »Für mich sind Sie jemand, der unbesiegbar ist.«

Honour schüttelte mutlos den Kopf. »Nein, Jim, das bin ich nicht. Ich bin lediglich eine alte Frau, die ihr Bestes tut, um zurechtzukommen.«

Jim blieb noch einige Zeit und plauderte über die Lebensmittelrationierung und darüber, wie viel Glück sie hätten, dass sie nicht in der Stadt wohnten, ohne Hühner und selbst angebautes Gemüse, auf das sie zurückgreifen konnten. Nachdem er wieder gegangen war, legte Honour sich auf das Sofa, zog ein Schultertuch um sich und weinte. In ihrem Herzen wusste sie, dass Adele niemals aufgehört hatte, Michael zu lieben. Sie mochte mit anderen jungen Männern ausgehen, und sie fragte auch nicht länger nach ihm, aber sie konnte niemandem etwas vormachen. Sein Tod würde sie furchtbar treffen, und Honour war davon überzeugt, dass Michael tatsächlich tot sein musste, wenn sein Flugzeug Feuer gefangen hatte.

Aber ihre Tränen galten nicht nur ihrer Enkelin, sie galten auch Emily Bailey. Honour war ihr während der Zeit der Luftschlacht um England einmal in Rye begegnet, und sie hatte sich nach Michael erkundigt. Emily war bemitleidenswert glücklich darüber gewesen, mit jemandem über ihren Sohn reden zu können, der ihn gut kannte. Sie hatte mit solchem Stolz von ihm gesprochen, doch andererseits hatte sie angespannt und abgemagert gewirkt, und schlaflose Nächte hatten ihr dunkle Ringe unter die Augen gezeichnet.

Erst seit sie bei dem Bombenangriff verletzt worden war, hatte Honour das ganze Ausmaß der Furcht und des Entsetzens des Krieges verstanden. Aber sie konnte sich immer wieder ins Gedächtnis rufen, dass Adele die meiste Zeit über in einer unterirdisch gelegenen Krankenstation arbeitete und dass sie, wenn sie draußen war, beim Läuten der Sirenen in einen Bunker laufen konnte. Emily hatte sich mit diesem Gedanken niemals trösten können. Wie jeder andere auch hatte sie gewusst, dass die Überlebenschancen der Piloten sehr gering waren, wenn ihre Flugzeuge getroffen wurden.

Falls Adele getötet werden sollte, wäre sie selbst, Honour, außerstande, mit dem Verlust fertig zu werden, das wusste sie. Sie würde es nicht einmal versuchen wollen. Und Emily musste im Augenblick genau dasselbe empfinden. Ihr Herz riet ihr, einen Mantel und Stiefel anzuziehen und nach Winchelsea hinaufzugehen, um sie zu besuchen. Aber dies war ihr auf der vereisten Straße unmöglich. Wenn sie ausrutschte, würde sie sich das Bein wohlmöglich noch einmal brechen. Also würde sie stattdessen einen Brief schreiben; es mochte ein kleiner Trost für Emily sein zu wissen, dass Menschen mit ihr fühlten.

Es war erst halb vier, als Rose sich von Rye auf den Heimweg machte, aber es wurde bereits dunkel. In allen Läden hatte sie lange anstehen müssen, und obwohl es ihr gelungen war, Öl für die Lampe, etwas Käse, Butter und Tee zu bekommen, hatte niemand mehr Zucker gehabt. Sie hatte mehr Zeit als geplant in dem Pub verbracht, doch es hatte Spaß gemacht, mit zwei Soldaten auf Urlaub zu flirten. Ihre Mutter hätte dieses Tun nicht gebilligt, aber wenn sich Rose ab und zu nicht einige Drinks und ein wenig männliche Gesellschaft hätte leisten können, wäre sie die Wände hochgegangen und hätte ihrer Mutter den Kopf abgerissen.

Nachdem der Pub geschlossen hatte, war sie in aller Eile in die Bibliothek gelaufen, und jetzt sorgte sie sich, weil sie Honour so lange allein gelassen hatte.

Aber es war trotz der bitteren Kälte ein schöner Tag gewesen. Das Anstehen war zeitaufwändig gewesen, allerdings keineswegs langweilig. Die Leute hatten miteinander geplaudert und gelacht, und sie war zwei Frauen begegnet, mit denen sie zur Schule gegangen war und die sich beide sehr gefreut hatten, sie zu sehen.

In der Bibliothek war es ihr gelungen, einer anderen Frau zuvorzukommen und *Vom Winde verweht* zu erbeuten. Sie hatte schon seit Wochen versucht, das Buch auszuleihen, aber so sehr sie sich wünschte, sich am Abend darin vertiefen zu können, wollte sie es Honour zuerst lesen lassen.

Alles in allem war Rose ziemlich zufrieden mit sich. Vielleicht zum ersten Mal, seit sie erwachsen war, war sie glücklich. Zu ihrer maßlosen Überraschung vermisste sie London ganz und gar nicht, und nachdem sie sich an die Arbeiten im Cottage gewöhnt hatte, fand sie sie sogar recht vergnüglich.

Der Tag, an dem sie Honour von all ihren alten Kümmernissen erzählt hatte, hatte die Luft gereinigt. Es verblüffte sie, dass ihre Mutter in der Lage war einzugestehen, damals gedankenlos gewesen zu sein. Aber andererseits war Rose während der vergangenen Monate viele Male angenehm überrascht gewesen, feststellen zu dürfen, dass ihre Mutter ganz anders war als die gleichgültige, prüde und starrköpfige Person, die sie in ihrer Fantasie im Laufe der Jahre erschaffen hatte.

Tatsächlich machte es Spaß, mit Honour zusammen zu sein. Sie besaß einen lebhaften und häufig bösartigen Sinn für Humor. Sie war erdverbunden, geradeheraus und sehr praktisch veranlagt. Natürlich gab es Tage, an denen sie einander anfauchten, aber wenn man so lange allein gelebt hatte, war es zwangsläufig schwierig, sich daran zu gewöhnen, ständig jemanden um sich zu haben. Außerdem war die Bitterkeit, die sie beide über so lange Zeit erfüllt hatte, noch nicht ganz verflogen, aber wie Honour so gern bemerkte, war »Rom auch nicht an einem Tag erbaut worden«.

Unterm Strich gab es jedoch weit mehr Gelächter als Streitigkeiten, und Rose hatte Augenblicke großer Zärtlichkeit für Honour erlebt, vor allem wenn sie Schmerz und Unbeweglichkeit so geduldig ertragen hatte.

Wäre die Situation mit Adele nicht gewesen, hätte Rose das Gefühl gehabt, auf unbegrenzte Zeit mit ihrer Mutter zusammenleben zu können, vorausgesetzt, sie konnte jede Woche tanzen gehen oder sich einen Kinofilm ansehen. Aber den Hass und die Verachtung, die ihre Tochter ihr entgegengeschleudert hatte, konnte sie unmöglich vergessen. Ebenso wenig wie die Drohungen, und sie war sich sicher, dass Adele von ihr erwartete, für immer zu verschwinden, sobald Honour vollends genesen war.

Jede Woche, wenn sie zur vereinbarten Zeit nach Winchelsea hinaufging, um mit ihrer Tochter zu telefonieren, war Rose halb krank vor Nervosität. Adele war niemals beleidigend oder auch nur kurz angebunden, doch es lag auch keine Wärme in ihrer Stimme, nichts, was darauf schließen ließ, dass sie allmählich weicher wurde. Dabei hatte Honour Adele geschrieben, wie gut sich ihr Zusammenleben entwickelte. Da der Londoner Blitzkrieg noch immer fortdauerte und jede Nacht Bomben fielen, hatte Adele sich nicht freinehmen können, um herzukommen, nicht einmal zu Weihnachten. Bevor ihre Tochter nicht nach Hause kam und mit eigenen Augen sah, dass Rose ihren Teil des Handels eingehalten und sich vielleicht zum Besseren verändert hatte, würde Adele sie immer verachten und das Schlimmste von ihr denken, das wusste Rose.

Honour und Rose waren sich nur allzu gut darüber im Klaren, dass die Nachrichten im Radio nicht die volle Wahrheit darüber sagten, wie es in London aussah oder wie der Krieg sich ganz im Allgemeinen entwickelte. Adeles Briefe und die Informationen, die sie von Nachbarn mit Freunden und Verwandten in der Stadt oder an der Front erhielten, zeigten ein ganz anderes Bild. Menschen wurden zu Tausenden getötet und verletzt, die Deutschen waren besser ausgerüstet und verfügten über mehr Soldaten, und es schien unmöglich, dass England sie würde schlagen können. Allnächtlich hörten sie Bomber über die Küste fliegen, manchmal hörten sie sogar Bomben fallen, noch lange bevor die Flugzeuge London erreichten. Täglich kamen Flüchtlinge aus London wie auch aus Europa her, und die meisten von ihnen hatten bei der Flucht alles verloren. Manchmal stand Rose am Fenster des Cottages und blickte zum Strand und zu den gewaltigen Rollen von Stacheldraht hinüber, und dann fragte sie sich, wie lange es noch dauern würde, bis die Deutschen in England einmarschierten.

Wahrscheinlich würden sie genau an diesem Küstenstreifen landen, und dann drohte Honour und ihr hier größere Gefahr als im Bombenhagel von London.

Als Rose sich dem Feldweg näherte, der zum Cottage führte, war das Tageslicht vollends erloschen. Der Mond war zwar voll, aber er wurde immer wieder von Wolkenwänden verborgen, sodass nur die Silhouetten der Dächer auf dem Hügel von Winchelsea und das schwarze Band des Flusses zu sehen waren.

Durch die Verdunklung waren die Abende so beängstigend geworden. Nirgendwo war ein freundlicher Lichtstrahl zu sehen, weder im Cottage noch in den Häusern von Winchelsea. Es war, als wäre sie der einzige Mensch auf der Welt, und da die Leute sich ihr Benzin für Notfälle aufsparten, fuhren auch nur sehr wenige Autos den Weg entlang. Der Mond verschwand abermals hinter den Wolken, und Rose verfluchte sich dafür, ihre Taschenlampe nicht mitgenommen zu haben. Auf dem Feldweg würde es die Hölle sein, sie würde auf unsichtbare, eisbedeckte Pfützen treten oder sich die Zehen an großen Steinen anstoßen.

Am Anfang des Feldwegs zögerte sie und blickte zu der Stelle auf, an der noch vor wenigen Sekunden der Mond gestanden hatte. »Komm heraus, Mister Mond«, sagte sie und kicherte dann über ihr kindisches Benehmen.

Ein Geräusch weckte ihre Aufmerksamkeit, und sie drehte sich um. Es klang so, als wäre irgendjemand oder irgendetwas auf der Wiese am Fluss. In der Annahme, es handelte sich um ein Schaf, trat Rose zaghaft auf den Feldweg hinaus. Aber als sie das Geräusch abermals hörte, blieb sie stehen und lauschte.

Die Laute der Schafe waren der Stoff, aus dem das Leben in der Marsch bestand, und dieses Geräusch war ganz anders. Außerdem neigten Schafe nicht dazu, bei solcher Kälte umherzustreifen, es war viel wahrscheinlicher, dass sie sich unter der Hecke zusammenkauerten. Dieses Geräusch kam von einem Menschen, dessen war Rose sich sicher, denn sie hörte nicht nur Füße, die auf dem frostkalten Gras knirschten, sondern auch ein Keuchen.

Der Mond kam wieder hervor, und zu ihrem Erstaunen sah sie eine Frau auf der Weide. Der Mond glänzte auf ihrem blonden oder weißen wallenden Haar, und es hatte den Anschein, als liefe sie auf den Fluss zu.

Der Mond verschwand wieder, aber das Keuchen wurde jetzt lauter, und Rose hatte den Eindruck, dass die Frau in Not war. Blitzartig kam ihr die Erkenntnis: Sie versuchte, sich zu ertränken!

Warum hätte sie sich sonst bei Dunkelheit und bei derartiger Kälte auf der Weide aufhalten sollen? Es gab keine andere Erklärung dafür. In Augenblicken der Verzweiflung waren Menschen zu außergewöhnlichen Dingen imstande, das wusste Rose aus eigener Erfahrung. Sie musste diese Frau aufhalten!

Sie vergaß ihre Angst vor Eis und Steinen, die sie nur wenige Sekunden zuvor noch verspürt hatte, ließ ihre Einkäufe am Wegesrand fallen, eilte auf das Loch in der Hecke zu, das sie beim Holzsammeln häufig benutzte, und zwängte sich hindurch. Sie konnte die Frau nicht sehen, aber als sie über die Wiese auf den Fluss zuging, hörte sie Wasser spritzen.

Rose rannte zu der Stelle hinüber, von der das Geräusch gekommen war, und erreichte den Fluss gerade rechtzeitig, um eine weiße Hand in dem dunklen Wasser zu erkennen. Der Rest der Frau war bereits unter der Oberfläche verschwunden.

Rose blickte sich verzweifelt um. Das nächstgelegene Haus war ihr eigenes, aber Honour würde ihr nicht helfen können. Bis sie anderswo Hilfe gesucht hatte, wäre die Frau ertrunken. Es blieb ihr nichts anderes übrig, als sich selbst darum zu kümmern.

Sie streifte ihren Mantel ab und sprang in den Fluss, ohne darüber nachzudenken, wie kalt er war und wie tief das Wasser oder wie stark die Strömung sein mochten. Als sie in das eisige Wasser eintauchte, war der Schock so groß, dass sie glaubte, ihr Herz werde zu schlagen aufhören, aber sie zwang sich, Wasser zu treten, während sie nach der Frau Ausschau hielt.

Der Mond kam gerade so lange hinter den Wolken hervor, dass Rose etwas auf der Oberfläche treiben sehen konnte, etwas, das kein Schilf war. Sie brauchte nur vier oder fünf Schwimmzüge, um die Stelle zu erreichen. Ihre Hand traf auf einen wollenen Stoff, vermutlich handelte es sich dabei um den Mantel oder das Kleid der Frau, überlegte Rose.

Immer noch Wasser tretend, packte sie mit einer Hand den Stoff, während sie mit der anderen das Wasser darunter abtastete. Ihre Finger stießen auf ein Bein, und sie zerrte es an die Oberfläche.

Sie konnte keinen Strumpf und keinen Schuh ertasten. Die Frau musste ganz eindeutig den Verstand verloren haben!

Das Wasser war so kalt, dass es Rose beinahe lähmte, aber sie hielt das Bein noch immer fest, damit die Frau nicht von der Strömung fortgerissen wurde. Dann beugte sie sich noch tiefer herunter und ertastete etwas, das die Taille sein konnte. Sie griff beherzt zu und versuchte, den Körper aus dem Wasser zu stemmen, aber das Gewicht zog Rose unter die Oberfläche, und sie musste das Bein loslassen, um wieder auftauchen zu können. Doch sie hielt die Frau noch immer an der Taille fest, und endlich gelang es ihr, sie an die Wasseroberfläche hinaufzuziehen.

Der Mond kam wieder hervor, und zu Roses Überraschung war die Frau keineswegs jung, wie sie aufgrund des langen Haares vermutet hatte, sondern in mittleren Jahren. Um ihren Hals schlang sich, wie ein bizarres Schmuckstück, eine schwere Kette, die offenkundig der Grund dafür war, warum sie mit dem Kopf nach unten im Wasser getrieben war.

Die Furcht, die Frau könne sie ebenfalls in die Tiefe ziehen, verlieh Rose neue Kraft, und sie riss die Kette ab. Plötzlich war die Frau sehr viel leichter. Sie wirkte leblos, doch Rose glaubte, sich daran zu erinnern, dass es länger als nur zwei oder drei Minuten dauerte, bis ein Mensch ertrank.

Es war nicht weiter schwierig, zum Ufer zurückzukommen; sie schwamm auf dem Rücken und hielt den Kopf der Frau mit beiden Händen über Wasser. Etwas ganz anderes war es, mit einer so schweren Last das Ufer hinaufzusteigen.

Sie versuchte, den Mantel der Frau festzuhalten, und sie hatte die steile Böschung bereits zur Hälfte überwunden, als ihr das Kleidungsstück entglitt.

»Zum Teufel mit dir«, schrie sie laut. »Ich werde dich verdammt noch mal nicht hierlassen, selbst wenn du genau das willst. Hilf mir, um Gottes willen.«

Aber die Frau konnte ihr nicht helfen, und Rose blieb nichts anderes übrig, als wieder ins Wasser einzutauchen. Mittlerweile war sie so durchgefroren, dass es sie nicht gewundert hätte, wenn sie ebenfalls an Kälte gestorben wäre. Ihre Hände waren vollkommen taub, trotzdem gelang es ihr, sich hinter die Frau zu schieben, sie um die Taille zu fassen und sie mit einer einzigen gewaltigen Anstrengung wenigstens halb auf die Uferböschung zu ziehen.

Nachdem Rose selbst wieder auf das Weideland über der Böschung gekrochen war, fasste sie die Frau unter den Armen und zog sie ebenfalls hinauf. Dann drehte sie sie im Gras auf den Bauch.

Rose hatte nur einige wenige Male eine Mund-zu-Mund-Beatmung beobachtet, und sie war sich nicht sicher, ob es vielleicht sogar bereits zu spät dafür war. Aber sie drückte auf den Rücken der Frau, dann hob sie ihre Schultern an und begann wieder von vorne.

»Atme, um Gottes willen!«, schrie sie, während sie pumpte. »Glaubst du, ich will hier draußen mit dir erfrieren?«

Die Dunkelheit war ihr noch nie so erschreckend erschienen. Sie umhüllte sie wie eine dicke Decke, Rose fühlte sich versucht, die Flucht zu ergreifen, weil sie einfach nicht mehr für die andere Frau tun konnte. Aber trotz der Kälte und der Tränen, die ihr übers Gesicht rannen und sich auf ihrer eisigen Haut seltsam heiß anfühlten, pumpte sie weiter.

Und dann hörte sie ein Röcheln.

»So ist es richtig«, rief sie triumphierend. »Komm schon, atme, verdammt noch mal! Atme!«

Es klang so, als strömten ganze Wasserfontänen aus dem Mund der Frau. Dann folgte weiteres Keuchen, und Rose legte den Kopf auf die Brust der Frau und hörte schwache, gequälte Atemzüge.

»Braves Mädchen«, sagte sie und ließ die andere für eine Sekunde allein, während sie zum Ufer lief, um den Mantel zu holen, den sie kurz zuvor fallen gelassen hatte. Sie hüllte die Frau darin ein und zog sie in eine sitzende Position hoch, und obwohl ihr der Kopf immer wieder zur Seite wegsackte, atmete sie tatsächlich.

Rose fand, dass sie nur eins tun konnte: Sie musste diese Möchtegern-Selbstmörderin ins Cottage bringen. Sie wagte es nicht, sie hierzulassen, da sie sich womöglich abermals in den Fluss werfen würde, außerdem war es durchaus möglich, dass sie erfror, bevor Hilfe ankam. Also zog sie sie mit aller Kraft auf die Füße, dann beugte sie sich vor, sodass die Frau ihr über die Schultern fiel. Stolpernd unter ihrer Last, schleppte Rose sie zu dem Feldweg hinüber.

Das Wasser quoll ihr aus den Schuhen, jeder Teil ihres Körpers schmerzte vor Kälte, und die Frau war so schwer, dass Rose nicht glaubte, sie weiter als einige Meter tragen zu können. Aber sie konzentrierte sich immer nur auf den nächsten Schritt, und jeder dieser Schritte brachte sie dem Cottage näher.

Sie hörte, wie die Frau sich über ihren Rücken erbrach, doch das bedeutete zumindest, dass sie langsam zu Bewusstsein kam. Rose trottete weiter, fest entschlossen, die Haustür zu erreichen.

»Mutter!«, schrie sie, als sie fast an ihrem Ziel angelangt war. »Mach die Tür auf!«

Nichts war ihr je wunderbarer erschienen als der Anblick der Tür, die weit aufgerissen wurde, und des goldenen Scheins der Lampe, der die Silhouette ihrer Mutter nachzeichnete.

»Was um alles in der Welt hast du da angeschleppt?«, rief Honour aus. »Ist das ein Tier?«

»Ein ertrunkenes«, gab Rose zurück, und sie hätte am liebsten laut gelacht, denn allein der Anblick ihrer Mutter gab ihr das Gefühl, wieder in Sicherheit zu sein.

»Ach, du meine Güte«, rief Honour, als Rose ihre Last auf den Teppich vor dem Feuer legte. »Das ist ja Emily!«

Sie machte sich daran, der Frau die tropfnassen Kleider auszuziehen und sie in Decken zu hüllen. Rose erzählte ihr in groben Zügen, was geschehen war, aber die plötzliche Wärme des Raumes und der Schock, den sie erlitten hatten, raubten ihr die Orientierung, und sie fühlte sich sehr eigenartig.

Sie erinnerte sich wenig später daran, dass ihre Mutter ihr befohlen hatte, ihre Kleider auszuziehen, weil das Wasser daraus zu Boden tropfte. Vermutlich war sie dazu in ihr Schlafzimmer gegangen, denn einige Zeit später stellte sie fest, dass sie ihr Nachthemd und ihren Morgenmantel trug und sich ein Handtuch um das feuchte Haar geschlungen hatte. Honour saß auf dem Boden, wiegte die Frau in den Armen und flößte ihr schluckweise ein wenig Brandy ein.

»Ich bin Honour Harris, meine Liebe«, sagte ihre Mutter zu der Frau, die sie lediglich mit ausdruckslosem Blick ansah. »Ich werde mich um Sie kümmern, jetzt wird alles gut.«

Rose fror erbärmlich, deshalb wollte sie zum Ofen hinübergehen, um sich zu wärmen, aber ihre Mutter und die Frau versperrten ihr den Weg, und sie fühlte sich auf seltsame Weise bedroht. »Wir können uns nicht um sie kümmern, Mutter«, wandte sie ein. »Sie muss in ein Krankenhaus gebracht werden. Sie ist kein streunender Hund wie Towzer, du kannst sie nicht mit einer Schale Eintopf und einem warmen Feuer heilen. Sobald ich mich aufgewärmt habe, werde ich nach Winchelsea gehen und telefonieren, um einen Krankenwagen zu rufen.«

»Scht!«, flüsterte Honour und bedachte Rose mit einem ihrer typischen strengen Blicke.

»Mutter, sie hat den Verstand verloren! Sie ist in den Fluss gesprungen, und wenn ich sie nicht gehört hätte, hätte die Strömung sie inzwischen bis zu den Schleusentoren mitgerissen.«

»Sie ist nur verrückt vor Kummer«, entgegnete Honour kopfschüttelnd, während sie die Frau weiter unablässig in den Armen wiegte. »Michael ist verschwunden; er ist über Deutschland abgeschossen worden.«

»Michael?«, wiederholte Rose fragend.

Honour blickte zu ihr auf. »Ja, Michael, der junge Mann, der einmal Adeles Liebster war. Das ist seine Mutter, Emily Bailey.«

Rose prallte zurück wie eine Betrunkene, und ihr Kopf fühlte sich plötzlich so an, als würde er explodieren. *Emily.* Sie konnte es nicht fassen. Die Frau, die sie gerettet hatte, konnte doch unmöglich die sein, die früher einmal in ihrer Fantasie eine Teufelin gewesen war?

Emily Bailey, diese Xanthippe, die ihren Mann nicht liebte, ihn aber niemals freigeben würde, um eine andere zu heiraten. Rose war ihr nie begegnet, hatte niemals ein Bild von ihr gesehen, doch als sie seinerzeit in Myles verliebt gewesen war, hatte sie ihr und ihren verdammten Kindern den Tod gewünscht.

Und jetzt, etwa zweiundzwanzig Jahre später, hatte sie ihr unbeabsichtigt das Leben gerettet.

»Rose, Liebes, ich denke, du stehst unter Schock«, rief Honour plötzlich. »Du bist so weiß wie ein Laken, und du zitterst wie Espenlaub. Leg dir eine Decke um, und hol dir ein Glas Brandy.«

Nur kurze Zeit später schlug die Uhr sechs, und Rose wurde bewusst, dass die dramatischen Ereignisse, die sich über Stunden erstreckt zu haben schienen, tatsächlich von Anfang bis Ende innerhalb einer halben Stunde geschehen waren. Dank des Brandys war ihr inzwischen wärmer, aber sie fühlte sich noch immer sehr eigenartig. Ihre Mutter hockte nach wie vor mit Emily in den Armen auf dem Boden und murmelte beruhigende Worte, doch Rose hatte das Gefühl, diese Szene aus weiter Ferne zu beobachten, außerstande, in irgendeiner Weise daran teilzuhaben.

»Du kannst nicht auf dem Boden sitzen bleiben, Mutter, das wird dein Rücken nicht lange mitmachen«, mahnte sie eine Weile später verärgert. »Komm, ich hebe sie auf das Sofa. Irgendwann wird sie dich ohnehin loslassen müssen.«

»Wenn ich glaubte, mein Kind sei tot, würde ich mir auch jemanden wünschen, der mich festhält«, erklärte Honour halsstarrig.

Bei den Worten ihrer Mutter schnürte Roses Kehle sich zusammen. »Du kannst sie genauso gut auf dem Sofa im Arm halten«, krächzte sie. »Ich bitte dich, lass dir von mir aufhelfen, und dann werde ich uns eine Kanne Tee kochen.«

Es schien eigenartig, dass es Rose so mühelos gelungen war, Emily ins Cottage zu tragen, denn es kostete sie jeden Funken Kraft, den sie noch übrig hatte, die Frau auch nur vom Boden auf das Sofa zu heben. Vielleicht bemerkte Honour ihre Anstrengung, denn sobald Rose ihr auf die Füße geholfen hatte, umarmte sie ihre Tochter. »Es war ungeheuer mutig von dir, in den Fluss zu springen, um sie zu retten«, sagte sie. In ihren Augen schwammen Tränen, und ihre Stimme war brüchig. »Ihr hättet beide ertrinken können.«

Rose zuckte die Schultern. »Es wäre vielleicht mutig gewesen, wenn ich nachgedacht hätte, bevor ich in den Fluss gesprungen bin«, meinte sie. »Aber ich habe nicht nachgedacht, ich habe einfach aus einem Impuls heraus gehandelt.«

»Dann schmälert der Mangel an Bedenken also die Tapferkeit deiner Tat?«, entgegnete Honour und versuchte zu lächeln, während sie sich neben Emily auf das Sofa hockte.

»Ja«, antwortete Rose. »Also, Emily, werden Sie jetzt aufhören zu weinen und eine Tasse Tee trinken?« Rose wusste nicht, ob es der strengere Tonfall war, den sie angeschlagen hatte, aber zum ersten Mal seit ihrer Ankunft im Cottage blickte Emily auf die Decke hinab, in die sie eingewickelt war, dann sah sie sich im Raum um.

»Wo bin ich?«, fragte sie mit schwacher, angespannter Stimme, und sie hörte tatsächlich auf zu weinen.

»Sie sind in den Fluss gesprungen, und meine Tochter hat sie wieder herausgezogen«, erklärte Honour und strich Emily das noch immer nasse Haar aus dem Gesicht. »Erkennen Sie mich? Ich bin Honour Harris, die Großmutter von Adele, die früher einmal in Ihren Diensten gestanden hat. Und das ist Rose, meine Tochter. Sie hat Sie gerettet.«

Emily sah Honour einige Sekunden lang verständnislos an, und ihr Gesichtsausdruck war der eines Kindes, das soeben aus einem Albtraum erwacht war. »Sie sind einmal in meinem Haus gewesen.«

»Das ist richtig«, stimmte Honour geduldig zu und warf

dann einen Seitenblick auf Rose, die in dem Sessel gegenüber saß. »Ich war eine Freundin Ihrer Mutter. Letztes Jahr haben wir uns auch einmal in Rye unterhalten, über Michael. Es tut mir so unendlich leid, dass er verschollen ist; ich hatte ihn ebenfalls sehr gern.«

Emilys Gesicht verfiel, und sie begann erneut zu weinen, aber diesmal weinte sie nicht beinahe lautlos wie zuvor, sondern stieß ein herzzerreißendes Schluchzen aus, und sie begrub das Gesicht an Honours Schulter und klammerte sich an sie. »Es ist nicht gerecht«, stieß sie weinend hervor. »Er war etwas ganz Besonderes für mich, so gütig und liebevoll. Ich will nicht ohne ihn leben.«

»Aber er könnte durchaus in einem Kriegsgefangenenlager sein«, erklärte Honour sanft. »Sie dürfen noch nicht aufgeben. Wie würde er sich fühlen, wenn er nach dem Krieg nach Hause käme und feststellen müsste, dass Sie sich das Leben genommen haben?«

»Er wird nicht zurückkommen. Er ist tot, ich weiß es«, beharrte Emily. »Ein Freund von ihm hat sein Flugzeug in Flammen aufgehen sehen.«

»Er hat Ihnen gewiss auch erzählt, wie viele Piloten sich mit ihrem Fallschirm aus brennenden Flugzeugen gerettet haben«, entgegnete Honour. »Ich habe dutzende solcher Geschichten gelesen.«

»Das ist Gottes Urteil, das er über mich gesprochen hat«, widersprach Emily hölzern. »Meine Strafe für das Unrecht, das ich begangen habe.«

Honour sah zu Rose hinüber und lächelte schwach. »Welches Unrecht haben Sie denn begangen?«, hakte sie behutsam nach. »Ich wette, so groß war das gar nicht!«

»Oh doch«, beharrte Emily und umklammerte Honours Hand. »Ich habe mich einfach schrecklich gegen meine Familie benommen.«

»Die Schuld trifft Sie gewiss nicht ganz allein.«

»Aber genau so ist es. Myles war früher einmal so liebevoll und zärtlich, es ist meine Schuld, dass er sich jetzt so unmöglich benimmt. Dafür werde ich nun bestraft.«

»Ich denke, wir trinken zunächst einmal eine schöne Tasse Tee«, meinte Honour abschließend.

Als Rose später am Abend im Bett lag, war sie noch immer vollkommen durchgefroren, obwohl sie eine Wärmflasche unter der Decke liegen hatte. Emily teilte das Bett mit ihrer Mutter, und der Wind heulte um das Cottage herum und ließ die Fenster in den Rahmen klappern. Rose griff nach ihrem Morgenrock und schlüpfte hinein, obwohl sie wusste, dass weder Decken noch Kleider sie heute Nacht wärmen würden, geradeso wie nichts Emilys Trauer lindern würde.

Es waren Schuldgefühle und Scham, die sie frieren ließen. Emily wollte nicht mehr leben, weil sie Michael verloren hatte, das war eine vollkommen normale Reaktion für eine Mutter. Aber Rose hatte niemals mit Adele leben wollen, und sie hatte sich sogar gewünscht, sie sei an Pamelas Stelle gestorben.

Wegen Pamela konnte sie Emilys Trauer gut verstehen. Ebenso den Wahnsinn, der die andere Frau dazu getrieben hatte, sich in den Fluss zu stürzen. Doch Adele gegenüber war Rose niemals eine echte Mutter gewesen. Sie hatte ihre ältere Tochter niemals geliebt oder auch nur geschätzt.

Und wie würde Adele auf die Neuigkeiten über Michael reagieren? Rose wusste, dass sie genauso verzweifelt sein würde wie seine Mutter, aber wem konnte sie jetzt ihr Herz ausschütten, da alle glaubten, sie habe ihm einen Korb gegeben? Nur zwei Menschen kannten die Wahrheit, und an keinen von ihnen konnte Adele sich in dieser Situation wenden.

Als Adele sie damals mit der Axt angegriffen hatte, hatte Rose geglaubt, das sei einer der schlimmsten Augenblicke ihres Lebens gewesen, doch dieser hier war noch schrecklicher. Nachdem sie wieder nach Hause zurückgekehrt war und ihre Mutter neu kennengelernt und endlich ein wenig Glück gefunden hatte, war ihr bewusst geworden, wie selbstsüchtig, habgierig und oberflächlich sie gewesen war. Sie hatte geglaubt, auf dem Weg zu sein, ein besserer Mensch zu werden. Bisweilen hatte sie sich selbst sogar gemocht.

Aber während Emily heute Abend unter Tränen so viel von ihrer Ehe und ihrer Familie erzählt hatte, war Rose zutiefst beschämt gewesen, denn sie hatte wahrscheinlich mit dazu beigetragen, dass Emilys Ehe in die Brüche gegangen war. In all diesen Jahren hatte Rose sich als das unschuldige Opfer eines Ehebrechers gesehen, der sie grausam hatte sitzen lassen, als sie sein Kind erwartet hatte, aber in dieser Nacht konnte sie sich nicht länger an dieser Lüge festklammern.

Es stimmte, sie war noch Jungfrau gewesen, als sie Myles während seines Aufenthalts im »The George« kennengelernt hatte, doch sie konnte kaum geltend machen, unschuldig gewesen zu sein, denn sie hatte kaltblütig versucht, ihn in ihrem Netz einzufangen. Sie hatte sich ein Leben voller Luxus und Ausgelassenheit in London gewünscht und hatte ihr Aussehen, ihre Jugend und ihren Charme eingesetzt, um es zu bekommen. Er hatte sie lediglich einige Male geküsst, als sie ihn angefleht hatte, sie nach London mitzunehmen, indem sie boshaft behauptet hatte, von ihrem Vater misshandelt zu werden.

Noch bevor sie in den Zug gestiegen waren, hatte Myles ihr erzählt, dass er verheiratet war und drei Kinder hatte. Er hatte ihr sogar unmissverständlich klargemacht, ihr lediglich helfen zu können, sich eine Arbeit und eine Unterkunft zu suchen. Später hatte er dann tatsächlich zu seinem Wort gestanden; er hatte ein Quartier für sie gefunden und sie finanziell unterstützt, und hätte sie nicht ihre weiblichen Listen angewandt, hätte er niemals mit ihr geschlafen.

Wenn sie damals doch nur so klug gewesen wäre, sich eine Arbeit zu besorgen, statt zu versuchen, Myles mit Lügen und Intrigen dazu zu zwingen, seine Frau zu verlassen und sie zu heiraten! »Ich werde meiner Familie die Schande einer Scheidung niemals zumuten«, hatte er ihr dutzende Male gesagt.

Allerdings trug er die Schuld daran, dass sie schwanger geworden war; ein erfahrener Mann von Welt hätte wissen müssen, wie man so etwas verhinderte. Und es war herzlos gewesen, sie im Stich zu lassen. Aber sie hatte sich das alles selbst zuzuschreiben – wenn sie ihn nicht ständig belogen hätte, hätte er ihr geglaubt, dass sie sein Kind erwartete, und er hätte die Verantwortung dafür getragen. Er war ein Snob und bewies oft wenig Rückgrat, doch er besaß Anstand und ein weiches Herz. Gewiss war er nicht der Rohling, als den sie ihn dargestellt hatte.

Honour war ausgesprochen schlecht auf Myles zu sprechen, aber dies war durchaus verständlich, bedachte man, wie er Adele behandelt hatte, als sie in den Diensten seiner Frau gestanden hatte. Doch Emily hatte recht; er war früher einmal ein sanfter, liebevoller Mann gewesen, und Rose fühlte sich zum großen Teil mitverantwortlich für seine Veränderung.

Jetzt hatte er seinen jüngeren Sohn verloren, und Rose musste daran denken, wie eifersüchtig sie immer gewesen war, wenn Myles bei der bloßen Erwähnung Michaels zärtlich gelächelt hatte. Sie hatte stets behauptet, Myles zu lieben, doch die Wahrheit war vielleicht die, dass sie niemals einen anderen Menschen als sich selbst geliebt hatte.

25

»Sie werden doch niemandem von meinem Selbstmordversuch erzählen?«, flehte Emily Rose an, als sie gemeinsam nach Winchelsea zurückgingen.

»Nein, natürlich nicht«, antwortete Rose. »Nicht wenn Sie mir versprechen, etwas Derartiges nie wieder zu tun.«

Es waren drei Tage vergangen, seit Emily sich das Leben hatte nehmen wollen. Am Morgen danach hatte Honour Jim gebeten, zu ihrer Haushälterin zu gehen und der Frau mitzuteilen, dass Emily während eines Besuchs in Curlew Cottage krank geworden sei und nach Hause zurückkehren werde, sobald sie sich besser fühle. Am ersten Tag hatte Emily viel geschlafen, dann hatten sich neuerliche Tränenströme Bahn gebrochen, aber jetzt schien sie viel ruhiger zu sein, und Rose brachte sie nach Hause.

»Ich verspreche es«, sagte Emily kleinlaut. Sie sah sehr bleich und mitgenommen aus, und ihr Mantel, den Honour getrocknet hatte, war eingelaufen. Zusammen mit dem geborgten Paar Schuhe von Rose, die zu groß für sie waren, war ihre Erscheinung eher die eines Flüchtlings als die einer Frau aus den oberen Klassen. »Sie waren sehr mutig, Rose, und ich habe das Gefühl, mich neben Ihnen schämen zu müssen.«

Rose schluckte. Ähnliche Worte hatte Emily während der vergangenen Tage mehrmals gebraucht, und obwohl es schön war, für mutig gehalten zu werden, kämpfte Rose noch immer mit ihren Schuldgefühlen.

Als die beiden Frauen den Hügel nach Winchelsea hinaufgingen, hakte Emily Rose unter. »Sie haben mir so gutgetan, Rose«, erklärte sie. »Ich spreche nicht nur davon, dass Sie mir das Leben gerettet haben. Sie haben mich auch zum Reden gebracht. Ich fühle mich heute schon ganz anders. Irgendwie stärker.«

Rose konnte nicht anders, als Emily zuzulächeln. Obwohl sie einige Jahre älter war als die inzwischen vierzigjährige Rose, hatte sie etwas so Mädchenhaftes und Liebenswertes. Während der vergangenen Tage hatten sie viel miteinander geredet, und Rose hatte eine Menge liebenswerter Eigenschaften an ihr entdeckt.

»Vielleicht bekommen Sie ja doch noch gute Nachrichten, was Michael betrifft«, meinte sie. »Versuchen Sie nur, gelassen und hoffnungsvoll zu bleiben. Sie wollen gewiss nicht an einem Ort wie dem enden, an den man mich damals geschickt hat.«

Emily nickte. »Das ist wahr, das will ich nicht. Vielleicht sollte ich es noch einmal mit Ralph und Diana versuchen. Sie waren immer gegen mich, doch das war wahrscheinlich meine Schuld, weil ich sie mit meiner Trinkerei, meinen merkwürdigen Stimmungen und ähnlichen Dingen abgestoßen habe. Sie wissen ja nicht, wie glücklich Sie sein können, eine Tochter wie Adele zu haben. Sie muss Ihnen ein großer Trost sein.«

Rose lächelte, aber es war ein trauriges Lächeln. Am vergangenen Abend hatte sie Emily erzählt, was für eine schlechte Mutter sie gewesen war, doch Emily hatte offenkundig nicht zugehört. Sie war immer noch so fixiert auf sich selbst, dass das Leben und die Probleme anderer Menschen keinerlei Wirkung auf sie hatten.

So bin ich auch gewesen, dachte Rose bedrückt.

Adele war sehr erschöpft, als sie vom Nachtdienst kam, aber als sie in ihrem Postfach im Schwesternheim einen Brief mit der gestochen scharfen Handschrift ihrer Großmutter entdeckte, erwachten ihre Lebensgeister wieder.

London hatte eine weitere Nacht schwerer Bombardierungen hinter sich, und die Flut der Verletzten war noch größer gewesen als gewöhnlich. Adele konnte nicht verstehen, warum so viele Menschen, insbesondere die Älteren, die öffentlichen Bunker mieden und stattdessen daheimblieben. Mittlerweile hätten sie begriffen haben müssen, wie gefährlich das war!

Sie ging in den Speisesaal und nahm sich eine Portion Porridge. Einer der größten Nachteile der Nachtschicht bestand darin, dass man die Mahlzeiten in der verkehrten Reihenfolge einnehmen musste. Sie konnte nach dem Aufstehen unmöglich Fleisch und Gemüse essen, aber nach einer langen Nacht auf der Station war sie vollkommen ausgehungert, musste sich aber mit Porridge oder Rührei und Toast begnügen.

Sie setzte sich zu Joan und einer neuen Krankenschwester aus Birmingham namens Annie an den Tisch. Während sie aß, öffnete sie den Brief, doch nachdem sie die ersten beiden Zeilen gelesen hatte, ließ sie ihren Löffel mit einem Klirren fallen.

»Was ist los?«, fragte Joan besorgt.

»Es geht um Michael. Er ist verschollen«, stieß Adele entsetzt hervor. »Sein Flugzeug ist abgeschossen worden.«

Danach musste sie in ihr Zimmer laufen, denn sie konnte die Tränen nicht zurückhalten.

Einige Zeit später spähte Joan vorsichtig durch die Tür.

»Darf ich hereinkommen?«, bat sie. »Oder möchtest du lieber allein sein?«

»Nein, ich hätte dich gern bei mir«, sagte Adele, blinzelte und wischte sich dann die Augen ab. »Es war ein solcher Schock, Joan! Ich habe Michael so sehr geliebt, ich kann den Gedanken nicht ertragen, dass er für immer fort sein soll.«

Joan war mitfühlend wie immer und drückte Adele fest an sich. »Vielleicht ist er ja nur gefangen genommen worden.«

»Das bezweifle ich«, schluchzte Adele.

»Du darfst die Hoffnung nicht verlieren«, erwiderte Joan. »Denk an deinen Großvater im letzten Krieg. Er ist verwundet worden, und man hat ihn als tot liegen lassen, nicht wahr? Aber er ist trotzdem nach Hause zurückgekommen.«

Seit Beginn des Krieges hatten Adele Albträume geplagt, in denen Michael in seinem Flugzeug abgeschossen wurde, und jetzt, da es tatsächlich geschehen war, hielt sie seinen Tod für eine Gewissheit. Aber sie nickte trotzdem, als stimmte sie ihrer Freundin zu.

Eine Weile später gingen die beiden jungen Frauen ins Bett, und Joan schlief sofort ein. Adele lag noch lange wach, die Hand auf den Ring um ihren Hals gelegt, während sie an all die Dinge dachte, die sie an Michael liebte. In diesen Stunden musste sie begreifen, dass die Zeit ihren Gefühlen für ihn keinerlei Abbruch getan hatte. Der Schmerz, den sie jetzt empfand, war genauso scharf wie der, als sie Hastings verlassen hatte. Aber damals hatte sie sich zumindest daran festhalten können, dass Michael lebte und sich seines Lebens freute. Sie hatte sogar hoffen können, ihn eines Tages wiederzusehen und ihn dann als ihren Freund und Bruder für sich gewinnen zu können. Jetzt war all das ausgelöscht.

Sie würde niemals stolz darauf sein können, wenn er für seine Tapferkeit ausgezeichnet wurde. Oder sich ein wenig für ihn freuen können, wenn sie hörte, dass er geheiratet hatte. Es gab nicht einmal ein Grab, das sie besuchen konnte, um Blumen darauf zu legen.

Sie fragte sich, wie es ihrer Großmutter gehen mochte, denn Honours Trauer war in ihrem Brief deutlich zu erkennen, und zweifellos dachte sie daran, wie Frank in den Krieg gezogen war, um vollkommen verändert zurückzukehren. Vielleicht sollte sie die Oberschwester um ein wenig Urlaub bitten, um nach Hause zu fahren und nach dem Rechten zu sehen?

Es war Ende März, als Adele endlich Urlaub bekam, und dann auch nur, weil sie krank war. Sie hatte trotz mehrerer Erkältungen, einem eitrigen Ausschlag am Hals und einer Magenverstimmung weitergearbeitet. Aber erst als Joan zur Oberschwester gegangen war und auf Adeles miserablen Allgemeinzustand hingewiesen hatte, befahl man ihr, einen Arzt aufzusuchen.

Vermutlich hat die Nachricht von Michaels Verlust diesen Zustand herbeigeführt, überlegte Adele. Wegen der Albträume, in denen sie ihn immer wieder verbrennen sah, fürchtete sie sich davor, abends die Augen zu schließen. Er war ständig in ihren Gedanken, und das hatte ihr jeden Appetit geraubt. Aber das konnte sie dem Arzt nicht erzählen und beteuerte deshalb, ihre Verfassung sei wie bei allen anderen lediglich das Ergebnis von Überarbeitung. Doch der Arzt war anderer Meinung und schrieb sie erst einmal für zwei Wochen krank. Trotz ihrer Erleichterung darüber, nach

Hause fahren zu können, fand Adele die Reise sehr anstrengend. Als sie am späten Nachmittag nach dem langen Fußweg vom Bahnhof das Cottage erreichte, war sie dem Zusammenbruch nahe.

»Adele!«, rief ihre Großmutter überrascht, als sie ins Wohnzimmer taumelte, denn sie hatte ihre Ankunft nicht in einem Telegramm angekündigt. »Was ist los? Du siehst krank aus.«

»Jetzt, da ich hier bin, geht es mir bereits wieder besser«, sagte Adele und ließ sich in die Arme ihrer Großmutter sinken. »Ich habe Urlaub bekommen, um mich ein wenig auszuruhen.«

Nur am Rande ihres Bewusstseins nahm sie wahr, dass Rose auf sie zukam, um ihr Hut, Mantel und Schuhe auszuziehen und sie auf das Sofa zu drücken. Sie wollte ihre Mutter wegstoßen, hatte aber nicht mehr die Energie dazu. Sie musste sofort eingeschlafen sein, denn als sie später erwachte, war es draußen fast dunkel, und Rose rührte in einem Topf auf dem Ofen.

»Was machst du da?«, fragte sie, verwirrt, weil der Ofen etwas war, das sie lediglich mit ihrer Großmutter in Verbindung brachte. »Wo ist Granny?«

»Ich bin hier, Liebes«, meinte Honour, die links von Adele im Sessel saß. »Rose ist neuerdings Chefköchin hier; sie lässt mich nicht einmal mehr in die Nähe des Herds.«

Den größten Teil der nächsten drei Tage schlief Adele. Sie war sich vage bewusst, dass sie ab und zu zur Toilette ging, dass man ihr etwas zu essen brachte und dass Honour neben ihrem Bett saß und ihr Fragen stellte. Aber Adele hatte nichts zu sagen, denn während der fünf Monate des Blitzkriegs hatte sie außerhalb des Krankenhauses wenig anderes gesehen als Zerstörung, und innerhalb des Krankenhauses hat es nichts anderes gegeben als Schmerz und Leid.

Sie hätte gern mit ihrer Großmutter über ihre Gefühle für Michael gesprochen. Doch das war unmöglich. Granny hätte ihren Kummer über den Verlust eines lieben Freundes absolut geteilt, denn auch sie hatte Michael geliebt. Aber sie hätte nicht verstanden, warum Adele sich so fühlte, als wäre ihr das Herz aus dem Leibe gerissen worden, nicht nachdem sie sich von ihm getrennt hatte, weil er angeblich der Falsche für sie war.

Seit sie den Brief ihrer Großmutter bekommen hatte, hatte sie in einer Art Blase gelebt; sie hatte wahrgenommen, was um sie herum vorgegangen war, war jedoch außerstande gewesen, etwas anderes zu fühlen als ihren eigenen Schmerz. Sie hatte mit niemandem über ihre Verzweiflung gesprochen, sondern hatte all ihre Gefühle in sich aufgestaut, eine tapfere Miene aufgesetzt und sich die Probleme anderer Menschen angehört, während sie gleichzeitig immer tiefer in den Sog ihrer Trauer hineingezogen worden war.

Vor ihrer Ankunft daheim hatte sie die Absicht gehabt, sich davon zu überzeugen, dass Honour vollkommen wieder genesen war und dass Rose sich um alles kümmerte. All das war in Vergessenheit geraten, als sie krank geworden war – sie hatte nichts mehr um sich herum mitbekommen, weder den Zustand des Cottages oder des Gartens noch ob Honour gut aussah. Und gewiss war sie nicht in der Lage gewesen festzustellen, ob Rose die Situation ausnutzte oder nicht. Das Einzige, was sie wahrnahm, war das Fehlen des Bombenlärms und die Möglichkeit, einfach schlafen zu dürfen.

Es war der Geruch von gebratenem Schinken, der sie schließlich aus ihrer Benommenheit herausriss, und erst später entdeckte sie, dass dies bereits ihr vierter Tag im Cottage war. Sie lag noch immer im Bett in einer Art Halbschlaf, als der Geruch an ihre Nase drang, und zum ersten Mal, seit sie den Brief ihrer Großmutter gelesen hatte, verspürte sie Hunger.

Sie stand auf, ging zur Tür ihres Zimmers und sah Rose am Herd stehen, wo sie fröhlich *White Cliffs of Dover* summte, während sie den Schinken in der Bratpfanne wendete.

Im ersten Moment wollte Adele sich wieder abwenden. Sie hatte während der vergangenen Monate viel über Rose nachgedacht, und meistens war sie erfüllt von purem Hass gewesen. Wann immer sie mit ihr telefoniert hatte, war es ihr schwergefallen, höflich zu sein, obwohl Granny in ihren Briefen berichtet hatte, dass Rose sich gut um sie kümmere.

Adele verspürte keinerlei Verlangen, auch nur zu versuchen, Rose zu verzeihen – die Vorstellung, sie könne irgendetwas an ihrer Mutter sogar mögen, war schlicht lachhaft. Das Bild, das sich tief in ihr Innerstes eingegraben hatte, zeigte eine dreiste, übertrieben geschminkte Frau in engen Kleidern, die auf hohen Absätzen umherstöckelte, während in ihrer Hand mit den scharlachrot lackierten Fingernägeln eine Zigarette baumelte.

Doch in der schäbigen khakifarbenen Baumwollhose und dem blauen Pullover mit den geflickten Ärmeln entsprach Rose diesem Bild ganz und gar nicht. Sie hatte sich das blonde Haar zu einem dicken Zopf geflochten, und ihr Gesicht war ungeschminkt.

Als Kind hatte Adele die Stimmung ihrer Mutter daran gemessen, ob sie Make-up aufgelegt hatte oder nicht. Wenn sie ungeschminkt gewesen war, hatte man sich ihr nur mit äußerster Vorsicht nähern dürfen. Und obwohl an der Haltung ihrer Mutter nichts Bedrohliches war, da sie entspannt und glücklich wirkte, genügten die alten Erinnerungen, um Adele vor Furcht erstarren zu lassen.

Rose musste Adeles Anwesenheit gespürt haben, denn sie drehte sich plötzlich um und lächelte. »Ich war gerade damit beschäftigt, dir einen Leckerbissen zuzubereiten«, sagte sie.

Schinken war tatsächlich ein Leckerbissen. Adele konnte sich nicht daran erinnern, wann sie das letzte Mal welchen gegessen hatte, und bei dem köstlichen Duft lief ihr das Wasser im Mund zusammen.

»In London bekommen wir nie Schinken«, platzte sie heraus, überrascht von der außerordentlichen Vorstellung, ihre Mutter könne ihr einen Leckerbissen anbieten wollen.

»Hier gibt es auch nicht oft Schinken zu kaufen«, erwiderte Rose gelassen. »Ich habe gestern über eine Stunde angestanden, um welchen zu bekommen. Aber wenn er dich ein wenig zu Kräften bringt, hat sich die Mühe gelohnt. Es war schrecklich, dich in einem so erbärmlichen Zustand zu sehen.«

Adele kam der Gedanke, dass diese ganze Episode vielleicht eine Art Fieberwahn war, ein Ergebnis ihrer Krankheit, denn als Kind hatte sie sich oft vorgestellt, wie es wäre, eines Tages aufzuwachen und festzustellen, dass ihre Mutter sich plötzlich in einen liebenswerten, lächelnden, glücklichen Menschen verwandelt hatte.

Alles um sie herum erschien ihr zu schön, um wahr zu sein. Die Sonne fiel durch die Fenster, auf dem Sideboard stand eine Vase mit Narzissen, und noch erstaunlicher war die Tatsache, dass das Gesicht ihrer Mutter eine rosige Farbe hatte und ein gesundes Leuchten und dass ihre Augen die Kälte, die Adele so deutlich in Erinnerung geblieben war, verloren hatten.

»Wir haben schon vor einer Ewigkeit gefrühstückt«, fuhr Rose fort. Anscheinend beunruhigte es sie nicht, dass Adele in der Tür stand, als wäre sie in Trance. »Mutter ist draußen, um die Kaninchen zu füttern, aber es wird ihr ungeheuer guttun, wenn sie beim Hereinkommen sieht, wie du über den Schinken herfällst. Du weißt ja, wie sie ist!«

»Du siehst anders aus«, bemerkte Adele schwach.

»Das kann ich mir vorstellen«, meinte Rose und kicherte. »Mehr wie ein Landmädchen und nicht mehr wie die Kneipengängerin, die ich früher war. Aber du hast dich ebenfalls verändert. Du bist zu dünn, zu blass und zu nervös. Setz dich an den Tisch, der Schinken ist fast fertig. Wie geht es dir heute?«

»Ich bin mir noch nicht sicher«, antwortete Adele, denn ihre Knie waren plötzlich weich geworden, und sie griff nach der Rückenlehne eines Stuhls, um nicht das Gleichgewicht zu verlieren. Rose eilte an ihre Seite und griff nach Adeles Arm, um sie zu stützen. »Du bist immer noch schwach«, stellte sie fest, und in ihrer Stimme schwang echtes Mitgefühl. »Oh Adele«, seufzte sie. »Deine Granny mag ja glauben, dass dein Zustand die Folge von zu viel Arbeit ist. Aber ich kenne die Wahrheit. Es muss die Hölle gewesen sein, all diese Trauer mit dir allein auszumachen.«

Adele wandte sich zu ihrer Mutter um, und eine bissige Erwiderung lag ihr auf den Lippen, aber Roses Gesichtsausdruck ließ sie jäh innehalten. Es war ein Ausdruck von absolutem Verständnis. Adele hatte im Laufe ihrer Arbeit als Krankenschwester gelernt, die Mienen anderer Menschen zu deuten, und sie wusste, dass Rose ihr nichts vormachte. Ihre Worte kamen ganz eindeutig von Herzen.

»Ja, das war es«, bekannte Adele. »Und das ist es immer noch.«

Sie rechnete vollauf damit, dass Rose jetzt in Tränen ausbrechen würde, doch das tat sie nicht. »Wenn du später reden willst, wenn wir allein sein können, brauchst du es nur zu sagen«, erklärte sie schlicht, dann wandte sie sich wieder dem Herd zu.

Ohne dass noch ein Wort gesprochen wurde, stellte ihre Mutter Schinken und Eier, Toast und Tee auf den Tisch. Adele begann zu essen, und der beinahe vergessene Geschmack von Schinken entlockte ihr ein Lächeln. »Hmm«, seufzte sie. »Das ist großartig.«

Kurz darauf kam Honour mit Towzer herein, und als sie Adele am Tisch sah, malte sich ein Strahlen reinen Glücks auf ihren Zügen ab. »Wahrhaftig!«, rief sie aus. »Rose meinte, der Geruch von Schinken könnte dich vielleicht verlocken, aber ich habe ihr nicht geglaubt. Ich habe gerade Misty erzählt, dass es noch ein paar Tage dauern würde, bevor du sie besuchen kämest.«

Towzer marschierte schnurstracks auf den Tisch zu und sah Adele mit flehendem Blick an. Sie wollte ihm gerade ein Stück von dem Schinken abschneiden, als Rose ihr mit dem Finger drohte.

»Wage es nicht, den Schinken an ihn zu verschwenden, der Hund ist ein Vielfraß. Du wirst jeden Krümel aufessen. Du musst aufgepäppelt werden.«

An diesem Tadel war etwas so durch und durch Mütterliches, dass Adele die Tränen in die Augen traten und sie den Blick abwenden musste.

Rose und Honour gingen zusammen in den Garten hinaus, vielleicht weil sie das Gefühl hatten, Adele den Appetit zu verderben, wenn sie zu viel Aufhebens um sie machten. Aber nach den matschigen Eiern und dem kalten, angebrannten Toast, die sie im Schwesternheim vorgesetzt bekommen hatte, konnte nichts Adele den Appetit auf dieses Festmahl verderben.

Die Zeit des Alleinseins war kostbar. Sie konnte all die vertrauten Dinge betrachten, die Stille genießen und Beobachtungen anstellen.

Honour schien wieder ganz die Alte zu sein, so robust wie eh und je, und die Selbstverständlichkeit, mit der sie und Rose zusammen hinausgegangen waren, legte die Vermutung nahe, dass die beiden recht gut miteinander auskamen. Außerdem war das Cottage sauberer und ordentlicher, als Adele es je zuvor gesehen hatte.

Sie war noch nicht dazu in der Lage, Rose objektiv zu betrachten, das wusste Adele. Diese kleine Randbemerkung, dass sie heute eher wie ein Landmädchen aussehe und nicht mehr wie eine notorische Kneipengängerin, klang ganz nach einem Menschen, der sich kritisch betrachtet und begriffen hatte, dass er sich ändern musste. Auch schien sie über die weitreichenden Konsequenzen von Michaels Verschwinden nachgedacht zu haben, wie ihr Verständnis für Adeles Gefühle zeigte.

Es würde einige Zeit dauern herauszufinden, ob Roses neues Auftreten echt war oder nur Theater. Doch in diesem

Augenblick, da sie ausgeruht war und weit weg von den alltäglichen Dramen des Krankenhauses und draußen die Sonne schien, war Adele vollauf bereit, optimistisch zu sein.

Am Ende der ersten Woche daheim fühlte Adele sich hundert Mal besser. Sie aß gut, und sie schlief wie ein Bär, die Farbe war in ihre Wangen zurückgekehrt, und die dunklen Schatten unter ihren Augen waren verblasst. Doch Rose wollte nichts davon wissen, wenn sie ihr Hilfe im Cottage anbot.

»Du brauchst absolute Ruhe, bis du nach Whitechapel zurückkehrst«, beharrte sie, unterstützt von Honour. »Also, lies ein Buch, oder unternimm einen Spaziergang; nichts anderes wirst du auch nur versuchen.«

Adele hatte gehorcht, denn nach dem Druck und den dramatischen Erfahrungen im Krankenhaus war es die schiere Wonne, einmal völlig untätig sein zu dürfen. Sie wanderte stundenlang durch die Marsch, und manchmal fand sie ein Fleckchen, an dem sie, geschützt vor dem kalten Wind, sitzen konnte, um den wilden Vögeln und den Meereswellen zu lauschen, die sich auf dem Kiesstrand brachen. Und währenddessen versuchte sie, sich Klarheit über ihre Gefühle zu verschaffen, was ihre Mutter und Michael betraf.

Jetzt, da sie hier war, an ebenjenem Ort, an dem sie ihn kennengelernt hatte, konnte sie nicht glauben, dass er tot war. Wenn er es war, würde doch gewiss sein Geist hierher zurückkehren, und sie würde ihn spüren, so wie sie die Ginsterblumen riechen konnte, die der Wind herbeitrug, oder wie sie das Salz vom Meer auf ihren Lippen zu schmecken vermochte. Sie konnte Michael so deutlich vor sich sehen, so wie er an jenem ersten Tag ihrer Bekanntschaft gewesen war. Es war die gleiche Jahreszeit gewesen, der gleiche kalte Wind hatte geweht, und hunderte frisch geborener Lämmer waren auf den Weiden umhergetollt. Sie stellte sich Michael vor, wie er über den herabgestürzten Baum über einem der Bäche balanciert war, die Arme ausgestreckt und mit einem kleinen, nervösen Lachen auf den Lippen, als ihm auf der mit Moos bewachsenen Oberfläche des Holzes die Füße weggerutscht waren. Sie hatte schon damals gewusst, dass er eine wichtige Rolle in ihrem Leben spielen würde.

Rückblickend konnten es natürlich einfach die Blutsbande gewesen sein, die sie zueinander hingezogen hatten, und wenn das so war, dann hielt Adele es für noch wahrscheinlicher, dass Michaels Geist hierher zurückkommen und sie von der Qual falscher Hoffnungen erlösen würde.

Aber wenn es schon bitter-süß war, in der Hoffnung hierher zurückzukehren, Michael wiederzufinden, stellte Adele nun fest, dass ihre Gefühle Rose betreffend noch deutlich widersprüchlicher waren. All ihre früheren Ansichten über die faule, grausame, launische Frau, die kein Herz hatte, wurden von dem, was Adele im Cottage beobachtet hatte, infrage gestellt.

Rose war kaum jemals untätig. Sie knetete voller Energie den Teig für das Brot, bereitete mit Begeisterung ein Samenbeet vor und bereitete alle Mahlzeiten mit großer Sorgfalt zu. Sie hatte gelernt, Holz zu hacken, Hühner zu rupfen und sogar Kaninchen zu häuten, und ständig blätterte sie in Gartenbüchern, um mehr über den Anbau von Gemüse zu lernen. Sie lächelte gern und oft und mit großer Wärme, sie hatte Sinn für Humor und eine jugendliche Ausstrahlung, die sehr anziehend war.

Es kam vor, dass Adele über eine witzige Bemerkung ihrer Mutter lachte und für ein oder zwei Sekunden vergaß, dass sie auf der Hut sein musste. Manchmal fühlte sie sich sogar versucht, Rose forschende Fragen zu stellen, nicht aus Bosheit, sondern um zu versuchen, die Kluft zwischen der gegenwärtigen Frau und der Frau aus der Vergangenheit zu überbrücken. Es bestand durchaus die Gefahr, dass Adele die Rose der Gegenwart zu mögen lernte ...

Am vergangenen Nachmittag war Rose mit dem Fahrrad nach Rye gefahren, und obwohl Adele sich über die Möglichkeit gefreut hatte, mit Honour allein zu sein, ertappte sie sich dabei, wortkarg und nachdenklich zu sein.

Es war, als hätte Honour ihre Gedanken gelesen, denn sie begann plötzlich, über Rose zu sprechen.

»Ich denke, Adele, du musst akzeptieren, dass deine Mutter in deiner Kindheit nicht viel getaugt hat. Ich weiß, ich habe sie in dieser Zeit nicht erlebt, aber sie hat mir viel darüber erzählt und auch darüber, wie sie dich behandelt hat. Ich glaube, sie litt damals unter einer psychischen Störung, und das ist für einen Menschen viel schlimmer als eine körperliche Krankheit. Aber als Krankenschwester wirst du das sicher wissen.«

»Dann soll ich ihr also alles verzeihen?«, erwiderte Adele scharf.

»Wenn Towzer mich beißen würde, während ich versuchte, mir eine Verletzung anzusehen, die er sich zugezogen hat, würdest du dann von mir erwarten, dass ich mich von ihm abwende?«, gab Honour gleichermaßen scharf zurück.

Adele betrachtete den Hund, der das Kinn auf die Füße ihrer Großmutter gelegt hatte und sie hingebungsvoll ansah.

»Das wäre etwas anderes«, sagte sie. »Ein Hund kann nicht erklären, dass er Schmerzen hat.«

»Vielleicht konnte Rose das ebenfalls nicht«, erwiderte Honour schulterzuckend. »Eins haben wir alle drei gemeinsam: Wir sind unfähig, unsere wahren Gefühle auszudrücken. Wir alle verlassen uns darauf, dass unsere Taten Zuneigung und Fürsorge füreinander beweisen.«

»Rose hat mir niemals etwas anderes gezeigt als Abneigung, das weißt du genauso gut wie ich«, widersprach Adele hitzig. In diesem Moment verspürte sie den überwältigenden Drang, ihrer Großmutter alles zu erzählen, einschließlich der Tatsache, dass Rose von Myles Geld verlangt hatte. Das würde Honour niemals billigen können. Aber Adele schwieg. An jenem Tag in der Marsch hatte sie Rose erklärt, ihre neue Rolle bestehe darin, Honour glücklich zu machen und für sie zu sorgen, und genau das hatte Rose getan. Adele wollte das Verhältnis der beiden Frauen auf keinen Fall beschädigen.

»Indem sie sich um mich gekümmert hat, als ich ihre Hilfe brauchte, hat sie versucht, uns beiden zu zeigen, wie sehr sie die Vergangenheit bereut«, erklärte Honour mit einem Seufzen. »Dir ist doch sicher nicht entgangen, dass sie sich auch um dich gekümmert hat, seit du wieder zu Hause bist?«

»Ja, ich kann aber nicht umhin zu denken, dass sie damit irgendwelche Hintergedanken verfolgt.«

»Hintergedanken? Vielleicht will sie einfach nur von uns beiden geliebt werden.«

»Ja, ja. Und Schweine können fliegen«, brauste Adele auf. »Ich werde sie niemals lieben können.«

Als sie jetzt über ihre bitteren Bemerkungen vom vergangenen Tag nachdachte, regte sich ein Anflug von Bedauern in Adele. Hatte sie vielleicht ein wenig Angst, Rose könnte ihren Platz in Grannys Leben einnehmen? Oder brauchte sie Rose einfach als Prügelknaben, als einen Menschen, dem sie die Schuld an allem in ihrem Leben geben konnte, das ihr nicht gefiel?

Als sich das Ende ihres zweiwöchigen Urlaubs näherte, wäre Adele am liebsten nicht nach London zurückgekehrt. Sie hatte gehört, dass es während der beiden vergangenen Nächte keine Luftangriffe gegeben hatte, und manche Leute meinten, der Blitzkrieg sei jetzt vorüber. Aber selbst wenn das törichter Optimismus war, wusste Adele, dass ihr Widerstreben gegen eine Rückkehr nicht mit dem Gedanken an die Horden von Verletzten zusammenhing, ebenso wenig wie mit dem Aufruhr und mit dem Schmutz, der Luftangriffe begleitete. Sie hatte vielmehr das Gefühl, hier etwas unerledigt zurückzulassen, obwohl sie nicht hätte sagen können, was das war.

Zwei Tage, bevor sie nach London fahren sollte, ging sie nach Winchelsea hinauf, um Kerzen und Streichhölzer zu kaufen. Der kalte Wind hatte sich gelegt, und die Sonne schien, und als Adele sich dem Landgate näherte und über die Marschen hinweg nach Rye hinüberblickte, war die Schönheit all dessen so gewaltig, dass es Adele die Kehle zuschnürte.

Bevor Michael nach Oxford gegangen war, hatte er von ebendieser Stelle eine Fotografie gemacht. Er hatte gesagt, er wolle das Bild zur Erinnerung an glückliche Tage an die Wand hängen. Dieser Gedanke war es, der sie plötzlich zu dem Entschluss führte, Mrs. Bailey einen Besuch abzustatten.

Soviel sie von ihrer Großmutter wusste, hatte Emily sie, seit sie die Nachricht von Michaels Verschwinden bekommen hatte, mehrmals im Cottage aufgesucht. Adele war überrascht darüber gewesen, aber wie Granny sagte, verspürte Emily einfach den verzweifelten Wunsch, mit jemandem über ihren Sohn zu reden, der ihn gut gekannt hatte und der ihren Kummer teilte.

Adele war sich nicht ganz sicher, ob Emily die Dinge in demselben Licht betrachtete, aber sie fand, sie sollte sie trotzdem besuchen.

Die Haushälterin öffnete die Tür, bat Adele in die Halle und ging dann die Treppe hinauf, um Mrs. Bailey Bescheid zu geben. Während Adele wartete, fluteten die Erinnerungen an ihre Zeit als Dienstmädchen in diesem Haus zurück. Sie musste daran denken, wie sie die staubige Halle geschrubbt, alle Kleider ihrer Herrin aufgehängt und sich abgemüht hatte, Mahlzeiten zuzubereiten, die viel raffinierter waren als alles, was sie zu Hause gekocht hatte.

Doch diese Gedanken waren nicht von Verbitterung begleitet, denn ohne die Erfahrungen in diesem Haus wäre sie wahrscheinlich niemals mit der strengen Disziplin der Schwesternausbildung zurechtgekommen.

Mrs. Bailey kam langsam die Treppe hinunter, als wären ihre Beine steif geworden. Seit dem Tag, an dem sie Adele hergebeten hatte, um mit ihr über die Verlobung zu reden, war sie deutlich gealtert. Ihre Haut hatte einen gelblichen Ton angenommen, und ihr Haar war eher grau als goldfarben. Sie trug einen Tweedrock und ein rosafarbenes Twinset, aber diese Kleidung konnte ihr die Eleganz, die sie früher einmal besessen hatte, nicht zurückgeben. Ihre Schultern waren von Resignation gebeugt, und die tiefen Linien um ihren Mund verrieten ihren verzweifelten Kummer.

»Ich hoffe, Sie betrachten meinen Besuch nicht als unwillkommene Störung«, platzte Adele heraus. »Aber ich hatte das Gefühl, einfach herkommen zu müssen, um Ihnen zu sagen, wie furchtbar leid mir das mit Michael tut.«

»Das ist so lieb von Ihnen, Adele«, erwiderte Mrs. Bailey wohlwollend. »Kommen Sie doch mit in den Salon, dort brennt ein Feuer.«

»Haben Sie noch weitere Nachrichten erhalten?«, fragte Adele, nachdem sie sich gesetzt hatten.

»Nein, nichts. Ich habe mich natürlich mit dem Roten Kreuz in Verbindung gesetzt, und dort hat man mir erklärt, dass man noch immer die Kriegsgefangenenlager überprüfe, doch ich habe einfach keine Hoffnung mehr.«

Adele hätte ihr gern von ihren Gefühlen draußen in der Marsch erzählt, aber wenn Mrs. Bailey glaubte, sie habe Michael aus einer Laune heraus fallen gelassen, schien ihr eine solche Bemerkung nicht passend zu sein.

»Sie dürfen die Hoffnung nicht aufgeben«, beschwor Adele sie stattdessen. »Wenn Sie die Bilder gesehen hätten, die ich in London gesehen habe, würden Sie schon bald an Wunder glauben. Ständig denken die Menschen, ihre Verwandten seien getötet worden, und dann tauchen sie unverletzt wieder auf.«

»Honour hat mir erzählt, Sie seien eine sehr gute Krankenschwester geworden«, meinte Mrs. Bailey. »Sie ist so stolz auf Sie.«

Plötzlich wurde die Tür geöffnet, und zu Adeles Bestürzung kam Myles Bailey herein.

Jede einzelne Erinnerung, die sie an diesen Mann hatte, war unerfreulich, und ihre letzte Begegnung, bei der er ihr erklärt hatte, er sei ihr Vater, war bei Weitem die schlimmste von allen gewesen. Sie konnte nicht behaupten, dass sie ihn dafür hasste; er hatte keine andere Wahl gehabt, als ihr die vernichtende Wahrheit mitzuteilen. Soweit sie sich erinnerte, war er bei dieser Gelegenheit sehr sanft gewesen. Doch wann immer er sich in ihre Gedanken schlich, sah sie den Despoten und Snob vor sich, der ihr am ersten Weihnachtstag ins Gesicht geschlagen und ihr befohlen hatte, das Haus zu verlassen. Das war es, wofür sie ihn verachtete.

Er sah unverändert aus. Er war genauso dick wie bei ihrer letzten Begegnung, und sein Gesicht war ebenso gerötet. Jetzt trug er einen formellen dunklen Anzug mit einem Hemd mit steifem Kragen, und als er Adele bemerkte, wich alle Farbe aus seinem Gesicht.

»Entschuldigung«, murmelte er und wich einen Schritt zurück. »Ich habe nicht gewusst, dass du Besuch hast, Emily. Ich hatte einen Termin hier in der Nähe und bin nur schnell vorbeigekommen, um nach dir zu sehen.«

»Komm doch herein, Myles«, erwiderte Emily und lächelte, als freute sie sich, ihn zu sehen. »Du erinnerst dich natürlich an Adele; sie hat mich besucht, um mir ihr Beileid wegen Michael auszusprechen. Ich werde nach einer Kanne Tee läuten.«

»Ich sollte jetzt aufbrechen«, erklärte Adele hastig und erhob sich.

»Bitte, gehen Sie nicht weg, Adele«, bat Emily und legte ihr eine Hand auf den Arm. »Honour und Rose erzählen mir häufig von Dingen, die Sie in Ihren Briefen über das Krankenhaus in London und den Blitzkrieg geschrieben haben, und ich würde so gern mehr darüber hören.«

Allein die Erwähnung von Roses Namen in Myles' Gegenwart ließ Adele zusammenzucken. »Jetzt, da Mr. Bailey hier ist, habe ich das Gefühl zu stören«, bemerkte sie nervös, wobei sie es kaum wagte, in seine Richtung zu blicken.

»Unsinn, Adele«, meldete Myles sich zu Wort. Er hatte inzwischen offenkundig seine Fassung wiedergewonnen. »Auch ich würde gern mehr über Ihre Arbeit als Krankenschwester erfahren. Und Emily hat Ihnen so viel zu sagen. Sie ist Ihrer Mutter und Ihrer Großmutter sehr dankbar dafür, dass sie sie gerettet haben, und ich bin es ebenfalls.«

Adele musterte ihn verwirrt. »Sie gerettet?«, wiederholte sie.

»Das wissen Sie nicht?«, fragte er und blickte besorgt drein. »Also, das nenne ich wahrhaftig Takt! Ich hatte vollauf erwartet, dass sie Ihnen davon erzählt haben. Emily ist in den Fluss gefallen, und Ihre Mutter ist hinter ihr hergesprungen und hat sie herausgezogen. Das war eine sehr mutige Tat an einem kalten Januarabend.«

Adeles Überraschung hätte nicht größer sein können, hätte Myles erzählt, Rose sei auf einem Elefanten durch Rye geritten, denn sie hatte tatsächlich kein Wort von dieser Geschichte gehört. »Wirklich!«, rief sie. »Ich wusste von Mrs. Baileys Besuchen in Curlew Cottage, aber Granny hat nichts von einem Sturz in den Fluss erwähnt.«

Emily stand auf, das Gesicht gerötet vor Verlegenheit. »Ich gehe schnell in die Küche und kümmere mich selbst um den Tee«, murmelte sie.

Adele dachte nach. Im Sommer konnte man durchaus in den Fluss fallen, wenn man am Ufer entlangspazierte, aber dass etwas Derartiges während der Wintermonate geschah, erschien ihr ziemlich unwahrscheinlich.

Sobald Emily den Raum verlassen hatte, sah sie Myles scharf an. »Ist sie gefallen oder gesprungen?«

»Sie behauptet, sie sei im Schlamm ausgerutscht, aber wir beide können unsere eigenen Schlüsse ziehen, da sich der Vorfall nur wenige Tage nach Erhalt des Telegramms ereignete, in dem wir von Michaels Verschwinden unterrichtet wurden«, entgegnete er mit eigenartig schroffer Stimme. »Ihre Mutter hätte bei dieser Rettungsaktion ohne Weiteres ebenfalls ertrinken können. Der Fluss führte Hochwasser, und die Strömung war sehr stark. Ich hätte ihr persönlich gedankt, doch aufgrund unserer früheren Verbindung erschien mir das unpassend.«

Seine freimütige Rede überraschte Adele, erst recht im Haus seiner Frau. »Nein, was das betrifft, haben Sie sicher recht. Aber ich wünschte, Sie hätten nicht von dem Fluss gesprochen. Mrs. Bailey muss zu diesem Zeitpunkt außer sich vor Trauer gewesen sein, und jetzt wird es ihr furchtbar peinlich sein, dass ich davon erfahren habe.«

»Es ist mir nie in den Sinn gekommen, Ihre Familie könnte Ihnen nichts davon erzählt haben«, meinte er nachdenklich.

»Meine Großmutter hat niemals zu Klatsch und Tratsch geneigt, und sie hat ein sehr großes Herz«, sagte Adele voller Stolz. »Sie hat Michael sehr gern gehabt, daher hatte sie natürlich großes Mitgefühl mit seiner Mutter und wollte gewiss nicht, dass sich dergleichen herumspricht. Was Rose betrifft, nun ja, vielleicht hat sie doch einige gute Eigenschaften.«

Emily kam mit einem Teetablett zurück, und sie unterhielten sich über den Krieg, über Honours Verletzungen nach dem Luftangriff und die Pflege von Bombenopfern.

Offenbar wurde Emily inzwischen recht gut mit ihrem Leben fertig. Adele hatte sie während ihrer Zeit als ihr Dienstmädchen in weitaus schlimmerer Verfassung gesehen. Der Verlust Michaels hatte ihr offenkundig die Augen für die Not anderer geöffnet, und sie zeigte echte Anteilnahme am Schicksal all jener Menschen, die durch die Bombenangriffe ihr Heim verloren hatten; vor allem die Witwen und Waisen taten ihr von Herzen leid.

Myles war deutlich weniger sarkastisch und voreingenommen, als Adele ihn in Erinnerung hatte. Vielleicht hatte die Trauer auch ihn verändert. In seinen Augen glänzten ungeweinte Tränen, wenn er von seinem älteren Sohn und seinem Schwiegersohn sprach, der in Kürze nach Übersee geschickt werden würde, und offenkundig hatte er Angst, auch diese beiden zu verlieren. Er zeigte sich Emily gegenüber in keiner Weise verletzend, und wenn er von seinen Enkelkindern sprach, klang große Zuneigung aus seinen Worten.

Adele blieb gerade so lange, wie die Höflichkeit es erforderte, dann benutzte sie die Kerzen, die sie gekauft hatte, als Vorwand, um sich zu verabschieden.

»Vielen Dank, dass Sie hergekommen sind«, sagte Emily und küsste sie auf die Wange. »Richten Sie Honour und Rose doch bitte aus, dass sie mich irgendwann einmal besuchen sollten. Erzählen Sie ihnen, dass ich jetzt wohltätige Arbeiten übernommen habe und dass es mir gut geht, was ich den beiden zu verdanken habe.«

Myles schüttelte Adele die Hand und wünschte ihr alles Gute, dann begleitete er sie noch bis zur Haustür.

Als sie auf den gepflasterten Gehweg hinaustrat, hielt Myles sie plötzlich noch einmal auf. »Es tut mir so furchtbar leid«, versicherte er.

Adele blickte ihm direkt in die Augen. »Was tut Ihnen leid?«

»Dass ich Ihnen so viel Kummer beschert habe«, antwortete er.

»Ich soll Sie in einem besseren Licht sehen, nicht wahr?«, fragte sie ironisch. »Ich denke, der schlimmste Schock für mich war die Entdeckung, dass mein Vater ein Despot ist, ein Snob und ein Mann, der Dienstboten schlägt.«

»*Touché*«, gab er zurück und zuckte zusammen. »Sie halten vielleicht nicht viel von mir, Adele, aber wer könnte Ihnen daraus einen Vorwurf machen? Doch ich habe sehr viel an Ihnen entdeckt, das mir gefällt und das mir Respekt abnötigt. Nachdem Michael vermisst gemeldet wurde, musste ich mein Leben und meinen Charakter neu beleuchten. Beides lässt sehr zu wünschen übrig, das weiß ich jetzt.«

»Das interessiert mich nicht«, erwiderte sie, verärgert darüber, dass er wieder einmal nur seine eigenen Gefühle sah.

»Ich musste seit dem Tag, an dem Sie sich mir offenbart haben, mit tiefem Kummer leben, und seit ich gehört habe, dass Michael vermisst wird, ist alles noch viel schlimmer geworden. Ich hoffe und bete, dass er irgendwo in einem Kriegsgefangenenlager ist und bei Kriegsende unversehrt nach Hause zurückkehrt. Dann wird es Ihnen wieder gutgehen, ebenso wie Ihrer Frau. Aber ich werde nach wie vor in derselben Situation sein, außerstande, ihn mit dem Glück einer Schwester oder dem Glück seiner Liebsten begrüßen zu dürfen.«

»Es tut mir so leid«, wiederholte er und griff nach ihren Händen. »Wirklich leid. Sollten Sie jemals in irgendeiner Hinsicht Hilfe brauchen, kommen Sie zu mir, Adele. Ich kann die Vergangenheit nicht ändern, doch vielleicht könnte ich in Zukunft etwas für Sie tun.«

Adele wollte eine schneidende Bemerkung machen, aber es fielen ihr einfach keine klugen Worte ein. Sie konnte nur diese Augen sehen, die den ihren so unglaublich ähnlich waren, die Aufrichtigkeit in Myles' Stimme hören und die Wärme seiner Hände auf ihren spüren.

Er nahm eine Visitenkarte aus seiner Tasche, legte sie in ihre Hand und schloss ihre Finger darum.

»Rufen Sie mich an. Wofür Sie mich auch halten mögen, welchen Schmerz es Ihnen auch bereitet hat, dass ich Ihr Vater bin, ein großer Teil von mir ist stolz darauf zu wissen, dass aus meinem Kind eine so gute, starke Frau geworden ist.«

Adele wich vor ihm zurück. Als Anwalt war er gewohnt, anrührende Reden zu halten, die gewiss zum größten Teil aus Lügen bestanden, wie Adele vermutete. Trotzdem waren ihr seine Worte zu Herzen gegangen. Sie hatte das Gefühl, als hätte er plötzlich eine leere Stelle in ihr ausgefüllt. Sie wusste, sie musste fliehen, bevor sie zu weinen begann.

26

1942

»Ich langweile mich zu Tode«, gähnte Joan, während sie sich und Adele eine Tasse Tee einschenkte. »Ich hätte gute Lust, in eins dieser leeren Betten zu kriechen und ein Nickerchen zu machen.«

Es war kurz vor Mitternacht, die wenigen Patienten auf ihrer Station schliefen tief und fest, und sie hatten sich ins Schwesternzimmer gestohlen, um ein wenig miteinander zu plaudern.

»Unglaublich, dass wir uns einmal über zu viel Arbeit beklagt haben«, lachte Adele.

Im vergangenen April, während sie unten in Rye gewesen war, hatten die nächtlichen Bombardierungen Londons aufgehört. Bei ihrer Rückkehr in die Stadt waren die Menschen mehr oder weniger in ihren gewohnten Trott verfallen und hatten optimistisch geglaubt, der Blitzkrieg sei endgültig vorbei. Aber am zehnten Mai hatte es einen furchtbaren Luftangriff gegeben, den schlimmsten bisher, und am Morgen hatte das Gerücht die Runde gemacht, dreitausend Menschen hätten den Tod gefunden. Sowohl die Gerichtsgebäude als auch der Tower von London und das Münzamt waren getroffen worden. Sämtliche Brücken zwischen dem Tower und Lambeth waren unpassierbar gewesen und Hunderte von Gasleitungen durchtrennt. Westminster Abbey war schwer beschädigt worden, und selbst

Big Ben hatte tiefe Narben davongetragen, und es hatte nicht genug Wasser gegeben, um die Brände zu löschen, vor allem südlich der Themse im Gebiet von Elephant and Castle.

In jener Nacht und während der beiden folgenden Tage und Nächte hatten Adele und das gesamte übrige medizinische Personal pausenlos gearbeitet, um die Verletzten zu versorgen. Obwohl damals niemand seine Ängste offen ausgesprochen hatte, hatte Adele auf allen Gesichtern dieselbe Frage lesen können: »Wie sollen wir weitere Angriffe dieser Art überstehen?«

Aber nachdem die Verletzten zusammengeflickt und nach Hause geschickt, die Toten begraben und die Straßen freigeräumt worden waren, waren keine weiteren Bombardements wie dieses gefolgt. Obwohl in London und auch in anderen Städten weiter gelegentlich Bomben fielen, schien es, als wäre der Blitzkrieg tatsächlich zu Ende, und im Krankenhaus kehrte relative Ruhe ein.

Im vergangenen Dezember hatten die Japaner Pearl Harbour bombardiert, woraufhin die Amerikaner Deutschland und Italien den Krieg erklärt und sich mit England verbündet hatten.

Die beiden jungen Frauen feierten das neue Jahr, 1942, mit einem Tanzabend im »The Empire« am Leicester Square, und zwei Tage später kam die Nachricht, dass Japan die Philippinen erobert hatte und in Ostindien einmarschiert war. Gegen Ende Januar waren die ersten amerikanischen Truppen in England angekommen und hatten unter den Krankenschwestern für große Aufregung gesorgt. Selbst Adele, deren Interesse an Männern bis dahin ziemlich gering gewesen war, konnte nicht umhin, diese fröhlichen, wohlerzogenen und großzügigen Männer attraktiv zu finden.

Seit Februar war sie mindestens ein Mal die Woche tanzen gegangen, und fünf verschiedene Männer hatten sie ins Kino oder zu einem Drink eingeladen. Den blonden, blauäugigen Lieutenant Robert Onslow aus Ohio mochte sie wirklich gern. Sie hatte ihn im Rainbow Corner kennengelernt, in einem Club für Mannschaftsdienstgrade, in dem alten Restaurant »Del Monico's« an der Ecke Shaftesbury Avenue und Piccadilly. Er hatte sie zu einer Aufführung von Noël Cowards *Blithe Spirit* ins Theater eingeladen, und sie hatten sich im Kino zusammen *Rebecca* und *Goodbye Mr. Chips* angesehen. Aber im Mai war er zu einem Stützpunkt in Suffolk abkommandiert worden, und obwohl er ihr zu Anfang noch geschrieben hatte, waren seine Briefe irgendwann ausgeblieben.

Adele war nicht übermäßig unglücklich über das Ende der Romanze – wie Joan so richtig bemerkte, gab es noch viele weitere Fische im Meer. Sie war schon dankbar dafür, dass sie überhaupt wieder in der Lage war, einen Mann attraktiv zu finden. Es tat gut, so zu werden wie all ihre Freundinnen, für das nächste Rendezvous zu leben, sich zu amüsieren und nichts allzu ernst zu nehmen.

Rückblickend war ihr klar, dass der Tag, an dem sie Myles in Winchelsea wiedergesehen hatte, zu einem Wendepunkt in ihrem Leben geworden war. Ihre gegenwärtige Heiterkeit hatte ihren Grund mit einiger Sicherheit darin, dass es ihr endlich gelungen war, mit der Bitterkeit, die sie für ihre Mutter empfand, besser umzugehen.

Als sie nach dem Gespräch mit Myles an jenem Tag nach Hause zurückgekehrt war, hatte sie Honour und Rose gebeten, ihr von Emilys vermeintlichem Unfall zu erzählen. Rose hatte nur wenig zu dem Thema zu sagen, tat ihre Beteiligung an der Angelegenheit mit einem Schulterzucken ab und verließ das Haus zu einem Spaziergang, doch Honour war keineswegs so verschlossen gewesen. Sie hatte nicht nur einen anschaulichen Bericht über die Ereignisse jener Nacht geliefert, sondern auch hinzugefügt, dass Emily ihr Leben tatsächlich Rose verdankte, die sie mit Mut, Durchhaltekraft und unter absoluter Missachtung ihres eigenen Wohls aus dem Fluss gezogen hatte. Außerdem hatte Honour auch erwähnt, dass einige von Emilys Bemerkungen in dieser Nacht sie dazu gezwungen hätten, sich mit ihrem eigenen Versagen als Mutter auseinanderzusetzen. Die Augen voller Tränen, erzählte Honour Adele, wie sie Rose behandelt hatte, nachdem Frank aus dem Krieg heimgekehrt war.

Ihre Großmutter hatte bei dieser Gelegenheit nicht zum ersten Mal versucht, Adele zu der Einsicht zu bringen, dass es Zeit sei, ihrer Mutter zu vergeben. Aber an jenem Tag hatte Adele das Gefühl gehabt, als hätte sich eine Tür in die Vergangenheit geöffnet, vielleicht deshalb, weil Roses mutiger Einsatz zu Emilys Rettung sie rührte. Plötzlich fügten sich all die Informationen über die Vergangenheit und ihre Beobachtungen aus der Gegenwart zusammen, und sie konnte das ganze Bild erkennen. Und in diesem Bild erschien Rose in einem sehr viel einnehmenderen Licht.

An diesem Abend hatte Adele sich in Roses Gesellschaft viel wohler gefühlt als je zuvor. Als sie später beide auf dem Sofa gesessen und Radio gehört hatten, hatte Adele die Füße hochgelegt, und Rose hatte sie auf ihren Schoß gebettet. Es war nur eine Kleinigkeit gewesen, doch es hatte sich gut angefühlt.

Am nächsten Morgen war Adele beim Füttern versehentlich eins der Kaninchen aus dem Stall entkommen, und Rose hatte ihr geholfen, das Tier einzufangen. Das Kaninchen war fest entschlossen gewesen, ihnen zu entwischen, und während sie beide durch den Garten gestolpert waren, um es wieder einzufangen, hatten sie immer wieder schallend gelacht.

Als sie nach London hatte zurückkehren müssen, hatte Rose sich erboten, sie zum Bahnhof zu begleiten, und auf dem Weg nach Rye hatte Adele ihr erzählt, was sie von Myles erfahren hatte.

Rose schwieg eine Weile, und Adele mutmaßte, dass sie darüber nachdachte, wie sie ihn herabsetzen konnte. Aber das war nicht der Fall, sie ließ sich Adeles Bemerkung lediglich durch den Kopf gehen. »Ich wünschte, ich hätte in deinem Alter auch nur eine Unze deines Verstandes und deiner menschlichen Art besessen«, sagte sie mit einem Seufzen. »Ich glaube, du hast viel größere Ähnlichkeit mit ihm als mit mir, Adele.«

Daraufhin wechselte Adele das Thema. »Möchtest du jetzt, da Granny wieder genesen ist, nicht in dein Haus nach London zurückkehren? Das könntest du nämlich«, meinte Adele. »Weder Granny noch ich hätten das Gefühl, im Stich gelassen zu werden, denn wir wissen beide, dass das hier eigentlich kein Leben für dich ist.«

Daraufhin lächelte Rose. »Das Leben in der Marsch ist besser als das in London«, entgegnete sie. »Erheblich besser. Und ich bin gern mit Mutter zusammen.«

Als Adele nach London zurückkehrte, hatte sie reichlich Stoff zum Nachdenken. Nichts war mehr nur schwarz oder nur weiß gewesen. Niemand war durch und durch schlecht, geradeso wie niemand ganz perfekt war, erst recht nicht sie selbst. Damals begriff sie, dass sie würde lernen müssen, mit dem zu leben, was das Schicksal ihr zugeteilt hatte.

Indem sie Rose lediglich als Rose betrachtete statt als miserable Mutter, konnte sie sie plötzlich in einem anderen Licht sehen. Diese neue Rose war eher faszinierend als fragwürdig, eher amüsant als verletzend. Wenn sie miteinander telefonierten, gab es immer eine Menge zu lachen. Wo früher einmal Steifheit und mangelndes Vertrauen gewesen waren, herrschte jetzt Wärme.

Jeder weitere Besuch verbesserte das Verständnis zwischen ihnen ein wenig, während sie sich ein Bett und die Pflichten im Haushalt teilten, zusammen ins Kino gingen und manchmal auch in einen Pub, um etwas zu trinken. Sie stritten miteinander, und häufig waren sie völlig unterschiedlicher Meinung, doch jetzt, ein Jahr später, konnte Adele aufrichtig sagen, dass sie Freundinnen geworden waren. Rose war der einzige Mensch, der ihre wahren Gefühle für Michael kannte und sie verstand. Außerdem konnte Adele ihr von anderen Männern erzählen, die sie kennengelernt hatte. Daraufhin berichtete Rose ihr von den Männern in ihrer eigenen Vergangenheit, Myles eingeschlossen.

»Wir können keine echte Mutter-Tochter-Beziehung haben, weil keine von uns genau weiß, was das bedeutet«, bemerkte Rose einmal scherzhaft.

Adele glaubte, dass ihre Mutter recht hatte. Aber in gewisser Hinsicht war das, was sie miteinander teilten, noch besser, denn sie konnten ehrlicher zueinander sein.

»Was wohl passieren würde, wenn die Stationsschwester mich bei einem Nickerchen ertappte?«, kicherte Joan.

»Sie würde dich hängen, strecken und vierteilen«, entgegnete Adele, während sie eilig ihre Tassen spülte. »Und sie wird jeden Augenblick zurück sein, also sollten wir uns besser eine Beschäftigung suchen.«

Noch während sie sprach, klingelte das Telefon.

»Verdammt!«, rief Joan, die aufgestanden war, um den Anruf entgegenzunehmen. »So viel zu der Hoffnung auf eine friedliche Nacht. Das wird bestimmt irgendein rücksichtsloses Frauenzimmer sein, das ein Bett will.«

»Chirurgische Frauenstation«, sagte sie munter, nachdem sie den Hörer aufgenommen hatte. Dann runzelte sie die Stirn und lauschte auf die Stimme am anderen Ende. »Einen Moment bitte«, meinte sie und hielt Adele den Hörer hin. »Es ist für dich«, erklärte sie. »Deine Mum.«

Adele schoss alles Blut zum Herzen, als sie ihrer Freundin den Hörer entriss. Rose würde nur im Notfall mitten in der Nacht auf der Station anrufen. »Was ist passiert, Mum?«, fragte sie beklommen. »Ist etwas mit Granny?«

»Nein, Liebes, es ist nichts Schlimmes«, antwortete Rose. »Ganz im Gegenteil, ich habe gute Neuigkeiten. Ich weiß, es ist mitten in der Nacht, und ich bin wahrscheinlich die falsche Person, um dir diese Nachricht zu überbringen. Aber du willst es sicher sofort erfahren. Michael ist gefunden worden!«

Adele sog scharf die Luft ein, ihre Knie wurden weich, und sie musste sich an der Rückenlehne eines Stuhls festhalten, um nicht das Gleichgewicht zu verlieren, während sie ihrer Mutter zuhörte. Rose war drüben in Winchelsea, weil

Emily Bailey sich bei einem Sturz den Knöchel verrenkt hatte und ihre Haushälterin zu Besuch bei Verwandten war. Rose hatte Emily gerade die Treppe hinauf ins Bett geholfen, als das Rote Kreuz angerufen hatte, um ihr mitzuteilen, dass Michael in einem Kriegsgefangenenlager aufgetaucht sei.

»Sind sie sich sicher?«, fragte Adele vorsichtig, außerstande zu glauben, es könne die Wahrheit sein.

»Ja, es gibt keinen Zweifel. Sie verständigen die Angehörigen nicht, bevor sie alles gründlich überprüft haben«, versicherte Rose, deren Stimme vor Erregung unnatürlich schrill klang. »Anscheinend ist er schwer verletzt in ein Krankenhaus gebracht worden und wurde anschließend von Pontius nach Pilatus verlegt, deshalb hatte Emily noch nichts gehört.«

»Ist er noch einigermaßen heil geblieben?«, hakte Adele nach, deren Kehle sich zuschnürte bei dem Gedanken, Michael könne von Brandwunden entstellt sein oder Gliedmaßen verloren haben.

»Die Leute beim Roten Kreuz konnten nur sagen, dass es ihm gut gehe und dass die Familie schon bald Briefe von ihm erhalten werde. Aber er lebt, Adele! Für Emily ist das genug. Du hättest sie sehen sollen, wie sie gleichzeitig gelacht und geweint hat. Ein solches Glück!«

»Richte ihr aus, wie glücklich ich bin, und vielen Dank, dass du mich sofort angerufen hast, aber jetzt muss ich Schluss machen, die Stationsschwester kommt«, erklärte Adele hastig, da sie im Flur draußen bereits Absätze klappern hören konnte. »Versuch morgen früh noch einmal, mich anzurufen – gegen neun Uhr im Schwesternheim.«

Während des Rests der Nacht glühte Adele förmlich vor Glück und tuschelte immer wieder mit Joan darüber, wie wunderbar es sei, dass Michael noch lebte. »Auch meine Granny wird überglücklich sein, wenn sie die Neuigkeiten erfährt«, versicherte sie ein ums andere Mal.

Joan bedachte sie verschiedentlich mit einem sehr eigenartigen Blick; offenkundig fragte sie sich, warum Adele diesen Mann aufgegeben hatte, wenn er ihr so viel bedeutete. Außerdem erkundigte sie sich neugierig, warum ihre Mutter bei Michaels Mutter gewesen sei, obwohl die Romanze doch an der Missbilligung der Familie gescheitert war.

In ihrer Freude wäre Adele mit der ganzen Geschichte herausgeplatzt, hätten sie nicht arbeiten müssen, denn sie wusste, dass sie sich auf Joans Verschwiegenheit verlassen konnte. Aber die Stationsschwester war ständig in ihrer Nähe, und eine derart lange, komplizierte Geschichte konnte man kaum im Flüsterton erzählen.

Wenn sie dazu in der Lage gewesen wäre, hätte Adele auf der Station eine Polka getanzt, alle Patienten aufgeweckt und mit den Bettpfannen geklappert, um zu feiern. Sie wünschte, sie hätte auf der Stelle in einen Zug nach Hause steigen können, denn am nächsten Morgen würden die wunderbaren Neuigkeiten in Winchelsea in aller Munde sein. Michael lebte, und das war die wunderbarste Nachricht, die sie je erhalten hatte.

In der letzten Stunde, bevor es Zeit wurde, die Patienten zu wecken, und Joan draußen im Korridor den Rollwagen mit dem Frühstückstee vorbereitete, saß Adele am Schreibtisch der Station und brachte die Krankenblätter der Patienten auf den neuesten Stand. Aber plötzlich brach sie ab, weil sie an Myles denken musste.

Zwei Monate nach ihrem Wiedersehen in Winchelsea hatte Adele die Karte hervorgeholt, die er ihr gegeben hatte, und ihn angerufen. Sie war sich über ihre Beweggründe nicht im Klaren gewesen; sie hatte einfach das vage Gefühl gehabt, dass zwischen ihnen noch so vieles ungeklärt war. Wider Erwarten war er sehr erfreut gewesen, von ihr zu hören.

Er führte sie zum Mittagessen in ein französisches Restaurant in Mayfair aus, ein Lokal, das, wie er sagte, vor dem Krieg sehr luxuriös gewesen war. Jetzt war es alles andere als luxuriös, da es mehrmals von Bomben beschädigt worden war und man es nicht hatte wiederherrichten können. Die meisten der Gäste waren Armeeangehörige mit ihren Frauen oder Freundinnen, und ein alter Akkordeonspieler versuchte, eine romantische Atmosphäre zu schaffen.

Adele begriff beinahe sofort, dass Myles nicht das Ungeheuer war, für das sie ihn lange Zeit gehalten hatte. Er war voreingenommen und neigte zu Schroffheit, doch er war auch sehr aufmerksam und entwaffnend aufrichtig.

Während des schlichten, aber gut zubereiteten Mahls schilderte er ihr seine Version seiner Beziehung zu Rose.

Rose hatte Adele bereits eine Menge über jene Zeit erzählt und sogar die Lügen eingestanden, mit denen sie ihn überredet hatte, sie nach London mitzunehmen. Myles' Geschichte war fast deckungsgleich mit Roses Version, nur dass er galant genug war, sich selbst dafür verantwortlich zu machen, überhaupt ihr Interesse erregt zu haben.

»Ich hätte es besser wissen müssen«, meinte er mit einem kläglichen Kopfschütteln. »Aber ich war einsam, und Emily führte sich seit Michaels Geburt unmöglich auf; in der einen Sekunde war sie außer sich vor Hysterie und in der nächsten so kalt wie Eis. Rose war dagegen so zauberhaft, und sie interessierte sich für mich. Das ist für einen Mann ungemein anziehend.«

Er erzählte mit unverhohlener Wehmut von den ersten Wochen, die er mit Rose in London verbracht hatte. Sie war noch nie zuvor in London gewesen und hatte selbst die gewöhnlichsten Dinge wie Fahrten mit der Trambahn aufregend gefunden, während Myles es genossen hatte, einem so hübschen und lebhaften Mädchen die Sehenswürdigkeiten der Stadt zu zeigen. Zum ersten Mal in seinem Leben hatte ihm wirklich etwas Spaß gemacht, während er gleichzeitig Todesängste vor dem Skandal ausgestanden hatte, der ihm im Falle einer Entdeckung drohte. »Doch zu guter Letzt bin ich nervös geworden, als mir bewusst wurde, dass Rose nicht die leiseste Absicht hatte, auf eigenen Füßen zu stehen, trotz all ihrer Beteuerungen des Gegenteils«, bekannte er schließlich. »Ich habe nicht von ihr erwartet, dass sie sich irgendwo als Hausmädchen verdingt. Dazu hatte sie nicht die richtige Einstellung, sie war zu temperamentvoll und zu ungezähmt. Aber sie rümpfte auch über jede andere Art von Arbeit die Nase, selbst über eine Anstellung in einem erlesenen Modegeschäft, das einen guten Lohn und sogar ein Quartier anbot.«

Rose hatte von Anfang an nicht die Absicht gehabt, eine Stellung anzunehmen, das wusste Adele bereits; sie hatte vielmehr gehofft, dass Myles sich über kurz oder lang von seiner Frau scheiden lassen und sie heiraten würde. Vielleicht war das unrecht gewesen, aber vermutlich hatten die Frauen in jenen Zeiten erwartet, von ihren Männern versorgt zu werden.

Adeles Meinung nach hatte Myles dennoch den notwendigen Anstand vermissen lassen. Rose mochte ihn mit jeder erdenklichen List geködert haben, insbesondere mit Sex, aber eine Tatsache blieb: Er war ein verheirateter Mann von über dreißig gewesen und hatte mit einer Siebzehnjährigen gespielt, die noch Jungfrau gewesen war, als er sie kennenlernte.

»Also wussten Sie, dass sie schwanger war, als Sie sie verlassen haben?«, fragte Adele unverblümt.

»Sie hat es behauptet«, gestand er freimütig. »Ich habe es vorgezogen, ihr nicht zu glauben. Als sie sich dann später nicht an mich gewandt hat, um Geld zu erbitten, habe ich mich in meiner Annahme bestätigt gesehen.«

Diese Bemerkung brachte Adele auf. »Sie hätten sich selbst davon überzeugen können, ob es ihr gut ging«, sagte sie anklagend. »Es hätte ihr alles Mögliche zustoßen können. Sie haben behauptet, sie zu lieben! Wie konnten sie so gefühllos sein?«

»Meine Frau und meine Kinder waren das Wichtigste für mich«, entgegnete er mit jenem arroganten Tonfall, an den sie sich aus der Vergangenheit noch gut erinnern konnte.

»Aber sie waren nicht das Wichtigste für Sie, als Sie mit Rose nach London durchgebrannt sind«, rief sie ihm scharf ins Gedächtnis. »Ich finde, Sie haben sich sehr schlecht benommen.«

»Das ist wahr«, bekannte er. »Doch ich befand mich in einer unmöglichen Situation.«

Es hatte keinen Sinn, mit ihm zu streiten, erkannte Adele. Er war ein typischer Vertreter seines Standes und glaubte, dass Menschen, die auf der gesellschaftlichen Skala weiter unten rangierten, im Grunde keine Rolle spielten.

»Und was ist in Ihnen vorgegangen, als Rose zwanzig Jahre später bei Ihnen auftauchte und Ihnen von mir erzählt hat?«, fragte sie, da sie keinen Bezug auf jüngere Ereignisse nehmen wollte.

Seine Gesichtsfarbe vertiefte sich daraufhin noch. »Ich war absolut niedergeschmettert. Es war schon schlimm genug zu erfahren, dass sie tatsächlich ein Kind bekommen hatte, aber feststellen zu müssen, dass Sie das Mädchen waren, das ich bei Emily kennengelernt hatte, das Mädchen, das Michael heiraten wollte, war absolut grauenhaft. Ich bin in Panik geraten – verstehen Sie, ich konnte mir nicht vorstellen, dass Rose diese Angelegenheit für sich behalten würde.«

»Also haben Sie sie ausgezahlt? Sie hätte jedoch trotzdem immer wiederkommen können. Hatten Sie davor keine Angst?«

Jetzt blitzte Ärger in seinen Augen auf, und Adele fühlte sich an den Abend erinnert, an dem er sie geohrfeigt hatte. Ob er Rose ebenfalls geschlagen hatte?

»Ja, das hatte ich befürchtet, aber noch größer war meine Angst vor dem, was sie tun würde, wenn ich nicht zahlte. Doch wie haben Sie das mit dem Geld herausgefunden? Das hat sie Ihnen sicher nicht selbst erzählt?«

Mit einem Mal verspürte Rose eine ungewohnte Loyalität ihrer Mutter gegenüber. »Oh doch, das hat sie«, erklärte sie herablassend. »Nachdem meine Großmutter bei einem Luftangriff verletzt worden war, sind wir wieder zusammengekommen, und da hat sie mir alles erzählt. Ich kann Erpressung nicht gutheißen, aber ebenso wenig kann ich Männer gutheißen, die eine Frau im Stich lassen, die von ihnen schwanger ist. Und meine Mutter musste diese Ehe schließlich verhindern, nicht wahr?«

Myles musterte Adele eine Weile nachdenklich, bevor er antwortete. »Ja. Und ich muss in dieser Angelegenheit absolut offen zu Ihnen sein. Selbst wenn es keine Blutsbande gegeben hätte, hätte ich damals fast alles getan, um zu verhindern, dass Michael Sie heiratet.«

Adele richtete sich wütend auf. »Das gewöhnliche Mädchen aus der Marsch, das den Sohn eines Anwalts heiratet«, höhnte sie. »Oh Mr. Bailey, wie furchtbar das gewesen wäre!«

Myles schnitt eine Grimasse. »Im Augenblick wäre ich überglücklich, selbst wenn Michael ein Straßenmädchen heiraten würde. Alles wäre besser als diese Nachricht, er sei ›vermisst, wahrscheinlich tot‹«, bekannte er unglücklich. »Aber damals habe ich mir für Michael eine standesgemäße Verbindung gewünscht.«

»Was für ein Heuchler Sie waren!« Adele konnte der Versuchung nicht widerstehen, ihn zu verspotten. »Nachdem ich nach London gegangen war, habe ich mich über den Verlust Michaels hinwegzutrösten versucht, indem ich mir klarmachte, wie glücklich ich mich schätzen könne, Sie nicht zum Schwiegervater zu bekommen.«

Nach diesem Mittagessen wollte Adele Myles nie wiedersehen. Er hatte ihr mit großer Aufrichtigkeit seine Seite der Geschichte erzählt; trotzdem war er ihrer Meinung nach genau das, was ihre Großmutter einen Wichtigtuer nannte. Er schien keinerlei Gewissensbisse zu haben, weil er Rose damals im Stich gelassen hatte. Und er war ein ebenso großer Snob wie eh und je.

Aber als einige Wochen verstrichen waren und er sie anrief, um sie abermals zum Essen einzuladen, verspürte sie das Bedürfnis, ihn besser kennenzulernen. Diesmal wirkte er sanfter, und sein Interesse an ihr schien echt zu sein. Nachdem sie sich zum vierten Mal getroffen hatten, gewann Adele ein ganz neues Bild von ihm. Sein kaltes, wichtigtuerisches und humorloses Gebaren war nur eine Fassade. Adele glaubte, dass seine herrschsüchtigen Eltern, seine katastrophale Ehe und sein Beruf ihn in diese Form gepresst hatten. Wenn er die Maske fallen ließ, sah sie den wahren Myles Bailey, einen freundlichen, sanftmütigen Mann, der seine Kinder und Enkelkinder liebte, einen Mann, der nicht viel Spaß im Leben gehabt und herzlich wenig Liebe erfahren hatte.

Während des vierten gemeinsamen Mittagessens stellte Adele plötzlich fest, dass sie ihn wirklich mochte. Er erzählte ihr von einigen der amüsanteren Gerichtsfälle, mit denen er zu tun gehabt hatte, und sein trockener Humor und seine Fähigkeit, absurde Charaktere vor ihrem Auge erstehen zu lassen, waren so komisch, dass sie beinahe weinte vor Lachen.

»Kein Wunder, dass Michael so von Ihnen eingenommen war«, bemerkte er mit einem Lächeln. »Es macht solchen Spaß, mit Ihnen zusammen zu sein.«

Adele lachte nur, denn ihr fiel keine einzige witzige Erwiderung ein.

»Wenn ich auf jenen Tag im Schwesternheim von Hastings zurückblicke, weiß ich, dass das eins der schäbigsten Dinge war, die ich je getan habe«, erklärte er und beugte sich über den Tisch, um nach ihrer Hand zu greifen. »Ich hatte Beschimpfungen, Drohungen und Gott weiß welche anderen Dinge erwartet, ich war vollauf auf eine hässliche Szene gefasst. Aber Sie haben meine Neuigkeiten mit solch stiller

Würde aufgenommen, dass es mir den Wind aus den Segeln genommen hat.«

»Lassen Sie uns nicht davon sprechen«, bat sie, peinlich berührt von seinem gefühlvollen Tonfall.

»Wir *müssen* darüber reden, Adele«, beharrte er. »Wir dürfen diese Angelegenheit nicht unter den Tisch kehren. Zugegeben, ich war dankbar, dass Sie es mir so leicht gemacht haben. Aber anschließend kam ich mir vor wie der letzte Dreck.«

»Das geschieht Ihnen recht«, erwiderte sie in dem Bemühen, ihn mit Humor von dem Thema abzulenken.

»Ich habe meine Strafe auf eine Art und Weise bekommen, wie ich sie nie erwartet hätte«, murmelte er. »Verstehen Sie, obwohl ich Ihnen mitteilen musste, Ihr Vater zu sein, hatte ich keinerlei väterliche Gefühle, nicht damals. Die kamen erst später, als ich darüber nachdachte, wie tapfer, selbstlos und stark Sie waren, vor allem nachdem ich erfuhr, dass Sie auch den Kontakt zu Ihrer Großmutter abgebrochen und ihr niemals den wahren Grund dafür genannt hatten. Das war der Augenblick, an dem es mich wie ein Blitz traf. Sie sind genau die Art Mädchen, auf die jeder Vater stolz sein kann. Aber wie hätte ich stolz auf Sie sein können? Ich hatte keinerlei Einfluss auf Ihren Charakter oder Ihre Erziehung gehabt, und ich hatte mich Ihnen gegenüber so grausam verhalten! Verstehen Sie, was ich meine?«

»Ich denke, ja«, nickte sie.

»Ich wünschte, ich wüsste, was ich tun soll«, sagte er kläglich. »Heute Morgen, bevor wir uns getroffen habe, habe ich lange darüber nachgedacht, aber ich bin noch immer zu keiner Lösung gekommen.«

Adele runzelte die Stirn, da sie nicht wusste, worauf er hinauswollte. »Sie fragen sich, was Sie tun sollen? Sie brauchen gar nichts zu tun!«

Myles schüttelte den Kopf. »Da bin ich anderer Meinung. Ich hatte während der vergangenen dreiundzwanzig Jahre nichts mit Ihnen zu schaffen, doch ich würde gern eine Rolle in Ihrer Zukunft spielen.«

»Wir können uns von Zeit zu Zeit treffen«, schlug sie lächelnd vor.

»Aber vermutlich wird mit jedem weiteren Treffen mein Wunsch nach mehr als einem zwanglosen Essen größer werden«, erklärte er.

Adele entzog ihre Hände seinem Griff und lachte, um ihre plötzliche Nervosität zu überspielen. »Wenn wir mehr miteinander teilen würden, würden die Leute reden«, wandte sie ein.

»Das ist die Zwickmühle, in der ich mich befinde«, gestand er. »Ich will mehr, und deshalb denke ich, ich sollte Sie öffentlich als meine Tochter anerkennen.«

»Das dürfen Sie nicht!«, rief sie erschrocken. »Stellen Sie sich nur vor, welche Konsequenzen das nach sich ziehen würde. Abgesehen von den Gefühlen Ihrer Kinder und Emilys ist da auch noch meine Großmutter. Sie würde sofort begreifen, auf welche Weise Rose zu ihrem Haus gekommen ist, und das wäre furchtbar für sie.«

»Aber Sie sind diejenige, die bei all dem zählen sollte«, beharrte er. »Nicht die anderen. Ich habe es vor Jahren versäumt, das Richtige zu tun. Ich finde, ich sollte es jetzt nachholen.«

»Nein. Lassen Sie es auf sich beruhen«, widersprach sie

energisch. »Ich bin ehrlich gerührt, dass Sie dieses Bedürfnis verspüren. Aber es genügt vollkommen, Sie das sagen zu hören, wenn wir miteinander allein sind. Es hat schon zu viel Schmerz in unseren Familien gegeben.«

»In dieser Hinsicht haben Sie recht«, seufzte er. »Aber wenn sich herausstellen sollte, dass Michael noch lebt, werde ich mit ihm darüber reden müssen. Nach allem, was er durchgemacht haben muss, sind wir ihm die Wahrheit darüber schuldig, warum Sie ihn fallen gelassen haben, meinen Sie nicht?«

Bis zu diesem Augenblick hatte Adele nicht über Myles' Überlegungen an jenem Tag nachgedacht. Vielleicht hatte das größtenteils daran gelegen, dass alle Hoffnung darauf, Michael lebend wiederzusehen, erloschen zu sein schien. Ganz sicher spielte es auch eine Rolle, dass ihr Leben mit einem Mal so reich war. Sie war in ihrer Freizeit keine Einzelgängerin mehr, sie hatte abgesehen von Joan Dutzende von Freunden und ging häufig mit zu ihnen nach Hause, um ihre Familien kennenzulernen.

Sie besuchte inzwischen auch recht oft alte Patienten, um zu sehen, wie es ihnen ging, außerdem lernte sie für ein Hebammendiplom. Regelmäßige Tanzabende, Ausflüge ins Kino oder ins Theater und Besuche daheim in Rye, wenn sie einige Tage freihatte, ließen ihr nur sehr wenig Zeit, über Worte oder Taten aus der Vergangenheit nachzugrübeln.

Sie trug noch immer Michaels Ring um den Hals, und er war stets in ihrem Herzen. Aber da sie glaubte, ihn für alle Zeit verloren zu haben, hatte sie die Erinnerungen an ihn beiseitegeschoben und ihr Leben in die Hand genommen.

Doch als sie nun in der stillen Station saß und beobachtete, wie die ersten Strahlen des Tageslichts durch die Verdunklung zu dringen versuchten, brachen sich all die unterdrückten Gefühle für Michael ebenfalls Bahn. Sie konnte sein Gesicht vor sich sehen, diese dunkelblauen Augen, die langen Wimpern und seine Lippen, die sich an den äußeren Winkeln wie zu einem ständigen Lächeln nach oben zogen.

Und sie konnte Myles hören, wie er darauf beharrte, Michael mitteilen zu müssen, dass sie seine Schwester war.

Adele erinnerte sich nur allzu deutlich an das pure Entsetzen, das sie empfunden hatte, als Myles ihr diese schockierende Neuigkeit überbracht hatte. Sie hatte drei Jahre Zeit gehabt, um sich daran zu gewöhnen, aber selbst heute fühlte sie sich besudelt, wenn sie daran dachte. Und Michael würde zweifellos genauso empfinden.

Dadurch, dass Emily, Rose und Honour so gute Freundinnen geworden waren, hatten sich die Dinge weiter kompliziert. Im vergangenen Jahr hatten sie viel Zeit zusammen verbracht. Was wäre da natürlicher gewesen, als sich zusammenzutun, um Michaels wunderbare Heimkehr zu feiern?

Emily und Honour würden insgeheim hoffen, dass Michael und Adele ihre geheimnisvollen Differenzen beilegen würden. Andererseits würden Adele, Myles und Rose alles versuchen, Haltung zu bewahren und ihr zerstörerisches Geheimnis zu hüten.

Michael würde genau zwischen beiden Lagern stehen, und wenn man ihm nicht die Wahrheit enthüllte, würden ihn die widersprüchlichen Signale vollkommen verwirren.

Aber selbst wenn er die Tatsache ihrer Blutsverwandtschaft durch irgendein Wunder akzeptieren würde, wie sollten sie beide sich dann im Umgang miteinander benehmen? Adele konnte sich nicht vorstellen, jemals in der Lage zu sein, ihn wie eine echte Schwester zu umarmen. Gewiss würde selbst die unschuldigste Berührung Schuldgefühle in ihr wecken. Sie würden in der Gegenwart des anderen immer befangen sein, und dann war da noch die Tatsache, dass ihr Geheimnis die Macht besaß, so viele andere Menschen zu verletzen.

Wahrscheinlich hatte man Myles zur gleichen Zeit wie Emily von den Neuigkeiten über seinen Sohn in Kenntnis gesetzt, und Adele überlegte, ob sie ihn später anrufen und ein weiteres Treffen vereinbaren sollte, damit sie über all das reden konnten.

»Aber er lebt«, rief sie sich ins Gedächtnis, denn nichts konnte sie von diesem fantastischen Wunder ablenken. »Wir sollten das fürs Erste einfach feiern und nicht darüber nachgrübeln, was wir bei seiner Heimkehr tun werden.«

Während Adele am Schreibtisch ihrer Station saß, stand Myles im Stallhof von The Grange, seinem Haus in Alton. Er füllte das letzte Benzin, das er für einen Notfall gelagert hatte, in den Tank seines Wagens. Er war um fünf Uhr morgens aufgewacht, zu glücklich über die Neuigkeiten, die er am vergangenen Abend erhalten hatte, um noch länger zu schlafen. Wegen der späten Stunde hatte er Emily am Vorabend nicht mehr angerufen, daher beschloss er, heute nicht den Zug nach London zu nehmen, sondern mit dem Wagen über Winchelsea zu fahren, sodass sie gemeinsam feiern konnten.

Es überraschte ihn ein wenig, dass sein erster Gedanke ihn zu Emily trieb. Während all der Jahre der Streitigkeiten und der Verbitterung hatte er sich daran gewöhnt, Emily aus seinem Bewusstsein auszublenden und die Tatsache zu verdrängen, dass sie die Mutter seiner drei Kinder war.

Erst als Michael vermisst gemeldet worden war, hatte er in Emily eine Verbündete gesehen. Bis dahin war sie einfach nur lästig gewesen, eine Peinlichkeit, ein Mensch, den er mit Freuden aus seinem Leben verbannt und vergessen hätte. Lediglich Pflichtbewusstsein und ein Verantwortungsgefühl hatten ihn veranlasst, sie gelegentlich zu besuchen.

Aber seit er Michael für tot gehalten hatte, war Emily der einzige Mensch gewesen, der seine Trauer mit ihm geteilt hatte. Der einzige Mensch, mit dem er sich in Erinnerungen an seinen Sohn hatte ergehen können. Er war zu ihr geeilt, und sie hatte ihm Trost geschenkt.

Dann hatte sie ihm erzählt, wie nahe sie dem Tod gewesen war, vor dem Rose sie gerettet hatte. An einigen der dunkelsten Tage hatte er gedacht, Gott wollte ihm einen schrecklichen Streich spielen. Wie war es möglich, dass sein einziger Trost von einer ihm entfremdeten Ehefrau kam, die ihm nie zuvor in irgendeiner Weise Trost geschenkt hatte? Und wie war es möglich, dass er sich einer anderen Frau verpflichtet fühlte, die ihm großen Kummer bereitet hatte?

Doch nun, da er erkannt hatte, wie viel Emily ihm nach wie vor bedeutete, fiel es Myles umso schwerer, zu einer Entscheidung bezüglich Adele zu kommen. Er wollte sie in seinem Leben haben, und zwar ganz vorn, er wollte, dass sie in sein Haus kam und seine Freunde und Kollegen kennenlernte. Er wollte sie wie eine Tochter behandeln dürfen, statt sich insgeheim mit ihr zu treffen, als schämte er sich für sie.

Bis zum vergangenen Abend war er sich ziemlich sicher gewesen, seiner ganzen Familie von seiner Beziehung zu Adele erzählen zu müssen. Jetzt jedoch befürchtete Myles, dass seine Wünsche egoistisch waren. Würde die Wahrheit nicht nur weitere Verletzungen mit sich bringen?

Myles kam um kurz nach neun in Harrington House an. Inzwischen war er so erregt, dass er kaum stillstehen und darauf warten konnte, bis die Tür geöffnet wurde.

Doch nicht die Haushälterin oder Emily traten ihm an der Haustür entgegen. Es war Rose, die vor ihm stand.

Ein kalter Schauder überlief ihn, und er trat einen Schritt zurück. Myles wusste natürlich, dass Rose viel Zeit bei Emily verbrachte, aber er war ihr noch nie zuvor begegnet und hatte keinen Augenblick lang damit gerechnet, sie heute im Haus anzutreffen. Außerdem sah sie so ganz anders aus als an dem Tag, an dem sie ihn in seiner Kanzlei aufgesucht hatte.

»Mach nicht so ein erschrockenes Gesicht«, sagte sie mit leiser Stimme. »Ich werde mich von meiner besten Seite zeigen.«

Was, wie er vermutete, wahrscheinlich bedeuten sollte, dass sie so tun würde, als wären sie sich noch nie zuvor begegnet. Aber nur ein vollendeter Narr hätte einer ehemaligen Erpresserin vertraut.

Andererseits hatte diese Rose nichts gemein mit der dreisten, übertrieben geschminkten Harpye, die in seine Kanzlei gestürmt war. Sie sah hübsch und frisch aus in ihrem schlichten Baumwollkleid und mit den nackten Beinen. Verschwunden war die kunstvolle Frisur – jetzt fiel ihr das Haar in einem säuberlich geflochtenen Pferdeschwanz über den Rücken. Sie mochte die vierzig inzwischen überschritten haben, aber sie sah eindeutig so aus, als wäre sie den dreißig näher.

»Ich bin nicht deine Feindin«, fügte sie in gedämpftem Tonfall hinzu, bevor sie ihm hastig den Grund für ihre Anwesenheit in Harrington House erklärte. »Ich hatte gerade vor, nach oben zu gehen und Emily die Treppe hinunterzuhelfen, bevor ich Adele im Krankenhaus anrufen wollte.« Sie begegnete ihm mit großem Respekt, als wäre sie Emilys jüngere Schwester, die ihren Schwager begrüßte.

»Kommen Sie herein«, sagte sie dann lauter und legte ein strahlendes Lächeln auf. »Ich werde Ihnen beiden das Frühstück zubereiten, dann verschwinde ich, um meiner Mutter die wunderbaren Neuigkeiten zu überbringen. Sie haben heute sicher eine Menge zu besprechen.«

Als sie die Treppe hinauflief, verflog Myles' Angst. Adele hatte behauptet, Rose habe sich zum Besseren verändert. Wenn sie Emily etwas hätte erzählen wollen, hätte sie das gewiss bereits vor langer Zeit getan, sagte er sich außerdem.

»Oh Myles, sind das nicht wunderbare Neuigkeiten?«, begrüßte Emily ihn stürmisch, als sie an Roses Arm die Treppe heruntergehumpelt kam. »Ich bin so froh, dass du hier bist. Niemand sonst könnte nachvollziehen, wie ich mich heute fühle.«

Sobald sie unten in der Halle angekommen war, trat Myles unwillkürlich auf sie zu, um sie zu umarmen, etwas, das er seit Jahren nicht mehr getan hatte, und sie reagierte mit großer Herzlichkeit. Sie kicherte und zwickte ihm liebevoll in die Wangen. »Ich glaube, wir sind heute die glücklichsten Menschen auf Erden. Ich fühle mich so, als wäre ich wieder achtzehn.«

Sie sah tatsächlich ausgesprochen liebreizend aus, fand Myles. Ihre Wangen waren gerötet, ihre Augen glänzten, und er erinnerte sich plötzlich daran, wie sehr er sie einmal geliebt hatte.

Auch Rose lachte, und es war das Lachen eines Menschen, der ihr Glück teilte. »Ich verschwinde dann mal in die Küche, um das Frühstück zuzubereiten«, verkündete sie. »Sie wollen sicher allein sein.«

Myles und Emily gingen in den Salon. »Hoffentlich kommen Adele und Michael jetzt doch noch zusammen!«, meinte Emily, als sie sich setzte. »Adele muss ihn immer noch lieben; Rose hat erzählt, dass sie überglücklich war, als sie sie gestern Abend angerufen hat. Ein Gutes hat dieser erbärmliche Krieg: Er hat die Klassenschranken niedergerissen. Das war es, was die beiden überhaupt auseinandergebracht hat.«

»Das und meine Missbilligung«, erwiderte Myles, dem plötzlich sehr unbehaglich zumute war.

»Aber du missbilligst sie doch nicht länger, nicht wahr?«, hakte Emily nach. »Als du damals vorbeigekommen bist und sie hier war, hast du gesagt, du hättest dich in ihr geirrt.«

»Du hast recht, ich missbillige sie nicht mehr. Sie ist ein liebenswertes Mädchen«, antwortete Myles und fragte sich, was Emily wohl denken würde, wenn sie je von ihren häufigen Treffen in London erfuhr. »Doch auch wenn sie an Michaels Schicksal Anteil nimmt, muss sie unseren Sohn nicht zwangsläufig immer noch lieben. Vermutlich sind ihre Gefühle rein freundschaftlicher Natur.«

»Honour denkt da anders«, erwiderte Emily und zog einen Schmollmund. »Sie meint, die beiden seien füreinander geschaffen.«

»Ich bitte dich, Emily«, seufzte Myles. »Es genügt, dass Michael noch lebt. Da müssen wir jetzt nicht seine Zukunft für ihn planen. Der Krieg tobt noch immer, wir können uns auf nichts verlassen. Lass uns einfach für den Augenblick leben, ja?«

Emily konnte sich nicht daran erinnern, wann sie das letzte Mal einen so wunderbaren Tag erlebt hatte, und sie wollte nicht, dass Myles wieder nach Hause fuhr. Sie hatten geredet und geredet, über Michael, über glückliche Zeiten in der Vergangenheit und darüber, wo sie in der Zukunft gern wären. Myles hatte sich kein einziges Mal von seiner nörglerischen Seite gezeigt. Tatsächlich war er so freundlich und hilfsbereit gewesen! Er hatte das Frühstücksgeschirr gespült und aufgeräumt – er war sogar in den Laden gegangen, um zu versuchen, Zucker für sie zu beschaffen. Er hatte keinen bekommen können, brachte stattdessen jedoch etwas Süßstoff. Als er den Süßstoff in einer Tasse Tee ausprobierte, schnitt er eine Grimasse. »Nein, nein, da will ich lieber auf Zucker verzichten, als mich vergiften zu lassen«, meinte er mit schiefem Grinsen. »Ich nehme an, der Krieg ist ein großer Gleichmacher«, sagte er nachdenklich, während er in die Speisekammer spähte, auf der Suche nach irgendetwas, das sie zum Abendessen zubereiten konnten. »Hier stehen wir, reich nach den Maßstäben der meisten Menschen. Aber mit Geld allein kann man keinen Zucker bekommen, keinen Schinken und auch kein Filetsteak. Es ist eine eigenartige Vorstellung, dass selbst der König und der Premierminister sich genau mit den gleichen Rationen begnügen müssen wie wir und die Menschen in den Slums.«

Emily saß am Küchentisch und schälte einige Kartoffeln.

»Rose und Honour essen recht gut«, erzählte sie. »Aber sie bauen ja auch Gemüse an und halten Hühner und Kaninchen. Die Eier, die wir zum Frühstück hatten, sind von ihnen gekommen.«

Myles schloss die Tür der Speisekammer, eine Dose Frühstücksfleisch in der Hand. »Du sprichst viel von den beiden«, bemerkte er mit einem Anflug von Sarkasmus in der Stimme. »Warum?«

»Weil ich sie bewundere«, antwortete Emily gelassen. »Sie mögen in einem primitiven Cottage leben, schäbige, alte Kleider tragen und sehr hart arbeiten müssen, aber sie haben trotzdem etwas Besonderes an sich.«

»Als da wäre?«

»Honour ist sehr klug, sie versteht Menschen, ohne jemals Fragen stellen zu müssen. Und Rose heitert mich auf. Sie ist so ehrlich, sie gibt zu, den größten Teil ihres Lebens eine echte Hexe gewesen zu sein, und das all jenen Menschen gegenüber, denen sie etwas bedeutet hat. Doch ich mag sie wirklich, sie ist praktisch veranlagt, ein wenig herrisch, und sie erlaubt mir nicht, mich in Selbstmitleid zu suhlen. Ich hoffe so sehr, dass Michael und Adele doch noch ein Paar werden, wenn der Krieg vorüber ist.«

Myles setzte sich neben sie und ergriff ihre Hände, sodass sie die Kartoffeln und das Schälmesser fallen lassen musste. »Du musst damit aufhören, Emily«, sagte er.

Sie lachte, weil sein Tonfall so sanft war, meilenweit entfernt von der schroffen Art, mit der er früher zu ihr gesprochen hatte.

»Ich meine es ernst«, tadelte er sie. »Ich glaube nicht, dass die beiden wieder zusammenkommen werden, und wenn du so weitermachst, erwartet dich am Ende nur eine Enttäuschung.«

»Ich kenne meinen Sohn«, bemerkte sie schulterzuckend. »Als ich ihn das letzte Mal gesehen habe, liebte er Adele immer noch, und das war nur eine Woche vor seinem letzten Flug. Er hat es mir selbst erzählt.«

»Das mag ja sein, doch in der Zwischenzeit hat er viel erlebt. Beziehungen zwischen echten Menschen sind anders als die, über die man im Märchen liest. Liebe kann durchaus sterben, wenn sie keine neue Nahrung bekommt.«

»So wie es bei uns war?«, fragte sie, und ihre Augen füllten sich mit Tränen.

»Ja, genau so«, nickte er.

Myles war plötzlich unerträglich traurig. Er konnte sich daran erinnern, wie sein Herz vor Liebe und Stolz übergequollen war, als Emily an ihrem Hochzeitstag am Arm ihres Vaters den Gang hinunter- und auf ihn zugeschritten gekommen war. Gerade sechzehn Jahre alt, und das weiße Seidengewand, das goldfarbene Haar, die Blumen und ihr Schleier hatten ihr das Aussehen eines wunderschönen Engels gegeben. Er erinnerte sich daran, im Hinblick auf ihre Hochzeitsnacht ganz krank vor Nervosität gewesen zu sein, denn er war überzeugt gewesen, dass ein so ätherisches Geschöpf sich von fleischlichen Gelüsten abgestoßen fühlen musste. Doch so war es nicht gewesen. Sobald sie allein im Schlafzimmer auf The Grange waren, das man für sie neu eingerichtet hatte, war sie ebenso leidenschaftlich wie er.

»Ich wünschte, ich hätte dich besser verstanden und wäre weniger selbstsüchtig gewesen«, bekannte sie nun leise. »Du hättest etwas Besseres verdient gehabt.«

Myles war erstaunt. Sie hatte sich nie zuvor in irgendeiner Weise verantwortlich für das Scheitern ihrer Ehe gemacht. »Ich hätte nach Michaels Geburt toleranter sein müssen«, erwiderte er. »Ich habe gehört, dass es nichts Ungewöhnliches ist, wenn Frauen nach einer Geburt in Melancholie verfallen.«

Sie nickte. »Rose ist es nach Adeles Geburt genauso ergangen. Wir waren beide schlechte Mütter.«

»Michael hat sich trotzdem zu einem wunderbaren Menschen entwickelt«, entgegnete Myles, der sie davon abbringen wollte, noch einmal von Rose zu sprechen.

»Und dasselbe gilt für Adele. Vielleicht ist die Art, wie Rose und ich die beiden als Kinder behandelt haben, mit ein Grund dafür, dass sie sich zueinander hingezogen fühlten.«

»Ich nehme an, eine solche Erfahrung befähigt einen Menschen, andere besser zu verstehen«, meinte er. »Aber du siehst müde aus, Emily. Nach dem Essen sollte ich besser gleich nach Hause fahren.«

»Nein, geh nicht weg«, bat sie. »Bleib über Nacht hier.«

»Das kann ich nicht«, sagte er. »Ich muss auch morgen wieder in London sein, denn ich muss mich auf einen großen Fall vorbereiten. Aber wenn du willst, komme ich am Wochenende wieder her.«

»Ja, tu das«, antwortete sie lächelnd. »Und versuch, Champagner aufzutreiben, damit wir wirklich feiern können.«

27

Adele lächelte, während sie zusah, wie Myles die Speisekarte studierte. Sie hatten sich zum Essen in einem Restaurant in der Greek Street in Soho getroffen. Die Speisekarte war zwar sehr lang, aber bisher war nichts von all dem, was Myles hatte bestellen wollen, verfügbar gewesen.

Es war jetzt November, und seit sich die Amerikaner den Alliierten angeschlossen hatten, schien die Gefahr einer Invasion vorüber zu sein. Die Amerikaner hatten ihre fliegenden Festungen mitgebracht, Bomber, die über längere Strecken fliegen konnten, ohne neu auftanken zu müssen. Aber die Marine hatte in diesem Jahr furchtbare Niederlagen erlitten. Die Öffentlichkeit sollte davon nichts wissen, doch deutsche U-Boote hatten mehr als tausend britische Kriegsschiffe torpediert.

Trotzdem herrschte ein gewisser Optimismus. Die RAF besaß jetzt Lancasters und Stirlings, Flugzeuge, die ebenfalls Bomben über lange Strecken transportieren konnten, und mit der Hilfe der Amerikaner begann die großflächige Bombardierung von Wohngebieten in deutschen Städten. Es war bekannt geworden, dass England in Nordafrika die deutsche Belagerung Tobruks hatte sprengen können, und seit England und Russland sich ebenfalls verbündet hatten, gab es jetzt viele Menschen, die glaubten, die Deutschen könnten besiegt werden.

»Du siehst müde aus«, stellte Adele fest. Myles' Gesicht war nicht so gerötet wie gewöhnlich, und er hatte dunkle

Ringe unter den Augen. »Hast du zu viele Nächte in irgendwelchen Pubs verbracht?«

»Nein, keineswegs«, erwiderte er, grinste dabei jedoch jungenhaft. »Um genau zu sein, hatte ich alle Hände voll zu tun mit dem Versuch, einigen Juden aus Deutschland herauszuhelfen. Du weißt doch, was dort vorgeht, nicht wahr?«

Adele nickte. Da so viele Juden im East End lebten und auch ins Krankenhaus kamen, war sie sich sehr deutlich deren Notlage bewusst, sowohl hier als auch auf dem europäischen Festland. Viele Londoner hatten eine sehr stark antijüdische Einstellung, und sie neigten dazu, den Juden an allem die Schuld zu geben. Viele dieser Schuldzuweisungen waren absurd und widersprüchlich. Einmal hieß es, die Juden beanspruchten den ganzen Platz in den Bunkern, und im nächsten Augenblick hörte man, die Juden seien so reich, dass sie bei einem Luftangriff allesamt London verlassen würden. Man warf ihnen vor, den schwarzen Markt zu kontrollieren und ausgebombte Häuser zu plündern. Aber echte Cockneys wie Joan, die sämtliche der hiesigen Schurken kannten, sagten etwas ganz anderes. Diese Leute waren die eigentlichen Schwarzmarkthändler, und die Arbeiter des Zivilschutzes, die die bombardierten Häuser von Schutt befreiten, waren die Plünderer.

Adele hatte zahlreiche Mitglieder der jüdischen Gemeinde kennengelernt, und sie war geneigt, ihnen zu glauben, wenn sie erzählten, wie furchtbar ihre Verwandten in Deutschland und Polen behandelt wurden. Sie wurden zusammengetrieben, so erzählten die Londoner Juden, und in Gettos eingepfercht, man verfrachtete sie auf Züge, die sie in Lager brachten, und falls sie zu fliehen versuchten, wurden sie sofort erschossen.

»Ist das alles wahr?«, fragte sie Myles, denn viele Leute behaupteten, dergleichen Geschichten seien bloße Propaganda. »Gibt es die Lager und die anderen Dinge?«

»Ja, Adele, ich fürchte, es ist wahr«, sagte er und seufzte tief. »Es ist mir soeben gelungen, einem jüdischen Freund, der als Anwalt in Berlin gearbeitet hat, bei der Flucht nach England zu helfen. Er und seine Familie wohnen jetzt bei mir auf The Grange, und sie haben alles an die Nazis verloren, ihr Heim, ihr Geld und all ihre Wertgegenstände. Dieser Freund hat mir Dinge erzählt, die ich, wären sie von einem anderen gekommen, kaum hätte glauben können. Reuben befürchtet, dass Hitler die Absicht hat, das gesamte jüdische Volk auszulöschen.«

»Aber das kann er nicht tun, oder?«

»Ich glaube, er ist bereits auf halbem Wege dorthin. Von Reuben weiß ich, dass er bereits Lager mit Gaskammern und Krematorien erbaut hat, um die Leichen anschließend zu verbrennen. Wenn Juden auf Züge verfrachtet werden, um sie ›umzusiedeln‹, dann werden sie, so sagt Reuben, in Wirklichkeit in solche Lager geschafft. Und das gilt auch für Frauen und Kinder.«

»Nein!«, rief Adele. »Das ist monströs! Die gewöhnlichen Deutschen würden doch gewiss nicht bei etwas so Barbarischem mitmachen?«

Myles zuckte die Schultern. »Die Menschen haben wahrscheinlich zu große Angst um ihr eigenes Leben, um dagegen zu protestieren. Und es ist schwer, an einen so ungeheuerlich bösen Plan zu glauben. Aber lass uns heute Abend nicht über dieses Grauen nachdenken. Emily und ich haben einen weiteren Brief von Michael bekommen, und alles in allem klingt er recht munter.«

Adele beugte sich eifrig vor. In den ersten beiden Briefen, die im Grunde lediglich kurze Notizen von Michael gewesen waren, hatte er sich frustrierend vage ausgedrückt, und überdies hatte die Zensur einige Teile geschwärzt. Sie wussten nur, dass er sich im Kriegsgefangenenlager Stalag 8b befand, doch wo dieses Lager war, wie er dorthingelangt war und welches Ausmaß seine Verletzungen hatten, konnten sie nur erraten.

Er wusste offensichtlich nicht, dass sie ihn für tot gehalten hatten, und erwähnte nur sein Bein, das »Mätzchen mache«. Er schrieb, das Essen sei nicht allzu gut, und er wünschte, es gäbe Bücher im Lager. Außerdem hatten sie aus seinen Briefen erfahren, dass die Männer dort Fußball und Karten spielten. Michael schien sich jedoch vor allem Sorgen darum zu machen, wie es ihnen in England ergangen war.

Die Deutschen, so vermutete Myles, hatten ihm wahrscheinlich erzählt, dass der größte Teil Englands dem Erdboden gleichgemacht worden sei.

»Er war offenkundig überglücklich, als er unseren ersten Brief bekam«, bemerkte er und hielt dann inne, um sich dafür zu entschuldigen, Michaels Briefe nicht mitgebracht zu haben. Doch Emily konnte sich nicht von ihnen trennen. »Er ist sehr froh, dass Emily und ich jetzt Freunde sind, und dankbar für die Neuigkeiten, die ich ihm über seine Kameraden in der Schwadron übermitteln konnte. Er hat auch geschrieben, dass einige Bücher und Päckchen über das Rote Kreuz angekommen seien und dass er gerade einen Roman von Agatha Christie lese und einiges Geschick im Umgang mit der Nadel erworben habe, da er seine Uniform flicken musste. Ansonsten hat er nur Fragen nach der Familie gestellt, nach seinen Nichten und Neffen. Und er wollte wissen, wie wir alle mit dem Krieg fertig werden.« Myles schwieg kurz. »Wir sollen dir und deiner Großmutter Grüße bestellen.«

Adele spürte Tränen in den Augen. Bei ihrem ersten Treffen nach Bekanntwerden der guten Nachricht hatte sie darauf bestanden, dass Myles sie in seinen Briefen an seinen Sohn nicht erwähnte. Emily konnte man natürlich nicht ganz daran hindern. Adele hätte ihm so gern selbst geschrieben, befürchtete aber, ihm damit den Eindruck zu vermitteln, noch immer in ihn verliebt zu sein. Doch obwohl sie wusste, dass sie recht daran tat, Abstand zu wahren, sehnte ihr Herz sich noch immer halsstarrig nach mehr.

Kurz darauf brachte der Kellner ihre Mahlzeit, und Adele war dankbar für die Ablenkung. Manchmal wünschte sie, sie hätte Myles niemals so gut kennengelernt, denn je näher sie einander kamen, desto unmöglicher wurde die Situation.

Während des Essens sprachen sie über viele verschiedene Dinge. Sie diskutierten über die Belagerung Stalingrads, von der Myles glaubte, sie würde das Ende der deutschen Armee bedeuten, da sie dort so viele Männer verlor. Auch Montgomerys Siege in Nordafrika erweckten ihrer beider Interesse, ebenso wie der Sturz Mussolinis in Italien.

»England benötigt dringend Amerikas Hilfe, was Soldaten, Panzer und Flugzeuge betrifft«, räumte Myles ein, »aber ich habe den Verdacht, dass Amerika das alleinige Verdienst für den Sieg beanspruchen wird, wenn der Krieg endlich gewonnen ist – als hätten die englischen Soldaten während der letzten drei Jahre nur Däumchen gedreht. Ich mag die Yankees nicht«, fuhr er aufgebracht fort. »Sie benehmen sich so verdammt herablassend, aber wo waren sie während des Blitzkriegs? Wie viele von ihren Piloten hätten in der Schlacht um England tun können, was unsere Jungs getan haben? Sie stolzieren in ihren schicken Uniformen in England umher und bestechen die Leichtgläubigen mit ihren Zigaretten, ihrem Kaugummi und ihren Nylonstrümpfen. Ich sehe keinen einzigen echten Helden unter ihnen.«

Adele musste bei dieser Bemerkung lächeln, denn auch sie hatte sich schuldig gemacht, indem sie einige Paare Nylonstrümpfe und Schokoladenriegel angenommen hatte. Sie fühlte sich versucht, Myles von Roses amerikanischem Bewunderer zu erzählen, einen Militärpolizisten aus Arkansas namens Russel. Er hatte sie in Rye angesprochen, um sich nach dem Weg nach Hastings zu erkundigen, und später hatte er sie zum Tanzen eingeladen. Ihrer Großmutter zufolge war er ein anständiger Mann, aber er hatte ihr auch einige Dosen Pfirsiche und Öl für ihre Lampen mitgebracht und einen Zaun repariert, der in einem Sturm umgestürzt war.

»Die Amerikaner sind gar nicht so schlimm«, entgegnete sie und lachte, weil sie sehen konnte, dass Myles drauf und dran war, eine neuerliche Schimpftirade vom Stapel zu lassen. »Auch ihre Männer werden getötet, und wenn sie nicht zu diesem Zeitpunkt eingegriffen hätten, wären die Deutschen vielleicht in England einmarschiert. Also, sei nicht so selbstgerecht. Die Yankees, die ich kennengelernt habe, waren sehr charmant.«

Er öffnete den Mund zu einer Erwiderung, schloss ihn dann jedoch wieder. »Versprich mir nur, dass du nicht einen von ihnen heiraten und mit ihm fortgehen wirst«, drängte er mit einem schiefen Lächeln.

»Bisher hat mich noch keiner gefragt«, meinte sie grinsend. »Aber ich könnte in Versuchung geraten. Stell dir nur vor, so viel Butter, Käse und Fleisch zu haben, wie man will! Und in einem richtig geheizten Haus zu leben und nicht jeden Penny umdrehen zu müssen. Meine Garderobe ist inzwischen durchweg so schäbig, dass ich alles für ein neues Kleid geben würde.«

Er betrachtete sie nachdenklich, und vielleicht fiel ihm in diesem Moment auf, dass sie dasselbe braune Kleid trug, das sie seit dem Ende des Sommers bei all ihren Treffen getragen hatte. Der einzige Unterschied bestand darin, dass sie sich diesmal einen cremefarbenen Schal umgelegt hatte.

»Du hast ein hartes Leben hinter dir, nicht wahr?«, bemerkte er mit brüchiger Stimme. »Wenn ich daran denke, was Diana als junges Mädchen gehabt hat! Tanzstunden und Musikunterricht, dutzende hübscher Kleider und Schuhe. Es macht mich sehr traurig, dass du dagegen so wenig besessen hast.«

»Aber all diese Dinge machen sie nicht zu dem glücklichsten Mädchen auf der Welt, nicht wahr?«, gab Adele spitz zurück. Er sollte kein Mitleid mit ihr empfinden, und sie hatte Diana als mürrisch und boshaft in Erinnerung.

Myles seufzte. »Nein. Sie ist immer noch nicht glücklich, und manchmal denke ich, dass das meine Schuld ist. Als die Kinder noch klein waren, war ich ganz und gar mit meiner Karriere beschäftigt, und ich habe nicht viel Zeit mit ihnen verbracht. Außerdem haben sie zu viel Zank und Streit zwischen Emily und mir miterlebt. Ich glaube nicht, dass ich jemals so mit Diana geredet habe, wie ich jetzt mit dir rede.«

Adele wusste nicht, was sie darauf erwidern sollte. Als junges Mädchen hatte sie immer angenommen, die Reichen müssten ein märchenhaftes Leben führen, aber jetzt, durch ihre Gespräche mit Myles, wusste sie, dass das nicht unbedingt so sein musste. Manchmal erzählte er ihr, wie groß und leer sein Haus in Hampshire sei. Vermutlich besuchten seine beiden älteren Kinder und deren Familien ihn nicht allzu oft. Wahrscheinlich bereute er viele Dinge, und das war ein Grund mehr, warum sie sich außerstande sah, sich von ihm zu distanzieren.

Nachdem Myles Adele im Schwesternheim abgesetzt hatte, fuhr er zurück in das Hotel in Bloomsbury, in dem er abgestiegen war. Statt jedoch zu Bett zu gehen, blieb er noch lange in dem Sessel vor dem Feuer sitzen, das das Zimmermädchen für ihn angezündet hatte, und dachte über Adele nach. Er fragte sich, warum er nach ihren ersten Begegnungen nicht vorausschauender gewesen war und begriffen hatte, dass er sich sein eigenes Grab schaufelte.

Es war ihm nie in den Sinn gekommen, sie eines Tages ebenso sehr lieben zu können wie seine anderen Kinder – wenn nicht sogar noch mehr. Denn genauso empfand er jetzt für sie. Es war nicht nur Zuneigung, weil sie intelligent und warmherzig war. Und es waren auch keine Schuldgefühle, weil sie eine so elende Kindheit hinter sich hatte. Genauso wenig war es nicht nur einfach Stolz, obwohl er manchmal so erfüllt von diesem Gefühl war, dass er in Versuchung geriet, mit ihr anzugeben.

Es war Liebe.

Er hatte sich immer für einen so intelligenten Mann gehalten, und seine Kollegen unter den Anwälten betrachteten ihn als durch und durch ehrenhaft. Und doch hatte er sich in eine heimliche Beziehung verstrickt, die, wenn sie entdeckt würde, durchaus Emily und seine anderen Kinder gegen ihn aufbringen konnte. Andererseits erschien es ihm unrecht, aus ihrer Beziehung auch weiterhin ein Geheimnis zu machen.

Während Myles in die Flammen starrte, musste er daran denken, wie sehr Michael das große Feuer geliebt hatte, das auf The Grange im Winter stets brannte. Ob er es gerade in diesem Augenblick vor sich sah? Ob er sich den Tisch vorstellte, der mit Kristallgläsern und dem im Kerzenlicht schimmernden Familiensilber gedeckt war? Stellte er sich seine schöne Mutter in dem dunkelblauen, mit Ziermünzen besetzten Abendkleid vor, das zu besonderen Anlässen zu tragen er sie stets gedrängt hatte? Und wie würde er ihn, seinen Vater, sehen? Würde er sich ihn für die City gekleidet vorstellen, mit seinem dunklen Anzug und der Melone? Oder eher in Tweed und Reitstiefeln? Oder in Perücke und Anwaltsgewand, wie das Foto auf dem Sideboard im Esszimmer ihn zeigte?

Myles stieß einen tiefen Seufzer aus, denn welches Bild der Junge von seinen Eltern auch haben mochte, Myles bezweifelte, dass er es jemals für möglich gehalten hatte, sein Vater könne sich in ein so beklagenswertes Dilemma bringen.

Michael war stets durch und durch aufrichtig gewesen. Myles konnte sich an keine einzige Lüge seines Sohnes erinnern. Wenn er ihn also nach seiner Meinung fragte, was er in seinem Dilemma tun solle, hätte Michael ihn gewiss gedrängt, die Wahrheit zu sagen und die Karten auf den Tisch zu legen, was auch immer die Folgen sein mochten.

Aber Michael war ihm wichtig, ebenso wie Emily, Ralph, Diana und seine Enkelkinder. Was, wenn er sie alle verlor?

Michael kauerte sich hungrig und frierend unter eine raue, abgenutzte Decke auf einer klobigen, feuchten Matratze. Hütte C war etwa sieben Meter fünfzig lang und gut vier Meter breit und mit zwölf primitiven dreistöckigen Etagenbetten an den Wänden ausgestatten. Der Boden bestand nur aus Brettern. In der Mitte der Hütte standen ein Ofen, ein Tisch und einige Bänke. Michael war aufgrund seiner Behinderungen eines der unteren Betten zugeteilt worden, und er war dem Ofen am nächsten. Aber da ihnen das Brennholz ausgegangen war, hatten sie ihn seit zwei Tagen nicht mehr anzünden können. Morgen wollten die Männer mehr Holz verlangen, doch aller Wahrscheinlichkeit nach würden noch mehrere Tage vergehen, bevor sie welches bekamen.

Tagsüber fühlte Michael sich einigermaßen optimistisch. Er hatte einige gute Freunde hier, sie konnten miteinander plaudern und Karten spielen, und er konnte Briefe schreiben oder lesen. In der Hütte lebten zwölf Engländer, drei Amerikaner, ein Kanadier, zwei Australier, vier Polen und zwei Franzosen – eine interessante Mischung –, und es gab kaum je einmal einen Augenblick der Langeweile. Tagsüber konnte Michael damit fertig werden, dass er wegen seiner Beinverletzungen nicht mit den anderen durch das Lager laufen, Fußball spielen oder auch nur Freiübungen machen konnte. Aber er fürchtete die Nächte. Wie jeden Abend versuchte er heute wieder, das störende Schnarchen seiner Mitgefangenen, den Schmerz in seinen Beinen und das Heulen des Windes draußen auszublenden, indem er im Geiste eine Liste seiner schönsten Erinnerungen von England machte.

Das Kricketspiel in der Schule, die Sonne warm im Nacken, das Gras unter seinen Füßen weich und federnd. Im

Leerlauf mit dem Fahrrad einen Hügel hinuntersausen, das Hemd hinter sich gebläht wie ein Fallschirm. Ruderpartien in Oxford, während die Sonne auf dem Wasser funkelte und sich die erschreckten Enten unter die Sträucher am Ufer flüchteten. Sein erster Alleinflug, als er über die Wolken gestiegen war und auf die Ehrfurcht gebietende weiße Fläche unter sich hinabgeblickt hatte.

Er hatte einiges Geschick darin entwickelt, nicht an das Grauen seines letzten Fluges zu denken, als das Flugzeug Feuer gefangen hatte und außer Kontrolle geraten war, während es ihm nicht gelungen war, das Cockpit zu öffnen. Michael konnte sich nicht daran erinnern, dass es sich endlich doch geöffnet hatte; zu diesem Zeitpunkt musste er bereits das Bewusstsein verloren haben, denn seine Erinnerung setzte erst wieder ein, als er sich, verheddert in seinem Fallschirm, auf dem Boden wiedergefunden hatte. Danach war ihm nichts als Schmerz im Gedächtnis geblieben. Sengende, weiß glühende Qual, die nur vorübergehend ein Ende gefunden hatte, wenn er wieder ohnmächtig geworden war.

Er hatte vage Erinnerungen an Nonnen und an einen ganz und gar in Weiß gehaltenen Raum, in dem der einzige Schmuck aus einem großen hölzernen Kruzifix bestanden hatte. Später hatte er dann erfahren, dass die Dorfbewohner ihn auf einer Bahre in das Kloster getragen hatten und dass er gestorben wäre, wären diese Nonnen nicht gewesen. Er hatte sich beide Beine und einen Arm gebrochen und Brandwunden an den Händen und im Gesicht davongetragen. Was die Verbrennungen betraf, hatten die Nonnen wahre Wunder gewirkt, denn es bildete sich bereits neue Haut. Harry Phillpot, ein Bewohner von Hütte G, der sein Medizinstudium unterbrochen hatte, um der RAF beizutreten, meinte, es würden nur schwache Narben um Mund und Augen zurückbleiben, nichts Schlimmeres als einige Runzeln.

Es waren seine Beine, die Michael am meisten Sorgen bereiteten, denn sie waren an zwei Stellen gebrochen, und die Nonnen hatten nicht über genügend medizinisches Wissen verfügt, um die Gliedmaßen korrekt zu richten. Er humpelte sehr stark und litt an ständigen Schmerzen, vor allem jetzt, da es draußen so kalt geworden war. Er machte jeden Tag die Übungen, die Harry ihm empfohlen hatte, stets in der Hoffnung darauf, dass er schon bald ganz genesen sein würde.

Viele seiner Mitgefangenen sprachen von kaum etwas anderem als von Flucht. Michael war prinzipiell ihrer Meinung, wusste jedoch, dass er an ihren Plänen nicht teilhaben konnte, da er eine zu große Belastung für die anderen gewesen wäre. Aber das Träumen war auch eine Art der Flucht, und darin war er inzwischen ein Meister geworden. Sonnendurchtränkte Träume waren gut, um zu vergessen, wie sehr er fror, frühere sportliche Triumphe halfen gegen den Schmerz. Doch seltsamerweise waren es die denkwürdigen kalten oder feuchten Tage mit Adele, die ihn wirklich im Geiste heimkehren ließen.

Er dachte daran, wie sie über die Marsch gewandert oder im Regen Fahrrad gefahren waren, aber die schönste all dieser Erinnerungen war die an jenen eiskalten Tag in London, an dem sie sich das erste Mal geliebt hatten.

Michael konnte ihre Haut und ihr Haar riechen, konnte die seidige Weichheit ihrer warmen Haut spüren und ihr Flüstern hören, dass sie ihn für immer lieben werde. Es hatte andere Frauen seither gegeben, doch keine hatte ihn jemals so tief im Innern berührt wie Adele.

Seine Mutter hatte ihm ausführlich geschrieben, welch gute Freundin ihr Rose geworden war, Adeles Mutter. Emily zufolge hatte Rose ihr geholfen zu erreichen, was kein Arzt hatte bewerkstelligen können: Sie litt nicht mehr an schlechten Tagen, an denen sie im Bett bleiben musste, und sie trank kaum noch Alkohol.

Hoffentlich entspricht das der Wahrheit, dachte Michael inbrünstig, und er freute sich darüber, dass seine Mutter eine gute Freundin gefunden hatte. Dennoch fiel es ihm sehr schwer, sich Rose Talbot, die Frau, die sich ihrer Tochter gegenüber so lieblos gezeigt hatte, als Freundin irgendeines Menschen vorzustellen.

Außerdem fragte er sich, wie es Rose gelungen sein mochte, sich in Mrs. Harris' Leben zurückzustehlen. Aber das konnte nur ein einziger Mensch ihm erklären, nämlich Adele. Er hätte sie auch gern gefragt, warum sie sofort zu seiner Mutter gegangen war, gleich nachdem sie erfahren hatte, dass er vermisst wurde. All das ergab keinen Sinn. Warum sollte Adele einem Menschen, der sie so schlecht behandelt hatte, ihr Mitgefühl aussprechen? Es sei denn natürlich, sie liebte ihn noch immer ...

Es war diese schwache Hoffnung, die ihn aufrecht hielt, wenn alles um ihn herum besonders finster und trostlos war.

28

1944

»Beeil dich, sonst werden wir noch zu spät kommen«, fuhr Honour Rose an, die mit einer Nagelfeile die Ränder ihrer Puderdose aufkratzte, um auch noch die letzten Krümel ihres Gesichtspuders verwenden zu können. »Du brauchst diesen Schmutz auf deinem Gesicht nicht, nur um Emily zu besuchen.«

Sie waren zum Essen nach Harrington House eingeladen worden, um den Erfolg der Landung in der Normandie zu feiern, die eine Woche zuvor, am sechsten Juni, begonnen hatte. Aber sie spürten beide, dass diese Einladung eigentlich einen anderen Grund hatte: Emily und Myles wollten ihnen zeigen, welch gute Freunde sie inzwischen geworden waren. Vielleicht hofften sie sogar, mit der Zeit wieder als Mann und Frau leben zu können.

Honour war ausgesprochen froh darüber, dass die Beziehung der beiden sich verbessert hatte – sie hatte bereits zwei Flaschen von ihrem Ginsterwein eingepackt, mit denen sie einen Toast auf das Paar ausbringen wollte. Diesen Wein hatte sie zu Beginn des Krieges hergestellt, in der Absicht, ihn zu trinken, wenn wieder Friede war. Als die gute Nachricht von Michael gekommen war, hatten sie eine Flasche geöffnet und festgestellt, dass er wie Nektar schmeckte, und da es äußerst schwierig war, überhaupt noch Wein zu bekommen, geschweige denn Brandy oder Whisky, hoffte Honour, Myles damit eine Freude zu bereiten.

»Ist dieses Kleid zu eng?«, fragte Rose, nachdem sie ihre Puderdose beiseitegelegt hatte und aufgestanden war. Sie strich sich den hellblauen Kreppstoff an den Hüften glatt und sah ihre Mutter ängstlich an.

Das Kleid war mindestens acht Jahre alt, und sie hatte es von ihrem letzten Ausflug in ihr Haus in Hammersmith mitgebracht.

»Nein, es ist nicht zu eng«, antwortete Honour aufrichtig. »Das glaubst du nur, weil es so lange her ist, dass du dich für eine solche Gelegenheit gekleidet hast. Ich denke, Emily wird ganz neidisch sein, denn es ist ausgesprochen hübsch.«

Ihre Tochter sah wie das blühende Leben aus, stellte Honour bei sich fest. Fünf Kriegsjahre, Lebensmittelknappheit, ein Mangel an neuen Kleidern und die ständige Sorge hatten vielen Frauen ein fahles, erschöpftes Aussehen verliehen, aber nicht Rose. Frische Luft, Bewegung und wenig Alkohol hatten Wunder gewirkt. Ihr blondes Haar leuchtete wie in ihrer Jugend, ihre Haut strahlte, und ihr Körper war straff und schlank. Am vergangenen Abend war sie mit Lockenwicklern ins Bett gegangen, und jetzt fiel ihr das Haar in üppigen Wellen bis auf die Schultern. Das Kleid mochte ein wenig altmodisch sein – die zweckmäßigen Kleider, die man heutzutage kaufen konnte, waren sehr schlicht und sparsam, was die Stoffe betraf, während Roses altes Kleid ein besticktes Mieder hatte, und der Rock war schräg zur Faser geschnitten, sodass er sich verführerisch um ihre Hüfte legte. Keine Frau auf Erden hätte dieses Kleid gegen die trostlosen, billig hergestellten Sachen eingetauscht, die man heute größtenteils zu sehen bekam.

»Und jetzt lass uns um Gottes willen endlich gehen«, brummte Honour gereizt.

Rose griff schweigend nach ihrer Handtasche und der Taschenlampe, falls sie erst nach Einbruch der Dunkelheit zurückkehren sollten. Sie wollte nicht nach Harrington House gehen. Die Vorstellung, Myles an einem Tisch gegenübersitzen zu müssen, erfüllte sie mit Panik.

Sie freute sich sehr darüber, dass er und Emily ihre Differenzen beigelegt hatten. Rose hatte große Zuneigung zu Emily gefasst und war stolz darauf, dass die andere Frau ihr gegenwärtiges Glück zum Teil ihr verdankte, denn sie hatte ihr geholfen, sich zusammenzureißen. Aber die Vorstellung, den Abend mit Myles zu verbringen, war erschreckend. Seit dem Tag, an dem Michael gefunden worden war und sie Myles die Tür geöffnet hatte, hatten sie kaum mehr als einige wenige Sätze miteinander getauscht. Er musste noch immer sehr wütend darüber sein, dass sie ihn erpresst hatte, geradeso wie sie die Verlegenheit über ihr damaliges Tun noch immer nicht überwinden konnte. Dann waren da noch Honour und Emily, die in ihrer Ahnungslosigkeit glaubten, Michael und Adele würden sich gleich nach seiner Heimkehr in die Arme fallen. Die Aussicht darauf, zu viert um einen Tisch herum zu sitzen, während so viele Geheimnisse zwischen ihnen lagen, erschien ihr als Patentrezept für eine Katastrophe.

Sie schlossen die Haustür ab und gingen mit schnellen Schritten den Weg hinauf. Es war kurz vor fünf, die Sonne war noch immer sehr warm, und der Abend war so friedlich. Bis zum vergangenen Tag hatten sie das ständige Dröhnen schwerer Waffen auf der anderen Seite des Kanals hören können. Honour meinte, es klänge genauso wie vor achtundzwanzig Jahren während der Schlacht an der Somme.

»Was hast du gesagt, was sie für uns kochen wollte?«, erkundigte sie sich, während sie den Hügel nach Winchelsea hinaufgingen.

Rose lächelte. Ihre Mutter beschäftigte sich nun schon seit Monaten mit dem Thema Essen. Sie sprach davon, wann immer sich die Gelegenheit bot. Rose fragte sich, wie sie diese Zeit überstanden hätte, hätte sie in einer Stadt gelebt und ausschließlich mit ihren Rationen auskommen müssen. Honour schien nicht zu begreifen, wie viel Glück sie hatten, Eier, Hühner und Kaninchen zu haben; wenn ihnen der Zucker ausgegangen wäre, wäre das für Honour das Ende der Welt gewesen.

»Es ist ihr gelungen, etwas Lammfleisch zu bekommen«, antwortete Rose. »Ich hoffe nur, sie hat meine Anweisungen befolgt, was die Zubereitung betrifft.«

Emilys Haushälterin hatte vor einiger Zeit gekündigt, und sie hatte noch keinen Ersatz finden können. Mrs. Thomas kam immer noch zwei Mal die Woche zum Putzen, und Rose hatte Emily Kochunterricht gegeben. Zu aller Überraschung hatte sie schnell gelernt, und es machte ihr Spaß. Tatsächlich war sie zu einer guten Hausfrau geworden und stolz auf ihr Heim und ihren Garten. »Ich bin vom Glück begünstigt – das weiß ich seit dem Tag, an dem ich erfahren habe, dass Michael noch lebt«, sagte sie oft. Damals hatte sie sich fest vorgenommen, ihm nach seiner Heimkehr eine Mutter zu sein, auf die er stolz sein konnte.

»Diese Schuhe bringen mich noch um«, maulte Honour, blieb unter dem Landgate stehen und blickte auf ihre Füße herab, die in den leuchtend braunen Pumps stark angeschwollen waren. »Ich hätte nicht auf dich hören und meine alten Schuhe anziehen sollen.«

Rose seufzte. Vor einiger Zeit hatte sie Honour überredet, sich aus einem Stoff, den sie schon seit Jahren liegen hatte, ein Kleid zu schneidern. Erst in dieser Woche war sie damit fertig geworden, und es sah entzückend aus: Es war aus einem hellgrünen Baumwollstoff mit einem Muster von kleinen, weißen Gänseblümchen. Honour hatte noch immer eine gute Figur, und da sie sich das Haar zu einem Knoten aufgesteckt hatte, sah sie ausnahmsweise einmal beinahe elegant aus. Aber es war ein echter Kampf gewesen, sie dazu zu bringen, Strümpfe und hübsche Schuhe anzuziehen.

»Nach ein oder zwei Gläsern Wein wirst du deine Füße vergessen«, versicherte Rose. »Du hättest unmöglich in diesen alten Stiefeln gehen können, was hätten Emily und Myles da von dir halten sollen?«

»Die Menschen müssen mich nehmen, wie ich bin«, erwiderte Honour spitz. »Ich bin zu alt, um zu versuchen, mich in eine Modepuppe zu verwandeln.«

Nach einigen Gläsern Wein vergaß Honour tatsächlich ihre engen Schuhe. Es war ein echter Luxus, an einem wunderschön gedeckten Tisch mit poliertem Silberbesteck, schneeweißen Servietten und blitzenden Gläsern zu sitzen, ganz zu schweigen von dem köstlichen, zarten Lammfleisch. Es war genauso, wie Honour es liebte. Bisher war ihr gar nicht bewusst gewesen, dass sie die eleganten Diners vermisste. Aber andererseits hatte sie das letzte Mal vor weit über dreißig Jahren, daheim in Tunbridge Wells, an einem derartigen Essen teilgenommen.

Emily funkelte so strahlend wie die Gläser, offenkundig überglücklich darüber, dass ihr alles an diesem Abend gelungen war. Sie sah sehr hübsch und mädchenhaft aus in einem rosenfarbenen Chiffonkleid, und sie hatte sich das Haar auf dem Kopf aufgesteckt, sodass es ihr in lockeren Wellen über die Schultern fiel. Das Kleid, so hatte sie erzählt, hatte sie 1929 gekauft, als Michael zwölf Jahre alt gewesen war, und seitdem hatte sie es nicht mehr getragen, da die Mode sich verändert hatte und die Röcke viel länger geworden waren.

Myles war sehr aufmerksam, und wenn es ihm ein wenig Unbehagen bereitete, der einzige Mann unter drei Frauen zu sein, ließ er sich nichts davon anmerken. Honour stellte fest, dass sie ihn deutlich sympathischer fand als bei ihrer ersten Begegnung, denn er war keineswegs so steif und aufgeblasen, wie sie es von damals in Erinnerung hatte. Er hatte mit Emily Frieden geschlossen, und Honour wusste, dass er half, jüdische Flüchtlinge in England unterzubringen.

Außerdem war er begeistert von ihrem Ginsterwein und ignorierte den Bordeaux, den er selbst mitgebracht hatte. Zu Honours Freude betonte er immer wieder, dass sie ihre gesamte Weinproduktion in London spielend würde verkaufen können.

Das Gespräch floss mühelos dahin, und sie lachten viel, während Rose amüsante Geschichten über ihre Mieter erzählte und von einigen der Probleme sprach, mit denen sie zu kämpfen hatte, seit sie in die Marsch zurückgekehrt war. Honour lehnte sich einfach zurück und hörte zu; sie war sehr stolz darauf, dass Rose so unterhaltsam sein konnte. Seit sie nach Hause zurückgekehrt war, hatte sie ihre frühere harte und leicht gewöhnliche Art vollkommen verloren, aber ihr Einblick in die unteren Schichten der Gesellschaft verlieh ihr dennoch eine gewisse Faszination.

»Was haben Sie vor, wenn der Krieg zu Ende ist, Rose?«, erkundigte sich Myles. »Werden Sie hier bleiben oder nach London zurückkehren?«

»Ich würde gern bleiben und einen Campingplatz betreiben«, erklärte sie.

»Einen Campingplatz!«, rief Honour aus. »Wie um alles in der Welt bist du bloß auf diese Idee gekommen?«

»Die Menschen werden sich verzweifelt nach Ferien am Meer sehnen, und wenn ich mein Haus verkaufe, könnte ich fünf oder sechs Wohnwagen anschaffen und außerdem einen Toilettenblock bauen«, erwiderte Rose, deren Begeisterung von der Überraschung ihrer Mutter keineswegs gedämpft wurde.

»Wo wolltest du diese Wohnwagen denn hinstellen?«, fragte Honour entrüstet. »Ich hoffe, nicht auf unserem Land!«

»Nein, Mutter«, lachte Rose. »Ich weiß, dass du keine Horde lärmender Urlauber vor deiner Haustür haben willst. Mr. Green hat drüben bei seinem Haus ein wenig Land, und ich habe ihm vorgeschlagen, das Grundstück von ihm zu mieten, während er auf dem Campingplatz einen kleinen Laden betreiben könnte. Er war ganz begeistert von der Idee.«

Honour begriff sofort, dass es im Grunde kein gar so verrückter Gedanke war. Oswald Green besaß einige Hektar Land, die sich zwischen ihrem Haus und Pett Level befanden. Es war unebenes, steiniges Land in Strandnähe und nicht einmal als Schafweide geeignet. Oswald hatte geschäftliche Interessen in Hastings, und er hatte ihr einmal erzählt, dass er stets auf der Suche nach Unternehmen sei, die auch ohne seine Mitarbeit Geld abwarfen. Außerdem hatte er eine

Schwäche für Rose, wie Honour vermutete, da er ein einsamer Witwer von Mitte fünfzig war.

»Es könnte funktionieren«, sagte sie mit geheuchelter Gleichgültigkeit. »Wenn du bereit bist, deine ganze Kraft dafür einzusetzen.«

»Für mich klingt das nach einer guten Idee«, meinte Myles, der inzwischen ein wenig nuschelte, da er recht viel getrunken hatte. »Ich persönlich könnte mir nichts Schlimmeres vorstellen als Ferien in einem Wohnwagen, aber ich vermute, dass diese Art von Urlaub für Menschen, die sich keine Hotels leisten können, durchaus ihren Reiz hätte. Und Honour könnte ihnen Eier und Wein verkaufen.«

»Vielleicht könnte man Adele ja überreden, hierher zurückzukommen und ebenfalls zu helfen«, überlegte Emily strahlend.

Diese Bemerkung gab für Honour den Ausschlag, Roses Plan endgültig ernst zu nehmen. Sie vermisste Adele so sehr, und sie hatte oft darüber nachgedacht, was sie wohl dazu verlocken könnte, aus London fortzugehen. »Also, das ist wirklich eine großartige Idee!«, erklärte sie und sah Emily freudig an. »Sie liebt das Leben in der Natur, und wie ich sie kenne, fände sie es wunderbar, Wohnwagen herzurichten und Blumenbeete anzulegen.«

»Und vielleicht kommt sie dann ja auch wieder mit Michael zusammen«, warf Emily aufgeregt ein.

Honour hatte nicht mehr als zwei oder drei Gläser Wein getrunken, und vielleicht war das der Grund, warum ihr auffiel, dass sowohl Rose als auch Myles sich bei Emilys Bemerkung versteiften. In der Annahme, dass Michaels Vater nach wie vor Vorbehalte gegen eine solche Verbindung hatte, sah sie Rose an. »Und was hast du dagegen einzuwenden?«, fragte sie.

Rose errötete. »Ach, Mutter«, gab sie ein wenig schroff zurück. »Adele sähe es gewiss nicht gern, wenn wir versuchten, sie zu verkuppeln.«

»Sie liebt ihn immer noch, wie du sehr wohl weißt«, widersprach Honour spitz. »Und von Emily habe ich gehört, dass Michael sich in jedem einzelnen seiner Briefe nach ihr erkundigt. Also, wenn Myles nur von seinem hohen Ross herunterkommen und die Verbindung der beiden akzeptieren würde, gäbe es nichts mehr, was sie aufhalten könnte.«

»Honour hat vollkommen Recht, Myles«, stimmte Emily zu und legte liebevoll eine Hand auf die ihres Mannes. »Wir alle wissen, dass Adele Michael nur wegen unserer Missbilligung ihrer Verbindung fallen gelassen hat, und es war unrecht von uns, so zu denken. Adele ist ein wunderbares Mädchen, wir alle sind in Notzeiten näher zusammengerückt und haben dabei festgestellt, dass wir einander wirklich mögen – also lasst uns alle auf Michaels und Adeles mögliche gemeinsame Zukunft anstoßen.«

Emily hob ihr Glas, und Honour folgte ihrem Beispiel, aber sie bemerkte, dass Rose und Myles einander erschüttert ansahen und keine Anstalten machten, ebenfalls nach ihren Gläsern zu greifen.

»Was ist los?«, brummte Honour und blickte von einem zum anderen. »Wisst ihr irgendetwas, was ich nicht weiß? Myles! Ist etwas mit Michael geschehen, wovon Sie nichts erzählt haben?«

Emily kicherte. »Oh, er ist einfach dumm. Michael geht es gut, auch wenn er jetzt humpelt. Wenn er nach Hause kommt, kann er sich eine Arbeit in der Luftfahrt suchen, und die Welt wird ihm zu Füßen liegen.«

»Adele will Michael nicht heiraten.«

Bei dieser entschiedenen Erklärung von Myles sah Honour ihn scharf an. Sie spürte Schmerz in seiner Stimme, und in seinen Augen entdeckte sie etwas, das große Ähnlichkeit mit Panik hatte. »Woher wissen Sie das?«, fragte sie.

»Sie hat es mir erzählt«, antwortete er.

»Wann, Liebling?«, wunderte sich Emily. Sie war ein wenig beschwipst, gab sich aber offenkundig alle Mühe, so zu tun, als wäre sie vollkommen nüchtern.

Myles wirkte ausgesprochen verlegen. »Ich habe sie in London zum Mittagessen eingeladen«, erklärte er. »Ich wollte mich dafür entschuldigen, sie so schlecht behandelt zu haben, als sie hier gearbeitet hat.«

Da war etwas höchst Eigenartiges im Gange!, erkannte Honour sofort. Adele hätte ihr von einer solchen Einladung erzählt, es sei denn natürlich, die beiden hatten etwas zu verbergen.

»Lass gut sein, Mutter«, meldete Rose sich zu Wort, und in ihren Augen stand dabei ein merkwürdig harter Ausdruck. »Du und Emily, ihr klammert euch an einen törichten Traum. Myles hat Recht. Soweit es Adele betrifft, ist Michael lediglich ein Freund der Familie.«

Honour blickte von Myles zu ihrer Tochter und sah in beider Augen die gleiche Furcht. Sie teilten ein Geheimnis miteinander, so viel stand fest. Plötzlich fiel ihr auch wieder ein, wie sehr es Rose widerstrebt hatte, an diesem Abend nach Harrington House zu gehen.

»Ihr beide habt etwas ausgeheckt, um Adele und Myles

auseinander zu bringen, nicht wahr?«, rief sie wütend. »Was habt ihr getan? Was habt ihr zu den beiden gesagt?«

»Stimmt das, Myles?«, mischte sich Emily ein, deren Stimme einen schrillen Klang angenommen hatte. »Aber wie konntest du dich mit Rose zusammentun? Sie hat damals noch nicht einmal hier gelebt.«

Honour begriff sofort, dass Emily Recht hatte. Andererseits war Rose vor Jahren schon einmal hier gewesen, und Honour hatte ihr damals erzählt, dass Adele einen Freund habe. Aber warum sollte Rose den Wunsch haben, die beiden auseinander zu bringen? Es ergab einfach keinen Sinn.

Doch wenn sie zurückdachte, hatte Adeles Feindseligkeit ihrer Mutter gegenüber jedes Maß überschritten, das Honour vielleicht erwartet hätte. Sie hatte die Hoffnung aufgegeben, dass die beiden sich jemals wirklich miteinander aussöhnen würden. Und das, obwohl Adele normalerweise ein Mensch war, der leicht verzieh.

»Ihr werdet mir jetzt sofort erzählen, was ihr ausgeheckt habt«, forderte Honour barsch. Sie stand von ihrem Stuhl auf und sah die beiden drohend an. »Ich will die Wahrheit hören, die ganze Wahrheit. Auf der Stelle!«

Es folgte absolutes Schweigen. Myles und Rose tauschten verstohlene Blicke, und Emily starrte Honour ratlos an.

»Ich mag ja alt werden, doch senil bin ich noch nicht«, donnerte Honour und wandte sich wütend zu Myles um. »Ich bin davon überzeugt, dass Sie und Rose zusammen irgendeinen Plan ausgeheckt haben, um Adele dazu zu bringen, Michael fallen zu lassen und nach London zu flüchten, und wenn Sie mir nicht verraten, was das für ein Plan war, dann werde ich es allein herausfinden.« Sie hielt kurz inne, um ihren Worten größeren Nachdruck zu verleihen. »Die Oberschwester im Buchanan Hospital wird es mir erzählen. Sie weiß Bescheid, denn sie war es, die mir von Adeles Versetzung ans London Hospital erzählt hat. Die Oberschwester hätte einen solchen Wechsel nicht ohne guten Grund in die Wege geleitet. Also, muss ich hinfahren und sie fragen? Oder werdet ihr es mir erzählen?«

Tödliches Schweigen breitete sich im Raum aus, und sowohl Myles als auch Rose sahen so aus, als wären sie am liebsten davongelaufen.

Schließlich brach Myles das Schweigen. »Ich werde es Ihnen erzählen«, erklärte er mit gepresster Stimme. »Ich habe Adele versprochen, es nicht zu tun, aber jetzt bleibt mir keine andere Möglichkeit mehr.« Er hielt inne, warf Rose, die wild grimassierte, einen Blick zu, dann räusperte er sich. »Die Wahrheit ist, dass Adele meine Tochter ist.«

Honour glaubte, es sei ein dummer Scherz, zumindest für ein oder zwei Sekunden. Dann blickte sie zu Emily hinüber und sah, dass ihr vor Schreck der Mund offen stand. »Mach dich nicht lächerlich, Myles«, erwiderte sie mit schriller Stimme. »Wie sollte so etwas möglich sein?«

»Ich hatte eine Affäre mit Rose«, bekannte er.

Honour wollte ihn gerade bitten, das zu wiederholen, weil sie glaubte, sich verhört zu haben, doch er ließ den Kopf hängen, und Rose schlug die Hände vors Gesicht.

»Es ist während des letzten Krieges geschehen, als ich hierher geschickt wurde, um einen Nachlass abzuwickeln«, fuhr er nach einer kurzen Pause fort. »Ich bin im The George in Rye abgestiegen, und Rose arbeitete dort. Aber als Adele hier in Dienst stand, wusste ich nicht, dass sie Roses Tochter war. Ich habe es erst erfahren, als Rose mich in meiner Kanzlei aufsuchte, nachdem sie die Verlobungsanzeige in der *Times* gelesen hatte.«

Honour ließ sich, vollkommen sprachlos von dieser Neuigkeit, auf ihren Stuhl sinken. »Aber das würde bedeuten, dass Michael ihr Halbbruder ist!«, stieß sie schwach hervor.

Emily sprang von ihrem Stuhl auf und fiel über Rose her. »Du hattest eine Affäre mit Myles? Wie konntest du? Ich dachte, du wärest meine Freundin.«

Honour dröhnte der Kopf vor Entsetzen. Sie wünschte, sie hätte Myles niemals gezwungen, davon zu sprechen, aber wie niederschmetternd diese Neuigkeit auch war, sie gab vielen Dingen einen Sinn, die sie zuvor verwirrt hatten.

»Setzen Sie sich und halten Sie den Mund, Emily«, befahl sie energisch. »Geben Sie den beiden zuerst die Gelegenheit, uns das zu erklären.«

Es war Myles, der den größten Teil der Erklärungen übernahm, und angesichts seiner tiefen Verlegenheit und Emilys regelmäßiger Zornesbekundungen machte er seine Sache recht gut.

Während sich die Geschichte langsam entfaltete, durchlief Honour eine ganze Palette verschiedenster Gefühle. Vor allem war da ungeheure Wut darüber, dass Adeles Glück von ihrer eigenen Mutter zerstört worden war und dass man sie gezwungen hatte, allein mit einer so verheerenden Nachricht fertig zu werden.

Sie wusste nicht, ob es Zorn oder Mitgefühl war, was sie für Rose und Myles empfand, es erschien ihr eine Mischung aus beidem zu sein, denn wie unrecht ihre Affäre auch gewesen sein mochte, sie hätten niemals wissen können, dass sie einmal so weit reichende Konsequenzen haben würde.

Was Emily betraf, empfand sie tiefes Mitleid. Es war ihr im vergangenen Jahr gelungen, sich zusammenzureißen, und nach dem, was sie soeben erfahren hatte, hielt Honour es für sehr wahrscheinlich, dass sie abermals zusammenbrechen würde.

Rose fand ihre Stimme erst wieder, als Myles ins Stocken geriet. Es bereitete ihm sichtlich Mühe, davon zu berichten, wie er in das Krankenhaus in Hastings gefahren war, um Adele die schlimme Neuigkeit zu überbringen.

»Vielleicht hätte ich zu dir kommen und deinen Rat einholen sollen, statt es Myles zu überlassen, Adele aufzusuchen«, sagte Rose kläglich zu Honour, und ihre Augen füllten sich mit Tränen. »Aber ich wusste nicht, welchen Empfang ich von dir zu erwarten hatte.« Sie hielt inne, um sich die Augen abzutupfen, dann sah sie Emily an. »Ich habe dich erst in der Nacht kennen gelernt, in der ich dich aus dem Fluss gezogen habe. Als ich herausfand, wer du warst, vermochte ich nicht zu glauben, dass das Schicksal eine derartige Wendung nehmen konnte. Und ich habe meine Freundschaft zu dir nie geheuchelt. Sie ist durch und durch echt, auch wenn du mir das jetzt kaum glauben wirst.«

Emily wollte genau wissen, wann es zu der Affäre gekommen war, wie lange sie gedauert hatte und ob Rose von Myles' Kindern gewusst hatte.

Myles ließ den Kopf hängen, während er ihr Rede und Antwort stand, dann erzählte er ihnen von all seinen Treffen mit Adele in London. »Ich habe sie zu lieben gelernt«, gestand er schlicht. »Sie hat mich bedrängt, niemals irgendetwas von all dem preiszugeben; sie hatte immer Angst, dass es Emily, Michael und meine anderen Kinder verletzen könnte.«

Jetzt wandte er sich zu Emily um und griff zaghaft nach ihrer Hand. »Ich war stets in Versuchung, es dir zu erzählen. Es mag gegenüber allen anderen Beteiligten gütiger erschienen sein, das alles für mich zu behalten, aber ich hatte immer das Gefühl, es sei unrecht.«

»Was haben Sie dazu zu sagen, Emily?«, fragte Honour sanft, denn Emily hatte jetzt die Ellbogen auf den Tisch gestützt und das Gesicht unter den Händen vergraben, und ihre schmalen Schultern zuckten, während sie Mitleid erregend schluchzte.

»Nichts.« Emily ließ die Hände sinken und blinzelte gegen die Tränen an. »Ich trage genauso viel Schuld an all dem wie Myles. Als das alles damals geschah, war mein Verhalten ihm gegenüber einfach schrecklich. Und genauso ist es weitergegangen, bis wir uns getrennt haben und ich herkam.«

»Es ist eine sehr aufrichtige und großzügige Haltung, die Sie einnehmen«, sagte Honour, rückte ihren Stuhl näher an Emily heran und legte einen Arm um sie. »Vielleicht sollten wir jetzt darüber nachdenken, ob Michael die Wahrheit erfahren soll oder nicht.«

»Ich weiß es nicht«, flüsterte Emily. »Was sagt ihr anderen denn dazu?«

»Auf diese Weise würde er nicht länger glauben, dass es für ihn und Adele noch Hoffnung gibt«, erklärte Myles.

»Aber vielleicht ist es gerade diese Hoffnung, die ihn im Augenblick aufrechterhält«, warf Rose ein.

Emily sank plötzlich vornüber auf den Tisch und warf dabei ein Glas Wein um.

»Emily!«, rief Honour. »Geht es Ihnen nicht gut? Wäre es Ihnen lieber, wenn Rose und ich jetzt aufbrechen würden, damit Sie und Myles die Dinge untereinander klären können?«

Sie richtete Emily auf und wiegte ihren Kopf an ihrer Brust, denn die Frau hatte von neuem zu schluchzen begonnen und wirkte zutiefst verzweifelt. »Das muss ein furchtbarer Schock für Sie gewesen sein«, murmelte Honour besänftigend, während sie ihr übers Haar strich. »Wir beide müssen uns vorwerfen, dass wir von einer Hochzeit und von der Vereinigung unserer Familien geträumt haben. Das ist natürlich unmöglich, doch vielleicht können wir uns mit einer tieferen Freundschaft, basierend auf wahrem Verständnis, abfinden.«

Rose erhob sich von ihrem Stuhl, trat neben Emily hin und legte ihr eine Hand auf die Schulter. »Ich wünschte, ich könnte die Uhr zurückdrehen«, versicherte sie unglücklich. »Weißt du, Emily, dass du die einzige wahre Freundin bist, die ich je hatte? Ich kann es nicht ertragen, dass ich dich so sehr verletzt habe. Bitte, verzeih mir!«

»Und mir auch«, flehte Myles. »Ich hätte verstehen müssen, dass deine Nervenprobleme mit Michaels Geburt zusammenhingen, und dir Hilfe verschaffen sollen. Stattdessen war ich so hart zu dir. Es tut mir furchtbar Leid.«

Emily nahm den Kopf von Honours Schulter, blickte in die besorgten Gesichter der anderen und stand auf, um den Tisch zu umrunden. Sie griff nach einem Glas Wein und leerte es mit einem einzigen Zug. »Niemand braucht sich bei mir zu entschuldigen«, erklärte sie und wischte sich mit einer Serviette die Tränen von den Wangen. »Ich habe alles verdient, was ich bekommen habe, und noch mehr. Aber wenn ich euch drei ansehe, so voller Kummer, dann schäme ich mich für mich selbst. Ich muss euch etwas erzählen, von dem ich dachte, dass keine Macht der Welt es mir jemals entlocken könnten. Ich muss es um Adeles und Michaels willen tun.«

Sie beugte sich vor und füllte sich mit zitternden Händen noch einmal ihr Glas auf.

Honour hatte plötzlich Angst. In den Augen der anderen Frau stand ein gefährlicher Ausdruck, sie hatte bereits mehr getrunken, als gut für sie war, und ihre scheinbare Ruhe konnte nur die Ruhe vor dem Sturm sein.

»Lassen Sie mich Ihnen nach oben ins Bett helfen«, schlug Honour vor. »Wir haben für einen einzigen Abend genug schockierende Neuigkeiten und Kummer gehabt.«

»Und es kommt noch mehr«, entgegnete Emily, nahm ihr Glas auf und kippte den Wein herunter. Als das Glas leer war, behielt sie es in der Hand und sah jeden Einzelnen der Anwesenden eindringlich an.

»Michael ist nicht Myles Sohn. Er ist das Kind des Gärtners von The Grange.«

Einen Moment lang herrschte absolutes Schweigen. Honour konnte Emily nur ungläubig anstarren. Myles und Rose ging es ebenso.

Ein lautes Krachen riss sie aus ihrer Erstarrung. Emily schleuderte ihr leeres Glas in den Kamin, wo es in tausend Scherben zersprang.

»Es ist wahr«, rief sie trotzig und wild gestikulierend. »Ich hatte mich in ihn verliebt, er hat mich angefleht, mit ihm davonzulaufen, aber ich konnte nicht.«

»Jasper?«, entfuhr es Myles. »War er es?«

»Das ist richtig«, nickte sie. »Du hast ihn Jasper genannt.

Sein Name war eigentlich William Jasper; ich habe ihn Billy genannt. Michael sieht genauso aus wie er.«

Honour wandte sich zu Myles um. Er war aschfahl im Gesicht und vollkommen benommen von dieser Neuigkeit. Einen Moment lang glaubte Honour, das Ganze sei lediglich Emilys grausame Art, Rache zu nehmen.

»I-I-Ich«, stotterte er. »Ich habe mich manchmal gefragt, warum du so viel Zeit bei ihm im Garten verbracht hast. Aber ich konnte nicht glauben, dass du zu so etwas fähig warst.«

»Männer sind manchmal so dumm.« Emily lachte gekünstelt. »Sie glauben, Ehebruch sei für Männer vollkommen in Ordnung, während Frauen mit ihrer Stickerei zu Hause sitzen und auf die Heimkehr ihres Eheliebsten warten sollen. Ich war so einsam auf The Grange, Myles. Du bist frühmorgens fortgegangen und erst spät nach Hause zurückgekommen, und oft warst du tagelang fort. Ich hatte lediglich deine unleidlichen Eltern zur Gesellschaft, die mir Predigten darüber hielten, wie die junge Herrin des Hauses sich zu verhalten habe. Sie haben mir nicht einmal erlaubt, mit Ralph und Diana zu spielen, die beiden mussten von Kindermädchen erzogen werden. Billy gab mir das Gefühl, begehrt und geliebt zu werden, er gab mir das Gefühl, lebendig zu sein.«

»Warum hast du nicht mit mir darüber gesprochen?«, erkundigte sich Myles.

»Was, ich sollte dir erzählen, dass ich eine Affäre mit dem Gärtner hatte und sein Kind erwartete?« Emily brach in trunkenes Gekicher aus. »Du hättest mich auf der Stelle hinausgeworfen. Ich hätte mich in derselben furchtbaren Situation wiedergefunden, in die Rose damals geraten ist.«

»Ich meinte, warum hast du mir nicht von deinem Unglück erzählt, *bevor* du die Affäre begonnen hast?«, sagte Myles tadelnd.

»Und was hätte ich davon gehabt?«, gab sie wütend zurück. »Du hättest mir einen Vortrag darüber gehalten, wie lange The Grange im Familienbesitz war. Deine Eltern wurden zunehmend gebrechlich, und es musste jemand bei ihnen sein. Selbst als der Krieg ausbrach, durfte ich nicht mehr tun, als dasitzen und wollene Kopfschützer stricken. Billy wollte sich freiwillig melden, erinnerst du dich?«

Myles nickte. »Ich habe es ihm ausgeredet. ›Wir kommen nicht ohne Sie zurecht‹, erklärte ich ihm.«

»Ja. Aber er war schon damals in mich verliebt und wollte The Grange verlassen, weil er nicht wusste, wo das Ganze hinführen würde, und Angst hatte, obwohl wir damals noch nicht einmal einen Kuss getauscht hatten. Du hättest ihn gehen lassen sollen. Am Ende ist er dann doch in den Krieg gezogen und in den Schützengräben gestorben. Ich glaube nicht, dass er auch nur versucht hat zu überleben.«

Honour konnte den wilden Schmerz in Emilys Stimme hören und begriff plötzlich, warum die andere Frau über so viele Jahre hinweg eine derart gequälte Seele gewesen war. Sie erinnerte sich nur allzu gut an ihre Gefühle für Frank, und in ihrem Herzen wusste sie, dass jede Frau, die derart starke Gefühle für einen Mann hegte, so handeln würde wie Emily, sei es nun recht oder unrecht.

Auch Rose weinte. Honour konnte nicht sagen, ob sie es aus Mitgefühl tat oder weil sie sich dafür verantwortlich fühlte, weiteren Schmerz über dieses Haus gebracht zu haben.

Myles sah Emily an, das Gesicht in den Händen verborgen. Er machte den Eindruck, als wäre seine ganze Welt zusammengebrochen.

Auch Honour war zum Weinen zumute. Sie hatte sich seit Tagen auf diesen Abend gefreut, weil sie gehofft hatte, dass Emily und Myles wieder als Mann und Frau zusammenkommen würden. Diese Hoffnung war jetzt erloschen.

»Ich denke, wir sollten nach Hause gehen, Rose«, bemerkte sie leise.

Ohne ein weiteres Wort zu sagen, stahlen Rose und Honour sich davon. Es war inzwischen dunkel, und die Abendluft strich warm über ihre nackten Arme. Sie sprachen noch immer nicht, sondern hakten einander nur unter und entfernten sich mit schnellen Schritten von Harrington House.

Es war bereits Anfang August, als Rose und Honour Emily wiedersahen. Sie beide hatten ihr nach jenem Abend einen Brief geschrieben, aber keine von ihnen hatte eine Antwort erhalten. Jim, der Postbote, erzählte ihnen, dass Emily fortgegangen sei, doch sie hatten keine Ahnung, ob sie bei Myles oder allein war.

Am Morgen nach der Einladung hatten Honour und Rose darüber gesprochen, wann Adele die Wahrheit erfahren sollte. Es würden natürlich wunderbare Neuigkeiten für sie sein, denn jetzt gab es nichts mehr, was einer Heirat mit Michael im Wege stand. Aber sie konnten nicht mit ihr reden, ohne sich zuvor mit Myles und Emily zu beraten. Es war schließlich ihr Familiengeheimnis, und sie hatten vielleicht den Wunsch, selbst mit Adele zu reden, nachdem sie entschieden hatten, ob sie es Michael erzählen wollten oder nicht.

Aber jedes weitere Gespräch über die Ereignisse jenes Abends war wie ein Marsch über ein Minenfeld.

»Du hättest mir schon vor langer Zeit die Wahrheit beichten müssen, um beiden Familien solchen Schmerz zu ersparen«, sagte Honour wütend. »Niemals hätte ich die Einladung zum Essen angenommen, hätte ich gewusst, dass du früher einmal eine Affäre mit Myles hattest.« Sie vermutete inzwischen auch, dass Rose Myles erpresst hatte, und sie war schrecklich angewidert von dem Verhalten ihrer Tochter; sie sprach tagelang nicht mit ihr. Manchmal war die Atmosphäre zwischen ihnen so angespannt, dass Rose sich versucht fühlte, nach London zurückzukehren.

Der fast ständige Regen, der sie zwang, viel Zeit im Haus zu verbringen, machte die Dinge auch nicht besser. Tagsüber verrichteten sie ihre gewohnten Arbeiten, und abends hörten sie Radio oder lasen, aber die freundschaftliche Unbefangenheit der vergangenen Zeit wollte sich nicht mehr einstellen. Erst als sie hörten, dass neue unbemannte Flugzeuge, die V1 genannt wurden, von Deutschland aus nach England geschickt wurden, um London abermals zu bombardieren, offenbarte Honour ihre wahre Furcht.

»Was um alles in der Welt führen Emily und Myles im Schilde? Warum setzen sie sich nicht mit uns in Verbindung?«, tobte sie. »Ich will diese Sache endlich hinter mich bringen, sonst werde ich am Ende noch ein komplettes Nervenbündel sein.«

Ihre Mutter hatte in Wahrheit Angst um Adele, das wusste

Rose, denn diese neuen Bomben bedeuteten, dass sie für eine Weile keinen Urlaub mehr bekommen würde.

Die Menschen nannten diese neue Bedrohung »doodlebugs«. Man konnte sie fliegen hören, aber die einzigen Nachrichten, die das Radio oder die Zeitungen darüber brachten, waren eher beiläufig; es wurde von Angriffen im Süden berichtet, doch Einzelheiten wurden nicht bekannt. Adele schrieb in ihren wöchentlichen Briefen, dass wegen der Verletzten im Krankenhaus wieder Hochbetrieb herrsche. *Die Doodlebugs sind höllisch lästig*, berichtete sie, *weil es keine Möglichkeit gibt, die Bevölkerung vor einem solchen Angriff zu warnen.*

»Ihr wird schon nichts passieren, Mutter«, meinte Rose besänftigend. »Und Emily und Myles werden gewiss auch bald wieder auftauchen. Sie haben eine ausgesprochen wichtige Entscheidung zu treffen, die sie nicht überstürzen dürfen. Ich weiß, du brennst darauf, es Adele zu erzählen, doch sie hält Michael jetzt seit drei Jahren für ihren Bruder, da werden einige Wochen keinen großen Unterschied für sie machen.«

»Es ist nicht nur Adele, um die ich Angst habe«, gestand Honour. »Ich sorge mich auch um Michael. Wie wird er sich fühlen, wenn er erfährt, dass der Gärtner sein Vater war?«

Dann, am ersten trockenen Tag seit geraumer Zeit, erschien Emily in Curlew Cottage. Sie sah gut aus, nachdem sie mehrere Wochen mit Myles in Devon verbracht hatte. Sie entschuldigte sich, sich nicht bei ihnen gemeldet zu haben, sagte jedoch, Myles und sie hätten Zeit und Abstand benötigt, um die Dinge zu durchdenken.

»Es mag euch eigenartig erscheinen, aber ich bin froh, dass auf diese Weise alles ans Tageslicht gekommen ist«, erklärte sie mit Tränen in den Augen. »Myles und ich haben vielleicht eine Chance, noch einmal von vorn anzufangen. Und jetzt gibt es auch nichts mehr, was gegen eine Verbindung von Adele und Michael spricht. Wir haben übrigens beschlossen, es Michael nach seiner Heimkehr zu erzählen, aber es sollte seine Entscheidung sein, ob Diana und Ralph ebenfalls informiert werden. Myles ist der Meinung, dass ihr es Adele bei ihrem nächsten Urlaub daheim erzählen solltet, und er will herkommen, sodass wir bei diesem Gespräch alle zugegen sein können.« Sie lächelte, als sie weitersprach: »Er findet, ich sollte ebenfalls dabei sein. Um ihr zu zeigen, wie glücklich ich darüber bin, dass sie jetzt zu unserer Familie gehört.«

Trotz Emilys verständlicher Furcht vor Michaels Reaktion auf die Neuigkeit bezüglich seines leiblichen Vaters wirkte sie entspannt und glücklich. »Mein Geheimnis hat mir im Laufe der Jahre großes Elend gebracht, doch jetzt, da es heraus ist, habe ich das Gefühl, als wäre mir eine große Last von der Seele genommen. An Myles' Gefühlen für Michael wird sich nichts ändern, das hat er mir versichert, und er ist auch sehr glücklich, seine Treffen mit Adele nicht länger geheim halten zu müssen. Ich hoffe, ihr beide seid immer noch meine Freundinnen?«, fragte Emily und blickte zwischen Rose und Honour hin und her. »Immerhin hat es uns zu einer echten Familie gemacht.«

Sie hatten Emily immer für charmant, aber auch für schwach und eigensüchtig gehalten, doch plötzlich wurde ihnen klar, wie tapfer und selbstlos es von ihr gewesen war, an jenem Abend ihre Treulosigkeit und ihren Betrug einzugestehen. Sie hätte Myles bittere Vorwürfe machen, auf die Moral pochen und so das Mitgefühl aller erringen können, aber sie hatte sich anders entschieden. Ohne auf die Konsequenzen für sich selbst Rücksicht zu nehmen, hatte sie das Hindernis, das zwischen ihrem Sohn und der Frau stand, die er liebte, aus dem Weg geräumt.

»Natürlich werden wir immer Freundinnen sein«, versicherte Honour mit belegter Stimme. »Sie, Emily Bailey, sind eine tapfere und sehr aufrichtige Frau.«

Emily blieb den ganzen Nachmittag, und die drei Frauen hatten eine Menge zu lachen, während sie den neuesten Klatsch austauschten.

»Ihr beide solltet einmal einen Tag irgendwohin fahren«, schlug Honour vor, als sie bei der zweiten Kanne Tee angelangt waren. »Ihr habt euch wahrscheinlich einiges zu sagen, bei dem ihr vielleicht lieber allein wärt. Und ihr könntet zur Abwechslung auch ein wenig Spaß vertragen.«

»Wir könnten nach London fahren«, meinte Emily sofort. »Ich brauche ein paar neue Sachen, und in den Lädchen von Rye finde ich nichts.«

»Ist das eine gute Idee bei diesen Doodlebugs?«, wandte Honour ein.

»Adele hat in ihrem letzten Brief geschrieben, dass die meisten dieser Bomben südlich des Flusses niedergehen«, antwortete Rose. »Außerdem müsste ich dringend mal nach meinem Haus in Hammersmith sehen. Und in London kann man mehr Spaß haben als irgendwo sonst.«

Honour lächelte über diese Bemerkung, denn sie war froh zu sehen, dass die dunklen Wolken sich sowohl über Emily als auch über Rose zerstreut hatten. »Nun gut, auf eure Verantwortung«, sagte sie. »Nur will ich anschließend kein Gemurre hören, wenn alle Züge Verspätung hatten.«

An einem Donnerstag Ende August nahmen Rose und Emily den Acht-Uhr-Zug von Rye nach London. Der ganze Sommer war sehr feucht und kühl gewesen, doch an diesem Morgen strahlte die Sonne vom Himmel. Emily sah sehr elegant aus in einem hellblauen Kostüm und einem cremefarbenen, breitkrempigen Filzhut. »Neben dir nehme ich mich in meinem gestreiften Sommerkleid und dem ziemlich mitgenommenen Strohhut wie die sprichwörtliche arme Verwandte aus«, witzelte Rose.

»Wir könnten uns Hochzeitshüte ansehen«, bemerkte Emily träumerisch, während sie aus dem Zugfenster blickte.

Rose lächelte. Ihre Freundin konnte bisweilen ein solches Kind sein! Es war beinahe so, als glaubte sie an Märchenfeen und daran, dass Michael und Adele mit einem Schwung eines Zauberstabs einfach durch den Mittelgang einer Kirche schwebten, ohne auch nur einen Blick zurückzuwerfen. Dabei war es durchaus nicht ausgeschlossen, dass Adele inzwischen einen neuen Freund hatte und sie nie wieder so für Michael empfinden würde wie früher. Und was Michael betraf, waren sie nicht über das volle Ausmaß seiner Verletzungen im Bilde, und sie konnten nicht einmal im Entferntesten erahnen, welche Wirkung die Neuigkeit auf ihn haben würde, dass sein wirklicher Vater irgendwo auf einem Schlachtfeld in Flandern begraben lag.

»Fordere das Schicksal nicht heraus«, tadelte Rose sie. »Außerdem – es ist heutzutage praktisch unmöglich, einen Lippenstift oder Gesichtspuder zu kaufen, glaubst du da wirklich, dass wir einen Laden mit anständigen Hüten finden werden?«

»Dann lass uns irgendetwas Extravagantes für Honour kaufen«, schlug Emily vor. »Wie wäre es mit einem hübschen Pyjama?«

Rose lachte. Sie fand den Gedanken, ihre Mutter könne in einem niedlichen Pyjama umherspazieren, unglaublich komisch. »Das wäre eine Verschwendung von Geld und Rationierungsmarken. Sie würde die Geste zu schätzen wissen, den Pyjama aber nicht anziehen; sie liebt nämlich Flanellnachthemden. Sie würde sich viel mehr über ein Paar Hosen oder etwas Wolle freuen, aus der sie sich einen Pullover stricken kann. Oder sogar über Pralinen.«

»Meine Mutter hat mir erzählt, Honour sei als junge Frau sehr schön gewesen. Sie hat gesagt, in ihrer ersten Zeit in Curlew Cottage habe sie ganz zauberhafte Hüte getragen. Dein Vater war ebenfalls ein gut aussehender Mann, Rose. Mutter meinte, die ganze Damenwelt habe ihm zu Füßen gelegen.«

Rose lächelte. Sie konnte sich noch gut daran erinnern, wie vornehm ihre Eltern sich zum Dinner angekleidet hatten, als sie noch in Tunbridge Wells gelebt hatten. »Die beiden waren ein schönes Paar«, stimmte sie Emily zu. »Aber ich glaube nicht, dass einer von ihnen sich jemals viel aus eleganter Kleidung gemacht hat. Sie hatten ineinander alles, was sie sich wünschten, und sie waren glücklich mit einem einfachen Leben.«

»Ich frage mich, ob ich wohl auch so gewesen wäre, wenn ich mit Billy davongelaufen wäre?«, entgegnete Emily nachdenklich.

»Ich kann mir dich nicht in einem Gärtnercottage vorstellen«, erwiderte Rose. »Du bist eigentlich nicht dazu geboren, in primitiven Verhältnissen zu leben.«

»Dasselbe gilt für Honour und für dich«, meinte Emily.

Rose war schockiert zu sehen, wie schäbig London wirkte. Sie hatte während der vergangenen Jahre einige Stippvisiten in die Hauptstadt gemacht, aber da sie allein gewesen und direkt nach Hammersmith gefahren war, waren ihr die wesentlichen Veränderungen nicht aufgefallen. Doch während sie und Emily jetzt im Sonnenschein den Haymarket hinaufgingen, durch Piccadilly und weiter über die Regent Street, stimmten die verbretterten Fenster, die rußbeschmierten Fassaden und die allgemeine Trostlosigkeit sie sehr traurig. Das West End hatte während des Blitzkriegs Schaden genommen, aber sie hatte erwartet, dass inzwischen die Wiederaufbauarbeiten in vollem Gange wären. Die Trümmer mochten verschwunden sein, doch viele Gebäude waren zerstört, und zwischen den Ziegelsteinen spross das Unkraut.

Dieser Teil Londons war für Rose immer gleichbedeutend mit Pracht gewesen. Mit eleganten Frauen, die, gekleidet nach der neuesten Mode, aus Taxis stiegen. Mit Blumenständen, an denen Blüten feilgeboten wurden, die man abseits des West End niemals zu sehen bekam. Mit Juwelierschaufenstern, in denen sagenhafte Edelsteine zur Schau gestellt wurden, und mit Boutiquen, in denen dicht an dicht die schönsten Kleider hingen.

Jetzt gab es keine erlesen gekleideten Frauen mehr, die an den Schaufenstern entlangflanierten. Die Menschen sahen durchweg schäbig und heruntergekommen aus. Auch in den

Schaufenstern lag nur wenig, das Rose und Emily begeistert hätte, nur langweilige, praktische Kleidung, nichts Frivoles oder Auffälliges. Es waren auch nur wenige Männer in Uniform unterwegs. Offensichtlich waren sie alle in die Normandie gezogen.

In einem Café, das keinen Kaffee servierte, sondern nur Tee, hörten sie zwei Frauen am Nebentisch über die Doodlebugs reden. Anscheinend hatten diese Bomben weit verheerender gewirkt, als Rose und Emily es sich vorgestellt hatten. »Wenn der Antrieb aussetzt, ist es um dich geschehen«, meinte die eine Frau zu der anderen. »Weglaufen ist sinnlos, du kannst nicht entkommen.«

»Wie dem auch sei, hier sind wir in Sicherheit«, antwortete ihre Freundin. »Die Bomben fallen drüben in Croyden und im East End. Ich habe einen Nachbarn, der darüber Bescheid weiß, und er sagt, weiter kämen diese Flugkörper nicht.«

»Glaubst du, mit Adele ist alles in Ordnung?«, flüsterte Emily nervös. »Sollten wir nicht ins Krankenhaus gehen, um nach ihr zu sehen?«

»Sei nicht dumm«, fuhr Rose auf. »Denk daran, was Honour auf dem Weg dorthin zugestoßen ist! Außerdem hätte Adele uns davor gewarnt, nach London zu kommen, wenn es gefährlich wäre. Hier wird uns schon nichts geschehen. Diese Frau meinte, die Raketen kämen nicht bis ins West End. Und wir können später im Krankenhaus anrufen, um mit Adele zu sprechen.«

Schließlich vergaßen die beiden Frauen die Bedrohung durch Doodlebugs. Sie gingen ins »Swan and Egar's« am Piccadilly Circus, und Rose entdeckte eine schöne parfümierte Seife und ein Paar blauer Leinenhosen, das ihrer Mutter passen würde. Anschließend kaufte Emily eine hübsche Bluse, und in ihrer Begeisterung darüber, dass es in den Londoner Geschäften tatsächlich Dinge gab, die zu kaufen sich lohnte, beschlossen sie, zu Selfridges in der Oxford Street weiterzuziehen und nach dem Mittagessen nach Hammersmith zu fahren.

Kurz bevor sie die Türen zu Selfridges erreichten, blieben die beiden Frauen stehen, um einer altmodischen Drehorgel zu lauschen. Der Besitzer trug einen zerbeulten Zylinder und einen zerlumpten Frack, und er hatte einen kleinen Affen bei sich, der auf der Orgel tanzte.

Rose und Emily fühlten sich beide an ihre Kindheit erinnert, als derartige Bilder noch an der Tagesordnung gewesen waren, und sie gerieten in Verzückung über den niedlichen kleinen Affen mit seinem roten Mantel und dem Fez auf dem Kopf. Seit Ausbruch des Krieges waren Schoßtiere wegen der Lebensmittelrationierung seltener geworden. Die meisten Menschen hatten natürlich die Tiere, die sie bereits besaßen, behalten, aber wenn sie starben, wurden sie nicht durch neue ersetzt. Und einen Affen hatten sie seit Jahren nicht mehr zu Gesicht bekommen.

Der Besitzer des Affen erlaubte Rose, das Tier auf den Arm zu nehmen, und es kletterte auf ihre Schulter und kauerte sich dort zufrieden zusammen. Emily wollte den Affen ebenfalls gern nehmen, aber sie hatte ein wenig Angst vor ihm, und sie kicherte wie ein Schulmädchen.

Plötzlich hörten sie über sich ein Flugzeug. Sie blickten auf wie alle anderen auch, und der Affe auf Roses Schulter begann, zu schnattern und die Zähne zu blecken. Der Orgelspieler riss den Affen an sich. »Doodlebug«, erklärte er ihnen, schnappte sich seine Orgel und verschwand damit in einer Nebenstraße.

Rose sah, dass alle anderen Menschen auf dem Gehsteig einfach dastanden und zum Himmel aufblickten oder das Flugzeug vollkommen ignorierten und ungerührt zu Selfridges hineingingen. Niemand eilte in den nächsten Bunker, und obwohl Rose instinktiv gern geflohen wäre, wollte sie sich doch nicht blamieren.

Als das Dröhnen näher kam, griff sie nach der Hand ihrer Freundin. »Oh Rose, ich habe Angst«, rief Emily und umklammerte ihre Finger.

»Es wird schon nichts passieren«, sagte Rose, obwohl auch sie Angst hatte. »Du wirst sehen, das Flugzeug wird über uns hinwegfliegen.«

Plötzlich schienen sie von all den anderen Passanten isoliert zu sein, die in die Geschäfte getreten oder in der U-Bahn-Station Bond Street verschwunden waren. Instinktiv gingen sie auf einen Laden mit einer gestreiften Sonnenmarkise zu. Dann brach das Dröhnen mit einem Mal ab.

In Erinnerung an das Gespräch, das sie in dem Café mit angehört hatten, ließ Rose ihre Einkaufstüte fallen, schlang die Arme um Emily und hielt die andere Frau fest an sich gedrückt. Sie hörte eine Art pfeifendes Summen, und der Boden unter ihren Füßen vibrierte. Staub wirbelte auf wie ein Schneesturm, und als sie sich noch enger aneinanderschmiegten, stürzte die Markise über ihnen herab, was Rose eher spürte als sah, denn es war wie ein schwarzer Schatten, der sie verschlang. Auch etwas anderes traf sie beide und schleuderte sie, immer noch eng umschlungen, auf den Gehsteig. Als

Rose den Druck der Trümmer spürte, unter denen sie begraben wurden, war ihr letzter Gedanke, dass sie dem Mann mit dem Affen hätten folgen sollen.

Es war Myles, der als Erster die Nachricht vom Tod der beiden Frauen erhielt. Er hatte den ganzen Tag bei Gericht verbracht und war gegen halb fünf in seine Kanzlei zurückgekehrt. Dort legte er sich gerade einige Akten zurecht, die er nach Hause mitnehmen wollte, als seine Sekretärin hereinkam und erklärte, ein Polizist wolle ihn sprechen.

Myles war in aufgeräumter Stimmung. Er hatte einen guten Tag bei Gericht hinter sich; der Fall, bei dem er die Anklage vertreten hatte, war einen Tag früher als erwartet zum Ende gekommen. Da er deshalb morgen nicht unbedingt in London sein musste und das Wetter so schön war, hatte er vor, am Abend über ein verlängertes Wochenende nach Winchelsea zu fahren und Emily zu überraschen.

»Ehrlich, Chef, ich bin's nicht gewesen, was immer es war«, witzelte er, als der hochgewachsene, dünne Polizist mit Armesündermiene sein Büro betrat.

Doch der Polizist lächelte nicht, und Myles wurde sofort klar, dass er gekommen war, um etwas Unerfreuliches zu vermelden.

»Es tut mir sehr leid, Sir«, begann der Polizist. »Vor einigen Stunden ist eine Bombe auf der Oxford Street eingeschlagen. Wir haben Grund zu der Annahme, dass eins der Opfer Ihre Frau sein könnte. War sie heute in London?«

Myles wurde zuerst heiß, dann kalt. Er hatte früher am Tag von einem Doodlebug in der Oxford Street gehört, diesem Vorfall aber nur wenig Aufmerksamkeit geschenkt. In den ersten Wochen der V1-Angriffe hatte in der Stadt Panik geherrscht. Die Unmöglichkeit, vor diesen Bomben zu warnen, und die bloße Natur einer unbemannten Rakete waren zutiefst beängstigend. Aber ebenso wie während des Blitzkriegs hatten die Menschen sich daran gewöhnt und waren schließlich sogar abgestumpft. Zu Anfang hatten die Kinos und Theater wegen Zuschauermangels ihre Türen geschlossen, doch das änderte sich sehr bald, und die Londoner lebten ungeachtet der Gefahr ihr Leben weiter.

Er hatte nicht einmal gefragt, ob der heutige Angriff Menschenleben gekostet hatte.

»Ich weiß es nicht«, murmelte er und versuchte, sich zu fassen. »Allerdings plante sie einen Ausflug mit einer Freundin. Aber sie hat nicht erwähnt, an welchem Tag oder wohin sie reisen wollten. Warum glauben Sie, dass sie es war?«

»Wir haben Ihre Visitenkarte in ihrem Markenbüchlein gefunden, Sir«, antwortete der Polizist. »War ihre Freundin eine blonde Frau mit dem Nachnamen Talbot?«

»Ja«, flüsterte Myles und ließ sich auf seinen Stuhl sinken. »Sind sie schwer verletzt? In welchem Krankenhaus sind sie?«

»Es tut mir leid, Sir«, entgegnete der Polizist und senkte den Kopf. »Sie sind beide tödlich verletzt worden.«

»Sie sind tot?« Myles betrachtete den uniformierten Mann voller Entsetzen. »Das kann nicht sein. Es muss sich um einen Irrtum handeln.«

»Nein, Sir, es ist kein Irrtum. Es sind einige Passanten heute getötet worden und noch mehr verletzt. Wäre es möglich, dass Sie mich jetzt begleiten, um die beiden Frauen zu identifizieren? Und können Sie mir mitteilen, wer die nächsten Angehörigen der anderen Toten, Mrs. Talbot, sind.«

»Ihre Tochter ist Krankenschwester hier in London«, sagte Myles gebrochen, und Tränen schossen ihm in die Augen. »Oh Gott, das ertrage ich nicht! Warum ausgerechnet sie?«

Dieselbe Frage spulte sich unaufhörlich in Myles' Kopf ab, während er die Leichen identifizierte und auch noch danach, als er mit einem Taxi zu Adele fuhr. Rose und Emily waren, gleich nachdem man sie gefunden hatte, ins Leichenschauhaus gebracht worden, die Arme noch immer fest umeinandergeschlungen. Obwohl ihre Körper von herabstürzendem Mauerwerk zerschmettert worden waren, waren ihre Gesichter unversehrt geblieben. Auf eine eigenartige Weise fand Myles es tröstlich, denn sie waren beide schöne und ein wenig eitle Frauen gewesen. Und er hatte sie beide geliebt.

29

»Beerdigungen sind immer so quälend, doch wenigstens hat es nicht geregnet. Aber es ist trotzdem traurig, dass ihr älterer Sohn keinen Urlaub bekommen konnte.«

»Ich glaube, sie haben sich nicht besonders gut verstanden. Er hat seine Mutter kaum je einmal besucht. Aber ich meine, dass da drüben ist seine Frau; sie redet gerade mit ihrer Tochter.«

Adele entfernte sich außer Hörweite von Mrs. Grace und Mrs. Mackenzie, die beide in Winchelsea lebten und als Klatschbasen bekannt waren. Wahrscheinlich würden sie sich nach dem zweiten Sherry nicht einmal mehr die Mühe machen, ihre Stimmen zu senken.

Es war ein merkwürdiges Gefühl, wieder in Harrington House zu sein, bei all den Erinnerungen, die es wachrief, ganz zu schweigen davon, mit so vielen Leuten umgehen zu müssen. Sowohl das Speisezimmer als auch die Salons waren überfüllt, und viele weitere Gäste waren in den Garten hinausgegangen. Die meisten kannte Adele, wenn nicht dem Namen nach, so doch vom Sehen, aber es hatten sich auch etliche wildfremde Menschen eingefunden.

Sie hätte sich ein wenig wohler gefühlt, hätte sie in die Küche gehen und dort helfen können, aber Myles hatte vier Frauen engagiert, die die Erfrischungen herumreichten.

Myles und Honour saßen zusammen in einer Ecke des Salons, die Köpfe in einem ernsten Gespräch zusammengesteckt, und obwohl Adele wusste, dass sie sich zu ihnen hätte gesellen können, fühlte sie sich dazu nicht in der Lage.

Stattdessen schlüpfte sie in die Eingangshalle hinaus, blickte sich schnell dort um, um sich davon zu überzeugen, dass niemand sie beobachtete, dann öffnete sie die Haustür und trat ins Freie.

Seit Myles an dem Abend vor neun Tagen ins Schwesternheim gekommen war, um ihr mitzuteilen, dass Rose und Emily tot waren, hatte sie weder schlafen noch essen können. Bei seiner Ankunft hatte sie gerade mit einigen ihrer Freundinnen geplaudert, und sie hatte die verheerende Neuigkeit kaum wahrgenommen, bis er sie in ein Taxi verfrachtet hatte, um den letzten Zug von Charing Cross nach Rye zu erreichen.

Am Bahnhof von Rye stand kein Taxi, daher gingen sie zu Fuß nach Curlew Cottage. Am Ende des Feldwegs angekommen, wartete Honour bereits auf sie, eine Taschenlampe in der Hand. Wie sich herausstellte, hatte sie Emily und Rose gegen acht Uhr zurückerwartet, und als sie nicht zur vereinbarten Zeit aufgetaucht waren, hatte sie vermutet, dass sie sich noch eine Show oder einen Film ansahen und den letzten Zug nehmen würden. Da sie Angst hatte, die beiden könnten ohne Taschenlampe im Dunkeln stolpern, war sie ihnen entgegengegangen.

»Wo sind die Mädchen?«, rief sie, während Myles und Adele noch ein gutes Stück entfernt waren. »Haben sie in Rye noch eine Pause eingelegt?«

Adele erinnerte sich daran, wie Myles ihre Hand ergriffen hatte. Er hatte nicht gewusst, wie er reagieren sollte. Dann musste Honour mit einem Mal klar geworden sein, dass Myles und Adeles Ankunft mit dem letzten Zug kein verrückter Zufall war, und sie begann, laut zu wehklagen.

Adele hatte angenommen, während ihrer Zeit als Krankenschwester in London jede erdenkliche Art von Trauer miterlebt zu haben, doch sie hatte noch nie zuvor etwas so Erschütterndes gehört oder gesehen wie die Reaktion ihrer Großmutter.

Es war kein Schluchzen und auch kein Schrei, sondern ein Laut puren, herzzerreißenden Kummers. Ein Heulen wie ein Klagelied, das aus den Tiefen ihres Wesens kam. Das Licht ihrer Taschenlampe zuckte in alle Richtungen, und Adele rannte blind auf sie zu, dicht gefolgt von Myles.

Seit jener ersten schrecklichen, langen Nacht, in der Honour in sich zusammengesunken in einem Sessel gekauert und sich heulend hin und her gewiegt hatte, hatte Adele sie genau beobachtet, denn sie befürchtete, Honour könnte in ihrer Trauer versuchen, sich das Leben zu nehmen.

In den folgenden Tagen verfiel sie in absolutes Schweigen. Obwohl sie in der Lage war, sich zu waschen, sich anzuziehen, die Tiere zu füttern und sogar Holz zu hacken, war sie eingeschlossen in ihre eigene Welt. Sie schien nicht einmal Adeles Anwesenheit wahrzunehmen.

Adele wusste alles über Schockreaktionen, sie sah sie täglich im Krankenhaus und war sich darüber im Klaren, dass ein Schock alle möglichen Gestalten annehmen konnte. Aber sie stand selbst gleichermaßen unter Schock, und sie hatte das Bedürfnis, über ihre Mutter zu reden und zum Ausdruck zu bringen, was sie für sie empfand – zu ihren Lebzeiten und jetzt, da sie tot war. Sie konnte mit dieser Mauer des Schweigens nicht umgehen, ebenso wenig mit der Art, wie ihre Großmutter sie ansah, als wäre sie ein Eindringling.

Auf Myles Bitten hin kam der Pfarrer der Kirche von

Winchelsea vorbei, denn Myles fand, dass Emily und Rose so begraben werden sollten, wie sie gestorben waren – gemeinsam. Aber es war, als wäre der Pfarrer für Honour unsichtbar. Sie lief im Raum umher, während er sie befragte, welche Kirchenlieder ihr gefielen, und selbst wenn er aufstand und nach ihren Händen griff, leuchtete keinerlei Wiedererkennen in Honours Augen auf.

Erst am Vortag, am Tag vor der Beerdigung, war es Adele endlich gelungen, zu ihr durchzudringen.

»Du musst mir zuhören«, hatte sie wütend gerufen. »Mum hätte das nicht gewollt, und du weißt es. Sie würde dir sagen, dass du dich zusammenreißen sollst.«

Honour knetete gerade Teig auf dem Tisch. Sie brauchten kein Brot, da Jim, der Postbote, ihnen erst am Tag zuvor einen Laib gebracht hatte. Doch Honour hatte freitags immer Brot gebacken, und Adele hatte nicht versucht, sie daran zu hindern. Sie hoffte, dass die Routine ihrer Großmutter vielleicht auf natürlichem Wege aus ihrer Dunkelheit heraushelfen würde. Aber während Honour den Teig schlug und knetete, sodass der Boden unter dem Tisch erzitterte, ging die Prozedur Adele allmählich auf die Nerven, bis sie ihre Großmutter schließlich anschrie, ihr endlich zuzuhören.

Sie bekam keine Antwort, daher riss Adele Honour den Teig aus der Hand, packte sie an den Schultern und schüttelte sie. »Ich rede mit dir! Dieses verdammte Brot ist nicht wichtig. Das hier ist wichtig! Rose wird morgen beerdigt. Du musst mit mir und Myles in der Kirche sein. Du kannst dich nicht aufführen wie eine Wahnsinnige, nicht einmal, wenn dein Herz gebrochen ist.«

Da Honour noch immer nicht reagierte, wurde Adele wütend. »Was ist mit mir?«, fuhr sie sie an. »Was glaubst du, wie ich mich fühle? Rose war eine schreckliche Mutter für mich. Die schlimmsten Dinge, die mir jemals zugestoßen sind, waren ihre Schuld, und du warst alles, was ich hatte. Wirst du dich jetzt von mir abwenden, weil sie tot ist? Bedeute ich dir denn gar nichts?«

Honour drehte sich langsam zu ihr um. »Niemand kann ermessen, wie ich mich fühle«, entgegnete sie mit tonloser Stimme. »Ich habe all das schon einmal durchgemacht. Ein zweites Mal ertrage ich es nicht.«

Adele musste annehmen, dass sie von der Zeit sprach, als Rose als junges Mädchen verschwunden war. »Sie hat dich nicht verlassen, weil sie es *wollte*«, rief sie. »Sie ist tot, getötet von einer Bombe. Das kann jedem zustoßen, und es gibt nichts, um das zu ändern.«

»Ich habe ihr ständig wegen irgendetwas Vorhaltungen gemacht«, sagte Honour immer noch mit unbeteiligtem Tonfall. »Nach jener Essenseinladung in Harrington House habe ich ihr einige sehr grausame Dinge an den Kopf geworfen.«

Adele seufzte. Auf der Rückfahrt von London hatte Myles ihr erzählt, was bei dieser Essenseinladung geschehen war. Es war erstaunlich, beinahe unglaublich, doch nachdem sie erfahren hatte, dass sowohl ihre Mutter als auch Emily tot waren, hatte diese Neuigkeit zunächst nur einen sehr abgeschwächten Eindruck auf sie gemacht.

»Es spielt keine Rolle, was du in der Vergangenheit getan oder zu Rose gesagt hast«, erklärte sie scharf. »Es war vorbei, bevor Emily und sie nach London gefahren sind. Und was immer bei dieser Essenseinladung herausgekommen ist, es war nur zum Besten aller Beteiligten. Die beiden Frauen sind wieder Freundinnen geworden. Sie sind zusammen gestorben, eine in den Armen der anderen.«

»Ich war es, die ihnen vorgeschlagen hat, einmal einen Ausflug zu unternehmen«, flüsterte Honour gebrochen.

»Also schön, vielleicht war es dein Vorschlag, doch deshalb ist ihr Tod nicht deine Schuld«, entgegnete Adele halb verärgert, halb verzweifelt. »Gib Hitler die Schuld. Gib der Regierung die Schuld, dass sie die Rakete nicht abgeschossen haben. Mach jeden für das Unglück verantwortlich, der dir einfällt. Aber gib dir nicht selbst die Schuld. Sie haben ihr Leben genossen, als sie starben. Wahrscheinlich wussten sie nicht einmal, was geschah. Das ist ein besserer Tod, als die meisten ihn erwarten können.«

»Dir ist das alles gleichgültig, nicht wahr?«, entgegnete Honour, deren Stimme plötzlich wieder normal wurde. »Du hast Rose immer noch gehasst!«

»Mach dich nicht lächerlich«, brauste Adele auf. »Natürlich ist es mir nicht gleichgültig. Ich habe sie nicht gehasst. Vielleicht war ich nicht immer in der Lage, einige der schlimmeren Dinge, die sie mir angetan hat, zu vergessen, aber ich hatte ihr verziehen. Ich mochte sie, ich habe sie sogar zu lieben gelernt. Das ist es, worüber ich verdammt noch mal mit dir reden will. Ist dir nicht ein einziges Mal der Gedanke gekommen, *ich* könnte mich schuldig fühlen? Du hast nämlich kein Monopol auf Schuldgefühle.«

Mit diesen Worten war sie aus dem Cottage gestürmt, zu wütend, um es länger ertragen zu können.

Sie fühlte sich tatsächlich schuldig, und sie wünschte, sie hätte Rose gesagt, wie froh sie darüber sei, dass sie in ihr Leben zurückgekehrt war, und wie viel sie ihr jetzt bedeutete.

Außerdem empfand sie bittere Scham, weil sie, auch wenn sie um Rose und Emily weinte, kaum ihr Glück über die Tatsache im Zaum zu halten vermochte, dass Michael doch nicht ihr Bruder war. Doch wie konnte sie in einer solchen Zeit nur an sich selbst denken?

Sie lief einige Stunden lang durch die Marsch, und die meiste Zeit über weinte sie. Als sie endlich nach Hause zurückkehrte, war Honour ein wenig zu sich gekommen. Sie war traurig, etwas verwirrt, aber nicht wahnsinnig oder in sich gekehrt.

Honour wählte für diesen Morgen das schwarze Kleid und den Glockenhut. Beides hatte sie schon vor über zwanzig Jahren bei Franks Beerdigung getragen. Adele vermutete, dass Honour sich das Kleid eigens für Franks Heimkehr aus Frankreich hatte schneidern lassen, denn es hatte viele kleine Abnäher auf dem Mieder und Kragen und Manschetten aus handgemachter Spitze. Ursprünglich war es wohl hellblau gewesen und später dann schwarz gefärbt worden, und das Wunder war, dass es Honour immer noch passte.

Myles hatte Adele ein Kleid und einen Hut von Emily mitgebracht, denn sie besaß selbst nichts, das einem solchen Anlass angemessen gewesen wäre. Ironischerweise konnte sie sich daran erinnern, das Kleid einmal für Emily gebügelt und es sehr bewundert zu haben. Damals war es hochmodern gewesen, ein Leinenstoff mit Fadenarbeiten, halb wadenlang, mit unterlegten Schultern, einem Ausschnitt und einem breiten Taillengürtel. Der Hut war klein und mit einem Schleier versehen, und Emily hatte ihn stets mit einer an einer Seite befestigten künstlichen Rose getragen.

»Rose hätte dich gern in diesem Kleid gesehen«, erklärte Honour mit brüchiger Stimme, als Adele aus dem Schlafzimmer kam. »Sie hätte gesagt, dass du aussiehst wie ein Filmstar.«

Mit einem Mal brannten Tränen in Adeles Augen, denn sie erinnerte sich nur allzu gut, dass Rose sich stets ungemein für die Kleider der Filmstars interessiert hatte. Selbst nachdem sie in die Marsch gezogen war, hatten Luxus und Eleganz ihre Faszination für sie nicht verloren. Es erschien Adele nur passend, sich auf eine Art und Weise zu kleiden, die ihrer Mutter gefallen hätte.

Es war ein schöner, bewegender Gottesdienst, und die Kirche war bis auf den letzten Platz besetzt. Zu Adeles Überraschung waren erheblich mehr Menschen Roses wegen gekommen als Emilys wegen. Honour hatte in ihren Briefen oft geschrieben, dass Rose sehr beliebt sei und dass sie, wenn sie zusammen nach Rye gingen, es kaum die Hauptstraße hinaufschafften, weil so viele Leute sie aufhielten, um mit Rose zu plaudern. Adele hatte dergleichen Bemerkungen stets mit Zynismus betrachtet und sich vorgestellt, es könnte sich lediglich um Tratschbasen handeln, die hofften, irgendwelche Gerüchte aufzuschnappen, aber wie so viele ihrer festgefahrenen Ansichten ihre Mutter betreffend hatte sich auch dies als Irrtum erwiesen.

Auf dem Kirchhof waren mehrere Frauen an Adele herangetreten, und sie hatten voller Zuneigung von Rose gesprochen und waren ehrlich bekümmert über ihren Tod gewesen. Ihre kleinen Geschichten zeichneten allesamt das gleiche Bild: Rose war eine bemerkenswerte Frau gewesen, fröhlich und lebhaft, witzig und warmherzig. Die Frauen erzählten ihr auch, wie stolz Rose auf Adele gewesen sei und wie sehr sie sich gefreut hätte, wenn ihre Tochter für die Ferien nach Hause zurückkam.

Wenn diese Freundinnen und Bekannten Myles' Einladung angenommen hätten, die Gesellschaft nach Harrington House zu begleiten, wäre Adele vielleicht in der Lage gewesen zu bleiben, aber als sie Emilys alte Freunde und Verwandte in das große Haus hatten ziehen sehen, waren sie sich offensichtlich der gesellschaftlichen Kluft bewusst geworden.

Adele war sich dieser Kluft ganz gewiss bewusst. Emilys engste Freunde würden wissen, dass Rose in Emilys jüngster Vergangenheit eine wichtige Rolle gespielt hatte, und vielleicht würden sie mit Adele und ihrer Großmutter reden wollen. Doch Ralphs Frau und seine Schwester Diana hatten sie mit unverhohlener Verachtung betrachtet. Für sie war sie lediglich ein Mädchen aus der Marsch, eine ehemalige Dienstbotin, die ihren Platz in der Gesellschaft vergessen hatte.

Als Adele später zum Fluss hinunterging, weinte sie. Sie weinte um Michael, der schon bald die Nachricht vom Tod seiner Mutter erhalten würde. Sie weinte um Myles, der in Emily endlich eine Freundin gefunden hatte, nur um sie dann gewaltsam wieder hergeben zu müssen, und sie weinte um Honour, die sich für alles und jeden verantwortlich fühlte.

Aber vor allem galten ihre Tränen ihrer Mutter. Wenn sie doch nur mehr Zeit gehabt hätten!

Warum hatte sie Rose nie erzählt, dass sie während der vergangenen Jahre stolz auf sie gewesen war und sich auf ihre Begegnungen gefreut hatte? Dass ihre Briefe sie zum Lachen brachten, dass es sie glücklich machte, Granny so gut versorgt zu wissen, und dass die Vergangenheit keine Rolle mehr spielte?

Sie schämte sich dafür, Rose nie aufgefordert zu haben, von ihren Erinnerungen an Pamela zu sprechen oder davon, welche Gefühle sie für Jim Talbot gehegt hatte oder wo sie während der Jahre nach ihrer Flucht aus der Nervenklinik gewesen war. Adele hatte immer den Vorsatz gehabt, ihr all diese Fragen zu stellen, um ein vollständigeres Bild von ihrer Mutter zu gewinnen.

Es hätte Rose geholfen zu wissen, dass ihre Tochter an ihrem Leben Anteil nahm. Gewiss hätte Rose ihr auch auf die unerfreulicheren Fragen Rede und Antwort gestanden, und das mit ihrem gewohnten, selbstironischen Humor. Dieser Humor, das begriff Adele jetzt, war eine der anziehendsten Seiten ihrer Mutter gewesen. Sie hatte nicht davor zurückgescheut, ihre Fehler einzugestehen. Rose hatte immer behauptet, durch und durch egoistisch zu sein, doch ihr Verständnis für ihr eigenes Versagen und das Versagen anderer legte die Vermutung nahe, dass diese Behauptung nicht zur Gänze der Wahrheit entsprach.

Vielleicht war sie ein Mensch mit vielen Fehlern und Schwächen gewesen und keine Heilige – so viel stand fest. Aber sie hatte bewiesen, zu Ehrlichkeit, Freundlichkeit, Treue und Mut fähig zu sein. Adele wünschte nur, sie hätte die Größe besessen, sich von all ihren alten Kümmernissen abzuwenden und Roses viele gute Seiten zu sehen, *bevor* es zu spät gewesen war.

Sie öffnete die Tür zum Cottage und ging ins Schlafzimmer. Adele hatte diesen Raum immer als den ihren betrachtet, aber heute spürte sie deutlich, dass er zuerst und zuletzt Rose gehört hatte. Sie öffnete den Kleiderschrank und schnupperte. Er roch nach Lavendel, und sie erinnerte sich daran, dass dies, wie Honour einmal erzählt hatte, von Jugend an Roses Lieblingsduft gewesen war und sie damals kleine Kissen mit getrockneten Lavendelblüten gefüllt hatte.

Adele ließ die Hände über die Kleider ihrer Mutter gleiten. Die meisten stammten aus der Zeit vor dem Krieg, es waren leuchtende Rot- und Rosatöne, und es waren auch etliche smaragdgrüne Stoffe dabei, eine Bestätigung dessen, dass Rose stets wild, lebenshungrig und darauf bedacht gewesen war, Aufmerksamkeit zu erregen.

»Ich wäre auch gern ein wenig wilder und lebenshungriger gewesen«, murmelte sie sehnsüchtig. Das war jedoch niemals möglich gewesen, denn Armut, die Weltwirtschaftskrise und später der Krieg hatten sie in eine vorsichtige, ernste Rolle gedrängt. »Wenn der Krieg vorbei ist, werde ich mich nicht länger zurückhalten«, nahm sie sich vor. Sie wagte es nicht, der Hoffnung Ausdruck zu verleihen, dass sie und Michael wieder zusammenkommen würden, denn auch wenn es jetzt kein echtes Hindernis mehr gab, hatte sie ihn vielleicht doch so schwer verletzt, dass seine Liebe für sie gestorben war.

Am späten Nachmittag des achten Mai 1945 stand Adele am Fenster der chirurgischen Männerstation und blickte nachdenklich auf die Whitechapel Road hinaus. Am vergangenen Nachmittag hatten sie aus dem Radio die Neuigkeit erfahren, dass dieser Tag in Zukunft ein öffentlicher Feiertag sein sollte, um das Ende des Krieges in Europa zu markieren, doch die

Nachricht war auf überraschend wenig Aufregung gestoßen. Der Grund dafür lag wahrscheinlich darin, dass die Menschen buchstäblich den Atem angehalten hatten, seit am zweiten Mai bekannt geworden war, dass man Hitler tot in seinem Bunker aufgefunden hatte.

Aber um Mitternacht hatte jedes einzelne Schiff im Hafen und auf dem Fluss seine Sirenen schrillen lassen, und die Kirchenglocken hatten freudig zu läuten begonnen. Im Schwesternheim waren alle Mädchen auf das Dach gestiegen, um das Feuerwerk zu sehen, das über ganz London aufflammte. Es war so berauschend gewesen – von derselben Stelle aus hatten sie die Feuer des Blitzkriegs beobachtet, die Doodlebugs und die V2, aber jetzt waren der Lärm und die Lichter Boten des Friedens.

Bisher war noch keine Erlaubnis dafür gegeben worden, die Verdunkelungen abzunehmen, doch viele Menschen waren nicht bereit, darauf zu warten. Vom Dach aus konnten die Mädchen die Freudenschreie der Menschen hören, als sie die verhassten schwarzen Tücher von ihren Fenstern entfernten und das Licht wieder auf die Straße flutete.

Aber an diesem Morgen hatte ein Gewitter Adele geweckt, und als sie und die anderen Krankenschwestern die Nachtschicht abgelöst hatten, war die Stimmung allgemein sehr gedämpft gewesen. Die schweren Regenfälle hatten nachgelassen, und vor den Bäckereien und den Fischläden standen längere Schlangen denn je, doch die Menschen schlenderten ziellos umher, als warteten sie auf ein Signal, endlich mit dem Feiern beginnen zu dürfen.

Erst um drei Uhr, als Winston Churchills versprochene Rede an die Nation aus der Downing Street vom Radio übertragen und offiziell das Ende des Krieges in Europa verkündet wurde, begannen die Menschen plötzlich zu glauben, dass es wirklich wahr war.

Jetzt, um fünf Uhr, war die Whitechapel Road voller Frauen und Männer, die Fahnen schwenkten und mit irgendwelchen Tröten lärmten, und viele von ihnen trugen Papierhüte in Rot, Weiß und Blau. Wie von Zauberhand waren in den letzten Stunden Bänder aufgetaucht, die vor den Läden und zwischen den Laternen aufgespannt worden waren. Vermutlich waren viele Frauen zu Hause damit beschäftigt, Straßenfeiern vorzubereiten, und bestimmt hatten sie zur Feier des Tages alles hervorgeholt, was sie an Rosinen, Zucker und anderen Lebensmitteln hatten horten können. Adele konnte Männer mit Kisten voller Bier über die Straße eilen sehen; gewiss würden um Mitternacht die meisten Erwachsenen sturzbetrunken sein.

Sie wandte sich vom Fenster ab und betrachtete mit einem Lächeln die vielen leeren Betten auf der Station, denn die Zusage, dass der Krieg bald enden würde, hatte eine beträchtliche verjüngende Wirkung auf die Patienten gehabt. Jenen unter ihnen, die vor einigen Tagen noch nicht gesund genug gewesen waren, um nach Hause zurückzukehren, war es urplötzlich besser gegangen, und sie waren entlassen worden. Andere, die zu Operationen angemeldet gewesen waren, hatten ihre Termine abgesagt, und selbst die wenigen verbliebenen Männer waren in einem Zustand höchster Erregung – sie und Joan waren heute immer wieder um Küsse, Zigaretten und Bier gebeten worden. Wenn der Oberschwester solche Bemerkungen zu Ohren kämen, würde sie die Wände hochgehen.

Doch noch erfreulicher als der schöne Abend, der vor ihr lag, war das Wissen, in einigen Tagen für zwei ganze Wochen nach Hause fahren zu können. Die vergangenen acht Monate seit Roses Tod waren ihr unendlich erschienen. Sie sorgte sich, weil ihre Großmutter allein war, und sie hatte Angst, Honour könne sich wieder vollkommen in sich selbst zurückziehen oder im Garten stürzen und stundenlang daliegen, bevor sie gefunden wurde. Aß sie vernünftig? Hatte sie es nachts warm genug? Was war, wenn ihr das Holz ausging oder das Öl für ihre Lampen? Und Myles bereitete ihr ebenfalls Sorgen, denn obwohl sie ihn sowohl zu Hause als auch in seiner Kanzlei anrufen konnte, würde er ihr gegenüber wohl kaum zugeben, unglücklich zu sein.

Es war ein langer, bitterkalter Winter gewesen, und für einige der alten Menschen in der Stadt, die in von Bomben zerstörten Häusern von einer mageren Kost leben mussten, hatte er sich als tödlich erwiesen. Kohle war rationiert und schwer zu bekommen – jeden Tag wurden Kinder mit Verletzungen hergebracht, die sie sich bei Streifzügen durch die Trümmer auf der Suche nach Brennholz zugezogen hatten. Der tapfere Durchhaltewille, der während des Blitzkriegs so bemerkenswert gewesen war, war verschwunden. Die Menschen waren Not und Entbehrungen gründlich leid, sie sahen ausgezehrt und grau im Gesicht aus, und als wären die Doodlebugs nicht schon schlimm genug gewesen, waren anschließend die noch weitaus tödlicheren V2 gekommen.

Die Zerstörung, die sie hinterlassen hatten, war unglaublich, gewaltige Krater waren im Boden erschienen, und die Rettungsmannschaften hatten in den Wolken rußigen schwarzen Rauchs und dem Staub von Stuckwerk und Steinen nach Luft gerungen. Eine V2 war vor Weihnachten über Smithfield Market niedergegangen und hatte mehr als einhundert Menschen getötet und verstümmelt, eine weitere hatte im Januar einen Häuserblock direkt gegenüber dem Krankenhaus in der Valence Road getroffen und den Häuserblock daneben stark beschädigt. Adele hatte an jenem Tag Bilder gesehen, die in ihr zum ersten Mal während ihres ganzen Berufslebens als Krankenschwester den Wunsch geweckt hatten, ihre Schürze und ihre Haube abzulegen und davonzulaufen. Bei den Toten und Verletzten hatte es sich hauptsächlich um Frauen und Kinder gehandelt, da die Bombe am Morgen gefallen war, nachdem die meisten der Männer bereits ihre Arbeit aufgenommen hatten.

Der Krieg in Europa mochte endlich vorüber sein, aber lange nachdem die Soldaten heimgekehrt und Wohnungen und Häuser wieder instand gesetzt waren, würden noch Kinder umherhumpeln, denen Gliedmaßen fehlten. Und was war mit all denen, die ihre Eltern verloren hatten? Mit den Witwen und den Obdachlosen? Würde man an die Stelle der verbliebenen Elendsviertel und Sozialsiedlungen anständige Unterkünfte setzen? Würde es neue Schulen und Krankenhäuser geben und Arbeit für alle? Adele hatte an diesem Tag den Wunsch, optimistisch zu sein, doch irgendwie argwöhnte sie, dass es Jahre dauern würde, bevor in England auch nur ansatzweise Normalität einkehrte.

»Einen Penny für deine Gedanken«, meinte Joan, die sich an Adele herangeschlichen und sie erschreckt hatte. »Du fragst dich wohl, ob er schon freigelassen wurde und jetzt auf dem Heimweg ist?«

Adele lächelte. Als sie nach der Beerdigung von Rose und Emily ins Krankenhaus zurückgekehrt war, hatte sie ihrer Freundin endlich die ganze Geschichte erzählt. Sie hatte es tun müssen, denn der Kummer, den sie empfand, war zu groß, um ihn noch länger allein zu tragen.

Joan hatte wie ein Sicherheitsventil reagiert. Sie hatte sie in den Armen gehalten und ihr die Möglichkeit gegeben, alles herauszulassen – ihre Schuldgefühle, ihre Traurigkeit und ihre Ängste –, und ohne das wäre Adele vielleicht zusammengebrochen. Es war Joan gewesen, die sie schließlich überredet hatte, an Michael zu schreiben. Wie Joan bemerkt hatte, ging es nicht nur darum, ihm Beileid und Mitgefühl auszusprechen, das würde er auch von jedem seiner Verwandten bekommen. Ihre Mütter waren Freundinnen gewesen und zusammen gestorben, und daher würde ihm ihr Brief so viel mehr bedeuten. Außerdem meinte Joan, dass Adele den Ball ins Rollen bringen musste, wenn sie Michael zurückhaben wollte.

Sobald Adele sich von dem Schock und der Verzweiflung über den Tod ihrer Mutter erholt hatte, konnte sie großes Glück und Hoffnung in der Tatsache finden, doch nicht Michaels Schwester zu sein. Sie wollte ihn zurückhaben, wollte es mehr als alles andere auf der Welt. So lange Zeit war sie gezwungen gewesen, alle Erinnerungen an intime Augenblicke im Keim zu ersticken, doch jetzt konnte sie an nichts anderes mehr denken. Sie brauchte sich nur vorzustellen, dass er sie küsste, sie in den Armen hielt oder mit den Händen über ihre nackte Haut strich, und Erregung stieg in ihr auf. Oft konnte sie nachts deshalb nicht schlafen.

Es war frustrierend, dass Michael nur einen einzigen

kurzen Brief im Monat schreiben durfte und die Post eine Ewigkeit brauchte, um an ihr Ziel zu gelangen. Außerdem machte die Zensur es ihm unmöglich, etwas Wesentliches zu schreiben. Aber zumindest wusste Adele, dass er sich über ihre Briefe freute, denn er hatte an Myles geschrieben:

Sag Adele, dass ihr Brief wunderschön war. Schon bald werden wir zusammen in Camber Castle sitzen und über alles reden.

»Ich hatte gerade eigentlich nicht an Michael gedacht, sondern mich gefragt, ob die Verhältnisse in England jetzt besser werden oder nicht«, antwortete sie. »Die Männer, die aus dem ersten Krieg zurückgekehrt sind, haben kein Land vorgefunden, das für Helden getaugt hätte, nicht wahr?«

»Nur du kannst an einem solchen Tag düsteren Gedanken nachhängen«, lachte Joan. »Ich schätze, wir alle bekommen, was wir verdienen. In meinem Fall sollte das ein Ehering von Bill sein und ein Ticket nach Amerika, um den Rest meines verdammten Lebens im Luxus zu verbringen.«

Joan hatte Bill Oatley, einen amerikanischen Marinesoldaten, Anfang des vergangenen Jahres kennengelernt. Es war von Anfang an eine ernsthafte Liebesaffäre gewesen, und als Bill in die Normandie abkommandiert worden war, hatte Joan Todesängste ausgestanden, er könnte dort ums Leben kommen. Glücklicherweise war er verschont geblieben und hielt sich immer noch irgendwo in Deutschland auf. Er hatte ihr vor einigen Monaten einen Brief geschrieben und sie darin gebeten, seine Frau zu werden.

»Und was verdiene ich?«, fragte Adele.

»Etwas Besseres, als an diesem pestilenzverseuchten Ort festzusitzen«, erklärte Joan entschieden. »Fahr nach Hause zu deiner Granny, du weißt selbst, dass es das ist, was du möchtest. Bau diesen Campingplatz auf, den deine Mum im Sinn hatte! Wenn ich je von einer Goldgrube gehört habe, wird das eine werden. Bill und ich werden deine ersten Gäste sein und dort unsere Flitterwochen verbringen.«

»Ich habe kein Geld, um Roses Traum zu verwirklichen«, wandte Adele mit einem Lächeln ein.

»Doch, hast du wohl. Das alte Haus deiner Mum gehört jetzt dir.«

Adele zuckte die Schultern. »Ich kann es nicht verkaufen, bevor alles geregelt ist.«

»Du brauchst es auch nicht zu verkaufen«, erklärte Joan entschieden. »Du gehst einfach zu einer Bank und bringst sie dazu, dir einen Teil des Geldes zu leihen.«

Adele gab zu, auf diese Idee noch gar nicht gekommen zu sein.

»Hm, denk nicht jetzt darüber nach, meine Liebe«, lachte Joan. »Jetzt musst du dich mit etwas ganz anderem beschäftigen, nämlich der Frage, was du heute Abend anziehen willst und wohin wir gehen werden. Und mit nichts anderem.«

Einer der Patienten klingelte, und Joan huschte davon. Adele wurde klar, dass ihre Freundin recht hatte. Heute war nicht der Tag für tiefschürfende Gedanken, es war ein Tag für Glück und Ausgelassenheit.

Sie würde dieses zauberhafte blaue Kleid ihrer Mutter tragen, das Granny für sie umgeändert hatte, sie würde viel trinken und wild sein. Nächste Woche wäre es immer noch früh genug, um zu entscheiden, was sie mit dem Rest ihres Lebens anfangen wollte. Sie würde sogar aufhören, darüber nachzudenken, was sie Michael nach seiner Heimkehr sagen würde. Wie es in diesem Lied hieß: »I'm gonna get lit up when the lights go up in London« – »Ich fange Feuer, wenn in London die Lichter angehen«.

30

Adele hockte auf einer umgedrehten Holzkiste und betrachtete voller Freude und Aufregung das Gelände um sich herum. Es war sehr steinig, kaum mehr als Kiesgrund, aber das konnte nur zum Besten sein – zumindest würde es sich bei Regen nicht mit Wasser vollsaugen.

Es war Ende Juni, ein heißer Tag ohne eine Wolke am Himmel, und Adele hatte die Absicht, das ganze lange Wochenende fern vom Krankenhaus draußen in der Sonne zu verbringen. Bekleidet mit Shorts, einer alten ärmellosen Bluse und einem Paar Turnschuhen fühlte sie sich bereits neu belebt.

Der Krieg mochte sich im Fernen Osten noch immer dahinschleppen, die Lebensmittelrationierungen waren magerer denn je, und es war nach wie vor praktisch unmöglich, Holz, Farbe oder andere Baumaterialien zu bekommen. Aber mit jedem Tag brachten Truppentransporter Männer vom Kontinent nach England zurück, und schon bald würde auch Michael wieder da sein. Man hatte sogar begonnen, die Stacheldrahtrollen entlang des Strands zu entfernen. Adele war ungeheuer glücklich.

In letzter Zeit hatte sie sich sowohl in Hastings als auch in Ashford um eine Anstellung als Krankenschwester beworben, aber bisher hatte sie noch keine Antwort erhalten. Doch selbst wenn sie abgewiesen wurde, hatte sie beschlossen, im August endgültig nach Hause zurückzukehren, um Roses Idee in die Tat umzusetzen und einen Campingplatz aufzubauen.

Es sollte kein Denkmal für ihre Mutter werden, das war nicht ihr Stil. Es war eine großartige Idee und eine, die Adele aus vielen Gründen gefiel, nicht zuletzt deshalb, weil sie sich auf diese Weise ihren Lebensunterhalt verdienen und sich gleichzeitig um ihre Großmutter kümmern konnte. Als sie im Mai das letzte Mal zu Hause gewesen war, hatte sie sich mit Mr. Green getroffen, dem das Land gehörte. Er hatte sich bereiterklärt, es ihr gegen eine kleine Gewinnbeteiligung pachtfrei zu überlassen. Sie hatte mit Myles darüber gesprochen, und er hatte sich nicht nur erboten, ihr für den Anfang Geld zu leihen, bis das Haus in Hammersmith verkauft war, er wollte ihr auch bei dem Papierkram mit der Gemeindeverwaltung helfen.

Vielleicht würde sie den Campingplatz »Roses Strandcamping« oder ähnlich nennen, um sich stets daran zu erinnern, von wem die Idee stammte. Auf jeden Fall würde sie einige Rosensträucher pflanzen, und sie würde die Sorten mit den leuchtendsten Farben und dem kräftigsten Duft auswählen, die sie finden konnte. Sie zweifelte nicht daran, dass Roses Geist ohnehin hier umherhuschte, denn seit sie sich das Grundstück das erste Mal angesehen hatte, hatte sie etwas Warmes und Freundliches in dessen Atmosphäre gespürt.

Abends konnte Adele kaum die Augen schließen, weil sie ständig an ihr Projekt denken musste. Sie würde Wasserrohre verlegen lassen müssen, außerdem mussten eine Sickergrube angelegt und ein Toilettenblock gebaut werden. Sie wollte mit sechs Wohnwagen anfangen, aber auf dem Grundstück war Platz für mindestens zwölf. Mr. Green meinte, die Hotels und Gästehäuser in Hastings seien für den ganzen Sommer voll ausgebucht, und sie wusste selbst, dass im nächsten Sommer, wenn der Campingplatz fertiggestellt war, jede Familie in London sich nach einem Urlaub am Meer sehnen würde.

Was die Wohnwagen selbst betraf, hatte Joan einen Onkel in Southend, der welche beschaffen konnte. Die Wohnwagen würden natürlich alt sein, aber stabil – sie brauchten lediglich frische Farbe und mussten im Innern ein wenig hergerichtet werden, und dafür würde sie den ganzen Winter Zeit haben, sodass sie zu Ostern eröffnen konnte.

Schließlich stand sie auf und ging zu dem Zaun hinüber, der parallel zu einem kleinen Bach verlief. Dort wuchsen einige verwilderte Büsche und Bäume, und durch das Blätterwerk hindurch konnte Adele gerade noch das Dach und den Schornstein von Curlew Cottage erkennen. Granny hatte am Morgen davon gesprochen, Elektrizität verlegen und ein Badezimmer einbauen zu lassen. Anscheinend hatte das Ende des Krieges in ihr den Wunsch nach ein wenig mehr Luxus geweckt. Vielleicht konnten die Leute, die Adele für den Campingplatz engagieren würde, gleichzeitig auch einige Arbeiten in Curlew Cottage verrichten.

Während sie dastand und darüber nachdachte, wie aufregend all diese neuen Entwicklungen waren, sah sie am Cottage Licht aufblitzen, als gäbe jemand mit einem Spiegel Signale. Dann stellte sie fest, dass es sich um die Windschutzscheibe eines Autos handelte. Vielleicht war Myles vorbeigekommen, um ihnen Neuigkeiten von Michael mitzuteilen, daher machte Adele sich im Laufschritt auf den Weg nach Hause.

Über das Rote Kreuz hatten sie erfahren, dass Michaels Kriegsgefangenenlager Anfang Mai befreit worden war, aber man hatte nicht sagen können, wie lange es dauern würde, bis er zu Hause ankam, da der ganze Kontinent in Aufruhr war. Elektrizitätswerke waren ausgefallen, Telefonleitungen zerfetzt, und viele der Eisenbahnlinien waren durch Bomben und Panzer zerstört worden. Hunderttausende von Flüchtlingen, Deportierten und Kriegsgefangenen verschärften die Situation noch.

Als Adele sich dem Cottage näherte und sah, dass es wirklich Myles' Wagen war, beschleunigte sie ihr Tempo noch. Seit Roses Tod war er noch wichtiger für sie geworden, denn mit ihm konnte sie offen über ihre Gefühle für ihre Mutter reden, wohl wissend, dass er dieselbe machtvolle Mischung aus Liebe, Zorn, Erheiterung und Misstrauen erfahren hatte. Auch wenn sie nicht öffentlich erklären konnte, dass er ihr Vater war, vermittelte er ihr ein Gefühl der Sicherheit, wie sie es nie zuvor gekannt hatte.

Adele stürmte durch die Tür des Cottages. »Myles«, stieß sie atemlos hervor und lief zum Sofa hinüber, auf dem er saß, um ihn zu umarmen. »Ich habe deinen Wagen gesehen und bin den ganzen Weg gerannt. Gibt es schon etwas Neues von Michael?«

Er erwiderte ihre Umarmung, sagte jedoch nichts, und als sie ihn ansah, stellte sie fest, dass er übers ganze Gesicht grinste.

»Ich sehe furchtbar aus«, bemerkte sie in der Annahme, dass dies der Grund für seine Erheiterung war, denn ihr Haar war windzerzaust, und ihre alten Shorts waren so oft geflickt, dass man sie nicht einmal mehr als Putzlumpen gebrauchen konnte. »Ich war auf dem Campingplatz und habe mich noch einmal umgeschaut. Bist du schon lange hier?«

»Seit ungefähr zwanzig Minuten«, antwortete er immer noch grinsend.

Adele drehte sich zu ihrer Großmutter um, die Tassen auf den Tisch stellte, und das war der Augenblick, in dem sie ihn sah.

Michael saß in dem Sessel in der gegenüberliegenden Ecke des Raumes.

Adele keuchte auf und schlug sich die Hände vor den Mund. »Ich glaube es nicht!«, rief sie. »Ich hätte nie gedacht ...« Sie brach ab, denn sie war plötzlich scheu geworden, und sein Aussehen erschreckte sie.

Er war furchtbar dünn, die Haut in seinem Gesicht war vernarbt, und an der Wand neben dem Sessel lehnte ein Gehstock. Doch sein Lächeln war dasselbe wie am Tag ihrer ersten Begegnung; die Lippen bogen sich auf ebenjene Art nach oben, die sie stets so unwiderstehlich gefunden hatte, seine weißen Zähne blitzten, und seine Augen waren so blau wie der Himmel.

»Michael! Oh, du meine Güte«, murmelte sie, und ihr Herz begann zu hämmern.

Für einen kurzen Augenblick war der Schock zu groß. Als sie ihn das letzte Mal gesehen hatte, hatte er sie nach ihrem gemeinsamen Wochenende am Bahnhof von Charing Cross zum Abschied zärtlich geküsst. Dieses Bild des attraktiven jungen Mannes in Uniform, mit leuchtendem dunklem Haar und einer Haut so glatt wie ein Apfel hatte sie sechs ganze Jahre lang bei sich getragen, in demselben Winkel ihres Herzens, in dem sie auch die Tränen und den Kummer verborgen hatte. Aber dies war nicht der Michael, den sie in ihrem Herzen bewahrt hatte, es war ein magerer Fremder in Zivilhosen mit zu kurz geschnittenem Haar und einem vernarbten Gesicht, und sie wäre am liebsten fortgelaufen, um sich zu verstecken.

»Du hättest wohl nie gedacht, dass du mich jemals wiedersehen würdest? Oder dass ich mich so sehr verändern könnte?«, fragte er und zog eine Augenbraue in die Höhe.

Es war seine Stimme, die den Drang zu fliehen erstickte. Es war dieselbe tiefe, volltönende Stimme, die sich so sehr von den Cockneystimmen unterschied, die sie alltäglich im Krankenhaus hörte, oder dem hier an der Küste gesprochenen Dialekt.

»Ich weiß nicht, was ich sagen wollte«, erklärte sie und trat auf ihn zu. »Ich bin vollkommen sprachlos, weil dies so unerwartet kommt. Es ist so schön, dich wiederzusehen! Ich wünschte nur, ich hätte gewusst, dass du kommst, ich sehe furchtbar aus.«

»Du siehst gar nicht so anders aus als damals, als ich dir hier in der Marsch zum ersten Mal begegnet bin«, widersprach er. »Ich hatte damit gerechnet, dass du dich in sechs Jahren der gekünstelten Mode Londons angepasst hättest und das Haar hochgesteckt tragen würdest, wie die meisten Frauen es jetzt anscheinend tun.«

Adele errötete. Sie hatte das Haar am Morgen offen gelassen; tatsächlich hatte sie sich nicht einmal die Mühe gemacht, es zu kämmen. Wahrscheinlich sah es aus wie ein Heuhaufen.

»Der Tee ist fertig«, erklärte Honour hinter ihnen. »Möchten Sie ihn dort drüben trinken, Michael, oder lieber am Tisch?«

»Ich werde aufstehen«, antwortete Michael und stemmte sich mit den Händen auf den Armlehnen des Sessels hoch.

Adele beobachtete ihn, während er zum Tisch ging. Seine Beine waren steif und erinnerten sie an künstliche Gliedmaßen, aber zu ihrer Erleichterung waren sie das offenkundig nicht, denn er drehte sich mühelos auf den Fersen um und blickte zu ihr hinüber. »Du siehst, ich kann auch ohne den Stock gehen. Es ist lediglich eine Art Sicherheitsmaßnahme, dass ich ihn mitnehme. Und man hat mir gesagt, dass eine kleine Operation die Dinge wieder in Ordnung bringen wird.«

Adele konnte an der liebevollen Miene ihrer Großmutter erkennen, dass Honour glaubte, alle Kümmernisse der Vergangenheit würden allein durch seine Anwesenheit ausgelöscht. Adele war sich sehr stark der Tatsache bewusst, dass das nicht so war. Es würden Erklärungen nötig sein, und selbst wenn sie ihm immer noch etwas bedeutete, würde er erst wieder lernen müssen, ihr zu vertrauen.

Bei einer Kanne Tee und Sandwiches mit Fischpastete berichtete Myles, wie er am Tag zuvor nach Dover gefahren war, um Michael von dem Schiff abzuholen, mit dem er nach Hause zurückgekehrt war. Myles hatte die Nachricht von seiner bevorstehenden Ankunft erst an jenem Morgen erhalten, und die beiden waren über Nacht in einem Hotel in Dover geblieben, weil es bei Michaels Ankunft schon beinahe dunkel gewesen war.

»Ich habe mich wie ein Kind gefühlt, das auf Weihnachten wartet«, bekannte Myles, dessen Stimme zitterte, so aufgewühlt war er noch immer. »Hunderte von Menschen warteten auf ihre Söhne, ihre Ehemänner und Väter. Außerdem hatte ich Angst, dass man mir das falsche Datum oder das falsche Schiff genannt hatte, und ich habe sogar befürchtet, ihn nicht zu erkennen. Es wurden so viele Männer auf Bahren vom Schiff getragen, und überall herrschte Lärm und Aufruhr. Und dann kam er endlich die Gangway hinunter. Mein Sohn, gesund und munter wieder daheim.«

Honour erzählte Adele mit vielsagendem Tonfall, dass Michael darum gebeten habe, zuerst nach Harrington House zu kommen, bevor er nach Hampshire fahre, um seine Geschwister und ihre Familien zu besuchen.

»Ich musste mich vorher ein wenig orientieren«, warf Michael ein und sah dabei Honour mit einem schwachen Lächeln an, als fände er ihre Ansicht bezüglich seiner Entscheidung recht erheiternd. »Im Lager haben wir alle an nichts anderes gedacht als an die Menschen daheim, aber die Realität der Rückkehr nimmt einem dann doch ein wenig den Atem. Alle werden Fragen stellen, und es gibt so vieles, was ich sagen möchte. Doch gleichzeitig habe ich nichts zu erzählen.«

Honour wirkte verwirrt, aber Adele wusste genau, was Michael meinte. Als sie während des Blitzkriegs hierhergekommen war, hatte sie ganz genauso empfunden. Im Augenblick hatte auch sie eine Million Fragen an Michael, spürte jedoch, dass sie keine einzige davon stellen konnte.

Sie spürte, wie sie ihn anstarrte. Ihr Herz schlug noch immer zu schnell, und sie wünschte, sie hätten miteinander allein sein können, damit sie all die Dinge ansprechen konnte, die zwischen ihnen standen.

Myles erklärte an Michaels Stelle, dass das Lager Stalag 8b von den Amerikanern befreit worden sei, die Michael und einige andere Männer, die nicht marschieren konnten, in Lastwagen gesetzt und von Pontius nach Pilatus verlegt hätten, bevor sie sie endlich nach England zurückbrachten.

»Es war so, als wäre die Welt verrückt geworden«, meinte Michael nachdenklich. »Tausende von Menschen trotteten mit ihrer spärlichen Habe durch die Straßen, und kleine Kinder, die vor Hunger weinten, stolperten hinter ihnen her. Ganze Dörfer waren dem Erdboden gleichgemacht worden, in den Gräben lagen noch Leichen, und überall waren ausgebrannte Panzer und Bombenkrater zu sehen. Einmal habe ich von ferne die Überlebenden aus einem der Konzentrationslager beobachten können. Sie sahen aus wie lebende Skelette. Es fällt mir immer noch schwer zu glauben, was in diesen Lagern vorgegangen ist. Es heißt, es seien Millionen von Menschen getötet worden.«

Nach dem Tee und den Sandwiches gingen sie hinaus in den Sonnenschein. Michael legte sich mit Towzer an seiner Seite in den Schatten des Apfelbaums ins Gras, und Adele spürte, dass ihm nicht nach Reden zumute war. Seine Augen verrieten vollkommene Erschöpfung, und er hatte noch kein Wort über den Tod seiner Mutter verloren, wahrscheinlich, so vermutete sie, weil er während der vergangenen Wochen so viel Grauen mit angesehen hatte.

Er schlief plötzlich ein, und Honour entschloss sich, mit Myles nach Harrington House zu fahren, um die Fenster zu öffnen und die Betten für sie zu richten, während Adele bei Michael bleiben sollte.

Nachdem sie abgefahren waren, holte Adele sich ein Buch, stellte aber fest, außerstande zu sein, den Blick von Michael abzuwenden, der fest schlafend im Gras lag. Sie sah, dass die Brandnarbe an seiner Wange nicht annähernd so ernsthaft oder entstellend war, wie sie zuerst angenommen hatte. Die Wunde war gut verheilt, und sobald er ein wenig zugenommen hatte und sein Haar lang genug war für einen anständigen Schnitt, würde man kaum noch etwas davon sehen. Sie ertappte sich dabei, dass sie ihren Blick auf seine Lippen konzentrierte und den Wunsch hatte, sich neben ihn zu legen, ihn in die Arme zu nehmen und ihn zu küssen. All die Gefühle, die so lange in ihr verborgen gewesen waren, trieben wieder an die Oberfläche.

Obwohl es guttat festzustellen, dass sie ihn tatsächlich immer noch liebte, schmerzte diese Erkenntnis sie gleichzeitig auch. Sie wollte nicht wissen, ob sie es ertragen konnte, wenn er ihre Gefühle nicht erwiderte.

Sein weißes Hemd und die grauen Flanellhosen – beide offenkundig noch aus Vorkriegszeiten –, die Myles nach Dover mitgenommen hatte, waren ihm jetzt viel zu groß, und nur sein Gürtel verhinderte, dass ihm seine Hose über die knochigen Hüften rutschte. Es war so eigenartig, ihn im Schlaf zu beobachten; seine dunklen Wimpern ruhten wie kleine Bürsten auf seinen Wangen, und er wirkte entspannt und friedlich. Hoffentlich, so dachte sie, bedeutete das, dass er sich hier heimisch und sicher fühlte, aber nach den Gräueln des Lagers hätte er vielleicht auch jeden anderen Ort gleichermaßen wohltuend gefunden.

Die Zeit war gegen sie. Ihr blieb nur dieses Wochenende, um die Dinge zwischen ihnen in Ordnung zu bringen. Sobald sie nach London zurückgekehrt war und er begann, alte Freunde und Verwandte zu besuchen, würde deren Einfluss vielleicht stärker sein als ihrer.

Da sie zuvor nicht mit Myles allein hatte sprechen können, hatte sie keine Ahnung, was bereits zwischen den beiden Männern besprochen worden war. Sie bezweifelte, dass Myles so unsensibel gewesen war, ihn so ohne Weiteres über die wahren Gründe aufzuklären, warum sie ihn vor all diesen Jahren fallen gelassen hatte.

Also, was sollte sie sagen, wenn Michael das Thema anschnitt? Sollte sie weitere Lügen vorbringen?

Michael erwachte nach etwa einer Stunde, schlug die Augen auf und war erkennbar verblüfft, einen Baum über sich zu sehen. Er wandte den Kopf um, bemerkte Adele, die auf ihrem Stuhl saß und auf ihn hinabblickte, und lächelte.

»Einen schrecklichen Moment lang dachte ich, ich hätte nur geträumt, wieder hier zu sein«, gestand er. »Was musst du nur von mir denken, dass ich einfach so eingenickt bin?«

»Du bist eben erschöpft«, antwortete sie. »Du wirst Zeit, sehr viel Schlaf und gutes Essen brauchen, bevor du dich ganz erholt hast.«

»Gesprochen wie eine Krankenschwester«, gab er zurück. »Was ich mir wünsche, ist sehr einfach: einige Gläser Bier, ein Bad im Meer und Fish and Chips aus der Tüte.«

»Fisch ist sehr schwer zu bekommen«, lachte sie. »Aber es würde deinen Beinen vielleicht guttun, ein wenig zu schwimmen, und Myles wird dich nur allzu gern auf ein paar Gläser Bier einladen.«

»Ich hatte eigentlich gehofft, du würdest dich dazu bereiterklären?«

Das klang stark nach einer Aufforderung, miteinander allein zu sein, aber Adele war so verunsichert, dass sie es nicht mit Bestimmtheit hätte sagen können. Sie fühlte sich verlegen, befangen und sehr zittrig.

»Das würde ich gern, doch zuerst brauchst du Ruhe«, erklärte sie, und selbst in ihren eigenen Ohren klang es so, als spräche sie mit einem Patienten und nicht mit einem lieben alten Freund.

»Du bist noch schöner geworden«, bemerkte er. »Sagen dir das all deine Patienten und Bewunderer?«

Adele errötete. Er sah sie so eindringlich an, und sie suchte nach einer Erwiderung, die ihm zeigte, dass seine Komplimente die einzigen waren, die ihr etwas bedeuteten.

»Ich pflege keinen Patienten so lange, dass er eine Veränderung meines Äußeren wahrnehmen könnte«, antwortete sie, und einmal mehr fürchtete sie, sehr steif zu klingen. »Aber es ist schön, dass du das denkst«, fügte sie hinzu.

»Es ist auch schön, dass ihr beide, du und Vater, so gute Freunde geworden seid«, meinte er, und der geschickte Themenwechsel überraschte sie. »Ich verstehe allerdings nicht, wie es dazu gekommen ist. Es ist wohl eins der vielen rätselhaften Dinge, denen ich auf den Grund werde gehen müssen.«

»Du willst den Dingen also auf den Grund gehen, ja?«, fragte sie und hoffte, einen koketteren Tonfall getroffen zu haben. »Doch über eins musst du dir im Klaren sein: Es ist so viel geschehen; ich weiß gar nicht, wo ich anfangen soll. Es wird ein ähnliches Gefühl sein, als versuchte man, mit einem neuen Puzzle zu beginnen.«

Er richtete sich auf und massierte sein rechtes Bein.

»Tut es weh?«, erkundigte sie sich. »Kann ich dir irgendetwas holen?«

»Nein, es genügt, wenn ich es ein wenig reibe«, sagte er und sah sie lange und forschend an. »Lass uns zu dem Puzzle zurückkommen. Ich habe immer zuerst die Randstücke ausgelegt. Sobald ich den Rahmen hatte, wurde es einfacher. In diesem Fall scheint der Rahmen der zu sein, dass meine Mutter und deine sich angefreundet haben. Und das ist schon allein ein Rätsel.«

»Eigentlich nicht«, entgegnete sie nervös.

»Hm, alles, was ich von Rose weiß, ist das, was du mir vor Jahren erzählt hast«, bemerkte er. »Und da klang sie mir nicht nach einer Frau, die mit meiner Mutter irgendetwas gemein haben könnte.«

»Genau das habe ich auch gedacht, als ich zum ersten Mal von ihrer Freundschaft gehört habe«, antwortete Adele bedächtig. »Aber in Wirklichkeit hatten sie eine Menge Gemeinsamkeiten. Sie waren beide allein, zwei von ihren Kindern entfremdeten und vom Leben beschädigte Frauen. Deine Vermisstenmeldung war es, die uns alle zusammengeschweißt hat. Granny und Rose haben Emily näher kennengelernt und sie getröstet. Später habe ich sie dann ebenfalls besucht und Myles wiedergesehen, und so haben sich die Dinge dann eben langsam entwickelt.«

»Ja, aber warum bist du überhaupt zu Mutter gegangen?«

»Weil ich wusste, wie furchtbar dieser Schicksalsschlag sie getroffen haben musste.«

»Hattest du keine Angst, sie könnte dich abweisen?«

»Ja, ich denke, ich hatte ein wenig Angst davor, doch ich war in solcher Sorge um dich, dass meine Befürchtungen dem gegenüber kaum ins Gewicht fielen.«

»Ah!«, rief er und kicherte. »Hm, jetzt haben wir die eine Seite des Puzzles erledigt. Nur noch drei weitere Sachen, und die ganze Mitte des Bildes wird sich wie von selbst einfügen.«

»Du wirst im Augenblick vielleicht viele Dinge verwirrend

finden, da der Krieg alle Menschen bis zu einem gewissen Maß verändert hat«, meinte sie. »Er hat die Klassenstrukturen aufgebrochen und die Unterschiede zwischen den Menschen geringer erscheinen lassen. Außerdem, denke ich, hat der Krieg den meisten von uns klargemacht, was wichtig ist und was nicht.«

»Was ist dir jetzt wichtig?«, hakte er nach und blickte blinzelnd zu ihr auf.

»Dies hier«, erklärte sie und machte eine weit ausholende Handbewegung, die das Cottage und die umliegende Marsch einschloss. »Es gab einmal eine Zeit, da dachte ich, das alles würde unter deutschen Stiefeln zerstrampelt werden. Wichtig ist mir, dass Granny versorgt wird, meine Freunde sind mir wichtig, Myles und du.«

»Ich!«, rief er aus. »Ich kann begreifen, warum mein Vater jetzt eine wichtige Rolle in deinem Leben spielt – trotz der Art, wie er dich in der Vergangenheit behandelt hat –, denn er hat mir erzählt, dass er dir die Nachricht vom Tod deiner und meiner Mutter überbracht hat. Ich nehme an, so etwas schweißt Menschen zusammen. Aber welche Bedeutung habe ich für dich?«

»Du bist mir nie gleichgültig gewesen«, sagte sie schlicht, dann errötete sie heftig, weil er sie so eindringlich ansah.

»Erste Liebe und all das?«, hakte er nach.

»Die erste und einzige Liebe«, erwiderte sie und beugte sich vor, um die Schnürbänder ihrer Turnschuhe neu zu binden und auf diese Weise ihre Verlegenheit zu verbergen.

»Willst du damit andeuten, dass es nie einen anderen für dich gegeben hat?«

»Ich bin mit einigen Männern ausgegangen«, bekannte sie,

immer noch mit gesenktem Kopf. »Aber keiner von ihnen war etwas Besonderes für mich, etwas Wichtiges.«

»Was trägst du da um den Hals?«, wollte er wissen.

Adele legte instinktiv die Hand auf den Ring, der an einer Kette um ihren Hals hing. Als sie sich vorgebeugt hatte, war er aus ihrer Bluse gerutscht.

»Na komm, was ist es?«, fragte er.

»Unser Ring«, sagte sie mit gepresster Stimme.

»Du hast ihn immer noch?« Er klang ungläubig.

Adele richtete sich auf und sah ihm in die Augen. »Natürlich. Ich habe ihn niemals abgelegt«, gestand sie.

»Darf ich zu hoffen wagen, dass du ihn deshalb nicht abgelegt hast, weil du es bedauert hast, mir den Laufpass gegeben zu haben?«

Adele war plötzlich sehr heiß; sie spürte, wie ihr am ganzen Körper der Schweiß ausbrach. Schließlich wandte sie den Blick ab. »Natürlich habe ich es bereut. Ich habe nie aufgehört, dich zu lieben.«

»Sieh mich an«, forderte er streng.

Sie gehorchte, aber seine Augen wirkten jetzt viel zu groß für das magere Gesicht, und es stand ein leicht geringschätziger Ausdruck darin. »Spiel keine Spielchen mit mir, Adele«, stieß er hervor. »Ich war überglücklich, als ich deinen ersten Brief bekam; ich brauchte dringend etwas Gutes und Hoffnungsvolles, worüber ich nachdenken konnte. Aber ich bin jetzt nicht mehr in diesem verdammten Lager, ich bin in die richtige Welt zurückgekehrt und stehe im Begriff, mein Leben wieder aufzunehmen. Ich möchte nicht, dass irgendjemand Mitleid mit mir hat.«

»Wie kommst du auf die Idee, ich könnte Mitleid mit dir

haben?«, entgegnete sie. »Du hast es zurück nach Hause geschafft, das ist mehr, als man von vielen Männern sagen kann. Ich habe in meinen Briefen nichts geschrieben, das ich nicht genauso gemeint hätte.«

Als Myles und Honour plötzlich zurückkehrten, wusste Adele nicht, ob sie Erleichterung oder Bedauern empfinden sollte. Sie befürchtete, dass die Dinge sich ein wenig zu schnell entwickelten, gleichzeitig hätte sie jedoch gern mehr Zeit gehabt, um ihre Gefühle klarer auszudrücken.

Wie dem auch sein mochte, Michael stand auf, um die beiden zu begrüßen, und Honour stürzte sich in eine ihrer Schimpftiraden über den Staub in Harrington House. »Oh, ich wünschte, ich hätte früher von Michaels Besuch gewusst! Dann hätte ich das Haus vorher putzen können.«

»Wenn Sie gesehen hätten, wie ich während der letzten Jahre gelebt habe, würden Sie sich deswegen nicht den Kopf zerbrechen«, lachte Michael. »Bettlaken und heißes Wasser sind für mich der pure Luxus.«

»Aber Sie haben dort nichts zu essen im Haus«, protestierte Honour. »Myles hat ein paar Kleinigkeiten aus dem Laden mitgebracht, doch nicht genug, um eine anständige Mahlzeit zuzubereiten, erst recht nicht für einen Jungen, der wieder aufgepäppelt werden muss. Sie müssen zum Abendessen bleiben, ich habe Kanincheneintopf gekocht.«

Adele fand, dass ihre Großmutter Michael zu sehr bedrängte. »Michael braucht Ruhe«, erklärte sie energisch. »Er ist fix und fertig, und wir könnten den beiden etwas von dem Kanincheneintopf mitgeben, sodass sie ihn nur aufzuwärmen brauchen.«

»Die unbezähmbare Schwester Talbot schlägt wieder zu«, bemerkte Michael und grinste seinen Vater an. »Aber ich nehme an, sie hat recht, und heute Abend könnte ich auf diese Weise mit deiner Hilfe einige weitere Teilchen zusammenfügen.«

»Teilchen?«, fragte Honour.

»Von dem großen Puzzle. Was geschehen ist, während er fort war«, erklärte Adele und sah Myles dabei vielsagend an. Sie hoffte, dass er dies als Warnung nehmen würde, vorsichtig zu sein.

Nachdem die beiden aufgebrochen waren, fiel Honour über Adele her. Sie schien nicht zu begreifen, dass man nicht alles sofort in Ordnung bringen konnte. »Du warst nicht einmal besonders herzlich«, beklagte sie sich. »Was ist los mit dir?«

»Wie hätte ich mich denn deiner Meinung nach benehmen sollen?«, gab Adele verärgert zurück. »Ich kann mich Michael nicht an den Hals werfen. Und er sah wirklich vollkommen erschöpft aus. Außerdem kehrt er in das Haus seiner verstorbenen Mutter zurück, wo er durchaus herausfinden könnte, dass der Mann, den er Vater nennt, gar nicht sein Vater ist. Glaubst du wirklich, ich könnte angesichts all dessen heute Abend hier sitzen und ihm schöne Augen machen, während wir praktisch auf einem Minenfeld sitzen?«

»Aber du hast ihm doch gesagt, dass er dir immer noch viel bedeutet?«

»Ja, das habe ich, Granny«, seufzte Adele. »Doch es muss noch eine Menge mehr geschehen, bevor er mir wieder vertrauen wird. Es ist schwierig genug, mit all dem fertig zu werden, auch ohne dass du mir im Nacken sitzt.«

Myles kam am folgenden Morgen kurz vorbei, um zu berichten, dass Michael noch immer fest schlafe und er warten wolle, bis er von selbst erwachte. Er brach auf, bevor Adele eine Gelegenheit fand, sich zu erkundigen, ob Michael am vergangenen Abend irgendwelche schwierigen Fragen gestellt hatte. Und wie Myles sie beantwortet hatte.

Vermutlich war nichts Derartiges geschehen, da er später am Nachmittag mit Michael nach Curlew Cottage zurückkehrte und vorschlug, zusammen einen Ausflug nach Camber Sands zu unternehmen und später in einem Restaurant in Rye zu essen.

Michael wirkte sehr reserviert, aber er war ja auch kurz zuvor erst mit Myles am Grab seiner Mutter gewesen, erinnerte sich Adele. Die wenigen Fragen, die er stellte, drehten sich alle um Emily. Er schien ein wenig verwirrt von allem zu sein, was man ihm erzählte, und obwohl er betonte, wie gut es tue, wieder einmal in Rye zu sein, gewann Adele den Eindruck, dass er lieber an jedem anderen Ort der Welt gewesen wäre.

Myles setzte sie schließlich wieder am Cottage ab. »Michael und ich möchten noch auf ein paar Gläser Bier in den Pub fahren«, erklärte er augenzwinkernd.

»Ich werde am nächsten Tag mit dem Sieben-Uhr-Zug nach London zurückkehren« erinnerte Adele sie leise, doch sie erhielt darauf nicht die erwartete Antwort. Keiner von beiden stellte in Aussicht, sie vorher noch einmal zu besuchen.

An jenem Abend kam Adele zu dem Schluss, dass Michael in ihr lediglich eine alte Freundin sah, nicht mehr. Wenn er sie noch immer geliebt hätte, hätte er doch sicher gefragt, warum sie ihn verlassen hatte?

Während sie auf die Dinge zurückblickte, die zwischen ihnen vorgefallen waren, regte sich in ihr ein Gefühl der Scham. Wie peinlich musste es ihm gewesen sein zu erfahren, dass sie noch immer seinen Ring besaß, und erst recht ihre Feststellung, er sei ihre einzige Liebe gewesen. Schließlich begann sie zu weinen. Sie beweinte ihre Dummheit zu glauben, es gebe noch Hoffnung auf eine gemeinsame Zukunft für sie.

Am nächsten Morgen stand Adele früh auf und ging zu einem Spaziergang hinaus. Als sie zurückkam, zog sie für den unwahrscheinlichen Fall, dass Michael sie doch noch besuchen würde, ihr neuestes Kleid an, ein grün-weiß getupftes Sommerkleid.

Sie war gerade draußen im Garten und streichelte Misty, als sie Myles' Wagen den Feldweg hinunterkommen hörte. Zu ihrer Überraschung saß Michael allein darin.

»Hallo«, begann sie, als er in den Garten kam. »Wie ist das Bier gestern Abend runtergegangen?«

»Schnell«, antwortete er. »Zwei Gläser, und ich konnte nur noch schielen.«

»Und Myles?«

»Seinetwegen bin ich hergekommen«, erwiderte Michael mit gerunzelter Stirn. »Ich hatte gestern Abend den Eindruck, dass ihm irgendetwas Sorgen bereitet. Als gebe es da etwas, das er mir hätte erzählen müssen, das er jedoch nicht über die Lippen bringen konnte. Ich habe mich gefragt, ob du vielleicht weißt, was es ist?«

Adeles Magen krampfte sich zusammen. Wenn Myles es Michael nicht erzählen konnte, dann konnte sie es erst recht nicht. »Ich vermute, es geht ihm ganz ähnlich wie dir«, wich sie hastig aus. »Es gibt so viele Fragen, die er dir gern stellen würde, so vieles zu erzählen, doch er kann einfach nicht die richtigen Worte finden. Mir geht es genauso.«

»Er hat mir erzählt, dass Mutter mir in ihrem Testament Harrington House vermacht hat«, fuhr Michael fort. »Er wollte oder konnte mir nicht sagen, warum. Ich fand es sehr eigenartig, dass ich mir das Haus nicht mit Ralph und Diana teilen soll.«

»Die beiden haben sie nur sehr selten besucht«, erwiderte Adele, obwohl Emily vermutlich diese Vorkehrung für Michael für den Fall getroffen hatte, dass er später nichts von Myles erben würde. »Außerdem wusste sie, wie sehr du die Gegend hier liebst. Vergiss nicht, es war ihr Elternhaus, daher wollte sie bestimmt dafür sorgen, dass es nicht an Fremde verkauft wird.«

Ein Lächeln ging über Michaels Züge. »Daran hatte ich überhaupt nicht gedacht«, bekannte er. »Lass uns nach Camber Castle hinübergehen«, fuhr er fort und warf dabei einen Blick auf das Cottage, als schüchterte Honours Nähe ihn ein.

»Kannst du denn so weit gehen?«

»Ich bin kein Krüppel«, entgegnete er abwehrend.

»Das sehe ich«, gab sie zurück. »Aber der Boden ist sehr uneben, und du darfst es nicht übertreiben.«

»Ich fühle mich heute schon ein wenig normaler«, gestand Michael, nachdem sie mindestens zehn Minuten buchstäblich schweigend nebeneinanderher gegangen waren. »Es ist irgendwie unheimlich gewesen, seit ich von diesem Schiff heruntergekommen bin. Beinahe so, als wäre ich jemand, der versucht, sich als Michael Bailey auszugeben. Kannst du verstehen, was ich meine? Als hätte ich die Biografie dieses Burschen auswendig gelernt, ohne jedoch zu wissen, wie er reagieren würde, wenn er plötzlich vor all den Menschen aus seiner Vergangenheit steht.«

»Für mich siehst du so aus wie der echte Michael, und du hörst dich auch so an«, versicherte sie. »Aber wenn du willst, werde ich dich prüfen.«

»Nur zu!«

Adele kicherte. »Was habe ich bei unserer ersten Begegnung angehabt?«

»Ausgebeulte, in Gummistiefel gestopfte Hosen und einen dunkelblauen Pullover mit Löchern darin.«

»Die erste Frage hast du bestanden«, erwiderte sie. »Was war dein erstes Geschenk an meine Großmutter?«

»Eine Teedose«, antwortete er.

»Ebenfalls mit Auszeichnung bestanden. Ich würde sagen, du bist eindeutig der echte Michael Bailey«, lachte sie.

»Ich habe auch eine Frage an dich«, meinte er. »Was war es für ein Gefühl, als du nach all den Jahren das erste Mal wieder deiner Mutter gegenübergestanden hast?«

Adele dachte eine Weile nach. »Es war schwierig. Ich empfand damals nichts als Verachtung für sie, aber ich musste mich um Grannys willen zwingen, freundlich zu sein. Man könnte wahrscheinlich sagen, dass ich sehr lange Zeit voller Groll ihr gegenüber gewesen bin.«

»Was hat dieses Gefühl verändert?«

Adele sah ihn von der Seite an; sie hatte den Eindruck, dass seine Fragen auf ein bestimmtes Ziel hinausliefen. »Warum willst du das wissen?«

Er zuckte die Schultern. »Ich versuche immer noch, Teilchen in das Puzzle einzufügen.«

Sie erzählte ihm, dass Honour während eines Luftangriffs verletzt worden war und dass Rose auf Adeles Bitte hin gekommen war, um sich um ihre Mutter zu kümmern. »Wahrscheinlich war das der Punkt, an dem sich die Dinge geändert haben. Mum hat so gut für Granny gesorgt, sie hat sie glücklich gemacht. Das hatte ich nicht erwartet, und damit hat sie sich in meinen Augen ein wenig rehabilitiert. Sie wurde zu einer ganz anderen Frau als der, mit der ich meine Kindheit verbracht hatte, sie war lebhaft, witzig und sehr fleißig. Ich habe gelernt, sie zu mögen. Und ich hatte ihr lange vor ihrem Tod verziehen.«

Sie näherten sich jetzt Camber Castle, und einige Schafe kamen aus den Trümmern gestürzt, als sie sie kommen hörten. Während sie zwischen halb vergrabenen Felsbrocken hindurchgingen, griff Adele nach Michaels Arm, um ihn zu stützen.

»Hast du mir verziehen?«, fragte er, als sie in der Burg ankamen.

Sie waren ganz in der Nähe der Stelle, an der Michael seinerzeit versucht hatte, ihre Brüste zu streicheln, und Adele dachte, dass er auf dieses Begebnis anspielte.

»Es gibt nichts, was ich dir verzeihen müsste«, sagte sie.

»Da irrst du dich. Ich hätte dich an jenem Wochenende nicht mit nach London nehmen dürfen. Du warst noch nicht so weit. Ich hätte es wissen müssen.«

Adele war verwirrt. Sie setzte sich auf den grasbewachsenen Hügel, an dem sie in der Vergangenheit so oft gesessen hatten, und blickte fragend zu ihm auf.

»Im Lager habe ich eine Menge über das alles nachgedacht«, bekannte er und sah, auf seinen Stock gestützt, auf sie hinab. »Du hast als Kind so viel durchgemacht, und damit meine ich vor allem jenen Zwischenfall in dem Waisenhaus. Du hattest keine engen Freunde, keinen Vater in deiner Nähe, nur deine Großmutter. Du hast hier festgesessen, abseits der wirklichen Welt. Und dann bin ich gekommen.«

»Das war das Beste, was mir je passiert ist.«

»Ich war dir gegenüber nicht anständig. Ich hatte ein anderes Leben, zu dem du keinen Zutritt hattest, und ich habe die Dinge für dich nur schlimmer gemacht, indem ich dich dazu gebracht habe, für meine Mutter zu arbeiten. Du hattest kein eigenes Leben, und meine Familie war so abscheulich zu dir. Dann hast du eine Krankenschwesternausbildung begonnen und warst wiederum nur mit anderen Frauen zusammen, du musstest dich Regeln und Einschränkungen unterwerfen, die dich daran gehindert haben, deine eigenen Erfahrungen zu machen. War das der Grund, warum du dich von mir getrennt hast?«

»Nein, natürlich nicht«, erklärte sie hastig.

»Aber in deinem Brief hast du etwas Derartiges angedeutet«, entgegnete er scharf. »Wie wär's jetzt damit, mir die Wahrheit zu verraten? Wenn es das nicht war, was war es dann? Es musste etwas ziemlich Dramatisches sein, dass du auch von deiner Großmutter Hals über Kopf davongelaufen bist. Erzähl es mir!«

Ein leichtes Gefühl der Übelkeit stieg in Adele auf. Sein Blick bohrte sich in ihre Augen. Er war zu intelligent, um sich mit einer Lüge abspeisen zu lassen, das wusste sie. Andererseits konnte sie sich nicht dazu überwinden, ihm die Wahrheit zu sagen. Nicht jetzt, es war einfach noch zu früh.

»Es war ein Zusammenspiel vieler verschiedener Dinge«, erwiderte sie schwach. »Es waren Dinge, die ich dir nicht erklären konnte.«

»Du sprichst von diesem Wochenende, zu dem ich dich gedrängt habe?«, hakte er nach und ließ sich langsam hinab, um sich neben sie auf den Boden zu legen. »Du warst noch nicht so weit, aber du konntest es mir nicht klarmachen.«

Adele begann zu weinen. Sie wollte ihm widersprechen, doch sie konnte nicht darüber reden.

»Ich habe mir so etwas gedacht«, sprach er weiter. »Dein leiblicher Vater hatte deine Mutter verlassen, nachdem sie mit ihm ins Bett gegangen war; dein Stiefvater hat dich im Stich gelassen, und ein Mann, dem du vertraut hast, hat dich missbraucht. Und ich war so dumm und gefühllos, dass ich nicht darüber nachgedacht habe, ob ich vielleicht die Albträume wieder heraufbeschwören würde, die zu überwinden du dir solche Mühe gegeben hattest«, fuhr er fort, und seine Stimme zitterte. »Du hast die Flucht ergriffen, weil du dachtest, ich würde dich ebenfalls verlassen.«

Adele wollte gerade protestieren, aber Michael hinderte sie an einem Protest, indem er weitersprach.

»Wahrscheinlich habe ich immer gewusst, dass das der wahre Grund war. Doch die Dinge, die du am Freitag gesagt hast, und das Gespräch gestern Abend mit meinem Vater haben meinen Verdacht bestätigt. Er meinte, Ereignisse aus der Vergangenheit könnten die Gegenwart eines Menschen verpfuschen. Er hat sich nicht besonders klar ausgedrückt – wir hatten beide ein wenig zu viel getrunken –, doch ich glaube, er hat versucht, mir zu erklären, dass er mich und meine Mutter im Stich gelassen hat. Außerdem hat er eine große

Zuneigung zu dir gefasst, Adele, er hat immer wieder betont, du seist etwas ganz Besonderes, und zugegeben, sich für die Vergangenheit zu schämen. Plötzlich fügte sich alles zusammen, und ich verstand. ›Glaubst du, für mich besteht auch nur die mindeste Hoffnung auf einen Neuanfang mit Adele?‹, habe ich ihn irgendwann gefragt.«

»Und was hat er geantwortet?«, entgegnete Adele, die kaum zu atmen wagte, während sie sich die Augen trocknete.

»Er hat gesagt, diese Frage müsse ich dir selbst stellen. Und das versuche ich gerade. Gibt es eine solche Hoffnung?«

Adele griff behutsam nach Michaels Hand. »Vielleicht«, flüsterte sie.

Seine Hand in der ihren fühlte sich so gut an, der elektrische Strom, der zwischen ihnen floss, überlief sie von Kopf bis Fuß. Sie konnte nicht mehr reden, sie hatte nur den einen Wunsch, geküsst und festgehalten zu werden, bis Worte nicht länger notwendig waren. Er war so nah, dass sie seinen Atem warm auf ihrer Wange spüren konnte, und sie wandte den Kopf, um seinen Mund mit ihrem zu berühren.

Sie traf auf keinerlei Widerstand. Als ihre Lippen auf seine trafen, legte er die Arme um sie, und sie ließen sich ins Gras sinken und küssten einander, als hinge ihr Leben davon ab.

Adele war während der vergangenen sechs Jahre von anderen Männern geküsst worden, aber niemals auf eine solche Weise. Es war, als würden Raketen entzündet, als würde sie von gewaltigen Wellen fortgerissen. Genauso hatte es sich in jener Nacht in London angefühlt, aber damals waren sie beide noch unschuldig gewesen, ohne Erfahrungen, mit denen sie dieses Erlebnis hätten vergleichen können. Jetzt waren sie beide weltgewandte Erwachsene, und Adele wusste eines mit Bestimmtheit: Wenn ein einziger Kuss all den Kummer auslöschen konnte, dann musste das bedeuten, dass sie etwas besaßen, um das zu kämpfen sich lohnte.

»Darf ich meine Meinung ändern und aus dem ›vielleicht‹ ein ›eindeutig‹ machen?«, murmelte sie, als sie schließlich innehielten, um Atem zu schöpfen.

Er lächelte und strich ihr über die Wange, während er ihr direkt in die Augen sah.

»Selbst als ich nach deinem Verschwinden so wütend auf dich war, habe ich nie aufgehört, dich zu lieben oder zu begehren«, flüsterte er. »Im Lager habe ich, noch bevor ich deinen ersten Brief erhielt, stets davon geträumt, wieder hier zu sein, mit dir. Aber jetzt, da wir hier sind, ist es ganz eigenartig; ich kann nicht recht glauben, dass dies hier die Wirklichkeit ist.«

»Doch das ist die Wirklichkeit«, gab sie zurück. »Es tut mir nur so leid, dass ich dir all diesen Schmerz zugefügt habe ...« Sie wollte gerade versuchen, ihm eine Erklärung zu geben, als er sie mit einem weiteren Kuss zum Schweigen brachte.

»Es ist zwölf Jahre her, seitdem du mich das erste Mal hierhergebracht hast«, bemerkte er, als er sich schließlich von ihren Lippen losriss. »Und nach sechs Kriegsjahren und all den Dingen, die wir beide durchgemacht haben, will ich keine Entschuldigungen von dir hören, für gar nichts. Ich finde, wir haben einen ganz neuen Anfang verdient, ohne zurückzublicken. Das heißt, wenn du glaubst, dass du mich immer noch liebst?«

Adele strich sachte mit einem Finger über sein narbiges Gesicht, und Tränen des Glücks brannten in ihren Augen. »Ich habe niemals aufgehört, dich zu lieben, das habe ich dir bereits erklärt«, sagte sie wahrheitsgemäß. »Tatsächlich liebe ich dich nach all den Dingen, die ich durchgemacht habe, umso mehr.«

»Hast du meinen Ring wirklich während all dieser Zeit getragen?«, vergewisserte er sich.

Sie nickte. »Ich nehme ihn nicht einmal im Bad ab«, antwortete sie. »Ich dachte wahrscheinlich, solange der Ring meine Haut berührte, bestünde noch Hoffnung für uns.«

»Warum hast du mir dann nicht in jenem ersten Jahr geschrieben und mir von deinen Gefühlen erzählt?«, wollte er wissen, einen Ausdruck der Verwirrung in den Augen. »Ich hätte es verstanden. Das Schlimmste von allem war für mich, dass du mich ohne eine richtige Erklärung auf dem Trockenen hast sitzen lassen.«

Adele schwieg kurz, bevor sie ihm antwortete, denn sie suchte nach aufrichtigen Worten, ohne irgendjemandem Schuld zuzuweisen. »Welche Erklärung hätte ich dir geben können?«, meinte sie. »Ich konnte es nicht einmal mir selbst erklären, und ich dachte, du wärst ohne mich besser dran.«

»Mein Vater hat gestern Abend etwas in der Art gesagt, dass du dir deines eigenen Wertes nicht bewusst seist«, fiel Michael ein. »Ich wurde daraufhin ein wenig wütend und habe erwidert: ›Das ist ein starkes Stück aus dem Munde des Mannes, der so unfreundlich zu Adele war!‹«

»Und was hat er darauf erwidert?«

»›Ich habe meine Strafe bekommen‹«, antwortete Michael und kicherte. »Was wohl bedeuten soll, dass du es ihm irgendwann heimgezahlt hast?«

»Wir haben einige Worte gewechselt, ja«, lachte Adele.

»Eines Tages, wenn wir kein besseres Gesprächsthema haben, musst du mir alles erzählen, was zwischen euch gesprochen wurde«, sagte er. »Doch nicht jetzt, jetzt möchte ich nichts anderes, als dich wieder und wieder zu küssen.«

Dann küsste er sie abermals, mit noch größerer Leidenschaft diesmal, und er beugte sich über sie und strich ihr mit den Fingern durchs Haar.

Er hatte keine weiteren Fragen, das wusste Adele, sonst wäre er nicht so entspannt gewesen. Er war zu Hause, er war glücklich, es war alles gut geworden. Aber bevor sie selbst sich entspannen und ihn lieben konnte, musste sie noch etwas anderes tun.

»Ich liebe dich so sehr«, murmelte sie mit einem Seufzen, »doch wir hätten es viel bequemer, wenn wir eine Decke hätten und einen Picknickkorb. Dann könnten wir den ganzen Tag hierbleiben.«

Er hob den Kopf und sah sie mit jener jungenhaften Verschmitztheit an, die ihr so deutlich im Gedächtnis haften geblieben war. »Wir könnten ins Cottage zurückgehen und beides holen.«

»Es ist viel zu weit für dich. Du kannst unmöglich die ganze Strecke noch einmal hin- und zurücklaufen«, wandte sie ein.

»Hören Sie mal, Schwester Talbot«, sagte er entrüstet, »ich habe mich durch halb Europa geschleppt, ich kann es also auch noch bis zu dem Cottage schaffen.«

»Das könntest du, aber du wirst es schön bleiben lassen«, erklärte sie und drohte ihm spielerisch mit dem Finger. »Spar dir deine Energie für später auf. Leg dich in die Sonne, und schlaf ein wenig. Ich bin in zwanzig Minuten wieder hier.«

Sie lief lachend davon, bevor er weitere Einwände erheben konnte.

Wie sie erwartet hatte, war inzwischen auch Myles gekommen, und er saß mit Honour im Garten. Als sie herbeigelaufen kam, blickten ihr beide fragend entgegen.

»Ich wollte uns ein Picknick richten«, erklärte sie atemlos. »Ich habe Michael in Camber Castle warten lassen.«

»Ich konnte es ihm gestern Abend nicht sagen«, murmelte Myles angstvoll. »Ich habe es versucht, doch ich konnte es einfach nicht. Ich habe es gerade Honour erzählt, es war einfach zu hart.«

»Viel zu hart«, erwiderte Adele nickend. »Und inzwischen auch unnötig. Er braucht nichts von all dem zu erfahren.«

»Adele!«, rief Honour aus und runzelte die Stirn. »Was um alles in der Welt soll das heißen?«

»Er hat seine eigenen Ideen, was die Gründe betrifft, warum ich ihn verlassen habe, und die sind allesamt viel barmherziger als die Wahrheit«, antwortete Adele. »Soll er ruhig weiter daran glauben.«

»Ich muss ihm doch gewiss erzählen, dass du meine Tochter bist?«, protestierte Myles überrascht.

»Warum?«, meinte Adele.

»Weil du mir lieb geworden bist«, erklärte er mit Tränen in den Augen.

»Es würde doch sicher genügen, wenn ich deine Schwiegertochter wäre?«, entgegnete sie und beugte sich vor, um ihn auf die Stirn zu küssen. »Dann könnte ich dich Vater nennen, ohne dass es irgendjemandem eigenartig erscheinen würde.«

Einen Moment lang sahen sie einander nur an, dann strich Adele Myles eine Träne aus dem Gesicht, die ihm über die Wange gerollt war. »Emily hätte es so haben wollen«, fuhr sie fort. »Sie hätte nie gewollt, dass Michael glaubt, dir weniger als Ralph und Diana zu bedeuten. Und ich befürchte, genau das würde er denken, wenn du ihm die Wahrheit erzählst.«

Sie wartete schweigend ab, während Myles und Honour einander ansahen.

»Ich denke, Rose wäre auch dieser Meinung gewesen«, brummte Honour nach kurzem Überlegen. »Ich habe ihren Kummer an jenem Abend gesehen, an dem all das herausgekommen ist. Sie hätte nicht gewollt, dass irgendjemand wegen ihrer Fehler in der Vergangenheit leiden muss oder dass Michaels Gefühle für seine Mutter Schaden nehmen.«

Myles seufzte. »Du machst es mir so leicht, den feigen Ausweg zu wählen«, murmelte er.

Adele kniete sich vor ihn hin, griff nach seinen Händen und drückte sie an ihre Wange. »Es ist nichts Feiges an einem Mann, der einer treulosen Frau verzeihen und ihrem Kind weiterhin Schutz und Liebe angedeihen lassen kann. Lass Michael weiterhin glauben, er sei dein Sohn. Bitte?«

»Aber was ist, wenn es später einmal herauskommen sollte?«, wandte er ein. Mit einem Mal war das Licht in seine Augen zurückgekehrt.

»Wer soll es erzählen?«, gab Adele mit einem Grinsen zurück. »Nur wir drei wissen davon. Nun ja, abgesehen von meiner Freundin Joan, doch sie wird bald nach Amerika gehen, und sie ist ohnehin nicht die Art Frau, die etwas Derartiges verraten würde. Und niemand auf der Welt könnte ein Geheimnis besser hüten als wir drei.«

Er lachte leise auf und strich Adele das Haar aus der Stirn.

»Geh und genieße dein Picknick. Und wenn du zurückkommst, will ich diesen Ring an deinem Finger sehen.«

»Und pack auch eine Flasche Holunderwein ein«, drängte Honour, deren Lächeln sich von ihren Lippen bis zu ihren Augen erstreckte. »Frank hat diesen Wein immer meinen ›Liebestrank‹ genannt.«

Zehn Minuten später beobachteten Myles und Honour, wie Adele einer Gazelle gleich mit einem Korb in der Hand und einer Decke unterm Arm auf die Burgruine zulief. Ihr Haar wehte hinter ihr her wie ein Banner, und selbst aus dieser Entfernung konnten sie ihr Glück spüren.

»Oh, sich noch ein Mal so zu fühlen!«, murmelte Honour.

»Wir mögen keine Leidenschaft haben, auf die wir uns freuen können«, sagte Myles mit leicht brüchiger Stimme. »Aber es erwarten uns noch wunderbare Dinge, eine Hochzeit und vielleicht auch Enkelkinder.«

»Dann werde ich Urgroßmutter sein«, meinte Honour nachdenklich. »Hm. Ich bin mir nicht so sicher, ob mir das gefällt!«

Myles begann zu lachen.

»Was ist daran so komisch?«, fragte sie entrüstet.

»Du warst immer eine sehr urige ›große‹ Mutter«, bemerkte er. »Ich bin davon überzeugt, dass Adele das genauso sieht.«